Zu diesem Buch

«Auch wenn diese achtzehn sachkundig ausgewählten und bewundernswert verdeutschten Erzählungen von Gimpeln und Weisen, von Glücksrittern und Bösewichtern handeln, ist ihnen ein Thema gemeinsam: das des Widerstreits von Körper und Geist, von Laster und Tugend, wovon Mann und Frau gleicherweise betroffen sind, ohne sich ihm in gleicher Weise zu stellen. I. B. Singer, der unter den zeitgenössischen jiddischen Schriftstellern inzwischen als der bedeutendste zu gelten hat, sagte einmal, in seinen Geschichten sei es vom Betpult zum Bett und zurück gerade nur ein Schritt. Seine Äußerung zielt keineswegs auf billigen, vordergründigen Effekt. Sie ist viel eher als bekennende Anspielung auf jene Selbstkritik und Selbstanalyse zu verstehen, die in jüdischem Glauben und Geschichte wurzelt und für die Entstehung der Psychoanalyse eminente Bedeutung gewann. Nicht nur in diesen Erzählungen öffnet sie die Verliese, in denen die Laster hausen, und enthüllt, wie eng Gut und Böse beieinanderwohnen. Wie sehr der Übergang vom einen zum andern oft nur eine Frage der Beleuchtung ist, wurde von jüdischen Gelehrten immer wieder zu ergründen und durch Verzicht auf schriftliche (Präzedenz-)Urteile zu berücksichtigen gesucht. In diesem wissenden Sinn, der keine Heiligkeit als Gesicht ohne Körper kennt, keine Engel und Teufel in Menschengestalt, wie sie Pascals berühmtes Wort apostrophiert, ist Singer ein überaus ‹menschlicher›, lebensnaher und milder Erzähler. Der Kosmos des jüdischen Städtchens im Vorkriegspolen, der wie in den Romanen ‹Jakob der Knecht› und ‹Der Zauberer von Lublin› mit dem geschlossenen Raum der Erinnerung des Schreibenden gleichzusetzen ist und seine konservative Erzählhaltung legitimiert, ist auch in dieser Sammlung eine Bühne, auf welcher der Mensch, von der Überlieferung geprägt, von Dämonen bedrängt, von der Schrift begleitet, seinen Weg sucht» (Otto F. Best in «Süddeutsche Zeitung»).

Isaac Bashevis Singer, geboren am 14. Juli 1904 in Radzymin/Polen, wollte Rabbiner werden, wurde jedoch nach Abschluß seines Studiums an der Warschauer Universität Journalist. 1935 emigrierte er in die USA. 1978 erhielt er den Nobelpreis für Literatur. Bei Rowohlt erschienen von Singer ferner die Romane «Der Zauberer von Lublin» (rororo Nr. 4436), «Jakob der Knecht» (rororo Nr. 4688) und «Satan in Goraj» sowie seine farbigen Erinnerungen «Mein Vater der Rabbi». Isaac Bashevis Singer lebt in New York.

Isaac Bashevis Singer

Gimpel der Narr

Ausgewählte
Erzählungen

Deutsch von
Wolfgang von Einsiedel

Rowohlt

Der vorliegenden Ausgabe liegen, dem Wunsch des
Autors entsprechend, die amerikanischen Übersetzungen
der ursprünglich jiddisch geschriebenen Erzählungen zugrunde
Umschlagentwurf Werner Rebhuhn unter Verwendung eines
zeitgenössischen Fotos
Hinweise auf die Originalausgaben und die Originaltitel
der Erzählungen siehe Quellennachweis auf Seite 361

Veröffentlicht im Rowohlt Taschenbuch Verlag GmbH,
Reinbek bei Hamburg, Oktober 1982
Copyright © 1968 by Rowohlt Verlag GmbH, Reinbek bei Hamburg
© Isaac Bashevis Singer, 1957, 1958, 1960, 1961, 1962, 1963, 1964
Alle deutschen Rechte vorbehalten
Gesamtherstellung Clausen & Bosse, Leck
Printed in Germany
980-ISBN 3 499 15011 5

Inhalt

Gimpel der Narr ... 7
Der Spiegel ... 26
Der Mann, der seine vier Frauen unter die Erde brachte ... 37
Die kleinen Schuhmacher ... 56
Der Mann, der zurückkam ... 86
Zerrbild ... 100
Schwarze Hochzeit ... 112
Der Spinoza von der Marktstraße ... 124
Aus dem Tagebuch eines Nicht-Geborenen ... 147
Taibele und ihr Dämon ... 158
Zeidlus der Papst ... 172
Geschichte von zwei Lügenmäulern ... 186
Groß und klein ... 212
Jentl der Talmudstudent ... 223
Kurzer Freitag ... 255
Feuer ... 270
Blut ... 280
Die Zerstörung von Kreschew ... 303

Gimpel der Narr

I

Ich bin Gimpel der Narr. Ich selbst halte mich nicht für einen Narren. Aber so nennen mich eben die anderen. Sie haben mir den Namen gegeben, als ich noch auf die Schule ging. Im ganzen hatte ich sieben verschiedene Namen: Schwachkopf, Esel, Tor, Trottel, Dämlack, Tropf und Narr. Der letzte Beiname blieb an mir kleben. Worin aber bestand meine Narrheit? Ich war so leicht zum Narren zu halten. Die anderen sagten beispielsweise: «Weißt du, Gimpel, daß die Frau des Rabbi jetzt in die Wochen gekommen ist?» Da schwänzte ich einfach die Schule. Nun, es stellte sich heraus, daß das Schwindel war. Wie hätte ich das aber wissen sollen? Sie hatte keinen dicken Leib gehabt. Aber ich hatte nie einen Blick auf ihren Leib geworfen. War das wirklich so närrisch? Die Horde in der Schule lachte und wieherte, stampfte und tanzte und grölte ein Gute-Nacht-Gebet. Und statt der Rosinen, die sie einem sonst schenken, wenn eine Frau niederkommt, stopften sie mir Ziegenmist in die Hand. Ich war sicher kein Schwächling. Wenn ich jemandem einen Klaps versetzte, flog er gleich bis nach Krakau. Aber von Haus aus bin ich keine Schlägernatur. Ich sage zu mir selbst: Mach dir nichts draus. Und das wiederum machen die anderen sich zunutze.

Eines Tages kam ich aus der Schule und hörte einen Hund bellen. Ich habe keine Angst vor Hunden, aber natürlich möchte ich mich mit ihnen auch nicht gerade anlegen. Einer von ihnen könnte die Tollwut haben, und wenn der einen beißt, dann kann kein Tatar auf der ganzen Welt einem mehr helfen. Ich machte mich also aus dem Staube. Dann drehte ich mich um und sah, daß der ganze Marktplatz vor Lachen brüllte. Es war gar kein Hund gewesen, sondern Wolf-Lejb der Dieb. Woher hätte ich das aber wissen sollen? Es klang tatsächlich wie das Jaulen einer Hündin.

Als die Spaßvögel und Witzbolde herausfanden, daß ich so leicht hinters Licht zu führen war, versuchte jeder einzelne sein Glück mit mir. «Gimpel, der Zar kommt nach Frampol» – «Gimpel, der Mond ist in Turbin heruntergepurzelt» – «Gimpel, der kleine Hodel Vierstück hat hinter dem Badehaus einen Schatz entdeckt.» Und ich wie ein Golem habe allen geglaubt. Erstens ist überhaupt alles möglich, wie in den *Sprüchen der Väter* geschrieben steht – ich habe nur vergessen, wieso. Zweitens hatte ich schon deshalb alles zu glauben, weil die Stadt sonst über mich hergefallen wäre! Wenn ich jemals zu sagen wagte: «Ach, ihr wollt mir was aufbinden!» war der Teufel los. Die anderen wurden ganz wütend: «Was soll das heißen! Willst du etwa uns alle als Lügner bezeichnen?» Ja, was blieb da zu tun? Ich glaubte also den anderen, und hoffentlich hat es ihnen wenigstens ein bißchen gut getan.

Ich war Vollwaise. Mein Großvater, der mich aufzog, befand sich schon auf dem Weg ins Grab. Man schob mich also zu einem Bäcker ab, und was haben sie da nicht alles mit mir angestellt! Jede Frau und jedes Mädchen, die eine Schüssel Nudeln backen ließ, mußte mich mindestens einmal aufziehen. «Gimpel, im Himmel ist gerade Jahrmarkt.» – «Gimpel, der Rabbi hat im siebenten Monat ein Kalb zur Welt gebracht.» – «Gimpel, eine Kuh ist hier übers Dach geflogen und hat Messingeier gelegt.»

Einmal kam auch ein Student aus der Talmudschule, um sich ein Brötchen zu kaufen, und der sagte: «He, Gimpel, während du hier mit deiner Bäckerschaufel im Ofen herumkratzt, ist der Messias gekommen. Die Toten sind auferstanden.» – «Was soll das heißen?» fragte ich. «Ich habe kein Widderhorn blasen hören!» – «Bist du taub?» fragte er zurück, und alle anderen riefen in diesem Augenblick: «Wir haben es gehört, wir haben es gehört!» Dann kam Rietze, die Kerzenzieherin, in den Laden und rief mit ihrer heiseren Stimme: «Gimpel, dein Vater und deine Mutter sind aus dem Grab auferstanden. Sie suchen nach dir.»

Offen gestanden wußte ich sehr genau, daß nichts dergleichen geschehen war, aber trotzdem streifte ich mir rasch die Wolljacke über und lief hinaus. Die anderen redeten nun einmal davon, und vielleicht war wirklich etwas geschehen. Was kostete es mich schon, einmal selber nachzugucken? Ach, was für ein Gejohle da draußen plötzlich losbrach! Und dann schwor ich mir, niemals mehr etwas zu glauben. Aber das war auch nicht das Richtige. Die anderen brachten mich dermaßen durcheinander, daß ich zuletzt Groß und Klein nicht mehr unterscheiden konnte.

Ich suchte den Rabbi auf, um mir bei ihm Rat zu holen. «Es steht geschrieben», sagte er, «man solle lieber das ganze Leben ein Narr als eine Stunde lang schlecht sein. Du bist kein Narr. Die anderen sind die Narren. Denn jeder, der seinen Nächsten in Beschämung stürzt, schließt sich selbst vom Paradiese aus.» Trotzdem legte die Tochter des Rabbi mich wieder herein. Als ich das Haus des Rabbiners verließ, sagte sie: «Hast du die Wand schon geküßt?» – «Nein, wozu?» Sie erwiderte: «Das Gesetz will es so, nach jedem Besuch hast du die Wand zu küssen.» Nun, das konnte wenigstens nicht weiter schaden. Und sie brach in Gelächter aus. Es war ein ganz schöner Streich, den sie mir da gespielt hatte.

Ich wollte schon in eine andere Stadt ziehen, aber da hatte es jeder plötzlich mit dem Ehestiften eilig, und sie waren so unablässig hinter mir her, daß sie mir beinahe die Rockschöße abgerissen hätten. Sie redeten und redeten auf mich ein, bis ich nicht mehr wußte, wo mir der Kopf stand. Die Auserwählte war alles andere als züchtig, aber man behauptete, sie sei eine unschuldige Jungfrau. Sie hinkte, aber die anderen sagten, das täte sie absichtlich, einfach aus mädchenhafter Scheu. Sie hatte einen Bankert, und es hieß, das Kind sei ihr kleiner Bruder. Ich sagte: «Ihr verplempert nur eure Zeit. Niemals werde ich diese

Hure heiraten.» Aber die anderen erwiderten entrüstet: «Was für eine Ausdrucksweise! Schämst du dich denn nicht? Wir könnten dich vor den Rabbi schleppen und dafür sorgen, daß du bestraft wirst, weil du ihr Übles nachgesagt hast.» Da erkannte ich, daß ich nicht so leichten Kaufes davonkommen würde, und ich dachte: sie haben es sich nun einmal in den Kopf gesetzt, mich zum allgemeinen Gespött zu machen. Aber wenn ich erst einmal verheiratet bin, dann bin ich als der Ehemann auch der Herr im Hause, und wenn sie nichts dawider hat, bin auch ich damit einverstanden. Außerdem kann man nicht unverletzt durchs Leben gehen und darf das auch gar nicht erwarten.

Ich suchte also ihre Lehmhütte auf, die auf sandigem Grunde stand, und die ganze Horde kam brüllend und im Chor trällernd hinter mir her. Es war die reinste Bärenhatz. Als wir beim Brunnen angelangt waren, blieben sie stehen. Sie hatten Angst, sich mit Elka anzulegen. Ihr Mund war wie eine mechanische Klappe, die von selber nicht zum Stillstand kommt, und sie hatte eine scharfe Zunge. Ich trat in die Hütte. Von Wand zu Wand waren Leinen gespannt, an denen Wäsche zum Trocknen hing. Das Mädchen trug ein abgewetztes, von der Stange gekauftes Plüschgewand. Ihr Haar war in Zöpfen auf ihrem Kopf festgesteckt. Es verschlug mir fast den Atem, was ich da zu riechen bekam.

Offensichtlich wußte sie, wer ich war. Sie warf mir nur einen Blick zu und sagte: «Schau da, wer hier ist! Er ist gekommen, der Waschlappen. Hol dir eine Sitzgelegenheit.»

Ich gestand ihr alles, leugnete nichts. «Sag mir bitte die Wahrheit», sagte ich, «bist du wirklich noch Jungfrau, und ist dieser freche kleine Jechiel tatsächlich dein jüngerer Bruder? Versuche nicht, mir was vorzumachen, denn ich bin Waise.»

«Ich bin selbst ein Waisenkind», erwiderte sie, «und wer dich je an der Nase herumführt, bekommt es mit mir zu tun. Aber sie sollen sich ja nicht einbilden, daß sie mich ausnutzen können. Ich möchte eine Mitgift von fünfzig Gulden haben und außerdem noch den Ertrag einer allgemeinen Kollekte. Sonst können sie mich am du-weißt-schon küssen.» Sie redete, wie ihr der Schnabel gewachsen war. Ich antwortete: «Die Mitgift bringt die Braut in die Ehe, nicht der Bräutigam.» Darauf sie: «Kein Kuhhandel bitte! Ein deutliches Ja oder ein deutliches Nein – sonst fort mit dir, dorthin, woher du gekommen bist.»

Ich dachte: aus diesem Teig wird niemals ein Brot werden. Aber unser Städtchen ist nicht gerade arm. Die anderen waren mit allem einverstanden und fuhren mit den Hochzeitsvorbereitungen fort. Der Zufall wollte es, daß damals gerade eine Ruhr-Epidemie herrschte. Die Trauung fand vor den Friedhofstoren statt, in der Nähe der kleinen Hütte, in der die Leichen gewaschen wurden. Die männlichen Gäste betranken sich. Während der Heiratsvertrag aufgesetzt wurde, hörte ich den sehr frommen Oberrabbi fragen: «Ist die Braut verwitwet oder geschieden?» Und die Küstersfrau antwortete an ihrer Stelle: «Sowohl verwitwet wie geschieden.» Das war für mich ein schwarzer Augenblick. Aber was hätte ich tun sollen? Etwa unter dem Traubaldachin noch die Flucht ergreifen?

Es gab Tanz und Gesang. Mir gegenüber tanzte eine alte Großmutter, die ein weißes Sabbatzopfbrot an sich gepreßt hielt. Der Zeremonienmeister brachte einen Trinkspruch zum Gedenken an die Eltern der Braut aus. Die Schuljungen warfen wie am Tischa-be-Aw, dem Tag der Erinnerung an die Zerstörung des alten Tempels, mit Kletten. Nach der Predigt wurden uns zahllose Geschenke überreicht: ein Nudelbrett, ein Knettrog, ein Eimer, Besen, Kochlöffel und ein Haufen Haushaltsartikel. Dann blickte ich zufällig auf und sah, wie zwei kräftige junge Männer eine Wiege herantrugen. «Wozu brauchen wir das?» fragte ich. Sie erwiderten: «Zerbrich dir den Kopf nicht darüber. Es stimmt schon. Es wird sich als nützlich erweisen.» Da begriff ich, daß ich wieder einmal übers Ohr gehauen werden sollte. Aber von der anderen Seite betrachtet: was riskierte ich schon? Ich werde abwarten, was sich daraus entwickelt, dachte ich. Eine ganze Stadt kann doch nicht völlig den Verstand verloren haben.

2

Des Nachts trat ich zu meiner Frau ins Zimmer, aber sie wollte mich nicht zu sich heranlassen. «Nun, hör mal, hat man uns etwa deshalb miteinander getraut?» fragte ich. Und sie erwiderte: «Ich habe gerade meine Regel.» – «Aber gestern hat man dich zum rituellen Bad geführt, und das kann doch wohl nur danach geschehen, wie?» – «Heute ist nicht gestern», sagte sie, «und gestern ist nicht heute. Du kannst abhauen, wenn es dir nicht paßt.» Mit einem Wort – ich wartete.

Keine vier Monate später lag sie schon in den Wochen. Die Stadtbewohner lachten hinter vorgehaltener Hand, aber was ließ sich tun? Das Mädchen litt unerträgliche Schmerzen und krallte sich an der Wand fest. «Gimpel», schrie sie, «es ist aus mit mir. Vergib mir!» Die Hütte füllte sich mit Frauen. Sie machten auf dem Herd Wasser heiß. Die Schreie flatterten bis zum Himmel empor.

In solchen Augenblicken sucht der Mann das Bethaus auf und sagt Psalmen her, und eben das tat ich.

Das gefiel offenbar den anderen. Ich stand in der Ecke, sprach Psalmen und Gebete, und jene schüttelten den Kopf. «Bete nur, bete!» spornten sie mich an. «Von Gebeten ist eine Frau noch nie schwanger geworden.» Einer aus der Gemeinde hob einen Strohhalm an meinen Mund und sagte: «Heu für die Rindviecher.» Auch damit hatte er nicht so ganz unrecht, bei Gott!

Sie brachte einen Jungen zur Welt. Am Freitag in der Synagoge trat der Küster vor die heilige Lade, hämmerte aufs Vorlesepult und kündigte an: «Der wohlhabende Reb Gimpel lädt zu Ehren der Geburt eines Sohnes die Gemeinde zu einem Fest ein.» Das ganze Bethaus hallte von Gelächter wider. Mein Gesicht war glühend heiß. Aber ich konnte beim besten Willen nichts tun. Schließlich war ich es ja, der für die Beschneidungsfeierlichkeiten und -förmlichkeiten verantwortlich war.

Die halbe Stadt kam angelaufen. Man hätte keine Menschenseele mehr in die Hütte hineinzwängen können. Die Frauen brachten gepfefferte Kichererbsen, und aus der Schenke wurde ein Fäßchen mit Bier herbeigerollt. Ich aß und trank soviel wie nur einer, und sie alle beglückwünschten mich. Dann erfolgte die Beschneidung, und ich benannte den Jungen nach meinem Vater, er ruhe in Frieden. Als alle gegangen waren und ich mit meiner Frau allein war, schob sie den Kopf durch den Bettvorhang und rief mich zu sich.

«Gimpel», fragte sie, «warum bist du so stumm? Ist dein Schiff mit Mann und Maus untergegangen?»

«Was soll ich denn sagen?» antwortete ich. «Was Schönes hast du mir da eingebrockt! Wenn meiner Mutter das je zu Ohren käme, würde sie ein zweites Mal das Zeitliche segnen.»

«Du bist wohl nicht ganz bei Sinnen, wie?»

«Wie kannst du nur jemanden derart lächerlich machen, der eigentlich Herr und Meister im Hause sein sollte?»

«Was ist denn los mit dir?» fragte sie. «Was für Gedanken gehen denn in deinem Kopf um?»

Ich erkannte, daß ich frei von der Leber weg sprechen mußte. «Glaubst du wirklich, zu so etwas wäre ein Waisenkind gut genug? Du hast einen Bankert zur Welt gebracht.»

«Schlag dir nur diese törichten Gedanken aus dem Kopf. Das Kind ist von dir.»

«Wie kann es von mir sein?» fragte ich streitbar. «Es ist siebzehn Wochen nach der Hochzeit zur Welt gekommen.»

Ja, das sei vor der Zeit gewesen, bemerkte sie. «War es nicht ein bißchen reichlich viel vor der Zeit?» fragte ich. Sie erwiderte, sie habe eine Großmutter gehabt, die ihre Kinder in ebenso kurzer Zeit zur Welt gebracht habe, und sie selbst gleiche dieser Großmutter wie ein Tropfen Wasser dem anderen. Sie bekräftigte das alles mit so viel heiligen Eiden, daß man einem Bäuerlein geglaubt haben würde, hätte es die gleichen Worte auf dem Jahrmarkt gebraucht. Um offen zu sein – ich glaubte ihr nicht. Aber als ich die Sache am folgenden Tage mit dem Schulmeister besprach, entgegnete er, daß Adam und Eva dasselbe widerfahren sei: zu zweit hätten sie sich ins Bett gelegt, und zu viert wären sie wieder aufgestanden.

«Es gibt keine Frau auf der Welt, die nicht eine Urenkelin Evas wäre», schloß er.

Ja, so verhielt es sich denn. Die anderen redeten mich mit ihren angeblichen Beweisen fast taub. Aber wer ist im Grunde je sicher, wie es sich mit so etwas wirklich verhält?

Immerhin vergaß ich mit der Zeit meinen Kummer. Ich liebte den Kleinen wie toll, und auch er liebte mich. Sobald er mich kommen sah, wedelte er mit den Händchen und wollte von mir in die Höhe gehoben sein, und wenn er einmal die Kolik hatte, war ich der einzige, der ihn beruhigen konnte. Ich kaufte ihm einen kleinen Beißring und ein goldfarbenes Mützchen. Immerzu wurde er von irgendeinem bösen Blick getroffen, und dann hatte ich zur Gegenwirkung rasch eines der bekannten Buchstabenamulette herbeizuholen. Ich arbeitete wie ein Zugochse. Man weiß ja, wie die Ausgaben in die Höhe gehen, wenn man ein kleines Kind im Hause hat. Ich möchte freilich nicht aufschneiden. Denn auch Elka hatte ich gar nicht ungern. Sie setzte mir mit Flüchen und Verwünschungen zu, und ich konnte nicht genug von ihr bekommen. Was für Kräfte sie hatte! Ein einziger Blick von ihr konnte einem die Sprache verschlagen. Und ihr Redeschwall! Pech und Schwefel, daran mangelte es ihm nicht, und trotzdem hatte er seinen Reiz. Jedes ihrer Worte war ein Labsal für mich. Und doch schlug sie mir auch blutende Wunden.

Abend für Abend brachte ich ihr einen weißen Brotlaib und einen dunklen, und außerdem noch selbstgebackene Mohnbrötchen. Um ihretwillen wurde ich zum Dieb und stibitzte alles, dessen ich habhaft werden konnte: Makronen, Rosinen, Mandeln, süßes Gebäck. Hoffentlich kann mir einst auch vergeben werden, daß ich allerlei aus den Sabbat-Kochtöpfen stahl, die die Frauen zum Warmhalten in den Bäckerofen stellten. Ich holte mir ein paar Bissen Fleisch heraus, eine Scheibe Pudding, Kopf oder Bein eines Hühnchens, ein paar Kaldaunen – alles, was sich rasch beiseite bringen ließ. Sie aß und wurde rundlich und hübsch.

Die ganze Woche über hatte ich in der Bäckerei zu nächtigen. Wenn ich am Freitagabend nach Hause kam, war sie nie um irgendeine Ausflucht verlegen. Entweder hatte sie Sodbrennen oder Seitenstechen oder den Schluckauf oder Kopfschmerzen.

Man kennt ja die Ausflüchte einer Frau. Ich hatte eine böse Zeit. Es war schlimm für mich. Und zum Überfluß wurde ihr kleiner Bruder, der Bankert, immer größer. Er hämmerte mir auf den Schädel, bis ich Beulen bekam, und wenn ich einmal zurückschlagen wollte, riß sie den Mund auf und fluchte so schauerlich, daß ich grünen Nebel vor meinen Augen wogen sah. Zehnmal am Tage drohte sie, sich von mir scheiden zu lassen. Jeder andere an meiner Stelle hätte sich auf leisen Sohlen davongemacht und wäre auf immer verschwunden. Aber ich gehöre zu denen, die sich wortlos mit allem abfinden. Was soll man auch tun? Unsere Schultern haben wir schließlich von Gott, und unsere Bürden auch.

Eines Abends gab es in der Bäckerei einen Unfall. Der Ofen platzte, und um ein Haar hätte es gebrannt. Es blieb uns nichts anderes übrig, als nach Hause zu gehen, und das tat ich. Ja, es mußte doch geradezu ein Vergnügen sein, mitten in der Woche einmal in einem richtigen Bett zu schlafen. Nur wollte ich den Kleinen nicht aufwecken, und ich schlich mich auf Zehenspitzen ins Haus. Hier war es mir allerdings, als hörte ich nicht nur ein einziges Schnarchen, sondern sozusagen ein Doppelschnarchen – die eine Hälfte ganz leicht, die andere das Röcheln eines geschlachteten Ochsen. Oh, das gefiel mir gar nicht! Ganz und gar nicht! Ich betrat das Schlafzimmer, und plötzlich wurde um mich her alles schwarz. Neben Elka lag die Gestalt eines Mannes. Jeder andere an meiner Stelle würde Lärm geschlagen haben, Lärm genug, um die ganze Stadt aufzustören, aber mir fiel ein, daß ich das Kind aufwecken könnte. So ein kleines Ding – warum ein Schwälblein erschrecken, dachte ich. Gut denn, ich ging in die Bäckerei zurück und streckte mich auf einem Mehlsack aus, und bis zum frühen Morgen konnte ich kein Auge zutun. Es schüttelte mich, als ob ich einmal die Malaria gehabt hätte. ‹Genug jetzt mit deiner Dummheit›, sagte ich zu mir selbst. ‹Der Gimpel will nicht das ganze Leben lang ein Einfaltspinsel sein. Selbst die Narrheit eines Narren wie Gimpel hat ihre Grenzen.›

Am nächsten Morgen suchte ich den Rabbi wieder auf, um mich beraten zu lassen, und das brachte die ganze Stadt auf die

Beine. Gleich wurde auch der Gemeindediener zu Elka geschickt. Sie erschien, das Kind auf dem Arm. Und was, glaubt ihr wohl, hatte sie vorzubringen? Sie bestritt es einfach, bestritt alles, Stein und Bein! «Er ist nicht bei Sinnen», sagte sie, «mir selber sind Wachträume und Gesichte völlig unbekannt.» Man schrie sie an, warnte sie, hämmerte mit der Faust auf den Tisch, aber sie blieb bei ihrer Aussage: es sei eine falsche Beschuldigung.

Die Metzger und Pferdehändler nahmen ihre Partei. Einer der Burschen aus dem Schlachterhaus trat an mich heran und sagte: «Wir haben ein Auge auf dich. Dir steht was bevor.» Währenddessen preßte das Kind und beschmutzte sich. Im rabbinischen Gerichtsraum befand sich eine Bundeslade, und da das Erwähnte unzulässig war, schickte man Elka fort.

«Was soll ich denn tun?» fragte ich den Rabbi.

«Du mußt dich gleich von ihr scheiden lassen.»

«Und wenn sie nicht will?»

«Du mußt ihr die Scheidungsurkunde zustellen lassen. Mehr hast du nicht zu tun.»

«Na schön, Rabbi. Ich will noch darüber nachdenken.»

«Da gibt es nichts nachzudenken», sagte er. «Du darfst nicht mehr unter dem gleichen Dach mit ihr bleiben.»

«Und wenn ich das Kind sehen möchte?»

«Laß sie laufen, die Hure», erwiderte er, «und das Bankertgesindel mit ihr.»

Nach dem von ihm verkündeten Urteilsspruch hätte ich nicht einmal mehr ihre Schwelle überschreiten dürfen – niemals mehr, bis zum Lebensende.

Zur Tageszeit machte mir das gar nicht so viel aus. Ich dachte: es mußte nun einmal passieren, das Geschwür mußte aufgehen. Aber wenn ich zur Nachtzeit auf den Säcken lag, wurde mir doch sehr bitter zumute. Ich wurde von Sehnsucht ergriffen – nach ihr und nach dem Kind. Ich wollte eigentlich zornig sein, aber das ist nun gerade mein Mißgeschick, daß mir echter Zorn nicht liegt. Erstens – das war jedenfalls der Lauf, den meine Gedanken nahmen – muß es bisweilen einen Fehltritt geben. Ohne Irrtümer geht es im Leben nicht ab. Wahrscheinlich hatte der Bursche, der bei ihr lag, sie verführt und ihr Geschenke und wer weiß was sonst noch gegeben, und für Frauen gilt nun einmal der Satz: lange Haare, kurzer Sinn. Er hatte sie darum wohl auch so leicht herumbekommen. Und da sie die Sache so hartnäckig in Abrede stellt – ob ich vielleicht doch Gesichte habe? Es gibt so etwas wie Sinnestäuschungen. Man sieht eine Gestalt oder ein Männchen oder was Ähnliches, aber wenn man näher kommt, ist gar nichts da, ist nicht das Geringste vorhanden. Und wenn dem so ist, dann tue ich ihr unrecht. Und als ich in meinen Gedanken bei diesem Punkte angelangt war, kamen mir die Tränen. Ich schluchzte dermaßen, daß das Mehl, auf dem ich lag, feucht wurde. Am Morgen begab ich mich wieder zum Rabbi und sagte ihm, ich hätte mich wohl geirrt. Der Rabbi setzte den Federkiel, mit dem er gerade schrieb, nicht ab, sondern schrieb weiter und bemerkte nur, in diesem Falle werde er wohl alles noch einmal überprüfen müssen. Bis dahin dürfte ich mich nicht in die Nähe meiner Frau wagen, könnte ihr aber immerhin durch einen Boten Brot und Geld bringen lassen.

3

Es dauerte volle neun Monate, bis alle Rabbiner sich untereinander einig waren. Handschreiben gingen in dieser, in jener Richtung. Ich hatte keine Ahnung gehabt, daß eine Frage wie die meine einen solchen Aufwand an Gelehrsamkeit erforderte.

Unterdessen schenkte Elka einem weiteren Kind das Leben, diesmal einem Mädchen. Am Sabbat ging ich in die Synagoge und rief einen Segen auf ihr Haupt herab. Man hieß mich vor die Tora treten, und ich gab dem Kind den Namen meiner Schwiegermutter – sie ruhe in Frieden. Die Lümmel und Großmäuler der Stadt, die in die Bäckerei kamen, wuschen mir den Kopf. Ganz Frampol weidete sich an meinen Nöten und Kümmernissen. Trotzdem war ich entschlossen, auch in Zukunft alles zu glauben, was mir gesagt wurde. Was nützt es, gar nicht zu glauben? Heute ist es die eigene Frau, der man keinen Glauben schenkt. Morgen ist es Gott selbst, dessen Existenz man bezweifelt.

Durch einen Gesellen, der bei ihr im Nebenhaus wohnte, ließ ich ihr täglich ein Roggen- oder Weizenbrot zukommen oder ein Stück Torte oder ein Brötchen oder ein Hörnchen oder, wenn ich Gelegenheit dazu hatte, eine Scheibe Pudding oder Honigkuchen oder Hochzeitsstrudel – irgend etwas, das mir gerade unter die Hände kam. Der Geselle war ein gutmütiger Bursche, und mehr als einmal legte er von sich aus noch etwas hinzu. Er hatte mich früher häufig geärgert, mich an der Nase gezupft oder mir einen Rippenstoß versetzt, aber seit er zum regelmäßigen Besucher in meinem Hause geworden war, verhielt er sich freundlich und freundschaftlich. «He, du, Gimpel», sagte er zu mir, «du hast eine sehr anständige kleine Frau und zwei hübsche Kinder. Die alle verdienst du gar nicht.»

«Aber was die Leute alles über die Frau reden», bemerkte ich.

«Nun, sie müssen wohl einfach ihre Zunge wetzen. Laß dich dadurch so wenig bekümmern wie durch die Kälte des letzten Winters.»

Eines Tages ließ der Rabbi mich zu sich kommen und sagte: «Bist du auch ganz sicher, Gimpel, daß du, was deine Frau betrifft, dich damals geirrt hast?»

«Ja, ich bin ganz sicher.»

«Aber hör einmal – du selbst hast es doch gesehen.»

«Es muß ein Schatten gewesen sein.»

«Ein Schatten wovon?»

«Von einem der Balken, glaube ich.»

«Dann darfst du wieder nach Hause. Du bist dem Rabbi von Janower Dank schuldig. Er hat bei Maimonides irgendeinen versteckten Hinweis gefunden, der dir jetzt zustatten kommt.»

Ich ergriff des Rabbi Hand und küßte sie.

Am liebsten wäre ich gleich nach Haus gelaufen. Es ist keine Kleinigkeit, so lange von Weib und Kind getrennt zu sein. Dann besann ich mich eines besseren: erst zur Arbeit, und am Abend nach Hause, wie früher. Ich sprach mit keiner Menschenseele, obwohl dieser Tag, was mein Herz betraf, wie einer der großen

Festtage war. Die Frauen neckten und hänselten mich, wie sie es auch sonst immer taten, aber ich dachte nur: immer weiter mit eurem losen Gerede! Die Wahrheit liegt jetzt offen zutage, wie Öl auf dem Wasser. Maimonides sagt, es ist recht, und darum ist es auch recht!

Als ich am späten Abend den Teig zugedeckt hatte, um ihn aufgehen zu lassen, nahm ich das, was mir an Brot zustand, und einen kleinen Sack Mehl und machte mich auf den Heimweg. Es war Vollmond, und die Sterne funkelten – es konnte einem ganz angst und bange werden. Ich setzte mich also in Trab, und vor mir schoß ein langer Schatten dahin. Es war Winter, und es war gerade Neuschnee gefallen. Mir war nach Singen zumute, aber es war schon etwas spät, und ich wollte die Bürger nicht aufwecken. Gern hätte ich auch gepfiffen, aber ich erinnerte mich, daß man in der Nacht nicht pfeift, weil das die Dämonen aus ihren Schlupfwinkeln lockt. Ich blieb also stumm und lief, was ich konnte.

In den Höfen der Christen kläfften Hunde mich an, wenn ich gerade vorüberkam, aber ich dachte: Bellt euch nur die Zähne aus! Was seid ihr denn anderes als Hunde? Ich dagegen bin ein Mensch, der Mann einer hübschen Frau, der Vater vielversprechender Kinder.

Beim Anblick des Hauses begann mir das Herz zu hämmern, als sei es das eines Schwerverbrechers. Ich verspürte keine Furcht, aber mein Herz machte bumm-bumm! Nun, es gab kein Zurück mehr. Leise hob ich den Schnepper in die Höhe und trat in die Wohnung. Elka schlief bereits. Ich blickte nach der Wiege des Kleinsten hinüber. Die Fensterläden waren geschlossen, aber der Mondschein zwängte sich durch die Mauerritzen. Ich sah das Gesicht der Jüngstgeborenen und liebte es schon in diesem Augenblick, liebte es bis auf jeden winzigen Knochen.

Dann trat ich näher an das Bett heran. Und was sah ich zunächst anderes als den Gesellen, der neben Elka lag! Der Mond verschwand sogleich hinter einer Wolke. Es war nun ganz finster, und ich zitterte. Die Zähne klapperten mir. Das Brot fiel mir aus der Hand, und meine Frau erwachte und fragte: «Wer ist denn das, he?»

«Ich bin's», murmelte ich.

«Gimpel?» fragte sie. «Wie kommst du denn her? Ich glaubte, es wäre verboten.»

«Der Rabbi hat es mir erlaubt», antwortete ich und bibberte wie im Fieber.

«Höre, Gimpel», sagte sie, «geh doch rasch mal zum Schuppen hinüber und sieh nach, ob mit der Ziege alles in Ordnung ist. Es kam mir so vor, als wäre sie krank.» Ja, ich hatte zu erwähnen vergessen, daß wir eine Ziege hatten. Als ich hörte, es ginge ihr nicht gut, lief ich in den Hof hinaus. Die Ziege war ein liebes kleines Geschöpf. Ich hatte fast so etwas wie eine menschliche Empfindung für sie.

Etwas zögernd ging ich auf den Schuppen zu und machte die Tür auf. Dort stand die Ziege auf ihren vier Beinen. Ich betastete sie überall, zog sie an den Hörnern, untersuchte ihr Euter und fand nichts Verdächtiges. Sie hatte wahrscheinlich zuviel Baumrinde gefressen. «Gute Nacht, kleine Ziege», sagte ich. «Bleib nur weiter gesund.» Und das kleine Tier erwiderte mir mit einem Mäh, als wolle es mir für meinen Wunsch danken.

Ich ging ins Haus zurück. Der Geselle war verschwunden.

«Wo ist denn der Bursche?» fragte ich.

«Welcher Bursche?»

«Was soll denn das heißen?» sagte ich. «Der Geselle. Mit dem du gerade geschlafen hast.»

«Mögen die Träume, die ich heute und gestern nacht gehabt habe, in Erfüllung gehen und dir Körper und Seele zerschmettern! Ein böser Geist hat sich in dir eingenistet und dich blind gemacht.» Und dann, fast schreiend: «Du widerliches Geschöpf! Du Mondkalb! Du Gespenst! Du Dreckskerl! Hinaus mit dir, oder ich hole ganz Frampol mit meinem Geschrei aus dem Bett!»

Noch ehe ich mich vom Fleck rühren konnte, sprang ihr Bruder hinter dem Ofen hervor und versetzte mir einen Schlag auf den Hinterkopf. Ich glaubte schon, er hätte mir das Genick gebrochen. Ich hatte das Gefühl, daß mit mir etwas ganz und gar nicht stimmte, und ich sagte: «Mach bloß keinen Skandal. Es fehlt jetzt nur noch, daß die Leute mir nachsagen, ich hätte mit Gespenstern und Dybbuks zu tun.» Das hatte sie nämlich gerade gemeint. «Dann wird niemand mehr das Brot anrühren, das ich gebacken habe.»

Kurz und gut, ich konnte sie irgendwie beschwichtigen. «Nun», sagte sie, «genug jetzt. Leg dich hin und laß dich überfahren.»

Am folgenden Morgen rief ich den Gesellen beiseite. «Hör zu, Brüderlein!» sagte ich. Und so weiter und so fort. «Wovon redest du denn überhaupt?» Er starrte mich an, als wäre ich gerade vom Dach gefallen.

«Wahr und wahrhaftig», erwiderte er, «du solltest jetzt lieber zu einem Kräuterdoktor oder einem Heilkundigen gehen. Ich fürchte, bei dir ist eine Schraube locker, aber dir zuliebe will ich nicht davon reden.» Und dabei blieb es denn auch.

Um mich kurz zu fassen: zwanzig Jahre lang lebte ich mit meiner Frau noch zusammen. Sie schenkte mir sechs Kinder, vier Töchter und zwei Söhne. Alles mögliche ging in dieser Zeit vor, aber ich sah nichts, und ich hörte nichts. Ich glaubte einfach, das war alles. Vor kurzem sagte der Rabbi zu mir: «Der Glaube ist wohltätig schon in sich selbst. Es steht geschrieben, daß ein guter Mensch von seinem Glauben lebt.»

Plötzlich wurde meine Frau krank. Es fing mit einer Kleinigkeit an, einem winzigen Gewächs auf der Brust. Aber es war ihr offenbar kein langes Leben bestimmt; ihre Jahre waren gezählt. Ich habe ein Vermögen an sie gewendet. Übrigens hatte ich zu erwähnen vergessen, daß ich inzwischen eine eigene Bäckerei hatte und in Frampol den Ruf genoß, so etwas wie ein reicher Mann zu sein. Täglich kam der Heilkundige, und auch jeder Kräuterdoktor aus der näheren Umgebung wurde herbeigeholt. Sie beschlossen, Blutegel anzulegen und dann das Geschwür zu kappen. Sie zogen sogar einen richtigen Arzt aus Lublin hinzu, aber es war zu spät. Vor ihrem Tod rief meine Frau mich an ihr Bett und sagte: «Vergib mir, Gimpel.»

«Was ist da zu vergeben? Du bist eine gute und treue Frau gewesen.»

«Ach du lieber Gott, Gimpel!» erwiderte sie. «Es war schändlich, wie ich dich die ganzen Jahre kindisch betrogen habe. Ich möchte geläutert vor meinen Schöpfer treten, und darum muß ich dir gestehen, daß die Kinder nicht deine sind.»

Wäre ich mit einem Stück Holz auf den Schädel geschlagen worden, ich hätte nicht verstörter sein können.

«Wessen Kinder sind es denn?» fragte ich.

«Das ahne ich nicht», sagte sie. «Da waren so viele... aber sie sind nicht von dir.» Und noch während sie sprach, warf sie den Kopf zur Seite, ihr Blick wurde glasig, und mit Elka war es vorbei. Auf ihren fahl gewordenen Lippen war ein Lächeln zurückgeblieben.

Ich glaubte sie, tot wie sie war, noch sagen zu hören: «Ich habe Gimpel betrogen. Das war der Sinn meines kurzen Lebens.»

4

Als ich nach Ablauf der Trauerzeit eines Nachts träumend auf den Mehlsäcken lag, kam der Geist des Bösen höchstpersönlich zu mir und sagte: «Gimpel, warum schläfst du jetzt?»

«Was sollte ich denn sonst tun?» fragte ich. «Etwa Krapfen essen?»

«Die ganze Welt betrügt dich. Und du solltest nun deinerseits der Welt etwas vorschwindeln.»

«Wie kann ich der ganzen Welt etwas vorschwindeln?»

«Du könntest jeden Tag einen Eimer Urin beiseitestellen und ihn des Nachts über dem Teig ausschütten. Mögen die Weisen von Frampol Dreck fressen.»

«Und das Gericht, das in der nächsten Welt über mich gehalten wird?»

«Es gibt keine nächste Welt», sagte er. «Man hat dir einen falschen Warenwechsel angedreht und dir weisgemacht, du hättest eine Katze im Leib. Was für ein Unsinn!»

«Nun ja», sagte ich, «und gibt es einen Gott?»

«Es gibt auch keinen Gott.»

«Was gibt es dann überhaupt?»

«Nur dicken Schlamm.»

Mit Ziegenbärtchen und Ziegenhörnern, mit langen Zähnen und einem Schweif stand er vor mir. Als ich solches von ihm vernahm, hätte ich ihn am liebsten beim Schwanz gepackt, aber ich purzelte von den Mehlsäcken herab und hätte mir um ein Haar eine Rippe gebrochen. Dann wollte es der Zufall, daß ich einem natürlichen Drang zu gehorchen hatte, und als ich am Trog vorüberkam, sah ich, daß der Teig aufgegangen war. Er schien mir zuzurufen: «Tu es!» Kurz und gut, ich ließ mich herumkriegen.

Bei Morgengrauen kam der Geselle. Wir kneteten das Brot, streuten Kümmel darauf und schoben es in den Ofen. Dann ging der Geselle, und ich blieb allein in der kleinen Aschenmulde am Ofen sitzen, auf einem Lumpenhaufen. Nun, Gimpel, dachte ich, du hast dich jetzt an allen für die Beschämung gerächt, in die sie dich täglich gestürzt haben. Draußen glitzerte der Frost, aber am Ofen war es warm. Die Flammen erhitzten mir das Gesicht. Ich senkte den Kopf und döste ein.

Fast im gleichen Augenblick schon erblickte ich vor mir Elka in ihrem Leichentuch. Sie rief mir zu: «Was hast du angerichtet, Gimpel?»

«Es ist alles deine Schuld», sagte ich und brach in Tränen aus.

«Du Narr», erwiderte sie. «Du Narr! Weil ich falsch zu dir war – ist deshalb auch alles andere falsch? Ich habe niemand anderen betrogen als mich selbst. Jetzt habe ich für alles zu büßen, Gimpel. Hier bleibt mir nichts erspart.»

Ich betrachtete ihr Gesicht. Es war schwarz. Ich fuhr erschreckt hoch und blieb wie benommen sitzen. Ich spürte, daß alles jetzt in der Schwebe war. Ein einziger falscher Schritt, und ich hatte das ewige Leben verwirkt. Aber Gott kam mir zu Hilfe. Ich ergriff die lange Schaufel, holte die Brote aus dem Ofen, trug sie in den Hof hinaus und begann in der gefrorenen Erde ein Loch zu graben.

Währenddessen kam mein Geselle zurück. «Was tust du da, Meister?» sagte er und wurde leichenblaß.

«Ich weiß, was ich tue», erwiderte ich und vergrub unmittelbar vor seinen Augen alles in der Erde.

Dann begab ich mich nach Hause, holte meinen Sparschatz aus dem Versteck und verteilte ihn unter meinen Kindern. «Ich habe eure Mutter heute nacht gesehen», sagte ich. «Die Ärmste wird jetzt ganz schwarz.»

Sie waren so erstaunt, daß sie kein Wort über die Lippen brachten.

«Gehabt euch wohl», sagte ich, «und vergeßt, daß ein Mann wie Gimpel jemals auf der Welt war.» Ich legte mein kurzes Mäntelchen und ein Paar Schuhe an, nahm in die eine Hand den Beutel mit meinem Gebetstuch, in die andere meinen Stock und küßte die Mesusa. Als die Leute auf der Straße mich in diesem Aufzug erblickten, waren sie höchst überrascht.

«Wo wollt Ihr denn hin?» fragten sie.

«In die Welt hinaus», antwortete ich. Und auf diese Weise schied ich von Frampol.

Ich zog im ganzen Land umher, und gute Leute ließen es nicht an Fürsorge fehlen. Nach vielen Jahren war ich alt und weiß. Ich bekam mehr als genug an Lügen und Schwindeleien zu hören, aber je länger ich lebte, um so mehr begriff ich auch, daß es eigentlich gar keine Lügen waren. Alles, was in Wirklichkeit nicht geschieht, ereignet sich dafür des Nachts im Traum. Es widerfährt dem einen, wofern es dem anderen nicht widerfährt, morgen, wofern nicht heute, oder ein Jahrhundert später, wofern nicht im nächsten Jahr. Was macht das schon aus? Oft habe ich Geschichten vernommen, von denen ich dachte: Das kann doch wohl nicht passieren. Aber noch vor Ablauf eines Jahres hörte ich, daß es tatsächlich irgendwo Ereignis geworden war.

Wenn ich so von Ort zu Ort ziehe und an fremden Tischen esse, geschieht es oft, daß ich selbsterfundene Geschichten erzähle – unwahrscheinliche Geschichten von Teufeln, Zauberern, Windmühlen und dergleichen. Die Kinder laufen mir nach und rufen: «Großvater, erzähl uns was!» Manchmal wollen sie eine ganz bestimmte Geschichte hören, und ich versuche, ihnen gefällig zu sein. Ein dicker Junge sagte einmal zu mir: «Großvater, das ist doch dasselbe, was du uns schon früher erzählt hast.» Der kleine Lausekerl, er hatte recht.

Nicht anders verhält es sich mit den Träumen. Schon vor vielen Jahren habe ich Frampol verlassen, aber sobald ich die Augen schließe, bin ich wieder dort. Und wen, glaubt ihr wohl, sehe ich dann vor mir? Elka. Sie steht am Waschtrog wie bei unserer ersten Begegnung, aber ihr Gesicht leuchtet, und ihre Augen strahlen wie die einer Heiligen, und sie spricht in irgendeiner fremden Sprache von seltsamen Dingen. Beim Aufwachen habe ich gleich alles wieder vergessen. Aber solange der Traum anhält, fühle ich mich gestärkt. Sie beantwortet alle meine Fragen, und es stellt sich heraus, daß zwischen uns das beste Einvernehmen besteht. Ich weine und bettle: «Laß mich doch bei dir sein.» Und sie tröstet mich und mahnt mich zur Geduld. Das letzte Stündlein ist näher, als ich geglaubt hatte. Manchmal streichelt und küßt sie mich, und ihre Tränen fallen auf mein Gesicht. Beim Erwachen spüre ich ihre Lippen noch auf den meinen, und auf der Zunge habe ich noch den Salzgeschmack ihrer Tränen.

Zweifellos besteht diese unsere Welt nur in unserer Einbildung, aber sie liegt von der wirklichen Welt nur einen Katzensprung entfernt. Neben der Tür der elenden Hütte, in der ich jetzt liege, lehnt schon das Brett, auf dem die Toten fortgetragen werden. Der jüdische Totengräber hat schon den Spaten gehoben. Das Grab wartet auf mich, die Würmer sind hungrig, und auch die Leichentücher sind schon zur Stelle – ich habe sie in meinem Bettelsack bei mir. Ein anderer Schnorrer wartet darauf, mein Strohbett zu erben. Wenn es an der Zeit ist, will ich voll Freuden von dannen ziehen. Wie es sich auch mit dem Drüben verhält: es wird wirklich sein, wird keine Verwicklung, keinen Spott, keine Täuschung kennen. Gepriesen sei Gott: dort drüben kann selbst Gimpel nicht mehr zum Narren gehalten werden.

Der Spiegel

I

Es gibt eine Art Netz, das so alt wie Methusalem, so zart wie ein Spinnweb und auch nicht weniger löcherig ist, das aber bis zum heutigen Tage seine Stärke bewahrt hat. Wenn ein Dämon es satt bekommt, vergangenen Tagen nachzujagen oder sich mit den Flügeln einer Windmühle immerzu im Kreise zu drehen, kann er sich im Innern eines Spiegels niederlassen. Dort liegt er wie eine Spinne im Netz auf der Lauer, und die Fliege entgeht ihm auch nicht. Gott hat dem weiblichen Geschlecht Eitelkeit zugeteilt, im besonderen seinen reichen, hübschen, unfruchtbaren, jugendlichen Vertreterinnen, die so viel Zeit und so wenig Gesellschaft haben.

Eine dieser Frauen entdeckte ich im Dorf Kraschnik. Ihr Vater handelte mit Bauholz. Ihr Mann ließ die Stämme nach Danzig flößen. Auf dem Grab ihrer Mutter wuchs Gras. Die Tochter wohnte in einem alten Hause zwischen Eichenschränken, Truhen mit Lederbezug und Büchern in Seideneinband. Sie hatte zwei Mägde, eine alte, die taub war, und eine junge, die es mit einem Geigenspieler trieb. Die anderen Ehefrauen in Kraschnik trugen Männerstiefel, mahlten Buchweizen mit runden Steinen, rupften Geflügel, kochten Brühen, brachten Kinder zur Welt und nahmen an Begräbnissen teil. Es erübrigt sich festzustellen, daß die schöne und wohlerzogene Sirel – sie war in Krakau aufgewachsen – mit ihren Kleinstadt-Nachbarinnen nicht viel zu reden hatte. Und darum las sie lieber in ihrem deutschen Liederbuch und stickte Figuren wie Moses und Zipora, David und Bathseba, Ahasver und Königin Esther auf Gitterleinen. Die hübschen Kleider, die ihr Mann ihr gekauft hatte, hingen im Wandschrank. Ihre Perlen und Diamanten lagen im Schmuckkästchen. Niemand sah jemals ihre seidene Unterwäsche, ihre Spitzenunterröcke, niemand ihr unter der Perücke verborgenes rotes Haar, nicht einmal ihr Mann. Denn wann hätte man das alles auch sehen sollen? Gewiß nicht am hellen Tage, und bei Nacht ist es dunkel.

Aber Sirel hatte eine Dachkammer, die sie ihr Boudoir nannte und in der ein Spiegel hing, so blau wie Wasser im Augenblick des Gefrierens. Der Spiegel hatte in der Mitte einen Sprung und war in einen goldenen Rahmen eingefaßt, der mit großen und kleinen Schlangen, Knöpfen und Rosen verziert war. Ihm gegenüber lag auf dem Boden ein Bärenfell, und dicht daneben stand ein Sessel mit Armlehnen aus Elfenbein und einem Sitz voller Kissen. Was hätte wohl angenehmer sein können, als, die Füße auf dem Bärenfell, nackend in diesem Sessel zu ruhen und sich selbst zu betrachten? Und Sirel hatte etwas zu betrachten. Ihre Haut war so weiß wie Atlas, ihre Brüste so voll wie Weinschläuche, das Haar fiel ihr über die Schulter, und ihre Beine waren so schmal wie die einer Hindin. Stundenlang saß sie so und schwelgte in ihrer eigenen Schönheit. War die Türe geschlossen und verriegelt, stellte sie sich gern vor, daß jene Tür sich plötzlich auftat und daß ein Prinz oder Jäger oder Ritter oder Dichter in ihrem Rahmen stand. Denn alles Verborgene muß einmal ans Licht, jedes Geheimnis möchte enthüllt sein, jede Liebe verlangt danach, verraten zu sein, alles Heilige muß sich entweihen lassen. Himmel und Erde scheinen sich verschworen zu haben, jeden guten Anfang einem schlimmen Ende entgegenzuführen.

Nun, sobald ich von der Existenz dieses köstlichen kleinen Leckerbissens gehört hatte, beschloß ich, Sirel mir gefügig zu machen. Das Unternehmen erforderte nur ein kleines bißchen Geduld. Als sie eines Sommertages in Betrachtung ihrer linken Brustwarze versunken war, wurde sie meiner im Spiegel ansichtig – ja, da war ich, schwarz wie Teer, lang wie eine Bohnenstange, ausstaffiert mit den Ohren eines Esels, dem Gehörn eines Widders, dem Maul eines Frosches und dem Bärtchen eines Ziegenbocks. Meine Augen waren ganz Pupille. Sirel war so überrascht, daß sie zu erschrecken vergaß. Statt laut «Höre, Israel» zu beten, brach sie in Lachen aus.

«Ach, wie häßlich du bist», sagte sie.

«Ach, wie schön du bist», erwiderte ich.

Sie war von meinem Kompliment angetan. «Wer bist du?» fragte sie.

«Keine Angst, bitte», sagte ich. «Ich bin ein Kobold, kein Dämon. Meine Finger haben keine Nägel, mein Mund hat keine Zähne, meine Arme sind dehnbar wie Lakritzen, meine Hörner knetbar wie Wachs. Meine Macht liegt in meiner Zunge. Mein Gewerbe ist Narretei, und ich bin hier, um dich aufzuheitern, weil du so allein bist.»

«Wo warst du denn vorher?»

«Im Schlafzimmer hinter dem Ofen, wo die Grille zirpt und die Maus raschelt, zwischen einem verdorrten Kranz und einem Weidenast mit vergilbten Blättern.»

«Und was hast du dort getrieben?»

«Ich habe dich angeschaut.»

«Seit wann?»

«Seit deiner Hochzeitsnacht.»

«Und wovon hast du dich genährt?»

«Vom Duft deines Körpers, dem Schimmer deines Haares, dem Licht deiner Augen, der Betrübnis deines Gesichts.»

«Oh, du kleiner Schmeichler!» rief sie. «Wer bist du denn? Was tust du hier? Wo kommst du her? Was führst du denn im Schilde?»

Ich erfand rasch eine Geschichte. Mein Vater, sagte ich, sei ein Goldschmied, meine Mutter ein Sukkubus gewesen. Beide hätten sich in einem Keller auf den Schlingen eines fauligen Seiles gepaart, und ich sei ihr Bankert. Eine Zeitlang hätte ich in einer Teufelssiedlung auf dem Berg Seir gelebt, wo ich ein Maulwurfsloch bewohnte. Aber bei der Entdeckung, daß mein Vater ein Mensch gewesen sei, hätte man mich vertrieben. Von diesem Augenblick an sei ich heimatlos gewesen. Weibliche

Teufel mieden mich, weil ich sie an die Adamssöhne gemahnte, und die Evastöchter wiederum sähen den Teufel in mir. Hunde kläfften mich an, und Kinder brächen bei meinem Anblick in Tränen aus. Warum hätten sie aber Angst? Ich fügte niemandem Schaden zu. Mein einziges Verlangen sei es, schöne Frauen zu betrachten – sie zu betrachten und mit ihnen zu plaudern.

«Warum aber plaudern? Die Schönen sind nicht immer die Klügsten.»

«Im Paradies dienen die Klugen den Schönen als Hocker.»

«Mein Lehrer hat mir etwas anderes beigebracht.»

«Was wußte denn dein Lehrer? Die Bücherschreiber haben ein Flohhirn; sie plärren lediglich einer dem anderen nach. Frag mich, wenn du gern etwas wissen möchtest. Die Weisheit reicht nicht weiter als bis zum ersten Himmel. Von dort an ist alles reine Lust. Weißt du nicht, daß die Engel keine Köpfe haben? Die Seraphim spielen wie Kinder im Sand. Die Cherubim können nicht zählen. Die Aralim stehen, Gedanken wiederkäuend, vor dem Throne der Herrlichkeit. Gott selbst ist onkelhaft freundlich. Er vertreibt sich die Zeit damit, daß er den Leviathan am Schwanz zieht und sich vom wilden Ochsen belecken läßt. Oder er kitzelt auch die Schechina, läßt sie täglich Zehntausende von Eiern legen, und jedes Ei ist ein Stern.»

«Jetzt weiß ich, daß du dich über mich lustig machst.»

«Möge ein komischer Knorpel meiner Nase entsprossen, wenn das nicht die reine Wahrheit ist! Schon längst habe ich den mir zugeteilten Vorrat von Lügen aufgebraucht. Jetzt bleibt mir nichts anderes übrig, als die Wahrheit zu sagen.»

«Kannst du Kinder zeugen?»

«Nein, liebste Freundin. Wie das Maultier bin ich der letzte eines Stammes. Aber das beeinträchtigt durchaus nicht meine Begehrlichkeit. Ich liege nur mit verheirateten Frauen zusammen, denn meine Sünden bestehen in menschenfreundlichen Handlungen; meine Gebete sind Lästerungen, mein Brot Aufsässigkeit, mein Wein Überheblichkeit, und Stolz ist das Mark meiner Knochen. Es gibt nur eines, worauf ich mich neben dem Schwatzen noch verstehe.»

Darüber mußte sie lachen. Dann erwiderte sie: «Meine Mutter hat mich nicht zur Teufelshure erzogen. Fort mit dir, sonst werde ich dich noch aus dem Spiegel austreiben lassen.»

«Warum nur die Umstände», sagte ich. «Ich gehe schon. Ich dränge mich niemandem auf. Auf Wiedersehen.»

Ich verflüchtigte mich wie Nebel.

2

Sieben Tage lang blieb Sirel ihrem Boudoir fern. Ich döste im Innern des Spiegels vor mich hin. Das Netz war ausgeworfen: das Opfer war bereit. Ich wußte, daß sie neugierig war. Gähnend überdachte ich meinen nächsten Streich. Sollte ich die Tochter eines Rabbi verführen? Einen Bräutigam seiner Manneskraft berauben? Den Synagogenkamin verstopfen? Den Sabbatwein in Essig verwandeln? Das Haar einer Jungfrau verfilzen? Zu Rosch ha-Schana, dem Neujahrsfest, ins Widderhorn kriechen? Einem Vorsänger die Stimme verderben? Niemals ermangelt es einem Kobold an Gelegenheiten für seinen Betätigungsdrang, zumal während der großen Fast- und Erinnerungstage, wenn selbst die Fische im Wasser zittern. Und als ich gerade von Mondsaft und Truthahnsamen träumte, trat sie wieder ein. Sie suchte nach mir, konnte mich aber nicht sehen. Sie stellte sich gerade vor den Spiegel, aber ich ließ mich nicht blicken.

«Es muß Einbildung gewesen sein», murmelte sie vor sich hin. «Es muß ein Tagtraum gewesen sein.»

Sie streifte ihr Nachtgewand ab und stand da in all ihrer Blöße. Ich wußte, daß ihr Mann sich gerade in der Stadt befand und daß er die vorausgegangene Nacht mit ihr geschlafen hatte, obwohl sie nicht im rituellen Bad gewesen war – aber, wie der Talmud es ausdrückt, «einer Frau ist mehr an einem Grad Ausschweifung gelegen als an zehn Graden Züchtigkeit». Sirel, die Tochter des Roize Glike, vermißte mich, und ihre Blicke waren betrübt. Sie gehört jetzt mir, dachte ich, mir. Der Todesengel hatte bereits seine Rute erhoben. Ein eifriger kleiner Teufel tat sein Bestes, den Kessel in der Hölle für sie zu füllen. Ein zum Heizer beförderter Sünder sammelte schon das

Feuerholz ein. Alles war bereit – die Schneewehen und die glühenden Kohlen, der Haken für ihre Zunge und die Zangen für ihre Brüste, die Maus, die an ihrer Leber nagen, der Wurm, der sich in ihre Blase einfressen würde. Aber meine kleine Bezauberin ahnte von alledem nichts. Sie strich sich über die linke Brust, dann über die rechte. Sie betrachtete ihren Unterleib, musterte die Schenkel, prüfte die Zehen. Würde sie jetzt in ihrem Buch lesen? Sich die Nägel feilen? Sich das Haar kämmen? Ihr Mann hatte ihr aus Lentschitz allerhand Parfums mitgebracht, und sie duftete nach Rosenwasser und Nelken. Er hatte ihr auch ein Korallenhalsband geschenkt, das sie jetzt trug. Aber was ist Eva ohne die Schlange? Und was ist Gott ohne Luzifer? Sirel war voller Verlangen. Wie eine Hure rief sie mich mit ihren Blicken herbei. Mit zuckenden Lippen sprach sie einen Zauberspruch:

Rasch ist der Wind,
Eng sind die Gassen,
Schwarzglänzende Katze,
Komm, laß dich fassen.
Stark ist der Löwe
Und stumm der Fisch,
Greif aus der Stille
Dir was für den Tisch.

Beim letzten dieser Worte nahm ich für ihr Auge Gestalt an. Ihr Gesicht erhellte sich.

«Da wärst du also wieder.»

«Ich war fort», sagte ich, «aber ich bin zurückgekehrt.»

«Und wo bist du gewesen?»

«Im Nie- und Nimmerland. Ich war im Palast Rahabs, der Kurtisane, der im Garten der goldenen Vögel nahe dem Schloß des Asmodi liegt.»

«Tatsächlich so weit?»

«Wenn du mir nicht glaubst, mein Juwel, komm einfach mit mir. Setz dich auf meinen Rücken, halte dich an meinen Hörnern fest, und dann werde ich meine Schwingen öffnen, und wir werden zusammen bis hinter die Berggipfel fliegen.»

«Aber ich habe jetzt gar nichts an.»
«Dort trägt niemand Kleider.»
«Mein Mann wird von meinem Verbleib bestimmt nichts ahnen.»
«Er wird sich bald genug darüber im klaren sein.»
«Wie lange dauert die Reise?»
«Weniger als eine Sekunde.»
«Wann werde ich wieder zurück sein?»
«Wer einmal dort drüben gewesen ist, wünscht sich nie mehr zurück.»
«Und was werde ich dort tun?»
«Du wirst auf dem Schoß des Asmodi sitzen und Ringellöckchen in sein Barthaar flechten. Du wirst Mandeln essen und Porterbier trinken. Am Abend wirst du für ihn tanzen. An den Fußknöcheln wirst du kleine Glöckchen tragen, und alle möglichen Dämonen werden mit dir im Kreise wirbeln.»
«Und dann?»
«Wenn mein Herr Gefallen an dir findet, wirst du die Seine. Andernfalls wird einer seiner Günstlinge sich deiner annehmen.»
«Und am nächsten Morgen?»
«Es gibt dort keine Tageszeiten.»
«Wirst du bei mir bleiben?»
«Deinetwegen werde ich an einem winzigen Knochen lecken dürfen.»
«Armer kleiner Teufel, du tust mir leid, aber ich kann nicht mitkommen. Ich habe einen Ehemann und einen Vater. Ich habe Gold und Silber und Kleider und Pelze. Meine Absätze sind in Kraschnik die höchsten.»
«Nun, dann leb wohl.»
«Warte. Hab es doch nicht gar so eilig. Was hätte ich denn zu tun?»
«Nun bist du endlich vernünftig. Aus dem weißesten Mehl mache etwas Teig. Füge Honig, Monatsblut, ein Ei mit einem Blutfleck, eine Spur Schweinefett, einen Fingerhut voll Sirup und ein Glas Opferwein hinzu. Am Sabbattag zünde ein Feuer an und backe das Gemisch auf den Kohlen. Dann rufe deinen

Mann zu dir ans Bett und laß ihn von dem so entstandenen Kuchen kosten. Weck ihn mit Lügen auf und schläfre ihn mit Lästerungen wieder ein. Wenn er dann zu schnarchen beginnt, schneide ihm die Hälfte seines Bartes und eine Schläfenlocke ab, stiehl ihm sein Gold, verbrenne seine Schuldscheine und zerreiße den Ehevertrag. Dann wirf all deinen Schmuck unter das Fenster des Schweinemetzgers – das wird mein Verlobungsgeschenk sein. Vor Verlassen des Hauses wirf das Gebetbuch auf den Kehricht und spucke auf die Mesusa, und zwar genau an die Stelle, wo das Wort Schadai steht. Dann komm geradewegs zu mir. Auf meinen Schwingen werde ich dich von Kraschnik in die Wüste tragen. Wir werden über Felder brausen, die voller Giftpilze stehen, über Wälder, die von Werwölfen wimmeln, über die Ruinen von Sodom, wo Schlangen Gelehrte, Hyänen Sänger, Krähen Prediger und Diebe mit der Verteilung von Hilfsgeldern betraut sind. Dort ist die Häßlichkeit Schönheit, und alles Krumme ist gerade. Die Folter ist eine Belustigung, Spöttelei die höchste aller Entzückungen. Aber spute dich, denn unsere Ewigkeit währt nicht lang.»

«Ich fürchte mich, kleiner Teufel, ich fürchte mich.»

«Das tut jeder, der sich mit uns einläßt.»

Sie wollte noch einige Fragen stellen, mich bei irgendwelchen Widersprüchen ertappen, aber ich machte mich davon. Sie preßte die Lippen an den Spiegel, wo sie gerade noch mit dem Ende meines Schweifes in Berührung kamen.

3

Ihr Vater brach in Tränen aus. Ihr Mann raufte sich das Haar. Ihre Dienerinnen suchten im Holzschuppen und im Keller nach ihr. Ihre Schwiegermutter stocherte mit einer Schaufel im Kamin herum. Fuhrleute und Metzger durchstreiften nach ihr die Wälder. Des Nachts wurden Fackeln angezündet, und die Stimmen der Suchenden hallten und hallten wider: «Sirel, wo bist du? Sirel! Sirel!»

Man äußerte schon den Verdacht, daß sie womöglich in ein

christliches Kloster geflüchtet sei, aber der katholische Priester stellte das mit einem Eid auf das Kruzifix in Abrede. Man ließ einen zünftigen Wundertäter kommen, dann eine Hexe, eine alte Christin, die lebensähnliche Wachsfigürchen knetete, und zuletzt einen Mann, der den Verbleib von Toten oder Vermißten mit Hilfe eines schwarzen Spiegels ausfindig zu machen wußte. Ein Gutsbesitzer lieh ihnen seine Bluthunde. Aber sobald ich einmal im Besitz einer Beute bin, kann sie mir keiner wieder abnehmen. Ich öffnete meine Schwingen, und schon brausten wir dahin. Sirel sprach zu mir, aber ich antwortete nicht. Als wir nach Sodom kamen, hielt ich einen Augenblick über Lots Weib inne. Drei Ochsen waren eifrig dabei, ihr die Nase zu lecken. Lot lag, trunken wie immer, mit seinen Töchtern in einer Höhle.

Im Tal der Schatten, auch «Die Welt» genannt, ist alles unaufhörlichem Wandel unterworfen. Aber für uns steht die Zeit still! Adam bleibt unbekleidet, Eva begehrlich und noch immer für die Verführungskünste der Schlange empfänglich. Kain tötet Abel, der Floh liegt beim Elefanten, aus Himmelsschleusen ergießt sich die große Flut, die Juden kneten Lehm in Ägypten, und Hiob schabt sich seinen schwärenbedeckten Körper – schabt sich bis zum Ende aller Zeiten, ohne jemals Erleichterung zu finden.

Sirel wollte noch mit mir sprechen, aber mit einem kurzen Aufflattern war ich verschwunden. Ich hatte meinen Auftrag erfüllt. Wie eine Fledermaus lag ich, mit blicklosen Augen blinzelnd, auf einer steilen Klippe. Die Erde war braun, der Himmel gelb. Im Kreise standen Teufel und wedelten mit dem Schweif. Zwei Turteltauben lagen Schnabel an Schnabel nebeneinander, und ein männlicher Stein gattete sich tiergleich mit einem weiblichen.

Schabriri und Bariri erschienen. Der erstere hatte die Gestalt eines jungen Edelmannes angenommen. Er trug einen Dreispitz und einen Krummsäbel; er hatte die Füße einer Gans und das Bärtchen eines Ziegenbocks. Auf der Schnauze trug er eine Brille, und er sprach in irgendeiner deutschen Mundart. Bariri war Affe, Papagei, Ratte und Fledermaus – alles zu gleich.

Schabriri verbeugte sich tief und stimmte wie ein Hochzeitsunterhalter einen Singsang an:

> *Gandel, Randel,*
> *Das wär ein Handel.*
> *Ein Eichkatztierel*
> *Namens Sirel.*
> *Nicht im Käfig geblieben,*
> *wollte lieber unrein lieben.*

Er war im Begriff, sie in die Arme zu schließen, als Bariri kreischte: «Laß dich von ihm nicht berühren. Er hat Schorf auf dem Kopf, Schwären an den Beinen, und was eine Frau braucht, hat er gerade nicht. Er spielt immer den wilden Liebhaber, aber ein Kapaun ist liebesfähiger als er. Schon sein Vater war nicht anders, und sein Großvater auch nicht. Mich sollst du zum Liebhaber nehmen. Ich bin der Enkel des Oberlügners. Außerdem bin ich begütert und aus guter Familie. Meine Großmutter war Hofdame bei Machlath, der Tochter der Namah. Meine Mutter hatte die Ehre, dem Asmodi höchstpersönlich die Füße zu waschen. Mein Vater – möge er für immer in der Hölle bleiben – trug dem Satan die Schnupftabaksdose.»

Schabriri und Bariri hatten Sirel am Haar gepackt, und immer wenn sie daran zerrten, rissen sie ein Büschel heraus. Jetzt erkannte Sirel, wie es um sie stand, und sie rief laut: «Erbarmen, Erbarmen!»

«Was haben wir denn hier?» fragte Keten Mariri.

«Eine liebesbedürftige Dame aus Kraschnik.»

«Haben sie denn dort nichts Besseres?»

«Nein, das ist schon das Beste.»

«Wer hat sie angeschleppt?»

«Ein kleiner Kobold.»

«Na, denn man los.»

«Hilfe, Hilfe», stöhnte Sirel.

«Hängt sie», schrie Grimm, der Sohn von Zorn, «es nützt ihr kein Jammergeschrei. Zeit und Wandel liegen hinter ihr. Tu was man dich heißt. Du bist weder jung noch alt.»

Sirel brach in Wehklagen aus. Lilith fuhr aus dem Schlafe hoch. Sie fegte den Bart des Asmodi beiseite und schob, jedes ihrer Haare eine Ringelnatter, ihren Kopf aus der Höhle.

«Was ist denn los mit der läufigen Hündin?» fragte sie. «Warum all das Gezeter?»

«Sie haben sie gerade unter den Händen.»

«Weiter nichts? Tut noch etwas Salz dran.»

«Und schöpft das Fett ab.»

Diese Art Vergnügen ist schon seit Tausenden von Jahren die gleiche, aber die schwarze Rotte wird seiner nicht überdrüssig. Jeder Teufel trägt dazu bei, jeder Kobold macht seine kleinen Witze. Sie zerren und reißen und beißen und kneifen. Dabei sind die männlichen Teufel gar nicht so arg – die weiblichen sind's, denen es wirklich Spaß macht zu fauchen: «Schöpfe mit bloßer Hand die kochende Brühe ab! Flicht dir Zöpfe, ohne die Finger dabei zu benutzen! Wasche ohne Wasser! Fange Fische im heißen Sand! Bleib zu Hause und lauf gleichzeitig auf die Straße! Nimm ein Bad, ohne dich zu benetzen! Mach Butter aus Steinen! Zertrümmere das Faß, ohne den Wein zu verschütten!» Und die ganze Zeit über schwatzen im Paradies die tugendsamen Frauen untereinander, und die frommen Männer sitzen auf goldenen Stühlen und stopfen sich mit dem Fleisch des Leviathan voll, während sie sich ihrer guten Taten rühmen.

Gibt es einen Gott? Ist Er allbarmherzig? Wird Sirel jemals Erlösung finden, oder ist die Schöpfung eine Schlange der Vorzeit, die immerzu Böses gebiert? Wie kann ich das wissen? Noch immer bin ich nur einer der kleineren Teufel. Kobolde werden selten befördert. Inzwischen kommen und gehen ganze Menschengeschlechter, eine Sirel folgt einer anderen in Zehntausenden von Abbildern – Zehntausenden von Spiegeln.

Der Mann, der seine vier Frauen unter die Erde brachte

EINE ALTE VOLKSERZÄHLUNG

I

Ich bin aus Turbin, und dort hatten wir einen Weibstöter. Pelte hieß er, Pelte der Weibstöter. Er hatte vier Frauen, und, möge es ihm später nicht zur Last gelegt werden, er beförderte sie alle ins Jenseits. Was die Frauen an ihm fanden, ahne ich nicht. Er war ein kleiner, untersetzter, grauhaariger Mann, der einen zottigen Bart und vorstehende blutunterlaufene Augen hatte. Schon sein bloßer Anblick hatte etwas Erschreckendes. Und was seine Knauserigkeit betraf – etwas Ähnliches gab es einfach nicht wieder. Zur Sommers- und Winterszeit lief er in dem gleichen geflickten Kaftan und in Stiefeln aus ungegerbtem Leder herum. Und doch war er reich. Er besaß ein ansehnliches Backsteinhaus, einen wohlgefüllten Getreidespeicher und außerdem noch Grundeigentum in der Stadt. An seine Eichentruhe kann ich mich bis zum heutigen Tage erinnern. Sie war mit Leder bezogen und zum Schutz gegen etwaiges Feuer von Kupferbändern umspannt. Um diese Truhe selbst gegen Diebstahl zu sichern, hatte er sie auf dem Boden festnageln lassen. Es hieß, er bewahre ein ganzes Vermögen darin auf. Trotzdem kann ich nicht recht verstehen, wie irgendeine Frau sich mit einem solchen Mann unter den Traubaldachin wagte. Seine ersten beiden Frauen hatten wenigstens die Entschuldigung, aus kümmerlichen Verhältnissen zu stammen. Die erste dieser Frauen – arme Seele, möge dir ein langes Leben beschieden sein – war eine Waise, und er heiratete sie einfach so, wie sie war, nämlich ohne jegliche Aussteuer. Die zweite dagegen – möge sie in Frieden ruhen – war eine Witwe, die keinen roten Heller besaß. Sie hatte nicht einmal, wenn ich das so sagen darf, ein Hemd auf dem Leibe. Heutzutage reden die Leute von Liebe. Sie glauben sogar, daß es einmal eine Zeit gab, in der alle Männer Engel waren. Unsinn. So schwerfällig Pelte auch war, er verliebte sich Hals über Kopf in jene Witwe, und ganz Turbin kicherte. Er war bereits in den Vierzigern und sie ein bloßes Kind, achtzehn Jahre alt oder sogar noch weniger. Kurz und gut, freundliche Seelen spielten eine Vermittlerrolle, auch Verwandte griffen mit ein, und schließlich kam es zu einem Ehebund.

Gleich nach der Hochzeit begann die junge Frau darüber zu klagen, daß er es an Lebensart fehlen ließ. Man hörte von seltsamen Dingen – möge Gott mich nicht für meine Worte bestrafen. Er war immerzu gehässig. Ehe er am Morgen ins Bethaus ging, pflegte sie ihn zu fragen: «Was möchtest du heute zum Mittagessen haben? Klare Brühe oder Gemüsesuppe?» – «Klare Brühe», mochte er antworten. Sie kochte also klare Brühe. Beim Nachhausekommen sagte er dann in gereiztem Ton: «Habe ich dich nicht gebeten, Gemüsesuppe zu machen?» – «Aber du hast doch selbst gesagt, daß du Brühe wolltest», wandte sie ein, worauf er erwiderte: «Dann wäre ich also ein Lügner!» Und noch ehe man sich dessen versah, war er bereits in heller Wut, nahm eine Scheibe Brot und eine Knoblauchknolle und lief in die Synagoge zurück, um beides dort zu verzehren. Sie rannte ihm nach und rief: «Ich werde dir eine Gemüsesuppe kochen! Blamier mich doch nicht vor den anderen!» Aber er drehte nicht einmal den Kopf. In der Synagoge saßen junge Männer über ihren Büchern. «Was ist denn passiert, daß du hier zu Mittag ißt?» wollten sie wissen. «Meine Frau hat mich aus dem Haus getrieben», antwortete er. Um mich kurz zu fassen: er brachte sie zuletzt mit seinen Wutanfällen ins Grab. Wenn sie auf anderer Leute Rat hin erklärte, sich von ihm scheiden lassen zu wollen, drohte er wegzulaufen und sie im Stich zu lassen. Einmal lief er tatsächlich weg und wurde erst auf der nach Janow führenden Straße, dicht beim Schlagbaum, wieder eingeholt. Die Frau erkannte, daß sie nichts mehr zu hoffen hatte. Sie legte sich also einfach ins Bett und starb. «Ich sterbe, und er ist daran schuld», erklärte sie. «Möge es ihm später nicht zur Last gelegt werden.» Die ganze Stadt geriet in Erregung. Ein paar Metzger und junge Heißsporne wollten ihm eine Lehre erteilen, denn die Frau stammte aus ihren Kreisen, aber das duldete die Gemeinde nicht – schließlich war er ein recht begüterter Mann. Die Toten sind, wie man zu sagen pflegt, begraben, und was die Erde einmal verschluckt hat, ist bald vergessen.

Mehrere Jahre verstrichen, ohne daß er sich wieder verheiratet hätte. Vielleicht fehlte es ihm dazu an innerem Antrieb, vielleicht auch nur an der rechten Gelegenheit. Jedenfalls blieb er Witwer. Die Frauen lachten sich darüber ins Fäustchen. Er wurde noch knauseriger, als er es schon gewesen war, und sah so ungepflegt aus, daß es geradezu abstoßend war. Nur am Samstag verzehrte er jeweils ein Stückchen Fleisch: Abfälle oder gefüllten Darm. Die Woche über aß er nur Hülsenfrüchte. Er buk selbst Brot aus Weizen und Kleie. Er kaufte auch kein Holz. Statt dessen zog er des Nachts mit einem Sack aus, um die Holzspäne in der Nähe der Bäckerei aufzulesen. Er hatte zwei tiefe Taschen, und alles, worauf sein Blick fiel, wurde darin verfrachtet: Knochen, Baumrinde, Schnüre und Tonscherben. Alles das versteckte er bei sich in der Bodenkammer. Es lag dort zu Haufen geschichtet, die fast bis ans Dach reichten. «Jede Kleinigkeit wird sich einmal als nützlich erweisen», pflegte er zu sagen. Er war zu allem anderen auch eine Art Gelehrter und konnte bei jedem Anlaß die Heilige Schrift zitieren, obwohl er in der Regel nicht allzuviel sprach.

Alle vermuteten, er würde für den Rest seines Lebens allein bleiben. Plötzlich verbreitete sich die schreckliche Nachricht, daß er sich mit Reb Faliks Finkl verlobt hatte. Wie sollte ich euch Finkl beschreiben! Sie war die Schönste im Städtchen und stammte aus bestem Hause. Ihr Vater, Reb Falik, war ein Großgrundbesitzer. Es hieß, er ließe seine Bücher in Seide binden. Jedesmal, wenn eine Braut zum Reinigungsbad geführt wurde, machten die Musikanten unter seinen Fenstern halt und spielten irgendeine Weise. Finkl war sein einziges Kind. Von sieben Kindern war sie allein am Leben geblieben. Reb Falik verheiratete sie mit einem reichen jungen Mann aus Brod, wie es nur einen unter einer Million gab: gebildet und klug, ein richtiger Aristokrat. Ich habe ihn nur einmal im Vorübergehen gesehen. Er hatte gekräuselte Schläfenlocken und trug einen geblümten Kaftan, vornehme Schuhe und weiße Socken. Seine Hautfarbe: Milch und Blut. Aber das Schicksal wollte es anders. Gleich nach den sieben Tagen des Trausegens brach er zusammen. Man schickte nach Zische dem Bader, und der setzte Blutegel an und ließ ihn zur Ader, aber was kann man gegen das Schicksal ausrichten? Reb Falik ließ in höchster Eile mit seiner Kutsche einen Arzt aus Lublin holen, aber Lublin ist weit, und ehe man recht begriff, war alles bereits vorbei. Die ganze Stadt vergoß Tränen wie beim Kol-Nidre, dem feierlichen Beginn des Versöhnungsfestes. Der alte Rabbi – Friede seinem Gebein – hielt die Grabrede. Ich bin nur eine sündige Frau und verstehe nicht viel von Gelehrsamkeit, aber bis zum heutigen Tage sind mir die Worte des Rabbi im Gedächtnis geblieben. Alle haben sie sich eingeprägt. «Er bestellte Schwarzes und erhielt Weißes...» begann der Rabbi. So heißt es in der Gemara von einem Mann, der sich Tauben kommen ließ, aber der Rabbi – er ruhe in Frieden – meinte mit der Anspielung auf die Farben Hochzeitsgewänder und Leichentücher. Selbst Feinde der Familie trauerten. Wir jungen Mädchen benetzten des Nachts unsere Kopfkissen mit Tränen. Finkl, der zarten verwöhnten Finkl, verschlug es in ihrem bitteren Kummer die Sprache. Ihre Mutter war nicht mehr am Leben, und auch Reb Faliks Tage waren gezählt. Finkl erbte seinen ganzen Reichtum, aber was war das Geld jetzt nütze? Sie wollte von keinem anderen Freier mehr hören.

Plötzlich also vernahmen wir, daß Finkl Pelte heiraten werde. Die Nachricht machte an einem winterlichen Donnerstagabend die Runde, und alle durchfuhr ein Kälteschauer. «Dieser Mann ist des Teufels!» rief meine Mutter. «So einer sollte aus der Stadt gejagt werden.» Wir Kinder waren wie versteint. Ich pflegte damals allein zu schlafen, aber in jener Nacht kroch ich zu meiner Schwester ins Bett. Ich befand mich in einer Art Fieberzustand. Später erfuhren wir, daß die Ehe durch einen Mann vermittelt worden war, der ein bißchen von diesem und ein bißchen von jenem und im ganzen ein Ekel war. Man sagte, er habe sich einmal von Pelte ein Exemplar der Gemara ausgeliehen und zwischen den Seiten einen Hundertrubelschein gefunden. Pelte hatte die Gewohnheit, Papiergeld in seinen Büchern zu verstecken. Was das eine mit dem anderen zu tun hatte, ahnte ich nicht – ich war damals noch ein Kind. Aber was macht es schon aus? Finkl gab ihre Zustimmung. Wenn Gott jemanden züchtigen möchte, schlägt Er ihn mit Blindheit. Viele liefen zu ihr, rauften sich das Haar, um sie von ihrem Entschluß abzubringen, aber sie blieb dabei. Die Hochzeit fand am Sabbat nach dem Wochenfest statt. Wie es bei der Heirat einer Jungfrau gebräuchlich ist, war der Traubaldachin vor der Synagoge aufgestellt, aber uns allen wollte es so vorkommen, als nähmen wir an einem Begräbnis teil. Ich stand in einer der beiden Reihen junger Mädchen, die Kerzen in der Hand hielten. Es war an einem Sommerabend, und es wehte kein Lüftchen, aber als der Bräutigam vorbeigeführt wurde, gerieten die Flammen ins Flackern. Ich zitterte vor Furcht. Die Geigen begannen mit einer Hochzeitsweise, aber es war wie ein Wehklagen, nicht wie Musik. Die Baßgeige trauerte. Ich würde keinem Menschen wünschen, so etwas jemals hören zu müssen. Offen gestanden würde ich auch lieber mit dieser Geschichte nicht fortfahren. Sie könnte euch Albträume verursachen, und mir selber ist dabei nicht ganz geheuer zumute. Wie bitte? Ihr wollt weiter hören? Nun schön. Dann müßt ihr mich aber später nach Hause begleiten. Heute nacht würde ich nicht allein heimzugehen wagen.

2

Wo war ich steckengeblieben? Ja, also Finkl wurde getraut. Sie glich eher einer Toten als einer Braut. Die Brautjungfern mußten sie stützen. Wer weiß – möglicherweise hatte sie doch ihren Sinn geändert. Aber war das ihre Schuld? Es war alles von oben verfügt. Ich habe einmal von einer Braut gehört, die schon unter dem Traubaldachin stand und trotzdem davonlief. Nicht aber Finkl. Sie hätte sich lieber bei lebendigem Leibe verbrennen lassen, als daß sie jemand anderen gedemütigt hätte.

Muß ich euch noch erzählen, wie alles ausging? Könnt ihr es nicht selber erraten? Möge allen Feinden Israels ein solches Ende beschieden sein. Immerhin muß ich sagen, daß Pelte diesmal mit seinen üblichen Kniffen zurückhielt. Im Gegenteil, er bemühte sich sogar, Finkl zu trösten. Aber was er bei ihr hervorrief, war eine finstere Schwermut. Sie versuchte, ganz in ihren häuslichen Pflichten aufzugehen. Und jüngere Frauen kamen auch stets zu ihr zu Besuch. Es war so viel Kommen und Gehen in ihrem Hause wie bei einer Niederkunft. Die Besucherinnen erzählten Geschichten, strickten, nähten und stelltten Rätselfragen und taten alles, um Finkl abzulenken. Einige von ihnen begannen sogar anzudeuten, daß ihre, Finkls Ehe, doch keine so unmögliche Ehe sei. Pelte war reich und obendrein ein Gelehrter. Mochte er durch das Zusammenleben mit ihr nicht zuletzt noch ganz menschlich werden? Man rechnete damit, daß Finkl schwanger werden, ein Kind zur Welt bringen und sich zu guter Letzt noch an ihr Los gewöhnen werde. Gab es nicht auch sonst zahlreiche unstimmige Ehen in dieser Welt? Aber Finkl war ein anderes Schicksal zugedacht. Sie hatte eine Fehlgeburt und einen Blutsturz. Man mußte einen Arzt aus Zamosc holen. Er riet ihr, sich stets zu beschäftigen. Sie wurde kein zweites Mal schwanger, und nun begannen erst ihre eigentlichen Nöte. Pelte quälte sie, das wußten alle. Aber wenn man sie fragte: «Was tut er dir denn an?» erwiderte sie lediglich: «Nichts.» – «Wenn er dir nichts antut, warum hast du dann solche braunen und blauen Ringe um die Augen? Und warum schleichst du herum wie eine verirrte Seele?» Aber auch darauf wußte sie nur zu erwidern: «Ich weiß selbst nicht warum.»

Und wie lange ging das so weiter? Länger, als irgend jemand erwartet hatte. Wir alle glaubten, sie würde nicht länger durchhalten als ein Jahr, aber sie litt dreieinhalb Jahre lang. Sie brannte nieder wie eine Kerze. Verwandte suchten ihr zum Besuch heißer Quellen zuzureden, aber sie wollte nicht fort. Zuletzt stand es so schlecht mit ihr, daß man für ihr Ende zu beten begann. Man sollte es eigentlich nicht sagen, aber einem Leben, wie es das ihre war, ist der Tod vorzuziehen. Sie verwünschte sich selbst. Unmittelbar vor ihrem Tod ließ sie den Rabbi kommen, um mit seiner Hilfe ihr Testament aufzusetzen. Wahrscheinlich hatte sie ihren Reichtum wohltätigen Stiftungen zukommen lassen wollen. Wem auch sonst? Etwa ihrem Mörder? Aber wieder machte ihr das Schicksal einen Strich durch die Rechnung. Eine ihrer jugendlichen Besucherinnen schrie plötzlich «Feuer», und alle sonst noch Anwesenden liefen hinaus, um ihr eigen Hab und Gut in Sicherheit zu bringen. Es stellte sich später heraus, daß es nirgends gebrannt hatte. «Warum hast du denn ‹Feuer› geschrien?» fragte man das Mädchen. Und sie erklärte, daß nicht sie es gewesen sei, die gerufen, sondern daß in ihrem Innern etwas laut aufgeschrien hätte. In der Zwischenzeit war Finkl verschieden, und Pelte erbte ihren gesamten Besitz. Nun war er der reichste Mann in der Stadt, und trotzdem feilschte er so lange um den Grabpreis, bis man auf die Hälfte heruntergegangen.

Bis zu diesem Tage war er noch nicht Weibstöter genannt worden. Daß jemand zweimal zum Witwer wird, ist schließlich nicht so ungewöhnlich. Aber nun hieß er allgemein: Pelte der Weibstöter. Die Jungen aus der Vorschule zeigten mit dem Finger auf ihn: «Hier kommt der Weibstöter.» Nach Ablauf der sieben Trauertage bestellte der Rabbi ihn zu sich. «Reb Pelte», sagte er, «Ihr seid jetzt der reichste Mann in Turbin. Die Hälfte aller Läden auf dem Marktplatz gehört Euch. Mit Gottes Hilfe habt Ihr es zu etwas gebracht. Es ist jetzt für Euch an der Zeit, Eure Lebensgewohnheiten zu wechseln. Wie lange wollt Ihr Euch noch von allen anderen abgesondert halten?» Aber Worte vermochten Pelte nicht zu beeindrucken. Man mochte irgendeine bestimmte Frage an ihn richten, und er sprach gleich von etwas völlig anderem; oder er nagte an seiner Lippe und sagte gar nichts – ebensogut hätte man die Wand anreden können. Als der Rabbi merkte, daß er nur seine Zeit vergeudete, ließ er ihn wieder gehen.

Eine Zeitlang hüllte sich Pelte in Schweigen. Wieder begann

er sein eigenes Brot zu backen und Späne und Kiefernzapfen und Torf fürs Feuermachen zu sammeln. Er wurde gemieden wie die Pest. Selten fand er sich in der Synagoge ein. Jeder war froh, ihn nicht zu sehen. Jeweils am Donnerstag lief er mit seinem Rechnungsbuch herum, um Schulden oder Zinsen einzutreiben. Er hatte alles genau aufgeschrieben und vergaß auch nicht das Geringste. Wenn ein Ladenbesitzer erklärte, er habe jetzt nicht Geld genug für die Begleichung seiner Schulden, und ihn bat, ein andermal wiederzukommen, verließ er nicht etwa das Geschäft, sondern blieb einfach stehen und starrte aus seinen vorquellenden Augen den Ladenbesitzer an, bis dieser es satt hatte und mit seinem letzten Heller herausrückte. Den Rest der Woche verkroch er sich irgendwo in der Küche. Auf solche Weise vergingen mindestens zehn Jahre, vielleicht sogar elf; ich weiß es nicht mehr genau. Er mußte damals Ende Fünfzig oder möglicherweise schon über Sechzig gewesen sein. Niemand versuchte, ihm eine neue Ehe zu vermitteln.

Und dann trat tatsächlich eine Wendung ein, und gerade davon wollte ich euch erzählen. So wahr ich lebe: man könnte ein Buch darüber schreiben. Aber ich will mich kurz fassen. In Turbin lebte damals eine Frau, Slate das Rabenaas genannt. Einige nannten sie auch Slate der Kosak. Aus ihren Spitznamen könnt ihr bereits erraten, was für ein Mensch sie war. Es gehört sich nicht, über Tote zu schwatzen, aber die Wahrheit muß nun einmal heraus – sie war das niedrigste und niederträchtigste aller Frauenzimmer. Sie war ein Fischweib, und ihr Mann war ein Fischer gewesen. Man schämt sich zu berichten, was sie in ihrer Jugend tat. Sie war eine Schlampe – das wußten alle. Irgendwo hatte sie einen Bankert. Ihr Mann pflegte ursprünglich im Armenhaus zu arbeiten. Dort prügelte er die Kranken und raubte sie aus. Wieso er dann plötzlich Fischer wurde, weiß ich nicht, aber das spielt auch keine Rolle. Am Freitag standen beide gewöhnlich mit einem Korb voller Fische auf dem Markt und verwünschten jeden der Vorüberkommenden, gleichgültig ob er ihnen etwas abkaufte oder nicht. Flüche purzelten Slate auch sonst aus dem Munde wie aus einem rissigen Sack. Wenn jemand sich beklagte, daß sie beim Abwiegen betrog, packte sie einen Fisch am Schwanz und drosch damit auf den Kunden ein. Mehr als nur einer Frau riß sie die Perücke vom Kopf. Einmal war sie des Diebstahls bezichtigt worden. Sie lief zum Rabbi, beteuerte vor den schwarzen Kerzen und dem Brett, auf dem die Toten gewaschen wurden, mit einem falschen Eid ihre Unschuld. Ihr Mann hieß seltsamerweise Eber, er kam aus irgendeinem entlegenen Winkel Polens. Er starb, und sie blieb vorläufig Witwe. Sie war so verworfen, daß sie während der Bestattung unaufhörlich gellte: «Eber, vergiß nicht, alle unsere Nöte mit dir ins Grab zu nehmen.» Nach Ablauf der sieben Trauertage verkaufte sie wieder Fisch auf dem Markt. Da sie zänkisch war und alle beschimpfte, pflegten die Leute sie aufzuziehen. Eine Frau sagte zu ihr: «Wirst du nicht wieder heiraten, Slate?» Und sie erwiderte: «Warum nicht? Ich bin noch immer ganz schmackhaft.» Und doch war sie bereits eine alte Schachtel. «Wen willst du denn heiraten, Slate?» fragten die anderen sie, und sie dachte einen Augenblick nach und sagte dann: «Pelte.»

Die Frauen glaubten, sie scherze, und brachen in Lachen aus. Aber, wie ihr bald hören werdet, scherzte sie keineswegs.

3

Eine andere Frau sagte zu ihr: «Aber er ist ein Weibstöter!» und Slate entgegnete: «Wenn er ein Weibstöter ist, dann bin ich eine noch ärgere Mannstöterin. Eber war nicht mein erster Mann.» Wer hätte auch sagen können, wie viele sie schon vor ihm gehabt hatte! Sie stammte nicht aus Turbin – der Teufel hatte sie vom anderen Ufer der Weichsel herübergebracht. Niemand schenkte ihren Worten die geringste Beachtung, aber kaum eine Woche war verstrichen, da wußten alle bereits, daß Slate nicht ins Blaue hinein geredet hatte. Niemand wußte, ob sie Pelte einen Heiratsvermittler ins Haus geschickt oder die Ehe selbst zustande gebracht hatte – es kam jedenfalls zu einer Vermählung. Die ganze Stadt lachte – wie gut sie zusammenpaßten, Falschheit und Niedertracht.

Und alle sagten das gleiche: «Wäre Finkl noch am Leben und müßte mitansehen, wer ihre Nachfolgerin wird, dann würde sie jetzt vor Kummer sterben.» Schneidergesellen und Näherinnen begannen sogleich zu wetten, wer wen überleben werde. Die Gesellen erklärten, daß niemand es mit Pelte dem Weibstöter aufnehmen könne, und die Näherinnen behaupteten, Slate sei um einige Jahre jünger, und nicht einmal Pelte käme mehr zu Wort, sobald sie den Mund auftäte. Jedenfalls fand die Hochzeit statt. Ich war nicht mit dabei. Ihr wißt, daß es nicht sehr großartig hergeht, wenn ein Witwer eine Witwe heiratet. Aber andere, die mit dabei waren, hatten ihr Vergnügen. Die Braut war mächtig herausgeputzt. Am Sabbat erschien sie auf der Frauenestrade im Bethaus. Sie trug einen Hut mit einer wippenden Feder. Sie konnte nicht lesen. An jenem Sabbat begleitete ich zufällig eine junge Ehefrau in die Synagoge, und Slate stand ganz in meiner Nähe. Sie nahm jetzt Finkls Platz ein. Sie schwatzte und schnatterte die ganze Zeit, bis ich selbst fast vor Scham verging. Und wißt ihr, was sie sagte? Sie zog über ihren Mann her. «Jetzt, wo er mich hat, wird er nicht mehr lange mitmachen», sagte sie – genau mit diesen Worten. Ein richtiges Rabenaas – daran bestand kein Zweifel.

Eine Zeitlang sprach man nicht weiter von den beiden. Schließlich kann sich eine ganze Stadt nicht immer mit solchem Druckszeug abgeben. Dann aber brach plötzlich wieder allgemeine Empörung aus. Slate hatte eine Magd gedingt, eine kleine Frau, die ihr Mann sitzengelassen hatte. Diese Magd erzählte schreckliche Geschichten. Pelte und Slate führten Krieg miteinander – das heißt, nicht nur sie beide, sondern auch die für sie zuständigen Sternbilder. Alles mögliche war passiert. Einmal hatte Slate mitten im Zimmer gestanden, und der Kronleuchter war herabgefallen. Er hatte sie um Zollbreite verfehlt. «Der Weibstöter ist wieder am Werke», sagte sie, «ich werde es ihm schon zeigen.» Am folgenden Tage spazierte Pelte auf dem Marktplatz umher. Er glitt aus, fiel in einen Graben und hätte sich um ein Haar das Genick gebrochen. Und jeden Tag geschah etwas Neues. Einmal entzündete sich der Ruß im Kamin, und das ganze Haus wurde fast zu Asche. Ein andermal fiel ein

Sims vom Wandschrank herunter und hätte beinahe Pelte den Schädel zerschmettert. Für niemanden gab es mehr irgendwelchen Zweifel, daß der eine oder der andere von den beiden verschwinden mußte. Irgendwo steht geschrieben, daß jedermann eine ganze Schar von Teufeln hinter sich herzieht – tausend zur Linken und zehntausend zur Rechten. Wir hatten in der Stadt einen *malamed*, einen gewissen Reb Itsche der Geschlachtete – so war er zubenannt –, einen sehr vornehmen Mann, der über ‹jene› Fragen Bescheid wußte. Dieser ‹Medizinmann› behauptete, dies sei ein Fall von Kriegführung zwischen ‹ihnen›. Zuerst verlief alles noch einigermaßen ruhig. Das heißt, die Leute redeten zwar, aber das unselige Paar äußerte selbst kein Wort. Schließlich jedoch kam Slate über und über zitternd beim Rabbi angelaufen. «Rabbi», schrie sie, «ich kann es nicht mehr aushalten. Stellt Euch vor: ich hatte im Trog Teig geknetet und ihn mit einem Kissen zugedeckt. Ich wollte früh am Morgen aufstehen, um Brot zu backen. Mitten in der Nacht sehe ich den Teig auf meinem Bett liegen. Es ist sein Werk, Rabbi. Er ist entschlossen, mich umzubringen.» Zu jener Zeit war Reb Eisele Teumim, ein wahrer Heiliger, Rabbi in unserer Stadt. Er wollte seinen Ohren nicht trauen. «Warum sollte ein Mann solchen Unfug treiben?» fragte er. «Warum? Das solltet Ihr mir ja gerade erklären», erwiderte sie. «Bestellt ihn zu Euch, Rabbi – er soll Euch nur selber alles erzählen.» Der Gemeindediener holte Pelte herbei. Natürlich bestritt er alles. «Sie verdirbt mir den Ruf», stieß er hervor. «Sie will mich loswerden, um mein Geld zu haben. Sie hat durch einen Zauber bewirkt, daß in unserem Keller sich Wasser angesammelt hat. Ich stieg zufällig hinunter, um ein Stück Seil zu holen, und wäre um ein Haar ertrunken. Außerdem hat sie eine Unzahl von Mäusen ins Haus gelockt.» Pelte versicherte an Eides Statt, daß Slate nachts im Bett zu pfeifen beginne und daß dann sogleich in allen Löchern das Quieken und Rascheln von Mäusen vernehmlich werde. Er wies auf die Narbe über einer der Augenbrauen und behauptete, eine Maus habe ihn dort gebissen. Als der Rabbi erkannte, mit wem er es hier zu tun hatte, sagte er: «Folgt meinem Rat und laßt Euch scheiden. Es ist besser für Euch beide.» – «Der

Rabbi hat recht», sagte Slate. «Ich bin schon in diesem Augenblick dazu willens, aber er muß mir zur Abfindung die Hälfte seines Eigentums geben.» – «Ich werde dir nicht soviel wie den Gegenwert für eine Prise Schnupftabak geben!» schrie Pelte. «Und außerdem wirst du mir noch eine Bußzahlung leisten.» Er griff nach seinem Spazierstock und wollte sie schlagen. Nur mit Mühe war er zurückzuhalten. Als der Rabbi einsah, daß in diesem Falle Hopfen und Malz verloren waren, sagte er: «Geht Eurer Wege und laßt mich bei meinen Büchern.» Beide zogen also davon.

Von diesem Augenblick an hatte die Stadt keine Ruhe mehr. Es war richtig beängstigend, am Haus der beiden Streithähne vorbeizugehen. Stets waren die Fensterläden geschlossen, selbst zur Tageszeit. Slate verkaufte nicht länger Fische, und die beiden taten nichts anderes, als miteinander zu fechten. Slate war eine Riesin. Sie pflegte zu den Teichen der Grundbesitzer hinauszugehen und Netze ausspannen zu helfen. Im Winter stand sie mitten in der Nacht auf, und nicht einmal beim schlimmsten Frost machte sie von einer Heizpfanne Gebrauch. «Der Teufel wird nichts von mir wissen wollen», sagte sie. «Niemals friere ich.» Dafür begann sie nun plötzlich zu altern. Ihr Gesicht wurde grau und runzelig wie das einer Frau von siebzig. Sie rannte Fremden das Haus ein, um sich Rat zu holen. Einmal kam sie auch zu meiner Mutter – sie ruhe in Frieden – und bat, über Nacht bei ihr bleiben zu dürfen. Meine Mutter starrte sie an, als habe sie, Slate, den Verstand verloren. «Was ist denn passiert?» fragte sie. «Ich fürchte mich vor ihm», antwortete Slate. «Er möchte mich loswerden. Er entfacht jetzt Winde im Hause.» Obwohl die Fenster außen mit Lehm und innen mit Stroh abgedichtet wären, wehten stets starke Winde in ihrem Schlafzimmer. Sie schwor auch, ihr Bett hebe sich unter ihr in die Höhe und Pelte verbrächte halbe Nächte im Aborthäuschen – wenn ihr mir diesen Ausdruck gestattet. «Was tut er denn dort so lange?» fragte meine Mutter. «Er hat da draußen eine Freundin», erwiderte Slate. Ich selbst stand zufällig gerade im Alkoven und hörte alles mit an. Pelte mußte Umgang mit den Unreinen gehabt haben. Meine Mutter schauderte. «Höre, Slate», sagte sie, «gib ihm die *Dutzend Zeilen* und lauf ums liebe Leben. Wenn man mir mein eigenes Gewicht in Gold auszahlte, würde ich mit einem solchen Mann nicht unterm gleichen Dach leben wollen.» Aber ein Kosake ändert sich nicht. «So einfach wird er mich nicht loswerden», sagte Slate. «Erst will ich meine Abfindung haben.» Zu guter Letzt machte meine Mutter ihr auf der Sitzbank ein Schlaflager zurecht. In jener Nacht schlossen wir kein Auge. Noch vor Morgengrauen stand Slate auf und verschwand. Mutter konnte nicht wieder einschlafen und zündete in der Küche eine Kerze an. «Weißt du», sagte sie zu mir, «ich habe das Gefühl, sie wird aus seinen Klauen nicht lebend herausgelangen. Nun, es wäre immerhin kein großer Verlust.» Aber Slate war nicht Finkl. Wie ihr gleich hören werdet, gab sie so rasch nicht auf.

4

Was aber stellte sie nun an? Ich weiß es nicht. Man erzählt sich alle möglichen Geschichten, aber schließlich ist nicht alles zu glauben. Wir hatten in der Stadt eine alte Bauersfrau namens Kunigunde. Sie muß hundert Jahre alt oder sogar älter gewesen sein. Alle wußten, daß sie eine Hexe war. Ihr ganzes Gesicht war mit Warzen bedeckt, und sie ging beinahe auf allen vieren. Ihre Hütte befand sich am Rande der Stadt, wo es sandig ist, und wimmelte von allerhand Getier: Kaninchen und Meerschweinchen, Katzen und Hunden und sämtlichen Arten von Ungeziefer. Die Vögel flogen durchs Fenster herein und wieder hinaus. Es stank. Aber Slate stattete nun regelmäßig der Alten einen Besuch ab, ja verbrachte bei ihr ganze Tage. Die Alte verstand sich aufs Wachsgießen. Wurde ein Bauer krank, kam er zu ihr, und sie goß geschmolzenes Wachs, das zu allen möglichen seltsamen Figuren gerann und dadurch die Herkunft der Krankheit erklärte – auch wenn es dem Kranken nicht weiter half.

Was ich sagen wollte: man erzählte sich in der Stadt, diese Kunigunde hätte Slate einen bestimmten Zauber beigebracht.

Jedenfalls war Pelte bald ein anderer Mann, war so weich wie Butter. Sie wollte von ihm das Haus auf ihren Namen überschrieben haben, und gleich heuerte er ein Pferdegespann an und begab sich aufs Rathaus, um die Überschreibung ins Grundbuch eintragen zu lassen. Dann begann sie auch, sich in die Verwaltung seiner Ladengeschäfte einzumischen. Nun war sie es, die jeweils am Donnerstag mit dem Zins- und Mietbuch die Runde machte. Sie verlangte unverzüglich höhere Summen. Die Ladenbesitzer schrien, sie würde ihnen noch das letzte Hemd ausziehen, worauf sie erwiderte: «Dann müßt ihr eben betteln gehen.» Man hielt eine Versammlung ab, und Pelte wurde herbeigerufen. Er war so schwach, daß er kaum gehen konnte. Er war vollständig taub. «Gar nichts kann ich tun», bemerkte er. «Alles gehört ihr. Wenn sie will, kann sie mich auf die Straße setzen.» Das würde sie auch getan haben, aber noch hatte er ihr nicht alles überschrieben. Er feilschte noch mit ihr. Die Nachbarn behaupteten, sie hungere ihn aus. Er pflegte zu ihnen ins Haus zu kommen und um ein Stück Brot zu betteln. Seine Hände zitterten. Alle konnten sehen, wie Slate ihren Willen durchsetzte. Einige waren froh – er mußte jetzt für das büßen, was er Finkl zugefügt hatte. Andere meinten, Slate werde die Stadt noch zugrunde richten. Es ist keine Kleinigkeit, wenn so viel Eigentum einem solchen Biest in die Hände fällt. Sie begann mit Bauen und Graben. Aus Janow ließ sie Handwerker kommen, die die Straßen vermaßen. Sie setzte sich eine Perücke mit Silberkämmchen auf und trug, wie eine richtige Freifrau, einen Beutel und einen Sonnenschirm. Schon früh am Morgen drang sie in verschiedene Häuser ein, und das, bevor die Betten gemacht waren, hämmerte dort auf den Tisch und schrie: «Ich werde euch mit eurem ganzen Gerümpel an die Luft setzen. Ich werde euch in das Gefängnis von Janow werfen lassen! Ich werde euch zu Bettlern machen!» Arme Leute versuchten, sich Liebkind bei ihr zu machen, aber sie hörte ihnen nicht einmal zu. Da begriffen endlich die anderen, daß man nicht klug daran tut, sich einen neuen König herbeizuwünschen.

Eines Nachmittags öffnete sich im Armenhaus die Tür, und herein trat, wie ein Bettler gekleidet, Pelte. Der Leiter des Armenhauses wurde von geisterhafter Blässe befallen. «Reb Pelte», rief er, «was tut Ihr denn hier?» – «Ich möchte jetzt hierbleiben», antwortete Pelte. «Meine Frau hat mich auf die Straße gesetzt.» Um mich kurz zu fassen: Pelte hatte seine gesamte Habe auf Slates Namen überschreiben lassen, bis auf das letzte Fädchen, schlechthin alles, und dann jagte sie ihn aus dem Hause. «Aber wie bringt man so etwas überhaupt fertig?» fragte man ihn. «Fragt mich nicht», antwortete er. «Sie hat mich erledigt! Ich bin kaum noch lebend herausgekommen.» Das Armenhaus geriet in Aufruhr. Einige verwünschten Pelte. «Als ob die Reichen nicht ohnehin genug hätten – nun kommen sie noch und wollen den Armen das Brot wegessen», riefen sie. Andere täuschten Mitgefühl vor. Kurz und gut – Pelte erhielt ein Bündel Stroh, das er in der Ecke auf dem Boden ausbreitete, und legte sich darauf nieder. Die ganze Stadt kam angelaufen, um sich das Schauspiel anzusehen. Auch ich war neugierig und rannte gleich mit. Wie ein Trauernder hockte er auf dem Boden und starrte jeden der Anwesenden mit seinen Glotzaugen an. «Warum sitzet Ihr denn hier, Reb Pelte, was ist denn aus Eurer ganzen Macht geworden?» wollten sie wissen. Zunächst blieb er, als bezöge er die Frage nicht auf sich selbst, ihnen die Antwort schuldig, und später sagte er: «Sie hat mich doch noch nicht ganz auf die Knie gezwungen.» – «Wie willst du denn gegen sie an?» fragten die Bettler höhnisch. Sie machten ihn zur Zielscheibe ihres Gespötts. Aber seid nicht zu vorschnell mit euren Schlußfolgerungen. Ihr kennt das alte Sprichwort: «Wer zuletzt lacht, lacht am besten.»

Mehrere Wochen lang wütete Slate wie ein richtiger Teufel. Die ganze Stadt stellte sie auf den Kopf. Genau in der Mitte des Marktes, dicht bei den Läden, ließ sie eine Grube ausheben, und von gedungenen Arbeitern ließ sie Kalk mischen. Dann wurden Holzklötze herbeigeschleppt und Backsteine aufeinandergetürmt, so daß niemand mehr vorbeigehen konnte. Dächer wurden abgerissen, und aus Janow kam ein Notar, um von dem Hab und Gut aller ihrer Mieter ein Inventar anzufertigen. Slate kaufte sich eine Kutsche und ein Gespann feuriger Pferde, und jeden Nachmittag fuhr sie spazieren. Sie trug jetzt spitz zulaufende Schuhe und ließ das Haar wieder wachsen. Sogar mit den Gojim im Christenviertel begann sie anzubändeln. Sie kaufte zwei bösartige Hunde, richtige Bluthunde, damit niemand wagte, an ihrem Haus noch vorbeizugehen. Sie stellte jetzt auch den Verkauf von Fischen ein. Wozu hätte sie ihn noch nötig gehabt? Aber aus schierer Gewohnheit mußte sie Fische um sich haben, und darum füllte sie die Badewannen in ihrem Hause mit Wasser, und dieses mit Karpfen und Hechten. Sie hielt sich sogar in einer großen Wanne nichtkoschere Fische und Hummer und Frösche und Aale. Man munkelte in der Stadt, sie könne jeden Tag eine Christin werden. Einige behaupteten, am Passahfest sei der katholische Priester bei ihr im Hause gewesen und habe es mit Weihwasser besprengt. Man fürchtete sogar, sie könne die Gemeinde bei den polnischen Behörden denunzieren – ein Mensch wie sie war schlechthin zu allem fähig.

Plötzlich kam sie beim Rabbi angelaufen. «Rabbi», sagte sie, «laßt den Pelte holen. Ich möchte mich von ihm scheiden lassen.» – «Und warum wollt Ihr das?» fragte der Rabbi. «Möchtet Ihr einen anderen heiraten?» – «Ich weiß noch nicht», erwiderte sie. «Möglicherweise ja, möglicherweise nein. Aber ich möchte nicht mehr das Weib eines Weibstöters sein. Ich bin sogar willens, ihn auf irgendeine Weise zu entschädigen.» Der Rabbi bestellte Pelte zu sich, und er kam angekrochen. Alle Turbiner waren vor des Rabbi Hause zusammengekommen. Der arme Pelte, er war mit allem einverstanden. Seine Hände zitterten wie im Fieber. Reb Moische der Stadtschreiber setzte die Scheidungsurkunde auf. Ich sehe ihn noch vor mir, als wäre es gestern gewesen. Er war ein kleiner Mann und hatte eine komische Marotte. Er linierte das Papier mit Hilfe eines Federmessers und wischte dann den Gänsefederkiel an seinem Käppchen ab. Die Zeugen, die die Urkunde zu unterschreiben hatten, wurden über ihre Pflichten belehrt. Zu ihnen gehörte auch mein Mann – er ruhe in Frieden –, weil er eine so schöne Handschrift hatte. Slate räkelte sich in einem Sessel und lutschte Zuckerzeug. Ach ja, ich habe noch nicht erwähnt, daß sie zweihundert Rubel auf den Tisch gelegt hatte. Pelte erkannte die Münzen – er hatte früher die Angewohnheit gehabt, sein Geld zu markieren. Der Rabbi gebot Schweigen, aber Slate brüstete sich den anderen Frauen gegenüber, daß sie möglicherweise einen «Grundbesitzer» heiraten werde, daß sie aber, solange sie den Weibstöter zum Ehemann habe, ihres Lebens nicht sicher sei. Bei diesen Worten lachte sie selbst so laut auf, daß die Leute draußen es hören konnten.

Als alles bereit war, begann der Rabbi die beiden auszufragen. Ich erinnere mich noch heute an seine Worte. «Höre, Paltiel, Sohn des Schneur Salman» – das war der Name, mit dem Pelte ans Vorlesepult gerufen wurde – «möchtest du dich von deiner Frau scheiden lassen?» Er führte noch einiges aus der Gemara an, aber ich kann es nicht wörtlich wiedergeben. «Sag ja», wies er Pelte an. «Sag einmal ja, nicht zweimal.» Pelte sagte Ja. Wir konnten es kaum hören. «Höre, Slate Golde, Tochter des Jehuda Treitel. Willst du dich von deinem Ehemann Paltiel scheiden lassen?» – «Ja!» schrie Slate, und in diesem Augenblick schwankte sie und fiel ohnmächtig zu Boden. Ich habe es selbst mitangesehen, und ich sage euch die Wahrheit. Ich spürte, wie mir das Gehirn im Schädel fast barst. Ich glaubte auch, ich würde selber zusammenbrechen. Rings um mich her Geschrei und Getümmel. Alles stürzte zu Slate hin, sie wieder zur Besinnung bringen zu helfen. Man goß Wasser über sie, stach sie mit Nadeln, rieb sie mit Essig ab und zerrte an ihrem Haar. Auch Asriel der Heilkundige kam eilig herbei und machte hier und da kleine Schnitte. Noch immer atmete sie, aber sie war nicht mehr die gleiche. Möge Gott uns vor Ähnlichem schützen. Ihr Mund war verzogen, und Speichel kam daraus hervor. Ihre Augen hatten sich nach oben verdreht, und ihre Nase war so weiß wie die einer Toten. Die näher bei ihr stehenden Frauen hörten sie noch murmeln: «Der Weibstöter! Er ist mir doch über!» Und das waren ihre letzten Worte.

Beim Begräbnis kam es fast zu einem Krawall. Pelte saß wieder auf hohem Roß. Außer seinem eigenen Hab und Gut hatte er nun noch ihren Reichtum. Ihr Schmuck war allein ein Vermögen wert. Die Beerdigungsbruderschaft verlangte eine beträchtliche Summe, aber Pelte rührte sich nicht. Die anderen schrien, mahnten, beschimpften ihn. Sie bedrohten ihn mit Ausschluß aus der Gemeinde. Ebensogut hätten sie eine Wand anreden können! «Ich gebe keinen roten Heller her; mag sie nur verfaulen», sagte er. Man würde sie auch unbestattet gelassen haben, aber es war Sommer, und es herrschte gerade damals eine solche Hitze, daß man eine Seuche zu befürchten hatte. Kurz und gut, einige Frauen nahmen sich der Toten an – was hätte man sonst auch tun sollen? Die Leichenträger weigerten sich, sie fortzuschaffen, und darum mietete man einen Karren. Sie wurde ganz in der Nähe der Einzäunung beigesetzt, mitten unter den Totgeborenen. Trotzdem sprach Pelte über ihrem Grab das Totengebet – dazu wenigstens ließ er sich herbei.

Von diesem Augenblick an blieb der Weibstöter für immer allein. Die anderen hatten solche Furcht vor ihm, daß sie es vermieden, an seinem Haus vorbeizugehen. Die Mütter schwangerer junger Frauen duldeten in deren Gegenwart keine Erwähnung seines Namens, es sei denn, jene hätten zuvor zwei Schürzen angelegt, die eine vorn, die andere hinten. Die kleinen Abc-Schützen legten die Finger an die Fransen ihres Gebetstuchs, bevor sie seinen Namen aussprachen. Und nichts wurde aus all der Bauerei und Umbauerei. Die Backsteine wurden davongetragen, der Kalk wurde gestohlen. Die Kutsche mitsamt dem Pferdegespann verschwand – Pelte mußte beides verkauft haben. Das Wasser in den Badewannen verdunstete, und die Fische gingen ein. Im Hause befand sich ein Käfig mit einem Papagei. Er kreischte: «Ich bin hungrig» – er konnte Jiddisch reden –, bis er zuletzt tatsächlich verhungerte. Pelte ließ die Fensterläden fest zunageln und sie nie wieder öffnen. Er ging sogar nicht mehr aus, um die Groschen bei den Ladenbesitzern einzusammeln. Den ganzen Tag lag er auf seiner Bank und schnarchte oder döste auch nur vor sich hin. Lediglich bei Nacht ging er aus, um Späne aufzulesen. Einmal wöchentlich wurden ihm zwei Brotlaibe aus der Bäckerei zugestellt, und die Bäckersfrau kaufte für ihn Zwiebeln und Knoblauch und Radieschen und gelegentlich ein Stück trockenen Käse ein. Niemals aß er Fleisch. Niemals besuchte er am Sabbat die Synagoge. In seinem Haus gab es keinen Besen, und der Schmutz türmte sich. Selbst am

Tag liefen Mäuse herum, und vom Gebälk hingen Spinnweben herab. Das Dach wurde durchlässig und nie wieder repariert. Die Wände moderten und knickten ein. Alle paar Wochen munkelte man, es stünde mit dem Weibstöter nicht zum besten, er sei krank oder liege bereits im Sterben. Die Mitglieder der Beerdigungsbruderschaft rieben sich bereits erwartungsvoll die Hände. Aber gar nichts geschah. Er lebte länger als alle anderen. Er lebte so lange, daß die Bewohner von Turbin bereits mit der Möglichkeit rechneten, er könnte für immer am Leben bleiben. Und warum auch nicht? Vielleicht lag eine besondere Art von Segen auf ihm, oder der Todesengel hatte ihn vergessen. Möglich ist alles.

Immerhin dürft ihr ganz beruhigt sein: der Todesengel hatte ihn nicht vergessen. Aber zu jener Zeit war ich selbst schon nicht mehr in Turbin. Er muß ungefähr hundert Jahre alt geworden sein, vielleicht sogar noch älter. Nach der Bestattung wurde in seinem Haus das Unterste zuoberst gekehrt, aber nichts Wertvolles ward mehr gefunden. Die Truhen waren verfault. Gold und Silber waren verschwunden. Geld und Banknoten zerfielen in dem Augenblick zu Staub, in dem ein Lufthauch sie streifte. Es war auch verlorene Liebesmüh, in den Kehrichthaufen zu wühlen. Der Weibstöter hatte alles und alle überlebt: seine Frauen, seine Feinde, sein Geld, seine Habe, die Gefährten seiner Jugend. Alles, was von seinem Leben übrigblieb – Gott möge mir diese Feststellung verzeihen –, war ein Häufchen Staub.

Die kleinen Schuhmacher

I
Die Schuhmacher und ihr Stammbaum

Die Familie der kleinen Schuhmacher war nicht nur in Frampol berühmt, sondern auch in dessen nächster Umgegend – in Jonew, Krschew, Bilgoray, sogar in Samoschoh. Abba Schuster, der Stammvater, tauchte in Frampol einige Zeit nach den Judenverfolgungen des Kosakenhetmans Chmielnicki auf. Er erwarb auf dem baumlosen Hügelgelände hinter den Ställen der Schlächter ein Stück Boden und errichtete darauf ein Haus, das bis vor kurzem noch dort stand. Nicht daß es in besonders gutem Zustand gewesen wäre – das Steinfundament war eingesunken, die kleinen Fenster verzogen, das Schieferdach grünlich verfärbt und mit Schwalbennestern behängt. Außerdem senkte sich die Tür immer tiefer, die Stützen der Geländer knickten ein, und statt beim Eintritt den Fuß auf die Schwelle empor-, hatte man ihn herabzusetzen. Trotzdem überstand das Haus die zahllosen Brände, von denen Frampol zu früherer Zeit verheert worden war. Aber das Gebälk war derart verfault, daß der Schwamm daran wucherte, und wenn man bei einer Beschneidung das Blut des Neugeborenen mit Sägemehl zu stillen hatte, brauchte man von der Außenwand nur ein Stückchen abzubrechen und es zwischen den Fingern zu zerreiben. Das Dach, das so steil war, daß kein Kaminfeger es erklettern konnte, fing stets wieder Feuer von fliegenden Funken. Nur dank der Gnade Gottes war das Haus bisher von einer Katastrophe verschont geblieben.

Der Name Abba Schuster steht auf Pergament in den Jahresregistern der jüdischen Gemeinde von Frampol verzeichnet. Sein Träger hatte die Gewohnheit, alljährlich sechs Paar Schuhe zur Verteilung unter Witwen und Waisen anzufertigen; in Anerkennung seiner menschenfreundlichen Gesinnung wurde er in der Synagoge zum Vorlesen aus der Tora bei seinem Ehrennamen *murenu*, das heißt «Unser Lehrer», aufgerufen.

Der Stein an seinem Grab auf dem alten Friedhof war nun verschwunden, aber die Schuhmacher wußten noch immer, wo dieses Grab sich befand – ganz in der Nähe wuchs ein Haselnußstrauch. Nach Aussage der alten Weiber war er Reb Abbas Bart entsprossen.

Reb Abba hatte fünf Söhne. Mit einer einzigen Ausnahme ließen sich alle in den umliegenden Städtchen nieder. Nur Getzel blieb in Frampol. Er übernahm auch seines Vaters wohltätige Gewohnheit, Schuhe für die Armen anzufertigen, und auch er gehörte der Beerdigungsbruderschaft an.

Die Jahresregister vermelden weiter, daß Getzel einen Sohn, Godel, hatte, daß diesem Godel ein Treitel geboren wurde und diesem Treitel ein Gimpel. Die Kunst des Schuhemachens wurde jedenfalls von einer Generation an die andere weitergegeben. Nach einem der Familie ins Blut eingegangenen Prinzip mußte der älteste Sohn stets daheimbleiben, um auf der Werkbank später einmal den Vater ablösen zu können.

Die Schuhmacher sahen einander sehr ähnlich. Sie waren alle untersetzt, rothaarig und verständige, ordentliche Arbeiter. In Frampol glaubte man, Reb Abba, der Stammvater, habe das Schuhemachen von einem Meister seines Handwerks in Brod erlernt, der ihm auch das Geheimnis enthüllte, wie man das Leder verstärkt und es dauerhaft macht. Im Keller ihres Hauses hatten die kleinen Schuhmacher einen Bottich zum Aufweichen des Rohleders stehen. Gott weiß, was für seltsame Chemikalien sie der eigentlichen Gerbflüssigkeit beimischten. Aber Außenseitern teilten sie die entsprechende Formel nicht mit: der Vater vermachte sie jeweils nur immer dem Sohn.

Da es nicht unsere Absicht ist, alle Generationen der kleinen Schuhmacher zu behandeln, wollen wir uns auf die letzten drei beschränken. Bis ins hohe Alter hinein blieb Reb Lippe ohne Erben, und es galt als gewiß, daß der Stamm mit ihm eingehen werde. Aber als er Ende Sechzig war, starb seine Frau, und er heiratete ein überreifes Mädchen – ein Milchmädchen –, die ihm sechs Kinder schenkte. Der älteste Sohn, Feivel, war später ganz erfolgreich. Er tat sich in Gemeindeangelegenheiten hervor, nahm an allen wichtigeren Versammlungen teil und betätigte sich jahrelang als Küster in der Schneider-Synagoge. Hier war es üblich, an jedem Simchat Tora einen neuen Küster zu wählen, der dadurch geehrt wurde, daß man ihm einen Kürbis mit brennenden Kerzen auf den Kopf stellte. Dann wurde der Glückliche von Haus zu Haus geführt und überall mit Wein und Strudel oder Honigkuchen bewirtet. Reb Feivel jedoch starb ausgerechnet am Simchat Tora, dem Tag der Gesetzesfreude, während er pflichtgemäß seine Runde machte. Er schlug auf dem Marktplatz der Länge nach auf den Boden, und alle Wiederbelebungsversuche waren vergeblich. Weil er ein ausgesprochener Wohltäter gewesen war, erklärte der Rabbi bei der Grabrede, die Kerzen, die er auf dem Kopf getragen hätte, würden ihm den Weg ins Paradies erhellen. Das Testament, das man in seiner Schatulle fand, verfügte, daß ihm im Falle seines Todes ein Hammer, eine Ahle und ein Leisten auf das schwarze Sargtuch gelegt werden sollten – zum Zeichen dafür, daß er sein Lebtag ein friedfertiges Gewerbe ausgeübt und niemals seine Kunden betrogen hatte. Dem Testament wurde Genüge getan.

Feivels ältester Sohn wurde nach dem Gründer der Dynastie Abba genannt. Wie alle anderen seiner Vorfahren war er untersetzt und klein, hatte einen breiten gelben Bart und eine hohe, vielgefurchte Stirn, wie sie sonst eigentlich nur Rabbiner und Schuhmacher haben. Seine Augen waren gleichfalls gelblich, und der Gesamteindruck, den er hervorrief, war der einer etwas mißmutigen Henne. Gleichwohl war er ein geschickter Arbeiter, war so wohltätig wie seine Väter, und als ein Mann, der zu seinem Worte stand, hatte er in Frampol nicht seinesgleichen. Niemals machte er ein Versprechen, ohne im vorhinein ganz sicher zu sein, es auch erfüllen zu können. War er's nicht, sagte er:

«Wer weiß», «So Gott will» oder «Vielleicht». Außerdem verfügte er über ein gewisses Maß an Gelehrsamkeit. Jeden Tag las er ein Kapitel der Tora in jiddischer Übersetzung, und seine freie Zeit verwandte er auf die Lektüre von Volksbüchern. Er ließ nicht eine einzige Predigt der Wandergeistlichen aus, die die Stadt zu besuchen pflegten, und war besonders angetan von den Stellen der Bibel, die während der Wintermonate in der Synagoge gelesen wurden. Wenn Pescha, seine Frau, ihm an irgendeinem Sabbat eine der Geschichten aus dem ersten Buch Mosis laut vorlas, pflegte er sich die eigene Person als Noah, seine Söhne als Sem, Ham und Japhet vorzustellen. Oder er sah sich unter dem Bilde des Abraham, des Isaak oder des Jakob. Oft dachte er auch: wenn der Allmächtige das Opfer meines ältesten Sohnes, Gimpel, von mir verlangt, werde ich früh am Morgen aufstehen und ohne Verzug seinem Gebot Folge leisten. Gegebenenfalls würde er auch Polen und sein Vaterhaus verlassen haben und überall dorthin gegangen sein, wo Gott ihn hinschickte. Er kannte die Geschichte von Joseph und seinen Brüdern auswendig, wurde es aber niemals müde, sie wieder und wieder zu lesen. Er beneidete die Urväter, weil der Herr der Welt sich ihnen offenbart und ihnen zuliebe Wunder getan hatte, aber er tröstete sich mit dem Gedanken, daß er, Abba, mit den Patriarchen durch eine ungebrochene Kette von Generationen verbunden war – fast so, als gehöre er mit in die Bibel. Auch er war Jakobs Lenden entsprungen. Er und seine Söhne waren aus jenem Samen hervorgegangen, der nun so zahlreich war wie Sandkörner und wie Sterne. Er lebte in der Verbannung, weil die Juden des Heiligen Landes Sünder gewesen waren, aber er wartete auf die Erlösung, und wenn sie herannahte, war er bereit.

Abba war bei weitem der beste Schuhmacher in Frampol. Stets saßen seine Schuhe wie angegossen, waren weder zu eng noch zu weit. Alle, die an Frostbeulen, Hühneraugen oder Krampfadern litten, waren mit seiner Arbeit besonders zufrieden: sie behaupteten, seine Schuhe verschafften ihnen Erleichterung. Er verachtete alles Neumodische, die Luxusschuhe und Pantöffelchen mit den hohen Absätzen und den flüchtig genähten Sohlen, die dem ersten Regen nicht standhielten. Seine Kunden waren entweder ehrbare Bürger von Frampol oder Bauern aus den umliegenden Dörfern, und sie alle hatten ein Recht auf das Beste. Wie in alter Zeit pflegte er mit einem durch Knoten abgeteilten Strick Maß zu nehmen. Die meisten der Frauen in Frampol trugen Perücken, aber Pescha, seine Frau, hielt den Kopf außerdem noch mit einer Haube bedeckt. Sie schenkte ihm sieben Söhne, und er nannte sie nach seinen männlichen Vorfahren Gimpel, Getzel, Treitel, Godel, Feivel, Lippe und Ananias. Sie waren alle so klein und so rötlich-blond wie ihr Vater. Abba erklärte mit Bestimmtheit, er werde sie zu Schustern machen, und als Mann, der sein Wort hielt, ließ er sie schon im frühen Kindesalter auf der Werkbank mit zusehen, und bisweilen prägte er ihnen auch den alten Wahrspruch ein: «Gute Arbeit ist niemals vergeblich.»

Sechzehn Stunden brachte er Tag um Tag auf der Werkbank zu. Ein Stück Sacktuch über den Knien, stach er mit der Ahle Löcher ins Leder, nähte mit einer Drahtnadel Sohlen fest, gab dem Leder eine matte Färbung oder auch Hochglanz oder schrabte es mit einem Stück Glas. Und beim Arbeiten summte er ein paar Stellen aus den Trauer- und Fasttagsgesängen. Gewöhnlich saß ganz in seiner Nähe zusammengerollt die Katze und folgte der Bewegung seiner Hände, als habe sie persönlich über ihn zu wachen. Ihre Mutter und ihre Großmutter hatten zu ihrer Zeit für die kleinen Schuhmacher Mäuse gefangen. Abba konnte durchs Fenster hügelabwärts den Blick über das ganze Städtchen und dann noch ein beträchtliches Stück weiter bis zu der nach Bilgoray führenden Straße und den Kiefernwäldern schweifen lassen. Er beobachtete die vielen Hausfrauen, die allmorgendlich an den Schlächterständen zusammenkamen, und die jungen Männer und Müßiggänger, die im Hof der Synagoge verschwanden und wieder daraus auftauchten; und weiter die Mädchen, die zur Pumpe liefen, um Wasser für Tee zu holen, und die Frauen, die zur Dämmerstunde ins rituelle Bad eilten.

Wenn des Abends die Sonne unterging, füllte sich das Haus mit schimmerndem Zwielicht. Sonnenstrahlen tanzten in den Ekken, zuckten über die Decke und ließen Abbas Bart aufleuchten wie gesponnenes Gold. Pescha, seine Frau, kochte dann in der Küche Suppe und Grütze, die Kinder waren beim Spielen, und die Frauen und Mädchen aus den Nebenhäusern kamen und gingen. Dann erhob sich Abba von seiner Werkbank, wusch sich die Hände, legte seinen langen Rock an und begab sich zum Abendgebet in die Schneider-Synagoge. Er wußte, daß es in der weiten Welt zahllose seltsame Städte und ferne Lande gab und daß Frampol im Grunde nicht größer war als ein I-Tüpfelchen in einem kleinen Gebetbuch. Aber für ihn bedeutete seine kleine Stadt den Nabel des Weltalls, und sein eigenes Haus stand genau in der Mitte. Oft spielte er sogar mit dem Gedanken, in Frampol, im eigenen Hause und auf dem eigenen Hügel zurückzubleiben, wenn der Messias erschien, um die Juden ins Land Israel zurückzuführen. Lediglich am Sabbat und an den großen Festtagen mochte er selbst eine Wolke besteigen und sich von ihr nach Jerusalem tragen lassen.

2
Abba und seine sieben Söhne

Da Gimpel der älteste seiner Söhne und darum auch zu seinem Nachfolger bestimmt war, ließ Abba seiner Ausbildung besondere Sorgfalt angedeihen. Er schickte ihn zu den besten hebräischen Lehrern und nahm für ihn sogar einen Hauslehrer, der ihm die Grundlagen des Jiddischen, Polnischen, Russischen und der Arithmetik beibrachte. Abba selbst führte den Jungen in den Keller hinab und machte ihn dort mit der Formel vertraut, nach der der eigentlichen Gerbflüssigkeit bestimmte Chemikalien und verschiedene Arten von Baumrinde zugesetzt werden mußten. Er klärte ihn auch darüber auf, daß in den meisten Fällen der rechte Fuß größer ist als der linke und daß die Schwierigkeit beim Anpassen der Schuhe gewöhnlich durch die großen Zehen verursacht wird. Dann unterwies er Gimpel in der besten Art, Außen- und Brandsohlen zu schneiden, spitze und runde, hohe und niedrige Schuhe anzufertigen und Kunden mit Plattfüßen, Frostbeulen, Hammerzehen und Schwielen zufriedenzustellen.

Wenn jeweils am Freitag allzu viele Schuhe fertig werden mußten, kamen die älteren Jungen schon früh um zehn aus der Vorschule zurück, um dem Vater im Laden behilflich zu sein. Pescha buk Zopfbrot und bereitete das Mittagessen. Das erste der fertigen Brote holte sie gewöhnlich mit bloßer Hand aus dem Ofen, blies darauf, legte es von einer Hand in die andere und drehte es vor Abbas Augen so lange hin und her, bis er zustimmend nickte. Dann kam sie noch einmal mit einem Löffel, um ihn von der Fischsuppe kosten zu lassen, oder sie bat ihn, ein kleines Stückchen frischgebackenen Kuchen zu probieren. Pescha legte Wert auf sein Urteil. Wenn sie für sich oder die Kinder Tuch kaufen wollte, brachte sie vorher kleine Musterproben zu ihm. Selbst ehe sie zum Metzger ging, beriet sie sich erst mit ihm – sollte sie Brustfleisch oder Filet, Lenden- oder Rippenstücke besorgen? Sie fragte jedoch nicht etwa aus persönlicher Furcht oder weil sie selbst keine eigene Meinung gehabt hätte, sondern einfach deshalb, weil er nach ihrer Erfahrung stets wußte, wovon er sprach. Selbst wenn er in ihren Augen zunächst unrecht zu haben schien, stellte sich zuletzt doch stets heraus, daß er recht hatte. Er schüchterte sie niemals ein, sondern warf ihr lediglich einen Blick zu, der zu besagen schien, daß sie sich ein bißchen lächerlich machte. Dies war auch die Art, in der er die Kinder behandelte. Zwar hing an der Wand ein Lederriemen, aber selten machte er davon Gebrauch. Nur mit Freundlichkeit erreichte er, was er wollte. Selbst Fremde achteten ihn. Die Händler verkauften ihm ihre Häute zu einem angemessenen Preis und erhoben auch keinen Einwand, wenn er um Zahlungsaufschub bat. Seine eigenen Kunden vertrauten ihm und zahlten anstandslos, was er verlangte. Stets wurde er als Sechster in der Schneider-Synagoge zum Vorlesen der Tora aufgerufen – eine bemerkenswerte Ehre –, und ob er sich zu einer bestimmten Zahlung bereiterklärt hatte oder dazu verpflichtet war: niemals war es notwendig, ihn zu mahnen. Unfehlbar trug er gleich nach dem Sabbat ab, was er schuldete. Die kleine Stadt bekam von alledem bald zu hören, und obwohl er nicht mehr als ein einfacher Schuhmacher und, um ganz offen zu sein, auch ein klein bißchen ungebildet war, behandelte man ihn, als gehöre er zu den Vornehmen.

Als Gimpel dreizehn war, band Abba ihm eine Schürze aus Sacktuch um und wies ihm seinen Platz auf der Werkbank an. Und nach Gimpel wurden auch Getzel, Treitel, Godel und Feivel bald Lehrjungen. Obwohl es seine Söhne waren und er sie von seinem eigenen Verdienst unterhielt, zahlte er ihnen gleichwohl einen bestimmten Lohn. Die beiden Jüngsten, Lippe und Ananias, gingen noch auf die Vorschule, aber auch sie halfen gelegentlich schon Stifte ins Leder treiben. Abba und Pescha waren stolz auf sie. Frühmorgens kamen die sechs Arbeiter zum Frühstück in die Küche getrottet, wuschen unter den angemessenen Segenssprüchen ihre sechs Paar Hände, und ihre sechs Münder kauten dann geröstete Grütze und Weizenbrot.

Abba nahm mit Vorliebe seine beiden Jüngsten auf die Knie, jeden auf eines, und sang ihnen ein altes, aus Frampol stammendes Lied vor:

> *Eine Mutter hatte*
> *Zehn kleine Jungen,*
> *Oh, Herr, zehn kleine Jungen!*
> *Der erste hieß Avremele,*
> *Der zweite war der Berele,*
> *Der dritte, der hieß Gimpele,*
> *Der vierte war das Dovid'l,*
> *Der fünfte, der hieß Herschele...*

Und alle Jungen fielen im Chor ein:

> *Oh, Gott, Herschele!*

Seit Abba nun Lehrjungen hatte, brachte er auch mehr zustande, und seine Einkünfte verbesserten sich. Das Leben in Frampol war billig, und da ihm auch die Bauern oft eine Fuhre Korn oder eine Kugel Butter zum Geschenk machten oder auch einen Sack Kartoffeln, einen Topf Honig, eine Henne oder eine

Gans, war er imstande, an Essensausgaben zu sparen. In Anbetracht des wachsenden Wohlstandes wagte nun auch Pescha schon vom Bau eines neuen Hauses zu sprechen. Die Zimmer waren zu schmal, die Decke war zu niedrig. Bei jedem Schritt zitterte der Boden. Der Wandverputz blätterte ab, und im Holzwerk machten sich alle möglichen Maden und Würmer bemerkbar. Die Schuhmacher lebten in ständiger Furcht, die Decke könnte ihnen auf den Kopf fallen. Und obwohl sie sich eine Katze hielten, wimmelte es im Hause von Mäusen. Pescha bestand darauf, daß dieses alte verfallene Gebäude abgerissen und statt dessen ein größeres errichtet würde.

Abba sagte nicht gleich Nein. Er versicherte seiner Frau, er werde die Sache überdenken. Aber dann meinte er doch, er wolle lieber alles beim alten belassen. Zunächst einmal fürchtete er den Abbruch des Hauses, weil der ihnen möglicherweise Unglück bringen werde. Zweitens fürchtete er den bösen Blick – die anderen waren ohnehin mißgünstig und neidisch genug. Drittens fiel es ihm allzu schwer, Abschied von einem Hause zu nehmen, in dem seine Eltern und Großeltern, ja alle seine Vorfahren bis ins wer weiß wievielte Glied gelebt hatten und gestorben waren. Er kannte jede Ecke des Hauses, jeden Spalt, jede Falte. Wenn eine Farbschicht abblätterte, wurde eine andere, verschiedenfarbige sichtbar, und dahinter noch eine weitere. Die Wände waren wie Albumblätter, auf denen die Wechselfälle im Leben der Familie aufgezeichnet standen. Die Bodenkammer war mit Erbstücken vollgestopft – mit Tischen und Stühlen, Schuhmacherbänken und Leisten, Schleifsteinen und Messern, alten Kleidern, Töpfen, Tiegeln, Bettzeug, Pökelbrettern, Wiegen. Auch Säcke mit zerrissenen Gebetbüchern lagen offen auf dem Boden herum.

An einem heißen Sommertag pflegte Abba mit besonderer Vorliebe zu der Dachkammer emporzusteigen. Dort hingen große Spinnweben, und der durch einzelne Spalten sickernde Sonnenschein lag in Regenbogenfarben auf den Fäden. Alles war von einer dicken Staubschicht bedeckt. Lauschte er aufmerksam, konnte er ein Flüstern, Murmeln und leises Kratzen vernehmen. Es war, als wäre ein unsichtbares Geschöpf in unaufhörlicher Tätigkeit begriffen und bediene sich dabei einer außermenschlichen Sprache. Sicher wachten die Seelen seiner Vorväter über dem Hause. Und im gleichen Maße liebte er den Grund, auf dem es sich erhob. Das Unkraut stand schulterhoch. Überall sah man haarigen und stachligen Pflanzenwuchs – sogar die Blätter und Zweige griffen nach der Kleidung wie mit Zähnen und Krallen. In der Luft summten Fliegen und Mücken, und auf der Erde wimmelte es von Würmern und Nattern jeglicher Art. Hier im Dickicht hatten Ameisen ihre kleinen Hügel gebaut, hatten Feldmäuse ihre Löcher gegraben. Inmitten der Wildnis wuchs ein Birnbaum; und alljährlich, zur Zeit des Festes der Bundeslade, brachte er kleine Früchte hervor, die nach Holz schmeckten und auch so hart waren. Über diesem Dschungel flogen Vögel und Bienen und große fette goldschimmernde Brummer dahin. Nach jedem Regen schossen Giftpilze aus dem Boden. Der Erdgrund war ungepflegt, aber eine unsichtbare Hand hatte ihm seine Fruchtbarkeit erhalten.

Wenn Abba hier zum sommerlichen Himmel emporblickte und sich dabei in Betrachtung der Wolken verlor, die die Form von Segelbooten, Schafherden, Besen und Elefantenherden hatten, wurde er der Allgegenwart Gottes, seiner Fürsorglichkeit und seiner Barmherzigkeit inne. Er konnte tatsächlich den Allmächtigen auf dem Thron der Herrlichkeit sitzen sehen, wobei die Erde ihm als Fußschemel diente. Satan war unterworfen. Es sangen die Engel. Das Buch des Gedenkens, in dem alle menschlichen Taten verzeichnet standen, lag dann aufgeschlagen vor ihm.

Von Zeit zu Zeit wollte es Abba bei Sonnenuntergang sogar vorkommen, als erblicke er den Feuerstrom in der Unterwelt. Aus glühenden Kohlen züngelten Flammen empor, und eine Brandwoge wälzte sich über die Gestade. Lauschte er genauer, glaubte er die erstickten Schreie der Sünder und das spöttische Gelächter der teuflischen Heerscharen zu vernehmen.

Nein, alles dies war für Abba Schuster noch gut genug. Es bestand keinerlei Notwendigkeit für einen Wechsel. Alles sollte bleiben, wie es immer gewesen war, bis er die ihm zugemessene Spanne zu Ende gelebt hatte und auf dem Friedhof unter seinen

Vorfahren ruhte, die die fromme Gemeinde beschuht hatten und deren guter Name nicht nur in Frampol, sondern auch in dessen Umgebung lebendig geblieben war.

3
Gimpel wandert nach Amerika aus

Deshalb heißt es ja auch im Sprichwort: «Der Mensch denkt, Gott lenkt.»

Als eines Tages Abba an einem Schuh arbeitete, trat Gimpel, sein ältester Sohn, in die Werkstatt. Sein sommersprossiges Gesicht war glutrot, sein rötliches Haar unter dem Käppchen ganz wirr.

Ohne seinen Platz auf der Werkbank einzunehmen, blieb er neben dem Vater stehen, betrachtete ihn unsicher und sagte zuletzt: «Vater, ich muß dir etwas mitteilen.»

«Nun, daran hindere ich dich nicht», erwiderte Abba.

«Vater», rief er, «ich gehe nach Amerika.»

Abba ließ die Arme sinken. Das war das Letzte, was er erwartet hatte, und seine Augenbrauen zogen sich zusammen.

«Was ist denn geschehen? Hast du irgend jemanden beraubt? Warst du in eine Rauferei verwickelt?»

«Nein, Vater.»

«Warum willst du dann so eilig von hier weg?»

«Ich habe hier in Frampol keine Zukunft.»

«Und warum nicht? Du hast ein Handwerk gelernt. So Gott will, wirst du eines Tages heiraten. Du kannst allem Kommenden getrost ins Auge sehen.»

«Ich habe die kleinen Städte satt, habe die Leute darinnen satt. Dies hier ist nichts anderes als ein stinkender Sumpf.»

«Wenn man den Boden eines Tages entwässert», sagte Abba, «dann gibt es keinen Sumpf mehr.»

«Nein, Vater, das meine ich nicht.»

«Was meinst du dann?» rief Abba gereizt. «Heraus endlich mit der Sprache!»

Der Junge sprach, aber Abba konnte nicht ein Wort begreifen.

Er zog mit solcher Bitterkeit gegen Synagoge und Staat vom Leder, daß Abba nur vermuten konnte, die arme Seele sei von einem Dämon besessen: die hebräischen Lehrer prügelten die Kinder; die Frauen leerten ihre Spüleimer unmittelbar vor der Tür; die Ladenbesitzer lungerten auf der Straße herum; es gäbe keine Klosetts und man erleichtere sich in der Öffentlichkeit, wie es einem passe, hinter dem Badehaus oder im Freien, und leiste damit Epidemien und Seuchen Vorschub. Gimpel machte sich über Esrael den Heilkundigen und über Mechelis den Heiratsvermittler lustig, schonte aber auch weder das rabbinische Gericht noch den Badewärter, die Wäscherin, den Leiter des Armenhauses, die gelehrten Berufe, die Wohltätigkeitsvereine.

Zunächst fürchtete Abba, der Junge habe den Verstand verloren, aber je länger seine Ausfälle dauerten, um so klarer wurde es ihm, daß er vom Pfad der Rechtschaffenheit abgekommen war. Auch Jakob Reifmann, der Atheist, pflegte in Schebreschin, nicht weit von Frampol, ähnliche Reden zu schwingen. Einer seiner Schüler, der sich an Schmähungen Israels nicht genug tun konnte, hatte die Gewohnheit, eine Tante in Frampol zu besuchen, und er hatte dort unter den Tagedieben allerhand Anhänger gewonnen. Es war Abba noch nie in den Sinn gekommen, sein Gimpel könnte sich je mit dieser Bande eingelassen haben.

«Was meinst du dazu, Vater?» fragte Gimpel.

Abba dachte nach. Er wußte, es war zwecklos, mit Gimpel zu streiten, und er gedachte des Sprichworts: «Ein fauler Apfel verdirbt den ganzen Korb.» – «Nun», erwiderte er, «was kann ich von mir aus tun? Wenn du gehen möchtest, geh. Ich werde dich nicht dran hindern.»

Und er nahm seine Arbeit wieder auf.

Aber Pescha gab nicht so rasch nach. Sie flehte Gimpel an, nicht so weit fortzufahren. Sie weinte, und sie beschwor ihn, nicht Schande über seine Angehörigen zu bringen. Sie lief sogar auf den Friedhof zu den Gräbern der Vorväter, um die Toten zum Eingreifen zu bewegen. Aber zuletzt war sie überzeugt, daß Abba recht hatte: es war zwecklos, zu streiten. Gimpels Gesicht war jetzt so zäh wie Leder, und in seinen gelblichen Augen funkelte ein tückisches Licht. Er war im eigenen Heim zum

Fremdling geworden. In der Nacht nach der Auseinandersetzung mit seinen Eltern ging er mit Freunden aus, und am Morgen kam er nur zurück, um seinen Gebetsmantel und die Gebetsriemen, ein paar Hemden, eine Wolldecke und ein paar hartgekochte Eier einzupacken – und damit war er aufbruchsbereit. Für die Überfahrt hatte er genug Geld gespart. Als seine Mutter sah, daß alles endgültig feststand, bat sie ihn dringend, zumindest noch ein Glas Eingemachtes, eine Flasche Kirschsaft, Bettzeug und Kopfkissen mitzunehmen. Aber Gimpel schüttelte den Kopf. Er wollte sich heimlich über die Grenze nach Deutschland stehlen, und das Risiko war geringer, wenn er nicht allzuviel Gepäck bei sich hatte. Kurz und gut, er küßte seine Mutter, sagte seinen Brüdern und Freunden Lebewohl und ging. Abba, der von seinem Sohn nicht im Zorn scheiden wollte, brachte ihn im Leiterwagen zu der kleinen Bahnstation Reiwetz. Mitten in der Nacht fuhr zischend und pfeifend, fauchend und donnernd der Zug ein. Für Abba waren die Scheinwerfer der Lokomotive wie die Augen eines scheußlichen Dämons, und er fuhr beim Anblick der Schornsteine mit ihren Rauch- und Funkensäulen und ihren Dampfwolken zurück. Die blendenden Lichter verstärkten nur noch das Dunkel. Gimpel lief mit seinem Gepäck wie irre umher, und sein Vater lief ihm nach. Im letzten Augenblick küßte der Junge des Vaters Hand, und Abba rief ihm ins Dunkel nach: «Viel Glück! Vergiß deine Religion nicht!»

Der Zug setzte sich in Bewegung und ließ in Abbas Nase Rußgeruch, in seinen Ohren ein Klirren zurück. Unter seinen Füßen zitterte die Erde. Als sei der Junge eben von Dämonen verschleppt worden! Dann kehrte Abba nach Hause zurück, und als Pescha ihm weinend um den Hals fiel, sagte er: «Der Herr hat's gegeben und der Herr hat's genommen...»

Monate gingen dahin, ohne daß Gimpel von sich hören ließ. Abba wußte, daß von jungen Leuten, die von zu Hause weggingen, nichts anderes zu erwarten war – sie vergaßen ihre nächsten Angehörigen. «Aus den Augen, aus dem Sinn», sagte schon das Sprichwort. Er zweifelte sogar daran, daß er je wieder von ihm hören werde, aber eines Tages traf ein Brief aus Amerika ein. Abba erkannte die Handschrift seines Sohnes. Gimpel schrieb, er sei sicher über die Grenze gelangt, habe viele seltsame Städte gesehen, vier Wochen an Bord eines Schiffes verbracht und dort sich von Kartoffeln und Hering ernährt, weil er unreine Speise nicht habe anrühren wollen. Die Fluten des Ozeans seien sehr tief gewesen, die Wellen aber so hoch wie der Himmel. Er habe fliegende Fische gesehen, aber keine männlichen oder weiblichen Nixen, und er habe sie auch nicht singen gehört. New York sei eine riesige Stadt, und die Häuser reichten bis in die Wolken. Die Züge führen über den Dächern dahin. Die Christen sprächen Englisch. Die Leute hielten beim Gehen den Blick nicht gesenkt, dafür den Kopf aber um so höher. In New York habe er zahllose seiner Landsleute getroffen – sie alle trügen kurze Überzieher. Auch er. Das Handwerk, das er daheim erlernt habe, käme ihm hier sehr zustatten. Er sei *all right*. Er könne sich seinen Lebensunterhalt verdienen. Er werde wieder schreiben und das nächste Mal einen langen Brief. Er küsse seinen Vater und seine Mutter und seine Brüder und sende seinen Freunden die besten Grüße.

Also doch ein ganz netter Brief.

In seinem zweiten Brief berichtete Gimpel, er habe sich in ein Mädchen verliebt und ihr einen Diamantring gekauft. Sie heiße Bessie, stamme aus Rumänien und arbeite *at dresses*. Abba setzte seine Brille mit den Stahlrändern auf. Es dauerte eine ganze Weile, bis er aus dieser Bemerkung klug wurde. Wo hatte der Junge nur so viele englische Worte aufgeschnappt? Im dritten Brief stand zu lesen, daß er geheiratet und daß *a reverend* die Trauung vollzogen habe. Er legte eine Fotografie von sich und seiner Frau bei.

Abba konnte seinen Augen nicht trauen. Sein Sohn trug einen richtig vornehmen Mantel und einen hohen Hut. Die Braut sah aus wie eine Gräfin. In der Hand hielt sie einen Blumenstrauß. Pescha warf einen einzigen Blick auf die Fotografie und brach in Tränen aus. Gimpels Brüder vergaßen vor Staunen den Mund zu schließen. Nachbarn und Freunde aus der ganzen Stadt kamen eilig herbeigelaufen: sie hätten schwören können, Gimpel sei durch Zauber in ein Land aus purem Gold entführt worden, wo er eine Prinzessin zum Weib genommen hatte – ganz wie in einem der Märchenbücher, die fliegende Händler anbieten.

Um mich kurz zu fassen: Gimpel veranlaßte Getzel, nach Amerika herüberzukommen, und Getzel holte den Treitel; diesem wieder folgte Godel, und dem Godel der Feivel. Und zuletzt holten alle fünf Brüder auch die jüngsten, Lippe und Ananias, herüber. Pescha lebte nur noch für die tägliche Post. Sie befestigte am Türpfosten eine Sammelbüchse zu Wohlfahrtszwecken, und bei jedem neuen Brief ließ sie eine Münze durch den Schlitz fallen. Abba arbeitete nun ganz allein. Er brauchte keine Lehrjungen mehr, weil er so wenig Ausgaben hatte und es sich leisten konnte, etwas weniger zu verdienen als bisher. Tatsächlich hätte er die Arbeit überhaupt aufgeben können, da seine Söhne ihm Geld schickten. Gleichwohl stand er, wie gewohnt, zu früher Morgenstunde auf und hockte bis zum späten Abend auf der Werkbank. Immerzu ertönten die Schläge seines Hammers, begleitet vom Zirpen der Grille, dem Rascheln der Maus, dem Knistern der Schindeln auf dem Dach. Aber sein Gemüt wollte nicht zur Ruhe kommen. Ganze Generationen von kleinen Schuhmachern hatten in Frampol gelebt. Plötzlich waren die Vögel davongeflogen. War damit über ihn selbst eine Strafe verhängt, ein Richtspruch gefällt? Sollte das etwa der Sinn sein?

Abba bohrte ein Loch, trieb einen Stift ins Leder und murmelte: «Dann wüßtest also du, Abba, was du tust – und Gott wüßte es nicht? Schäm dich, du Narr! Sein Wille geschehe. Amen!»

4
Die Verheerung Frampols

Fast vierzig Jahre gingen ins Land. Pescha war zur Zeit der österreichischen Besetzung an Cholera gestorben. Und Abbas Söhne waren in Amerika reich geworden. Jede Woche schrieben sie und flehten Abba geradezu an, zu ihnen herüberzukommen, aber er blieb in Frampol, im gleichen alten Hause auf dem baumlosen Hügel. Sein eigenes Grab, gleich neben dem Peschas und mitten unter den Gräbern all der anderen kleinen Schuhmacher gelegen, wartete schon auf ihn. Der Grabstein war bereits errichtet, nur das Sterbedatum fehlte noch. Abba hatte eine Bank neben Peschas Grab aufstellen lassen, und am Vorabend des Neujahrsfestes oder während der Fastentage betete er dort und las in den «Klageliedern Jeremias». Er fühlte sich auf dem Friedhof denkbar wohl. Der Himmel war dort so viel klarer und höher als in der Stadt, und aus dem geweihten Boden und von den alten, moosüberwachsenen Grabsteinen erhob sich eine mächtige bedeutungsvolle Stille. Wie gern saß er dort und betrachtete die hohen weißen Birken, die selbst bei Windstille zitterten, und die Krähen, die wie schwarze Früchte im Geäst schaukelten! Vor ihrem Tode hatte Pescha ihm das Versprechen abgenommen, sich niemals wieder zu verheiraten, sondern regelmäßig an ihr Grab zu kommen und ihr Neuigkeiten von den Kindern zu bringen. Er hielt sein Versprechen. Längs der kleinen Erhebung streckte er sich auf dem Boden aus und flüsterte ihr zu, als lebte sie noch: «Gimpel hat wieder ein neues Enkelkind, Getzels jüngste Tochter hat sich, Gott sei Dank, verlobt...»

Das Haus auf dem Hügel war fast schon zerfallen. Die Balken waren verfault, und das Dach mußte durch Steinpfosten gestützt werden. Zwei der drei Fenster waren mit Brettern verschalt, weil man kein Glas mehr in ihre Rahmen einpassen konnte. Vom Holzboden war kaum noch etwas vorhanden, und der Erdgrund lag wieder frei. Der Birnbaum im Garten war verdorrt. Sein Stamm und seine Zweige waren ganz schuppig. Im Garten selbst wucherten giftige Beeren und Trauben, und es wimmelte von Kletten, mit denen die Kinder am Tischa-be-Aw, dem hohen Fast- und Erinnerungstag, um sich werfen. Die Nachbarn behaupteten, in der Nacht sähe man dort seltsame Feuer lodern und die Dachkammer sei voller Fledermäuse, die den Mädchen ins Haar fliegen. Wie immer es sich aber damit verhielt: gewiß schrie in der Nähe des Hauses ein Käuzchen. Die Nachbarn mahnten Abba wiederholt, noch rechtzeitig aus dem verfallenen Hause fortzuziehen – der kleinste Windstoß mochte es umwerfen. Sie redeten ihm auch zu, die Arbeit endlich aufzugeben – seine Söhne überschütteten ihn ja geradezu mit Geld. Aber wie stets erhob Abba sich eigensinnig zur Stunde der Morgendämmerung und hämmerte auf seiner Schuhmacherbank unverdrossen weiter. Obwohl gelbliches Haar nicht allzu häufig die Farbe wechselt, war Abbas Bart nun völlig weiß, und dieses Weiß war von Flecken wieder gelb geworden. Seine Augenbrauen waren wie Gestrüpp und verbargen fast seine Augen, und seine hohe Stirn glich einem Stück vergilbten Pergaments. Aber noch hatte er seine Kunstfertigkeit nicht eingebüßt. Noch immer konnte er einen haltbaren Schuh mit breitem Absatz anfertigen, selbst wenn es nun etwas länger dauerte. Mit der Ahle bohrte er die Löcher, er nähte mit seiner Nadel, hämmerte die Stifte ein und sang dazu mit heiserer Stimme das alte Schuhmacherlied:

> *Eine Mutter hat eine Ziege gekauft,*
> *Der Schächter hat die Ziege getötet,*
> *Oh, Herr, die Ziege!*
> *Avremele hat sich ihre Ohren genommen,*
> *Berele ihre Lungen,*
> *Der Gimpele ihre Speiseröhre,*
> *Und Dovid'l ihre Zunge,*
> *Der Herschele nahm sich den Hals ...*

Und da niemand einstimmte, sang er den Chorrefrain allein:

> *Oh, Herr, die Ziege!*

Seine Freunde rieten ihm dringend, sich eine Magd zu nehmen, aber er wollte keine fremde Frau im Haus haben. Gelegentlich erschien eine der Nachbarinnen zum Fegen und Abstauben, aber selbst das war zuviel für ihn. Er gewöhnte sich ans Alleinsein. Er lernte selber zu kochen, und er machte sich auf dem kleinen Kocher etwas Suppe, und am Freitag bereitete er sogar den Sabbatpudding vor. Aber am liebsten saß er doch allein auf der Werkbank und hing dem Lauf seiner Gedanken nach, die mit den Jahren immer wirrer geworden waren. Tag und Nacht führte er Zwiegespräche mit sich selbst. Die eine Stimme stellte Fragen, die andere antwortete. Gescheite Worte fielen ihm ein, scharfsinnige, schlagfertige Wendungen, erfüllt von der Weisheit des Alters: Es war, als wären in ihm seine Großväter wieder zum Leben erwacht und führten im Innern seines Kopfes endlose Debatten über Fragen, die diese und die nächste Welt betrafen. Seine Gedanken kreisten stets um die gleichen Themen: was ist das Leben und was ist der Tod, was ist das Wesen der Zeit, die, ohne innezuhalten, immer weiter läuft, und wie weit entfernt liegt Amerika? Dann fielen ihm die Augen zu, und der Hammer rutschte aus seiner Hand, aber noch immer tönte in seinem Ohr das kennzeichnende Klopfen des Schuhmachers fort – ein leiser Schlag, ein etwas lauterer, und dann ein dritter, noch stärkerer –, als ob neben ihm ein Geisterwesen sitze und unsichtbare Schuhe ausbessere. Wenn einer seiner Nachbarn ihn fragte, warum er nicht zu seinen Söhnen hinüberzöge, pflegte er auf den sich auf der Werkbank türmenden Haufen von Schuhen zu deuten und zu fragen: «Nu, und die Schuhe? Wer wird die ausbessern?»

Die Jahre gingen dahin, und er hatte keine Ahnung, wie oder wohin sie entschwanden. Durch Frampol kamen Wanderprediger mit beunruhigenden Nachrichten aus der Außenwelt. In der Schneider-Synagoge, die Abba noch immer besuchte, sprachen die jungen Leute von Krieg und antisemitischen Bestimmungen und von Juden, die nach Palästina strömten. Bauern, die jahrelang Abbas Kunden gewesen waren, wurden ihm plötzlich untreu und gingen zu polnischen Schuhmachern über. Und eines Tages hörte der alte Mann, daß ein neuer Weltkrieg bevorstehe. Hitler – sein Name möge ausgelöscht werden! – hatte seine ungezählten Barbaren zu den Waffen gerufen und drohte, sich Polens zu bemächtigen. Diese Geißel Israels hatte die Juden aus Deutschland vertrieben – Ähnliches war einmal zur Zeit der spanischen Könige in Spanien geschehen. Der alte Mann dachte an den Messias und wurde von schrecklicher Aufregung gepackt. Wer weiß – vielleicht war dies die Schlacht zwischen Gog und Magog? Vielleicht stand das Kommen des Messias bevor und die Toten erwachten wieder zum Leben! Abba sah bereits, wie die Gräber sich auftaten und die kleinen Schuhmacher ihnen entstiegen – Abba, Getzel, Treitel, Gimpel, sein Großvater, sein Vater. Er bat sie alle zu sich in sein Haus und setzte ihnen Branntwein und Gebäck vor. Pescha, seine Frau, schämte sich, das Haus in solchem Zustand vorzufinden, aber er beruhigte sie: «Mach dir keine Gedanken, wir werden schon jemanden zum Auffegen finden, solange wir nur alle beisammen sind!» Plötzlich erscheint eine Wolke am Horizont, hüllt die ganze Stadt Frampol ein – Synagoge, Lehrhaus, rituelles Badehaus, alle jüdischen Häuser, auch sein eigenes – und trägt die gesamte Ortschaft hinüber ins Heilige Land. Man stelle sich sein Erstaunen vor, als er dort seinen in Amerika weilenden Söhnen begegnet. Sie fallen ihm zu Füßen und rufen: «Vergib uns, Vater!»

Als Abba sich dieses Ereignis ausmalte, beschleunigte sich der Schlag seines Hammers. Er sah, wie die kleinen Schuhmacher sich für den Sabbat festlich in Seide und Satin hüllten, in wallende Gewänder mit breiten Schärpen, und wie sie ihres Weges zogen, um zum großen Jubeltag in Jerusalem zu sein. Sie beten im Tempel Salomos, trinken Paradieseswein und essen vom Fleisch des mächtigen Stieres und des Leviathan. Der uralte Jochanaan, zubenannt der Schuhmacher, berühmt für seine Frömmigkeit und seine Weisheit, heißt die Nachgeborenen alle willkommen und beginnt mit ihnen ein Gespräch über die Tora und das Schuhmacherhandwerk. Gleich nach dem Sabbat kehrt die ganze Sippe nach Frampol zurück, das nun mit zu Israel gehört, und betritt wieder das alte Haus. Obwohl dieses Haus so klein ist wie immer, ist es jetzt wie durch ein Wunder geräumig geworden. Es scheint sich gedehnt zu haben wie das Fell des Rehs, von dem im Buch geschrieben steht. Sie arbeiten alle auf der gleichen Bank, Abba, Gimpel, Getzel, Godel, Treitel und Lippe, nähen goldene Sandalen für die Töchter Zions und hohe Stiefel für die Söhne Zions. Der Messias selbst spricht bei den kleinen Schuhmachern vor und läßt sich von ihnen für ein Paar Seidenpantöffelchen Maß nehmen.

Als Abba eines Morgens zwischen seinen Gedanken einherwanderte, vernahm er ein ungeheures Getöse. Der alte Mann zitterte bis ins Mark seiner Knochen: der Schall der Trompete! Er ließ den Schuh, an dem er gerade arbeitete, fallen und lief fast in Verzückung hinaus. Aber es war nicht Elias der Prophet, der die Ankunft des Messias verkündigte. Nazi-Flugzeuge bewarfen Frampol mit Bomben. Panik bemächtigte sich der Stadt. Eine der Bomben fiel so dicht bei der Synagoge, daß Abba im Schädel das Gehirn aufzucken spürte. Vor ihm tat sich die Hölle auf. Wieder ein Blitz, und dann eine Explosion, die ganz Frampol erhellte. Über dem Hof der Synagoge stieg eine schwarze Wolke auf. Am Himmel flatterten ganze Scharen von Vögeln. Der Wald ging in Feuer auf. Von seinem Hügel herabblickend, sah Abba über den Obstgärten mächtige Rauchsäulen. Die Apfelbäume blühten und brannten. Mehrere Männer, die in seiner Nähe standen, warfen sich auf den Boden und riefen ihm zu, er solle das gleiche tun. Er hörte sie nicht. Er sah nur, daß ihre Lippen sich bewegten wie in einem Stummfilm. Vor Angst bebend, mit aneinanderschlagenden Knien, trat er wieder ins Haus und packte in einen Sack seinen Gebetsmantel und die Gebetsriemen, sein Schuhmacherwerkzeug, ein Hemd und das Papiergeld, das er in der Strohmatratze versteckt gehalten hatte. Dann nahm er einen Stock auf, küßte die Mesusa und trat wieder ins Freie. Es war ein Wunder, daß er nicht umkam. Das Haus fing Feuer in dem Augenblick, in dem er es verließ. Das Dach klappte auf wie ein Deckel und gab den Blick auf die Bodenkammer mitsamt ihren Schätzen frei. Die Wände stürzten zusammen. Abba wandte sich um und sah das Regal mit den heiligen Büchern in Flammen aufgehen. Die geschwärzten Seiten schienen sich in der Luft von selbst umzublättern. Ihre Feuerbuchstaben glühten wie die der Tora, die den Juden auf dem Berg Sinai geschenkt worden war.

5
Über den Ozean

Von jenem Tage an war Abbas Leben bis zur Unkenntlichkeit verwandelt – es war wie eine der Geschichten, die er in der Bibel gelesen, eine märchenhafte Erzählung, wie er sie von den Lippen eines Wanderpredigers vernommen hatte. Er hatte das Haus seiner Väter und die Stätte seiner Geburt verlassen und war mit dem Wanderstab in der Hand in die Welt hinausgezogen wie der Erzvater Abraham. Das Unheil, das der Luftüberfall in Frampol und den umliegenden Dörfern angerichtet hatte, rief ihm Sodom und Gomorrha vor Augen, die geglüht hatten wie ein Hochofen. Mit anderen Juden zusammen verbrachte er mehrere Nächte auf dem Friedhof, wobei er den Kopf auf einen Grabstein bettete – wie einst Jakob in Bethuel, halbwegs zwischen Beerseba und Haran, auf einem Stein geruht hatte.

Am Neujahrsfest hielten die Juden aus Frampol im Wald ihre Andachten ab. Abba war Vorsänger bei der feierlichsten der achtzehn Lobpreisungen, weil er als einziger einen Gebetsmantel bei sich hatte. Er stand unter einer Kiefer, die gleichzeitig als Altar diente, und stimmte aus heiserer Kehle die Litanei der Fasttage an. Ein Kuckuck und ein Holzspecht sorgten für die instrumentale Begleitung, und ringsum zwitscherten, pfiffen und krächzten die Vögel. Altweibersommerfäden wehten durch die Luft und verfingen sich in Abbas Bart. Von Zeit zu Zeit erscholl im Wald ein dumpfes Rindergebrüll – es war, als werde ein Widderhorn geblasen. Als der große Bußtag gekommen war, erhoben sich die Juden aus Frampol zu mitternächtlicher Stunde, um das Gebet für die Vergebung der Sünden zu sprechen oder wenigstens in Teilen herzusagen, weil sie das Ganze nicht im Gedächtnis hatten. Die Pferde auf den anliegenden Weiden brüllten und wieherten, und in der kühlen Nacht quakten Frösche. In Abständen hörte man in der Ferne Geschützfeuer, und die Wolken leuchteten rötlich auf. Meteore fielen, und Blitze zuckten wie spielerisch über den Himmel. Halb verhungerte kleine Kinder, vom vielen Weinen erschöpft, erkrankten und starben im Arm der Mutter. Viele mußten auf offenem Feld beigesetzt werden. Eine Frau brachte ein Kind zur Welt.

Abba hatte das Gefühl, sein eigener Ururgroßvater geworden zu sein, der vor den Horden Chmielnickis geflüchtet war und dessen Name in den Jahresregistern von Frampol verzeichnet stand. Er war bereit, sich selbst zur Heiligung des göttlichen Namens als Opfer darzubringen. Er träumte von Priestern und Inquisitionen, und sooft die Zweige im Winde rauschten, vernahm er das Geschrei der gemarterten Juden: «Höre, Israel, der Herr unser Gott, der Herr ist der Eine.»

Glücklicherweise war Abba imstande, zahlreichen Juden mit seinem Geld und seinem Schusterwerkzeug behilflich zu sein. Mit dem Geld mieteten sie sich Karren und flohen in südlicher Richtung, Rumänien zu. Aber oft hatten sie weite Strecken zu Fuß zurückzulegen, und das hielten ihre Schuhe nicht aus. In solchem Falle blieb Abba unter einem Baum stehen und holte sein Schusterwerkzeug hervor. Mit Gottes Hilfe trotzten sie jedenfalls aller Gefahr und überquerten bei Nacht die rumänische Grenze. Am nächsten Morgen, am Tage vor dem Versöhnungsfest, nahm eine alte Witwe Abba in ihrem Hause auf. An Abbas Söhne in Amerika ging ein Telegramm mit der Nachricht ab, daß ihr Vater in Sicherheit sei.

Kein Zweifel, daß Abbas Söhne Himmel und Erde in Bewegung setzten, um den alten Mann herüberzuholen. Sobald sie von seinem Verbleib erfuhren, eilten sie nach Washington und beschafften dort unter großen Schwierigkeiten ein Paßvisum für ihn. Dann überwiesen sie telegrafisch eine größere Geldsumme an den Konsul in Bukarest und baten ihn nachdrücklich, ihrem Vater behilflich zu sein. Der Konsul entsandte einen Kurier zu Abba, und dieser konnte im Zug bis nach Bukarest gelangen. Dort wurde er eine Woche festgehalten, dann in eine italienische Hafenstadt überführt, wo er geschoren und entlaust und wo seine Kleidung chemisch gereinigt wurde. Schließlich brachte man ihn an Bord des letzten Schiffes, das nach den Vereinigten Staaten abging.

Es war eine lange, beschwerliche Reise. Der Zug schleppte sich, bergauf und bergab, sechsunddreißig Stunden lang von

Rumänien nach Italien. Abba erhielt etwas zu essen, aber aus Angst, irgend etwas rituell Unreines anzurühren, blieb er lieber hungrig. Seine Gebetsriemen und seinen Gebetsmantel hatte er verloren, und damit auch jedes Zeitgefühl. Er konnte zwischen Sabbat und Wochentag nicht mehr unterscheiden. Offenbar war er der einzige jüdische Passagier an Bord. Unter den anderen befand sich ein Mann, der Deutsch sprach, den Abba aber nicht verstehen konnte.

Es war eine stürmische Überfahrt. Abba hatte die meiste Zeit zu liegen und häufig Galle zu brechen, auch wenn seine Mahlzeiten aus nichts anderem als aus trockenen Brotkrusten und Wasser bestanden. Zum Begleitgeräusch der Tag und Nacht tuckernden Maschinen und der langgezogenen drohenden Sirenenrufe, die ihn an die Hölle gemahnten, döste er ein und wachte er auf. Seine Kabinentür klappte beständig auf und zu, als triebe ein Kobold damit sein Spiel. Die Glassachen im Wandschränkchen zitterten und tanzten. Die Wände bebten. Das Deck schaukelte wie eine Wiege.

Tagsüber hielt Abba Ausschau am Bullauge über seiner Pritsche. Gelegentlich bäumte das Schiff sich auf, als wollte es den Himmel bezwingen, und der zerfetzte Himmel stürzte herab, als dränge die Welt zum Zustand des ursprünglichen Chaos zurück. Dann aber tauchte das Schiff von neuem ins Meer hinab, und wieder waren Firmament und Wasser voneinander geschieden wie am zweiten Tage der Schöpfung. Die Wellen waren von schwefelhaft gelblicher und schwärzlicher Färbung. Im einen Augenblick schnitten sie in den Horizont wie Gebirgsgipfel und gemahnten Abba an die Worte des Psalmisten: «Die Berge hüpfen wie Widder, die kleinen Hügel wie Lämmer.» Im nächsten schlugen sie zurück, wie es in der Geschichte von der wunderbaren Teilung der Wasser beschrieben ist. Abba verfügte nicht über allzuviel Wissen, aber biblische Bilder waren ihm unaufhörlich gegenwärtig, und er sah sich selbst als den Propheten Jona, der vor Gott auf der Flucht war. Auch er lag im Bauch eines Walfischs und flehte wie Jona Gott um Errettung an. Dann aber wollte es ihm vorkommen, als befände er sich nicht auf dem Meer, sondern inmitten einer unendlichen Wüste, in der es, wie im zweiten Buch Mosis geschildert, von Schlangen, Ungeheuern und Drachen wimmelte. Des Nachts tat er kaum ein Auge zu. Sobald er aufstand, um Wasser zu lassen, fühlte er die Sinne schwinden und sein Gleichgewicht bedroht. Nur mit äußerster Mühe gewann er wieder einigen Halt und irrte mit knickenden Knien den langen gewundenen Gang entlang. Er stöhnte und rief um Hilfe, bis ein Matrose ihn zu seiner Kabine zurückbrachte. Jedesmal, wenn solches geschah, glaubte er sich dem Sterben nahe. Er fürchtete, nicht einmal ein anständiges jüdisches Begräbnis zu erhalten, sondern im Meer versenkt zu werden. Und er sprach sein Beichtgebet, schlug sich mit seiner knorrigen Faust an die Brust und rief: «Vergib mir, Vater!»

Genauso, wie er außerstande war, sich noch zu erinnern, wann seine Reise begonnen hatte, so wurde er auch nicht gewahr, wann sie endete. Das Schiff hatte bereits im New Yorker Hafen im Dock festgemacht, aber davon hatte Abba nicht die geringste Ahnung. Er erblickte mächtige Gebäude und Türme, hielt sie aber für die Pyramiden Ägyptens. Ein hochgewachsener Mann mit weißer Mütze kam zu ihm in die Kabine und schrie ihm etwas zu – er rührte sich nicht. Schließlich half man ihm in seine Sachen und brachte ihn an Deck, wo seine Söhne und Schwiegertöchter und Enkelkinder bereits warteten. Abba war verwirrt: so viele polnische Landbesitzer, Grafen und Gräfinnen und Christenkinder stürzten sich auf ihn, umarmten ihn und küßten ihn und ergingen sich in seltsamen Rufen, die zugleich jiddisch und nicht-jiddisch klangen. Halb führten, halb trugen sie ihn hinweg und setzten ihn in einen Wagen. Auch andere Wagen kamen, mit Abbas Verwandtschaft vollgepackt, und alle fuhren gleichzeitig ab und schossen, fliegenden Pfeilen gleich, über Brücken, Flüsse und Dächer. Wie von Zauberkräften bewegt, rückten riesige Gebäude bedrohlich nahe und wichen wieder zurück, und manche von ihnen berührten den Himmel. Ganze Städte lagen vor ihm ausgebreitet. Abba mußte an Pithom und Rameses denken. Der Wagen fuhr so rasch, daß es ihm vorkam, als bewegten die Leute auf der Straße sich rückwärts. Die Luft war voller Donner und Blitz. Ein mächtiger

Einschlag und ein Trompetenschall – es war wie eine Hochzeit und eine Feuersbrunst zugleich. Die Völker hatten alle Fesseln von sich geworfen, ein heidnisches Fest ...

Seine Söhne drängten sich um ihn. Er sah sie wie hinter einem Nebelschleier und erkannte sie nicht. Kleine Männer mit weißem Haar. Sie brüllten, als wäre er taub.

«Ich bin Gimpel!»

«Getzel!»

«Feivel!»

Der alte Mann schloß die Augen und antwortete nicht. Die Stimmen der Söhne verflossen ineinander – alles um ihn her war ein einziger Wirrwarr. Plötzlich mußte er daran denken, wie Jakob in Ägypten eintraf und hier mit den Seinen von den Wagen Pharaos abgeholt wurde. Es war ihm, als habe er in einer früheren Verkörperung schon das gleiche durchlebt. Der Bart begann ihm zu zittern, und aus seiner Brust hob sich ein heiseres Schluchzen. Eine vergessene Wendung aus der Bibel blieb ihm in der Kehle stecken.

Blinden Auges umarmte er einen seiner Söhne und schluchzte laut: «Bist du es? Und am Leben?»

Er hatte sagen wollen: «Ich will nun gerne sterben, nachdem ich dein Angesicht gesehen habe, daß du noch lebest.»

6
Amerikanisches Vermächtnis

Abbas Söhne wohnten am Rande einer kleinen Stadt im Staate New Jersey. Ihre sieben Häuser standen, jedes inmitten eines Gartens, am Gestade eines großen Sees. Täglich fuhren sie in die Schuhfabrik, die Gimpel gehörte, aber am Tage von Abbas Ankunft hatten sie sich freigemacht und veranstalteten ihm zu Ehren ein Fest. Es sollte in Gimpels Hause stattfinden, und zwar unter voller Wahrung der Speisevorschriften. Bessie, Gimpels Frau, deren Vater in der alten Heimat ein Lehrer des Hebräischen gewesen war, erinnerte sich noch an alle Rituale und beobachtete sie gewissenhaft. Sie ging sogar soweit, den Kopf stets mit einem Tuch zu bedecken. Ihre Schwägerinnen taten das gleiche, und Abbas Söhne trugen die selben Käppchen wie einstmals an den großen Festtagen. Die Enkel und Urenkel, die kein Wort Jiddisch verstanden, lernten zur Feier des Tages ein paar einzelne Sätze. Sie kannten die Legenden von Frampol und den kleinen Schuhmachern und von Abba, dem Ersten, dem Stammvater. Selbst die Christen in der Nachbarschaft wußten in dieser Familiengeschichte ziemlich genau Bescheid. In den Anzeigen, die Gimpel in die Zeitungen einrücken ließ, hatte er voller Stolz enthüllt, daß seine Familie zum alten Adel der Schuhmacherzunft gehörte:

> «Unsere Erfahrung geht drei Jahrhunderte weit auf die polnische Stadt Brod zurück, wo unser Stammvater Abba sein Handwerk bei einem dort ansässigen Meister erlernte. Die Gemeinde von Frampol, dem Ort, in dem unsere Familie fünfzehn Generationen lang das gleiche Handwerk ausübte, verlieh ihm in Anerkennung seiner Wohltätigkeit den Ehrentitel ‹Unser Lehrer›. Dieses Gefühl für öffentliche Verantwortung ist bei uns stets Hand in Hand gegangen mit der Hingabe an die höchsten Grundsätze des Berufes und einer auf Anstand bedachten Geschäftspolitik.»

Am Tage vor Abbas Ankunft brachten die Zeitungen in Elizabeth einen Vermerk des Inhalts, daß die sieben Brüder der berühmten Schuhfabrik ihren Vater aus Polen bei sich willkommen hießen. Gimpel erhielt eine Unmenge von Glückwunschtelegrammen von Geschäftsfreunden, von Verwandten und Bekannten.

Es war ein außerordentliches Fest. In Gimpels Speiseraum waren drei Tische gedeckt: einer für den alten Mann, seine Söhne und Schwiegertöchter, ein zweiter für die Enkel und der dritte für die Urenkel. Obwohl es noch heller Tag war, standen auf den Tischen brennende Kerzen – rot, blau, gelb und grün –, und die Flammen spiegelten sich in Schüsseln und Tafelsilber, in Kristallgläsern und Weinbechern und in den Karaffen, die an den Sederabend des Passahfestes denken ließen. In jeder freien Ecke des Raumes prangten Blumen. Gewiß hätten die Schwiegertöchter Abba lieber festlich gekleidet gesehen, aber Gimpel legte ein energisches Wort für ihn ein, und Abba durfte am ersten Tag den vertrauten langen Rock im Frampolstil tragen. Selbst unter diesen Umständen engagierte Gimpel einen Fotografen, der Aufnahmen von dem Festmahl machen sollte – sie waren zur Wiedergabe in den Zeitungen bestimmt –, und lud zu Ehren des alten Mannes auch einen Rabbi und einen Vorsänger ein.

Abba saß in einem Armstuhl am Kopfende des ersten Tisches. Gimpel und Getzel brachten eine mit Wasser gefüllte Schüssel herein und befeuchteten ihm die Hände, damit er vor der Mahlzeit den Segen spreche. Das Essen wurde auf Silbertabletts aufgetragen, und zwar von farbigen Frauen. Vor den alten Mann wurden alle möglichen Fruchtsäfte und Salate, wurde Likör, Weinbrand und Kaviar hingestellt. Aber Pharao, Joseph, Potiphars Weib, das Land Gosen, der Oberste Bäcker und der Oberste Schenk wirbelten in seinem Kopf immer wieder umeinander. Die Hände zitterten ihm dermaßen, daß er nichts an den Mund führen konnte, und Gimpel hatte ihn fast zu füttern. Sooft ihn auch seine Söhne anredeten: noch immer konnte er sie nicht auseinanderhalten. Bei jedem Läuten des Telefons zuckte er zusammen – die Nazis bombardierten Frampol. Das ganze Haus kreiste um ihn her wie ein Karussell. Die Tische standen auf der Zimmerdecke, und jeder saß mit dem Kopf nach unten. Im Schein der Kerzen und der elektrischen Birnen war sein Gesicht von krankhafter Blässe. Gleich nach der Suppe, während noch die Hühnchen aufgetragen wurden, schlief er ein. In aller Eile führte man ihn ins Schlafzimmer, entkleidete ihn und ließ einen Arzt kommen.

Abba verbrachte mehrere Wochen im Bett, halb bei, halb ohne Bewußtsein, dazwischen, wie im Fieber, kurz schlummernd. Es gebrach ihm sogar an Kraft, seine Gebete zu sprechen. Tag und Nacht saß eine Krankenpflegerin bei ihm am Bett. Schließlich fühlte er sich so weit gekräftigt, daß er ein paar Schritte vors Haus tun konnte, aber seine Sinne blieben verwirrt. Er lief in eingebaute Kleiderschränke hinein, schloß sich im Badezimmer ein und wußte nicht mehr, wie herausgelangen. Türglocke und Rundfunkgerät versetzten ihn in Schrecken, und in bezug auf die am Hause vorüberrasenden Wagen litt er unter ständiger Angst. Eines Tages nahm Gimpel ihn mit zu einer zwanzig Kilometer entfernt gelegenen Synagoge, aber selbst hier fand er sich nicht zurecht. Der Küster war glatt rasiert. Der Kronleuchter hatte elektrische Birnen. Es gab keinen Hof, keinen Wasserhahn fürs Händespülen, kein Öfchen. Der Vorsänger sang nicht eigentlich, wie es sich gehört hätte, sondern lallte und krächzte. Die Versammelten trugen winzige Gebetstücher, die sie sich wie Schals um den Hals geschlungen hatten. Abba war überzeugt, daß er in eine christliche Kirche verschleppt worden war und hier bekehrt werden sollte...

Als es Frühling wurde und es ihm noch nicht besser ging, begannen die Schwiegertöchter vorsichtig davon zu reden, daß es doch wohl kein so schlechter Gedanke wäre, ihn in ein Altersheim zu stecken. Aber nun ereignete sich etwas Unvorhergesehenes. Als Abba eines Tages zufällig einen Schrank öffnete, sah er auf dem Boden einen Sack liegen, der ihn irgendwie vertraut anmutete. Er sah nochmals hin und erkannte, daß dieser Sack sein Schuhmacherwerkzeug aus Frampol: Leiste, Hammer und Nägel, Messer und Zange, Feile und Ahle, ja, daß er sogar einen reparaturbedürftigen Schuh enthielt. Abba durchfuhr ein Schauer der Erregung: er konnte kaum seinen Augen trauen. Auf einem Schemel ließ er sich nieder und begann mit Fingern, die inzwischen ungelenk und kraftlos geworden waren, nach diesem, nach jenem zu greifen. Als Bessie ins Zimmer trat und ihn mit einem schmutzigen alten Schuh herumhantieren sah, brach sie in Lachen aus.

«Was tust du denn da, Vater? Sei vorsichtig, sonst wirst du dich, Gott behüte, noch verletzen!»

An jenem Tage lag Abba nicht dösend im Bett. Er arbeitete durch bis zum Abend und verzehrte selbst das gewohnte Stück Hühnchen mit besserem Appetit. Er lächelte den Enkelkindern zu, wenn sie ins Zimmer kamen, um zu sehen, womit er beschäftigt war. Als Gimpel am nächsten Morgen seinen Brüdern berichtete, ihr Vater habe seine alten Gewohnheiten wiederaufgenommen, lachten sie nur und dachten nicht weiter nach – aber die neue Tätigkeit erwies sich bald als Rettung des alten Mannes. Tag um Tag ging er ihr unermüdlich nach. In den Kleiderschränken machte er Jagd auf alte Schuhe, und er bat seine Söhne, ihm Leder und mehr Werkzeuge zu beschaffen. Als sie sich geschlagen gaben, besserte er jedes einzelne Paar Schuhe im Hause aus – Männer-, Frauen-, Kinderschuhe. Nach dem Passahfest taten sich die Brüder zusammen und beschlossen, im Hof eine kleine Hütte zu bauen. Sie statteten sie mit einer Schuhmacherbank, einem Stapel von Ledersohlen und ungegerbten Häuten, mit Nägeln, Färbemitteln und Bürsten aus – kurzum mit allem, was sich auch nur von ferne bei Ausübung des Handwerks als nützlich erweisen mochte.

Für Abba bedeutete das ein neues Leben. Seine Schwiegertöchter riefen, er sähe fünfzehn Jahre jünger aus. Wie früher in Frampol, stand er bei Morgengrauen auf, sprach seine Gebete und machte sich gleich ans Werk. Wieder benutzte er einen durch Knoten unterteilten Strick als Metermaß. Das erste Paar Schuhe, das er für Bessie machte, wurde zum Gesprächsgegenstand in den Nachbarhäusern. Sie hatte stets über den Zustand ihrer Füße geklagt, aber dieses Paar, versicherte sie, sei das bequemste Paar Schuhe, das sie jemals getragen habe. Bald folgten auch die anderen Schwiegertöchter ihrem Beispiel und ließen sich gleichfalls Maß nehmen. Dann kamen die Enkelkinder an die Reihe. Sogar einige der christlichen Nachbarn suchten Abba auf, als sie hörten, daß er aus reiner Arbeitsfreude wie früher Schuhe mit der Hand verfertigte. Er hatte sich mit ihnen natürlich größtenteils durch Gebärden zu verständigen, aber sie vertrugen sich aufs beste. Was die jüngeren Enkel und Urenkel betraf, so hatten sie bisher stets in der Tür gestanden, um ihm beim Arbeiten zuzuschauen. Nun verdiente er selber Geld und konnte ihnen Zuckersachen und Spielzeug besorgen. Er schnitzte sogar einen Griffel und unterwies sie in den ersten Elementen der hebräischen Sprache und Religion.

Eines Sonntags trat Gimpel in die Werkstatt und rollte, zunächst nur halb im Ernst, seine Ärmel hoch und setzte sich zu Abba auf die Bank. Die anderen Brüder ließen sich nicht lumpen, und am folgenden Sonntag standen acht Arbeitsschemel in der Hütte. Abbas Söhne breiteten Schürzen aus Sacktuch über die Knie und machten sich, Sohlen schneidend und Absätze rundend, Löcher bohrend und Stifte einhämmernd, ans Werk wie in der guten alten Zeit. Draußen standen lachend die Frauen, aber sie waren stolz auf ihre Männer, und die Kinder waren durch den Anblick wie gebannt. Durch die Fenster strömte der Sonnenschein, und Stäubchen tanzten im Licht. Im hochgewölbten, Rasen und Wasser überspannenden Frühlingshimmel schwebten Wolken in Gestalt von Besen, Segelbooten, Schaf- und Elefantenherden. Vögel sangen, Fliegen summten, Schmetterlinge flatterten umher.

Abba runzelte seine dichten Augenbrauen, und seine kummervollen Blicke glitten im Kreise über seine Erben, die sieben Schuhmacher: Gimpel, Getzel, Treitel, Godel, Feivel, Lippe und Ananias. Ihr Haar war weiß, wenn auch gelbe Streifen darin sichtbar geblieben waren. Nein, Gott sei gepriesen, sie waren in Ägypten nicht zu Götzendienern geworden. Sie hatten ihr Erbe nicht vertan und waren sich selbst unter den Unwürdigen noch treu geblieben. Der alte Mann holte, rasselnd und summend, tief Atem und begann plötzlich mit erstickter heiserer Stimme zu singen:

> *Eine Mutter hatte*
> *Zehn kleine Jungen,*
> *Oh, Herr, zehn kleine Jungen!*
>
> *Der sechste, der hieß Velvele,*
> *Der siebente war Zeinvele,*
> *Der achte, der hieß Chenele,*
> *Der neunte hieß der Tevele,*
> *Der zehnte hieß der Judele ...*

Und im Chor fielen Abbas Söhne ein:

> *Oh, Herr, der Judele!*

Der Mann, der zurückkam

Ihr werdet es nicht für möglich halten, aber auf dieser Welt gibt es Menschen, die einmal zurückgerufen wurden. In unserer Stadt Turbin habe ich einen von ihnen persönlich gekannt. Es war ein reicher Mann, der von einer gefährlichen Krankheit befallen wurde – die Ärzte erklärten, unter dem Herzen habe sich bei ihm ein Fettklümpchen gebildet, Gott gebe, daß so etwas keinem von uns widerfährt. Er unternahm eine Reise zu den heißen Quellen, um das Fett zum Schmelzen zu bringen, aber diese Reise half ihm nicht mehr. Sein Name war Alter, und seine Frau hieß Schifra Lea. Ich kann beide noch ganz deutlich vor mir sehen.

Sie war dürr wie ein Stecken, war nichts als Haut und Knochen und so schwarz wie eine Kohlenschippe. Er war klein und blond und hatte ein rundes Bäuchlein und einen kleinen runden Bart. Obwohl sie die Frau eines reichen Mannes war, trug sie dennoch schwere rissige Schuhe und hatte sich auch immer das Umhangtuch über den Kopf gezogen: beständig war sie auf dem Auslug nach Gelegenheitskäufen. Wenn sie beispielsweise von einem Dorf hörte, wo ein Fuder Hafer oder ein Topf Buchweizen billig zu haben war, lief sie den ganzen Weg dorthin zu Fuß und feilschte mit dem betreffenden Bauern, bis er ihr das Gewünschte fast umsonst abließ. Ich bitte sie um Verzeihung, aber die Familie, aus der sie stammte, gehörte zum Abschaum. Er wiederum war ein Holzhändler, Mitbesitzer einer Sägemühle. Von ihm kaufte die Stadt ihr Bauholz. Zum Unterschied von seiner Frau hatte er allerhand für üppiges Leben übrig und ging, ganz wie ein Graf, in einem kurzen Mäntelchen und schönen Lederschuhen umher. Jedes einzelne Härchen in seinem Bart hätte man zählen können, so sorgfältig war dieser gekämmt und gestriegelt.

Er hatte auch eine Vorliebe für gutes Essen. Seine bessere Hälfte knauserte mit allem, was sie selbst betraf – aber für ihn war kein Leckerbissen zu kostspielig. Weil er starke Brühen bevorzugte, auf deren Oberfläche Fettringe schwammen, setzte sie unaufhörlich dem Metzger zu: sie verlangte nach fettem Fleisch und als Zugabe noch nach einem Markknochen, weil, wie sie erklärte, in der Brühe ihres Mannes Goldstücke sein müßten. Wenn zu meiner Zeit zwei junge Leute heirateten, dann hatten sie einander auch wirklich gern. Wer hätte damals je an Scheidung gedacht? Aber diese Schifra Lea war so besessen von ihrem Mann, daß die anderen es beinahe komisch fanden. Mein Mann hier und mein Mann da; Himmel und Erde und Alter. Beide hatten keine Kinder, und es ist allgemein bekannt, daß eine kinderlose Frau all ihre Liebe dem Gatten zuwendet. Der Arzt erklärte, es sei seine Schuld, aber wer kann in solchen Dingen je sicher sein?

Nun, um es kurz zu machen: der Mann wurde also krank, und es stand schlecht um ihn. Die größten Ärzte kamen zu ihm ins Haus – vergeblich. Er lag im Bett und verfiel von Tag zu Tag mehr. Noch hatte er Freude am Essen, und sie setzte ihm Schweinebraten und Marzipan und alle möglichen anderen Leckerbissen vor, aber seine Kräfte schwanden dahin. Eines Tages brachte ich ihm ein Gebetbuch, das mein Vater, er ruhe in Frieden, ihm schickte. Da lag er in einem grünen Schlafrock und in weißen Socken auf dem Sofa, eine stattliche Erscheinung. Er sah auch ganz wohl aus, nur war sein Wanst derart aufgetrieben, daß er einer Trommel glich, und beim Sprechen schnaubte und schnaufte er. Er nahm mir das Gebetbuch aus der Hand, schenkte mir einen Keks und zwickte mich gleichzeitig in die Backe.

Wenige Tage später hieß es, daß Alter im Sterben liege. Die Männer kamen in seinem Haus zusammen, und die Mitglieder der Beerdigungsbruderschaft warteten an der Tür. Hört weiter, was nun geschah. Als Schifra Lea bemerkte, daß für Alter das letzte Stündlein gekommen war, raste sie ins Haus des Arztes. Aber als sie, den Arzt im Schlepptau, zurückkam, sah sie gerade noch, wie Leyser Godl, der Vorstand der Beerdigungsbruderschaft, Alter eine Feder unter die Nase hielt. Es war alles vorbei, und die anderen schickten sich bereits an, den Toten, wie der Brauch es wollte, auf den Boden zu betten. In dem Augenblick, in dem Schifra Lea begriff, geriet sie in Raserei. Gott stehe uns bei, ihr Geschrei und Gejammer drang bis zum Rande der Stadt. «Tiere, Mörder, Rohlinge! Hinaus aus meinem Haus! Er wird leben! Er wird weiterleben!» Sie ergriff einen Besen und begann damit um sich zu schlagen – alle glaubten, sie habe den Verstand verloren. Neben dem Toten kniete sie nieder: «Verlaß mich nicht! Nimm mich mit dir!» Und tollwütig tobend rüttelte und schüttelte sie ihn, und das unter Weherufen, lauter als denen, die man an Jom Kippur, dem Versöhnungstag, hört.

Ihr wißt, daß man einen Toten nicht schütteln darf, und die anderen versuchten, sie zu bändigen, aber sie warf sich vornüber auf den Toten und gellte ihm ins Ohr: «Alter, wach auf! Alter! Alter!» Ein Lebender hätte das einfach nicht ausgehalten – das Trommelfell wäre ihm geplatzt. Die anderen schickten sich gerade an, sie wegzureißen, als plötzlich der Leichnam sich regte und einen tiefen Seufzer vernehmen ließ. Sie hatte ihn zurückgerufen. Ihr wißt wahrscheinlich, daß beim Tode eines Menschen seine Seele nicht gleich zum Himmel aufsteigt. Sie flattert noch eine kleine Weile an der Nasenöffnung hin und her, denn sie möchte wieder in den Körper hinein, an den sie so lange gewöhnt war. Wenn aber irgend jemand schreit und Theater macht, erschrickt sie möglicherweise und fliegt sofort wieder zurück, wenn auch nur selten auf längere Zeit, denn in einem durch Krankheit zugrunde gerichteten Körper kann sie nicht bleiben. Aber alle Jubeljahre einmal tut sie es doch, und in solchem Falle sieht man sich einem Menschen gegenüber, der zurückgerufen wurde.

Oh, an sich ist so etwas unzulässig. Wenn es für uns ans Sterben geht, dann sollten wir auch sterben. Außerdem ist ein Mensch, der einmal zurückgerufen wurde, nicht mehr wie andere Menschen. Er ist sozusagen ein Wanderer zwischen den Welten. Er ist hier und ist es gleichzeitig nicht. Im Grabe wäre er besser dran. Immerhin vermag er zu atmen und zu essen und kann sogar mit seiner Frau zusammenleben. Das einzige: er wirft keinen Schatten. Man erzählt von einem Mann in Lublin, der einmal zurückgerufen wurde. Er saß den ganzen Tag im Bethaus, zwölf Jahre lang, ohne ein Wort zu sprechen. Er sagte nicht einmal die Psalmen her. Als er zuletzt wieder starb, war nur noch ein Bündel Knochen von ihm übrig. Er war in der Zwischenzeit unsichtbar verwest, und sein Fleisch war zu Staub geworden. Da gab es nicht viel zu begraben.

In Alters Fall lag es anders. Gleich nach seiner Rückkehr erholte er sich, plauderte und scherzte, als sei nichts geschehen. Sein Wanst war geschrumpft, und der Arzt erklärte, auch das Fett an seinem Herzen sei verschwunden. Ganz Turbin war auf den Beinen, und selbst aus anderen Städten kamen die Leute, um einen Blick auf Alter zu erhaschen. Man munkelte, die Beerdigungsbruderschaft setze Lebende bei. Denn wenn es möglich war, Alter zurückzurufen – warum dann nicht auch andere? War es nicht denkbar, daß auch andere nur im Starrkrampf lagen?

Schifra Lea trieb alle Besucher fort. Niemand durfte das Haus betreten, nicht einmal der Arzt. Das Tor blieb verriegelt, und die Vorhänge waren zugezogen, während sie ihren Alter betreute und behütete. Ein Nachbar berichtete, er sitze bereits auf und sei schon zum Essen und Trinken imstande und sähe sogar seine Rechnungsbücher durch.

Nun, meine Lieben, es dauerte keinen Monat, bis er sich auf dem Marktplatz blicken ließ, mit seinem Spazierstöckchen und seinem gepflegten Bart und seinen auf Hochglanz polierten Stiefeln. Die anderen begrüßten ihn, scharten sich um ihn und wünschten ihm alles Gute für seine Gesundheit, und er erwiderte: «Ihr habt also geglaubt, Ihr wäret mich schon los. Was? So bald noch nicht! Eine Menge Wasser muß bis dahin noch unter der Brücke durchfließen.» Er wurde gefragt: «Was geschah denn, als es mit dem Atmen zu Ende war?» Und er erwiderte: «Ich habe ein Stück Leviathan gegessen und es in Senf getunkt.» Wie früher, war er nie um den rechten Scherz verlegen. Es hieß, der Rabbi habe ihn vorgeladen und beide hätten sich im Gerichtszimmer eine Weile eingeschlossen. Aber niemand wußte, wovon zwischen ihnen die Rede war.

Jedenfalls war es tatsächlich Alter, nur hatte er jetzt einen Beinamen: der Mann, der zurückgerufen wurde. Er handelte auch schon bald wieder mit Brettern und Klötzen. Die Totengräber gingen mit langen Gesichtern umher. Sie hatten gehofft, daß beim Leichenschmaus ein fetter Brocken für sie abfallen würde. Zu Anfang hatte man noch ein wenig Angst vor ihm. Aber wovor hätte man eigentlich Angst haben sollen? Er war der gleiche Holzhändler. Seine Krankheit hatte allerhand Geld gekostet, aber er hatte noch immer genug. Am Sabbat kam er jeweils zur Andacht, wurde ans Vorlesepult gebeten und hatte den Danksegen zu sprechen. Man erwartete auch, er werde dem Armenhaus etwas zukommen lassen und für die Bewohner des Städtchens ein Fest veranstalten, aber Alter stellte sich taub. Was seine Frau Schifra Lea betraf, so stolzierte sie herum wie eine Pfauhenne und behandelte alle von oben herunter. Eine Kleinigkeit? Sie hatte immerhin einem Toten wieder zum Leben verholfen! Unsere Stadt war übrigens gar nicht so klein. Andere Männer erkrankten auf den Tod, und andere Frauen versuchten, sie zurückzurufen, aber keine hatte ein Mundwerk wie Schifra Lea. Und wäre es wirklich möglich gewesen, alle zurückzurufen, dann hätte der Todesengel sein Schwert aus der Hand legen müssen.

Nun, und dann kam die große Wendung. Alter hatte in seiner Sägemühle einen Teilhaber namens Falik Weingarten. Zu jener Zeit wurde niemand beim Familiennamen angeredet, aber Falik war ein richtiger Aristokrat. Eines Tages kam er mit einer merkwürdigen Geschichte zum Rabbi: Alter, sein Teilhaber, sei ein Schwindler geworden. Er stehle Geld aus der gemeinsamen Kasse, mache alle erdenklichen Winkelzüge und versuche, ihn, Falik, aus dem Geschäft herauszudrängen. Der Rabbi wollte es nicht für möglich halten: wenn jemand eine solche Prüfung hinter sich hatte wie Alter – würde er plötzlich zum Gauner werden? Es klang nicht recht einleuchtend. Aber Falik gehörte nicht zu denen, die sich etwas aus den Fingern saugen, und man ließ Alter kommen. Er führte eine richtige Theaterszene auf – schwarz war weiß, und weiß war schwarz. Er grub uralte Quittungen und Rechnungen aus, die noch aus der Zeit des Königs Sobieski stammten. Er wies ganze Bündel verbriefter Rechtsansprüche vor. Wenn man ihn hörte, hätte man annehmen können, sein Teilhaber schulde ihm, Alter, ein kleines Vermögen; und was schlimmer war: er drohte mit einem gerichtlichen Verfahren.

Die Stadtbewohner versuchten Alter zu beschwichtigen: «Ihr habt so viele Jahre lang das gleiche Geschäft gehabt – was stimmt denn da plötzlich nicht mehr?» Aber Alter war nun völlig verändert – er schien es auf Streitereien geradezu anzulegen. Er brach sogar einen Prozeß vom Zaune, und der Fall schleppte sich hin und kostete die Beteiligten ein Vermögen. Falik nahm sich die Sache derart zu Herzen, daß er starb. Wer zuletzt gewann, weiß ich jetzt nicht mehr, ich weiß nur noch, daß die Sägemühle den Gläubigern zufiel und daß Faliks Witwe ohne jeden Heller zurückblieb. Der Rabbi las Alter die Leviten: «Ist das dein Dank dafür, daß der Herr dich wieder auf die Füße gestellt und von den Toten auferweckt hat?» Alters Antwort war nicht mehr wert als das Kläffen eines Hundes: «Das hat nicht Gott getan, sondern Schifra Lea.» Und er bemerkte weiter: «Es gibt keine andere Welt. Ich war einmal gut und war tot, und ich kann Euch sagen, es gibt nach dem Tode gar nichts – weder Hölle noch Paradies.» Der Rabbi kam zu dem Ergebnis, er müsse den Verstand verloren haben – vielleicht, vielleicht auch nicht. Bitte wartet und hört, was noch kommt.

Alters Frau Schifra Lea war die schlimmste Art Schlampe – man pflegte zu sagen: wo sie geht oder steht, schießt ein Dreckhaufen aus dem Boden. Plötzlich verlangte Alter, daß sie sich herausputzte, ja auftakelte. «Eine Frau», erklärte er, «gehört nicht nur unter die Steppdecke. Du sollst von jetzt ab mit mir auf der Lublinstraße promenieren.» Die ganze Stadt summte vor Aufregung. Schifra Lea ließ sich ein neues Baumwollkleid machen, und am Sabbatnachmittag konnte man nach dem am Vortag zubereiteten Tscholent-Mahl Alter und seine Frau Schifra Lea mitten unter Hilfsschneidern und Schusterlehrlingen auf dem Korso flanieren sehen. Was für ein Anblick! Jeder, der seine Glieder beisammen hatte, lief hin.

Alter stutzte sich sogar den Bart. Er wurde zum – wie heißt das Wort? – Atheisten. Heutzutage trifft man sie überall. Jeder Narr zieht sich ein Jackett an und rasiert sich das Kinn. Aber zu meiner Zeit gab es in Turbin nur einen Atheisten – den Apotheker. Man begann allerlei zu munkeln. Als Schifra Lea Alter mit ihren Schreien zurückgerufen hatte, war offenbar die Seele eines Fremden in seinen Körper eingegangen. Sobald jemand stirbt, kommen auch sonst verschiedene Seelen herbeigeflogen – Seelen von früheren Anverwandten und anderen und, wer weiß, auch Seelen von Bösen, die willens sind, vom Leichnam Besitz zu ergreifen. Reb Arieh Wischnitzer, ein Schüler des alten Rabbi, erklärte, Alter sei nicht mehr Alter. Gewiß war er nicht mehr der gleiche. Er sprach anders, lachte anders und betrachtete einen auch mit anderen Blicken. Seine Augen waren Habichtsaugen, und wenn er eine Frau anstarrte, lief es einem Beobachter kalt über den Rücken. Er ließ sich auch mit Musikanten und allem möglichen Gesindel ein. Ursprünglich hatte seine Frau zu allem Ja und Amen gesagt. Was Alter auch äußerte oder tat – sie war damit einverstanden. Ich bitte sie um Verzeihung, aber sie war nicht gerade die Klügste. Aber dann tauchte in unserer Stadt plötzlich eine Frauensperson aus Warschau auf. Sie war zu Besuch ihrer Schwester gekommen, mit der nicht gerade viel Staat zu machen war und die einen Barbier zum Mann hatte. An Markttagen rasierte er die Bauern, und er ließ sie auch zur Ader. Bei solchen Leuten muß man sich auf alles mögliche gefaßt machen: er hatte einen Käfig voller Vögel, die den ganzen Tag über zwitscherten, und er hatte auch einen Hund. Seine Frau hatte sich niemals den Kopf kahl scheren lassen, und die Schwester aus Warschau war eine Geschiedene – niemand wußte, wer ihr Mann gewesen war. Sie kam in unsere Stadt aufgedonnert und klirrend vor Schmuck – aber wer hätte ihr je einen zweiten Blick vergönnt? Auch ein Besenstiel kann herausgeputzt werden. Sie zeigte den anderen Frauen ihre langen Strümpfe, die an ihren – man verzeihe das Wort – Höschen festgemacht waren. Es war nicht schwer zu erraten, daß sie nur gekommen war, um einen Mann einzufangen. Und wer, meint ihr wohl, fiel ihr in die Klauen? Alter. Als die Stadtbewohner hörten, daß Alter mit der Schwägerin des Barbiers herumzog, wollten sie ihren Ohren nicht trauen. Selbst Küfer und Kürschner hatten zu jener Zeit noch ein gewisses Gefühl für Anstand. Aber Alter, wie gesagt, war ein anderer Mann geworden. Er hatte, Gott behüte, jegliche Scham verloren. Er schlenderte mit der Geschiedenen auf dem Marktplatz umher, und aus allen Fenstern blickten Leute, schüttelten den Kopf und spuckten vor Abscheu aus. Er ging auch mit ihr in die Schenke, nicht anders als ein Bauer mit seiner Liebsten es tut. Da saßen sie nun, mitten in der Woche, und süffelten Wein.

Als Schifra Lea davon erfuhr, wußte sie, daß ihre Lage kritisch wurde. Sie kam in die Schenke gelaufen, aber ihr Mann hatte nur Schmähworte für sie übrig. Auch die Zugereiste, die Schlampe, überschüttete sie mit Spott und Hohn. Schifra Lea versuchte es im Guten mit ihm: «Schämst du dich denn gar nicht mehr vor der Öffentlichkeit?» – «Die Öffentlichkeit kann küssen, worauf wir sitzen», erwiderte er. Schifra Lea schrie der anderen zu: «Er ist mein Mann!» – «Auch der meine», antwortete sie. Der Schankwirt versuchte, Frieden zu stiften, aber Alter und die Schlampe beschimpften ihn gleichfalls. Eine heruntergekommene Frau ist schlimmer als der schlimmste Mann. Sie machte von ihrer Zunge solchen Gebrauch, daß es selbst dem Schankwirt zuviel wurde. Man behauptete, sie habe einen Henkelkrug aufgenommen und den nach ihm geworfen. Aber Turbin ist nicht Warschau. Die Stadt war in einem Aufruhr. Der Rabbi ließ Alter durch den Gemeindediener vorladen. Aber Alter weigerte sich zu kommen. Dann bedrohte ihn die Gemeinde mit den drei Exkommunikationsschreiben. Aber auch das nützte nichts, denn Alter hatte Verbindungen zur polnischen Obrigkeit, und er trotzte allen und jedem.

Nach ein paar Wochen verließ die geschiedene Schlampe die

Stadt, und man nahm schon an, es würde nun ruhiger werden. Aber noch bevor eine weitere Woche herum war, tischte der Mann, der einmal von den Toten zurückgerufen worden war, seiner Frau eine schöne Geschichte auf. Er habe, behauptete er, Gelegenheit, in Wolhynien ein Stück Wald zu kaufen, und da es ein ungewöhnlich günstiger Handel sei, wolle er gleich abreisen. Er scharrte sein ganzes Geld zusammen und kündigte Schifra Lea an, er müsse auch ihren Schmuck verpfänden. Er kaufte einen Viersitzer und zwei Pferde. Die anderen Leute vermuteten, daß er etwas im Schilde führte, und sie warnten seine Frau, aber sie glaubte nun einmal an ihn wie an einen Wunderrabbi. Sie packte seine Anzüge und Unterwäsche zusammen, briet mehrere Hühnchen und kochte Marmelade für ihn ein. Unmittelbar bevor er aufbrach, reichte er ihr eine kleine Schachtel: «Hier drin», bemerkte er, «sind drei Solawechsel. Am nächsten Donnerstag, also heute in acht Tagen, bring die Wechsel bitte zum Rabbi. Bei ihm liegt jetzt das Geld.» Er erzählte ihr eine ganze Geschichte, und sie schluckte sie auch. Dann war er fort.

Nach acht Tagen öffnete sie die Schachtel und entdeckte eine Scheidungsurkunde. Sie stieß einen Schrei aus und fiel in Ohnmacht. Als sie wieder zu sich kam, lief sie eilig zum Rabbi, aber er warf einen einzigen Blick auf das Papier und sagte: «Da läßt sich nichts weiter tun. Eine Scheidungsurkunde kann auch an Eurem Türknopf aufgehängt oder Euch durch den unteren Türspalt zugeschoben werden.» Ihr könnt euch vorstellen, wie es an jenem Tage in Turbin zuging. Schifra Lea kniff sich in die Backen und schrie: «Warum habe ich ihn nur nicht krepieren lassen? Mag er tot umfallen, wo immer er gerade ist!»

Er hatte sie völlig ausgeplündert – selbst ihr Festtagsstirntuch war nicht mehr da. Wohl stand noch das Haus, aber es war dem Barbier verpfändet. In alten Zeiten hätte man so einem schamlosen Betrüger wohl Rennhunde nachgejagt. Die Juden hatten einmal Macht und Autorität, und im Hof der Synagoge befand sich ein Pranger, an den jeder Schuldige gestellt werden konnte. Aber bei unseren christlichen Beamten hat ein Jude nicht viel zu melden – ihm gegenüber sind sie einfach taub.

Außerdem war Alter vorsichtig genug gewesen, sich durch Bestechung abzusichern.

Nun, Schifra Lea wurde krank, kletterte in ihr Bett und wollte auch nicht mehr aufstehen. Sie nahm nichts mehr zu sich und bedachte Alter mit den tödlichsten aller Flüche. Dann begann sie plötzlich, sich an die Brust zu schlagen und zu lamentieren: «Es ist alles meine Schuld. Ich habe es ihm nicht gut genug gemacht.» Sie weinte und sie lachte – es war, als wäre sie besessen von einem bösen Geist. Der Barbier, der nun der legale Eigentümer des Hauses zu sein beanspruchte, wollte sie aus ihrem Heim vertreiben, aber das ließ die Gemeinde doch nicht zu, und sie blieb in einer Dachkammer des Hauses wohnen.

Allmählich jedoch, das heißt nach ein paar Wochen, hatte sie sich wieder erholt und zog wie ein Mann mit einem Hausiererpacken aufs Land hinaus zu den Bauern. Es stellte sich heraus, daß sie sich vortrefflich aufs Einkaufen und Verhökern verstand. Und bald machten sich auch die Heiratsvermittler mit Vorschlägen an sie heran. Aber davon wollte sie gar nichts hören. Das einzige, wovon sie redete, und sie redete einen halb tot, wenn man ihr zuhörte, war ihr Verflossener. «Wartet nur», sagte sie, «er wird schon zu mir zurückkommen. Die andere wollte ihn gar nicht haben, sie war nur auf sein Geld aus. Sie wird ihn ausnehmen und dann ohne jeden Pfennig im Rinnstein zurücklassen.» – «Und Ihr würdet einen solchen Burschen wieder bei Euch aufnehmen?» fragten die anderen; worauf sie antwortete: «Wenn er nur wiederkäme! Ich würde ihm die Füße waschen und das Spülwasser noch austrinken.» Es war ihr noch immer eine Truhe geblieben, und wie eine Braut sammelte sie darin Linnen und Wollstoffe. «Das ist meine Mitgift für den Tag seiner Rückkehr», trumpfte sie auf. «Ich werde ihn nochmals heiraten.» Heutzutage nennt man so etwas Hörigkeit. Wir nannten es damals einfach verrückt.

Sooft Reisende aus den großen Städten kamen, lief sie zu ihnen hin: «Sind Sie zufällig meinem Mann, dem Alter, begegnet?» Aber niemand hatte ihn gesehen. Nach irgendeinem Gerücht war er zum Christentum übergetreten. Einige behaupteten, er habe einen weiblichen Dämon geheiratet. Auch so etwas gibt es. Die Jahre gingen dahin, und man nahm bereits an, man werde niemals wieder von Alter hören.

Als eines Sabbatnachmittags Schifra Lea auf ihrer Betbank vor sich hindöste (sie hatte niemals die Heilige Schrift zu lesen gelernt wie die anderen Frauen), öffnete sich die Tür, und herein trat ein Soldat. Er zog ein Blatt Papier heraus. «Sind Sie Schifra Lea, die Frau des Gauners Alter?» Sie wurde kalkweiß. Sie verstand kein Russisch, und man zog einen Dolmetscher zu. Nun, Alter saß im Gefängnis, ein ernsthaftes Vergehen, denn er war zu lebenslänglicher Haft verurteilt. Er war im Gefängnis zu Lublin untergebracht, und es war ihm gelungen, den Soldaten zu bestechen: er sollte bei seinem Heimurlaub Schifra Lea einen Brief überbringen. Weiß der Himmel, wo Alter das Geld her hatte, um im Gefängnis jemanden zu bestechen. Er mußte es irgendwo in seiner Pritsche versteckt haben, als er das erste Mal in die Zelle geführt wurde. Wer den Brief las, bemerkte später, er hätte einen Stein erweichen können. Alter schrieb an seine frühere Frau: «Schifra Lea, ich habe mich wider dich versündigt. Rette mich! Rette mich! Ich gehe zugrunde. Jeder Tod ist besser als ein solches Leben.» Die andere, die Schlampe, die Schwägerin des Barbiers, hatte ihm alles abgenommen und ihm nur noch sein Hemd gelassen. Wahrscheinlich hatte sie ihn zum Überfluß noch denunziert.

Die Stadt summte vor Aufregung. Aber was konnte man zu seiner Hilfe tun? Ihr könnt sicher sein, er saß nicht deshalb im Kittchen, weil er in der Heiligen Schrift gelesen hatte. Aber Schifra Lea lief zu allen wichtigen Leuten der Stadt. «Es ist nicht seine Schuld», wimmerte sie, «es kommt nur von seiner Krankheit her.» Noch immer war sie nicht ernüchtert, die alte Närrin. Die andern fragten sie: «Wofür braucht Ihr diesen Lustmolch noch?» Sie ließ es nicht zu, daß auch nur ein Stäubchen auf seinen Namen fiel. Alles verkaufte sie, sogar ihre Passah-Schüsseln. Von Reich und Arm borgte sie Geld. Dann machte sie sich selbst auf den Weg nach Lublin, und dort muß sie Himmel und Erde in Bewegung gesetzt haben, denn zuletzt erwirkte sie tatsächlich seine Freilassung.

Mit ihm zusammen kam sie zurück nach Turbin, und Jung und Alt rannten ihnen entgegen. Als er dem Planwagen entstieg, war er nicht wiederzuerkennen: er hatte, an sich glattrasiert, nur noch einen dichten Schnurrbart und trug einen kurzen Kittel und Stulpenstiefel. Es war ein ‹Goi›, nicht Alter. Bei genauerem Hinsehen bemerkte man allerdings, daß es doch Alter war: der gleiche Gang, das gleiche Auftreten. Er redete alle bei Namen an und erkundigte sich nach allen möglichen Einzelheiten. Er scherzte und äußerte allerhand, um die Frauen zum Erröten zu bringen. Die anderen fragten: «Wo ist denn dein Bart hin?» Und er antwortete: «Ich habe ihn beim Pfandleiher versetzt.» Sie fragten: «Wie kann ein Jude sich in seinem Lebenswandel nur so weit vergessen?» Seine Antwort: «Seid ihr etwa besser? Jeder ist ein Dieb.» An Ort und Stelle betete er alle heimlichen Sünden aller her. Es war offenkundig, daß er sich in der Gewalt des Bösen befand.

Schifra Lea versuchte vor den anderen, ihn zu entschuldigen und zur Zurückhaltung zu bewegen. Wie eine Henne ihre Küken umflatterte sie ihn. Sie vergaß, daß sie beide geschieden waren, und wollte ihn zu sich auf ihr Zimmer nehmen, aber der Rabbi ließ sie wissen, daß sie nicht mehr unter demselben Dach wohnen durften: sie habe nicht einmal recht daran getan, im gleichen Wagen mit ihm zu sitzen. Alter mochte das Judentum jetzt verachten – Gesetz blieb Gesetz. Die Frauen nahmen sich beider an. Sie wurden auf zwölf Tage getrennt, während Schifra Lea sich den vorgeschriebenen Waschungen unterzog, und dann wurden sie unter den Traubaldachin geführt. Eine Frau muß ins rituelle Bad, selbst wenn sie den eigenen Mann wiedernimmt.

Nun, eine Woche nach der Hochzeit begann er zu stehlen. An den Markttagen trieb er sich zwischen den Karren herum und machte lange Finger. Er zog auch auf die Dörfer hinaus, um Pferde von dort zurückzubringen. Er war jetzt nicht mehr dicklich, sondern so mager wie ein Jagdhund. Er kletterte über Dächer, erbrach Schlösser und öffnete gewaltsam Stalltüren. Er war so stark wie Eisen und so gelenkig wie ein Teufel. Die Bauern taten sich zusammen und ließen des Nachts mit Hunden und Laternen Wache halten. Schifra Lea brachte es nicht mehr übers Herz, sich in der Öffentlichkeit blicken zu lassen, und hielt ihr Fenster geschlossen. Ihr könnt euch vorstellen, was zwischen Mann und Frau vorgegangen sein mußte. Bald wurde Alter der Anführer einer Schlägerbande. Saufend saß er mit ihnen in der Schenke, und ihm zu Ehren sangen sie ein polnisches Lied. Bis heute erinnere ich mich des Textes:

Der Alter lebe hoch, juchhei –
Er hält mit Bier uns alle frei!

Aber, wie es schon in einem alten Spruch heißt: ein Dieb wird zuletzt noch am Galgen baumeln.

Als Alter eines Tages mit seinen rauhen Gesellen beim Trinken in der Schenke saß, sprengte mit blankem Säbel ein Trupp Kosaken heran. Vom Gouverneur war die Anweisung ergangen, ihn in Fesseln zu legen und ins Gefängnis zu bringen. Alter sah mit einem Blick, daß dies das Ende war, und er griff nach einem Messer. Seine Trinkkumpane liefen davon – sie überließen es ihm, die Sache allein auszufechten. Der Schankwirt erklärte später, er habe mit der Kraft eines Dämons gekämpft und auf die Kosaken eingestochen, als wären es Kohlköpfe auf einem Feld. Er warf die Tische um und schleuderte Fässer auf die Angreifer. Er war nicht mehr jung, aber eine kleine Weile sah es so aus, als werde er die Oberhand behalten. Freilich, wie der Volksmund meint: einer ist keiner. Die Kosaken schlugen und droschen auf ihn ein, bis kein Tropfen Blut mehr in seinen Adern war. Irgend jemand brachte Schifra Lea die Unglücksbotschaft, und wie irrsinnig kam sie angelaufen. Da lag er nun, und nochmals wollte sie ihn zurückrufen, aber er flüsterte nur das eine Wort: «Genug!» Schifra Lea verstummte. Die Juden lösten seine Leiche aus.

Ich selbst habe ihn nicht tot gesehen. Aber die Augenzeugen versicherten, er habe einem alten Leichnam geglichen, den man aus dem Grab heraufgeholt habe. Ganze Stücken Fleisch fielen ihm vom Leibe. Das Gesicht war nicht mehr wiederzuerkennen: es war nur noch eine gestaltlose Masse. Es hieß, daß bei seiner

Reinigung fürs Begräbnis ein Arm sich löste und dann ein Fuß. Ich war nicht dabei, aber warum sollten die andern lügen? Menschen, die zurückgerufen werden, verwesen bei lebendigem Leibe. Zu mitternächtlicher Stunde wurde er in einem Sack außerhalb der Friedhofsumzäunung beigesetzt. Nach seinem Tod wurde unsere Stadt von einer Seuche heimgesucht, und zahllose unschuldige Kinder mußten ihr Leben lassen. Schifra Lea, die arme Betrogene, ließ einen Stein für ihn errichten und besuchte immer wieder sein Grab. Was ich sagen möchte – es gehört sich nicht, die Sterbenden wieder zurückzurufen. Hätte sie ihn zu der ihm vorbestimmten Stunde ziehen lassen, so wäre sein Name unbefleckt geblieben. Und, wer weiß, wie viele der einmal Zurückgerufenen laufen heute frei unter uns herum? Von ihnen rührt unser aller Mißgeschick her.

Zerrbild

Die Wände des Arbeitszimmers, in dem Dr. Boris Margolis über einem fertigen Manuskript grübelte, waren von Büchern gesäumt, und auf dem Boden und dem Sofa lagen in wildem Durcheinander Zeitungen, Zeitschriften, fortgeworfene Buch- und Briefumschläge. Außerdem waren zwei Papierkörbe vollgestopft bis zum Rande. Der Doktor hatte verboten, sie auszuleeren, bevor er selbst nicht noch einmal ihren Inhalt durchgesehen hatte. Bücher, noch unaufgeschnitten, Manuskripte, seine eigenen wie die anderer Leute, ungeöffnete Briefe: alles das war in der kleinen Wohnung zum Fluch geworden. Das Papier sog den Staub an und ein, und man konnte auch winzige Insekten darauf herumkriechen sehen. Allgegenwärtig stand der Geruch nach Druckerschwärze, Siegellack und Zigarrenrauch im Zimmer, ein beizender und gleichzeitig dumpfer Geruch. Täglich hatte Dr. Margolis mit seiner Frau Auseinandersetzungen über die Reinhaltung des Raums, aber die Aschenbecher waren stets voller Zigarrenstummel und kleiner Essensreste. Mathilda hatte ihren Mann auf Schmalkost gesetzt, und dieser fühlte sich immerzu von Heißhunger geplagt. Ständig knabberte er an Eiergebäck, Halwa und Schokolade. Hin und wieder nahm er auch einen Schluck Weinbrand. Es war ihm eingeschärft worden, vorsichtig mit der Asche zu sein, aber trotzdem fanden sich auf der Fensterbank und in den Sesseln immer wieder kleine graue Häufchen. Auf ausdrückliche Anordnung des Doktors durfte kein Fenster geöffnet werden: der Wind mochte seine Papiere fortwehen. Nichts durfte ohne seine Zustimmung aus dem Zimmer geräumt werden, und diese Zustimmung wurde nie erteilt. Unter seinen buschigen Augenbrauen pflegte er jeweils auf das umstrittene Stück Papier zu starren und mit einem Unterton des Bittflehens in der Stimme zu bemerken: «Nein, dies würde ich doch lieber noch eine kleine Weile hierbehalten.»

«Und wie lange dauert eine kleine Weile?» fragte Mathilda. «Etwa so lange, bis der Messias kommt?»

«Ja, wie lange wohl noch?» antwortete Dr. Margolis, während er die Luft scharf durch die Nase zog. Wenn man neunundsechzig Jahre alt ist und ein schwaches Herz hat, kann man alles nicht mehr auf unbestimmte Zeit hinauszögern. Er war so viele Verpflichtungen eingegangen, daß der Tag zu kurz für ihn war. Immer wieder erhielt er hier in Warschau Briefe von Gelehrten aus England und Amerika oder sogar noch aus Deutschland, wo dieser Wahnsinnige, dieser Hitler, eben an die Macht gelangt war. Da Dr. Margolis von Zeit zu Zeit in einer akademischen Zeitschrift kritische Beiträge veröffentlicht hatte, sandten Autoren ihm ihre neuen Bücher zur Besprechung. Früher hatte er auch einmal verschiedene philosophische Zeitschriften gehalten, und obwohl er es schon längst unterlassen hatte, das Abonnement zu erneuern, kamen die einzelnen Hefte immer weiter, zugleich mit Zahlungsaufforderungen. Die meisten Gelehrten seiner Generation waren jetzt tot. Er selbst hatte eine Zeitlang fast zu den Vergessenen gehört. Aber die jüngere Generation hatte ihn wiederentdeckt, und er wurde nun sowohl mit brieflichen Komplimenten wie mit allen möglichen Bitten überschüttet. Gerade als er sich zu guter Letzt mit der Unwahrscheinlichkeit abgefunden hatte, sein Meisterwerk jemals gedruckt zu sehen (es hatte ihn fünfundzwanzig Jahre schwerster Arbeit gekostet), hatte sich ein Schweizer Verleger mit ihm in Verbindung gesetzt. Er war sogar soweit gegangen, Dr. Margolis einen Vorschuß von fünfhundert Franken zu zahlen. Aber nun, da der Verleger auf das fertige Manuskript wartete, war Dr. Margolis zu der Einsicht gelangt, daß es voller Irrtümer, Ungenauigkeiten, ja sogar Widersprüche steckte. Er war nicht mehr sicher, ob seine Philosophie, eine Rückkehr zur Metaphysik, überhaupt etwas taugte. Mit neunundsechzig hatte er es nicht länger nötig, seinen Namen gedruckt zu sehen. Wenn er kein in sich geschlossenes System mehr herausbringen konnte, war es besser, ganz zu schweigen.

Nun saß Dr. Margolis, klein und breitschultrig, den von weißem Haar umschäumten Kopf vorgebeugt, an seinem Schreibtisch. Sein Ziegenbärtchen war nach oben gerichtet, und rechts und links von seinem grauen Schnurrbart, der von den jeweils bis auf den Stummel heruntergerauchten Zigarren leicht angesengt war, hingen die Backen ihm schlaff herab. Die Augen zwischen den dichten buschigen Brauen und den schweren Augensäcken wirkten dunkel und trotz ihres lebhaften, durchdringend scharfen Blickes gutmütig. Allerdings war bei ihm bereits der graue Star im Anzug, und früher oder später würde er sich einer Operation unterziehen müssen. Seiner Nase entsproß ein kleines Bärtchen, und aus seinen Ohren standen kleine Büschel heraus. Jeden Morgen ermahnte ihn Mathilda, einen Schlafrock und Hausschuhe überzustreifen, aber gleich nach dem Aufstehen schlüpfte er in seinen schwarzen Anzug, seine Gamaschen und einen steifen Kragen mit schwarzem Schleifchen. Er hörte weder auf seine Frau noch auf seine Ärzte. Die ihm verordneten Medizinen schüttete er in den Ausguß, und die Pillen warf er fort. Beständig rauchte er und griff nach allem, was süß und fett war. Nun las er und schnitt beim Lesen Gesichter. Er zupfte an seinem Bart, schnaufte und grunzte.

«Unsinn. Quatsch. Einfach nicht gut genug.»

Im Türrahmen stand Mathilda, klein und rund wie eine Tonne. Sie trug einen seidenen Kimono und offene Sandalen, die ihre verkrümmten Zehen frei ließen. Jedesmal, wenn Dr. Margolis sie betrachtete, war er von neuem erstaunt. War dies wirklich die Frau, in die er sich einmal verliebt und die er vor zweiunddreißig Jahren einem andern Mann weggenommen hatte? Sie war immer kleiner und immer rundlicher geworden. Sie hatte einen Wanst wie ein Mann. Da sie fast keinen Hals hatte, saß bei ihr der große eckige Kopf unmittelbar auf den Schultern. Ihre Nase war flach, und mit ihren Wulstlippen und Hängebakken erinnerte sie ihn an eine Bulldogge. Durch ihr Haar hindurch war die Kopfhaut zu sehen. Was aber das schlimmste war: es wuchs ihr jetzt eine Art Bart, und obwohl sie versucht hatte, die Härchen abzuschneiden, abzurasieren, abzusengen, war er nur noch dichter geworden. Die Haut ihres ganzen Gesichtes war von kleinen Wurzeln überzogen, deren jeder ein paar Stacheln von unbestimmter Farbe entsprossen. Von den Falten ihres Gesichts blätterte das Rouge ab wie Wandverputz. In ihrem starren Blick lag die Strenge eines Mannes. Dr. Margolis erinnerte sich an einen Ausspruch Schopenhauers: die Frau habe Erscheinung und Gemüt eines Kindes; wenn sie geistig reif werde, zeige sie das Gesicht eines Mannes.

«Was möchtest du denn, wie?» fragte Dr. Margolis.

«Mach ein Fenster auf. Es stinkt hier.»

«Na schön, mag es stinken.»

«Und das Manuskript? In Bern warten sie drauf.»

«Laß sie ruhig warten.»

«Wie lange sollen sie aber noch warten? Solche Gelegenheiten kommen nicht jeden Tag.»

Dr. Margolis legte den Federhalter hin. Er wandte sich mit halber Drehung Mathilda zu und blies eine Rauchwolke in ihre Richtung. Dann tat er einen letzten Zug aus seiner Zigarre und spie ein noch glimmendes Klümpchen Tabak aus.

«Ich werde die fünfhundert Franken zurückschicken, Mathilda.»

Mathilda tat einen Schritt rückwärts.

«Das Geld zurückschicken? Du bist nicht bei Troste.»

«Es ist zwecklos. Ich kann nichts veröffentlichen, was ich nicht einmal mag. Es spielt keine Rolle, ob die anderen mich verreißen. Aber ich muß die Überzeugung haben, daß die Arbeit als solche gewisse Verdienste hat.»

«Und die ganze Zeit hast du mir versichert, es sei ein geniales Werk.»

«Nie habe ich so etwas behauptet. Ich hatte gehofft, es könnte etwas dran sein, aber bei mir daheim pflegte man zu sagen: ‹Hoffen und Haben – das eine hat nichts mit dem andern zu schaffen.›» Dr. Margolis tastete nach einer Zigarre.

«Ich werde keinen Franken zurückgeben», rief Mathilda.

«Aber, aber, du willst doch nicht, daß ich in meinem Alter noch zum Dieb werde?»

«Dann schick ihnen das Manuskript. Es ist das Beste, was du je geschrieben hast. Was ist das nur für ein verrückter Gedanke? Und wie kannst du übrigens dein eigener Richter sein?»

«Wer sonst kann mein Richter sein? Du vielleicht?»

«Ja, ich. Andere Leute bringen jedes Jahr ein neues Buch heraus, aber du brütest über deinem elenden Geschreibsel wie eine Henne über ihren Eiern... Du vertrödelst nur deine Zeit und verdirbst zuletzt noch alles... Ich habe das Geld jetzt nicht mehr. Ich habe es ausgegeben... Je weniger du an dem Manuskript noch herumstümperst, um so besser für dich. Es kommt mir fast schon so vor, als würdest du jetzt senil.»

«Möglicherweise – möglicherweise bin ich's schon.»

«Ich habe jetzt einfach das Geld nicht mehr.»

«Na schön, wir werden schon einen Ausweg finden», knurrte Dr. Margolis halb zur Beruhigung Mathildas, halb zur eigenen. Seit Tagen schon hatte er sich angeschickt, ihr seinen Entschluß mitzuteilen, aber er hatte einen Auftritt gefürchtet. Nun war das Schlimmste überstanden. Auf irgendeine Weise würde er die fünfhundert Franken schon auftreiben. Wenn alles andere schiefging, würde er sie sich von einer Bank leihen. Moritz Trebitscher würde für ihn gutsagen. Und was seine sogenannte Unsterblichkeit betraf, so war die ohnehin schon zum Teufel. Er hatte seine letzten Jahre, die in Berlin wie die in Warschau verbrachten, mit Vorlesungen und Artikelschreiben und zionistischen Tagungen verschwendet. Und wie, wenn die Arbeit tatsächlich herauskam und mehrere Professoren sie rühmten? Die Philosophie war jetzt nichts anderes mehr als die Geschichte menschlicher Illusionen. Hume hatte ihr den Gnadenstoß versetzt und ihr das Grab geschaufelt. Kants Versuche, sie wiederzubeleben, waren gescheitert. Die Nachfolger des Deutschen hatten seine Gedanken nur noch ergänzt. Mit tabakgelben Fingern begann Margolis nach einem Zündholz zu suchen. Er hatte ein überwältigendes Verlangen zu rauchen. Dann wandte er sich noch einmal der Tür zu.

«Noch immer hier, wie?»

«Ich möchte dir nur noch sagen, daß ich die Absicht habe, das Manuskript morgen abzuschicken. Mit deiner Zustimmung oder nicht.»

«Dann hättest jetzt du die Hosen an? Nein, noch heute wandert es auf den Kehrichthaufen.»

«Du unterstehst dich! Was sollen wir tun, wenn wir alt sind? Etwa betteln gehen?»

Dr. Margolis grinste.

«Alt sind wir ja schon. Glaubst du, wir würden so lange am Leben bleiben wie Methusalem?»

«Ich rechne nicht damit, gerade jetzt schon abzutreten.»

«Na schön, na schön, mach die Tür zu und laß mich in Ruhe. Misch dich bitte nicht in meine Angelegenheiten.»

Er hörte die Tür zuschlagen, fand seine Streichhölzer und zündete wieder eine Zigarre an. In tiefen Zügen sog er den bitteren Rauch in sich ein und las drei weitere Sätze, die ihm gleichfalls mißfielen. Die allerletzte Behauptung konnte er nicht einmal als die seine erkennen. Wäre sie nicht in seiner Handschrift gewesen, hätte er sie einem anderen Verfasser in die Schuhe geschoben. Sie klang banal. Auch die Syntax war fehlerhaft. Die Worte selbst hatten nicht Gewicht genug für das, was sie ausdrücken sollten. Mit offenem Mund brütete Dr. Margolis vor sich hin. Hatte etwa ein Dybbuk seine Hand im Spiele gehabt? Er begann mit dem Kopf zu schütteln, als sei etwas nicht mit natürlichen Dingen zugegangen. Er erinnerte sich an einen Satz aus dem *Prediger Salomo*: «Hüte dich, mein Sohn, vor anderen mehr; denn viel Büchermachens ist kein Ende, und viel studieren macht den Leib müde.» Offensichtlich hatte es schon früher zuviel Geschreibsel gegeben. Er erinnerte sich, daß er im Bücherschrank noch eine Flasche Weinbrand stehen hatte.

«Ich glaube, ich werde mir einen Schluck gönnen. In diesem Augenblick kann mir das gar nicht schaden.»

Mehrere Tage vergingen, und Dr. Margolis hatte noch immer nicht entschieden, was zu tun. Je mehr er an dem Manuskript arbeitete, um so ratloser wurde er. Es hatte ein paar gute Gedanken, aber die ganze Anlage war dürftig, und das Werk als solches hatte auch etwas Knochenloses. Er versuchte es mit Kürzungen, aber damit büßten die beibehaltenen Absätze jeden inneren Zusammenhang ein. Das Buch hätte völlig neu geschrieben werden müssen, aber dazu hatte er nicht mehr die erforderliche Energie. Seit einiger Zeit waren auch seine Hände ins Zittern geraten. Die Feder rutschte ihm aus und kleckste. Er ließ versehentlich einzelne Buchstaben und Wörter aus. Er entdeckte sogar orthographische Fehler und hatte offenbar auch sein Deutsch vergessen. Gelegentlich ertappte er sich bei der Verwendung verschiedener jiddischer Dialekte. Und was schlimmer war: er hatte jetzt die Gewohnheit einzunicken, sobald er sich zum Arbeiten niedersetzte. Des Nachts lag er dann stundenlang wach, während sein Hirn seltsam rege war. In Gedanken hielt er Reden, erfand er merkwürdige Wortspiele und stritt mit Berühmtheiten wie Wundt, Kuno Fischer und Professor Bauch. Aber tagsüber pflegte er rasch zu ermüden. Seine Schultern sackten zusammen, und der Kopf fiel ihm immer wieder nach vorn. Er träumte, er sei in der Schweiz – mittellos, hungrig und ohne Obdach, und er solle ausgewiesen werden. ‹Vielleicht hat Mathilda doch recht, und ich werde jetzt senil›, sagte Margolis zu sich selbst. ‹Das Gehirn ist tatsächlich eine Maschine und nutzt sich ab. Möglicherweise trifft zu, was die Materialisten behaupten.› Und es kam ihm ein fast perverser Gedanke: in einer Welt, in der alles auf dem Kopf stand, hätte ein Feuerbach sogar der Messias sein können.

An jenem Abend begab sich Dr. Margolis zu einer Konferenz. Es ging um eine hebräische Enzyklopädie, mit der man schon Jahre zuvor in Berlin begonnen hatte. Nun, da Hitler Reichskanzler war, war die Redaktion nach Warschau übergesiedelt. In Wahrheit war leider das ganze Unternehmen widersinnig. Es fehlte an den nötigen Mitteln und an geeigneten Mitarbeitern. Außerdem verfügte die hebräische Sprache noch nicht über den technischen Wortschatz, wie er für eine moderne Enzyklopädie unerläßlich war. Aber die Väter des Ganzen wollten den Plan nicht fallenlassen. Sie hatten sogar einen reichen Geldgeber gefunden. Und auf diese Weise konnten sich ein paar Flüchtlinge auch über Wasser halten. Nun, alles das lief auf irgendeine Art des Schmarotzens hinaus, bemerkte Dr. Margolis zu sich selbst... Immerhin konnte es keinen Schaden tun, ein paar Stunden bei einer solchen Zusammenkunft zu verbringen. Die Besprechung sollte im Haus des Geldgebers stattfinden, und Dr. Margolis nahm sich ein Taxi. In einem getäfelten Fahrstuhl glitt er empor, und gleich nach Betreten der Wohnung sah er sich schon am oberen Ende des Tisches placiert. Sein Gastgeber, Moritz Trebitscher, ein kleiner Mann mit kahlem Schädel, rosigen Wangen und Spitzbauch, stellte ihn zunächst seiner überlebensgroßen Frau und dann seinen Töchtern vor, wasserstoffblonden Mädchen in tief ausgeschnittenen Kleidern. Mit Frau und Töchtern unterhielt sich Dr. Margolis in gebrochenem Polnisch. Es wurden Tee, Marmelade, Törtchen und Liköre aufgetragen, und obwohl Dr. Margolis schon zu Abend gegessen hatte, regten diese Leckereien seinen Appetit an. Er rauchte die Havanna-Zigarren des wohlhabenden Hausherrn, aß und trank und versuchte währenddessen die Schwierigkeiten zu analysieren, die dem Zustandekommen der geplanten Enzyklopädie entgegenstanden.

«Um einen Augenblick alle anderen Probleme beiseite zu lassen: es gibt immerhin einen Hitler, den es auf die Dauer in Berchtesgaden nicht halten wird. Eines Tages wird er in Polen einmarschieren.»

«Vielleicht haben Sie zurückzunehmen, was Sie jetzt sagen, Dr. Margolis», bemerkte Trebitscher, ihn unterbrechend.

«Spengler hatte recht. Europa ist drauf und dran, Selbstmord zu begehen.»

«Wir haben einen Hamann überlebt, und wir werden auch einen Hitler überleben.»

«Wenn es doch so wäre! Die Juden verlassen sich immer wieder auf den Glauben an ihr Überleben – aber was ist die Grundlage dieses Glaubens? Ach, machen wir uns also an die Arbeit und bringen wir die Enzyklopädie heraus. Sie wird wenigstens keinen Kindern das Leben kosten.»

Einige der Anwesenden sprachen Jiddisch, andere eine Art Deutsch. Einer, der einen kurzen weißen Bart hatte und eine goldumränderte Brille trug, sprach Hebräisch im Tonfall eines Sepharden. Unter den Gästen befand sich auch ein Flüchtlings-Professor aus Berlin, der im linken Auge ein Monokel trug und wie ein Junker aussah. Seine Haltung war steifer als die irgendeines Preußen, dem Dr. Margolis jemals begegnet war, und er gebrauchte auch das Wort «Ostjuden». Jeder dieser berechnenden Mitarbeiter hatte seine eigenen ehrgeizigen Pläne und seine Marotten. Alle waren auf die wenigen Zlotys und das kleine bißchen Prestige aus, das die Enzyklopädie ihnen zu bieten hatte. Der Philanthrop verstieg sich sogar zu dem Vorschlag, das Werk solle nach ihm benannt werden: «Die Trebitscher-Enzyklopädie». Und doch hatte er nur einen lächerlich geringen Teil der Kosten übernommen. Mikroben, dachte Dr. Margolis, nichts weiter als Mikroben. Ein Klümpchen Materie, ein Hauch von Geist. Die ganze Angelegenheit währte, wie das Gebetbuch sagte, nur einen Augenblick. O ja, und trotzdem mußte die Miete bezahlt werden, und wenn kein Geld da war, dann konnte das Leben sehr bitter sein. Die Mächte, die den Menschen geschaffen, hatten nicht gerade geknausert mit der Zuteilung von Leiden... Es war nun schon spät, und Moritz Trebitscher gähnte bereits. Wie auch sonst beschloß man, nochmals zusammenzukommen. Die Gäste verabschiedeten sich, wobei jeder der Gastgeberin die schweren, von Armbändern klirrenden Hände küßte. Der Fahrstuhl war derart überfüllt, daß Dr. Margolis den Bauch einzuziehen suchte, und als sie unten im Hof ankamen, fanden sie das Tor verschlossen. Der Pförtner knurrte, und es kläffte ein Hund. Dr. Margolis hielt Ausschau nach einem Wagen, konnte aber keinen entdecken. Der Professor aus Berlin wurde ungeduldig.

«Ach», sagte er, «Warschau ist doch im Grunde nur eine asiatische Stadt.»

Schließlich hielt ein Taxi für ihn, in das er auch einstieg. Dr. Margolis seinerseits hatte so lange zu warten, daß er die Lust verlor und sich auf die Suche nach einer Trambahn machte. Er fühlte Blähungen in sich aufsteigen, konnte auf der dürftig erhellten Straße kaum etwas erkennen und tappte wie ein Blinder mit dem Stock vor sich auf das Pflaster. Anfangs wollte es ihm so vorkommen, als gleite er abwärts, aber dann hatte er den Eindruck, daß es der Gehsteig war, der sich senkte. Er suchte von einem anderen Fußgänger die Richtung zu erfragen, aber der Angesprochene antwortete nicht. – Ich lasse mich offenbar von Mathilda anstecken, dachte er. Sie hörte niemals auf, ihm die Notwendigkeit frühen Schlafengehens zu predigen. Er sann über sie nach. In früheren Jahren hatte sie sich niemals in seine Angelegenheiten eingemischt. Sie hatte ihr Heim und ihre Kleider und die Kurorte, in denen sie ihren Sprudel trank. Wenn er versucht hatte, in ihrer Gegenwart über Philosophie zu sprechen, hatte sie kaum je zugehört. Sie hatte auch die Besprechungen seiner Bücher nicht gelesen, die er ihr gezeigt hatte. Sie war allem Intellektuellen aus dem Weg gegangen. Nun, da er selbst nicht mehr ehrgeizig war, war sie es für ihn geworden. Sie las seine früheren Arbeiten, und jedesmal, wenn sie beide eingeladen waren, nannte sie ihn Dritten gegenüber Professor, rühmte ihn, unternahm es sogar, diesen Dritten seine Philosophie zu erklären. Sie wiederholte seine Scherze, putzte seine Feinde herunter, übernahm seine Eigenheiten. Er schämte sich ihrer Unwissenheit und allzu betonten Ergebenheit, und doch hinderte sie nichts von alledem daran, ihn daheim in den derbsten Ausdrücken abzukanzeln. «Das Greisenalter ist keine Freude», heißt es in einem polnischen Sprichwort. Nein, das höhere Alter eines Menschen war lediglich eine Parodie seiner Jugend.

Endlich war es Dr. Margolis gelungen, die richtige Straßenbahn zu finden. Vor seinem Hause angelangt, mußte er unendlich lange warten, bis der Pförtner das Tor öffnete. Laut keuchend stieg er die dunkle Treppe empor und hielt einen Augenblick inne. Das Herz hämmerte ihm und schien auch immer wieder auf einen Schlag auszusetzen. Es zerrte ihm an den Knien, als sei er wieder beim Bergsteigen. Er konnte sich selber laut schnaufen hören. Er wischte sich den Schweiß von der Stirn, schloß die Wohnungstür auf und betrat den Flur auf Zehenspitzen, um Mathilda nicht aufzuwecken. Im Wohnzimmer entkleidete er sich bis auf die Unterhosen. Der Spiegel enthüllte ihm seinen nackten Oberkörper – die mit weißem Haar überzogene Brust, den vorstehenden Bauch, die unverhältnismäßig kurzen Beine und die gelblichen Fußnägel. Gott sei Dank laufen wir nicht nackend herum, dachte Dr. Margolis. Kein Tier war doch so häßlich wie der homo sapiens... Er betrat das Schlafzimmer und sah im Halbdunkel, daß Mathildas Bett leer war. Er erschrak und knipste das Licht an.

«Was soll denn das heißen?» fragte Dr. Margolis laut. «Sie kann sich doch nicht aus dem Fenster gestürzt haben?» Er trat wieder auf den Flur zurück und bemerkte, daß in seinem Arbeitszimmer Licht brannte. Was konnte sie zu so später Stunde dort wollen? Er ging zur Tür und riß sie auf: an seinem Schreibtisch saß Mathilda in seinem Schlafrock und seinen Hausschuhen und schlief. Vor ihr lag aufgeschlagen das Manuskript. Am Aschenbecher lehnte eine nur halb zu Ende gerauchte Zigarre, und mitten im Durcheinander ungezählter Papiere stand eine Flasche Weinbrand mit einem Glas. Niemals zuvor war ihm ihr Bart so lang und so dicht vorgekommen. Es war ihm, als habe er während der Zeit seiner Abwesenheit geradezu gewuchert. Ihr Kopf war fast kahl. Sie schnarchte geräuschvoll. Im Schlaf hatten sich ihre Augenbrauen eng zusammengeschoben, und ihre haarige Männernase stand scharf hervor. Die Nasenlöcher waren durch kleine Haarbüschel verstopft. Auf geheimnisvolle Weise war sie ihm mit der Zeit immer ähnlicher geworden – sie glich dem Bild, das er eben im Spiegel erblickt hatte. «Mann und Frau teilen so lange ein Kopfkissen, bis auch ihre Köpfe sich ähneln», zitierte Dr. Margolis in Erinnerung an das alte Sprichwort. Aber nein, das war es doch nicht allein. Es war eine biologische Nachahmung, wie man sie von jenen Geschöpfen her kennt, die vortäuschen, Bäume und Büsche zu sein, oder von dem Vogel, dessen Schnabel einer Banane gleicht. Aber was war im höheren Alter der Zweck einer solchen Nachahmung? Wie konnte sie der Menschengattung zugute kommen? Er verspürte Mitleid und gleichzeitig Widerwillen. Ganz offensichtlich wollte Mathilda sich selbst überzeugen, daß das Buch eine Veröffentlichung verdiente. Auf ihren fest geschlossenen Lidern war der Ausdruck von Enttäuschung eingebrannt, der Ausdruck der Ernüchterung, wie er gelegentlich über dem Antlitz eines Toten liegt. Er suchte sie aufzuwecken:

«Mathilda, Mathilda.»

Sie machte eine Bewegung, schlug die Augen auf und erhob sich. Mann und Frau maßen einander in Schweigen und Erstaunen mit jenem Gefühl der Fremdheit, wie es bisweilen lebenslanger Vertrautheit entspringt. Dr. Margolis wollte seiner Frau Vorwürfe machen, brachte es aber nicht fertig. Es war nicht ihre Schuld. Dies war offenbar die letzte Phase verfallender Weiblichkeit.

«Komm jetzt schlafen», sagte er. «Es ist spät, du Dummerchen.»

Mathilda schüttelte sich und wies auf das Manuskript. «Es ist ein großes, es ist ein geniales Werk.»

Schwarze Hochzeit

I

Aaron Naphtali, der Rabbi von Tschiwkew, hatte drei Viertel seiner Anhänger verloren. In rabbinischen Kreisen erklärte man, er habe das nur sich selbst zuzuschreiben, weil er seine Chassidim geradezu vertriebe. Ein Rabbiner muß wachsam sein, denn seine Gefolgschaft soll immer mehr wachsen. Zumindest hatte man Mittel und Wege zu finden, ihrer Verminderung vorzubeugen. Aber Rabbi Aaron Naphtali war gleichgültig. Das Lehrhaus war alt, und an den Wänden breitete sich ungehindert der Schwamm aus. Das rituelle Badehaus war verfallen. Die Gemeindediener waren tatterige alte Männer, halb taub und halb blind. Der Rabbi verbrachte seine Zeit damit, daß er wunderwirkende Geheimlehren in die Tat umzusetzen suchte. Es hieß von ihm, er wolle die Leistungen der Urväter nachahmen, wolle den Wänden Wein abzapfen und durch die Verbindung heiliger Namen lebende Tauben ins Dasein rufen. Man behauptete sogar, er sei in seiner Dachkammer heimlich mit der Schöpfung eines Golem beschäftigt. Außerdem hatte er keinen Sohn, der einmal seine Nachfolge hätte antreten können, sondern nur eine Tochter namens Hindele. Und wen hätte es unter solchen Umständen wohl gereizt, Nachfolger eines Rabbi zu werden? Seine Feinde wollten wissen, Rabbi Aaron Naphtali sei, wie auch seine Frau und wie Hindele, der Schwermut verfallen. Die letztere las als Fünfzehnjährige bereits Bücher, die eigentlich nur für Eingeweihte bestimmt waren, und zog sich in regelmäßigen Abständen, ganz wie die Heiligen, von der Welt zurück. Man munkelte, daß Hindele unter ihrem Kleid ein Fransengewand trug, ähnlich dem ihrer frommen Großmutter, von der sie den Namen hatte.

Rabbi Aaron Naphtali hatte seltsame Gewohnheiten. Tagelang schloß er sich in seine Amtsräume ein und ließ sich auch nicht blicken, wenn Besucher willkommenzuheißen waren. Beim Beten legte er gleichzeitig zwei Paar Gebetsriemen an. Am Freitagnachmittag las er für die Gemeinde den jeweils vorgeschriebenen Abschnitt aus dem Pentateuch – aber nicht aus einem Buch, sondern von der eigentlichen Pergamentrolle. Mit der handwerklichen Geschicklichkeit alter Schreiber wußte er Buchstaben zu malen, und er benutzte diese Kunstschrift auch bei der Verfertigung von Amuletten. Jeder seiner Anhänger trug am Hals einen kleinen Beutel, der ein solches Amulett enthielt. Man wußte, daß der Rabbi ständig in Fehde mit den Mächten des Bösen lag. Sein Großvater, der alte Rabbi von Tschiwkew, hatte einem jungen Mädchen einst einen Dybbuk ausgetrieben, und die bösen Geister ließen ihre Rachegelüste dafür an dem Enkel aus. Sie hatten es nicht vermocht, dem alten Mann etwas zuleide zu tun, weil er einmal vom Heiligen von Koschenitz gesegnet worden war. Sein Sohn, Rabbi Hirsch, der Vater des Rabbi Aaron Naphtali, war schon in jungen Jahren gestorben. Dafür hatte sein Enkel, eben dieser Rabbi Aaron Naphtali, zeitlebens mit rachwütigen Dämonen zu kämpfen. Er zündete eine Kerze an, und sie bliesen sie gleich wieder aus. Er stellte irgendeinen Band auf das Bücherregal, und sie stießen ihn herunter. Wenn er sich im rituellen Badehaus entkleidete, versteckten sie seinen seidenen Überrock und sein Fransengewand. Oftmals schienen ihm aus dem Kamin Laute des Gelächters oder Wehklagens entgegenzuschallen. Es raschelte hinter dem Herd. Auf dem Dach waren Schritte vernehmlich. Türen sprangen von selber auf. Die Stufen der Treppe knarrten, auch wenn niemand sie empor- oder herabstieg. Einmal hatte der Rabbi seine Schreibfeder auf den Tisch gelegt, und, wie von unsichtbarer Hand geleitet, entschwebte sie durch das offene Fenster. Mit Vierzig hatte der Rabbi weißes Haar. Sein Rücken war gebeugt, und Hände und Füße zitterten ihm, als ob er ein uralter Mann wäre. Hindele litt unter häufigen Gähnkrämpfen. Auf ihrem Gesicht breiteten sich rote Flecken aus, der Hals schmerzte ihr, und es summte ihr in den Ohren. In solchen Augenblicken mußten Zauberformeln gesprochen werden, um das Auge des Bösen abzulenken.

«Sie wollen mir keine Ruhe lassen, nicht einen einzigen Augenblick», pflegte der Rabbi zu sagen. Und er stampfte mit dem Fuß auf und bat den Gemeindediener, ihm den Spazierstock seines Vaters zu reichen. Damit stieß er in jede der vier Ecken des Raumes und rief laut: «An mir sollen eure bösen Anschläge zuschanden werden!»

Aber die schwarzen Heerscharen gewannen trotzdem die Oberhand. An einem Herbsttag erkrankte der Rabbi an Wundrose, und bald wurde es zur Gewißheit, daß er nicht wieder genesen würde. Aus einem nahegelegenen Städtchen wurde ein Arzt herbeigerufen, aber unterwegs brach die Achse seines Gefährts, und er konnte sein Ziel nicht erreichen. Man schickte nach einem zweiten Arzt, aber an seinem Gefährt lockerte sich ein Rad und rollte in einen Graben, und das Pferd vertrat sich einen der Knöchel. Die Frau des Rabbi suchte die zum Gedenken an den verblichenen Großvater ihres Mannes errichtete Grabkapelle auf, um dort zu beten, aber die rachsüchtigen Dämonen rissen ihr die Haube vom Kopf. Der Rabbi lag mit geschwollenem Gesicht und geschrumpftem Bart im Bett, und zwei Tage lang sprach er nicht. Plötzlich aber riß er eines seiner Augen auf und schrie: «Sie haben gesiegt.»

Hindele, die vom Bett ihres Vaters nicht weichen wollte, rang die Hände und brach ins Wehklagen der Verzweiflung aus. «Vater, was soll denn aus mir werden?»

Des Rabbi Bart zitterte. «Wenn du verschont bleiben willst, mußt du stets Schweigen bewahren.»

Es war ein ansehnliches Begräbnis. Aus halb Polen waren Rabbiner gekommen. Die Frauen sagten voraus, daß die Witwe des Verstorbenen diesen nicht lange überleben werde. Sie war so weiß wie ein Leichnam. Sie hatte nicht mehr Kraft genug in den Beinen, um dem Leichenwagen zu folgen, und zwei Frauen mußten sie stützen. Bei der Bestattung versuchte sie, sich ins offene Grab zu stürzen – man vermochte sie kaum zurückzuhalten. Während der sieben Trauertage nahm sie keinen Bissen zu sich. Man versuchte, ihr einen Löffel Hühnerbrühe einzuflößen, aber sie brachte sie nicht hinunter. Selbst nach Ablauf der dreißig Trauertage hatte die Frau des Rabbi noch nicht das Bett verlassen. Man holte Ärzte für sie herbei – vergeblich. Sie selbst sah den Tag ihres Sterbens voraus und konnte es bis auf die Minute genau vorhersagen.

Nach ihrem Begräbnis begannen die Schüler des Rabbi nach einem jungen Ehemann für Hindele Ausschau zu halten. Noch vor ihres Vaters Tod hatten sie sich bemüht, einen für sie geeigneten Gatten zu finden, aber ihr Vater war nicht leicht zufriedenzustellen. Der Schwiegersohn sollte ja schließlich einmal den Platz des Rabbi einnehmen – und wer war schon würdig genug, im Rabbinersessel zu Tschiwkew zu sitzen? Wenn aber wirklich einmal der Rabbi mit seiner Zustimmung nicht mehr zurückhielt, fand seine Frau an dem jungen Bewerber allerhand auszusetzen. Außerdem wußte man, daß Hindele kränklich war, allzu häufig fastete und in Ohnmacht zu fallen pflegte, wenn etwas nicht nach ihrem Willen ging. Sie war auch nicht gerade reizvoll. Sie war klein und schmächtig, hatte einen großen Kopf, einen mageren Hals, flache Brüste und Wuschelhaar. In ihren schwarzen Augen brannte ein Wahnsinnsblick. Da aber Hindeles Mitgift in der Gemeindezugehörigkeit von Tausenden von Chassidim bestand, wurde schließlich ein geeigneter Bewerber gefunden, nämlich Reb Simon, Sohn des Rabbi von Jampol. Sein älterer Bruder war nicht mehr am Leben, und deshalb war er es, der nach dem Tode seines Vaters Rabbi von Jampol sein würde. Jampol und Tschiwkew hatten mancherlei miteinander gemein – wenn sie zu einer Gemeinde verschmolzen, mußte der Glanz früherer Zeiten wiederkehren. Zwar war Reb Simon geschieden und hatte fünf Kinder. Aber da Hindele eine Waise war: wer hätte daran Anstoß nehmen sollen? Die Chassidim von Tschiwkew stellten eine einzige Bedingung: daß nach dem Tode seines Vaters Reb Simon in Tschiwkew amtieren sollte.

Beide Gemeinden hatten es eilig, die besagte Verbindung zustande zu bringen. Gleich nachdem der Ehekontrakt aufgesetzt worden war, begann man mit den Vorbereitungen für die Hochzeit, weil der rabbinische Stuhl von Tschiwkew wiederbesetzt werden mußte. Hindele hatte ihren künftigen Mann noch nicht gesehen. Man hatte ihr nur berichtet, daß er Witwer sei – die fünf Kinder waren unerwähnt geblieben. Auf der Hochzeit ging es geräuschvoll zu. Aus allen Teilen Polens kamen die Chassidim. Die Gemeindemitglieder von Jampol und die von Tschiwkew begannen sich untereinander mit dem vertrauten Du anzureden. Die Gasthäuser waren überfüllt. Die Wirte holten Strohmatratzen vom Dachboden und legten sie in Korridoren, Scheunen und Werkzeugschuppen aus, um die zahlreichen Gäste alle unterzubringen. Die Gegner der Ehe sagten voraus, daß Jampol eines Tages Tschiwkew verschlingen werde. Die Chassidim von Jampol galten als grob und ungeschliffen. Wenn sie spielten, schlugen sie auf den Tisch. Aus Zinnbechern tranken sie Branntwein in langen Zügen und wurden dann gleich besoffen. Wenn sie tanzten, bebte unter ihren Füßen der Boden. Sprach ein Gegner Jampols unfreundlich von ihrem Rabbi, wurde er verprügelt. In Jampol bestand auch ein merkwürdiger Brauch: wenn die Frau eines jungen Mannes ein Mädchen zur Welt brachte, wurde der Vater auf einen Tisch gelegt und neununddreißigmal mit einem Lederriemen gezüchtigt.

Bei Hindele fanden allerhand ältere Frauen sich ein, um ihr begreiflich zu machen, daß sie es zu Jampol im Haus des Rabbi als Schwiegertochter nicht leicht haben werde. Ihre künftige Schwiegermutter, eine alte Frau, war für ihre Bösartigkeit berüchtigt. Reb Simon und seine jüngeren Brüder trieben es wie die Wilden. Die Mutter hatte bisher stets stattliche Frauen für ihre Söhne gewählt, und an der schmächtigen Hindele würde sie keinen Gefallen finden. Sie hatte ihre Zustimmung lediglich mit Rücksicht auf die ehrgeizigen Pläne der Gemeinde erteilt.

Von dem Augenblick an, in dem die Eheverhandlungen begannen, bis zum Tage der Hochzeit selbst konnte Hindele die Tränen nicht zurückhalten. Sie schluchzte bei der Feier zur Ausfertigung des Ehekontrakts, sie schluchzte, als die Schneider ihr die zur Aussteuer gehörigen Kleider anpaßten, sie schluchzte, als man sie zum rituellen Bad führte. Dort wagte sie sich aus lauter Scham vor den Wärterinnen und den anderen Frauen nicht zu entkleiden, und man mußte ihr Mieder und Unterwäsche mit Gewalt abstreifen. Aber sie ließ es nicht zu, daß man ihr den kleinen Beutel abband, den sie um den Hals trug und der einen Talisman aus Bernstein sowie einen Wolfszahn enthielt. Sie fürchtete, im Wasser unterzutauchen. Die zwei Wärterinnen, die sie ins Bad führten, hatten sie fest am Gelenk zu halten, und sie zitterte wie das Opferhuhn am Vorabend des Versöhnungsfestes.

Als Reb Simon nach der Hochzeit von Hindeles Gesicht den Schleier hob, erblickte sie ihn zum ersten Male. Er war ein hochgewachsener Mann, der eine breite Pelzmütze trug und einen pechschwarzen struppigen Kinnbart, wilde Augen, eine breite Nase, Wulstlippen und einen länglichen Schnurrbart hatte. Er musterte sie wie ein Tier. Er atmete geräuschvoll ein und aus, und er stank nach Schweiß. Aus Nase und Ohr wuchsen ihm ganze Büschel von Härchen hervor. Auch seine Hände waren so dicht behaart, als wären sie von einem Fell überzogen. In dem Augenblick, in dem Hindele ihn sah, wußte sie, was sie schon lange geargwöhnt hatte: daß ihr Bräutigam ein Dämon und daß die Hochzeit nichts anderes war als schwarze Magie, ein satanischer Schabernack. Sie wollte mit lauter Stimme «Höre, Israel» sprechen, aber sie erinnerte sich der Mahnung ihres sterbenden Vaters, Schweigen zu bewahren. Wie seltsam, daß in diesem gleichen Augenblick, in dem sie begriff, daß ihr Ehegatte ein böser Geist war, sie auch schon zwischen Wahr und Falsch zu unterscheiden wußte. Obwohl sie selbst sich im Wohnzimmer ihrer Mutter sitzen sehen konnte, wußte sie, daß sie sich in Wirklichkeit in einem Wald befand. Es schien um sie her hell zu sein, aber sie wußte, daß es dunkel war. Sie war umdrängt von Chassidim in Pelzmützen und seidenen Kaftanen, wie auch von Frauen, die seidene Hauben und Samtumhänge trugen, aber sie wußte auch, daß das alles nur Sinnestäuschung ihrerseits war und daß die prunkvollen Gewandstücke Köpfe mit verfilztem Haar, Gänsefüße, außermenschliche Nabel und lange Schnauzen zu verdecken hatten. Die Schärpen der jungen Männer waren in Wirklichkeit Schlangen, ihre Pelzmützen Igel, ihre Bärte ein Gewimmel von Würmern. Die Männer sprachen jiddisch und sangen vertraute Lieder, aber der Lärm, den sie vollführten, war in Wirklichkeit das Gebrüll von Ochsen, das Gezische von Nattern, das Geheul von Wölfen. Die Musikanten hatten Tierschwänze und auf dem Kopf Hörner. Die Brautjungfern, die Hindele zur Seite standen, hatten Hundepfoten, Kalbshufe, Schweineschnauzen. Der Hochzeitsunterhalter schien nur aus Bart und Zunge zu bestehen. Die sogenannten Anverwandten von seiten des Bräutigams waren Löwen, Bären, Eber. Im Wald ging ein Regen nieder, und durchs Geäst pfiff der Wind. Es donnerte und blitzte. Ach, dies war keine Menschentrauung, sondern eine Schwarze Hochzeit. Hindele wußte aus den heiligen Schriften, daß Dämonen sich bisweilen Jungfrauen aus der Menschenwelt wählten, die sie später hinter die schwarzen Berge entführten, um sich dort mit ihnen zu paaren und Kinder zu zeugen. In einem solchen Falle blieb nur eines zu tun: ihnen nicht zu Willen zu sein, sich ihnen nicht aus freien Stücken zu fügen und sich alles von ihnen nur mit Gewalt abtrotzen zu lassen. Ein einziges freundliches Wort, zum Teufel gesprochen, hieß soviel, wie Götzen durch Opfer ehren. Hindele erinnerte sich der Geschichte von Joseph de la Rinah und des Mißgeschicks, das ihn befiel, als er sich einmal des Bösen erbarmte und ihm eine Prise Tabak anbot.

2

Hindele weigerte sich hartnäckig, unter den Traubaldachin zu treten, und sie rührte sich nicht von der Stelle, aber die Brautjungfern zerrten sie vorwärts. Halb zogen sie, halb trugen sie sie. Koboldhafte Wesen in Gestalt junger Mädchen hielten Kerzen in der Hand und bildeten eine Art Spalier. Der Traubaldachin war ein Gewirk aus Nattern. Der Rabbi, der die Trauhandlung vornahm, stand im Bund mit dem Teufel. Hindele blieb fest. Sie weigerte sich, den Finger zur Entgegennahme des Ringes auszustrecken, und mußte sich erst dazu zwingen lassen. Sie trank auch nicht aus dem Hochzeitspokal, sondern man hatte ihr ein paar Tropfen Wein in den gewaltsam geöffneten Mund zu schütten. Die eigentlichen Hochzeitsriten wurden von Kobolden vollzogen. Der böse Geist, der in der Person Reb Simons Gestalt angenommen hatte, trug ein weißes Gewand. Mit einem seiner Hufe trat er der Braut auf den Fuß, auf daß er für immer ihr Herr sei. Dann zerschmetterte er das Weinglas. Nach der Trauung bewegte sich eine Hexe mit einem Zopfbrot im Arm tänzelnd auf den Bräutigam zu. Sogleich wurde Braut und Bräutigam die sogenannte Suppe vorgesetzt, aber Hindele spie ihr Teil in ihr Taschentuch. Die Musikanten spielten zu einem Kosaken-, einem Zornes-, einem Scheren- und einem Wassertanz auf, aber unter ihren Gewändern lugten die zusammengewachsenen Hahnenkrallen hervor. Die Hochzeitshalle war ein einziger Waldmorast voller Frösche, Mondkälber, Ungeheuer, jedes auf seine Weise hüpfend und grimassierend. Die Chassidim brachten dem jungen Paar die verschiedenen Geschenke, die aber nur dazu dienen sollten, Hindele in das Netz des Bösen zu locken. Der Hochzeitsunterhalter trug traurige und trug lustige Gedichte vor, aber seine Stimme klang wie die eines Papageis.

Man forderte Hindele durch Zurufe auf, den Glückstanz zu tanzen, aber sie weigerte sich aufzustehen, denn sie wußte, daß es in Wahrheit ein Unglückstanz war. Man drängte sie, zerrte sie, kniff sie. Kleine Trolle stachen ihr mit Nadeln in die Oberschenkel. Mitten im Tanz wurde sie von zwei weiblichen Dämonen am Arm gepackt und in eine Schlafkammer entführt, die jedoch eine dunkle Höhle voller Stachelgewächse, voller Ungeziefer und Unrat war. Während diese Frauenwesen sie im Flüsterton über die Pflichten der Braut belehrten, spieen sie ihr ins Ohr. Dann wurde sie auf einen Schmutzhaufen geworfen, der angeblich Linnen war. Lange lag Hindele in jener Höhle, umlauert von Dunkelheit, giftigem Unkraut und Läusen. So groß war ihre Angst, daß sie nicht einmal zu beten vermochte. Dann trat der ihr soeben anvermählte Teufel herein. Er fiel grausam über sie her, riß ihr die Kleider vom Leibe, marterte, mißbrauchte, erniedrigte sie. Sie wollte um Hilfe schreien, beherrschte sich aber, denn sie wußte: sobald sie einen Laut äußerte, war sie auf immer verloren.

Die ganze Nacht über war es ihr, als liege sie in Blut und Eiter. Derjenige, der ihr Gewalt angetan hatte, schnarchte, hustete, zischte wie eine Natter. Noch vor Morgengrauen kamen ein paar Hexen hereingestürzt, zogen das Laken unter ihr fort, beäugten und beschnüffelten es und begannen zu tanzen. Jene Nacht schien kein Ende nehmen zu wollen. Gewiß ging die Sonne auf. Es war aber eigentlich nicht die Sonne, sondern eine blutrote Kugel, die irgend jemand am Himmel aufgehängt hatte. Frauen traten ins Zimmer, um die Braut mit glattem Geschwätz und allen Mitteln der Verschlagenheit zum Einlenken zu bewegen, aber Hindele schenkte ihrem Geplapper keine Beachtung. Sie spieen sie an, schmeichelten ihr, sprachen Zauberformeln, aber Hindele blieb ihnen die Antwort schuldig. Später wurde ein Arzt zu ihr hereingeführt, aber sie erkannte, daß es ein gehörnter Bock war. Nein, die dunklen Mächte konnten sie niemals in die Knie zwingen, und Hindele bot ihnen weiter Trotz. Was immer sie nach dem Wunsch der anderen hätte tun sollen – sie tat das Gegenteil. Sie schüttete Suppe und Marzipan in den Abfalleimer. Sie ließ Hühnchen und Täubchen, die man für sie gebraten hatte, im Aborthäuschen verschwinden. In dem moosreichen Wald fand sie zufällig ein Blatt aus dem Psalter und sagte verstohlen ein paar Psalmen her. Sie erinnerte sich auch einiger Stellen aus der Tora und den Propheten. Mit der Zeit fand sie sogar den Mut, Gott den Allmächtigen um Rettung anzuflehen. Sie führte die Namen der heiligen Engel auf den Lippen wie auch die ihrer erlauchten Vorfahren, so des Baal Schem, des Rabbi Lejb Sarahs, des Rabbi Pinchos Korzer und ihresgleichen.

Seltsam: obwohl sie allein kämpfte und die andern Legion waren, konnten sie sie doch nicht überwältigen. Derjenige, der sich als ihr Ehemann verkleidet hatte, suchte sie mit Honigworten und Geschenken zu gewinnen, aber sie war ihm nicht zu Willen. Er kam zu ihr, aber sie wandte sich von ihm ab. Er küßte sie mit feuchten Lippen und liebkoste sie mit klebrigen Fingern, aber sie riß an seinem Bart, zerrte an seinen Schläfenlokken, zerkratzte ihm die Stirn. Blutend stürzte er aus der Kammer. Hindele erkannte, daß ihre Kraft nicht von dieser Welt war. Ihr Vater nahm sich ihrer an. In sein Leichentuch gehüllt, trat er ihr zur Seite. Auch ihre Mutter machte sich ihr vernehmlich und erteilte ihr Ratschläge. Gewiß war die Welt voller böser Geister, aber in der Höhe schwebten wachend die Engel. Bisweilen hörte Hindele den Erzengel Gabriel mit dem Satan kämpfen und fechten. Ganze Rudel schwarzer Hunde, ganze Schwärme schwarzer Krähen kamen dem Höllenfürsten zu Hilfe, wurden aber von den Heiligen mit Palmwedeln und Hosiannagesängen vertrieben. Ihr Kläffen und Krächzen wurde übertönt von dem Lied, das einstmals Hindeles Großvater an jedem Sabbatabend gesungen hatte: «Die Söhne der Herrlichkeit».

Aber Schrecken aller Schrecken: Hindele wurde schwanger. Ein Dämon wuchs in ihrem Inneren. Sie konnte ihn durch ihren eigenen Leib hindurch wahrnehmen wie durch ein Spinnennetz: halb Frosch, halb Affe – ein Wesen, das die Augen eines Kalbes und die Schuppen eines Fisches hatte. Er zehrte von ihrem Fleisch, sog ihr das Blut aus, kratzte sie mit seinen Krallen, biß sie mit spitzen Zähnen. Er schwatzte bereits, nannte sie Mutter und fluchte mit schändlichen Worten. Sie hatte sich seiner zu entledigen, denn er nagte unaufhörlich an ihrer Leber. Sie konnte auch seine Läster- und Schmähworte nicht länger ertragen. Außerdem schlug er in ihrem Innern sein Wasser ab und besudelte sie mit seinem Unrat. Eine Fehlgeburt – das war die einzige Rettung. Aber wie sie herbeiführen? Hindele schlug sich mit der Faust auf den Leib. Sie hüpfte in die Höhe, warf sich auf den Boden, kroch auf allen vieren, und das nur, um das Teufelsbalg loszuwerden – vergeblich. Es wuchs immer rascher, bekundete eine unmenschliche Stärke, zerrte und riß an ihren Eingeweiden. Sein Schädel war aus Kupfer, sein Mund aus Eisen. Es hatte Anwandlungen von Launenhaftigkeit. Es hieß sie Kalk von der Wand lecken, Eierschalen und allen möglichen Abfall kauen. Und wenn sie sich weigerte, preßte es ihr die Gallenblase zusammen. Es roch wie ein Stinktier, und Hindele wurde von dem Gestank ohnmächtig. Der Besinnungslosen erschien ein Riese mit einem Auge auf der Stirn. Er sprach zu ihr aus einem ausgehöhlten Baumstamm und sagte: «Gib auf, Hindele, du bist ja eine der unseren.»

«Nein, niemals.»

«Wir werden uns zu rächen wissen.»

Er schlug sie mit glühheißer Rute und gellte Flüche. Vor lauter Furcht war ihr Kopf nun so schwer wie ein Mühlstein. Jeder ihrer Finger war so lang und so hart wie ein Rollholz. Der Mund zog sich ihr zusammen, als habe sie von einer unreifen Frucht gegessen. Es war ihr, als ständen ihr die Ohren voll Wasser. Hindele war nicht mehr frei. Die höllischen Heerscharen rollten sie durch Schlamm und Schmutz und Schleim, tauchten sie in siedendes Pech. Sie zogen ihr die Haut ab und rissen ihr mit Zangen an den Brustwarzen. Sie folterten sie ohne Unterlaß, aber sie blieb stumm. Da die männlichen Dämonen nichts über sie vermochten, fielen nun die weiblichen über sie her. Sie lachten ungehemmt, umflochten sie mit ihrem Teufelshaar, würgten, kitzelten, kniffen sie. Eine kicherte, eine andere weinte, und wieder eine andere machte Schlängelbewegungen wie eine Hure. Hindeles Leib war rund und hart wie eine Trommel, und in ihrem Schoß lauerte Belial. Er stieß mit den Ellbogen um sich und preßte mit dem Schädel nach. Hindele lag in den Wehen. Die eine der Teufelinnen war Hebamme, die andere Helferin. Über dem Baldachinbett hatten sie alle möglichen Talismane aufgehängt, und unter das Kopfkissen hatten sie ein Messer und das *Buch der Schöpfung* geschoben, wie auch sonst die Bösen in jeder Hinsicht die Menschen nachäffen. Hindele kam jetzt in die Preßwehen, aber sie erinnerte sich, daß sie unter keinen Umständen stöhnen durfte. Ein einziger Seufzer, und sie war verloren. Im Namen ihrer frommen Vorfahren mußte sie Gewalt über sich behalten.

Plötzlich drängte der Schwarze in ihrem Innern mit aller Macht nach außen. Hindeles Kehle entrang sich ein gellender Schrei, und das Dunkel schlug über ihr zusammen. Wie an einem christlichen Festtag hörte sie rings um sich her die Glocken läuten. Eine höllische Flamme schoß empor, so rot wie Blut, so fahl, wie Aussatz es ist. Die Erde tat sich auf wie zu Zeiten des Korah, und Hindeles Baldachinbett begann in dem Schlund zu versinken. Sie, Hindele, hatte alles verwirkt, diese Welt und die künftige. In der Ferne vernahm sie das Schreien von Frauen, das Klatschen von Händen, vernahm sie Segenssprüche und gute Wünsche, während sie selbst dem Schloß des Asmodi zuraste, wo Lilith, Namah, Machlath, Hurmizah residierten.

In Tschiwkew und seiner Umgebung verbreitete sich die Nachricht, daß Hindele einem kleinen Sohn des Reb Simon von Jampol das Leben geschenkt hatte. Die Mutter war im Wochenbett gestorben.

Der Spinoza von der Marktstraße

I

In seiner an der Marktstraße zu Warschau gelegenen Dachbehausung wanderte Dr. Nahum Fischelson auf und nieder. Er war ein kleingewachsener Mann mit vorhängenden Schultern und graufarbenem Bart, und bis auf ein paar einzelne Haarbüschel im Nacken war er ganz kahl. Seine Nase war so krumm wie ein Schnabel, und seine Augen waren so groß und dunkel, seine Blicke so rastlos wie die eines großen Vogels. Es war an einem heißen Sommerabend, aber Dr. Fischelson trug einen schwarzen Bratenrock, der ihm bis zu den Knien reichte, und darüber einen steifen Kragen mit Schleifchen. Von der Tür schlenderte er bis zu dem hoch in der schrägen Wand eingelassenen Dachfenster und wieder zurück. Man hatte ein paar Stufen zu erklimmen, um hinausspähen zu können. Auf dem Tisch brannte in einem Messingleuchter eine Kerze, umschwirrt von den verschiedenartigsten Insekten. Hin und wieder wagte sich eines der kleinen Lebewesen zu dicht an die Flamme und versengte sich die Flügel, oder ein anderes fing Feuer und verglühte augenblicks auf dem Docht. In solchen Momenten schnitt Dr. Fischelson ein merkwürdiges Gesicht. Es zuckte ihm über das faltige Antlitz, und unter dem zerzausten Schnurrbart biß er sich auf die Lippe. Schließlich zog er ein Taschentuch hervor und wedelte damit auf die Insekten ein. «Hinweg mit euch, ihr Narren und Schwachköpfe!» schalt er. «Hier werdet ihr keine Wärme finden. Ihr werdet euch nur verbrennen.»

Die Insekten zerstreuten sich, waren aber nach einer Sekunde wieder da und umkreisten die zitternde Flamme von neuem. Dr. Fischelson wischte sich den Schweiß von der gerunzelten Stirn und seufzte: «Ganz wie die Menschen, kennen sie nur das Vergnügen des Augenblicks.» Auf dem Tisch lag aufgeschlagen ein lateinisches Buch, und auf den breiten weißen Rand seiner Seiten hatte Dr. Fischelson in winziger Druckschrift Anmerkungen und Erläuterungen gekritzelt. Das Buch war Spinozas *Ethik*, und er hatte sich nunmehr dreißig Jahre lang eingehend damit beschäftigt. Er kannte jeden Lehrsatz, jeden Beweis, jeden Folgesatz und jede Anmerkung auswendig. Wenn er nach einer bestimmten Stelle suchte, schlug er das Werk gewöhnlich gleich an der richtigen Seite auf, ohne erst blättern zu müssen. Gleichwohl studierte er es, ein Vergrößerungsglas in der knochigen Hand, auch jetzt noch täglich mehrere Stunden. Dabei murmelte er vor sich hin oder nickte zustimmend mit dem Kopf. Allerdings fielen ihm, je mehr er sich in den Text vertiefte, um so mehr rätselhafte Sätze, unklare Stellen, geheimnisvolle Bemerkungen auf. Jeder einzelne Satz enthielt Andeutungen, die bisher noch von keinem Spinoza-Forscher voll ausgelotet waren. Tatsächlich hatte der Philosoph schon alle kritischen Einwände der reinen Vernunft vorweggenommen, wie sie später von Kant und seinen Nachfolgern erhoben worden waren. Dr. Fischelson schrieb seit längerem an einem Kommentar zur *Ethik*. Er hatte bereits ganze Schubladen voller Notizen und Skizzen, aber es sah jetzt nicht danach aus, als ob es ihm je noch vergönnt sein werde, seine Arbeit zum Abschluß zu bringen. Mit seiner Magenkrankheit, die ihm schon seit Jahren zusetzte, wurde es von Tag zu Tag schlimmer. Nun begann ihm der Magen bereits nach ein paar Löffeln Hafergrütze zu schmerzen. ‹Gott im Himmel, es ist schwierig, höchst schwierig›, sagte er zu sich selbst, wobei er in den gleichen Tonfall verfiel wie sein Vater, der verstorbene Rabbi von Tischwitz. ‹Es ist bitter, sehr bitter.›

Dr. Fischelson hatte keine Angst vor dem Sterben. Zunächst einmal war er nicht mehr jung. Zweitens steht im vierten Teil der *Ethik* ausdrücklich vermerkt, daß ein «freigesinnter Mann an keine Sache weniger Gedanken verschwendet als an den Tod, und seine Weisheit besteht im Nachsinnen nicht über den Tod, sondern über das Leben». Drittens heißt es weiter: «Das menschliche Bewußtsein kann nicht zugleich mit dem menschlichen Körper völlig ausgelöscht werden, sondern ein Teil davon bleibt unvergänglich.» Und doch machte das Geschwür, möglicherweise sogar ein bösartiges, Dr. Fischelson immer weiter zu schaffen. Stets war seine Zunge belegt. Er hatte häufig aufzustoßen, und den Gasen, die ihm abgingen, war jeweils ein anderer Gestank eigentümlich. Er litt unter Sodbrennen und Koliken. In manchen Augenblicken fühlte er sich übel bis zum Erbrechen, in anderen verspürte er Heißhunger nach Knoblauch, Zwiebeln und Gebratenem. Schon längst wollte er nichts mehr von den ihm ärztlich verordneten Medikamenten wissen und hatte statt dessen auf eigene Faust nach Heilmitteln gesucht. Es tat ihm wohl, jeweils nach den Mahlzeiten geriebenen Meerrettich zu sich zu nehmen und sich bäuchlings auf dem Bett auszustrecken, während er den Kopf seitwärts herunterhängen ließ. Aber Hausmittel solcher Art gewährten ihm nur zeitweilige Erleichterung. Einige der von ihm aufgesuchten Ärzte behaupteten steif und fest, es fehle ihm nicht das geringste. «Das sind lediglich die Nerven», versicherten sie ihm. «Sie können noch hundert werden.»

Aber an diesem besonderen, diesem sommerlich heißen Abend fühlte Dr. Fischelson seine Kräfte langsam dahinschwinden. Die Knie zitterten ihm, und sein Pulsschlag war schwach. Er setzte sich zum Lesen nieder, aber alles verschwamm ihm vor den Augen. Die Buchstaben auf der gedruckten Seite waren nicht länger grün, sondern goldfarben. Die Zeilen wellten sich und schoben sich ineinander. Dabei entstanden weiße Zwischenräume, als sei der gedruckte Text auf geheimnisvolle Weise versickert. Die Hitze, unmittelbar von dem Blechdach niederströmend, wurde unerträglich. Es war Dr. Fischelson, als befände er sich in einem glühenden Ofen. Mehrmals klomm er die Stufen zu dem hohen Dachfenster empor und tauchte den Kopf in die Kühle des Abendwindes. In dieser Stellung verharrte er so lange, bis ihm die Knie den Dienst versagten. «Oh», murmelte er dann, «was für eine köstliche Brise! Eine reine Wonne.» Und dann erinnerte er sich, daß nach Spinoza Sittlichkeit und Glückseligkeit eines waren und daß die höchste sittliche Tat, deren ein Mensch fähig war, darin bestand, in einem Lustgefühl zu schwelgen, das der Vernunft nicht zuwiderlief.

2

Wenn Dr. Fischelson auf der obersten Stufe am Fenster stand und hinausschaute, konnte er gleichzeitig in zwei verschiedene Welten blicken. Über ihm befand sich der dicht mit Sternen besäte Himmel. Niemals hatte Dr. Fischelson ernsthaft Astronomie studiert, aber er wußte zu unterscheiden zwischen den Planeten, das heißt jenen Himmelskörpern, die wie die Erde die Sonne umkreisen, und den Fixsternen, die selbst Sonnen sind und deren Licht uns erst nach Hunderten oder gar Tausenden von Jahren erreicht. Er erkannte die Sternbilder, die die Umlaufbahn der Erde kennzeichnen, und auch jenen breiten Nebelstreif, die Milchstraße. Er besaß ein kleines, in der Schweiz erstandenes Fernrohr. In der Schweiz hatte er studiert, und es bereitete ihm besonderes Vergnügen, mit diesem Fernrohr den Mond zu betrachten. Deutlich vermochte er auf dessen Oberfläche die im Sonnenlicht schimmernden Vulkane wahrzunehmen und die dunklen, schattentiefen Krater. Niemals wurde er es müde, auf diese Spalten und Risse zu starren. Für ihn nahmen sie sich gleichzeitig nah und fern, stofflich und ungreifbar aus. Hin und wieder sah er eine Sternschnuppe, einen feurigen Schweif hinter sich herziehend, in weitem Bogen über dem Himmel niedergehen und im Dunkel entschwinden. Dann wußte Dr. Fischelson, daß ein Meteor in unsere Atmosphäre eingedrungen war. Vielleicht war eines seiner nicht verglühten Stücke in den Ozean gefallen oder in der Wüste in einem völlig unbewohnten Gebiet gelandet. Langsam waren die Gestirne, die hinter Dr. Fischelsons Dach aufgegangen waren, immer höher gestiegen. Sie standen nun leuchtend über den gegenüberliegenden Häusern. Ja, wenn Dr. Fischelson zum Himmel emporspähte, dann wurde er der unermeßlichen Ausdehnung gewahr, die, nach Spinoza, eines der göttlichen Attribute bildete. Er fand es tröstlich, sich vorzustellen, daß er, wenn auch nur ein winziges schwächliches Menschenwesen, ein wechselnder Erscheinungsmodus der absolut unendlichen Substanz, gleichwohl dem Kosmos mit zugehörte und aus dem gleichen Stoff gebildet war wie ein Himmelskörper; und soweit er selbst ein Teilchen der Gottheit war, wußte er, daß er nicht völlig zunichte werden konnte. In Augenblicken wie diesen erlebte Fischelson die *Amor Dei Intellectualis*, die, nach dem Philosophen von Amsterdam, die höchste Vollkommenheitsstufe des Bewußtseins bezeichnete. Dr. Fischelson holte tief Atem und reckte den Kopf so hoch, wie sein steifer Kragen es zuließ. Er hatte tatsächlich das Gefühl, im Gleichtakt mit der Erde, der Sonne, den Gestirnen der Milchstraße und der unendlichen, nur dem unendlichen Gedanken vertrauten Schar der Sternbilder dahinzuwirbeln. Aus seinen Beinen war plötzlich das Gefühl der Schwere gewichen, und er klammerte sich mit beiden Händen am Fensterrahmen fest, als müsse er fürchten, jeden Halt zu verlieren und in die Ewigkeit zu entschweben.

Sobald Dr. Fischelson es müde wurde, den Himmel zu betrachten, senkte er den Blick auf die unter ihm am Haus vorüberführende Marktstraße. Er konnte einen langen Streifen wahrnehmen, der sich vom Janeschmarkt bis zur Eisenstraße dehnte. Die ihn säumenden Gaslaternen schrumpften in dieser Höhe zu einer Kette feuriger Pünktchen. Aus den Schornsteinen auf den schwärzlichen Blechdächern hob sich Rauch: die Bäcker heizten ihre Öfen an, und hier und da blitzten in dem dunklen Rauch auch helle Funken auf. Niemals wirkte die Straße so lautstark, so gedrängt voller Menschen wie an einem Sommerabend. Diebe, Straßendirnen, Glücksspieler und Hehler lungerten auf dem Platz herum, der sich von oben wie eine mit Mohn bestreute Brezel ausnahm. Die jungen Männer lachten gellend auf, wenn die Mädchen kreischten. Hin und wieder durchlöcherte ein Straßenhändler, ein Fäßchen Limonade auf dem Rücken, das allgemeine Getöse mit seinen Rufen. Ein Verkäufer von Wassermelonen machte sich mit der Stimme eines

Wilden vernehmlich, und von dem langen Messer, das er zum Zerteilen der Frucht benutzte, tropfte es wie Blut. Ab und zu geriet die Straße in noch gesteigerte Erregung. Mit schweren klirrenden Rädern brausten Feuerwehrwagen vorüber, gezogen von kräftigen schwarzen Pferden, die man streng an die Kandare gelegt hatte, um sie am Durchgehen zu hindern. Als nächstes tauchte mit kreischender Sirene ein Krankenwagen auf. Dann entspann sich ein Geraufe zwischen ein paar Strolchen, und man mußte die Polizei holen. Ein Fußgänger war beraubt worden und lief hilfeschreiend umher. Ein paar mit Feuerholz beladene Wagen suchten durch das Getümmel hindurch in die rückwärtigen Höfe zu gelangen, wo sich die Bäckereien befanden, aber die Pferde konnten die Räder nicht über den steilen Randstein bekommen, und die Kutscher fluchten und schlugen mit ihren Peitschen auf die Tiere ein. Den klirrenden Hufen entsprühten Funken. Es war schon lange nach sieben, der für Ladenschluß vorgeschriebenen Zeit, aber das eigentliche Geschäft hatte erst jetzt begonnen. Verstohlen führte man Kunden durch irgendeine Hintertür. Die auf der Straße diensttuenden russischen Polizisten schienen, da bestochen, nichts zu bemerken. Die Händler hörten nicht auf, ihre Ware anzupreisen, und einer suchte den andern zu überschreien.

«Gold, Gold, Gold!» kreischte eine Frau, die verfaulte Orangen losschlagen wollte.

«Zucker, Zucker, Zucker!» krächzte einer, der überreife Zwetschgen verhökerte.

«Köpfe, Köpfe, Köpfe!» gellte ein Junge, der Fischköpfe feilbot.

Hinter dem Fenster eines chassidischen Lehrhauses konnte Dr. Fischelson, auf der andern Seite der Straße, ein paar junge Männer mit langen Schläfenlocken über heiligen Schriften sitzen und mit dem Oberkörper hin und her wiegen sehen. Dabei schnitten sie allerhand Gesichter und studierten vernehmlich im Singsangton. In der Schenke drunten hatten Metzger, Lastträger und Obsthändler sich beim Biertrinken zusammengefunden. Aus der offenen Tür quollen Dunstschwaden wie Wasserdampf aus einem Badehaus, drang laut Musik. Vor der

Schenke suchten sich Straßenmädchen an betrunkene Soldaten und heimwärtsschlendernde Fabrikarbeiter heranzumachen. Einige der Männer trugen Reisigbündel auf der Schulter. Waren sie nicht wie die Sünder dazu verdammt, in der Hölle für sich selbst das Feuer zu entzünden? Heisere Grammophone schütteten Lautspäne durch geöffnete Fenster. Dabei wechselten die liturgischen Gesänge der hohen Festtage mit vulgären Gassenhauern.

Dr. Fischelson spähte in das nur halb erhellte Tollhaus hinab und spitzte die Ohren. Er wußte, daß das Verhalten des Pöbels genau das Gegenteil dessen war, was man sonst Vernunft nannte. Alle diese Menschen waren der eitelsten der Leidenschaften verfallen, waren trunken vor Gemütsbewegung, und Gemütsbewegung war, nach Spinoza, niemals etwas wert. Statt des Vergnügens, dem sie nachjagten, wurde ihnen nichts anderes als Krankheit und Gefängnis und Schande und das Leiden zuteil, das eine Frucht der Unwissenheit war. Selbst die Katzen, die hier auf den Dächern umherstrichen, schienen wilder und ungebärdiger als jene in anderen Teilen der Stadt. Sie jaulten mit der Stimme kreißender Frauen, huschten wie Dämonen die Mauern empor und sprangen in Dachrinnen und auf Balkone. Einer der Kater hielt vor Dr. Fischelsons Fenster inne und stieß einen Schrei aus, der Dr. Fischelson einen Schauder über den Rücken jagte. Er trat vom Fenster zurück, ergriff einen Besen und schwang ihn vor den funkelnden grünen Augen des schwarzen Untiers hin und her. «Fort, hinweg mit dir, du unwissender Rohling!» – und er hämmerte mit dem Besenstiel gegen das Dach, bis der Kater sich trollte.

3

Als Dr. Fischelson aus Zürich, wo er Philosophie studiert hatte, wieder nach Warschau zurückkehrte, war ihm eine große Zukunft vorausgesagt worden. Seine Freunde wußten, daß er an einem bedeutenden Buch über Spinoza arbeitete. Eine jüdisch-polnische Zeitschrift hatte ihn zur Mitarbeit aufgefordert. In mehreren wohlhabenden Häusern war er häufig zu Gast gewesen, und er war auch zum Oberbibliothekar an der Warschauer Synagoge ernannt worden. Obwohl er schon damals als Hagestolz galt, hatten die Heiratsvermittler ihm mehrere reiche Mädchen zur Ehe empfohlen. Aber Dr. Fischelson hatte von solchen Gelegenheiten keinen Gebrauch gemacht. Er hatte so unabhängig sein wollen wie Spinoza selbst. Und er war es gewesen. Aber auf Grund seiner ketzerischen Gedanken war er mit dem Rabbi aneinandergeraten und hatte von seinem Bibliotheksposten zurücktreten müssen. Jahrelang hatte er sich dadurch ernährt, daß er Privatstunden in Hebräisch und Deutsch erteilte. Als er später erkrankte, hatte die jüdische Gemeinde in Berlin ihm eine Beihilfe von fünfhundert Mark jährlich bewilligt, und zwar dank der Fürsprache des bekannten Dr. Hildesheimer, mit dem er über Philosophie korrespondiert hatte. Um mit einer so geringfügigen Rente auszukommen, war Dr. Fischelson in die Dachkammer gezogen, wo er seine Mahlzeiten auf einem Kerosinöfchen bald selbst zu kochen begann. Er hatte einen Schrank mit zahlreichen Fächern, und auf jedem Fach stand der Name des jeweiligen Nahrungsmittels – Buchweizen, Reis, Gerste, Zwiebeln, Karotten, Kartoffeln, Pilze. Einmal in der Woche setzte Dr. Fischelson sich seinen schwarzen Schlapphut auf, nahm in die eine Hand einen Korb, in die andere Spinozas *Ethik* und begab sich auf den Markt, um seine Vorräte zu erneuern. Während er darauf wartete, bedient zu werden, las er in der *Ethik*. Die Händler kannten ihn und pflegten ihn an ihre Stände heranzuwinken.

«Ein schönes Stück Käse, Doktor – es schmilzt Ihnen nur so auf der Zunge.»

«Frische Pilze, Doktor – gerade aus dem Wald!»

«Lassen Sie den Doktor herein, meine Damen», brüllte der Metzger. «Verstellen Sie bitte den Eingang nicht!»

Während der ersten Jahre seiner Krankheit hatte Dr. Fischelson am Abend noch immer ein Café aufgesucht, in dem Lehrer des Hebräischen und andere Intellektuelle verkehrten. Gewohnheitsgemäß hatte er dort Schach gespielt und ein halbes Glas Kaffee geleert. Gelegentlich hatte er auch in den Buchläden auf der Heiligenkreuzstraße Zwischenstation gemacht, wo alle möglichen alten Bücher und Zeitschriften billig zu haben waren. Einmal hatte er sich auch mit einem seiner früheren Schüler in einem Restaurant zum Abendessen verabredet und sich dort bei seinem Eintreffen zu seiner Überraschung einer ganzen Gruppe von Freunden und Bewunderern gegenüber gesehen, die ihn nötigten, am oberen Tischende Platz zu nehmen, während allerlei Trinksprüche auf ihn ausgebracht wurden. Aber alles das lag schon eine ganze Weile zurück. Er hatte sich völlig abgekapselt und gehörte nun zu den Vergessenen. Die Ereignisse des Jahres 1905 – die Burschen von der Marktstraße hatten damals Streiks organisiert, Polizeiwachen bombardiert und Streikbrecher erschossen, und infolgedessen blieben die Läden selbst an Wochentagen geschlossen –, diese Ereignisse hatten nur noch mehr zu seiner Vereinsamung beigetragen. Er begann alles zu verachten, was mit dem modernen Judentum zu tun hatte – Zionismus, Sozialismus, Anarchismus. Seine jugendlichen Vertreter waren für ihn nicht mehr wert als unwissende Plebejer, die nur darauf aus waren, die Gesellschaft zu zerstören – die Gesellschaft, ohne die eine vernunftgemäße Existenz nicht vorstellbar war. Noch immer blätterte er gelegentlich in einer hebräischen Zeitschrift, aber er verspürte dem modernen Hebräisch gegenüber, das keinerlei Wurzeln mehr in der Bibel oder der Mischna hatte, eine gewisse Verachtung. Auch die polnische Rechtschreibung hatte gewechselt. Dr. Fischelson kam zu der Einsicht, daß die sogenannten Geistigen nichts mehr von der Vernunft wissen wollten und ihr Bestes taten, sich mit dem Pöbel anzubiedern. Hin und wieder suchte er noch eine Bibliothek auf und durchblätterte einige der neueren Philosophiegeschichten, aber er mußte entdecken, daß die Gelehrten den alten Spinoza gar nicht begriffen, ihn ungenau zitierten und dem großen Philosophen ihre eigenen ungegorenen Ideen unterschoben. Obwohl Dr. Fischelson wohl wußte, daß Zorn eine Gemütsbewegung war, nicht würdig derer, die auf dem Pfad der Vernunft zu wandeln suchten, ergrimmte er, klappte das Buch gewöhnlich gleich zu und stieß es von sich. «Idioten», murmelte er dann vor sich hin, «Esel, Anfänger», und er gelobte sich, der neuen Philosophie nie wieder die geringste Beachtung zu schenken.

4

Alle drei Monate brachte ein Extrapostbote, der nur Geldanweisungen austrug, Dr. Fischelson achtzig Rubel. Er hatte die nächste vierteljährliche Zahlung Anfang Juli erwartet, aber als ein Tag nach dem andern verstrich, ohne daß der hochgewachsene Mann mit dem blonden Schnurrbart und den blitzenden Knöpfen sich einstellte, wurde er allmählich besorgt. Er besaß kaum mehr einen Groschen. Wer weiß – möglicherweise hatte die Berliner Gemeinde ihre Beihilfe gestrichen, oder es war auch, Gott schütze, Dr. Hildesheimer gestorben; oder auch das Postamt hatte sich irgendein Versehen zuschulden kommen lassen. Wie Dr. Fischelson wußte, hatte jedes Ereignis eine greifbare Ursache. Alles war vorbestimmt, war notwendig, und ein Mann von Vernunft hatte keinerlei Recht, sich Sorgen zu machen. Gleichwohl fanden Sorgen Eingang in seinen Kopf und summten darin herum wie die Fliegen. Immerhin konnte er ja, wenn es wirklich zum Schlimmsten kam, Selbstmord begehen, aber dann fiel ihm ein, daß Spinoza den Selbstmord mißbilligte und jene, die ihrem eigenen Leben ein Ende machten, den Vernunftlosen gleichstellte.

Als Dr. Fischelson eines Tages das Haus verließ, um sich ein Schreibheft zu besorgen, hörte er in dem Papierladen rings um sich her von Krieg reden. Irgendwo in Serbien war ein österreichischer Fürst erschossen worden, und die Österreicher hatten den Serben ein Ultimatum gestellt. Der Ladenbesitzer, ein junger Mann mit gelblichem Bart und unsteten gelblichen Augen, wußte es ganz genau: «Wir werden jetzt einen kleinen Krieg haben», und er riet Dr. Fischelson, sich mit Lebensmitteln einzudecken, mit denen es in nächster Zeit wahrscheinlich sehr knapp werden würde.

Alles Weitere vollzog sich nur allzu rasch. Dr. Fischelson war sich noch nicht einmal klar darüber gewesen, ob es sich noch verlohne, vier Groschen für eine Zeitung auszugeben – da fiel sein Blick bereits auf einen Anschlag mit Bekanntgabe der Mobilmachung. Man sah junge Leute mit runden Blechmarken auf den Rockaufschlägen durch die Straßen ziehen – ein Zeichen, daß sie bereits gemustert waren. Ihre Frauen liefen schluchzend hinter ihnen her. Als eines Montags Dr. Fischelson auf die Straße herabstieg, um von seinen letzten Kopeken etwas Eßbares zu erstehen, fand er die Läden geschlossen. Davor standen die Händler und ihre Frauen und erklärten, daß sie keine Ware erhalten könnten. Aber gewisse auserwählte Kunden zogen sie zur Seite und ließen sie durch einen Hintereingang hinein. Auf der Straße herrschte ein wildes Durcheinander. Mit blanker Waffe trabten berittene Polizisten vorüber. Vor der Schenke drängte sich eine gewaltige Menschenmenge, weil hier auf Anordnung des Zaren sämtliche Branntweinvorräte in den Rinnstein geschüttet wurden.

Dr. Fischelson begab sich noch einmal in sein altes Café. Vielleicht traf er hier auf ein paar Bekannte, die ihm mit Ratschlägen behilflich sein konnten. Aber er sah nicht ein vertrautes Gesicht. So beschloß er, den alten Rabbi jener Synagoge aufzusuchen, an der er einmal Bibliothekar gewesen war. Aber der Gemeindediener mit dem sechseckigen Käppchen ließ ihn wissen, daß der Rabbi mitsamt den Seinen irgendwohin zur Kur gefahren war. Wohl hatte Dr. Fischelson noch andere alte Freunde in der Stadt, aber keinen traf er zu Hause an. Die Füße schmerzten ihn vom langen Gehen. Vor seinen Augen tanzten schwarze und grüne Flecke, und er fühlte eine Art Schwäche in sich aufsteigen. Er blieb stehen und wartete, bis der Schwindelanfall vorüber war. Die Vorbeigehenden rempelten ihn an. Eine dunkeläugige Gymnasiastin versuchte, ihm eine Münze zuzustecken. Obwohl der Krieg eben erst ausgebrochen war, zogen in Achterreihen Soldaten in voller Kampfausrüstung durch die Straßen, staubbedeckt und sonnengebräunt. Sie hatten sich Feldflaschen an die Hüfte und quer über die Brust Patronengurte geschnallt. Von ihren Bajonetten funkelte es kalt und grün. Sie sangen mit Trauerstimme. Neben ihnen her rollten Geschütze, jedes von acht Pferden gezogen. Ihre blicklosen Rohrmündungen atmeten düsteres Grauen. Dr. Fischelson wurde übel.

Der Magen schmerzte ihn, und das Innerste schien sich bei ihm nach außen kehren zu wollen. Auf das Gesicht trat ihm kalter Schweiß.

Jetzt geht's ans Sterben, dachte er. Dies ist das Ende. Gleichwohl gelang es ihm, sich nach Hause zu schleppen. Hier ließ er sich auf seine eiserne Bettstatt fallen und blieb, keuchend und nach Luft schnappend, liegen. Er mußte eingedöst sein, weil er sich in Gedanken plötzlich wieder in seiner Vaterstadt Tischwitz befand. Er hatte einen wunden Hals, und seine Mutter war gerade dabei, ihm einen mit heißem Salz gefüllten Strumpf darumzuwickeln. Einzelne Worte drangen an sein Ohr. So war von einer Kerze die Rede und auch davon, daß ein Frosch ihn gebissen hätte. Er wollte auf die Straße hinaus, aber das durfte er nicht, weil draußen gerade eine katholische Prozession vorüberkam. Männer in langen Gewändern mit Doppeläxten in der Hand ergingen sich in lateinischem Singsang und sprengten mit Weihwasser um sich. Kreuze schimmerten auf, und in der Luft wogten heilige Bilder. Es roch nach Weihrauch und Leichen. Plötzlich flammte der Himmel rot auf – die ganze Welt schien zu brennen. Es ertönte Glockengeläute, und wie wahnsinnig jagten die Menschen umher. Krächzend strichen dunkle Schwärme von Vögeln über den Himmel – Dr. Fischelson fuhr hoch. Sein Körper war schweißgebadet, sein Hals nun tatsächlich wund. Er versuchte, über diesen ungewöhnlichen Traum nachzudenken, zwischen ihm und dem, was ihm widerfuhr, eine logische Verbindung herzustellen und ihn sub specie aeternitatis zu begreifen, aber nichts ergab einen Sinn. Ach, das Gehirn ist nur ein Behältnis für Unsinn, dachte Dr. Fischelson. Die Erde gehört den Wahnsinnigen. Und noch einmal schloß er die Augen, noch einmal schlummerte er ein, noch einmal träumte er.

5

Die ewigen Gesetze hatten jedoch offenbar noch nicht Dr. Fischelsons Ende verfügt.

Seine Dachkammer lag an einem dunklen Gang, der mit Körben und Kisten vollgestellt und stets vom Geruch gebratener Zwiebeln und frischer Waschseife erfüllt war. Zur Linken befand sich eine Tür, und dahinter hauste eine ältere Jungfer, von den Nachbarn Schwarze Dobbe genannt. Dobbe, hochaufgeschossen und dürr, hatte Haar so schwarz wie eine Kohlenschippe. Sie hatte ein gebrochenes Nasenbein, und ihrer Oberlippe entsproß ein kleines Bärtchen. Sie sprach mit rauher Männerstimme und trug auch Männerschuhe. Jahrelang hatte die Schwarze Dobbe mit Brot, Brötchen und Hörnchen gehandelt, die sie beim Bäcker im Torweg des Hauses einkaufte. Aber eines Tages hatte sie sich mit dem Bäcker überworfen und ihr Geschäft auf den Markt verlegt; nur daß sie jetzt sich auf das spezialisierte, was man «Knitterchen» nannte, nämlich auf angeschlagene Eier. Mit Männern hatte die Schwarze Dobbe kein Glück gehabt. Zweimal war sie mit Bäckergesellen verlobt gewesen, hatte aber in beiden Fällen den Verlobungsvertrag zurückerhalten. Etwas später hatte sie von einem älteren Mann, einem Glasermeister, einen neuen Vertrag empfangen. Er behauptete, daß er geschieden sei, aber später stellte sich heraus, daß er noch eine Ehefrau hatte. Die Schwarze Dobbe ihrerseits hatte einen Vetter in Amerika, einen Schuhmacher, und wiederholt trumpfte sie damit auf, daß er ihr das Geld für die Überfahrt schicken wollte, aber sie blieb nun einmal in Warschau. Ständig wurde sie von anderen Frauen gehänselt: «Du hast jetzt nicht mehr die geringsten Aussichten, Dobbe. Dir ist es bestimmt, als alte Jungfer ins Grab zu sinken.» Worauf Dobbe stets erwiderte: «Ich habe nicht die Absicht, irgendeines Mannes Dienstmagd zu sein. Mögen sie alle verrecken.»

An dem besagten Nachmittag erhielt Dobbe einen Brief aus Amerika. Gewöhnlich suchte sie in solchem Fall Lejser den Schneider auf und ließ sich von ihm den Brief vorlesen. Lejser jedoch war nicht zu Hause, und darum dachte Dobbe an Dr. Fischelson, den die anderen Mieter für einen Abtrünnigen hielten, weil er nicht zum Gottesdienst ging. Sie klopfte an seine Tür, aber nichts rührte sich. Der Ketzer ist wahrscheinlich aus, dachte Dobbe, klopfte zur Sicherheit jedoch ein zweites Mal, und diesmal gab die Tür ein wenig nach. Dobbe zwängte sich durch den Spalt hindurch und stand wie schreckgelähmt. Dr. Fischelson lag voll angekleidet auf seiner Bettstatt. Sein Gesicht war wächsern. Sein Adamsapfel stand auffällig vor, und sein Bärtchen war nach oben gerichtet. Dobbe schrie auf – gewiß war der Mann tot, aber – nein, sein Körper bewegte sich. Sie ergriff ein Glas, das gerade auf dem Tische stand, lief in den Gang hinaus, füllte es dort mit Wasser, eilte zurück und schüttete dem Bewußtlosen das Wasser übers Gesicht. Dr. Fischelson schüttelte den Kopf und schlug die Augen auf.

«Was fehlt Euch denn?» fragte Dobbe. «Seid Ihr krank?»

«Sehr vielen Dank. Nein.»

«Habt Ihr Angehörige? Ich werde sie herrufen.»

«Keine Angehörigen», erwiderte Dr. Fischelson.

Dobbe wollte den Barbier von gegenüber holen, aber Dr. Fischelson gab ihr durch ein Zeichen zu verstehen, daß er dessen Hilfe nicht brauchte. Da Dobbe an jenem Tage nicht auf den Markt ging – es waren gerade keine «Knitterchen» vorrätig –, beschloß sie, etwas Gutes zu tun. Sie war dem Kranken beim Aufstehen behilflich und glättete das Laken. Dann half sie ihm, sich seiner Sachen zu entledigen, und kochte auf dem Kerosinöfchen etwas Suppe. In Dobbes Kammer schien niemals die Sonne herein, aber hier schimmerten auf den verblichenen Wänden helle Quadrate. Der Boden war rot gestrichen. Über dem Bett hing das Bild eines Mannes, der eine breite Halskrause trug und langes Haar hatte. So alt ist der Bursche nun, und doch hält er seine Wohnung so rein und so ordentlich, dachte sie voller Anerkennung. Dr. Fischelson ließ sich die *Ethik* von ihr geben, die sie ihm mißbilligend aushändigte. Sie war überzeugt, daß es ein christliches Gebetbuch war. Dann begann sie eifrig, sich nützlich zu machen. Sie brachte einen Eimer Wasser herein und wischte den Boden. Dr. Fischelson löffelte die Suppe, und als er damit fertig war, fühlte er sich sehr viel kräftiger, und Dobbe bat ihn, ihr den Brief vorzulesen.

Er las ihn langsam, und das Papier zitterte in seiner Hand. Der Brief war aus New York, von Dobbes Vetter. Wieder einmal kündigte er ihr einen «wirklich wichtigen Brief» und eine Schiffskarte nach Amerika an. Aber inzwischen kannte Dobbe die ganze Geschichte schon auswendig, und sie half sogar dem alten Mann das Gekritzel ihres Vetters entziffern. «Er schwindelt einfach», sagte Dobbe. «Er hat mich schon längst vergessen.»

Am Abend kam Dobbe wieder. Auf dem am Bett stehenden Stuhl brannte in einem Messingleuchter eine Kerze. Rötliche Schatten zuckten über die Wände, die Zimmerdecke. Dr. Fischelson saß aufrecht im Bett und las. Auf seiner Stirn lag der goldene Schein der Kerze, und es war, als sei sie gespalten. Ein Vogel war durchs Fenster hereingeflogen und hatte sich auf dem Tisch niedergelassen. Einen Augenblick lang schauderte es Dobbe. Beim Anblick dieses Mannes mußte sie an Hexen denken, an schwarze Spiegel und an Gestorbene, die des Nachts umherwanderten und hilflose Frauen erschreckten. Gleichwohl tat sie ein paar Schritte auf ihn zu und fragte: «Wie geht es Euch? Etwas besser?»

«Ein bißchen besser, danke.»

«Seid Ihr wirklich ein Abtrünniger?» fragte sie, auch wenn sie sich unter diesem Wort nicht viel vorstellen konnte.

«Ich – ein Abtrünniger? Nein, ich bin Jude wie jeder andere Jude», erwiderte Dr. Fischelson.

Nach solcher Versicherung fühlte Dobbe sich etwas heimischer. Sie füllte Kerosin nach und zündete den Herd an, und dann holte sie aus ihrer eigenen Kammer ein Glas Milch und begann Grütze zu kochen. Dr. Fischelson versenkte sich weiter in die *Ethik*, aber an jenem Abend konnte er den Lehrsätzen und Beweisen mit ihren zahlreichen Anspielungen auf Axiome und Begriffsbestimmungen und andere Lehrsätze keinen Sinn abgewinnen. Mit zitternder Hand hob er das Buch dicht vors Auge und las: «Die Vorstellung jeder Veränderung im menschlichen Körper setzt keine entsprechende Kenntnis des menschlichen Körpers als solchem voraus ... Die Vorstellung einer Vorstellung von jeder Veränderung im menschlichen Geiste setzt keine entsprechende Kenntnis des menschlichen Geistes voraus.»

6

Dr. Fischelson war nun sicher, es könnte jeden Tag mit ihm aus sein. Er machte sein Testament, in dem er alle Bücher und Manuskripte der Synagogenbibliothek hinterließ. Kleider und Möbel dagegen sollten an Dobbe fallen, weil sie zuletzt noch für ihn gesorgt hatte. Aber der Tod wollte nicht kommen. Statt dessen besserte sich sogar Nahums Befinden. Dobbe war zu ihrem Marktstand zurückgekehrt, besuchte aber mehrmals am Tage den alten Mann, kochte Suppe für ihn, ließ ein Glas Tee für ihn auf dem Tisch und berichtete ihm das Neueste von den Kriegsschauplätzen. Die Deutschen hatten Kalisch, Bendin und Tschenstochau besetzt und befanden sich nun auf dem Vormarsch nach Warschau. Man behauptete, man könne an einem stillen Morgen bereits das Grollen der Geschütze vernehmen. Dobbe berichtete auch von schweren Verlusten: «Sie kommen um wie die Fliegen», sagte sie. «Was für ein schreckliches Unglück für die Frauen.»

Sie hätte nicht sagen können, warum, aber sie fühlte sich zu der Dachkammer des alten Mannes hingezogen. Sie fand Gefallen daran, die Bücher mit dem Goldschnitt von den Regalen zu nehmen, sie abzustauben und dann auf der Fensterbank auszulüften. Sie pflegte die wenigen Stufen zum Fenster emporzusteigen und durch das Fernrohr hinauszublicken. Es machte ihr auch Vergnügen, sich mit Dr. Fischelson zu unterhalten. Er erzählte ihr von der Schweiz, wo er studiert hatte, von den großen Städten, durch die er gekommen war, von den hohen Bergen, die selbst zur Sommerszeit mit Schnee bedeckt waren. Sein Vater, sagte er, sei ein Rabbi gewesen, und bevor er, Dr. Fischelson, selbst Student geworden sei, habe er eine Talmudschule besucht. Sie fragte ihn, wie viele Sprachen er verstehe, und es stellte sich heraus, daß er, außer dem Jiddischen, auch Hebräisch, Russisch, Deutsch und Französisch sprechen und schreiben konnte. Er las auch Latein. Dobbe war erstaunt darüber, daß ein so gelehrter Mann in einer Dachwohnung an der Marktstraße hauste. Aber was sie am meisten verdutzte, war der Umstand, daß er zwar den Doktortitel hatte, aber keine Rezepte ausstellen durfte. «Warum seid Ihr denn kein richtiger Doktor geworden?» fragte sie. «Ich bin ein Doktor», erwiderte er. «Ich bin nur gerade kein Arzt.»

«Was für ein Doktor denn?» – «Ein Doktor der Philosophie.» Auch wenn sie keine Ahnung hatte, was das bedeutete, hatte sie doch das Gefühl, daß es etwas höchst Gewichtiges war. «Oh, meine selige Mutter», rief sie dann, «wo habt Ihr nur einen solchen Kopf her?»

Als dann eines Abends Dobbe ihm seine Kekse und sein Glas Tee mit Milch hingestellt hatte, begann er, sie seinerseits auszufragen: wo sie her sei, wer ihre Eltern wären und warum sie nicht geheiratet habe. Dobbe war überrascht. Noch niemals hatte irgend jemand sie Derartiges gefragt. Mit ruhiger Stimme erzählte sie ihm ihre Geschichte, und sie blieb bis elf. Ihr Vater war Austräger in koscheren Metzgerläden gewesen. Ihre Mutter hatte im Schächthaus Geflügel gerupft. Sie alle hatten in einer Kellerwohnung, Marktstraße 19, gehaust. Im Alter von zehn war sie Dienstmagd geworden. Der Mann, bei dem sie damals gearbeitet hatte, war ein Hehler gewesen, der drunten auf dem Platz Diebsgut einhandelte. Sie hatte einen Bruder gehabt, der in die russische Armee eingetreten und niemals zurückgekehrt war. Ihre Schwester hatte in Prag einen Fuhrmann geheiratet und war im Wochenbett gestorben. Dobbe wußte auch von den Kämpfen zu berichten, die sich im Jahre 1905 zwischen der Unterwelt und den Revolutionären abgespielt hatten, vom blinden Itche und seiner Bande, die sich von den Geschäftsleuten «Schutzgeld» bezahlen ließen, von den Strolchen, die junge Burschen und Mädchen auf ihren Samstagnachmittagsspaziergängen überfielen, wenn diese nicht vorher ihre Sicherheit in bar erkauft hatten. Sie sprach von Mädchenhändlern, die in Kutschen umhergondelten und Frauen entführten, die sie in Buenos Aires auf den Markt brachten. Dobbe versicherte hoch und heilig, daß gewisse Männer sie sogar in ein Bordell hatten locken wollen, daß sie aber noch rechtzeitig entkommen war. Sie klagte über tausend Übel, die man ihr angetan hatte. Man hatte sie beraubt, ihr ihren Liebsten gestohlen. Ein Konkurrent hatte ihr einmal einen vollen Liter Kerosin in ihren mit Hörnchen gefüllten Korb geschüttet. Ihr eigener Vetter, der Schuhmacher, hatte sie um hundert Rubel betrogen, bevor er nach Amerika gegangen war. Dr. Fischelson lauschte ihr aufmerksam. Er stellte Fragen, schüttelte den Kopf und knurrte.

«Nun, glaubt Ihr an Gott?» fragte er zuletzt.

«Ich weiß nicht recht», erwiderte sie. «Und Ihr?»

«Ja, ich glaube.»

«Warum geht Ihr dann nicht zur Synagoge?» fragte sie weiter.

«Gott ist überall», erwiderte er. «In der Synagoge, auf dem Markt. Hier im Zimmer. Wir sind selbst ein Teil Gottes.»

«Sagt doch so etwas nicht», rief Dobbe. «Ihr macht mir ja Angst!»

Sie lief aus dem Zimmer, und Dr. Fischelson war überzeugt, daß sie nun zu Bett ging. Aber warum hatte sie ihm wohl nicht gute Nacht gesagt? Ich habe sie wahrscheinlich mit meiner Philosophie davongetrieben, dachte er. Aber schon im nächsten Augenblick vernahm er ihren Schritt. Sie trat wieder ein, auf dem Arm, wie eine Hausiererin, ein Bündel Kleider.

«Das wollte ich Euch doch zeigen», sagte sie. «Das ist meine Brautausstattung.» Und sie begann auf dem Stuhl alles auszubreiten – lauter Kleider, aus Wolle, aus Seide, aus Samt. Und eines der Kleider nach dem andern nahm sie auf und hielt es sich vor. Von jedem Einzelstück ihrer Aussteuer erzählte sie die Geschichte – von Unterwäsche, Schuhen und Strümpfen.

«Ich bin keine Verschwenderin», sagte sie. «Ich spare, was ich kann. Ich hätte genug Geld, um nach Amerika zu gehen.»

Dann verfiel sie in Schweigen, und ihr Gesicht wurde puterrot. Schüchtern forschend betrachtete sie Dr. Fischelson aus ihren Augenwinkeln. Diesem begannen plötzlich die Glieder zu zittern, als ob er Schüttelfrost hätte. «Sehr hübsche, schöne Sachen», sagte er. Seine Stirn furchte sich, und mit zwei Fingern zauste er sich den Bart. Um seinen zahnlosen Mund spielte ein bekümmertes Lächeln, und seine großen rastlosen Augen, durch das Bodenfenster ins Weite spähend, lächelten gleichfalls bekümmert.

7

An dem Tage, an dem die Schwarze Dobbe in den Amtsräumen des Rabbi erschien, um anzukündigen, daß sie Dr. Fischelson heiraten werde, glaubte die Frau des Rabbi zunächst, sie habe den Verstand verloren. Aber die große Neuigkeit war bereits bis zu Lejser dem Schneider gedrungen und hatte sich bis zur Bäckerei wie auch zu anderen Läden ausgebreitet. Es gab Leute, die der Meinung waren, die alte Jungfer habe richtig Glück gehabt: der Doktor, behaupteten sie, hätte einen ganzen Schatz von Geld angehäuft. Andere dagegen vertraten den Standpunkt, er sei heruntergekommen und degeneriert und werde sie mit Syphilis anstecken. Wenn Dr. Fischelson an sich auch auf einer kleinen, einer stillen Hochzeit bestanden hatte, so hatte sich doch im Hause des Rabbi eine ansehnliche Schar von Gästen versammelt. Die Bäckergesellen, die sonst mit bloßen Füßen in ihrem Unterzeug, Papiertüten auf dem Schopf, herumliefen, trugen nun hellfarbige Anzüge, Strohhüte, gelbe Schuhe und grellbunte Krawatten, und sie hatten mächtige Kuchen und Schüsseln voller Gebäck mitgebracht. Sie hatten sogar eine Flasche Wodka aufgetrieben, obwohl Alkoholisches zur Kriegszeit verboten war. Als Braut und Bräutigam vor den Rabbi traten, erhob sich ein allgemeines Gemurmel. Die Frauen wollten ihren Augen nicht trauen. Die sie hier vor sich sahen, war nicht diejenige, die sie kannten. Dobbe trug einen breitkrempigen Hut, üppig garniert mit Kirschen, Trauben und Pflaumen, und das Kleid, das sie anhatte, war aus weißer Seide und hatte obendrein eine Schleppe. An den Füßen trug sie goldfarbene Schuhe mit hohen Absätzen und um den mageren Hals eine Kette künstlicher Perlen. Und das war nicht alles: ihre Finger glitzerten nur so von Ringen und funkelnden Steinen. Ihr Gesicht war verschleiert. Sie glich fast einer jener reichen Bräute, die in der Wiener Halle getraut wurden. Bei ihrem Anblick brachen die Bäckergehilfen in übermütiges Pfeifen aus. Was Dr. Fischelson betraf, so trug er seinen schwarzen Bratenrock und Schuhe mit breiten Kappen. Er konnte sich kaum aufrecht halten und mußte sich auf Dobbe stützen. Als er, noch auf der

Schwelle, die Menge der Anwesenden erblickte, bekam er es mit der Angst zu tun und wollte sich schon zurückziehen, aber Dobbes früherer Arbeitgeber trat auf ihn zu und sagte: «Kommt nur herein, Bräutigam, kommt nur herein. Geniert Euch nicht. Wir sind jetzt alle Brüder.»

Die feierliche Handlung nahm in Einklang mit dem Gesetz ihren Fortgang. Der Rabbi in seinem abgetragenen Seidenkaftan schrieb den Heiratskontrakt aus, und zum Zeichen ihrer Zustimmung hatten Braut und Bräutigam dann sein Taschentuch zu berühren. An seinem Käppchen wischte sich der Rabbi die Spitze der Schreibfeder ab. Mehrere Lastträger, die von der Straße heraufgeholt worden waren, um die Zahl der erforderlichen Beter zu vervollständigen, hielten den Traubaldachin. Dr. Fischelson streifte zur Mahnung an den Tag seines Todes ein weißes Gewand über, und Dobbe schritt, wie der Brauch es gebot, siebenmal um ihn herum. Über die Wände zuckte der Schein bebänderter Kerzen, wogten die Schatten. Nachdem er einen Pokal mit Wein gefüllt hatte, sprach der Rabbi in melancholischem Singsangton den Trausegen. Dobbe schluchzte nur einmal kurz auf. Was die anderen Frauen betraf, so zogen sie ihre Spitzentaschentücher hervor und behielten sie zuckenden Gesichts in der Hand. Als die Bäckerjungen sich untereinander ein paar Scherzworte zuflüsterten, legte der Rabbi einen Finger an die Lippen und murmelte: «*Eh nu oh*», zum Zeichen dafür, daß alles Reden verboten war. Dann kam der Augenblick, in dem der Braut der Ehering über den Finger gestreift werden mußte, aber die Hand des Bräutigams war ins Zittern geraten, und vor lauter Aufregung konnte er auch Dobbes Zeigefinger nicht gleich finden. Als nächstes hätte nun nach altem Brauch das Zerschmettern des Glaspokals folgen müssen, aber wenn Dr. Fischelson auch mehrmals mit dem Fuß heftig danach stieß, wollte er doch nicht brechen. Die anwesenden jungen Mädchen senkten den Kopf, kniffen sich schadenfroh untereinander und kicherten. Schließlich trat ein Bäckergehilfe mit einem seiner Absätze auf den Pokal, der nun in tausend Stücke zersplitterte. Selbst der Rabbi konnte ein Lächeln nicht unterdrücken. Nach der feierlichen Handlung tranken die Gäste Wodka und aßen Gebäck. Dobbes früherer Dienstherr trat an Dr. Fischelson heran und sagte: «*Masel-tow*, Bräutigam, viel Glück – und das Glück soll dir so treu bleiben wie deine Frau.» – «Dankeschön, dankeschön», murmelte Dr. Fischelson, «aber mir ist gar nicht nach Glück zumute.» Es lag ihm daran, so rasch als möglich in seine Dachkammer zurückzukehren. Er verspürte einen Druck in der Magengegend, und auch die Brust schmerzte ihm. Sein Gesicht hatte eine grünliche Färbung angenommen. Dobbe wurde plötzlich von Wut gepackt. Sie schlug den Schleier zurück und rief so laut, daß alle es hören konnten: «Worüber lacht ihr? Dies ist kein Possenspiel.» Und ohne die Kissenhülle aufzunehmen, in die die Geschenke eingepackt waren, kehrte sie mit ihrem Manne in die im fünften Stock gelegene Behausung zurück.

Dr. Fischelson legte sich in das frischbezogene Bett in seiner Kammer und begann, in der *Ethik* zu lesen. Dobbe war in ihre eigene Kammer gegangen. Der Doktor hatte ihr zu verstehen gegeben, daß er ein alter Mann, daß er krank und gebrechlich war. Er hatte ihr keinerlei Versprechen gemacht. Gleichwohl kehrte sie zu ihm zurück. Sie trug ein seidenes Nachtgewand und Pantöffelchen mit Pompons, und das Haar fiel ihr über die Schulter. Auf ihrem Gesicht lag ein Lächeln, und sie war scheu und zögerte. Dr. Fischelson zitterte, und die *Ethik* fiel ihm aus der Hand. Die Kerze erlosch. Dobbe tastete im Dunkeln nach Dr. Fischelson und küßte ihn auf den Mund. «Mein lieber Mann», flüsterte sie, «*masel-tow.*»

Was in jener Nacht geschah, hätte man ein Wunder nennen können. Wäre Dr. Fischelson nicht überzeugt gewesen, daß alles in Einklang mit den Naturgesetzen vor sich ging, hätte er annehmen müssen, die Schwarze Dobbe habe ihn behext. Kräfte, die lange in ihm geschlummert hatten, erwachten von neuem. Obwohl er nur einen Schluck von dem Segenswein genommen hatte, war er wie berauscht. Er küßte Dobbe und sprach zu ihr von Liebe. Längst vergessene Zitate aus Klopstock, Lessing, Goethe kamen ihm auf die Lippen. Jede Art innerer Druck und Schmerz war plötzlich von ihm gewichen. Er umarmte Dobbe, preßte sie an sich und war wie ein Mann in der Fülle der Jugendkraft. Dobbe schmolz hin vor Entzücken. Schluchzend flüsterte sie ihm in einem Warschauer Volksidiom, das er nicht verstand, allerhand zu. Später glitt Dr. Fischelson in den tiefen Schlaf, wie ihn sonst nur die Jungen kennen. Er träumte, daß er sich wieder in der Schweiz befand und dort Berge erklomm – laufend, stürzend, schwebend. Beim ersten Morgengrauen schlug er die Augen auf – es wollte ihm vorkommen, als habe ihm jemand ins Ohr gehaucht. Dobbe lag schnarchend neben ihm. Dr. Fischelson erhob sich leise und bewegte sich in seinem langen Nachthemd auf das Fenster zu, stieg die Stufen empor und blickte voll Erstaunen hinaus. Die Marktstraße schlummerte noch, in tiefer Stille aus- und einatmend. Die Gaslaternen flackerten. Die schwarzen Läden vor den Geschäften wurden durch Eisenstangen gehalten. Es wehte ein kühles Lüftchen. Dr. Fischelson blickte zum Himmel empor. Die dunkle Wölbung war dicht mit Sternen besät – grünen, roten, gelben und blauen Sternen, großen und kleinen, blinkenden und gleichmäßig leuchtenden. Manche standen in Bündeln und Büscheln, andere wieder für sich. In den höheren Sphären wurde der Tatsache, daß ein gewisser Dr. Fischelson an seinem Lebensabend eine Schwarze Dobbe genannte Frau geheiratet hatte, offenbar nur wenig Beachtung geschenkt. Von dort oben betrachtet, war selbst der Große Krieg nichts anderes als ein vorübergehendes Spiel der verschiedenen Seinsformen. Die Myriaden der Fixsterne folgten im grenzenlosen Raum ihrer vorbestimmten Bahn. Die Kometen, Planeten, Satelliten und Asteroiden kreisten weiter und immer weiter um diese leuchtenden Mittelpunkte. Welten erstanden und vergingen in kosmischen Katastrophen. Im Chaos der Nebel bildete sich unaufhörlich neuer Urstoff. Hin und wieder riß ein einzelner Stern sich los und fegte, eine Feuerspur hinter sich zurücklassend, über den Himmel. Es war im Monat August, in dem es Meteore die Fülle gibt. Ja, die göttliche Substanz war in Ausdehnung begriffen und kannte weder Anfang noch Ende: sie war absolut, unteilbar, ewig, nicht von Dauer, unendlich in ihren Attributen. Ihre Wellen und Blasen tanzten im Siedekessel des Alls, brodelnd in stetem Wandel, dem niemals unterbrochenen

Wechselspiel von Ursache und Wirkung gehorsam, und er, Dr. Fischelson, war mit seinem unentrinnbaren Schicksal ein Teilchen von alledem. Er schloß die Lider und ließ sich vom ersten Frühwind den Schweiß auf der Stirn trocknen und den Bart zausen. In tiefen Zügen sog er die Mitternachtsluft in sich ein, stützte seine zitterigen Hände auf die Fensterbank und flüsterte: «Göttlicher Spinoza, verzeihe mir. Ich habe mich zum Narren gemacht.»

Aus dem Tagebuch
eines Nicht-Geborenen

I

Geschrieben am Freitag, dem dreizehnten des dreizehnten Monats zwischen Tag und Nacht – dort, wo kein Mensch sich hinwagt, kein gezähmtes Tier den Fuß hinsetzt, hinter den Schwarzen Bergen im verödeten Waldland, im Schloß des Asmodi beim Schein eines verzauberten Mondes.

Ich, der Urheber dieser Zeilen, machte einen Glückstreffer wie sonst nur einer unter Zehntausend: ich wurde nicht geboren. Mein Vater, ein Talmudstudent, sündigte wie einstmals Onan, und aus seinem Samen bin ich erstanden – halb Geisterwesen, halb Dämon, halb Luft, halb Schatten, gehörnt wie ein Bock und geflügelt wie eine Fledermaus, begabt mit dem Verstand eines Gelehrten und dem Herz eines Straßenräubers. Ich bin, und ich bin nicht. Ich sause pfeifend einen Kamin hinab und tanze im öffentlichen Badehaus. Ich stoße in der Küche eines Armen den Topf mit dem Sabbatmahl um, und ich sorge dafür, daß eine Frau unrein ist, wenn ihr Mann von einer kleinen Reise zurückkehrt. Mit Vergnügen spiele ich alle möglichen Streiche. Als einmal ein junger Rabbi in der Synagoge am hohen Sabbat vor dem Passahfest seine erste Predigt hielt, verwandelte ich mich in eine Fliege und kitzelte den vielgelehrten Mann an der Nasenspitze. Er schnippte mich fort, aber ich verzog mich nur bis zu seinem Ohrläppchen. Er hob die Hand, um mich fortzujagen, aber ich tänzelte seine hohe Stirn hinauf und paradierte zwischen tiefen rabbinischen Falten. Er predigte, und ich summte und hörte zu meiner Freude, wie dieser frischgebackene Gelehrte, noch feucht hinter den Ohren, den Text durcheinanderbrachte und all die tiefsinnigen Bemerkungen vergaß, die er aus dem Ärmel zu schütteln gedachte. O ja, seine Feinde hatten einen vergnügten Sabbat! Und oh, wie seine Frau ihn an jenem Abend herunterputzte! Tatsächlich ging der Streit zwischen Mann und Frau so weit, daß, ich muß selbst beim Wiedererzählen erröten, sie ihn in der Passahnacht nicht in ihr Bett lassen wollte, also ausgerechnet dann, wenn jeder jüdische Gatte ein König und jede jüdische Ehefrau eine Königin sein sollte. Und wäre es ihr gerade damals bestimmt gewesen, den Messias zu empfangen, so hätte ich das schon im Keim zunichte gemacht!

Da meine Lebensspanne eine Ewigkeit währt und ich mir um meinen Unterhalt, um die Aufzucht von Kindern oder eine Abrechnung über meine Taten keine Gedanken zu machen brauche, tue ich nur, was mir Spaß macht. Am Abend beobachte ich die Frauen im rituellen Bad oder stehle mich in die Schlafzimmer der Frommen und lausche der verbotenen Unterhaltung zwischen Mann und Frau. Mit besonderem Vergnügen lese ich fremde Briefe und zähle die beiseite gelegten Spargroschen der Frauen zusammen. So scharf sind meine Ohren, daß ich die Gedanken im Innern des Schädels vernehme, und obwohl ich keinen Mund habe und so stumm bin wie ein Fisch, kann ich bei gegebenem Anlaß eine scharfzüngige Bemerkung machen. Ich brauche an sich kein Geld, begehe aber um so lieber kleinkarätige Diebereien. Ich stehle von Frauenkleidern die Stecknadeln und lockere die Falten und Biesen. Ich verstecke wichtige Urkunden und Testamente – keine Boshaftigkeit, deren ich nicht fähig wäre! Beispielsweise:

Ein jüdischer Großgrundbesitzer namens Reb Paltiel, ein Gelehrter aus vornehmem Hause und überaus wohltätig, verarmte plötzlich. Seine Kühe gaben keine Milch mehr, sein Land brachte nichts mehr hervor, seine Bienen lieferten keinen Honig mehr. Und mit alledem wurde es bald noch schlimmer. Reb

Paltiel konnte erkennen, daß sein Glück am Wendepunkt angelangt war, und er sagte zu sich selbst: ‹Nun – ich werde als armer Mann in die Grube sinken.› Er besaß einige Bände des Talmud und einen Psalter, und darum setzte er sich einfach nieder, um zu studieren und zu beten, und dachte: Der Herr gibt, und der Herr nimmt. Solange ich Brot habe, werde ich essen, und wenn es auch damit zu Ende ist, dann ist es für mich an der Zeit, einen Sack und einen Stock aufzunehmen und betteln zu gehen.

Dieser Mann hatte eine Frau namens Griene Pesche, und sie wiederum hatte einen reichen Bruder namens Reb Getz, der in Warschau lebte. Sie begann also ihrem Manne zuzusetzen: «Was hat es denn für einen Sinn, hier herumzusitzen und zu warten, bis der letzte Laib Brot aufgezehrt ist? Geh nach Warschau und erzähl meinem Bruder, was uns widerfahren ist.» Ihr Mann hatte jedoch seinen Stolz, und er erwiderte: «Ich möchte bei keinem Menschen um eine Gunst betteln. Wenn es Gottes Wille ist, daß ich genug zum Leben habe, wird er mir aus vollen Händen zu geben wissen, und wenn es mein Schicksal ist, arm zu sein, so wird diese Reise auf eine nutzlose Demütigung hinauslaufen.»

Da aber bei Frauen auf neun Teile Geschwätzigkeit nur ein halbes Teil Glauben entfällt, bettelte und drängte sie, bis er kapitulierte. Er legte seinen schäbigen Pelzrock mit den mottenzerfressenen Fuchsschwänzen an, nahm einen Planwagen nach Reiwitz, von dort einen nach Lublin, und zuletzt ließ er sich tagelang zwischen Lublin und Warschau durcheinanderrütteln und -schütteln.

Die Fahrt war langwierig und anstrengend, und der Planwagen holperte beinahe eine ganze Woche lang dahin. Bei Nacht schlief Reb Paltiel in kleinen Schenken am Wege. Es war gerade nach dem Laubhüttenfest, und der Himmel war schwarz von Regenwolken. Die Wagenräder sanken tief im Schlamm ein, und ihre Speichen waren mit Lehm verkrustet. Um mich kurz zu fassen: der Warschauer Krösus, Reb Getz, schnitt Gesichter, klagte, kaute an seinem Bart und murmelte, neu erworbene Anverwandte, sowohl eigene wie solche seiner Frau, krö-

chen aus jeder Mauerritze. Und schließlich zog er einen Fünfhundert-Gulden-Schein aus der Tasche, gab den seinem bedürftigen Schwager, entbot ihm ein halb warmes, halb kaltes Lebewohl und lächelte und seufzte und bat, seine Schwester zu grüßen. Eine Schwester ist schließlich eine Schwester, ist eigenes Fleisch und Blut.
Reb Paltiel nahm den Geldschein, schob ihn in seine Brusttasche und machte sich auf den Heimweg. Wahrhaftig, die Demütigung, die er erlitten hatte, kostete ihn mehr als fünfmal fünfhundert Gulden. Aber was hätte man tun sollen? Offenbar gibt es Zeiten für Ehrungen und Zeiten für Beschämungen. Und die Beschämungen gehörten immerhin jetzt der Vergangenheit an, und die fünfhundert Gulden befanden sich in seiner Tasche. Und mit einer solchen Summe konnte man Rinder und Pferde und Ziegen kaufen, das Dach instand setzen lassen und Steuern bezahlen und sich weiß der Himmel wie viele andere nötige Dinge beschaffen! Ich war von alledem Zeuge (zufällig saß ich damals gerade in Gestalt eines Flohs im Bart des Reb Paltiel), und ich flüsterte ihm zu: «Nun, was sagst du jetzt? Es ist doch eine Tatsache, daß Griene Pesche gar nicht so verrückt ist!» – «Zweifellos war es so verfügt. Wer weiß? Vielleicht wollte mich der Himmel für irgendeine begangene Sünde büßen lassen, und ich habe von jetzt ab wieder mehr Glück.»
Während der letzten Nacht der Rückreise fiel dichter Schnee, und dann folgte strenger Frost. Der Planwagen kam auf der eisbedeckten Straße nicht mehr voran, und Reb Paltiel mußte sich einen Schlitten nehmen. Halb erfroren und erschöpft von der langen Reise, müde und mit rauhem Hals, traf er wieder zu Hause ein. Seine Frau, Griene Pesche, saß, sich wärmend, am Kamin. Bei seinem Anblick kreischte sie auf: «Wehe mir – wie du aussiehst! Ich habe schon erlebt, daß gesunder wirkende Exemplare zu Grabe getragen wurden!» Als er diese Klageworte hörte, steckte Reb Paltiel die Hand in die Brusttasche, zog den Geldschein hervor, legte ihn auf den Tisch und erklärte: «Nimm das, es gehört dir.» Und er überließ ihr die wohltätige Gabe, die ihm selbst so teuer zu stehen gekommen war. Das Gesicht von Griene Pesche nahm einen erfreuten, dann

Dauernd verschwindet Geld...

... und niemand weiß wie. Es schlüpft aus den Fingern, aus den Taschen auf scheinbar unerklärliche Weise. Man glaubt noch, es zu haben, und hat es schon nicht mehr. Vielleicht sind häufiger solche bockshörnigen Teufelchen daran schuld.

Zum Glück gibt es auch gutartige Kobolde, die uns im Schlaf das Geld vermehren.

Pfandbrief und Kommunalobligation

Meistgekaufte deutsche Wertpapiere - hoher Zinsertrag - schon ab 100 DM bei allen Banken und Sparkassen

Verbriefte Sicherheit

einen finsteren und zuletzt wieder einen erfreuten Ausdruck an. «Na ja, zwar hatte ich tausend erwartet», sagte sie. «Aber auch fünfhundert sind nicht gerade zu verachten.»

Während dieser Worte hüpfte ich aus Reb Paltiels Bart geradewegs Griene Pesche auf die Nase, und das mit solcher Gewalt, daß die Arme den Schein fallen ließ, und gleich mitten ins lodernde Feuer hinein. Ehe einer der beiden einen Laut äußern konnte, schoß eine grünblaue Flamme empor, und von den fünfhundert Gulden war nur noch ein Häufchen Asche geblieben.

Nun, was hätte es noch für Zweck, euch zu berichten, was er sagte und was sie antwortete? Ihr könnt es euch selber ausmalen. Ich sprang jedenfalls zurück in den Bart des Reb Paltiel und blieb so lange drin, bis – und das erzähle ich euch jetzt wahrhaftig nicht gern – er Sack und Stock aufnehmen und betteln gehen mußte. Versucht einmal, einen Floh zu hängen! Versucht, vor eurem eigenen Unglück davonzulaufen! Versucht herauszufinden, wo sich der Geist des Bösen gerade aufhält!...

Als ich zu den Schwarzen Bergen zurückkehrte und Asmodi erzählte, was ich angestellt hatte, kniff er mich ins Ohr und erzählte die Geschichte seiner Frau Lilith, und sie lachte so ungehemmt, daß die Wüste von ihrer Schadenfreude widerhallte und sie, die Königin am Hofe Satans, höchstpersönlich mich in die Nase zwickte:

«Du bist wahrhaftig ein trefflicher kleiner Teufel!» sagte sie zu mir. «Eines Tages wirst du etwas Großes vollbringen!»

2

> Aufgezeichnet dort, wo der Himmel zu Kupfer, die Erde zu Eisen geworden ist, auf einem Feld voller Giftpilze, in einem verfallenen Aborthäuschen, auf einem Misthaufen, in einem Topf ohne Boden, an einem Sabbatabend zur Zeit der Wintersonnenwende, an den man weder jetzt noch später noch je bei Nacht denken sollte. Amen sela!

Die nicht gerade ehrlich gemeinte Voraussage Liliths, meiner Herrin, ging in Erfüllung. Ich bin jetzt kein Kobold mehr, sondern ein voll ausgewachsener Teufel – und noch dazu einer männlichen Geschlechts. Ich kann Menschengestalt annehmen, boshafte Streiche spielen und menschlichen Augen Trugbilder vorgaukeln. Zwar kann ein frommer Bannspruch mich vertreiben – aber wer kennt heutzutage noch die Kabbala? Die kleinen Rabbiner dürfen mir ruhig Salz auf den Schwanz streuen. Ihre Amulette bedeuten für mich nicht mehr als zerknülltes Papier, und ihre Zauberpraktiken nötigen mir nur Gelächter ab. Mehr als einmal habe ich zur persönlichen Erinnerung Teufelskot in einem ihrer Käppchen zurückgelassen oder Knoten in ihr Barthaar geflochten.

Ja, ich tue stets etwas Schreckliches! Ich bin ein Dämon unter Dämonen, ein Tückebold unter Tückebolden. Einmal verwandelte ich mich während einer mondhellen Nacht in einen Sack Salz und legte mich am Rande einer Landstraße nieder. Bald kam ein Leiterwagen daher. Beim Anblick des vollen Sackes hielt der Kutscher sein Pferd an, sprang herab und hievte mich auf den Wagen. Wer würde sich auch etwas entgehen lassen, wenn es ihn gar nichts kostet? Ich war von bleierner Schwere, und der Nichtsahnende konnte mich kaum in die Höhe heben. Sobald ich mich im Wagen befand, öffnete er den Sack und leckte mit der Zunge hinein – zweifellos wollte er herausfinden, ob ich Salz oder Zucker war. Im Nu hatte ich mich in ein Kalb verwandelt, und ihr dürft dreimal raten, an welcher Stelle er mich leckte. Als er sah, was er tat, geriet der arme Dummkopf fast von Sinnen. Hände und Füße begannen ihm zu zittern. «Was geht denn hier vor!» rief er. «Wo zum Teufel bin ich denn überhaupt?» Plötzlich schlug ich mit meinen Flügeln und brauste auf wie ein Adler. Der Fuhrmann kam ganz krank zu Hause an. Und nun läuft er mit einem Amulett und einem Stück zauberkräftigem Bernstein herum, aber beides wird ihm soviel helfen wie einem Toten das Schröpfen.

Eines Winters kam ich zu Besuch ins Dorf Turbin, um hier in Gestalt eines Anwalts Gelder für die Bedürftigen im Heiligen Lande zu sammeln. Ich ging von Haus zu Haus und öffnete die blechernen Almosenbüchsen, die jeweils an der Tür hingen, und nahm aus ihnen das Kleingeld heraus, zumeist abgegriffene Kupfermünzen. Aus einem der Häuser drang der Geruch eines überhitzten Backofens. Er gehörte einer Jungfer in den Dreißigern, die keine Eltern mehr hatte. Sie verdiente sich ihren Lebensunterhalt dadurch, daß sie Gebäck für die Talmudstudenten herstellte. Sie war dicklich und untersetzt, hatte einen üppigen Busen und einen noch üppigeren Ihr-wißt-schon-was. Das Haus strömte Wärme aus, und es roch nach Zimt und Mohn, und ich dachte bei mir: Wie wäre es wohl, mit dieser alten Jungfer eine Zeitlang verheiratet zu sein? Ich glättete meine rötlichen Schläfenlocken, kämmte mir mit den Fingern den Bart, hauchte meine frostkalte Nase an und hatte einen kleinen Schwatz mit der Dame. Ein Wort gab das andere – ich erzählte ihr, daß ich ein kinderloser Witwer wäre. «Ich verdiene nicht übermäßig viel, aber unter meinem Fransengewand habe ich immerhin ein paar hundert Gulden im Beutel.»

«Ist Eure Frau schon vor längerer Zeit gestorben?» fragte sie, und ich antwortete: «Am Tag der Königin Esther ist es jetzt drei Jahre her.»

«Was hat ihr denn gefehlt?» fragte sie weiter. – «Sie ist im Wochenbett gestorben», erwiderte ich und seufzte.

Sie kann erkennen, daß ich grundanständig bin – würde man sonst wohl drei Jahre lang um seine Frau trauern? Kurz und gut, es kommt zum Eheversprechen. Die Frauen des Städtchens nehmen die Verwaiste unter ihre Fittiche. Sie sammeln eine Aussteuer für sie ein. Sie beschaffen ihr Tischtücher, Servietten,

Bettlaken, Hemden, Unterröcke, Leibwäsche. Und da sie jungfräulich ist, stellt man den Traubaldachin für sie im Hof der Synagoge auf. Die Hochzeitsgeschenke werden überreicht, jeder tanzt einmal mit den Neuvermählten, und die Braut wird in die Bettkammer getragen. «Viel Glück!» sagt der Trauzeuge zu mir. «Hoffentlich gibt es nächstes Jahr ein Beschneidungsfest!»

Die Gäste verabschieden sich. Die Nacht währt lang und ist dunkel. Im Schlafzimmer ist es so heiß wie im Ofen und so finster wie in Ägypten. Meine Braut liegt bereits im Bett, unter einer Daunendecke – die Daunen hat sie selbst gesammelt –, und wartet auf den Ehemann. Ich taste im Dunkeln umher, entkleide mich, um den äußeren Anschein zu wahren, räuspere mich sacht und flüstere vor mich hin. «Bist du müde?» frage ich.

«So müde nun wieder nicht», antwortet sie.

«Weißt du», sage ich, «die andere, Friede ihrer Seele, war immerzu müde. Die Arme, sie hatte gar keine Kraft.»

«Rede jetzt nicht von ihr», mahnt mich meine Frau. «Möge sie für uns ein Wort im Himmel einlegen.»

«Ich möchte dir etwas sagen», fahre ich fort, «aber rege dich bitte nicht auf. Auf ihrem Sterbebett nahm sie mir das Ehrenwort ab, nie wieder zu heiraten.»

«Du hast ihr das doch nicht etwa versprochen?»

«Blieb mir etwas anderes übrig? Du weißt, es ist verboten, den Sterbenden Kummer zu bereiten.»

«Du hättest den Rabbi erst um Rat fragen sollen», erklärt die Amateurbäckerin. «Warum hast du mir das nicht früher gesagt?»

«Was ist denn los – hast du Angst, sie könnte zurückkommen und dir die Kehle zudrücken?»

«Gott behüte!» erwidert sie. «Was kann ich denn dafür? Ich wußte ja gar nichts davon.»

Mit eiskaltem Körper lege ich mich zu ihr. «Warum bist du so kalt?» fragt meine Frau.

«Möchtest du das wirklich wissen?» frage ich. «Komm näher, und ich werde dir's ins Ohr flüstern.»

«Kein Mensch kann uns hier hören», sagt sie erstaunt.

«Es heißt, die Wände hätten Ohren», entgegne ich.

Sie schiebt ihr Ohr direkt an meine Lippen, und ich spucke geradewegs hinein. Sie fährt zusammen und richtet sich auf. Die Bettplanken quietschen. Die Strohmatratze sackt zusammen.

«Was tust du denn da?» schreit sie. «Soll das etwa witzig sein?»

Statt zu antworten breche ich in Kichern aus.

«Was ist denn das für ein Spielchen? Das mag für ein Kind taugen, aber nicht für einen erwachsenen Mann.»

«Und woher weißt du, daß ich kein Kind bin?» antworte ich. «Ich bin ein Kind mit einem Bart. Auch Ziegenböcke haben einen Bart.»

«Na schön», sagt sie, «wenn du plappern willst, plappere nur. Gute Nacht.»

Und sie wendet sich mit dem Gesicht zur Wand. Eine Zeitlang liegen wir still. Und dann kneife ich sie dort, wo sie am dicksten ist. Meine Frau schießt empor. Das Bett schüttert. Sie schreit auf. «Bist du verrückt? Warum kneifst du mich denn? Der Himmel steh mir bei – wem bin ich da in die Hände gefallen?»

Und sie bricht in heiseres Weinen aus – so bitter, wie nur eine freundlose Waise zu weinen vermag, die dreißig Jahre lang auf den Tag ihres Glückes gewartet hat und sich dann einem Ungeheuer anvermählt sieht. Einem Räuber wäre das Herz in der Brust geschmolzen. Sicher hat auch Gott in jener Nacht eine Träne vergossen. Aber ein Teufel ist nun einmal ein Teufel.

Bei Tagesanbruch schleiche ich mich aus dem Hause und gehe zum Rabbi hinüber. Der Rabbi, ein frommer Mann, sitzt bereits über seinen frommen Büchern und ist über mein Erscheinen bestürzt. «Gott segne einen Juden», sagt er, «warum schon so früh?»

«Gewiß bin ich hier fremd, und ich bin auch nur arm, aber die Stadt brauchte mir trotzdem keine Hure anzuhängen!»

«Eine Hure!»

«Was wäre denn sonst eine Braut, wenn sie keine Jungfrau mehr ist?» frage ich.

Der Rabbi bittet mich, im Lehrhaus auf ihn zu warten, und weckt seine Frau auf. Sie zieht sich rasch an (und vergißt dabei sogar, sich die Hände zu spülen) und rüttelt einige ihrer Bekannten aus dem Schlummer. Mehrere Frauen, darunter die Frau des Rabbi, gehen zu meiner Braut hinüber, um die Bettlaken zu prüfen. Turbin ist kein Sodom. Wenn hier eine Sünde begangen wird, muß die ganze Stadt davon wissen!

Meine Frau weint bitterlich. Sie schwört, daß ich ihr die ganze Nacht nicht nahegekommen bin. Sie behauptet steif und fest, ich sei verrückt, habe sie gekniffen und ihr ins Ohr gespieen, aber die Frauen schütteln den Kopf. Sie schleppen die Beschuldigte vor den Rabbi. Sie führen sie im Paradezug über den ganzen Markt, und aus jedem Fenster spähen die Bürger herab. Das Lehrhaus ist gerammelt voll. Meine Frau ergeht sich in Seufzen und Wehklagen. Sie schwört, daß kein Mann sie jemals berührt hat, auch ich nicht, ihr Gatte.

«Er ist irrsinnig», sagt sie und fährt auf mich los. Aber ich beharre darauf, daß sie lügt.

«Um die Sache zu klären», bemerke ich, «sollte einfach ein Arzt sie untersuchen.»

«Wo werden wir in Turbin einen Arzt auftreiben?» wollen die anderen wissen.

«Na schön», sage ich, «dann bringt sie nach Lublin. Es gibt ja doch in der Welt wohl noch Anstand», brülle ich plötzlich. «Ich werde dafür sorgen, daß ganz Polen von diesem Vorfall erfährt! Ich werde dem Obersten Rat der Rabbiner die ganze Geschichte erzählen!»

«Seid doch vernünftig. Was haben wir denn für eine Schuld?» fragt einer der Gemeindeältesten.

«Ganz Israel ist für so etwas mit verantwortlich», erwidere ich fromm. «Wer hat schon von einer Stadt gehört, die es einem Mädchen gestattet, unverheiratet zu bleiben, bis sie über dreißig ist, und sie statt dessen Gebäck für die Talmudstudenten herstellen läßt?»

Meine Frau begreift, daß ich ihr auch das Geschäft zu verderben suche, und mit geballten Fäusten stürzt sie auf mich los. Sie würde mich geschlagen haben, hätte man sie nicht zurückgehalten.

«Nun, ihr Leute», schreie ich. «Seht ihr, wie schamlos sie ist?»

Aber nun ist es für alle ganz augenfällig, daß ich ehrenwert bin und sie nicht. Kurz und gut, der Rabbi erklärt: «Noch immer haben wir einen Gott im Himmel. Laßt Euch von ihr scheiden und entledigt Euch ihrer.»

«Ich bitte sehr um Verzeihung», erwidere ich, «aber ich habe einige Ausgaben gehabt. Die Hochzeit hat mich über hundert Gulden gekostet.»

Und damit beginnt das Feilschen. Mit Hilfe ihres winzigen häuslichen Bäckereibetriebs ist es meiner Frau gelungen, sich Groschen um Groschen bis an die siebzig Gulden zusammenzusparen. Auf das Drängen der anderen hin hätte ich mich damit zufriedengeben sollen, aber ich bleibe unerbittlich.

«Dann soll sie die Hochzeitsgeschenke verkaufen», erkläre ich.

Und das Mädchen schreit auf: «Nimm alles! Reiß mir die Eingeweide heraus!» Und sie krallt sich die Finger ins Gesicht und ruft: «Oh, Mutter, ich wünschte, ich läge bei dir im Grabe!» Sie schlägt mit beiden Fäusten auf den Tisch, wirft die Tintenflasche um und schluchzt: «Wenn mir so etwas angetan werden kann, gibt es keinen Gott!»

Der Gemeindediener stürzt auf sie zu und ohrfeigt sie, und sie fällt zu Boden. Ihr Kleid ist hochgerutscht, ihr Kopf ohne Tuch. Man versucht, ihr wieder auf die Füße zu helfen, aber sie stößt um sich, läßt die Arme wild kreisen und klagt: «Ihr seid keine Juden, sondern wilde Tiere!»

Immerhin kassiere ich an jenem Abend meine hundert Gulden ein. Der Amtsschreiber stellt die Scheidungspapiere aus. Plötzlich erkläre ich, ich müsse eine Sekunde das Zimmer verlassen – und dann komme ich nicht zurück. Die halbe Nacht suchen sie nach mir. Sie rufen mich bei Namen oder rufen einfach Hallo. Überall machen sie Jagd auf mich. Meine Frau ist nun für immer eine Graswitwe. Und darum, Gott und dem Städtchen und ihrem eigenen Unglück zum Trotz, stürzte sie sich in den Brunnen.

Asmodi höchst persönlich rühmte meine kleine Unternehmung.

«Nicht übel», sagte er. «Es wird noch was aus dir.» Und er schickte mich zu Machlath, der Tochter Namahs, der Teufelin, die junge Dämonen die Methoden der Verderbnis lehrt.

Taibele und ihr Dämon

I

Nicht weit von Lublin lebten im Städtchen Laschnik ein Mann und seine Frau. Er hieß Chaim Nossen, sie Taibele. Sie hatten keine Kinder. Nicht, daß die Ehe unfruchtbar gewesen wäre: Taibele hatte ihrem Mann einen Sohn und zwei Töchter geschenkt, aber alle drei Kinder waren in früher Jugend gestorben – eines an Keuchhusten, ein anderes an Scharlach, das dritte an Diphterie. Dann aber schien Taibeles Schoß sich zu schließen, und nichts wollte helfen: weder Gebete noch Zaubersprüche noch Heiltränke. In seinem Kummer zog Chaim Nossen sich immer mehr aus der Welt zurück. Er hielt sich von seiner Frau fern, aß kein Fleisch und schlief auch nicht mehr daheim, sondern auf einer Bank im Bethaus. Taibele war Besitzerin eines von ihren Eltern ererbten Schnittwarengeschäfts, und den ganzen Tag saß sie im Laden, zu ihrer Rechten einen Maßstock, zu ihrer Linken eine große Schere, und vor sich das jiddische Gebetbuch für Frauen. Chaim Nossen, hochgewachsen, mager, mit schwarzen Augen und einem keilförmigen Bart, war selbst zu seiner besten Zeit stets düster und schweigsam gewesen. Taibele war klein und blond und hatte blaue Augen und ein rundes Gesicht. Obwohl vom Allmächtigen schwer genug gestraft, lächelte sie noch immer gern, wobei Grübchen auf ihren Wangen sichtbar wurden. Sie hatte jetzt für niemanden mehr zu kochen, zündete täglich im Herd oder unter dem kleinen Kocher ein Feuer an und machte sich selbst etwas Grütze oder

Suppe. Sie hörte auch mit dem Stricken nicht auf – heute ein Paar Strümpfe, morgen ein Leibchen, oder sie stickte etwas auf Gitterleinen. Es lag nicht in ihrer Natur, gegen das Schicksal aufzumucken oder sich umgekehrt ihrem Kummer zu überlassen.

Eines Tages schob Chaim Nossen seinen Gebetsmantel und die Gebetsriemen, etwas Unterzeug und einen Laib Brot in einen Sack und verließ das Haus. Auf die Frage der Nachbarn, wohin er ginge, antwortete er: «Wohin meine Augen mich führen.»

Als man Taibele berichtete, daß ihr Mann sie verlassen hatte, war es bereits zu spät, ihn noch einzuholen. Er befand sich schon auf der anderen Seite des Flusses. Man entdeckte, daß er sich einen Karren gemietet hatte, der ihn nach Lublin bringen sollte. Taibele sandte ihm einen Boten nach, aber weder von ihrem Mann noch von dem Boten sah man je etwas wieder. Im Alter von dreiunddreißig war Taibele eine verlassene Ehefrau.

Nachdem sie eine Zeitlang nach ihrem Mann hatte fahnden lassen, erkannte sie, daß sie nichts mehr zu erhoffen hatte. Gott hatte ihr sowohl die Kinder wie den Mann genommen. Niemals würde sie sich wiederverheiraten können. Von nun an mußte sie allein leben. Alles, was ihr geblieben war, waren ihr Haus, ihr Ladengeschäft und ihre persönliche Habe. Die Stadtbewohner hatten Mitleid mit ihr, denn sie war eine stille Frau, gutherzig und anständig auch in ihren Verkaufspraktiken. Alle fragten: wie hatte sie solches Unglück verdient? Aber Gottes Wege sind unerforschlich.

Unter den älteren Ehefrauen der Stadt hatte Taibele ein paar Freundinnen, die sie seit ihrer Kindheit kannte. Tagsüber machten sie sich wie alle Hausfrauen an ihren Pfannen und Tiegeln zu schaffen, aber am Abend kamen Taibeles Freundinnen oft auf einen kleinen Schwatz zu ihr. Zur Sommerszeit saßen dann alle auf einer Bank vor dem Hause, plauderten und erzählten einander Geschichten.

Als es an einem mondlosen Sommerabend im Städtchen so finster war wie in Ägypten, saß Taibele mit ihren Freundinnen auf der Bank und erzählte ihnen, was sie in einem von einem

Hausierer erstandenen Buch gelesen hatte. Es handelte von einer jungen Jüdin und einem Dämon, der sie entführt hatte und dann wie ein Ehemann mit ihr zusammenlebte. Taibele gab die Geschichte in allen Einzelheiten wieder. Die Frauen rückten enger zusammen, faßten sich bei der Hand, spieen auf den Boden, um den Bösen abzuwehren, und ergingen sich in der Art Gelächter, die der Furcht entstammt. Eine von ihnen fragte:

«Warum hat sie ihn denn nicht mit Hilfe eines Amuletts vertrieben?»

«Nicht jeder Dämon hat Angst vor Amuletten», erwiderte Taibele.

«Und warum unternahm sie keine Reise zu einem frommen Rabbi?»

«Der Dämon drohte sie zu ersticken, wenn sie das Geheimnis enthüllte.»

«Wehe mir, mag der Herr uns beschützen und mag niemand wieder von so etwas hören!» rief eine der Frauen.

«Ich fürchte mich, jetzt allein nach Hause zu gehen», sagte eine andere.

«Ich werde mit dir kommen», versprach eine dritte.

Während dieser Unterhaltung kam zufällig Alchonon, der Hilfslehrer, vorbei, der eines Tages Hochzeitsunterhalter zu werden hoffte. Schon fünf Jahre verwitwet, stand er in dem Ruf, ein Spaßvogel und Possenreißer zu sein und ein Schräubchen im Kopfe locker zu haben. Sein Schritt war lautlos, weil die Sohlen seiner Schuhe durchgetreten waren und er darum eigentlich barfuß ging. Als er Taibele erzählen hörte, blieb er stehen, um zu lauschen. Das Dunkel war so undurchdringlich, und die Frauen waren so sehr in die unheimliche Erzählung versunken, daß sie ihn nicht sahen. Dieser Alchonon war ein etwas unbeherrschter Bursche, der in seiner geilen Durchtriebenheit nie um Einfälle verlegen war. Sogleich ersann er einen niederträchtigen Plan.

Nach Verabschiedung der Frauen schlich Alchonon in Taibeles Hof. Er versteckte sich hinter einem Baum und blickte durchs Fenster ins Haus. Als er Taibele zu Bett gehen und die Kerze ausdrücken sah, schlüpfte er ins Haus. Taibele hatte die Tür nicht verriegelt. Diebe waren in jenem Städtchen unbekannt. Im Hausflur nahm er seinen schäbigen Kaftan, sein Fransengewand und seine Hosen ab, bis er so nackt war, wie er aus seiner Mutter Schoß gekommen war. Dann trat er auf Zehenspitzen an Taibeles Bett. Sie war dicht am Einschlafen, als sie plötzlich vor sich im Dunkeln eine Gestalt lauern sah. Sie war zu erschrocken, um einen Laut zu äußern.

«Wer ist hier?» flüsterte sie zitternd.

«Schrei jetzt nicht, Taibele», erwiderte Alchonon mit hohler Stimme. «Wenn du rufst, wirst du mich vernichten. Ich bin der Dämon Hurmiza, der Herrscher über Dunkel, Regen, Hagel, Donner und wilde Tiere. Ich bin der böse Geist, der sich jener jungen Frau anvermählte, von der du heute abend gesprochen hast. Und weil du die Geschichte mit so viel Vergnügen wiedererzählt hast, habe ich deine Worte im Abgrund vernommen und wurde von Verlangen nach deinem Körper ergriffen. Versuche nicht, dich mir zu widersetzen, denn ich verschleppe jene, die sich mir nicht fügen wollen, bis hinter die Berge der Finsternis – bis hin zum Berg Sair, in eine verlassene Gegend, wo kein Mensch sich hinwagt, kein Tier den Fuß hinsetzt, wo die Erde aus Eisen und der Himmel aus Kupfer ist. Und diese Widersetzlichen wälze ich so lange zwischen Nattern und Skorpionen durch Dorngestrüpp und Feuer, bis jeder Knochen in ihrem Leibe zu Staub zermalmt ist und sie in der Unterwelt des ewigen Lebens verlustig gehen. Aber wenn du dich meinem Wunsche fügst, soll nicht ein Härchen dir gekrümmt werden, und jede deiner künftigen Unternehmungen soll erfolgreich verlaufen...»

Als sie diese Worte hörte, lag Taibele wie erstarrt. Das Herz flatterte ihr und war dem Versagen nahe. Sie glaubte, ihr Ende wäre gekommen. Nach einer Weile raffte sie aber ihren Mut zusammen und murmelte:

«Was willst du von mir? Ich bin eine verheiratete Frau!»

«Dein Mann ist tot. Ich bin selbst dem Begräbniszuge gefolgt.» Die Stimme des Lehrers klang wieder voll. «Zwar kann ich jetzt nicht vor den Rabbi treten, um Zeugnis abzulegen und dir damit eine Wiederverheiratung zu ermöglichen, denn Rabbis glauben unsereinem nicht. Außerdem darf ich nicht die Schwelle zu des Rabbi Amtsräumen überschreiten – ich fürchte die heiligen Schriftrollen. Aber ich lüge nicht. Dein Mann starb an einer Seuche, und die Würmer haben ihm bereits die Nase zerfressen. Und wäre er selbst noch am Leben, wäre es dir nicht verboten, mit mir zusammenzuliegen, denn die Gesetze des *Schulchan Aruch* haben für uns Geisterwesen keine Geltung.»

Hurmiza, der Hilfslehrer, bediente sich weiter aller Mittel der Überredungskunst, einige davon Lockungen, andere Drohungen. Er beschwor die Namen von Engeln und Teufeln, von dämonischen Tieren und Vampiren. Er versicherte, Asmodi, der König der Dämonen, sei sein Stiefonkel. Er behauptete, Lilith, die Königin der bösen Geister, tanze für ihn auf einem Fuß und tue ihm zu Gefallen alles Erdenkliche. Schibtah, die Teufelin, die Frauen im Wochenbett ihrer Kinder beraubte, backe in den Höllenöfen Mohnkuchen für ihn und durchsetze den Teig mit dem Fett von Hexenmeistern und schwarzen Hunden. Er argumentierte so unermüdlich und flocht dabei so witzige Gleichnisse und Sprichwörter ein, daß Taibele bei all ihrer Bedrängnis zuletzt lächeln mußte. Hurmiza schwor, er habe Taibele schon seit langem geliebt. Er beschrieb ihr die Kleider und Umlegetücher, die sie in jenem Jahr und dem vorausgehenden getragen hatte; er enthüllte die geheimen Gedanken, die ihr durch den Kopf gingen, während sie Teig knetete, das Sabbatmahl vorbereitete, sich im Bade wusch und im Aborthäuschen ihren Bedürfnissen gehorchte. Er erinnerte sie auch an den Morgen, an dem sie mit einem schwarzen und blauen Flecken auf ihrer Brust aufgewacht war. Sie habe geglaubt, von einem bösen Geist gekniffen zu sein. Aber in Wahrheit sei es der Abdruck eines Kusses von Hurmizas Lippen gewesen.

Nach einer Weile schlüpfte der Dämon zu Taibele ins Bett und hatte auch seinen Willen. Er sagte ihr, er werde sie von nun ab zweimal wöchentlich besuchen kommen, und zwar jeweils am Mittwoch und am Sabbatabend, denn das seien die Nächte, in denen die Unheiligen die Welt durchstreifen. Er warnte sie jedoch, irgend jemandem zu gestehen, was ihr widerfahren war, oder auch nur darauf anzuspielen. Andernfalls würde sie die Qual schwerer Bestrafung zu erdulden haben: er werde ihr das Haar ausreißen, ihr die Augen durchbohren, den Nabel herausbeißen. Er werde sie in eine trostlose Wildnis bannen, wo Brot Dünger und Wasser Blut sei und wo das Wehklagen Zalmaweths den ganzen Tag und die ganze Nacht zu hören wären. Er gebot Taibele, beim Gebein ihrer Mutter zu schwören, daß sie das Geheimnis bis zu ihrem letzten Tage bewahren werde. Taibele erkannte, daß es für sie keinen Ausweg gab. Sie legte ihm die Hand auf den Oberschenkel und schwor und tat alles, was das Ungeheuer von ihr verlangte.

Bevor Hurmiza verschwand, küßte er sie lange und voller Lust, und da er ein Dämon und kein Mensch war, erwiderte Taibele seine Küsse und benetzte mit ihren Tränen seinen Bart. War er auch ein böser Geist, so war er doch freundlich mit ihr verfahren...

Nach seinem Entschwinden schluchzte Taibele bis zum Sonnenaufgang in ihr Kissen.

Jeden Mittwochabend und jede Sabbatnacht kehrte Hurmiza wieder. Taibele fürchtete, sie könne schwanger werden und irgendein Ungetüm mit Schweif und Hörnern zur Welt bringen – einen Kobold oder ein Mondkalb. Aber Hurmiza versprach, ihr jede Schande zu ersparen. Taibele fragte, ob sie das rituelle Bad aufzusuchen habe, um sich nach Ablauf ihrer unreinen Tage wieder zu läutern, aber Hurmiza erwiderte, daß jene die Menstruation betreffenden Gesetze nicht für diejenigen gälten, die mit der Heerschar der Unreinen Umgang pflegten.

Möge Gott, wie es so schön heißt, uns vor alledem bewahren, was uns je zur Gewohnheit werden kann. Das galt auch für Taibele. Zu Anfang hatte sie gefürchtet, der nächtliche Besucher könne ihr Böses antun, ihr Schwären oder einen Weichselzopf anzaubern, sie dazu nötigen, wie ein Hund zu kläffen oder Urin zu trinken, oder er könne Schande über sie bringen. Aber Hurmiza peitschte sie nicht und kniff sie nicht und spuckte sie auch nicht an. Ganz im Gegenteil liebkoste er sie, flüsterte ihr Vertraulichkeiten zu, machte Wortspiele und Reime für sie. Bisweilen spielte er ihr solche Streiche und plapperte so viel Teufelsunsinn, daß sie lachen mußte. Er zog sie am Ohrläppchen und grub liebevoll seine Zähne in ihre Schulter, und am Morgen entdeckte sie auch sonst auf ihrer Haut die Spuren seiner Zähne. Er überredete sie, sich das Haar unter ihrer Haube wieder wachsen zu lassen, und verflocht es zu Zöpfen. Er lehrte sie Zauber- und Bannsprüche, erzählte ihr von seinen nächtlichen Brüdern, den Dämonen, mit denen er über Ruinen und Felder voller Giftpilze, über die Salzwüsten Sodoms und die Eiswüsten der Arktis dahinflog. Er leugnete nicht, daß er andere Frauen hatte, aber das waren alles Teufelinnen. Taibele war die einzige Menschenfrau, die er jetzt besaß. Als Taibele sich nach den Namen seiner Frauen erkundigte, zählte er sie auf: Namah, Machlath, Aff, Chuldah, Zluchah, Nafkah und Cheimah, im ganzen sieben.

Er berichtete, daß Namah pechschwarz und tobsüchtig war. Wenn sie mit ihm stritt, spie sie Gift und hauchte Feuer und Rauch durch die Nasenlöcher.

Machlath hatte das Gesicht eines Blutegels, und die, die sie jemals mit ihrer Zunge berührte, waren auf immer gebrandmarkt.

Aff pflegte sich mit Vorliebe mit Silberschmuck, Smaragden und Diamanten zu schmücken. Ihre Zöpfe bestanden aus gesponnenem Gold. An ihren Fußknöcheln trug sie Glöckchen und klirrende Bänder. Wenn sie tanzte, hallten alle Wüsten vom Klingeln der Glöckchen wider.

Chuldah hatte die Gestalt einer Katze. Statt zu sprechen, miaute sie. Ihre Augen waren so grün wie Stachelbeeren. Beim Liebesakt pflegte sie an einem Stück Bärenleber zu kauen.

Zluchah war die Feindin menschlicher Bräute. Sie beraubte die jungen Ehemänner ihrer Manneskraft. Trat eine Frau während der Zeit der sieben Ehesegnungen einmal allein aus dem Haus, tänzelte Zluchah auf sie zu, und die Braut wurde von einer Zungenlähmung oder von einem epileptischen Anfall heimgesucht.

Nafkah war immer lüstern und betrog ihn darum mit anderen Dämonen. Sie bewahrte sich seine Zuneigung lediglich dank ihres schamlos-dreisten Geredes, mit dem sie sein Herz entzückte.

Cheimah hätte, ihrem Namen gemäß, so bösartig wie Namah

aus dem gleichen Grunde hätte sanftmütig sein müssen, aber das Umgekehrte war der Fall: Cheimah war eine Teufelin ohne Gift und Galle. Sie zeigte sich stets wohltätig, knetete für die Hausfrauen, wenn sie krank waren, Teig, oder brachte den Armen Brot ins Haus.

Auf solche Weise beschrieb Hurmiza seine Frauen, und er ließ Taibele auch wissen, was er selber mit ihnen trieb, daß er beispielsweise über den Dächern Fangen mit ihnen spielte und sich auch sonst an allen möglichen Streichen vergnügte. Gewöhnlich ist eine Frau eifersüchtig, wenn ein Mann mit anderen Frauen Umgang hat, aber wie kann ein menschliches Wesen auf eine Teufelin eifersüchtig sein? Ganz im Gegenteil war Taibele über Hurmizas Erzählungen belustigt, und stets setzte sie ihm mit Fragen zu. Bisweilen enthüllte er ihr auch Geheimnisse, von denen kein Sterblicher etwas wissen durfte – Geheimnisse, die Gott, seine Engel und Seraphim, seine himmlischen Hallen und die sieben Himmel betrafen. Er erzählte ihr auch, daß Sünder beiderlei Geschlechts in Pechtonnen, glühheißen Kesseln, auf Nagelbetten und in Schneegruben gemartert würden und daß schwarze Engel ihre Leiber mit Feuerruten züchtigten.

Die schlimmste Höllenstrafe sei Kitzeln, sagte Hurmiza. Ein gewisser Kobold in der Hölle trug den Namen Lekisch. Wenn Lekisch eine Ehebrecherin an den Sohlen oder in der Armhöhle kitzelte, schallte ihr qualvolles Gelächter den ganzen weiten Weg bis zur Insel Madagaskar hin wider.

In dieser Art unterhielt Hurmiza Taibele die ganze Nacht hindurch, und bald kam es so weit, daß sie ihn in seiner Abwesenheit vermißte. Die Sommernächte waren allzu kurz, denn Hurmiza verschwand bald nach dem Hahnenschrei. Selbst die Winternächte waren nicht lang genug. Es war eben so, daß sie Hurmiza jetzt liebte, und obwohl sie wußte, daß eine Frau einen Dämon nicht begehren durfte, verlangte sie nach ihm Tag und Nacht.

2

Obwohl Alchonon nun schon viele Jahre Witwer war, versuchten die Heiratsvermittler noch immer, ihm eine Frau anzudrehen. Die Mädchen, die sie empfahlen, waren freilich von niedriger Herkunft, waren Witwen oder Geschiedene, denn ein Hilfslehrer war ein etwas kläglicher Brotverdiener. Und Alchonon stand außerdem im Ruf, ein Faulpelz und Tunichtgut zu sein. Er lehnte die Angebote unter den verschiedensten Vorwänden ab: eine war für ihn zu häßlich, eine andere hatte eine böse Zunge, eine dritte war eine Schlampe. Die Heiratsvermittler waren etwas erstaunt: wie konnte ein Hilfslehrer, der ganze neun Groschen die Woche verdiente, es sich leisten, so wählerisch zu sein? Und wie lange konnte ein Mann allein leben? Aber niemand läßt sich mit Gewalt unter den Traubaldachin zerren.

Alchonon zigeunerte in der Stadt herum – hoch aufgeschossen, mager, zerlumpt. Er hatte einen rötlichen ungekämmten Bart und ein zerdrücktes Hemd, und sein spitzer Adamsapfel hüpfte stets auf und nieder. Er wartete darauf, daß der Hochzeitsunterhalter, Reb Zekele, das Zeitliche segnen würde, damit er sein Amt übernehmen konnte. Aber Reb Zekele hatte es mit dem Sterben gar nicht eilig und belebte noch immer die Hochzeiten mit seinen Wortspielen und Reimen, wie er es in seinen jüngeren Jahren getan hatte. Alchonon versuchte, sich als Lehrer für Anfänger selbständig zu machen, aber keiner der Bürger wollte ihm sein Kind anvertrauen. Am Morgen begleitete er die kleinen Jungen zur Vorschule und brachte sie am Abend wieder nach Hause zurück. Tagsüber saß er im Hof des Hauptlehrers Reb Itchele und schnitzte hölzerne Zeigestöcke oder schnitt Papierblumen aus, die nur einmal im Jahr, zu Pfingsten, gebraucht wurden, oder er knetete kleine Lehmfiguren. Nicht weit von Taibeles Laden befand sich ein Brunnen, und mehrmals am Tage kam Alchonon dorthin, um einen Eimer Wasser zu schöpfen oder selbst etwas zu trinken, wobei ihm das Wasser über den roten Bart lief. Bei solchen Gelegenheiten warf er rasch einen Blick zu Taibele hinüber, die ihn ihrerseits bemitleidete: warum hatte dieser Mann sich ganz allein durchzuschlagen? Und jedesmal sagte Alchonon zu sich selbst: ‹Ach, du lieber Gott, Taibele, wenn du die Wahrheit wüßtest ...›

Alchonon bewohnte in dem Hause einer alten Witwe, die taub und halbblind war, die Dachkammer. Die Alte hechelte ihn oft, weil er nicht in die Synagoge zum Beten ging wie andere Juden. Denn sobald Alchonon die Kinder nach Hause gebracht hatte, sagte er hastig ein Abendgebet und ging zu Bett. Bisweilen glaubte die alte Frau den Hilfslehrer mitten in der Nacht aufstehen und aus dem Hause schlüpfen zu hören. Sie fragte, was er so spät draußen täte, aber Alchonon knurrte, sie müsse geträumt haben. Die Frauen, die am Abend Socken strickend und schwatzend auf der Bank vor den Häusern saßen, sprengten das Gerücht aus, daß Alchonon sich nach Mitternacht in einen Werwolf verwandle. Einige behaupteten auch, er habe Umgang mit einem Sukkubus. Wie hätte auch sonst ein Mann so viele Jahre unbeweibt bleiben können? Die Reichen in der Stadt wollten ihm ihre Kinder nicht länger anvertrauen. Er begleitete nun lediglich die Kinder der Armen, und selten hatte er noch einen Löffel Warmes zu essen, sondern mußte sich mit trockenen Brotkrusten begnügen.

Er wurde magerer und magerer, aber seine Füße blieben so hurtig wie immer. Mit seinen knochigen Beinen schien er wie auf Stelzen die Straße entlang zu stolzieren. Er mußte auch an beständigem Durst leiden, denn stets schlug er den Weg zum Brunnen ein. Nur manchmal half er einem Händler oder Bauern beim Pferdetränken. Als Taibele eines Tages aus der Ferne bemerkte, wie zerfetzt sein Kaftan war, rief sie ihn zu sich in den Laden. Er warf ihr einen erschreckten Blick zu und wurde ganz weiß.

«Ich sehe, dein Kaftan ist zerrissen», sagte Taibele. «Wenn du willst, kann ich dir ein paar Meter Tuch vorschießen. Du kannst es später mit fünf Pfennig die Woche wieder abzahlen.»

«Nein.»

«Warum nicht?» fragte Taibele erstaunt, «ich werde dich nicht vor den Rabbi schleppen, wenn du mit der Zahlung in Rückstand bleiben solltest. Dann zahlst du einfach, wenn du dazu in der Lage bist.»

«Nein.»

Und rasch verließ er den Laden, denn er fürchtete, sie könne ihn an der Stimme erkennen.

Zur Sommerszeit war es einfach, Taibele mitten in der Nacht zu besuchen. Alchonon schlich zu ihr durch Hintergassen, wobei er seinen Kaftan eng an den nackten Körper gepreßt hielt. Im Winter dagegen wurde es immer schmerzhafter, sich in Taibeles kaltem Hausflur an- und auszukleiden. Aber am schlimmsten waren die Nächte nach frischem Schneefall. Alchonon machte sich Sorge, daß Taibele oder einer der Nachbarn seine Fußspuren bemerken könnte. Er erkältete sich und begann zu husten. Eines Nachts legte er sich mit klappernden Zähnen zu Taibele ins Bett, und eine ganze Weile konnte er nicht warm werden. Aus Furcht, sie könne den ganzen Schwindel entdecken, ersann er Erklärungen und Entschuldigungen. Aber Taibele forschte nicht weiter, wollte auch gar nicht zu genau weiterforschen. Sie hatte schon längst entdeckt, daß ein Teufel alle Gewohnheiten und Schwächen eines Menschen hatte. Hurmiza schwitzte, nieste, stieß auf, gähnte. Bisweilen roch sein Atem nach Zwiebeln, bisweilen nach Knoblauch. Sein Körper fühlte sich wie der ihres Mannes an, knochig und haarig, und er hatte auch einen Adamsapfel und einen Nabel. Bisweilen war Hurmiza launig gestimmt, ein andermal entfuhr ihm ein Seufzer. Seine Füße waren nicht die einer Gans, sondern eines menschlichen Wesens, und sie hatten richtige Nägel und Frostbeulen. Einmal fragte Taibele, was alles dies zu bedeuten habe, und Hurmiza erklärte:

«Wenn einer von uns Umgang mit einer Menschenfrau hat, nimmt er die Gestalt eines Menschen an. Andernfalls würde sie vor Schrecken vergehen.»

Ja, Taibele gewöhnte sich an ihn, liebte ihn. Sie fürchtete nicht länger ihn oder seine koboldhaften Possen. Sein Vorrat an Geschichten war unerschöpflich, aber oftmals entdeckte Taibele Widersprüche darin. Wie alle Lügner, hatte er ein kurzes Gedächtnis. Zu Anfang hatte er ihr einmal gesagt, Teufel seien unsterblich. Aber eines Nachts fragte er:

«Was wirst du tun, wenn ich sterbe?»

«Aber Teufel sterben doch nicht!»

«Sie werden in den tiefsten aller Abgründe verbannt...»

In jenem Winter herrschte im Städtchen eine Epidemie. Vom Fluß, von den Wäldern und den Sümpfen wehten giftige Winde herüber. Nicht nur Kinder, sondern auch Erwachsene wurden vom Wechselfieber befallen. Es regnete und es hagelte. Die Fluten drückten den Damm des Flusses ein. Die Stürme rissen den Flügel einer Windmühle herunter. Als Mittwochnacht Hurmiza zu Taibele ins Bett kam, bemerkte sie, daß sein Körper glühend heiß, jeder seiner Füße dagegen eiskalt war. Er zitterte und stöhnte. Er versuchte sie mit Geschichten von Teufelinnen zu unterhalten, ihr zu erzählen, wie sie junge Männer verführten, mit anderen Teufeln herumkarjolten, im rituellen Bad um sich spritzten, im Bad alten Männern Weichselzöpfe flochten; aber er war schwach und unfähig, sie zu befriedigen. Noch niemals zuvor hatte sie ihn so elend gesehen. In ihrem Herzen schwante ihr nichts Gutes. Sie fragte:

«Soll ich dir ein paar Himbeeren mit Milch bringen?»

«Solche Heilmittel sind nichts für unsereinen», erwiderte Hurmiza.

«Was tut ihr aber, wenn ihr krank werdet?»

«Wir verspüren nur ein Jucken und kratzen uns...»

Dann sagte er nicht mehr viel. Als er Taibele küßte, hatte er einen sauren Atem. Sonst war er stets bis zum Hahnenschrei bei ihr geblieben, aber diesmal verließ er sie vorzeitig. Taibele lag stumm und lauschte seinen Schritten im Hausflur. Er hatte ihr versichert, er flöge aus dem Fenster, selbst wenn es geschlossen und abgedichtet war, aber sie hörte die Tür knarren. Taibele wußte, daß es sündhaft war, für Teufel zu beten, daß man sie verwünschen und aus dem Gedächtnis austilgen mußte. Und doch betete sie für Hurmiza zu Gott.

In ihrer Angst rief sie aus: «Es gibt doch so viele Teufel, auf einen mehr kommt's ja nicht an...»

Am folgenden Sabbat wartete Taibele bis zum Morgengrauen vergeblich auf ihren Hurmiza. Sie rief ihn in ihrem Innern und murmelte die Zaubersprüche, die er ihr beigebracht hatte, aber im Hausflur blieb alles still. Taibele lag wie benommen. Hurmiza hatte sich einst gerühmt, zu Ehren Kains und Henochs getanzt, auf dem Dach von Noahs Arche gehockt, von der Nase von Lots Weib das Salz abgeleckt und den Ahasver am Bart gezaust zu haben. Er hatte ihr vorausgesagt, sie werde hundert Jahre später als Prinzessin wiedergeboren werden und er, Hurmiza, werde sie mit Hilfe seiner Sklaven Chittim und Tartim gefangennehmen und zum Palast der Baschemath, der Frau des Esau, entführen. Aber nun lag er wahrscheinlich irgendwo krank, ein hilfloser Dämon, einsam, verwaist – ohne Vater und ohne Mutter, ohne ein treues Weib, die sich seiner hätten annehmen können. Taibele erinnerte sich, daß sein Atem das letzte Mal etwas Sägendes an sich gehabt hatte, und wenn er sich die Nase geputzt hatte, hatte sie es in seinem Ohr pfeifen gehört. Zwischen Sonntag und Mittwoch lief Taibele wie in einem Traum umher. Am Mittwoch konnte sie kaum erwarten, bis die Turmuhr Mitternacht schlug, aber die Nacht ging vorbei, und Hurmiza tauchte nicht auf. Taibele kehrte ihr Gesicht zur Wand. Am folgenden Morgen war es so dunkel wie am Abend. Feiner Schneestaub rieselte aus verhängtem Himmel. Aus den Schornsteinen konnte der Rauch nicht emporsteigen: er legte sich über die Dächer wie ein zerfetztes Laken. Heiser krächzten die Saatkrähen. Hunde kläfften. Nach der jammervollen Nacht hatte Taibele nicht mehr die Kraft, ins Geschäft zu gehen. Trotzdem kleidete sie sich an und trat ins Freie. Vier Leichenträger trugen eine Bahre an ihr vorbei. Unter dem verschneiten Überzug standen die bläulichen Füße eines Leichnams hervor. Nur der Küster folgte dem Toten. Taibele fragte, wer dieser Tote sei, und der Küster antwortete: «Alchonon, der Hilfslehrer.»

Taibele hatte einen seltsamen Einfall – nämlich den, Alchonon, dem wertlosen Mann, der allein gelebt hatte und allein gestorben war, bei seiner letzten Fahrt das Geleit zu geben. Wer würde auch heute zu ihr ins Geschäft kommen? Und was lag ihr auch schon daran? Taibele hatte alles verloren. Zumindest vollbrachte sie nun eine gute Tat. Sie folgte dem Toten auf dem langen Weg bis zum Friedhof. Dort wartete sie, bis der Totengräber den Schnee fortgefegt und im gefrorenen Boden ein Grab ausgehoben hatte. Man hüllte Alchonon, den Hilfslehrer, in einen Gebetsmantel und eine Kutte, legte ihm Tonscherben auf die Augen und steckte ihm zwischen die Finger einen Myrtenzweig, den er benutzen würde, um sich bei Erscheinen des Messias unter der Erde einen Weg zum Heiligen Land zu graben. Dann wurde das Grab geschlossen, und der Totengräber sprach das Gebet. Taibele entfuhr plötzlich ein Schrei. Dieser Alchonon hatte ein ebenso einsames Leben geführt wie sie. Und wie sie, ließ er keinen Erben zurück. Ja, Alchonon, der Hilfslehrer, hatte seinen letzten Tanz getanzt. Aus Hurmizas Geschichten wußte Taibele, daß die Verstorbenen nicht gleich in den Himmel gelangen. Jede Sünde ruft einen Teufel ins Dasein, und diese Teufel sind nach dem Tode eines Menschen seine Kinder. Sie fordern von ihm ihren Anteil. Sie nennen den Toten Vater und wälzen ihn durch Wald und durch Wildnis, bis das Maß seiner Bestrafung voll und er für Läuterung in der Hölle bereit ist...

Von nun an blieb Taibele allein, Taibele, zwiefach verlassen – von einem Asketen und von einem Teufel. Sie alterte rasch. Von der Vergangenheit war ihr nichts anderes geblieben als ein Geheimnis, von dem sie niemals erzählen durfte und das auch niemand geglaubt hätte. Es gibt Geheimnisse, die das Herz nicht den Lippen enthüllen darf. Sie werden ins Grab mitgenommen. Die Weiden flüstern von ihnen, die Saatkrähen krächzen über sie, die Grabsteine unterhalten sich in der Sprache der Steine schweigend über sie. Eines Tages werden die Toten erwachen, aber ihre Geheimnisse werden bei dem Allmächtigen und Seinem Urteil verbleiben bis zum Ende aller Tage.

Zeidlus der Papst

I

Zu sehr alter Zeit gab es in jeder Generation ein paar Männer, die ich, der Böse, nicht auf die übliche Weise zu Fall bringen konnte. Es war unmöglich, sie zu Mord, Unzucht oder Raubtaten zu verführen. Ich konnte sie nicht einmal zum vorzeitigen Abbruch ihres Gesetzesstudiums bewegen. Nur von einer einzigen Seite her war den innersten Leidenschaften dieser scheinbar so rechtschaffenen Seelen beizukommen: von ihrer Eitelkeit her. Ein solcher Mann war Zeidel Cohen. Zunächst einmal stand er unter dem Schutz erlauchter Ahnherren: er war ein Abkömmling jenes Raschi, dessen Stammbaum bis auf König David zurückgeht. Zweitens war er der bedeutendste Gelehrte in der ganzen Provinz Lublin. Im Alter von fünf Jahren hatte er die Gemara und die Kommentare studiert, mit sieben sich den Wortlaut der Ehe- und Scheidungsgesetze eingeprägt, mit neun eine Predigt gehalten, die mit so viel Zitaten aus so viel Büchern gespickt war, daß selbst die Ältesten unter den Gelehrten ganz sprachlos waren. Er war völlig daheim in der Bibel. In hebräischer Grammatik hatte er nicht seinesgleichen. Und was mehr ist: er studierte ohne Unterlaß. Sowohl zur Sommers- als auch zur Winterszeit erhob er sich mit dem Morgenstern und begann sich über die Bücher zu machen. Da er nur selten seine Behausung verließ, um etwas Luft zu schnappen, und da er keinerlei körperliche Arbeit verrichtete, hatte er nur geringen Appetit und nur einen ganz leichten Schlaf. Er hatte weder den

Wunsch noch die Geduld, mit Freunden zu plaudern. Er hatte eine einzige große Liebe: die Bücher. In dem Augenblick, in dem er das Lehrhaus oder auch die eigene Wohnung betrat, stürzte er sogleich auf die Regale los und begann in dicken Schmökern zu wälzen. Und so ausgeprägt war sein Erinnerungsvermögen, daß ein einziger Blick auf eine bestimmte Talmudstelle oder auf eine neue Auslegung in einem Kommentar genügte, um beides für immer seinem Gedächtnis einzuverleiben.

Auch auf dem Weg über seinen Körper vermochte ich über Zeidel keine Macht zu gewinnen. Seine Gliedmaßen waren unbehaart. Als er siebzehn war, war sein spitzzulaufender Schädel bereits kahl: es war wie bei einem Mann, der für gewöhnlich eine Brille trägt, sie aber eben einmal abgenommen hat. Er hatte rötliche Lider über ein Paar gelblichen schwermütigen Augen. Seine Hände und Füße waren so klein und so bläßlich wie die einer Frau; und da er niemals das rituelle Bad aufsuchte, konnte man nicht wissen, ob er ein Eunuch oder ein Mannweib war. Aber sein Vater, Reb Sander Cohen, ein äußerst wohlhabender, selbst sehr gelehrter und auch sonst recht bemerkenswerter Mann, sorgte dafür, daß sein Sohn eine dem Rang der Familie angemessene Ehe schloß. Die Braut entstammte einer reichen Warschauer Familie und war eine Schönheit. Bis zum Hochzeitstag hatte sie den Bräutigam nicht zu Gesicht bekommen, und als sie ihn schließlich erblickte – nur eben die eine Sekunde, bevor er ihr bei der Trauung das Antlitz mit dem Schleier verhüllte –, war es bereits zu spät. Sie heiratete ihn, war jedoch niemals der Empfängnis fähig. Sie verbrachte die Zeit in einem der ihr von ihrem Schwiegervater zugewiesenen Räume damit, daß sie dem halbstündigen Schlagen der großen Standuhr mit ihren goldenen Ketten und Gewichten lauschte – offenbar in der geduldigen Erwartung, daß die Minuten zu Tagen, die Tage zu Jahren wurden, bis es Zeit für sie war, sich auf dem alten Friedhof von Janow zur Ruhe zu legen.

Zeidel verfügte über so viel persönliche Durchschlagskraft, daß die gesamte Umwelt etwas von seiner Wesensart annahm. Obwohl er für die Reinhaltung seiner Räume eine Hausmagd hatte, waren seine Möbel immer von Staub bedeckt. Die dicht verhängten Fenster wurden offenbar niemals geöffnet. Der Boden war mit dicken Läufern belegt, und wenn Zeidel den Fuß darauf setzte, hörte es sich an, als ob ein Geist, nicht ein Mensch sich im Zimmer umher bewegte. Er empfing regelmäßig von seinem Vater einen Wechsel, gab aber niemals einen Groschen für persönliche Zwecke aus. Er wußte kaum, wie eine Münze aussah, aber dafür war er so geizig, daß er niemals einen Armen zum Sabbatmahl mit nach Hause brachte. Er machte sich auch nicht die Mühe, Freunde zu gewinnen, und da weder er noch seine Frau jemals Gäste hatten, so wußte auch niemand, wie es im Innern seines Hauses aussah.

Von keinerlei Leidenschaft, keiner Alltagssorge in seinem Gleichgewicht bedroht, konnte Zeidel es sich leisten, gewissenhaft zu studieren. Zunächst beschäftigte er sich mit dem Talmud und den Kommentaren. Dann versenkte er sich in die Kabbala und war bald ein genauer Kenner der Geheimwissenschaften, ja verfaßte sogar selbst Abhandlungen über den *Engel Rasiel* und *Das Buch der Schöpfung*. Natürlich war ihm auch der *Leitfaden für die Verstörten* vertraut, das Buch *Kusari* und andere philosophische Werke. Eines Tages geriet ihm zufällig ein Exemplar der lateinischen Bibelübersetzung in die Hand. Bald hatte er Latein gelernt, und nun begann er sich ausgiebig mit der ihm bisher verbotenen Literatur zu beschäftigen, wobei er sich zahlreiche Bücher von einem gelehrten katholischen Priester auslieh, der in Janow lebte. Kurz, wie sein Vater das ganze Leben hindurch Goldstücke zu Haufen getragen hatte, so er, Zeidel, Kenntnisse. Als er fünfunddreißig war, konnte es in ganz Polen niemand an Gelehrsamkeit mit ihm aufnehmen. Gerade damals erhielt ich den Auftrag, ihn zur Sünde zu verführen.

«Zeidel zur Sünde bewegen?» fragte ich. «Zu welcher Art von Sünde? Er macht sich nicht viel aus gutem Essen, ist gleichgültig gegen Frauen und will auch nichts von geschäftlichen Dingen wissen.»

Ich hatte es zuvor schon bei ihm mit der Ketzerei versucht, aber ohne jeden Erfolg. Ich erinnere mich noch an unsere letzte Unterhaltung:

«Laß uns annehmen, es gäbe, Gott behüte, keinen Gott»,

hatte er mir damals entgegnet. «Nun, und? Dann wäre eben sein Nicht-Sein als solches göttlicher Art. Nur Gott, die Ursache aller Ursachen, könnte die Macht zum Nicht-Existieren haben.»

«Wenn es aber keinen Schöpfer gäbe – wozu dann all das Beten und Studieren», beharrte ich.

«Was sollte ich wohl sonst tun?» fragte er zurück. «Etwa Wodka trinken und mit Christenmädchen tanzen?»

Offen gestanden wußte ich darauf keine plausible Antwort, und darum hatte ich ihn seitdem auch in Ruhe gelassen. Inzwischen war aber sein Vater gestorben, und nun hatte ich den Auftrag, mich wieder etwas eingehender mit ihm zu befassen. Doch ich hatte vorerst nicht die geringste Vorstellung, wo überhaupt den Hebel ansetzen. Schweren Herzens ließ ich mich also auf Janow nieder.

2

Nach einiger Zeit entdeckte ich, daß Zeidel eine einzige menschliche Schwäche besaß: Hochmut. Jedenfalls hatte er weit mehr als das kleine Quentchen Eitelkeit, das das Gesetz den Gelehrten zubilligt.

Ich legte mir meinen Feldzugsplan zurecht. Mitten in der Nacht weckte ich ihn auf und sagte: «Wißt Ihr schon, Zeidel, daß Ihr in den kleingedruckten Anmerkungen der Kommentare besser bewandert seid als jeder andere Rabbi in Polen?»

«Gewiß weiß ich das», erwiderte er. «Aber wer weiß es sonst noch? Niemand.»

«Wißt Ihr auch, Zeidel, daß Ihr mit Eurer Kenntnis des Hebräischen alle anderen Sprachgelehrten in den Schatten stellt?» fuhr ich fort. «Ist Euch bekannt, daß Ihr mehr von der Kabbala wißt, als sogar Reb Chajim Vital je enthüllt worden ist? Wißt Ihr, daß Ihr ein größerer Philosoph seid als Maimonides?»

«Warum sagt Ihr mir das alles?» fragte Zeidel verwundert.

«Ich sage Euch das, weil es doch nicht mit rechten Dingen zugehen kann, daß ein so großer Mann wie Ihr, ein Lehrer der Tora und eine wandelnde Enzyklopädie, in diesem gottverlassenen Nest begraben sein soll, wo ihm nicht die geringste Aufmerksamkeit gezollt wird, wo die Einwohner grobschlächtig sind und der Rabbi ungebildet ist und wo nicht einmal die eigene Frau den wahren Wert ihres Mannes ermißt. Ihr seid eine Perle unter lauter Sandkörnern, Reb Zeidel.»

«Na und?» fragte er. «Was kann ich da tun? Soll ich herumlaufen und mein eigenes Lob singen?»

«Nein, Reb Zeidel. Das würde Euch nicht weiterhelfen. Die Stadt würde Euch nur für verrückt erklären.»

«Was würdet Ihr mir dann raten?»

«Versprecht mir, mich nicht zu unterbrechen, und ich werde es Euch sagen. Ihr wißt, daß die Juden niemals ihre großen Männer geehrt haben: sie haben über Moses gemurrt, sich gegen Samuel aufgelehnt, Jeremias in einen Graben geworfen, den Zacharias ermordet. Das auserwählte Volk haßt alles Große. In jedem großen Mann wittert es einen möglichen Nebenbuhler Jehovas, und darum lieben sie auch nur das Kleingesinnte und das Mittelmäßige. Seine sechsunddreißig Gerechten sind allesamt Schuhmacher und Wasserträger. Die jüdischen Gesetze befassen sich zur Hauptsache mit der Frage, ob ein Tropfen Milch in einen Fleischtopf gefallen ist oder ob ein bestimmtes Ei an einem Feiertag gelegt wurde. Die Juden haben das klassische Hebräisch mit Vorbedacht verstümmelt, die alten Texte herabgewürdigt. Ihr Talmud macht den König David zu einem Provinzrabbi, der den Frauen Ratschläge hinsichtlich ihrer Monatsregel erteilt. Ihre Art zu denken: je kleiner, desto größer; je häßlicher, desto schöner. Ihre Grundregel: je näher man dem Staub ist, desto näher ist man zugleich Gott. Ihr könnt also erkennen, Reb Zeidel, warum Ihr ihnen ein Dorn im Fleische seid – ausgerechnet Ihr mit Eurer Gelehrsamkeit, Eurem Reichtum, Eurer guten Erziehung, Eurer glänzenden Beobachtungsgabe und dem außerordentlichen Gedächtnis.»

«Warum erzählt Ihr mir das alles?»

«Hört zu, Reb Zeidel: es bleibt Euch ein einziger Ausweg – Ihr müßt Christ werden. Die Christen sind das große Gegenteil von den Juden. Da ihr Gott ein Mensch ist, kann ein Mensch zum Gott für sie werden. Die Christen bewundern Größe jeglicher Art und lieben alle diejenigen, denen sie eigen ist: Menschen von ungewöhnlichem Mitgefühl oder von ungewöhnlicher Grausamkeit, Erbauer und Zerstörer, Jungfrauen und Huren, Weise und Narren, Herrscher und Rebellen, Glaubenskämpfer und Ketzer – soweit sie nur alle Format haben. Es ist ihnen gleichgültig, was einer sonst noch hat oder ist. Ist er nur groß, erheben sie ihn zum Gott. Wenn Euch also an Ehren und Würden gelegen ist, Reb Zeidel, müßt Ihr ihren Glauben annehmen. Und macht Euch dabei nur um Gott keine Gedanken. Für den Einen, der so mächtig und so erhaben ist, sind die Erdbewohner nicht mehr als ein Mückenschwarm. Es ist Ihm gleichgültig, ob die Menschen in einer Synagoge zu Ihm beten oder in einer Kirche, ob sie von einem Sabbat bis zum nächsten fasten oder sich mit Schweinefleisch vollstopfen. Er thront viel zu sehr in der Höhe, um überhaupt ein einziges dieser winzigen Geschöpfe zu bemerken, die sich in ihrer Selbsttäuschung für die Krone der Schöpfung halten.»

«Soll das heißen, daß Gott auf dem Berge Sinai dem Moses auch nicht die Tora offenbart hat?» fragte Zeidel.

«Wie? Gott sollte Sein Herz jedem Sohn einer sterblichen Mutter enthüllt haben?»

«Und Jesus war nicht Sein Sohn?»

«Jesus war ein Bankert aus Nazareth.»

«Gibt es dann auch weder in dieser Welt noch in der anderen so etwas wie Lohn oder Strafe?»

«Nein.»

«Was gibt es dann überhaupt?» fragte Zeidel voll Furcht und Zittern.

«Es gibt etwas, das existiert, das aber keine eigene Existenz hat», erwiderte ich nach der hochtönenden Art von Philosophen.

«Demnach wäre auch alle Hoffnung, die Wahrheit je zu erkennen, vergeblich?» fragte Zeidel verzweifelt.

«Die Welt ist nicht erkennbar, und es gibt keine Wahrheit», sagte ich, seine Frage umkrempelnd. «Ganz wie man Salz nicht riechen, den Duft von Balsam nicht hören, Geigenklang nicht zu schmecken vermag, so ist es auch unmöglich, die Welt ausschließlich mit der Vernunft zu erfassen.»

«Womit läßt sie sich denn aber erfassen?»

«Mit der Leidenschaft – wenigstens bis zu einem gewissen Grade. Aber Ihr, Reb Zeidel, habt ja nur eine einzige Leidenschaft: Stolz. Wenn Ihr auch den abtötet, werdet Ihr hohl, werdet Ihr gar nichts sein.»

«Was soll ich dann aber tun?» fragte Zeidel betroffen.

«Noch morgen müßt Ihr den Priester aufsuchen und ihm sagen, Ihr wolltet einer der seinen werden. Dann müßt Ihr Euer Hab und Gut verkaufen. Versucht auch, Eure Frau zu einem Glaubenswechsel zu bewegen – ist sie dazu bereit, gut; andernfalls wäre es auch kein großer Verlust. Die Christen werden Euch ohnehin zum Priester machen, und ein Priester darf nicht verheiratet sein. Ihr werdet immer weiter studieren, einen langen geistlichen Rock und ein Scheitelkäppchen tragen. Der einzige Unterschied wird darin bestehen, daß Ihr nicht länger in einem abgelegenen Dorf unter Juden festsitzt, die Euch und Eure Talente hassen, nicht mehr in einem jämmerlichen Loch von Lehrhaus zu beten braucht, in dem hinter dem Ofen die Bettler sich kratzen, sondern daß Ihr statt dessen in einer großen Stadt lebt, in einer üppig ausgestatteten Kirche predigt, in der eine Orgel ertönen wird, und Eure Gemeinde wird sich aus lauter bemerkenswerten Männern zusammensetzen, deren Frauen Euch die Hand küssen werden. Wenn Ihr dann Euer Licht leuchten laßt und irgendwelchen Mischmasch über Jesus und seine jungfräuliche Mutter zusammenfaselt, werden sie Euch zum Bischof, später zum Kardinal – und, wenn alles gut geht, mit Gottes Willen eines Tages sogar zum Papst machen. Dann werden die Christen Euch auf einem goldenen Thronsessel herumtragen wie ein Götzenbild und rings um Euch her Weihrauchfässer schwenken. Und vor Eurem Bildnis werden sie in Rom, Madrid und Krakau auf die Knie sinken.»

«Und wie werde ich dann heißen?» fragte Zeidel.

«Zeidlus der Erste.»

Einen solchen Eindruck riefen meine Worte bei Zeidel hervor, daß er wild aus dem Schlaf fuhr und sich im Bett aufrichtete. Auch seine Frau erwachte und wollte wissen, warum er nicht schliefe. Im Grunde ihres Herzens wußte sie, daß er von

Ehrgeiz verzehrt wurde, und sie dachte: wer weiß, vielleicht ist ein Wunder geschehen. Aber Zeidel war bereits entschlossen, sich von ihr scheiden zu lassen, und darum bat er sie, still zu sein und keine weiteren Fragen mehr zu stellen. Pantöffelchen und Morgenrock anlegend, suchte er sein Arbeitszimmer auf, wo er eine Wachskerze anzündete und sich bis zum Morgengrauen noch einmal in die Vulgata versenkte.

3

Zeidel tat, wie ich ihm geraten hatte. Er suchte den Priester auf und erklärte, er wolle über Glaubensfragen mit ihm sprechen. Natürlich war der Christ mehr als zugänglich. Gibt es für einen Priester ein besseres Geschäft als die Bekehrung einer jüdischen Seele? Jedenfalls, um es kurz zu machen: Priester und Adlige der ganzen Provinz stellten Zeidel eine große Kirchenlaufbahn in Aussicht. Er entäußerte sich schleunigst seiner Habe, ließ sich von seiner Frau scheiden, sich mit Weihwasser taufen und wurde Christ. Zum erstenmal in seinem Leben fühlte sich Zeidel geehrt: die kirchlichen Würdenträger überhäuften ihn mit Gunstbeweisen, die weltlichen mit rühmenden Worten, die Frauen lächelten ihm huldvoll zu, und er wurde auch auf ihre Besitzungen eingeladen. Der Bischof von Zamosc war sein Taufpate. Sein Name wurde von Zeidel, Sohn des Sander, in Benedictus Janowsky umgeändert – der Zuname zu Ehren des Dorfes, in dem er zur Welt gekommen war. Obwohl vorerst kein Priester, nicht einmal Diakon, bestellte er beim Schneider eine schwarze Soutane und hing sich einen Rosenkranz und ein Kruzifix um den Hals. Zunächst wohnte er noch im Pfarrhaus, wagte sich aber nur selten vor die Tür, weil auf der Straße die jüdischen Schulbuben hinter ihm herliefen und «Abtrünniger! Verräter!» brüllten.

Seine christlichen Freunde hatten Großes für ihn im Sinn – jeder etwas anderes. Einige rieten ihm, auf ein Priesterseminar zu gehen und dort zu studieren; andere empfahlen ihm den Eintritt in das Dominikanerstift zu Lublin. Wieder andere schlugen ihm vor, er solle eine wohlhabende Witwe aus der näheren Umgebung heiraten und Grundbesitzer werden. Aber Zeidel verspürte nur wenig Neigung, einen ausgetretenen Pfad einzuschlagen. Ihn verlangte nach persönlicher Größe – und das gleich auf der Stelle. Er wußte, daß in früheren Zeiten zahlreiche zum Christentum bekehrte Juden sich dadurch Ruhm erworben hatten, daß sie Schmähschriften gegen den Talmud verfaßten – Petrus Alfonso, Fablo Christiani von Montpellier, Paul von Sankta Maria, Johannes Baptista, Johannes Pfefferkorn, um nur einige zu erwähnen. Zeidel brauchte es ihnen nur nachzutun. Nun, da er sich bekehrt hatte und jüdische Kinder ihn auf der Straße beschimpften, wurde ihm plötzlich klar, daß er niemals viel für den Talmud übriggehabt hatte. Sein Hebräisch war durch Aramäisch verwässert, sein Pilpul, die Art der dialektischen Beweisführung, langweilig, seine Anekdoten waren unwahrscheinlich und seine Auslegung der Bibel weit hergeholt und voller Spitzfindigkeiten.

Zeidel reiste nun also immer wieder zu den Seminarbibliotheken von Lublin und Krakau, um dort die von jüdischen Renegaten verfaßten Abhandlungen zu studieren. Er kam bald dahinter, daß die eine wie die andere war. Ihre Urheber waren ungebildet, schrieben jeder vom anderen ab, und alle zitierten die wenigen widerchristlichen Stellen des Talmud – immer die gleichen. Einige von ihnen hatten sich nicht einmal die Mühe genommen, eigene Worte zu finden, sondern Wort für Wort das Werk anderer kopiert und ihren Namen darunter gesetzt. Die wirkliche *Apologia contra Talmudum* mußte noch geschrieben werden, und niemand war mehr dazu berufen als er, Zeidel, mit seiner Kenntnis der Philosophie und der kabbalistischen Geheimlehre. Gleichzeitig verfolgte er die Absicht, im alten Testament neue Beweise dafür zu finden, daß die Propheten Christi Geburt, Opfertod und Auferstehung vorausgesehen hatten; und auch die Ergebnisse der Logik, der Astronomie und der anderen Zweige der Naturwissenschaft sollten als Bestätigung für die christliche Glaubenslehre ausgewertet werden. Zeidels Traktat sollte für das Christentum werden, was des Maimonides' *Starke Hand* für das Judentum war – und es sollte seinem

Verfasser dazu verhelfen, unmittelbar aus Janow in den Vatikan zu gelangen.

Zeidel studierte, dachte und schrieb, während er ganze Tage und halbe Nächte in den Bibliotheken verbrachte. Von Zeit zu Zeit traf er mit christlichen Gelehrten zusammen und diskutierte mit ihnen auf polnisch und auf lateinisch. Mit der gleichen Inbrunst, mit der er sich früher einmal in jüdische Schriften versenkt hatte, vertiefte er sich nun in christliche Texte. Bald wußte er ganze Kapitel aus dem Neuen Testament auswendig. Er wurde ein gründlicher Kenner des Latein. Nach einer Weile war er dermaßen in christlicher Theologie bewandert, daß Priester und Mönche sich scheuten, ein Gespräch mit ihm anzufangen, denn bei seiner Gelehrsamkeit entdeckte er überall Irrtümer. Mehr als einmal wurde ihm eine Stellung an einem Priesterseminar in Aussicht gestellt, die er aber aus irgendeinem Grund nie erhielt. Ein Bibliotheksposten in Krakau, den er hatte übernehmen sollen, fiel statt dessen einem Verwandten des Gouverneurs zu. Zeidel wurde allmählich klar, daß selbst bei den Christen nicht alles vollkommen zuging. Die Geistlichkeit war mehr am Gold als an ihrem Gott interessiert. Ihre Predigten strotzten von Irrtümern. Die meisten Priester kannten kein Latein, aber selbst auf Polnisch zitierten sie nicht genau.

Jahrelang arbeitete Zeidel an seinem Traktat, aber noch immer war er nicht damit zu Ende gekommen. Seine Maßstäbe waren so streng, daß er immer wieder neue Unzulänglichkeiten in seinem Text entdeckte, aber je mehr Änderungen er vornahm, um so mehr hielt er noch für notwendig. Er schrieb, strich aus, schrieb nochmals und warf das Geschriebene fort. Die Schubladen waren vollgestopft mit Textseiten, Anmerkungen, Verweiszetteln, aber niemals vermochte er sein Werk zum Abschluß zu bringen. Nach Jahren mühsamer Arbeit war er so ermüdet, daß er nicht länger zwischen Richtig und Falsch, Sinn und Unsinn unterscheiden konnte und auch nicht zwischen dem, was der Kirche wohlgefällig, und dem, was ihr mißtönend ins Ohr klang, er glaubte auch nicht mehr an das, was allgemein Wahrheit und Lüge hieß. Gleichwohl grübelte er immer weiter und förderte gelegentlich auch ein paar neue Gedanken zutage.

Bei der Arbeit schlug er so häufig im Talmud nach, daß er noch
einmal in seine Tiefen hinabtauchte, daß er auf dem Rand der
Seiten kleine Anmerkungen hinkritzelte und die verschiedenen
Texte miteinander verglich, auch wenn er kaum noch wußte,
ob er damit neue kritische Argumente gegen seine früheren
Glaubensbrüder aufzutreiben hoffte oder nur eben aus alter Gewohnheit so verfuhr. Bisweilen las er auch Bücher über Hexen-
prozesse, Berichte von jungen Mädchen, Dokumente der Inqui-
sition – kurzum alles, was das in verschiedenen Ländern und
zu verschiedenen Zeiten offenbar tiefer Zusammengehörige beschrieb.

Allmählich wurde der Beutel mit den Goldstücken, der ihm
auf der Brust hing, immer leichter. Sein Gesicht nahm die gelb-
liche Färbung an, die altem Pergament eigen ist. Sein Augenlicht trübte sich. Seine Hände zitterten wie die eines alten Mannes. Sein geistlicher Rock war zerschlissen und fleckig. Seine
Hoffnung, über die Grenzen aller Länder hinweg berühmt zu
werden, verflüchtigte sich. Er bereute bereits seine Bekehrung.
Aber der Rückweg war ihm versperrt: erstens, weil er jetzt alle
Glaubensbekenntnisse anzweifelte, und zweitens, weil nach dem
Landesgesetz ein Christ, der zum angestammten jüdischen
Glauben zurückkehrte, den Tod auf dem Scheiterhaufen zu ge-
wärtigen hatte.

Als Zeidel eines Tages in der Bibliothek zu Krakau über
einem verblichenen Manuskript saß, wurde es ihm vor Augen
plötzlich ganz dunkel. Zuerst glaubte er, die Abenddämmerung
sei hereingebrochen, und er fragte, warum man noch keine Kerzen angezündet habe. Aber als die Mönche ihm versicherten, es
sei draußen noch ganz hell, begriff er, daß er erblindet war.
Außerstande, allein nach Hause zu gehen, mußte er sich von
einem Mönch am Arm führen lassen. Von jenem Augenblick an
lebte Zeidel in der Finsternis. Aus Furcht, sein Geld würde ihm
bald ausgehen und er werde zuletzt ohne Notgroschen dastehen
wie schon jetzt ohne Augenlicht, entschloß er sich nach längerem Schwanken, vor der Kirche zu Krakau einen Bettlerposten
zu beziehen. ‹Ich habe sowohl diese wie die andere Welt verwirkt›, sagte er zu sich selbst, ‹warum dann also noch so hoch-

mütig? Wenn im Leben kein Weg mehr nach oben führt, dann muß man den Abstieg wagen.› Mit solchen Gedanken im Kopf mischte Zeidel, Sohn des Sander, auch Benedictus Janowsky geheißen, sich auf den Stufen der großen Kathedrale zu Krakau unter die Bettler.

Zunächst suchten Priester und Domherren ihm noch unter die Arme zu greifen. Sie wollten ihn in einem Kloster unterbringen. Aber Zeidel wollte kein Mönch sein. Er wollte allein in seiner Dachkammer bleiben, um schlafen und seinen Geldbeutel unter dem Hemd tragen zu können. Er war auch nicht gesonnen, vor einem Altar niederzuknien. Gelegentlich blieb ein Seminarstudent bei ihm stehen, um sich ein paar Minuten lang über geistliche Fragen mit ihm zu unterhalten. Aber bald war er von allen vergessen. Zeidel dingte sich eine alte Frau, die ihn früh bis zur Kirche, abends wieder nach Hause zu führen hatte. Sie brachte ihm täglich auch einen Napf Grütze. Gutherzige Christen warfen ihm Almosen zu. Er war sogar imstande, etwas zu ersparen, und der Beutel auf seiner Brust wurde wieder schwerer. Die anderen Bettler verspotteten ihn, aber Zeidel zahlte es ihnen nicht heim. Stundenlang kniete er auf der großen Treppe, den kahlen Schädel gesenkt, die Lider geschlossen, den schwarzen Rock bis zum Kinn hinauf zugeknöpft. Unaufhörlich zitterten und murmelten seine Lippen. Vorübergehende nahmen an, er bete zu den christlichen Heiligen, aber in Wirklichkeit sagte er flüsternd Teile aus der Gemara, der Mischna und den Psalmen her. Die christliche Glaubenslehre hatte er schon in so kurzer Zeit vergessen, wie er gebraucht hatte, sie sich einzuprägen. Was ihm bis zuletzt blieb, war das, was er sich in seiner Jugend angeeignet hatte. Die Straße war voller Getöse: Karren rasselten über das Kopfsteinpflaster, Pferde wieherten, Kutscher fluchten aus heiserer Kehle und knallten mit ihrer Peitsche. Junge Mädchen lachten und kreischten, Kinder flennten, Frauen keiften, beschimpften einander, äußerten Unflätigkeiten. Wieder und wieder hielt Zeidel in seinem Gemurmel inne, aber nur, um den Kopf auf die Brust niedersinken zu lassen und vor sich hinzudösen. Er verspürte jetzt kein irdisches Verlangen mehr, sondern wurde nur noch von dem Wunsch gequält, der Wahrheit auf den Grund zu kommen. Gab es einen Schöpfergott, oder bestand die ganze Welt lediglich aus Atomen und ihren Verbindungen? Existierte so etwas wie eine Seele oder waren die Gedanken nichts anderes als Schwingungen im Gehirn? Gab es zuletzt tatsächlich eine große Abrechnung mit dem Ergebnis einer gerechten Zuteilung von Lohn und Strafe? Gab es eine echte Substanz, oder war die ganze Existenz nichts anderes als ein Erzeugnis der Einbildungskraft? Die Sonne brannte heiß auf ihn nieder, der Regen durchnäßte ihn, die Tauben beschmutzten ihn mit ihrem Kot, aber nichts von alledem vermochte ihm etwas anzuhaben. Nun, da er seine einzige große Leidenschaft, den Stolz, von sich abgetan hatte, war alles Irdische für ihn belanglos geworden. Bisweilen fragte er sich selbst: ‹Ist es möglich, daß ich Zeidel, das frühere Wunderkind, bin? Daß mein Vater, Reb Sander, Haupt der jüdischen Gemeinde war? Ich selbst einmal ein Weib hatte? Gibt es noch irgendwelche Leute, die mich kennen?› Es wollte Zeidel vorkommen, als sei nichts von alledem wirklich. Ereignisse wie die von ihm durchlebten, konnten niemals stattgefunden haben – und in diesem Falle war auch die Wirklichkeit nichts anderes als ein einziges Trugbild.

Als eines Morgens die alte Frau Zeidels Dachkammer betrat, um ihn wie sonst zur Kirche zu führen, fand sie ihn krank. Sie wartete, bis er wieder eingenickt war. Dann schnitt sie vorsichtig den Geldbeutel ab, den er auf der Brust trug, und machte sich wieder davon. Trotz seiner inneren Starre wußte Zeidel, daß er beraubt wurde, aber er machte sich nichts daraus. Schwer wie ein Stein lag sein Kopf auf dem Strohkissen. Die Füße taten ihm weh, und in seinen Gelenken bohrte es schmerzhaft. Sein ausgemergelter Körper fühlte sich heiß und hohl an. Er schlief ein, wachte auf und duselte nochmals ein. Dann fuhr er plötzlich hoch – er hätte nicht sagen können, ob es Tag oder Nacht war. Von der Straße drangen Stimmen, Schreie, Hufgetrappel und Glöckchengebimmel zu ihm empor. Es wollte ihm vorkommen, als werde draußen von einer gewaltigen Menge mit Trompeten und Trommeln, Fackeln und wilden Tieren, aufreizenden Tänzen und Götzenopfern ein heidnisches Fest gefeiert. ‹Wo bin ich?› fragte er sich. Er konnte sich nicht an den Namen der Stadt erinnern. Er hatte sogar vergessen, daß er sich in Polen befand. Er hätte ebensogut in Athen oder in Rom oder möglicherweise sogar in Karthago sein können. Und in welchem Zeitalter mochte er leben? Offenbar, so wollte es ihn in seinem Fieberzustand bedünken, war es viele Jahrhunderte vor der christlichen Ära. Bald jedoch wurde er des langen Nachdenkens müde. Nur eine einzige Frage machte ihm noch zu schaffen: Haben die Epikureer recht? Muß ich wirklich ohne jede Offenbarung dahingehen? Und werde ich auf immer zunichte werden?

Plötzlich nahm ich, der Versucher, Gestalt für ihn an. Trotz seiner Blindheit konnte er mich erkennen. «Zeidel», sagte ich, «mache dich bereit. Deine letzte Stunde ist gekommen.»

«Bist du es, Satan, Engel des Todes?» fragte Zeidel voller Freude.

«Ja, Zeidel», erwiderte ich, «um deinetwillen bin ich jetzt hier. Und es wird dir auch nichts mehr nützen, zu bereuen und zu bekennen. Du brauchst es gar nicht erst zu versuchen.»

«Wo führst du mich hin?» fragte er.

«Schnurstracks nach Gehenna.»

«Wenn es ein Gehenna gibt, dann gibt es auch einen Gott», sagte Zeidel mit zitternden Lippen.

«Das ist gar kein Beweis», entgegnete ich.

«O doch», sagte er. «Wenn die Hölle existiert, dann existiert schlechthin alles. Wenn du wirklich bist, dann ist auch Er wirklich. Nun führe mich, wohin ich gehöre. Ich bin bereit.»

Ich zog mein Schwert und erschlug ihn. Dann packte ich seine Seele mit meinen Krallen und schwebte, in Begleitung einer ganzen Dämonenschar, zur unteren Welt herab. In Gehenna schaufelten die Engel der Zerstörung bereits die Kohlen zu Haufen. Auf der Eingangsschwelle standen zwei Spottkobolde, halb Feuer, halb Pech, jeder mit einem Dreispitz auf dem Kopf und mit einer glühenden Rute an der Hüfte. Sie brachen in Lachen aus. «Hier kommt Zeidlus der Erste», sagte der eine zum anderen. «Der Talmudgelehrte, der einmal Papst hatte werden wollen.»

Geschichte von zwei Lügenmäulern

I

Eine Lüge kann nur auf dem Boden der Wahrheit gedeihen. Gründet sie auf anderen Lügen, nichts als Lügen, muß es ihr an Überzeugungskraft fehlen. Zum Beweise dessen sei hier berichtet, was ich mit zwei Lügnern anstellte: wie ich sie an meinen Drähten zappeln, nach meiner Pfeife tanzen ließ.

Der weibliche Teil besagten Paares, Glicka Genendel, traf mehrere Wochen vor dem Passahfest in Janow ein. Sie behauptete, die Witwe des Rabbi von Sosmir zu sein. Angeblich war sie kinderlos und ehrlich darauf erpicht, sich wieder zu verheiraten. Sie brauche sich, erklärte sie, auch nicht erst der Zeremonie einer Schwagerehe zu unterziehen, weil ihr früherer Mann ein einziger Sohn gewesen sei. Sie wolle in Janow ansässig werden, weil ihr geweissagt worden wäre, daß sie in dieser Stadt ein Ehegespons finden werde. Sie erzählte voller Stolz, ihr verstorbener Mann habe mit ihr zusammen den Talmud studiert, und zum Beweise dessen würzte sie ihre Unterhaltung auch mit entsprechenden Zitaten. Den Stadtbewohnern bot sie Anlaß zu unaufhörlichem Staunen. Gewiß war sie keine Schönheit. Ihre am unteren Ende leicht gebogene Nase hatte etwas von einem Widderhorn, aber davon abgesehen hatte sie eine gewinnende Blässe und große dunkle Augen; und außerdem lief ihr Kinn spitz zu, und spitz war auch ihre Zunge. In ihrem Gang lag etwas Federndes, und auf allen ihren Wegen streute sie mit witzigen Bemerkungen um sich.

Was immer sich auch begab: stets konnte sie aus der eigenen Erfahrung Vergleichbares anführen. Für jeden Kummer wußte sie einen Trost, für jede Krankheit ein Heilmittel. In ihren hohen Knöpfschuhen, ihrem Wollkostüm, ihrem seidenen Fransenumhang und ihrem mit kostbaren Steinen besetzten Stirnband war sie eine eindrucksvolle Erscheinung. Wo es auf dem Erdboden sumpfige Stellen zu überqueren galt, hüpfte sie behende von Stein zu Stein, von Planke zu Planke. Dabei hielt sie mit der einen Hand zierlich ihren Rock in die Höhe, mit der andern ihre große Tasche eng an sich gepreßt. Ob sie ging oder stand: stets rief sie Freude hervor, auch wenn es ihr Geschäft war, andern Leuten Geldspenden zu entlocken – natürlich, Gott behüte, nicht für sich selbst. Was sie erhielt, ließ sie armen Bräuten und bedürftigen Wöchnerinnen zukommen. Und weil sie eine solche Wohltäterin war, brauchte sie im Gasthaus auch nichts für Kost und Logis bezahlen. Die Gäste vergnügten sich an dem, was sie zu bemerken und zu erzählen hatte, und der Wirt, das dürft ihr mir glauben, kam bei solcher Abmachung selbst nicht zu kurz.

Sie wurde auch gleich mit Heiratsangeboten überschüttet, und sie nahm alle an. Und fast im Handumdrehen waren die verwitweten und geschiedenen Männer der Stadt sich gegenseitig an die Kehle gesprungen, denn jeder wollte den guten Fang selbst gemacht haben. In der Zwischenzeit ließ sie die Rechnungen für Kleider und Unterwäsche auflaufen und sich gebratene Täubchen und Eiernudeln munden. Sie war auch in Gemeindeangelegenheiten tätig, half bei der Zubereitung des fürs Passahfest bestimmten Mahlguts, prüfte den Passahweizen, beteiligte sich am Backen der Mazzen, scherzte mit den Bäckern, während diese den Teig kneteten, rollten, ausstachen, in die Form füllten und zurechtschnitten. Sie suchte sogar den Rabbi auf, um von ihm die Zeremonie vornehmen zu lassen, die für den Verkauf ihres in Sosmir verbliebenen gesäuerten Brotes erforderlich war. Die Frau des Rabbi lud Glicka Genendel zum Seder, dem Vorabend zum Passahfest, ins Haus. Sie erschien, angetan mit einem weißen Seidengewand und über und über mit Schmuck behangen, und sie rezitierte die Haggadah so mühelos wie jeder Mann. Mit ihrer Koketterie machte sie die Töchter und Schwiegertöchter des Rabbi eifersüchtig. Die verwitweten und geschiedenen Frauen von Janow verzehrten sich geradezu vor Wut. Es hatte den Anschein, als werde die verschlagene Person sich noch den wohlhabendsten Witwer der Stadt ködern und ohne Wimpernzucken die reichste Ehefrau von Janow werden. Aber ich selbst, der Erzteufel, war es, der dafür sorgte, daß sie an den Richtigen kam.

Er tauchte während des Passahfestes in Janow auf, und zwar in einer stattlichen Britschka, einem offenen Reisewagen, den er sich aus diesem Anlaß gemietet hatte. Er berichtete, er käme aus Palästina, um Wohltäter zu finden, und auch er hatte, wie Glicka, vor kurzem sein Ehegespons verloren. Sein Koffer hatte Metallbänder. Er rauchte eine Wasserpfeife, und der Beutel, in dem er seinen Gebetsmantel barg, war aus Leder. Beim Beten legte er sich zwei Paar Gebetsriemen an, und seine Unterhaltung war mit Aramäisch durchsetzt. Er behauptete, Reb Jomtow zu heißen. Er war ein hochgewachsener hagerer Mann mit einem Spitzbart, und obwohl er wie jeder andere Städter einen Kaftan, eine Pelzmütze, Kniehosen und lange Strümpfe trug, erinnerte er mit seinem dunklen Gesicht und seinen brennenden Augen an einen sephardischen Juden aus dem Jemen oder aus Persien. Er behauptete steif und fest, er habe mit eigenem Auge Noahs Arche auf dem Gipfel des Ararat erblickt, und die Splitter, die er für sechs Pfennig das Stück verkaufte, stammten von einer ihrer Planken. In seinem Besitz befanden sich auch gewisse Münzen, über die Jehuda der Chasside einen Zaubersegen gesprochen hatte, und außerdem ein Sack mit kalkhaltiger Erde vom Grabe Rahels. Dieser Sack hatte offenbar keinen Boden, denn er wurde niemals leer.

Auch er nahm in der Schenke Quartier, und bald hatten er und Glicka Genendel zu beiderseitigem Entzücken sich miteinander angefreundet. Als beide einmal ihren Stammbaum zurückverfolgten, entdeckten sie, daß sie ferne Verwandte waren und beide den gleichen Heiligen zum Vorfahren hatten. Bis tief in die Nacht hinein pflegten sie miteinander zu plaudern und Pläne zu schmieden. Glicka Genendel deutete an, daß Reb Jomtow etwas Anziehendes für sie habe. Sie brauchte es ihm nicht geradezu ins Gesicht zu sagen – beide verstanden einander.

Und beide hatten es eilig. Das heißt, ich, Samael, trieb sie zur Eile an. Der Verlobungsvertrag wurde also aufgesetzt, und nachdem die künftige Braut ihn unterschrieben hatte, erhielt sie von ihrem künftigen Mann einen Verlobungsring und ein Perlenhalsband. Beides stammte, wie er behauptete, von seiner ersten Frau, die eine reiche Erbin aus Bagdad gewesen sei. Umgekehrt bedachte Glicka Genendel ihren Verlobten mit einer saphirbesetzten Hülle für das Sabbatbrot, die sie von ihrem verstorbenen Vater, dem berühmten Philanthropen, geerbt hätte.

Dann aber, gerade gegen Ende des Passahfestes, gab es eine mächtige Aufregung in der Stadt. Einer der einflußreichsten Bürger, ein gewisser Reb Kathriel Abba, beschwerte sich beim Rabbi: Glicka Genendel sei mit ihm verlobt, und er habe ihr dreißig Gulden für ihre Aussteuer gegeben.

Die Witwe war über diese Anschuldigung erbost.

«Das ist nur seine Rache dafür», erklärte sie, «daß ich nicht mit ihm sündigen wollte.»

Sie verlangte von ihrem Verleumder eine Schadenssumme von dreißig Gulden. Aber Reb Kathriel Abba ließ sich von seiner Anklage nicht abbringen und erbot sich, im Angesicht der heiligen Schriftrolle sie zu beschwören. Glicka Genendel war nicht weniger entschlossen, ihre Aussage vor den Schwarzen Kerzen zu bestätigen. Allerdings wütete damals im Städtchen eine Seuche, und die Frauen fürchteten, all diese Schwörereien würden sie am Ende noch das Leben ihrer Kinder kosten. Der Rabbi entschied also zu guter Letzt, daß Glicka offenbar eine gute Frau war, und er gebot Reb Kathriel Abba, sich bei ihr zu entschuldigen und die geforderte Schadenssumme zu zahlen.

Unmittelbar darauf kam aus Sosmir ein Bettler. Zur allgemeinen Überraschung erklärte er, die Frau des verstorbenen Rabbi könne unmöglich zu Besuch in Janow weilen, da sie sich, Gott sei gepriesen, in Sosmir befinde, und zwar an der Seite ihres Gatten, der nicht im entferntesten tot war. Es gab daraufhin allerlei Aufregung, und die Stadtbewohner rannten zu der erwähnten Schenke, um die falsche Witwe für ihre schamlose Lüge zu bestrafen. Sie war aber selbst nicht im geringsten aufgebracht, sondern erklärte lediglich, sie habe «Kosmir» gesagt, nicht «Sosmir». Wieder einmal war alles in Ordnung, und die Vorbereitungen für die Hochzeit konnten ihren Fortgang nehmen. Die Hochzeit selbst war auf den dreiunddreißigsten Tag nach dem Passahfest angesetzt.

Aber vor der Hochzeit kam es noch zu einem weiteren Zwischenfall. Aus irgendeinem Grunde hielt Glicka Genendel es für angebracht, im Hinblick auf die Perlen, die Reb Jomtow ihr geschenkt hatte, bei einem Goldschmied eine Auskunft einzuholen. Der Juwelier wog und prüfte die Perlen und erklärte sie dann für künstlich. Keine Hochzeit denn, erklärte Glicka Genendel und ließ das auch in aller Form den Bräutigam wissen. Er setzte sich in aller Eile zur Wehr: zunächst einmal verstehe der Juwelier nichts von seinem Handwerk; daran könne nicht der geringste Zweifel bestehen, da er, Reb Jomtow, aus der eigenen Tasche in Stambul fünfundneunzig Drachmen für die Perlen gezahlt habe; zweitens werde er, so Gott wolle, gleich nach der Trauungszeremonie das Nachgeahmte durch das Echte ersetzen; und endlich wolle er, nur ganz nebenbei, darauf hinweisen, daß die ihm von Glicka Genendel geschenkte Hülle nicht mit Saphiren bestickt sei, sondern mit Holzkügelchen – und wohlgemerkt mit solchen, wie man sie für drei Groschen das Dutzend auf dem Markt bekäme. Damit waren die beiden Schwindler also quitt, und nachdem ihre Meinungsverschiedenheiten beigelegt waren, traten sie Seite an Seite unter den Traubaldachin.

Zur Nachtzeit hatte jedoch der Sendbote aus dem Heiligen Land die Entdeckung zu machen, daß er nicht gerade die Jüngste geheiratet hatte. Sie nahm die Perücke ab und enthüllte eine Unmenge grauen Haares. Vor ihm stand eine alte Schachtel, und er suchte in Gedanken fieberhaft nach einem Ausweg. Aber da er ein Fachmann war, ließ er sich nichts von seiner Gereiztheit anmerken. Immerhin ging Glicka Genendel kein überflüssiges Wagnis ein. Um sich der Zuneigung ihres Gatten zu versichern, verfertigte sie einen Liebestalisman. An einer sehr diskreten Stelle zog sie sich ein paar Härchen heraus und umflocht damit einen der Knöpfe am Schlafrock ihres Liebsten. Außerdem spülte sie sich die Brüste mit Wasser, das sie dann in ein Getränk für ihn goß. Und während sie diese bedeutungsvolle Handlung vollführte, sang sie:

> *Wie ein Baum seinen Schatten hat,*
> *Möchte auch ich meinen Liebsten haben.*
> *Wie Wachs im Feuer zerschmilzt,*
> *Soll er bei meiner Berührung entflammen.*
> *Jetzt und für immer*
> *Gehöre er mir allein*
> *Gefangen in seiner Lust*
> *Bis alles zu Staub zerfällt.*
> *Amen. Sela.*

2

«Gibt es irgendeinen Grund, warum wir weiter in Janow bleiben sollten?» fragte Reb Jomtow, als die sieben Tage des Hochzeitssegens vorüber waren. «Ich würde gern wieder nach Jerusalem zurück. Schließlich wartet dort auf uns ein schönes Haus in der Nähe der Klagemauer. Aber zuerst muß ich noch ein paar Städte in Polen besuchen, um allerhand Gelder einzusammeln. Ich habe an meine Talmudschüler zu denken, und außerdem ist auf dem Grabe des Reb Simon Bar Jochai ein Bethaus zu errichten. Das ist ein höchst kostspieliges Projekt, und die Gelder lassen sich nicht von heute auf morgen beschaffen.»

«Was für Städte wirst du denn besuchen?» fragte Glicka Genendel. «Und wie lange wirst du fortbleiben?»

«Ich habe vor, in Lemberg, Brod und einigen anderen dort in der Nähe gelegenen Städten Station zu machen. So Gott will, werde ich zur Zeit der Sommersonnenwende wieder zurück sein. Dann wären wir zur Feier der Hohen Festtage noch rechtzeitig in Jerusalem.»

«Das paßt recht gut», erwiderte sie. «Ich werde diese Zeit benutzen, um die Gräber meiner nächsten Angehörigen aufzusuchen und mich von meinen Verwandten in Kalisch zu verabschieden. Gute Reise, und vergiß bitte nicht, zurückzukommen.»

Beide umarmten einander mit Wärme, und sie gab ihm Eingemachtes und Gebackenes und ein Töpfchen Hühnerfett mit auf die Fahrt. Außerdem schenkte sie ihm zum Schutz vor Straßenräubern ein Amulett, und er trat also die Reise an.

Am San machte er jedoch halt, wendete und bog auf die nach Lublin führende Straße ab. Sein nächstes Reiseziel war Piask, ein kleines, am Rande von Lublin gelegenes Städtchen, dessen Bewohner einen tollen Ruf genossen. Es hieß, man könne dort keinen Gebetsmantel anlegen, ohne daß einem währenddessen die Gebetsriemen gestohlen würden; man könne es nämlich in Piask nicht riskieren, in der Zwischenzeit die Augen mit der Hand zu bedecken. Nun, an jenem großartigen Ort suchte der Abgesandte den Hilfsrabbi auf und ließ vom Gemeindeschreiber einen Scheidungsbrief für Glicka Genendel ausstellen, den er durch Boten nach Janow befördern ließ. Das Ganze kostete Reb Jomtow fünf Gulden, aber nach seiner Meinung war das die Sache wert.

Nunmehr fuhr Reb Jomtow in Lublin selbst ein und predigte dort in der berühmten Marschall-Synagoge. Er war ein glänzender Redner und sprach diesmal mit litauischem Akzent. Weit hinter der Kosakensteppe und dem Land der Tataren, verkündete er, lebten die letzten der Chasaren. Dieses alte Volk hauste in Höhlen, benutzte im Kampf Pfeil und Bogen, brachte seine Opfer noch auf biblische Weise dar und sprach Hebräisch. In seinem, des Redners, persönlichem Besitz befand sich ein Brief des Stammeshäuptlings Jedidi Ben Achitow, eines Enkels des Chasarenkönigs, und er entfaltete eine Pergamentrolle mit den Namen zahlreicher Zeugen. Diese in weiter Ferne lebenden Juden, die so unermüdlich Krieg mit den Feinden Israels führten und als einzige den zum Fluß Sambation führenden Geheimpfad kannten, befänden sich, so führte er weiter aus, in schlimmer Notlage, und er trat unter seine Zuhörer und sammelte Geld für sie ein.

Währenddessen näherte sich ihm ein blonder junger Mann, der ihn nach seinem Namen fragte.

«Salomo Simeon», erwiderte Reb Jomtow, diesmal lediglich aus Gewohnheit lügend.

Der junge Mann wollte wissen, wo er untergekommen sei, und als er erfuhr, daß er im Gasthof logierte, schüttelte er den Kopf.

«Was für eine überflüssige Ausgabe! Und warum sich überhaupt mit Gesindel einlassen? Ich habe, gepriesen sei Gott, ein großes Haus mit einem Extrazimmer für Gäste und mit heiligen Büchern. Den ganzen Tag über bin ich im Geschäft und habe auch keine Kinder (ein Schicksal, das Euch erspart bleiben möge!) – niemand wird Euch also stören. Meine Frau würde sich nur geehrt fühlen, einen Gelehrten bei sich wohnen zu haben, und meine Schwiegermutter, die gerade zu Besuch bei uns weilt, ist eine sehr belesene Frau und obendrein noch eine Heiratsvermittlerin. Solltet Ihr selbst nach einer Frau suchen, würde sie die rechte für Euch zu finden wissen; und einen besseren Fang, das darf ich Euch versichern, könntet Ihr gar nicht machen.»

«Leider bin ich Witwer», sagte der falsche Reb Salomo Simeon, eine düstere Miene aufsetzend, «aber in diesem Augenblick kann ich nicht ans Wiederheiraten denken. Meine liebe Frau war eine leibhafte Enkelin des Rabbi Sabbatai Kohen, und obwohl sie jetzt schon drei Jahre unter der Erde liegt, kann ich sie nicht vergessen.» Und Reb Jomtow stieß einen trauervollen Seufzer nach dem andern aus.

«Wer sind wir, die Weisheit des Allmächtigen in Zweifel zu ziehen?» fragte der junge Mann. «Im Talmud steht geschrieben, daß man nicht allzulange den Kopf hängen lassen solle.»

Auf dem Weg zum Hause des jungen Mannes debattierten beide lebhaft über Fragen der Tora, wobei sie gelegentlich auch zu mehr weltlichen Gegenständen abschweiften. Der junge Mann war über Wissen und Verstand seines Gastes ganz erstaunt.

Als sie schließlich die Treppe emporstiegen, fühlte Reb Jomtow sich durch die ihm hier entgegenquellenden Düfte beinahe überwältigt. Das Wasser lief ihm im Munde zusammen. Auf dem Küchenherd wurde offenbar gerade Geflügel gebraten, wurde Kraut gekocht. ‹Gepriesen sei Sein Name›, sagte er zu sich selbst. ‹Es sieht fast so aus, als würde ich in Lublin gar nicht viel zu entbehren brauchen. Wenn seine Frau einen Gelehrten im Hause haben will, dann soll sie auch einen haben. Und, wer weiß, vielleicht bin ich stark genug, um ein Wunder zu vollbringen, und die beiden werden noch zu einem Sohn und Erben kommen. Was aber nicht heißen soll, daß ich gegebenenfalls zu einer reichen Braut Nein sagen würde.›

Die Tür sprang auf, und Reb Jomtow erblickte eine Küche, deren Wände von oben bis unten mit Kupferpfannen behängt waren. Von der Decke hing eine Öllampe herab. Im Raum selbst befanden sich zwei Frauen, die Hausherrin und eine Dienstmagd – sie standen am Herd, in dem gerade ein Gänsebraten brutzelte. Der junge Mann stellte ihnen seinen Gast vor (ganz offensichtlich tat er sich etwas darauf zugute, solch einen Mann mit heimgebracht zu haben), und seine Frau vergönnte Reb Jomtow ein warmherziges Lächeln.

«Nicht alle und jeden pflegt mein Mann sonst so hoch zu rühmen», sagte sie. «Ihr müßt eine höchst ungewöhnliche Persönlichkeit sein. Es ist eine Ehre, Euch bei uns zu haben. Dort im Speisezimmer ist meine Mutter, die dafür sorgen wird, daß es Euch an nichts fehlt. Solltet Ihr etwas brauchen, zögert bitte nicht, ihr Bescheid zu sagen.»

Reb Jomtow dankte seiner Gastgeberin und ging in der von ihr angegebenen Richtung weiter, aber sein Wirt blieb einen Augenblick länger in der Küche zurück – zweifellos in der Absicht, sich noch etwas ausführlicher über die Bedeutung des Besuchers zu verbreiten.

Demütig küßte Reb Jomtow die Mesusa (die am Türpfosten angebrachte Kapsel, die ein Pergamentröllchen mit einigen Torastellen enthält) und öffnete die Tür zum Nebenzimmer. Der Raum, den er nun betrat, war aufs eleganteste ausgestattet. Aber dann stand er plötzlich wie angewurzelt. Was war es, was er hier sah? Sein Herz sackte ab, und seine Zunge versagte. Nein, das war doch nicht denkbar – er träumte mit offenen Augen. Das mußte eine Luftspiegelung sein. Nein, es war Blendwerk der Hölle. Denn hier stand niemand anderes als seine ihm eben erst Anvermählte, seine Liebste aus Janow. Daran war nicht zu zweifeln. Es war Glicka Genendel.

«Ja, ich bin's», sagte sie, und wieder vernahm er den vertrauten Klang der zänkischen Stimme.

«Was tust du hier?» fragte er. «Du hast doch gesagt, du führest nach Kalisch.»

«Ich besuche hier nur meine Tochter.»

«Deine Tochter? Du hast mir erzählt, du hättest keine Kinder.»

«Ich hatte angenommen, du wärest auf dem Weg nach Lemberg», erwiderte sie.

«Hast du denn nicht die Scheidungspapiere bekommen?»

«Was für Scheidungspapiere?»

«Die ich dir durch Boten zustellen ließ.»

«Ich sage dir, gar nichts habe ich bekommen. Mögen alle meine bösen Träume auch dich heimsuchen.»

Reb Jomtow sah, wie es stand: er war in die Falle gegangen, und einen Ausweg gab es nicht. Jeden Augenblick mochte der Gastgeber eintreten, und er selbst war entlarvt.

«Ich habe mich einer Riesentorheit schuldig gemacht», sagte er, all seinen Mut zusammenraffend. «Hier in Lublin steht man unter dem Eindruck, daß ich gerade auf der Rückreise vom Land der Chasaren bin. Es läge in deinem eigenen Interesse, mich zu schonen. Du kannst mich doch nicht aus der Stadt hinaustreiben lassen und für immer eine verlassene Ehefrau bleiben. Sag also bitte kein Wort, und ich schwöre dir bei meinem Bart und meinen Schläfenlocken, daß es dein Schade nicht sein soll.»

Glicka Genendel lagen allerhand Schmähworte auf der Zunge, aber gerade in diesem Augenblick trat ihr Schwiegersohn ein. Er strahlte.

«Wir haben hier einen sehr erlauchten Gast im Hause», sagte er. «Dies ist Reb Salomo Simeon aus Litauen. Er ist eben von den Chasaren zurückgekehrt, die, wie du weißt, ganz in der Nähe der Zehn Verlorenen Stämme leben.» Und zu Reb Jomtow gewandt, fuhr er fort: «Meine Schwiegermutter steht kurz vor der Abreise ins Heilige Land. Sie ist mit Reb Jomtow vermählt, einem Sendboten aus Jerusalem, einem Abkömmling des Hauses David. Möglicherweise habt Ihr schon von ihm vernommen?»

«Aber gewiß habe ich das», erwiderte Reb Jomtow.

Inzwischen hatte Glicka Genendel ihre Fassung soweit zurückgewonnen, daß sie sagen konnte: «Nehmt bitte Platz, Reb Salomo Simeon, und berichtet uns von den Verlorenen Zehn Stämmen. Habt Ihr tatsächlich den Sambation Steine emporschleudern sehen? Waret Ihr imstande, sicher überzusetzen und den König selbst kennenzulernen?»

Aber kaum hatte ihr Schwiegersohn das Zimmer verlassen, da war sie schon aufgesprungen und zischte: «Nun, Reb Salomo Simeon? Und wo ist meine Belohnung?»

Bevor er die Gelegenheit hatte, auch nur eine Silbe hervorzubringen, hatte sie bereits seine Rockaufschläge gepackt und die Hand in seine Innentasche geschoben. Dort fand sie auch gleich einen Beutel Dukaten, und es dauerte nicht länger als ein paar Sekunden, bis sie ihn in ihrem Strumpf verfrachtet hatte. Zum Überfluß riß sie ihm noch ein paar Barthaare heraus.

«Ich werde dir schon eine Lehre erteilen», sagte sie. «Bilde dir ja nicht ein, daß du mit heiler Haut von hier fortkommst. Jeder deiner Enkel bis ins zehnte Glied wird sich davor hüten, zu solch einem ausgekochten Schwindler zu werden.» Und sie spuckte ihm ins Gesicht. Er zog sein Taschentuch heraus und wischte sich sauber. Dann traten die Dame des Hauses und die Dienstmagd ins Zimmer und deckten den Abendbrottisch. Zu Ehren des Besuchers stieg der Hausherr in den Keller hinab, um eine Flasche ungesüßten Weines zu holen.

3

Nach dem Abendessen machte Glicka Genendel für den Gast das Bett zurecht.

«Nun leg dich hinein», gebot sie, «und rühr dich nicht von der Stelle. Sobald die andern eingeschlafen sind, werde ich zu einem kleinen Schwatz zu dir kommen.»

Und um ihn am Entkommen zu verhindern, beschlagnahmte sie seinen Mantel, sein Käppchen und seine Schuhe. Reb Jomtow sprach seine Gebete und ging zu Bett. Gab es wohl einen Ausweg aus scheinbar so hoffnungsloser Lage? In diesem Augenblick nahm ich, der Böse, Gestalt für ihn an.

«Warum hier herumliegen wie ein gefesseltes Kalb und auf den Schächter warten?» fragte ich. «Mach das Fenster auf und lauf!»

«Wie sollte ich das fertigbringen ohne Kleider und Schuhe?» fragte er zurück.

«Draußen ist es ganz warm», sagte ich. «Du wirst dir keinen Schnupfen holen. Du brauchst nur bis nach Piask zurück, und dann bist du wieder sicher. Das Schlimmste wäre doch wohl, bei diesem Drachen zurückzubleiben.»

Wie auch sonst gewöhnlich, befolgte er meinen Rat. Er erhob sich, riß das Fenster auf und begann hinauszuklettern. Ich sorgte jedoch dafür, daß sich ihm ein Hindernis in den Weg stellte, er den Halt verlor und mit verstauchtem Knöchel auf dem Boden landete. Einen Augenblick lang verlor er das Bewußtsein. Aber ich belebte ihn wieder.

Mühsam hob er sich auf die Füße. Es war eine pechschwarze Nacht. Bloßfüßig, mit nacktem Oberkörper und hinkend machte er sich schließlich auf den Weg nach Piask.

Währenddessen war Glicka Genendel anderweitig beschäftigt. Sie konnte durch die Wand hindurch das Schnarchen ihrer Tochter und ihres Schwiegersohns hören, und sie erhob sich, tat sich ein Tuch um und schlich sich auf Zehenspitzen in die Kammer ihres Herzallerliebsten. Zu ihrem Erstaunen sah sie, daß das Bett unberührt, das Fenster dagegen geöffnet war. Bevor sie aufschreien konnte, trat ich auch ihr sichtbar unter die Augen.

«Was hätte das für Sinn?» fragte ich. «Es ist schließlich für einen Mann kein Verbrechen, das Bett zu verlassen, wie? Er hat ja nichts gestohlen. Wenn jemand gestohlen hat, warst du es selbst, und wenn man ihn wieder einfängt, wird er berichten, auf welche Weise du ihm das Geld abgenommen hast. Und du wirst dafür büßen müssen.»

«Was soll ich dann aber tun?» fragte sie.

«Kommst du denn nicht von selber drauf? Stiehl das Schmuckkästchen deiner Tochter und brich in Zetergeschrei aus. Wenn ihre Schergen ihn dann ergreifen, wird er ins Gefängnis wandern, nicht du. Auf diese Weise ist deine Rache gesichert.»

Der Einfall sagte ihr zu, und auch sie folgte meinem Rat. Nur wenige Schreie – und schon hatte sie das ganze Haus aufgeweckt. Und gleich wurde auch entdeckt, daß der Schmuck nicht mehr vorhanden war; und das nachfolgende Getöse lockte die Nachbarn herbei. Ein Trupp von Männern, mit Laternen und Stecken bewaffnet, machte sich an die Verfolgung des Diebes.

Wie ich erkennen konnte, war der hochgesinnte junge Altruist ganz erschüttert über das Verhalten seines Gastes, und darum ergriff ich die Gelegenheit, ihn ein bißchen aufzuziehen.

«Da siehst du nun, was dabei herauskommt, wenn man einen unbekannten Gast mit nach Hause bringt.»

«Solange ich lebe, wird dieses Haus unter seinem Dach keinen armen Fremdling mehr beherbergen», versprach er.

Inzwischen suchten die Verfolger alle Straßen nach dem Flüchtigen ab. Ihnen gesellten sich Nachtwächter und Gendarmen zu. Es war auch nicht weiter mühsam, Reb Jomtow zur Strecke zu bringen, den Lahmen, nur Halbbekleideten. Sie stöberten ihn unter einem Balkon auf, wo er sich vergeblich bemühte, seinen Knöchel wieder einzurenken. Und sogleich begannen, ungeachtet seiner Unschuldsbeteuerungen, die Männer mit ihren Stecken auf ihn einzuschlagen.

«Natürlich», lachten sie, «nur vollkommen Unschuldige verlassen bei Nacht ein Haus durchs Fenster.»

Seine Gastgeberin folgte den andern auf den Fersen und stieß bei jedem Schritt Schimpfworte aus: «Dieb! Mörder! Verbrecher! Mein Schmuck! Mein ganzer Schmuck!»

Immer wieder versicherte er, von dem Diebstahl nichts zu wissen – erfolglos. Die Polizisten stießen ihn in eine Haftzelle und brachten die Namen der Zeugen zu Papier.

Glicka Genendel begab sich wieder zu Bett. Wie wohltuend, unter einer warmen Decke zu liegen, während der böse Feind im Gefängnis schmachtete! Sie dankte Gott für die ihr erwiesene Gnade und versprach, achtzehn Groschen zu Wohltätigkeitszwecken zu stiften. Das Herumlaufen hatte sie erschöpft, und sie sehnte sich nach Schlaf, aber ich trat an ihr Lager und wollte ihr vorerst noch keine Ruhe gönnen.

«Warum nur ein solches Hochgefühl?» fragte ich. «Ja, er ist schon im Gefängnis, aber du wirst keine Scheidung von ihm erlangen. Er wird alles erzählen, wem er anvermählt ist, und die ganze Familie wird, wie du selbst, mit dem Ruf dafür büßen müssen.»

«Was soll ich dann aber tun?»

«Er hat dir per Boten einen Scheidungsbrief nach Janow geschickt. Geh also nach Janow und hole dir dort die Papiere. Zunächst einmal wirst du ihn lossein. Zweitens kannst du nicht als Zeugin aufgerufen werden, wenn du nicht hier bist. Und wenn du bei der Gerichtsverhandlung nicht dabei bist – wer wird ihm dann seine Geschichte wohl abnehmen? Sobald die allgemeine Aufregung vorüber ist, kannst du wieder zurückkommen.»

Meine Beweisführung überzeugte sie, und schon gleich am nächsten Morgen erhob sie sich bei Sonnenaufgang. Sie bemerkte zu ihrer Tochter, sie müsse nach Warschau, um dort mit ihrem Mann, Reb Jomtow, zusammenzutreffen. Ihre Tochter war noch immer völlig durcheinander und widersetzte sich ihr darum auch nicht weiter. Eigentlich hatte Glicka Genendel den Schmuck wieder zurückgeben wollen, den sie ihrer Tochter entwendet hatte, aber ich brachte sie davon ab.

«Wozu die Eile?» fragte ich. «Wenn der Schmuck gefunden wird, dann wird man den Schwindler freilassen – und wer hätte dann wohl Schaden außer dir selbst? Er soll nur noch hinter Schloß und Riegel bleiben. Er wird auch noch lernen, daß man mit einer so feinfühligen aufrechten Frau, wie du es bist, nicht so leichtfertig umgehen darf.»

Um es also kurz zu machen: Glicka Genendel brach nach Janow auf, und zwar in der Hoffnung, den Boten dort noch selber anzutreffen oder zumindest etwas über seinen Verbleib zu erfahren. Als sie auf dem Marktplatz erschien, starrten alle sie an. Man wußte allgemein von dem Boten und von den Scheidungspapieren. Sie suchte den Rabbi auf, und dessen Frau behandelte sie ganz von oben herunter. Seine Tochter, die ihr die Tür aufgemacht hatte, entbot ihr keinen Willkommen und forderte sie auch nicht zum Niedersitzen auf. Immerhin enthielt der Rabbi ihr die Tatsachen nicht vor: ein Bote war nach Janow gekommen, um ihr die Scheidungspapiere auszuhändigen, hatte sie aber in der Stadt nicht ausfindig machen können und war darum wieder abgezogen. Er entsann sich, daß der Bote Lejb hieß und aus Piask kam. Wie er sich weiter erinnerte, hatte Lejb gelbliches Haar und einen roten Bart. Als Glicka Genendel das hörte, mietete sie sich sogleich eine Kutsche, die sie nach Piask bringen sollte. Es war ohnehin zwecklos, noch länger in Janow zu bleiben, da die Stadtleute ihr offensichtlich aus dem Wege gingen.

Reb Jomtow befand sich noch immer im Gefängnis, mitten unter Dieben und Mördern. Er hatte nichts anderes am Leibe als Lumpen, die von Ungeziefer wimmelten. Zweimal täglich erhielt er trocken Brot und Wasser vorgesetzt.

Und schließlich kam der Tag der Gerichtsverhandlung heran, und er stand vor dem Richter, der, wie sich herausstellte, äußerst reizbar und obendrein noch schwerhörig war.

«Nun, und dieser Schmuck?» knurrte der Richter. «Hast du ihn gestohlen oder nicht?»

Reb Jomtow bekannte sich nicht-schuldig. Er sei nun einmal kein Dieb.

«Na schön – du bist also kein Dieb. Aber warum bist du dann mitten in der Nacht aus dem Haus fortgelaufen?»

«Ich bin vor meiner Frau davongelaufen», erklärte Reb Jomtow.

«Was für einer Frau?» fragte der Richter erbost.

Geduldig begann Reb Jomtow mit seiner Erklärung: die Schwiegermutter des Mannes, in dessen Haus er genächtigt habe, sei niemand anders als seine, Reb Jomtows, Frau. Der Richter schnitt ihm das Wort ab.

«Das ist ja eine großartige Geschichte», brüllte er. «Du bist ein ganz abgefeimter Schwindler!»

Gleichwohl ließ er Glicka Genendel vorladen. Da sie bereits die Stadt verlassen hatte, erschien an ihrer Stelle ihre Tochter.

Sie bekundete, daß ihre Mutter tatsächlich wieder verheiratet war, aber mit einem höchst ehrenwerten Mann aus Jerusalem, dem berühmten Gelehrten Reb Jomtow. Im Augenblick war sie sogar gerade unterwegs, um mit ihm zusammenzutreffen.

Der Gefangene senkte den Blick und rief: «Ich bin Reb Jomtow.»

«Du und Reb Jomtow!» schrie die Frau. «Alle wissen, daß du Reb Salomo Simeon bist!» Und sie begann, ihn mit den erlesensten Flüchen zu überschütten, die ihr zu Gebote standen.

«Genug dieser Possen!» sagte der Richter streng. «Wir haben hier bei uns schon Schurken genug und brauchen keine ausländischen Einfuhrprodukte mehr.» Und er entschied: der Häftling soll 15 Peitschenhiebe erhalten und dann gehängt werden.

Es dauerte nicht lange, bis die Juden in Lublin von dieser Entscheidung erfuhren. Einer der Ihren, und noch dazu ein Gelehrter, sollte gehängt werden! Sogleich machte sich eine Abordnung auf den Weg, um beim Gouverneur Fürsprache für den Gefangenen einzulegen. Aber diesmal hatten sie keinen Erfolg.

«Warum seid ihr Juden denn immer so scharf darauf, eure Verbrecher auszulösen?» fragte der Gouverneur. «Wir wissen, wie wir mit den unseren verfahren müssen, aber ihr laßt die euren einfach laufen. Kein Wunder, daß es bei euch so viele Gauner gibt!» Er ließ die Abordnung von seinen Hunden verjagen, und Reb Jomtow blieb weiter im Gefängnis.

Er lag, an Händen und Füßen gefesselt, in einer Zelle und wartete auf die Hinrichtung. Während er sich auf seinem Strohbündel hin und her warf, schossen Mäuse aus den Ritzen der Wand und begannen an seinen Gliedmaßen zu nagen. Er fluchte ihnen und scheuchte sie in ihre Schlupfwinkel zurück. Draußen schien die Sonne, aber in seinem Verlies herrschte schwärzeste Nacht. Seine Lage war offenbar der des Propheten Jona vergleichbar, der sich auch einmal tief im Schlund eines Walfisches befunden hatte. Er öffnete die Lippen zum Gebet, aber ich, Satan der Zerstörer, trat zu ihm und sagte: «Bist du noch immer so töricht, an die Macht des Gebets zu glauben? Denkst du daran, wie oft die Juden zur Zeit des Schwarzen Todes beteten und trotzdem umkamen wie die Fliegen? Und wie später Tausende von den Kosaken hingemetzelt wurden? Da wurde doch wohl genug gebetet, nicht wahr, als Chmielnicki auf der Bildfläche erschien? Und was war die Antwort auf alle diese Gebete? Kinder wurden bei lebendigem Leibe verbrannt, züchtige Frauen wurden vergewaltigt – und später wurde ihnen der Leib aufgeschlitzt, und es wurden Katzen darin eingenäht. Warum sollte Gott sich um eure Gebete kümmern? Er hört nicht, und Er sieht nicht. Es gibt keinen Richter. Es gibt kein Jüngstes Gericht.»

Derart redete ich, nach Art der Philosophen, auf ihn ein, und bald war seinen Lippen jede Neigung zum Beten abhanden gekommen.

«Wie kann ich mich dann aber retten?» fragte er. «Was hast du mir zu raten?»

«Bekehre dich zum Christenglauben», sagte ich. «Laß dich von den Priestern ein bißchen mit Weihwasser besprützen. Auf diese Weise kannst du am Leben bleiben und obendrein noch das Gefühl der Rache genießen. Und du möchtest dich doch an deinen Feinden rächen, wie? Und wer sind deine Feinde, wenn nicht die Juden – die Juden, die bereit sind, dich baumeln zu sehen, und das auf Grund von Lügen, die eine Jüdin sich ausgedacht hat, um dich zugrunde zu richten?»

Aufmerksam lauschte er diesen Weisheitsworten, und als der Wärter ihm sein Essen brachte, sagte er ihm, er hätte den Wunsch, sich zum Christentum bekehren zu lassen. Diese Äußerung wurde den Priestern überbracht, und ein Mönch wurde zu dem Gefangenen entsandt.

«Was hast du für einen Grund, Christ werden zu wollen?» fragte der Mönch. «Willst du etwa nur deine Haut retten? Oder ist Jesus Christus tatsächlich in dein Herz eingezogen?»

Es sei geschehen, während er im Schlaf lag, gab Reb Jomtow dem Fragesteller zu verstehen. In einer Art Traumgesicht sei sein Großvater ihm erschienen. Jesus, hätte dieser wahrhaft fromme Mann ihm versichert, sei einer der Erhabensten im Himmel und weile mit den Patriarchen zusammen im Paradies.

Kaum waren Reb Jomtows Worte dem Bischof zu Ohren gekommen, wurde der Gefangene aus der Zelle hinausgeführt und gewaschen und gekämmt. In ein reinliches Gewand gekleidet, wurde er mit einem frommen Bruder zusammengebracht, der ihn im Katechismus unterwies. Und während er über die Bedeutung der Hostie und des Kreuzes aufgeklärt wurde, wurden ihm die köstlichsten Speisen vorgesetzt. Und was mehr war: die besten Familien aus der näheren Umgebung kamen zu ihm zu Besuch. Schließlich wurde er an der Spitze einer Prozession zu einem Kloster begleitet, wo er die christliche Taufe empfing. Nun war er völlig sicher, daß seine Nöte vorüber waren und daß er in kurzer Zeit wieder ein freier Mann sein würde. Statt dessen wurde er in seine Zelle zurückgebracht.

«Wenn man zum Tode verurteilt ist», belehrte ihn der Priester, «gibt es keinen Ausweg. Aber sei nicht allzu betrübt. Mit gereinigter Seele wirst du in die nächste Welt eingehen.»

Nun erkannte Reb Jomtow, daß er sich von allen seinen Welten gleichzeitig abgeschnitten hatte. Seine Betrübnis war so ungeheuer, daß ihm die Macht der Rede abhanden kam und er kein Wort mehr über die Lippen brachte, als der Henker sich anschickte, die Schlinge um seinen Hals festzuziehen.

4

Auf dem Weg von Janow nach Piask unterbrach Glicka Genendel die Reise, um eine Verwandte zu besuchen. Sie verbrachte den Sabbat und das Wochenfest in dem kleinen Dorf, in dem diese Verwandte lebte. Während sie ihrer Gastgeberin dabei behilflich war, die Fenster festlich zu schmücken, knabberte sie immerzu an einem Stück Buttergebäck. Und am nächsten Tag nach dem Wochenfest setzte sie dann die Fahrt nach Piask fort.

Natürlich kam sie gar nicht auf den Gedanken, daß sie bereits Witwe war. Sie hatte auch nicht die geringste Ahnung, daß sie geradewegs in eine Falle hineinlief – eine Falle, die ich ihr gestellt hatte. Sie reiste in aller Muße, kehrte unterwegs in allen Gasthäusern ein und füllte sich den Magen mit Eiergebäck und Weinbrand. Sie vergaß auch den Kutscher nicht, sondern ließ für ihn gleichfalls Eiergebäck und Weinbrand kommen, und um seine Dankbarkeit zu bezeugen, sorgte er dafür, daß sie es in seinem Wagen bequem hatte, und er war ihr beim Ein- und Aussteigen behilflich. Er musterte sie aus lüsternem Auge, aber sie brachte es nicht über sich, mit einem so niedrigstehenden Burschen sich näher einzulassen.

Das Wetter war mild. Die Felder standen voll grünenden Weizens. Hoch in der Luft kreisten Störche; Frösche quakten, Grillen zirpten, und überall flatterten Schmetterlinge. Wenn des Nachts der Wagen durch den tiefen Wald rumpelte, rekelte sich Glicka Genendel auf ihrer Matte wie eine Königin, lockerte sich die Bluse und ließ sich von dem sanften Abendwind die Haut kühlen. Sie hatte gewiß schon eine ganze Reihe von Jahren hinter sich, aber ihr Körper hatte dem Alter getrotzt, und noch immer loderte in ihr die Leidenschaft so hell wie nur je. Sie spielte bereits mit dem Gedanken an einen neuen Ehemann.

Eines frühen Morgens traf sie in Piask ein – gerade zu der Zeit, in der die Kaufleute ihre Läden öffneten. Das Gras war noch feucht vom Tau. Ganze Scharen barfüßiger Mädchen waren, Seile und Körbe am Arm, auf dem Weg in den Wald, um Feuerholz und Pilze zu sammeln. Glicka Genendel suchte den Hilfsrabbi auf und fragte, ob er etwas von ihrer Scheidung wüßte. Er empfing sie mit Freundlichkeit und gestand, daß die Scheidungsurkunde von ihm persönlich aufgesetzt und in seiner Gegenwart unterzeichnet worden war. Die Papiere befanden sich jetzt in der Hand Lejbs, des Fuhrmanns. Als Glicka Genendel bat, ihn durch den Gemeindediener holen zu lassen, machte der Hilfsrabbi einen Gegenvorschlag:

«Warum geht Ihr denn nicht lieber gleich selbst zu ihm hin? Dann könntet Ihr die ganze Angelegenheit persönlich mit ihm regeln.»

Glicka Genendel begab sich also zu Lejbs Haus, einer Hütte, die hinter den Schlachthäusern auf einer Hügelkuppe kauerte. Ihr Dach bestand aus faulendem Stroh, die Fensterfüllung aus Rinderblasen statt aus Glas. Obwohl es Sommer war, war der Boden rings um das Häuschen feucht und glitschig – was aber den zerlumpten, halbnackten Kindern nichts ausmachte, die sich am Spiel mit abgenutzten Besen und mit Hühnerfedern vergenügten. Ausgemergelte Ziegen, so schmutzig wie Schweine, kletterten in jeder Richtung herum.

Lejb, der Fuhrmann, hatte weder Weib noch Kind. Er war ein untersetzter, breitschultriger Mann mit großen Händen und Füßen. An der Stirn hatte er eine Warze, und sein Bart war feuerrot. Er trug eine kurze Jacke und Strohschuhe. Als Kopfbedeckung diente ihm das Innenfutter einer Mütze, das freilich die stacheligen Büschel gelben Haares nicht völlig verbarg.

Sein Anblick hatte für Glicka Genendel etwas Abstoßendes, aber sie fragte trotzdem: «Seid Ihr Lejb?»

«Nun, soviel darf man immerhin sicher sein, daß Ihr nicht Lejb seid», erwiderte er dreist.

«Habt Ihr die Scheidungspapiere?»

«Was geht das Euch an?» wollte er wissen.

«Ich bin Glicka Genendel. Die Scheidungsurkunde war für mich bestimmt.»

«Sagt Ihr. Wie kann ich wissen, ob Ihr die Wahrheit sprecht? Ihr tragt Euren Namen ja nicht auf der Stirn.»

Glicka Genendel begriff, daß man mit diesem Mann nicht so ohne weiteres zurechtkam, und sie fragte: «Was ist denn eigentlich los? Geht es Euch um Geld? Dann braucht Ihr Euch keine Sorge zu machen. Ich werde Euch ein anständiges Trinkgeld geben.»

«Kommt heute abend wieder.»

Und als sie wissen wollte, warum das nötig sei, erwiderte er, eines seiner Pferde sei am Verenden und er könne jetzt keine weitere Unterhaltung vertragen. Er führte sie in eine Seitengasse der Stadt. Dort lag, Schaum vorm Maul, eine ausgemergelte Mähre mit räudiger Haut. Ihr Leib schwoll und schrumpfte wie ein Blasebalg. Ganze Schwärme von Fliegen summten um das sterbende Tier, und in der Höhe kreisten, krächzend vor Ungeduld, schwarze Krähen.

«Also schön, ich werde heute abend zurückkommen», sagte Glicka Genendel, der nun geradezu übel war. Und ihre hohen Knöpfstiefel trugen sie so rasch, wie sie dazu imstande waren, fort von Verfall und von Armut.

Der Zufall wollte es, daß gerade in der vorausgegangenen Nacht die Diebe von Piask einen ihrer Streifzüge unternommen hatten. Sie waren mit Karren und Planwagen in Lentschitz eingefallen und hatten dort die Läden ausgeplündert. Das war am Vorabend des Markttages geschehen, und darum hatte es nicht an brauchbarer Ware gemangelt. Aber bei diesem reichen Beutezug ließen die Banditen es nicht bewenden: sie waren auch noch in die Kirche eingebrochen und hatten sie des Schmucks ihrer goldenen Ketten, Kronen, Teller und Edelsteine beraubt. Die Heiligenfiguren waren in fast unbekleidetem Zustand zurückgeblieben. Dann hatten die Diebe schleunigst zum Rückzug geblasen, und tatsächlich hatte das Pferd, das Glicka Genendel hatte verenden sehen, zu den Opfern der Unternehmung gehört. Es war auf dem Rückweg so unbarmherzig gepeitscht worden, daß es gleich nach Heimkehr der Räuber auf der Straße zusammengebrochen war.

Natürlich wußte Glicka Genendel von alledem nichts. Sie suchte ein Gasthaus auf und bestellte ein Brathuhn. Um den Anblick des sterbenden Pferdes aus dem Sinn zu bekommen, trank sie einen Schoppen Met. Sie konnte es auch nicht unterlassen, mit sämtlichen männlichen Gästen anzubändeln: jeden fragte sie nach seinem Namen, seiner Vaterstadt und seiner besonderen Tätigkeit in dieser besonderen Gegend. Aber ebensowenig konnte sie es vermeiden, von ihren eigenen Lebensumständen zu berichten: von ihrer vornehmen Abkunft, ihrer Kenntnis des Hebräischen, ihrem Reichtum, ihrem Schmuck und ihrer Geschicklichkeit im Kochen, Nähen und Häkeln. Nach dem Essen suchte sie ihr Zimmer auf und gönnte sich ein Schläfchen.

Beim Aufwachen mußte sie entdecken, daß die Sonne bereits im Untergehen war und die Rinder von den Weiden heimgetrieben wurden. Aus den Kaminen des Dorfes hob sich Rauch: die Hausfrauen hatten die Töpfe für die Abendmahlzeit aufgesetzt.

Nochmals schlug Glicka Genendel den Pfad ein, der zu Lejbs Hütte führte. Bei Betreten des Hauses ließ sie die Purpurdämmerung hinter sich – und fand sich von einer Nacht eingehüllt, die fast so schwärzlich war wie das Innere eines Kamins. Es brannte lediglich eine kleine Kerze – in einer Tonscherbe. Sie konnte eben noch Lejb erkennen, der mit gespreizten Beinen auf einem umgestülpten Eimer saß. Er war gerade mit dem Ausbessern eines Sattels beschäftigt. Lejb war selber kein Dieb. Er war nur der Fuhrmann für die Diebe.

Glicka Genendel kam augenblicks zur Sache, und er brachte wieder seine alten Bedenken vor. «Wie kann ich wissen, ob es sich wirklich um Eure Scheidung handelt?»

«Hier, nehmt die beiden Gulden, und nun Schluß mit diesem Unfug!» sagte sie.

«Es geht mir nicht ums Geld», knurrte er.

«Was ist Euch dann über die Leber gekrochen?»

Er zögerte einen Augenblick.

«Ich bin nämlich auch ein Mensch und kein Hund. Ich mag das gleiche wie alle andern.» Und er zwinkerte lüstern und wies auf eine dick mit Stroh bedeckte Lagerbank. Glicka Genendel fühlte sich von Ekel überwältigt, aber ich, der Fürst der Finsternis, flüsterte ihr rasch ins Ohr: «Es lohnt sich nicht, mit einem so ungebildeten Burschen zu feilschen.»

Sie flehte ihn an, ihr zuerst die Scheidungspapiere zu geben. Es gehe ja lediglich darum, die Sünde ein bißchen zu mildern. Begriffe er denn nicht, daß es für alle Beteiligten besser wäre, wenn er mit einer geschiedenen Frau zu Bett ginge und nicht mit einer verheirateten? Aber für einen solchen Handel war er viel zu gerissen.

«O nein», erwiderte er. «Sobald ich Euch die Papiere aushändige, werdet Ihr anderen Sinnes.»

Er verriegelte die Tür und drückte die Kerze aus. Sie wollte schreien, ich aber erstickte ihr die Stimme. Merkwürdigerweise war nur die eine Hälfte ihres Wesens verschreckt, die andere zitterte vor Begierde. Lejb zog sie zu sich aufs Stroh herab. Er stank nach Leder und Pferden. Sie selbst war verstummt.

Daß so etwas mir widerfährt, dachte sie voller Verwunderung.

Sie ahnte nicht, daß ich, der Erzfeind, es war, der ihr das Blut erhitzte und den Verstand benebelte. Draußen lauerte auf sie bereits die Vernichtung.

Plötzlich war Reitergetrappel zu vernehmen. Die Türe zersplitterte, als sei sie von einem Wirbelsturm eingedrückt worden, und Dragoner und Gardisten mit Fackeln drangen ins Zimmer ein. Alles das ging mit solcher Schnelligkeit vor sich, daß die beiden Sünder nicht einmal Gelegenheit hatten, abzubrechen, was sie eben begonnen hatten. Glicka Genendel kreischte auf und verlor das Bewußtsein.

Den ganzen Überfall hatte der Grundherr von Lentschitz höchstpersönlich in Szene gesetzt – er war mit seinen Soldaten ausgezogen, die Diebe dingfest zu machen. Die Uniformierten drangen in die Häuser aller ihnen bekannten Verbrecher ein. Ein Spitzel begleitete jeden Trupp. Lejb hatte beim ersten Schlag bereits schlappgemacht und gestand, daß er der Fuhrmann der Räuberbande war. Zwei Soldaten drängten ihn ins Freie hinaus, aber vorher hatte einer sich noch Glicka Genendel zugewandt:

«Na, du Hure, und wer bist du?»

Und er ließ sie durchsuchen.

Natürlich beteuerte sie, daß sie von der Plünderung des Ortes Lentschitz keine Ahnung hätte, aber der Spitzel erklärte: «Hört nicht auf die Straßendirne.» Er schob ihr die Hand zwischen Mieder und Brust und brachte einen herrenlosen Schatz zum Vorschein: den Schmuck ihrer Tochter und Reb Jomtows gefüllten Beutel. Im Schein der Fackeln glitzerten die Dukaten, Diamanten, Saphire und Rubine heimtückisch auf. Nun durfte Glicka Genendel nicht mehr daran zweifeln, daß die Vergeltung sie eingeholt hatte. Sie warf sich dem Grundherrn zu Füßen und flehte um Gnade. Trotzdem wurden ihr Handschellen angelegt, und mit den andern Dieben zusammen wurde sie nach Lentschitz verbracht.

Vor Gericht versicherte sie unter Eid, daß der Schmuck ihr Eigentum sei. Aber die Ringe paßten ihr nicht an die Finger, die Armbänder nicht ums Gelenk. Man fragte sie, wieviel Geld sich im Beutel befinde, aber sie wußte es nicht, weil Reb Jomtow auch Münzen aus der Türkei unter seinen Goldstücken hatte. Als später der öffentliche Ankläger sie fragte, woher sie die Dukaten habe, erwiderte sie: «Von meinem Mann.»

«Und wo ist jetzt dein Mann?»

«In Lublin», fuhr es ihr in ihrer Verwirrung heraus, «im Gefängnis.»

«Der Ehegatte ist also ein Galgenvogel», erklärte der Ankläger. «Und sie ist eine Hure. Der Schmuck ist offensichtlich nicht der ihre, und sie weiß nicht einmal, wieviel Geld sich in ihrem Besitz befindet. Kann die Entscheidung noch im geringsten zweifelhaft sein?»

Niemand widersprach.

Nun erkannte Glicka Genendel, daß für sie die Aussichten, noch einmal mit heiler Haut davonzukommen, in der Tat sehr kümmerlich waren. Es wurde ihr plötzlich klar: ihre einzige Hoffnung bestand darin zu erklären, daß sie eine Tochter und einen Schwiegersohn in Lublin habe und daß der Schmuck ihrer Tochter gehöre. Aber ich sagte leise zu ihr: «Zunächst einmal wird niemand dir glauben. Und wenn man es wirklich täte: was würde in einem solchen Fall passieren? Man würde deine Tochter herholen lassen, und sie würde entdecken, daß du ihr nicht nur den Schmuck gestohlen, sondern daß du auch, wie ein ganz gewöhnliches Straßenmädchen, mit diesem Schorfkopf Unzucht getrieben hast. Die Schande würde sie nicht überleben, und du hättest dann ohnehin deinen Lohn dahin. Und ganz nebenbei: Reb Jomtow würde freigelassen werden, und glaube mir – er fände deine Lage nur erheiternd. Nein, halt lieber den Mund. Besser Verderben und Untergang als Unterwerfung unter den Feind.»

Und wenn auch mein Rat sie geradewegs in den Abgrund führte, erhob sie doch keinen Einwand, denn es ist allgemein bekannt, daß die Meinen eitel sind und ihrer Eitelkeit zuliebe notfalls selbst das Leben aufs Spiel setzen. Was ist die Jagd nach dem Vergnügen auch anderes als Hochmut und Sinnestäuschung?

Glicka Genendel wurde also zum Tod durch den Strang verurteilt.

In der Nacht vor ihrer Hinrichtung suchte ich sie auf und beschwor sie, sich zum Christenglauben zu bekehren, gerade wie ich es im Fall des verblichenen, unbeweinten Reb Jomtow getan hatte, aber sie erwiderte: «Wäre es eine größere Ehre, eine Abtrünnige zur Mutter zu haben als ein Straßenmädchen? Nein, ich werde als gute Jüdin in den Tod gehen!»

Glaubt nur ja nicht, ich hätte nicht mein Bestes versucht! Wieder und wieder redete ich auf sie ein, aber, wie schon geschrieben steht: eine Frau besteht zu neun Zehnteln aus Verstocktheit.

Am folgenden Tag wurde in Lentschitz ein Galgen errichtet. Als die Juden der Stadt erfuhren, daß eine Tochter Israels gehängt werden sollte, gerieten sie außer sich und ließen dem Grundherren eine Bittschrift zustellen. Aber es war eine Kirche geplündert worden, und deshalb wollte er auch nicht Gnade vor Recht ergehen lassen. Aus allen Richtungen kamen die Bauern und Edelleute, in Kutschen und Karren dem gleichen Ziele zustrebend: der Stätte der Hinrichtung. Schweinemetzger handelten mit Salami. Bier und Wodka flossen in Strömen.

Über die Juden war Finsternis hereingebrochen, und sie schlossen zur Mittagsstunde die Fensterläden. Unmittelbar vor der Hinrichtung kam es unter den Bauern zu einer Art Handgemenge: jeder wollte dem Galgen am nächsten stehen, um ein Stück Strang als Talisman zu erbeuten.

Zuerst hängte man die Diebe und mit ihnen Lejb, den Fuhrmann. Dann wurde Glicka Genendel die Stufen emporgeführt. Bevor ihr die Kapuze über den Kopf gestreift wurde, fragte man sie nach einem letzten Wunsch, und sie bat flehentlich darum, den Rabbi kommen zu lassen, auf daß er ihre Beichte anhöre. Er kam, und sie erzählte ihm, wie alles sich in Wahrheit verhielt. Es war wohl das erste Mal in ihrem Leben, daß sie die Wahrheit äußerte.

Der Rabbi sprach für sie das Beichtgebet und verhieß ihr das Paradies.

Offenbar hatte der Rabbi von Lentschitz jedoch nur geringen Einfluß im Himmel, denn bevor Glicka Genendel und Reb Jomtow Zulaß zum Paradies erlangten, hatten sie für jede ihrer letzten Sünden Buße zu tun. Dort oben gibt es nämlich keinen Ablaß.

Als ich Lilith diese Geschichte erzählte, fand sie sie höchst erheiternd und beschloß, sich die beiden Sünder in Gehenna einmal anzusehen. Ich flog also mit ihr zu diesem Ort und zeigte ihr, daß sie dort an ihren Zungen hingen – die für Lügner vorgeschriebene Art der Bestrafung.

Unter ihren Füßen befanden sich flache Pfannen voll glühender Kohlen. Mehrere Teufel züchtigten beide mit Feuerruten. Ich rief zu den Sündern hinüber: «Nun, sagt mir, wen habt ihr wohl mit euren Lügen zum Narren gehalten? Ihr habt alles nur euch selbst zuzuschreiben. Mit euren Lippen hattet ihr den Faden gesponnen, mit eurem Munde das Netz geknüpft. Aber seid guten Mutes. Euer Aufenthalt in Gehenna wird nicht länger währen als zwölf Monate, Sabbat- und Feiertage eingerechnet.»

Groß und klein

Ihr sagt: groß und klein, was ist der Unterschied? Ein Mensch ist nicht mit der Elle zu messen. Die Hauptsache ist bei ihm der Kopf, nicht die Füße. Immerhin, wenn einem irgendein törichter Gedanke nicht aus dem Kopf will, dann weiß man nicht, wohin das noch führt. Laßt mich denn also eine Geschichte erzählen. In unserem Städtchen lebte ein Ehepaar. Er hieß Klein-Motie und sie Motiekhe. Niemand gebrauchte je ihren richtigen Namen. Er war nicht eben klein: er war kaum größer als ein Zwerg. Die müßigen Witzbolde – und an denen fehlt es ja nie – belustigten sich stets auf Kosten des armen Mannes. Der Hilfslehrer, behaupteten sie, nehme ihn bei der Hand und führe ihn zu Reb Berisch, der die kleinen Abc-Schützen in der Vorschule unterrichtete. Am Simchat Tora, dem Tag der Gesetzesfreude, betranken sich die Gemeindemitglieder und riefen ihn mit den kleinen Jungen zum Vorlesen der Tora auf. Irgend jemand schenkte ihm ein Festtagsfähnchen – mit einem Apfel und einer Kerze auf der Holzstange. Wenn eine Frau niederkam, erschienen bei ihm die Spaßvögel des Städtchens und erklärten, ein kleiner Junge werde für das Wochenbettgebet gebraucht, um die bösen Geister abwehren zu helfen. Wenn er wenigstens einen ordentlichen Bart gehabt hätte! Aber nein, er hatte am Kinn nur hie und da ein paar Härchen. Er hatte keine Kinder, und, um ganz ehrlich zu sein, er sah tatsächlich wie ein Schuljunge aus. Seine Frau Motiekhe war gleichfalls keine Schönheit, aber es war allerhand an ihr dran. Nun, sei das wie es mag, die beiden lebten zusammen, und Motie war bald so etwas wie ein reicher Mann. Er war Getreidehändler und besaß einen großen Vorratsspeicher. Unser polnischer Grundherr hatte ihn ins Herz geschlossen, auch wenn er gelegentlich über seine Größe spottete. Immerhin, er kam mit dem Leben zurecht, und was nützt es, groß zu sein, wenn das Loch, das man in der Tasche hat, noch größer ist?

Aber das schlimmste war, daß Motiekhe (möge der Himmel ihr vergeben) ihn immerzu hänselte. Winzigklein, tu dies, Winzigklein, tu das. Stets wollte sie etwas von ihm in einer Höhe erledigt haben, die er nicht erreichen konnte. «Schlag da oben einen Nagel in die Wand!» – «Nimm die Kupferpfanne vom Regal herunter!» Sie machte ihn auch in Gegenwart von Fremden lächerlich, und davon erzählte man sich dann später in der ganzen Stadt. Eines Tages erklärte sie sogar (kann man sich bei einer ehrbaren jüdischen Ehefrau so etwas überhaupt vorstellen?), daß er einen Schemel brauche, um zu ihr ins Bett zu gelangen. Ihr könnt erraten, was die Klatschmäuler mit einer solchen Äußerung anstellten! Wenn irgend jemand während seiner Abwesenheit nach ihm fragte, sagte sie: «Sieh mal unter dem Tisch nach.»

Im Städtchen war ein Lehrer mit einer bösen Zunge, und der berichtete, er habe einmal sein Zeigestäbchen verlegt, habe danach gesucht – und siehe da, da habe er Motie erblickt, der dieses Zeigestäbchen gerade als Spazierstock benutzte. Damals hatte man allgemein noch viel freie Zeit und oft nichts Besseres zu tun als zu klatschen. Motie selbst nahm diese gehässigen Scherze sozusagen mit lächelnder Miene hin, aber sie taten ihm trotzdem weh. Was ist schließlich auch so Komisches daran, wenn man klein ist? Hat jemand längere Beine – ist er dann in den Augen Gottes etwa mehr wert?

Dieser Motie war kein Gelehrter, sondern nur eben ein Durchschnittsmensch. Mit Vorliebe lauschte er in der Synagoge den Gleichnissen der zu Besuch im Städtchen weilenden Wanderprediger. Am Samstagmorgen sang er mit den anderen Gemeindemitgliedern Psalmen. Gelegentlich war er auch für ein

Glas Branntwein zu haben. Manchmal erschien er bei uns im Haus. Mein Vater (er möge in Frieden ruhen!) kaufte Haferflocken von ihm. Man konnte hören, wie Motie am Schloß kratzte – einer Katze gleich, die um Einlaß bettelte. Wir Mädchen waren damals noch klein, und wir begrüßten ihn mit Ausbrüchen von Gelächter. Vater zog einen Stuhl für ihn herbei und redete ihn mit Reb Motie an, aber unsere Stühle waren alle hoch, und er fand es etwas mühsam, heraufzuklettern. Wenn der Tee aufgetragen war, reckte und streckte er sich, weil es ihm nicht gelang, den Rand des Glases mit den Lippen zu erreichen. Lästerzungen behaupteten, er trage künstliche Absätze und sei einmal auch in einen Holzeimer gefallen, wie man ihn im Badehaus zum Abspülen benutzt. Aber von alledem abgesehen war er ein geschickter Kaufmann. Und Motiekhe hatte es bei ihm leicht und bequem. Er besaß ein stattliches Haus, und die Wandschränke waren stets mit dem Besten vom Besten gefüllt.

Nun stellt euch aber vor: eines Tages hatten Mann und Frau eine kleine Auseinandersetzung. Ein Wort ergab das andere, und bald kam es zu einem richtigen Streit. So etwas passiert in den besten Familien. Aber der Zufall wollte, daß gerade ein Nachbar zugegen war. Motiekhe (möge sie es mir später nicht zur Last legen!) hatte ein loses Mundwerk, und wenn sie in Wut geriet, vergaß sie Gott selbst. Sie schrie ihrem Mann zu: «Du Mißgeburt! Du Widerling! Was bist du denn für ein Mann! Nicht größer als eine Fliege. Ich schäme mich, neben einem solchen Knirps am Samstag in die Synagoge zu gehen!» Und so tobte sie immer weiter, goß immerzu Öl ins Feuer, bis aus seinem Gesicht alles Blut entwich. Er sagte nichts, und das machte sie um so wilder. Sie kreischte: «Was soll ich nur mit einem solchen Zwerg anfangen. Ich werde dir eine kleine Trittleiter kaufen und dich in eine Wiege stecken. Wenn meine Mutter mich lieb gehabt hätte, hätte sie einen richtigen Mann für mich ausgesucht, nicht ein Neugeborenes!» Sie war in solcher Erregung, daß sie nicht mehr wußte, was sie sagte. Er hatte rotes Haar und ein gerötetes Gesicht, aber nun wurde er kalkweiß und sagte: «Dein zweiter Mann wird groß genug sein, um dich für mich zu entschädigen.» Und bei diesen Worten brach er zusammen und weinte ganz wie ein kleines Kind. Nie hatte man ihn bisher weinen sehen, nicht einmal am Jom Kippur, am Versöhnungstag. Seine Frau war sofort verstummt. Ich weiß nicht, was später geschah, ich war selbst nicht mit dabei. Die beiden müssen sich zunächst wieder vertragen haben. Aber wie das Sprichwort sagt: Von einem Schlag bleibt keine Wunde zurück, aber ein gesprochenes Wort hinterläßt Spuren.

Noch vor Ablauf eines Monats hatten die Stadtleute über etwas Neues zu schwatzen. Motie hatte aus Lublin einen Gehilfen mit heimgebracht. Was sollte er denn mit einem Gehilfen anfangen? In den ganzen Jahren war er mit seinem Geschäft allein fertig geworden. Der Neuankömmling zeigte sich auf der Straße, und alle wandten sich nach ihm um: ein Riese von einem Mann, der pechschwarzes Haar, ein Paar schwarze Augen und einen schwarzen Bart hatte. Die anderen Kaufleute fragten Motie: «Wozu brauchst du denn einen Gehilfen?» Und er erwiderte: «Das Geschäft, Gott sei Dank, ist immer größer geworden! Ich kann die ganze Bürde nicht mehr allein tragen.» Nun, dachten sie, er mußte wissen, was er tat. Aber in einer kleinen Stadt sieht jeder, was der Nachbar im Kopfe hat. Der Mann aus Lublin – er hieß Mendl – machte nicht gerade den Eindruck eines Kaufmanns. Er lungerte im Hof herum, glotzte und ließ die Blicke hierhin und dorthin schweifen. An Markttagen stand er, die Bauern hoch überragend, wie ein Pfosten zwischen den Karren und kaute an einem Strohhalm.

Als er ins Bethaus kam, fragten die anderen ihn: «Was hast du denn in Lublin gemacht?» Seine Antwort: «Ich bin ein Holzhacker.» – «Hast du eine Frau?» – Nein, erwiderte er, er sei ein Witwer. Die Müßiggänger auf der Hauptstraße hatten nun etwas zu schwatzen und zu schwätzen. Es war seltsam. Der neue Mann war so groß, wie Motie klein war. Wenn sie sich miteinander unterhielten, hatte der Neuankömmling sich bis zur Hüfte herabzubiegen und Motie sich auf die Fußspitzen zu stellen. Gingen sie zusammen die Straße entlang, liefen alle ans Fenster, um hinunterzuspähen. Der große Bursche schritt munter aus, und Motie hatte hinter ihm her zu traben.

Hob jener den Arm, hätte er das Dach berühren können. Es war wie in jener Geschichte des Alten Testaments, in der die israelitischen Kundschafter sich wie Heuschrecken ausnahmen, die anderen dagegen wie Riesen. Der Gehilfe wohnte bei Motie, und Motiekhe setzte ihm die Mahlzeiten vor. Die anderen Frauen fragten sie: «Warum hat Motie nur einen solchen Goliath mit heimgebracht?» Und sie erwiderte: «Wenn ich das wüßte, dann wüßte ich auch, was das Böse ist. Wenn er wenigstens etwas vom Geschäft verstünde! Aber er kann den Weizen nicht vom Roggen unterscheiden. Er frißt wie ein Pferd und schnarcht wie ein Ochse. Und zu alledem ist er ein richtiger Dummkopf – dermaßen sparsam geht er mit den Worten um, als wären es Goldmünzen.»

Motiekhe hatte eine Schwester, der sie ihr bitteres Herz ausschüttete. Eine Hilfskraft habe Motie, erklärte sie, ebenso nötig gehabt wie ein Loch im Kopf. Er habe lediglich aus Rachsucht gehandelt. Der Mann verrichte nicht die kleinste Arbeit. Er werde sie beide noch arm fressen. Das waren ihre eigenen Worte. In unserer Stadt gab es keine Geheimnisse. Die Nachbarn lauschten unter dem Fenster und schoben die Ohren ans Schlüsselloch. «Warum Rachsucht?» fragte die Schwester, und Motiekhe brach in Tränen aus: «Nur, weil ich ihn einmal eine Frühgeburt genannt habe.»

Diese Geschichte kam gleich in der ganzen Stadt herum, aber sie klang nicht recht glaubhaft. Was war das für eine Rachsucht? Wem wollte er mit einem solchen Türkenkniff weh tun? Es war sein Geld, nicht das ihre. Aber wenn einem ein törichter Gedanke nicht aus dem Kopf will, dann gnade ihm Gott! Das ist die Wahrheit, wie sie geschrieben steht – ich weiß nur im Augenblick nicht mehr, wo.

Noch keine zwei Wochen waren vergangen, als Motiekhe weinend beim Rabbi erschien.

«Rebbe», sagte sie, «mein Mann ist offenbar nicht mehr bei Sinnen. Er hat uns einen trägen Vielfraß ins Haus gebracht, und als ob das nicht genug wäre, hat er ihm noch alles Geld anvertraut.» Der Fremde, erklärte sie, halte die Hand auf dem Geldbeutel, und jedesmal, wenn sie, Motiekhe, etwas brauche, habe sie zu ihm zu gehen. Er sei der Kassierer. «Frommer Rebbe», rief sie, «Motie hat alles das nur getan, um mich zu ärgern, weil ich ihn einmal Püppchen genannt habe.» Der Rabbi konnte nicht herausfinden, was sie von ihm wollte. Er war ein frommer Mann, aber in weltlichen Dingen geradezu hilflos. Und er sagte: «Ich kann mich doch nicht in die Angelegenheiten deines Mannes einmischen.» – «Aber Rebbe», rief sie, «dann wären wir ja ruiniert!»

Der Rabbi ließ Motie kommen, aber dieser blieb fest: «Ich habe in meinem Leben genug Kornsäcke geschleppt. Ich darf es mir nun leisten, einen Helfer zu dingen.» Zuletzt entließ der Rabbi sie beide mit dem Gebot: «Laßt Frieden zwischen euch walten!» Was hätte er auch sonst sagen können?

Dann wurde Klein-Motie plötzlich krank. Niemand wußte, was ihm fehlte, aber er verlor alle Farbe. So klein er an sich war – er schrumpfte nun noch mehr zusammen. Er kam in die Synagoge zum Beten und stand wie ein Schatten reglos in der Ecke. Am Markttag ließ er sich nicht mehr zwischen den Karren blicken. Seine Frau fragte: «Was hast du denn, mein lieber Mann?» Aber er antwortete: «Nichts, gar nichts.» Er ließ den Bader kommen, aber was weiß schon ein Bader? Er verschrieb ein paar Kräutermittel, aber sie halfen nicht. Mitten am Tage ging Motie zu Bett und blieb dann auch liegen. Motiekhe fragte: «Was tut dir denn weh?» Und er antwortete: «Nichts tut weh.» – «Warum liegst du denn dann im Bett wie ein Kranker?» Und er sagte: «Ich habe keine Kraft.» – «Wie kannst du denn Kraft haben?» wandte sie ein, «wenn du nur so viel ißt wie ein Vögelchen?» Aber er erwiderte nur: «Ich habe keinen Appetit.»

Was soll ich euch noch weiter erzählen? Jeder sah, daß es mit Motie schlimm stand. Er verlosch wie eine Kerze. Motiekhe wollte, daß er nach Lublin fuhr und die Ärzte aufsuchte, aber er schüttelte den Kopf. Sie begann zu wehklagen und zu jammern: «Was soll denn aus mir werden? Wo soll ich denn bleiben?» Und er antwortete: «Du wirst den großen Burschen heiraten.» – «Schuft! Mörder!» rief sie. «Du bist mir lieber als jeder Riese. Warum muß ich mich von dir quälen lassen? Wenn ich nun wirklich ein paar ungeschickte Worte gesagt habe? Es ist doch nur aus Liebe zu dir geschehen. Du bist mein Mann, mein Kind, du bist mein alles auf der Welt. Ohne dich ist mein Leben kein Staubkörnchen wert.» Aber das einzige, was er ihr antwortete, war: «Ich bin ein verdorrter Ast. Mit ihm wirst du Kinder haben.»

Wollte ich euch alles erzählen, was vor sich ging, müßte ich einen ganzen Tag und eine ganze Nacht hier bleiben. Die angesehensten Bürger des Städtchens kamen zu ihm und redeten mit ihm. Auch der Rabbi machte ihm einen Krankenbesuch.

«Was ist denn das für ein verrückter Gedanke, der sich bei dir festgesetzt hat? Dies ist doch Gottes Welt, nicht die des Menschen.» Aber Motie gab vor, nicht zu verstehen. Als seine Frau erkannte, daß es daheim immer schlimmer wurde, riß ihr die Geduld, und sie verwies den Fremden des Hauses. Aber Motie erklärte: «Nein, er bleibt. Solange ich atme, bin ich hier der Herr.»

Immerhin nächtigte der Gehilfe von nun an im Gasthaus. Aber an jedem Morgen kam er wieder und tat alles, was das Geschäft erforderte. Alles war jetzt in seiner Hand – das Geld, die Schlüssel, jedes kleinste Bißchen. Motie hatte niemals etwas zu Papier gebracht, aber der Gehilfe trug alles in ein großes Rechnungsbuch ein. Er war auch ein Geizhals. Motiekhe wollte beispielsweise Geld für den Haushalt haben, aber er verlangte von ihr für jede einzelne Kopeke einen Beleg. Er wog und maß jedes Körnchen und jeden Krümel nach. Sie schrie: «Du bist ein Fremder, und es geht dich gar nichts an! Scher dich zu den schwarzen Teufeln, du Räuber, du Mörder, du Bandit!» Seine Antwort lautete: «Wenn dein Mann mich entläßt, werde ich gehen.» Aber die meiste Zeit über sagte er gar nichts, sondern knurrte lediglich wie ein Bär.

Solange es Sommer und warm war, brachte es Klein-Motie noch immer fertig, sich wenigstens eine Zeitlang auf den Füßen zu halten. Er fastete sogar am Jom Kippur. Aber bald nach dem Erntefest begann er immer rascher zu verfallen. Er legte sich zu Bett und stand nicht mehr auf. Seine Frau holte einen Arzt aus Zamosc ins Haus, aber dieser konnte nichts für ihn tun. Sie lief zu heilkundigen Hexen, maß Gräber mit einem Kerzendocht ab und verfertigte für die Synagoge Opferkerzen, sandte Boten zu frommen Rabbis, aber Motie wurde von Tag zu Tag schwächer. Er lag auf dem Rücken und starrte die Decke an. Er konnte sich nun auch nicht mehr allein Gebetsmantel und Gebetsriemen anlegen. Er aß nur gelegentlich noch einen Löffel Grütze, sprach auch nicht länger den Segen mehr über dem Sabbatwein. Kam der Riese dann aus der Synagoge, entbot er seinen Gruß und sprach die Segnungen.

Als Motiekhe sah, wo das alles hinführte, rief sie drei Juden ins Haus und holte die Bibel hervor. Sie wusch sich die Hände, hob das heilige Buch in die Höhe und rief: «Seid meine Zeugen, ich schwöre bei dem heiligen Buch und bei Gott dem Allmächtigen, daß ich diesen Mann niemals heiraten werde, selbst wenn ich bis zum neunzigsten Lebensjahr Witwe bleibe!» Und nach diesen Worten spie sie dem großen Burschen genau ins Auge. Er wischte sich mit einem Taschentuch übers Gesicht und verließ das Zimmer. Motie sagte: «Es hat gar nichts zu bedeuten. Du wirst von deinem Eide entbunden werden...»

Eine Woche später lag Motie im Sterben. Es dauerte auch nicht lange, und Motie war nicht mehr. Mit Kerzen zu seinen Häupten, die Füße zur Tür, wurde er auf den Boden gelegt. Motiekhe kniff sich in die Wangen und schrie: «Mörder! Du hast dir selbst das Leben genommen! Du hast kein Recht auf ein frommes jüdisches Begräbnis! Du solltest außerhalb der Friedhofsumzäunung beigesetzt werden.» Sie war nicht ganz bei Sinnen.

Der Große verließ das Haus und hielt sich eine Zeitlang außer Sichtweite. Die Beerdigungsbruderschaft verlangte Geld für die Bestattung, aber Motiekhe hatte nicht eine einzige Kopeke. Sie mußte ihren Schmuck versetzen. Diejenigen, die Motie für das Begräbnis herzurichten hatten, erklärten später, er sei so leicht wie ein Vogel gewesen. Ich sah sie den Leichnam heraustragen. Man hatte den Eindruck, als läge unter dem Bahrtuch ein Kind. Auf dem Überzug lag die Schöpfkelle für sein Korn. Er hatte angeordnet, sie dorthin zu legen – zum Zeichen dafür, daß er stets ehrlich gemessen hatte. Man hob ein Grab aus und setzte ihn darin bei. Plötzlich, wie aus dem Boden geschossen, tauchte der Riese daneben auf. Er begann das Totengebet zu sprechen, und die Witwe kreischte: «Du Todesengel, du warst es, der ihn aus der Welt vertrieben hat!» Und sie stürzte mit geballter Faust auf ihn los. Den anderen gelang es kaum, sie zurückzuhalten.

Der Tag war kurz. Es wurde Abend, und Motiekhe ließ sich auf einem niedrigen Schemel nieder, um mit dem siebentägigen Trauern zu beginnen. Und die ganze Zeit über war der Große im Hof und wieder draußen, schleppte allerlei herum und tat dies und das. Durch einen Botenjungen schickte er der Witwe für das Nötigste Geld ins Haus. Und so ging es Tag um Tag. Schließlich mischte die Gemeinde sich ein und zitierte den Mann vor den Rabbi. «Was soll denn das heißen?» forschten sie. «Warum hast du dich denn dieses Hauses bemächtigt?» Zunächst sagte er kein Wort. Es war, als fühlte er sich nicht einmal angeredet. Dann zog er ein Papier aus der Brusttasche und wies es vor: Motie hatte ihn zum Treuhänder für alle seine weltlichen Güter gemacht. Seiner Frau hinterließ er nur das, was zum Haushalt gehörte. Die Bürgersleute sahen das Testament und waren erstaunt. «Wie konnte er nur so etwas tun?» fragte der Rabbi... Nun, die Erklärung war einfach genug: Motie war nach Lublin gefahren, hatte den größten Mann gewählt, den er ausfindig machen konnte, und ihn zum Erben und Testamentsvollstrecker bestimmt. Zuvor war der gleiche Mann Vorarbeiter einer Rotte von Holzfällern gewesen.

Der Rabbi gab seine Anweisungen: «Die Witwe hat einen Eid geschworen, und du darfst das Haus nicht wieder betreten. Gib ihr ihr Eigentum zurück, denn die ganze Angelegenheit ist sehr unfrommer Art.» Dagegen der Riese: «Von dem Friedhof bekommt man nichts wieder zurück.» So lauteten seine Worte. Die Ältesten der Gemeinde verwünschten ihn, bedrohten ihn mit den drei Buchstaben der Ausweisung und einer Tracht Prügel. Aber er ließ sich nicht so leicht ins Bockshorn jagen. Er war so hoch wie ein Eichbaum, und beim Sprechen dröhnte seine Stimme, als ob sie aus einer Tonne käme. In der Zwischenzeit blieb Motiekhe bei ihrem Gelübde. Jedesmal wenn ein Besucher kam, um ihr sein Beileid auszusprechen, erneuerte sie ihren Eid – über Kerzen, über Gebetbüchern, über allem, was ihr nur in den Sinn kam. Am Sabbat fanden sich in ihrem Haus die erforderlichen zehn Männer zum Beten ein. Sie lief zu den heiligen Pergamentrollen und schwor vor ihnen. Sie wollte keinesfalls tun, was Motie gewollt hatte, sie schrie, er sollte nie seinen Willen haben.

Und sie weinte so bitterlich, daß alle mit ihr weinten.

Nun, ihr lieben Leute, sie heiratete ihn. Ich weiß nicht mehr genau, wie lange es damit dauerte – sechs Monate oder neun ... auf jeden Fall weniger als ein Jahr. Der große Bursche besaß ja alles, und sie besaß nichts. Sie verleugnete ihren Stolz und suchte den Rabbi auf. «Frommer Rebbe, was soll ich tun? Motie wollte es nicht anders. Er sucht mich in meinen Träumen heim. Er kneift mich. Er schreit mir ins Ohr, er werde mich noch ersticken.» Sie rollte sich, mitten im Arbeitszimmer des Rabbi, den Ärmel hoch und wies einen mit schwarzen und blauen Flecken übersäten Arm vor. Der Rabbi wollte die Entscheidung nicht auf sich allein nehmen und schrieb nach Lublin. Drei Rabbiner kamen ins Städtchen und brüteten drei Tage lang über dem Talmud. Zuletzt erteilten sie ihr – wie nennt man es doch? – Dispens.

Es war eine stille Hochzeit, aber dafür machte die Menge in der Straße genug Getöse. Ihr könnt euch ja all das Johlen und Buhen vorstellen. Vor dieser Heirat war Motiekhe so flach wie ein Brett gewesen und hatte grün und gelb ausgesehen. Aber bald nach der Hochzeit begann sie wie eine Rose aufzublühen. Sie war nicht mehr ganz jung, wurde aber doch noch schwanger. Die Stadt war die Neugierde selbst. So, wie Motiekhe ihren ersten Mann den Kleinen genannt hatte, so hieß sie den zweiten den Großen. Dem Großen galt jedes zweite Wort. Sie konnte den Blick nicht von ihm wenden und war, was ihn betraf, geradezu töricht. Nach neun Monaten schenkte sie einem Jungen das Leben. Das Kind war so groß, daß sie drei Tage lang in den Wehen lag. Man glaubte schon, sie werden sterben, aber sie hielt durch. Die halbe Stadt stellte sich zur Feier der Beschneidung ein. Einige erschienen, um sich zu freuen, andere, um zu lachen. Es war ein richtiges Ereignis.

Zunächst schien alles ganz gut zu gehen. Schließlich ist es ja keine Kleinigkeit – ein Sohn noch in vorgerücktem Alter! Aber wie Motie bei jeder Unternehmung Glück gehabt hatte, hatte Mendl Pech. Der Grundherr konnte ihn nicht leiden. Die anderen Kaufleute gingen ihm aus dem Wege. Der Speicher wurde von Mäusen heimgesucht, die so groß waren wie Katzen und das ganze Getreide vertilgten. Alle stimmten darin überein, daß dieses eine von oben verhängte Strafe war, und es dauerte auch nicht lange, bis Mendl als Kaufmann erledigt war. Er ging zurück in den Wald und wurde wieder ein Vorarbeiter. Und nun stellt euch vor: einmal tritt er an einen Baum heran und schlägt mit seinem Hämmerchen an die Rinde. Und der Baum fällt um, gerade auf ihn drauf. Es war damals sogar windstill. Die Sonne schien. Er hatte nicht einmal Zeit aufzuschreien.

Motiekhe blieb noch eine Weile länger am Leben, schien aber aus dem Häuschen geraten zu sein. Sie tat nichts anderes, als unaufhörlich vor sich hinzumurmeln: klein, groß, groß, klein ... Täglich eilte sie zum Friedhof, um dort über den Gräbern zu wehklagen, und immerzu lief sie zwischen den beiden Gräbern hin und her. Zur Zeit ihres Todes war ich selbst nicht mehr in der Stadt. Ich war zu meinen Schwiegereltern gezogen.

Wie ich schon sagte – Rachsucht ... Man sollte niemanden hänseln. Klein ist klein, und groß ist groß. Diese Welt ist nicht die unsere. Wir haben sie nicht gemacht. Aber wie kann ein Mensch nur etwas so Unnatürliches tun wie Motie! Habt ihr schon von so etwas je gehört? Gewiß hatte der Böse Besitz von ihm ergriffen. Jedesmal, wenn ich daran denke, läuft es mir kalt über den Rücken.

Jentl der Talmudstudent

I

Nach dem Tode ihres Vaters gab es für Jentl keinen Grund mehr, in Janew zu bleiben. Sie war nun ganz allein im Haus. Gewiß fehlte es nicht an Leuten, die es mit ihr geteilt und auch Miete gezahlt haben würden; und zu ihrer Tür kamen scharenweise die Heiratsvermittler mit Angeboten aus Lublin, Tomaschew, Zamosc. Aber Jentl wollte nicht heiraten. Wieder und wieder gebot in ihrem Innern eine Stimme: «Nein!» Was wurde auch aus einem Mädchen, sobald die Hochzeit einmal vorüber war? Schon bald danach fing es an mit dem Kinderkriegen und -wiegen. Und im Hause führte die Schwiegermutter das Regiment. Jentl wußte, daß sie für das übliche Frauendasein nicht geeignet war. Sie konnte weder nähen noch stricken. Sie ließ das Essen anbrennen und die Milch überkochen. Niemals wollte der Sabbatauflauf ihr gelingen, niemals der Teig ihres Zopfbrots aufgehen. Jentl war mehr an den Tätigkeiten eines Mannes interessiert als an denen einer Frau. Ihr Vater, Reb Todros – möge er in Frieden ruhen –, hatte während der langen Jahre, in denen er bettlägerig war, mit seiner Tochter zusammen die Tora studiert, als ob sie ein Sohn wäre. Er hieß Jentl die Tür abriegeln und die Fenster verhängen, und dann brüteten beide über dem Pentateuch, der Mischna, der Gemara und den verschiedenen Kommentaren. Sie hatte sich als eine so gelehrige Schülerin erwiesen, daß der Vater zu sagen pflegte:

«Jentl – du hast die Seele eines Mannes.»

«Warum bin ich dann aber als weibliches Wesen zur Welt gekommen?»

«Selbst der Himmel begeht manchmal Irrtümer.»

Kein Zweifel: Jentl – hochgewachsen, mager, knochig, mit kleinen Brüsten und schmalen Hüften – glich keinem der anderen Mädchen in Janew. Wenn jeweils am Sabbatnachmittag ihr Vater ein Schläfchen hielt, legte sie seine Hosen, sein Fransengewand, seinen Seidenrock, sein Käppchen, seine Samtmütze an und betrachtete sich lange im Spiegel. Ihr Aussehen war das eines dunkelhaarigen wohlgebauten jungen Mannes. Auf ihrer Oberlippe lag der Schatten eines Bartflaums. Nur an den dicken Zöpfen ließ sich erkennen, daß sie ein Mädchen war – und das Haar ließ sich im Notfall ja immer noch abschneiden. Jentl legte sich also einen Plan zurecht und konnte weder bei Tag noch bei Nacht mehr an anderes denken. Nein, sie war nicht für Nudelbrett und Auflaufschüssel geschaffen, für das Geschwätz mit törichten Weibern und das Gedränge am Holzblock des Metzgers. So viel hatte ihr der Vater von Talmudschulen, Rabbinern und Schriftstellern erzählt! In ihrem Kopf hallte es unablässig von talmudistischen Streitgesprächen, Fragen, Antworten und Zitaten wider. Im geheimen rauchte sie sogar die lange Pfeife ihres Vaters.

Jentl ließ also die Makler wissen, sie beabsichtige das Haus zu verkaufen und zu einer Tante nach Kalisch zu ziehen. Die Frauen aus der Nachbarschaft versuchten, sie davon abzubringen, und die Heiratsvermittler erklärten, sie könne nicht ganz bei Troste sein, denn in Janew seien die Heiratsaussichten für sie sehr viel günstiger. Aber Jentl blieb starrköpfig. Sie hatte es sogar dermaßen eilig, daß sie das Haus an den ersten besten Interessenten verkaufte und das Mobiliar für einen Pappenstiel fortgab. Was sie zuletzt in bar von ihrer Erbschaft übrigbehielt, waren 140 Rubel. Als dann im Monat Aw (Juli/August) einmal ganz Janew im Schlummer lag, schnitt Jentl sich tief in der Nacht die Zöpfe ab, zupfte sich Schläfenlocken zurecht und legte die Kleider ihres Vaters an. Dann packte sie Unterwäsche, Gebetsriemen und ein paar Bücher in einen Strohkoffer und machte sich zu Fuß auf den Weg nach Lublin.

Auf der breiten Landstraße wurde Jentl von einer Kutsche bis Zamosc mitgenommen. Von dort setzte sie den Weg wieder zu Fuß fort. Sie machte in einer an der Straße gelegenen Schenke Rast. Dort gab sie ihren Namen nach einem verstorbenen Onkel mit Anschel an. In der Schenke wimmelte es von jungen Männern, die allesamt unterwegs waren, um bei berühmten Rabbinern zu studieren. Man stritt sich gerade über den Vorzug der verschiedenen Talmudschulen: manche rühmten die litauischen, andere behaupteten, daß in Polen das Studium ergiebiger und die Beköstigung besser sei. Zum erstenmal in ihrem Leben befand sich Jentl allein in der Gesellschaft junger Männer. Wie verschieden doch die Art ihres Gespräches vom Geschnatter der Frauen war! Freilich war sie zu schüchtern, sich daran zu beteiligen. Einer der jungen Männer erörterte eine von ihm in Aussicht genommene Ehe und die Höhe der zu erwartenden Mitgift, während ein anderer einen Rabbi bei der Feier des Purim-Festes parodierte, einen längeren Abschnitt aus der Tora vortrug und ihn mit allerhand Anzüglichkeiten würzte. Nach einer Weile gingen sie alle zu männlichen Kraftproben über. Einer suchte gewaltsam die geballte Faust eines anderen zu öffnen, ein zweiter den eingewinkelten Arm eines Gefährten zu beugen. Ein Student, dessen Mahlzeit aus Brot und Tee bestand, hatte keinen Löffel und rührte mit dem Federmesser in seiner Tasse. In diesem Augenblick trat einer aus der größeren Gruppe auf Jentl zu und bohrte ihr den Zeigefinger in die Schulter: «Warum so still? Hast du keine Zunge?»

«Ich habe nichts zu sagen.»

«Wie heißt du?»

«Anschel.»

«Du bist aber wirklich geschämig. Ein Veilchen, das im Verborgenen blüht.»

Und der junge Mann zog Jentl an der Nase. Sie hätte ihm gern einen Klaps versetzt, konnte aber plötzlich den Arm nicht mehr bewegen. Sie wurde ganz weiß. Ein anderer Student, der, etwas älter als die übrigen und hochgewachsen und bleich, brennende Augen und einen schwarzen Bart hatte, kam ihr zu Hilfe.

«He, du, warum läßt du den hier nicht in Frieden!»
«Wenn du was dagegen hast, brauchst du ja nicht hinzusehen.»
«Soll ich dir die Schläfenlocken herausreißen?»
Der Bärtige nickte Jentl zu und fragte, woher sie wäre und wohin sie wolle. Jentl erwiderte, sie sei auf der Suche nach einer Talmudschule, und zwar nach einer ruhigen. Der junge Mann zupfte sich am Bart.

«Dann komm mit mir nach Betschew!»
Er erklärte, er kehre jetzt, zu Beginn seines vierten Studienjahres, nach Betschew zurück. Die Talmudschule dort sei klein, habe nur dreißig Studenten, deren Beköstigung die Bewohner des Städtchens übernommen hätten. Es gäbe mehr als genug zu essen, die Hausfrauen stopften auch die Socken und kümmerten sich um ihre Wäsche. Der Rabbi von Betschew, der auch die Talmudschule leitete, sei ein Genie. Er könne zehn Fragen aufwerfen und alle zehn mit einem einzigen Beweissatz beantworten. Die meisten Studenten fänden dort auch ihre späteren Frauen.

«Warum bist du mitten im Semester weggegangen?» fragte Jentl.

«Meine Mutter ist plötzlich gestorben. Nun bin ich auf dem Rückweg.»

«Wie heißt du?»
«Avigdor.»
«Wie kommt es, daß du noch nicht verheiratet bist?»
Der junge Mann kraulte sich den Bart.
«Das ist eine lange Geschichte.»
«Erzähl.»
Avigdor bedeckte mit der Hand seine Augen und dachte einen Moment nach.

«Kommst du mit nach Betschew?»
«Ja.»
«Dann wirst du ohnehin bald alles herausfinden. Ich war mit der einzigen Tochter von Alter Wischkauer, dem reichsten Mann im Städtchen, verlobt. Sogar das Hochzeitsdatum stand bereits fest, als mir plötzlich der Verlobungsvertrag zurückgeschickt wurde.»

«Was war denn passiert?»

«Ahne ich nicht. Vermutlich haben Klatschmäuler für die Verbreitung aller möglichen Geschichten gesorgt. Ich hätte die Hälfte der ausgesetzten Mitgift beanspruchen können, aber das ging mir gegen den Strich. Nun versucht man mir eine andere Partie aufzuschwatzen, aber ich mag das Mädchen nicht.»

«Trauen sich in Betschew die Talmudstudenten, die Frauen anzusehen?»

«In Alters Haus, wo ich einmal in der Woche aß, trug Hadass, seine Tochter, das Essen stets selber auf...»

«Sieht sie gut aus?»

«Sie ist blond.»

«Auch Braune können gut aussehen.»

«Nein.»

Jentl betrachtete Avigdor. Er war hager und knochig und hatte eingesunkene Wangen. Seine gekräuselten Schläfenlocken waren so dunkel, daß sie fast bläulich wirkten, und seine Augenbrauen waren oberhalb der Nasenwurzel zusammengewachsen. Er warf ihr mit der reuevollen Unsicherheit eines jungen Mannes, der sich ein Geheimnis hat entlocken lassen, einen scharfen Blick zu. Er hatte, wie es in Trauerfällen üblich war, seinen Rockaufschlag eingerissen, und darunter wurde das Futter seines Kittels sichtbar. Ruhelos trommelte er mit dem Fingerknöchel auf den Tisch und summte irgendeine Weise. Hinter der hohen gefurchten Stirn schienen die Gedanken zu rasen. Plötzlich öffnete er wieder die Lippen:

«Na, wenn schon. Ich werde mich einfach von der Welt abschließen, weiter nichts.»

2

Ein seltsamer Zufall wollte es, daß Jentl – oder Anschel – gleich nach ihrem Eintreffen im Hause eben des reichen Mannes Alter Wischkauer, dessen Tochter das Verlöbnis mit Avigdor gelöst hatte, einmal in der Woche einen Freitisch zugewiesen erhielt. Die Talmudstudenten pflegten jeweils zu zweit zusammenzuarbeiten, und Avigdor hatte sich Anschel zum Partner gewählt. Er half ihr beim Unterricht. Er verstand sich aufs Schwimmen und bot Anschel an, ihr Brustschwimmen und Wassertreten beizubringen, aber sie erfand immer neue Ausflüchte, um nicht mit ihm im Flusse baden gehen zu müssen. Avigdor schlug ein gemeinsames Quartier vor, aber Anschel fand Unterkunft bei einer älteren, halbblinden Witwe. Jeden Dienstag aß Anschel bei Alter Wischkauer, und Hadass brachte ihr Teller und Schüsseln. Stets hatte Avigdor am folgenden Tage vieles zu fragen: «Wie sieht Hadass aus? Ist sie betrübt? Ist sie vergnügt? Versucht man sie nun anderweitig unter die Haube zu bringen? Erwähnt sie je meinen Namen?» Anschel wußte zu berichten, daß Hadass die Schüsseln auf dem Tisch umstieß oder das Salz vergaß oder auch beim Auftragen die Finger im Grützennapf hatte. Sie hielt die Hausmagd unablässig in Trab, war stets in ihre Bücher mit Erzählungen vertieft und hatte jede Woche eine andere Frisur. Außerdem mußte sie sich für eine Schönheit halten, denn immer stand sie vor dem Spiegel, aber in Wirklichkeit sah sie so gut gar nicht aus.

«Zwei Jahre nach der Heirat», sagte Anschel, «und schon wird sie eine alte Schachtel sein.»

«Sie sagt dir also nicht sehr zu?»

«Nicht übermäßig.»

«Aber wenn sie dich zum Mann haben wollte, würdest du doch sicher nicht Nein sagen?»

«Ich könnte ohne sie auskommen.»

«Verspürst du niemals gewisse sündhafte Regungen?»

Die beiden Freunde, die in einer Ecke des Lehrhauses ein Lesepult miteinander teilten, verbrachten mehr Zeit mit Schwatzen als mit Lernen. Gelegentlich rauchte Avigdor eine Zigarette, die Anschel ihm ab und zu aus dem Mund nahm, um ihrerseits einen Zug zu tun. Avigdor hatte eine besondere Vorliebe für Buchweizenfladen, und darum unterbrach Anschel jeden Morgen ihren Weg zum Unterricht an der Bäckerei, um einen zu kaufen, ohne daß er nachher für seinen Anteil bezahlen durfte. Häufig tat Anschel irgend etwas für Avigdor Überraschendes. Wenn ihm beispielsweise ein Knopf vom Rock abging, brachte

Anschel am nächsten Tag Nadel und Zwirn in die Talmudschule mit und nähte den Knopf wieder an. Er bedachte Avigdor auch mit allen möglichen Geschenken: einem seidenen Taschentuch, einem Paar Socken, einem Handtuch. Avigdor verspürte diesem Burschen gegenüber, der fünf Jahre jünger war als er selbst und dem noch nicht einmal der Bart sprießen wollte, ein Gefühl wachsender Anhänglichkeit. Einmal sagte er zu Anschel:

«Mir wäre es lieb, wenn du Hadass heiraten würdest.»

«Was hättest du selbst davon?»

«Besser du als ein völlig Fremder.»

«Dann wärest du bald mein Feind.»

«Nie und nimmer.»

Avigdor lief besonders gern in der Stadt spazieren, und häufig gesellte Anschel sich ihm zu. Ganz in ihre Unterhaltung vertieft, schienen sie oft nicht zu bemerken, daß sie bereits zur Wassermühle und zum Kiefernwäldchen gelangt waren oder aber bis zu dem Kreuzweg, an dem der christliche Schrein stand. Machmal streckten sie sich dann auf dem Gras aus.

«Warum kann eine Frau nicht wie ein Mann sein?» fragte Avigdor einmal, zum Himmel aufblickend.

«Wie meinst du das?»

«Warum kann Hadass nicht ganz sein wie du?»

«Wie ich? Inwiefern?»

«Oh – ein guter Gefährte.»

Anschels Verhalten hatte plötzlich etwas Spielerisches. Sie pflückte eine Blume und riß ein Blütenblatt nach dem anderen aus. Sie hob eine Kastanie vom Boden auf und suchte Avigdor damit zu treffen. Avigdor wiederum war offenbar in die Betrachtung eines Marienkäfers vertieft, der ihm gerade über die Hand kroch. Nach einer Weile sagte er laut:

«Man versucht, mich zu verheiraten.»

Anschel richtete sich unvermittelt auf.

«Mit wem?»

«Mit Feitls Tochter Pesche.»

«Der Witwe?»

«Jawohl, der.»

«Warum sollst du denn eine Witwe heiraten?»

«Keine andere will mich haben.»

«Das stimmt nicht. Irgend jemand wird plötzlich für dich da sein.»

«Nie und nimmer.»

Anschel hielt mit ihren Bedenken nicht hinter dem Berge. Pesche sei weder ansehnlich noch gescheit – sie sei nur wie ein Stück Fleisch mit Augen drin. Außerdem habe sie etwas Unheilbringendes an sich, denn ihr Mann sei im ersten Jahre der Ehe gestorben. Solche Frauen seien Mannstöterinnen.

Avigdor antwortete nicht. Er zündete eine Zigarette an, tat einen tiefen Zug und blies Rauchringe in die Luft. Sein Gesicht hatte eine grünliche Färbung angenommen.

«Ich brauche eine Frau. Ich kann nachts nicht schlafen.»

Anschel fuhr zusammen.

«Warum kannst du nicht warten, bis die richtige kommt?»

«Hadass war die mir Zubestimmte.»

Und fast feuchteten sich Avigdors Augen. Unvermittelt sprang er auf die Füße.

«Genug herumgelegen jetzt! Gehen wir!»

Alles weitere ging nun im Eiltempo vor sich. Avigdor hatte Anschel von seinen persönlichen Nöten gesprochen, und zwei Tage später war er bereits mit Pesche verlobt und brachte Honigkuchen und Branntwein mit in die Schule. Man setzte auch unmittelbar darauf das Datum der Hochzeit fest. Wenn die künftige Braut eine Witwe ist, braucht man nicht erst die Vervollständigung ihrer Ausstattung abzuwarten. Alles liegt schon bereit. Außerdem war der Bräutigam eine Waise, und es war von keinem andern erst Rat einzuholen. Die Talmudstudenten tranken den Branntwein und äußerten Glückwünsche. Auch Anschel nahm einen Schluck, brachte ihn aber kaum die Kehle hinunter.

«Oi, das brennt!»

«Du bist kein sehr starker Mann», sagte Avigdor neckend.

Nach der kleinen Feier setzten Avigdor und Anschel sich mit einem Band der Gemara zu gemeinsamer Arbeit nieder, kamen damit aber nicht gerade weit, und auch die persönliche Unterhaltung schien immer wieder zu stocken. Avigdor wiegte mit dem Oberkörper vor und zurück, zupfte an seinem Bart und murmelte vor sich hin.

«Ich bin erledigt», sagte er unvermittelt.

«Wenn du dir aus ihr nichts machst – warum dann heiraten?»

«Ich würde jede Geiß heiraten.»

Am folgenden Tage blieb Avigdor dem Unterricht fern. Feitl der Lederhändler gehörte der Sekte der Chassidim an und wünschte, daß sein künftiger Schwiegersohn im chassidischen Bethaus sein Studium fortsetzte. Die Talmudstudenten erklärten, wenn sie unter sich waren, es sei zwar nicht zu leugnen, daß die Witwe klein und so rundlich war wie eine Tonne, daß ihre Mutter die Tochter eines Milchmanns und auch ihr Vater nur halbgebildet war, daß aber die ganze Familie vor Geld stank. Feitl war Mitbesitzer eines Gerbereibetriebs, und Pesche hatte ihre Mitgift in einen Laden hineingesteckt, in dem die Heringe, Teer, Töpfe und Tiegel verkaufte und in dem ländliche Kunden sich drängten. Vater und Tochter ließen Avigdor ausstaffieren und hatten für ihn einen Pelz- und einen Tuchmantel, einen Seidenanzug und zwei Paar Stiefel in Auftrag gegeben. Außerdem hatte er schon gleich zu Anfang zahlreiche Gaben erhalten, das heißt Dinge, die einmal Pesches erstem Mann gehört hatten: die Wilnaer Ausgabe des Talmud, eine große Taschenuhr, einen vielarmigen Chanukka-Leuchter, eine Gewürzdose.

Anschel saß ganz verloren an dem früher gemeinsamen Pult. Aber als sie am Dienstag darauf sich zum Essen im Hause Alter Wischkauers einfand, bemerkte Hadass:

«Was sagt Ihr nun – Euer Studiengefährte sitzt ja jetzt wieder so recht in der Wolle?»

«Was hattet Ihr denn erwartet? Daß keine andere ihn haben wollte?»

Hadass errötete.

«Es war nicht meine Schuld. Vater war gegen die Ehe.»

«Warum?»

«Weil man zufällig dahinter kam, daß einer seiner Brüder sich erhängt hat.»

Anschel betrachtete sie, wie sie da vor ihm stand – hochgewachsen und blond, mit langem Hals, eingesunkenen Wangen und blauen Augen. Sie trug ein Baumwollkleid und eine Kattunschürze. Ihr Haar war zu zwei Zöpfen verflochten, die sie über die Schultern geworfen hatte. Schade, daß ich kein Mann bin, dachte Anschel.

«Bedauert Ihr es nun?» fragte er.

«O ja!»

Hadass flüchtete aus dem Zimmer. Den Rest der Mahlzeit, Fleischklöße und Tee, brachte die Hausmagd herein. Erst als Anschel mit Essen fertig war und sich für den Abschlußsegen die Hände spülte, erschien Hadass wieder. Sie trat zu ihm an den Tisch und sagte mit erstickter Stimme:

«Schwört mir, ihm nichts zu erzählen. Warum soll er auch wissen, was in meinem Herzen vorgeht.»

Dann stürzte sie nochmals aus dem Zimmer, wobei sie um ein Haar über die Schwelle gestolpert wäre.

3

Anschel hätte sich eigentlich, wie der Leiter der Talmudschule es wollte, einen anderen Studiengefährten aussuchen sollen, aber eine Woche nach der anderen verstrich, und sie saß noch immer allein. Es gab in dieser Schule niemanden, der Avigdor hätte ersetzen können. Alle anderen hatten weder körperlich noch geistig das rechte Format. Sie redeten Unsinn, brüsteten sich mit unwichtigen Dingen, grinsten schwachsinnig und führten sich auf wie die Schnorrer. Ohne Avigdor kam ihr das Lehrhaus völlig verwaist vor. Des Nachts lag sie im Haus der Witwe auf ihrer Schlafbank und konnte kein Auge zutun. Des Kittels und der Hosen ledig, war sie wieder Jentl, das Mädchen in heiratsfähigem Alter, dessen Herz einem jungen Mann gehörte, der mit einer anderen verlobt war. Vielleicht hätte ich ihm doch die Wahrheit sagen sollen, dachte sie. Aber dazu war es nun zu spät. Anschel konnte nicht mehr in ihr Mädchendasein zurückkehren, hätte auf Bücher und Lehrhaus auch nicht mehr verzichten können. Sie erging sich in seltsamen Gedanken, die sie fast zum Wahnsinn trieben. Sie schlief ein und fuhr erschreckt wieder hoch. Im Traum war sie gleichzeitig Mann und Frau gewesen, hatte sie das Mieder einer Frau, das Fransengewand eines Mannes getragen. Ihre Regel war diesmal ausgeblieben, und sie bekam es plötzlich mit der Angst zu tun... war es denkbar? Im Midrasch Talpioth hatte sie von einer Frau gelesen, die lediglich vom körperlichen Verlangen nach einem bestimmten Mann schwanger geworden war. Erst jetzt begriff sie den tieferen Grund, warum die Tora es nicht zuließ, daß irgend jemand die Kleider des anderen Geschlechts trug. Man täuschte damit nicht nur seine Mitmenschen, sondern auch sich selbst. Sogar die Seele geriet in Verwirrung, wenn sie sich von fremder Leibeshülle umschlossen fand.

Des Nachts lag Anschel wach, tagsüber vermochte sie kaum die Augen offenzuhalten. In den Häusern, in denen sie ihre Mahlzeiten einnahm, beklagten sich die Frauen, daß der junge Mann alles auf dem Teller ließ. Der Rabbi bemerkte, daß Anschel dem Unterricht keine Aufmerksamkeit mehr schenkte, sondern gedankenverloren aus dem Fenster starrte. Am folgenden Dienstag erschien sie wieder im Hause Wischkauer zum Abendessen. Hadass setzte eine Schüssel Suppe vor ihr auf den Tisch und wartete, aber Anschel war so verstört, daß sie nicht einmal «Dankeschön» sagte. Sie griff nach dem Löffel und ließ ihn wieder fallen. Hadass wagte zu bemerken:

«Wie ich höre, hat Avigdor Euch allein gelassen.»

Anschel erwachte aus ihrem Entrückungszustand.

«Was wollt Ihr damit sagen?»

«Daß er nicht mehr Euer Studiengefährte ist.»

«Er hat der Talmudschule den Rücken gekehrt.»

«Seht Ihr ihn überhaupt noch?»

«Er scheint sich versteckt zu halten.»

«Werdet Ihr wenigstens bei seiner Hochzeit dabeisein?»

Einen Augenblick lang blieb Anschel stumm, als wäre ihr die Bedeutung der Worte nicht ganz klar. Dann sagte sie:

«Er ist ein richtiger Narr.»

«Wie meint Ihr das?»

«Ihr seid schön, und die andere sieht wie eine Äffin aus.»

Hadass errötete bis zu den Haarwurzeln.

«Es ist alles die Schuld meines Vaters.»

«Nehmt's nicht so schwer. Ihr werdet schon jemanden finden, der Eurer würdig ist.»

«Es gibt niemanden, zu dem es mich hinzieht.»

«Aber alle fühlen sich zu Euch hingezogen.»

Es trat ein längeres Schweigen ein. Hadass' Augen weiteten sich und füllten sich mit der Betrübnis derer, die keinen Trost mehr wissen.

«Eure Suppe wird kalt.»

«Auch ich fühle mich zu Euch hingezogen.»

Anschel wunderte sich über ihre eigenen Worte. Hadass starrte sie über die Schulter hinweg an.

«Was sagt Ihr da!»

«Die reine Wahrheit.»

«Irgend jemand könnte hier lauschen.»

«Ich habe keine Angst.»

«Eßt Eure Suppe auf. Ich werde gleich die Fleischklöße hereinbringen.»

Hadass wandte sich um und verließ, mit ihren hohen Absätzen klappernd, das Zimmer.

Anschel begann in der Suppe nach Bohnen zu suchen, fischte eine heraus, und ließ sie wieder fallen. Ihr Appetit war verschwunden, ihre Kehle wie zugeschnürt. Sie wußte sehr wohl, daß sie drauf und dran war, sich im Netz des Bösen zu verfangen, aber irgendeine geheime Gewalt drängte sie immer weiter. Hadass kam mit einem Teller zurück, auf dem zwei Fleischklöße lagen.

«Warum eßt Ihr denn nicht?»

«Ich denke über Euch nach.»

«Woran denkt Ihr dabei?»

«Ich möchte Euch heiraten.»

Hadass machte ein Gesicht, als habe sie sich verschluckt.

«Über so etwas müßt Ihr mit meinem Vater reden.»

«Ich weiß.»

«Es ist üblich, einen Heiratsvermittler zu schicken.»

Sie lief aus dem Zimmer und ließ die Tür hinter sich zufallen. Anschel mußte innerlich lachen und dachte: Mit Mädchen kann ich doch alles anstellen, was mir Spaß macht. Sie streute Salz in die Suppe, dann Pfeffer. Etwas benommen saß sie da. Was habe ich da nur angerichtet? Ich bin jetzt wohl auf dem besten Weg, verrückt zu werden. Eine andere Erklärung gibt es nicht... Sie zwang sich zum Weiteressen, konnte aber nichts schmecken. Hadass war noch jungfräulich – was wußte sie schon von Männern? Ein solches Mädchen war längere Zeit zu täuschen. Zwar war auch Anschel noch Jungfrau, aber sie wußte doch allerhand aus der Gemara und den mitangehörten Gesprächen, wie sie Männer untereinander führten. Sie wurde sowohl von Freude wie von Schadenfreude ergriffen – wie es jedem widerfährt, der die Absicht hat, die ganze Gemeinde hinters Licht zu führen. Sie erinnerte sich an den alten Ausspruch: «Die Öffentlichkeit besteht nur aus Dummköpfen.» Sie erhob sich und sagte laut: «Nun will ich wirklich etwas in Gang bringen.»

In jener Nacht schlief sie nicht den Bruchteil einer Sekunde. Alle paar Minuten stand sie auf und trank einen Schluck Wasser. Ihr Hals war ausgedörrt, und ihre Stirn brannte. Ihr Gehirn war wie aus eigenem Antrieb fieberhaft tätig. In ihrem Innern schien ein Streit zu toben. Im Magen puckerte es ihr, und die Knie schmerzten sie. Es war, als habe sie eben einen Pakt mit dem Satan besiegelt, dem Bösen, der den Menschen stets Streiche spielt und ihnen mit Hindernissen und Fallen den Weg versperrt. Als Anschel schließlich einschlief, war es schon Morgen. Sie wachte erschöpfter auf, als sie sich vorher gefühlt hatte. Aber auf der Holzbank im Hause der Witwe durfte sie nicht weiter schlafen. Mit einigen Anstrengungen erhob sie sich, nahm den Beutel mit den Gebetsriemen auf und begab sich eilig ins Lehrhaus. Unterwegs begegnete sie ausgerechnet Hadass' Vater. Sie entbot ihm ein ehrerbietiges «Guten Morgen» und empfing dafür ein freundliches Nicken. Reb Alter strich sich über den Bart und begann eine Unterhaltung mit ihr: «Meine Tochter Hadass muß Euch lauter Essensreste vorsetzen. Ihr seht jetzt geradezu ausgehungert aus.»

«Eure Tochter ist ein gutes Mädchen und sehr freigiebig.»
«Warum seid Ihr dann so blaß?»
Anschel schwieg einen Augenblick.
«Reb Alter – ich muß Euch etwas sagen.»
«Na schön, heraus damit!»
«Reb Alter – Eure Tochter gefällt mir.»
Alter Wischkauer blieb stehen.
«Oh, tatsächlich? Ich nahm immer an, Talmudschüler hätten anderes im Kopf.» Seine Blicke sprühten Gelächter.
«Aber es ist die reine Wahrheit.»
«Man spricht über solche Dinge nicht mit dem jungen Mann selbst.»
«Aber ich bin eine Waise.»
«Nun... in diesem Falle hat man einen Heiratsvermittler zu schicken.»
«Ja...»
«Was seht Ihr in ihr?»
«Sie ist schön... gut... klug...»
«Nun, nun, nun... kommt mit mir, und erzählt mir etwas von Eurer Familie.»
Alter Wischkauer legte Anschel den Arm um die Schulter, und solcherart setzten beide den Weg fort, bis sie am Hof der Synagoge angelangt waren.

4

Wer A sagt, muß auch B sagen. Gedanken ziehen Worte nach sich, und Worte Taten. Reb Alter Wischkauer erklärte sich mit der geplanten Ehe einverstanden. Hadass' Mutter Freia Lea hielt mit ihrer Zustimmung noch eine Weile zurück. Sie bemerkte, sie wünsche sich keinen Talmudstudenten aus Betschew mehr als Bewerber für die Hand ihrer Tochter, sondern lieber jemanden aus Lublin oder Zamosc. Aber Hadass erklärte inzwischen: wenn sie noch einmal öffentlich der Beschämung ausgesetzt werde (wie es in der Sache mit Avigdor der Fall gewesen sei), werde sie sich in den Brunnen stürzen.

Aber wie es bei wenig aussichtsreichen Ehen so oft der Fall ist: alle waren entschieden dafür – der Rabbi, die Anverwandten, Hadass' Freundinnen. Schon eine ganze Weile hatten die jungen Mädchen von Betschew Anschel sehnsüchtige Blicke nachgesandt, wenn sie draußen vor dem Fenster den jungen Mann vorüberkommen sahen. Anschel trug stets blankgeputzte Schuhe und hielt auch in Gegenwart von Frauen den Blick nicht gesenkt. Ließ er sich bei Beile der Bäckerin blicken, um sich irgendein *pletzl* zu kaufen, scherzte er auf so weltläufige Art mit ihnen allen, daß sie ganz erstaunt waren. Die Frauen waren sich untereinander einig, daß Anschel etwas ganz Besonderes an sich hatte: bei ihm kräuselten sich die Schläfenlocken wie bei keinem anderen jungen Mann, und er band sich auch das Halstuch auf eine andere Weise. Und stets schien sein lächelnder und doch Abstand wahrender Blick fest auf irgendeinen Punkt in der Ferne gerichtet zu sein. Und die Tatsache, daß Avigdor sich mit Feitls Tochter Pesche verlobt und Anschel stillschweigend sich selbst überlassen hatte, das hatte dessen Beliebtheit bei den Stadtbewohnern nur noch erhöht. Alter Wischkauer hatte anläßlich der Verlobung einen provisorischen Ehevertrag aufsetzen lassen und Anschel darin eine höhere Mitgift, mehr Geschenke und eine längere Unterhaltszeit zugesagt, als es seinerzeit Avigdor gegenüber geschehen war. Die jungen Mädchen von Betschew fielen Hadass um den Hals und beglückwünschten sie. Hadass selbst begann sogleich einen größeren Beutel für Anschels Gebetsriemen, eine Hülle für das Sabbatbrot und ein Mazzesäckchen zu häkeln. Als Avigdor von Anschels Verlobung hörte, suchte er sie umgehend im Lehrhaus auf, um ihr zu gratulieren. In den letzten Wochen war er sehr viel älter geworden. Sein Bart war struppig, seine Augen waren gerötet.

«Ich wußte, daß es so kommen würde», sagte er zu Anschel. «Gleich von Anfang an. Sobald ich dich dort in der Schenke traf.»

«Aber du hast mich doch erst auf den Gedanken gebracht.»

«Das weiß ich.»

«Warum hast du mich nur als Studiengefährten im Stich gelassen? Du hast dich ohne das kleinste Abschiedswort davongemacht.»

«Ich wollte alle Brücken hinter mir abbrechen.»

Avigdor bat Anschel, mit ihm auf einen Spaziergang zu kommen. Obwohl das Laubhüttenfest schon hinter ihnen lag, war der Tag noch immer sonnenhell. Avigdor, freundschaftlicher als je, schüttete Anschel sein Herz aus. Ja, es stimmte, einer seiner Brüder hatte sich in einem Anfall von Schwermut erhängt. Auch er selbst fühle sich nun dem Rande des Abgrunds nahe. Pesche hatte einen Haufen Geld, und ihr Vater war ausgesprochen reich, und doch konnte er, Avigdor, des Nachts nicht schlafen. Er wollte kein kleiner Krämer sein. Er konnte Hadass nicht vergessen. Sie erschien ihm immer wieder im Traum. Wenn am Sabbatabend ihr Name beim Abschlußgebet mit verlesen wurde, schien sich um ihn her alles zu drehen. Immerhin war es ein Glück, daß Anschel und kein anderer sie heiraten würde... Zumindest würde sie dann in gute Hände kommen. Avigdor bückte sich nieder und rupfte ziellos ein paar eingeschrumpelte Grashalme heraus. Was immer er äußerte, war so zusammenhanglos, als sei er von einem Dämon besessen.

«Ich habe schon dran gedacht, das gleiche zu tun wie mein Bruder.»

«Hängst du denn in solchem Maße an ihr?»

«Ihr Bild ist unauslöschlich in mein Herz eingegraben.»

Die beiden jungen Leute versicherten sich gegenseitig ihrer Freundschaft und versprachen, sich niemals voneinander zu trennen. Anschel schlug vor, sie sollten nach ihrer beiderseitigen Hochzeit Haus an Haus oder sogar Wand an Wand wohnen. Jeden Tag würden sie dann zusammen studieren, vielleicht sogar Geschäftsteilhaber werden.

«Möchtest du die Wahrheit wissen?» fragte Avigdor. «Es ist wie die Geschichte von Jakob und Benjamin, an des Seele, wie es in der Bibel heißt, seine Seele hanget.»

«Warum bist du dann stillschweigend von mir fortgegangen?»

«Vielleicht gerade aus diesem Grunde.»

Obwohl es inzwischen kalt und stürmisch geworden war, setzten beide ihren Spaziergang noch so lange fort, bis sie beim Kiefernwäldchen angelangt waren. Erst zur Dämmerzeit, zur Stunde der abendlichen Andacht, kehrten sie wieder um. Von ihrem Beobachtungsposten am Fenster aus konnten die jungen Mädchen in Betschew beide vorübergehen sehen. Sie hatten jeder den Arm um die Schulter des andern gelegt und waren so tief in ihre Unterhaltung versunken, daß sie weder Pfützen noch Kehrichthaufen zu bemerken schienen. Avigdor sah bleich und zerzaust aus, und der Wind riß heftig an einer seiner Schläfenlocken. Anschel kaute an den Fingernägeln. Und Hadass lief ans Fenster, warf einen einzigen Blick hinaus, und ihre Augen füllten sich mit Tränen...

Die Ereignisse schienen sich nun fast zu überstürzen. Avigdor heiratete als erster. Weil die Braut bereits einmal Witwe gewesen war, war es eine stille Hochzeit – keine Musikanten, kein zünftiger Spaßmacher, keine zeremonielle Verschleierung der Braut. An einem bestimmten Tag stand Pesche unter dem Traubaldachin, und am nächsten bereits wieder hinter dem Ladentisch, auf dem sie mit schmutzigen Händen Teer abfüllte. Avigdor verrichtete in seinem neuen Gebetsmantel die Andacht im chassidischen Gemeindehaus. An jedem Nachmittag kam Anschel ihn besuchen, und beide flüsterten und plauderten miteinander bis zum Abend. Die Hochzeit von Anschel und Hadass war auf den Sabbat festgesetzt, der in die Woche des Lichtfestes fiel, obwohl Anschels künftiger Schwiegervater sich ein früheres Datum gewünscht hätte. Hadass war ja schon einmal verlobt gewesen. Außerdem war der Bräutigam eine Waise. Warum sollte er sich auf dem Behelfsbett im Haus der Witwe noch länger hin und her werfen, wenn er selbst Weib und Heim haben konnte?

Ungezählte Male am Tage sagte sich Anschel, daß sie im Begriff stand, etwas Sündhaftes, Wahnwitziges, ja völlig Verworfenes zu tun. Sie verstrickte Hadass sowohl wie sich selbst in ein Kettengeflecht von Täuschungen und machte sich so vieler Gesetzesverstöße schuldig, daß sie kaum mehr dafür Buße leisten konnte. Und eine Lüge zog eine andere nach sich. Wiederholt beschloß Anschel, rechtzeitig aus Betschew zu flüchten und damit einer unheimlichen Komödie, die offenbar nicht so sehr von einem Menschen wie von einem Kobold in Szene gesetzt worden war, ein Ende zu bereiten. Aber sie befand sich in den Klauen einer Macht, der sie sich nicht widersetzen konnte. Sie fühlte sich mehr und mehr Avigdor zugetan und konnte es doch nicht über sich gewinnen, Hadass' vermeintliches Glück zu zerstören. Nach seiner Hochzeit verspürte Avigdor jetzt um so stärkeres Verlangen zu studieren, und beide Freunde kamen nun zweimal am Tage zusammen: am Vormittag studierten sie die Gemara und die Kommentare, am Nachmittag die Gesetzesbücher mit ihren Zusätzen. Die beiden Väter, Alter Wischkauer und Feitl der Lederhändler, sahen das alles nur allzu gern und verglichen im stillen die Freundschaft zwischen Avigdor und Anschel mit der zwischen David und Jonathan. Mit allen möglichen Verwicklungen vor Augen, lief Anschel umher wie betrunken. Die Schneider maßen ihm eine neue Garderobe an, und sie fand sich zu mancherlei Ausflüchten genötigt, weil jene nicht entdecken durften, daß sie kein Mann war. Obwohl sie die Täuschung nun sehr viel leichter aufrechterhalten konnte, war für Anschel alles ganz unglaubhaft: wie hatte es nur überhaupt dazu kommen können? Die Gemeinde hinters Licht zu führen, war nun für sie eine Art Spiel geworden. Aber wie lange konnte dieses Spiel noch weitergehen? Und auf welche Weise würde die Wahrheit zuletzt ans Licht kommen? In ihrem Innern lachte und weinte Anschel wechselweise. Sie war zu einem richtigen Troll geworden, in die Menschenwelt zu dem Zweck gesandt, sich über die anderen lustig zu machen und ihnen etwas vorzugaukeln. ‹Ich bin durchtrieben, bin sündig, bin wie Jerobeam, Sohn des Nabat›, sagte Anschel zu sich selbst. Ihre einzige Rechtfertigung schien darin zu bestehen, daß sie alle diese Lasten freiwillig auf sich genommen hatte... weil ihre Seele nach dem Studium der Tora dürstete...

Bald begann Avigdor darüber zu klagen, daß Pesche ihn schlecht behandelte. Sie nannte ihn einen Tagedieb, einen Jammerlappen, einen Schmarotzer. Sie versuchte, ihn fest an den Laden zu binden, ihm Aufgaben zuzuweisen, zu deren Erledigung er nicht die geringste Lust verspürte, gönnte ihm auch kein Taschengeld. Statt Avigdor zu trösten, wiegelte Anschel ihn gegen Pesche noch weiter auf. Sie fand sie abstoßend, zänkisch und knauserig und behauptete, sie habe durch ihre ewigen Nörgeleien bereits ihren ersten Mann ins Grab gebracht – und nun sei Avigdor an der Reihe. Gleichzeitig konnte sie sich nicht genug tun, Avigdors Vorzüge herauszustreichen: seinen stattlichen Wuchs, seine Mannhaftigkeit, seinen Verstand und seine Gelehrsamkeit.

«Wäre ich eine Frau und mit dir verheiratet», sagte Anschel, «wüßte ich das alles gebührend zu würdigen.»

«Aber du bist's nun mal nicht...»

Avigdor seufzte.

Unterdessen rückte auch für Anschel der Tag der Hochzeit heran.

Am Sabbat vor dem Lichtfest wurde Anschel in der Synagoge zum Vorlesen aus der Tora ans Pult gerufen. Die Frauen überschütteten sie mit Rosinen und Mandeln. Am Hochzeitstag gab Alter Wischkauer ein Fest für die jungen Männer der Stadt. Avigdor saß Anschel zur Rechten. Der Bräutigam hielt eine kleine Rede über Probleme des Talmud, und die Geladenen debattierten später die einzelnen Punkte, während sie Zigaretten rauchten und sich an Wein, Likör oder an Tee mit Zitrone oder Himbeermarmelade gütlich taten. Dann folgte die zeremonielle Verschleierung der Braut, worauf der Bräutigam zum Traubaldachin geführt wurde, der an der Synagoge aufgestellt war. Die Nacht war frostkalt und klar, der Himmel voller Sterne. Die Musikanten stimmten eine Weise an. Junge Mädchen, in zwei Reihen hintereinander stehend, hielten brennende Talg- oder Schmuckkerzen aus Wachs in der Hand. Nach der eigentlichen Trauung setzten die Neuvermählten der Fastenzeit mit einer Tasse goldfarbener Hühnerbrühe ein Ende. Dann ging man zum Tanz und zur Ankündigung der Hochzeitsgeschenke über – ganz, wie der Brauch es erforderte. Die Geschenke waren so zahlreich wie kostbar. Der Hochzeitsunterhalter malte die Freuden und Kümmernisse aus, die nun der Braut harrten. Unter den Gästen befand sich auch Avigdors

Frau Pesche. Aber obwohl sie über und über mit kostbaren Steinen behängt war, sah sie in ihrer viel zu tief in der Stirn sitzenden Perücke, einem ungeheuren Pelzumhang und mit den niemals abzuwaschenden Teerflecken an der Hand geradezu häßlich aus. Nach dem sogenannten Tugendtanz wurden Braut und Bräutigam getrennt in die Hochzeitskammer geleitet. Ihre Gefährten unterwiesen sie in angemessenem Verhalten und mahnten sie, «fruchtbar zu sein und sich zu mehren».

Bei Tagesanbruch drangen Anschels Schwiegermutter und ihre Freundinnen in die Hochzeitskammer ein, rissen unter Hadass das Bettlaken fort, um sich zu vergewissern, daß die hochzeitliche Vereinigung auch wirklich vollzogen worden war. Als sie Blutspuren darauf entdeckten, wurden alle Frauen von Fröhlichkeit ergriffen und drängten sich um die Braut, sie zu umarmen und zu beglückwünschen. Dann stürzten sie, das Laken in der Luft schwenkend, wieder ins Freie und begannen in dem frischgefallenen Schnee mit dem ‹koscheren› Tanz. Anschel hatte eine Methode gefunden, die Braut zu entjungfern. Hadass in ihrer Unschuld hatte nicht bemerkt, daß nicht alles so war, wie es hätte sein sollen. Sie fühlte sich Anschel bereits in tiefer Liebe verbunden. Nach dem Gesetz hatten Braut und Bräutigam sich nach der ersten körperlichen Vereinigung sieben Tage lang voneinander fernzuhalten.

Am folgenden Tage begannen Anschel und Avigdor sich mit einem Traktat über menstruierende Frauen zu beschäftigen. Als die Umsitzenden gegangen und beide allein in der Synagoge zurückgeblieben waren, forschte Avigdor mit einer gewissen Scheu Anschel nach dem Verlauf der mit Hadass verbrachten Nacht aus. Anschel tat seiner Neugier Genüge, und bis zum Einbruch der Dunkelheit saßen beide flüsternd zusammen.

5

Anschel hatte es gut getroffen. Hadass war eine hingebungsvolle Ehefrau, ihre Eltern lasen dem vermeintlichen Schwiegersohn jeden Wunsch von den Augen ab und strichen Dritten gegenüber immer wieder seine Vorzüge heraus. Gewiß waren bei Hadass auch nach Ablauf mehrerer Monate keine Zeichen von Schwangerschaft festzustellen, aber niemand nahm sich das weiter zu Herzen. Avigdors Lage dagegen verschlimmerte sich von Tag zu Tag. Pesche drangsalierte ihn, gab ihm zuletzt nicht genug zu essen und enthielt ihm sogar ein sauberes Hemd vor. Da er keinen roten Heller besaß, brachte Anschel ihm wie früher täglich einen Buchweizenfladen. Pesche war viel zu geschäftig, um selber zu kochen, viel zu knickerig, um sich eine Magd zu halten. Und darum lud Anschel Avigdor zum Abendessen ins Haus. Reb Alter Wischkauer und seine Frau erhoben Einspruch: es gehöre sich nicht, daß der abgewiesene Freier zu seiner früheren Verlobten ins Haus komme. Die Stadt hätte dann zuviel Anlaß zum Klatschen. Aber Anschel führte gewisse Präzedenzfälle an, um zu beweisen, daß in diesem besonderen Punkte ein gesetzliches Verbot nicht bestand.

Die meisten der Stadtbürger ergriffen Avigdors Partei und schoben Pesche alle Schuld in die Schuhe. Avigdor suchte sie zu einer Scheidung zu bewegen, und weil er von einer solchen Furie kein Kind haben wollte, trieb er es wie Onan oder, wie die Gemara es ausdrückt, drosch im Innern und warf den Samen nach außen. Er vertraute sich Anschel an, erzählte ihm, daß Pesche ungewaschen ins Bett zu ihm komme und wie eine Kreissäge schnarche und daß sie in Gedanken derart mit den Tageseinnahmen im Laden beschäftigt sei, daß sie sogar im Schlaf davon lalle. «Oh, Anschel, wie ich dich beneide!» sagte er.

«Dazu besteht gar kein Anlaß.»

«Du hast alles. Ich wünschte mir dein Glück – natürlich ohne jeden Abstrich für dich selbst.»

«Jeder hat seine eigenen Nöte.»

«Was für Nöte hast denn du? Fordere die Vorsehung lieber nicht heraus.»

Wie hätte Avigdor auch ahnen sollen, daß Anschel des Nachts schlaflos lag und beständig mit dem Gedanken spielte, das Weite zu suchen? Mit Hadass zusammenzuliegen und sie betrügen zu müssen, war nun immer qualvoller für sie geworden. Durch ihre Liebe und Zärtlichkeit fühlte sich Anschel beschämt. Die Ergebenheit ihrer Schwiegereltern und die Tatsache, daß sie auf ein Kind hofften, war für sie eine weitere Belastung. Am Freitagnachmittag begaben sich alle Bewohner des Städtchens ins Badehaus, und allwöchentlich hatte Anschel eine neue Ausflucht zu finden. Aber das wurde nun schon langsam verdächtig. Man munkelte, Anschel müsse ein abstoßendes Muttermal oder einen Eingeweidebruch haben oder sei möglicherweise nicht vorschriftsmäßig beschnitten. In Anbetracht seines Alters hätte er auch längst Bartwuchs haben müssen, und doch waren seine Wangen vorerst noch glatt. Es war bereits Purim, das Freudenfest, und das Passahfest war nahe. Bald würde es Sommer sein. Nicht weit vom Badehaus strömte der Fluß, und hier gingen alle Talmudstudenten und jungen Männer baden, sobald es warm genug dazu war. Anschels Lüge schwoll an wie ein Geschwür, das schon bald aufgehen mußte. Sie wußte, sie hatte einen Weg zur Selbstbefreiung zu finden. Unter den jungen Männern, die nach ihrer Verheiratung bei ihren Schwiegereltern wohnten, war es üblich, während der Halbfeiertage in der Passahwoche zu einigen der näher gelegenen größeren Städte zu reisen. Es war für sie eine willkommene Abwechslung und bot ihnen auch die Möglichkeit, nach neuen Geschäftsabschlüssen Ausschau zu halten, Bücher zu kaufen oder auch anderes für den persönlichen Bedarf eines jungen Mannes. Betschew war nicht weit von Lublin entfernt, und Anschel überredete Avigdor, auf ihre Kosten mit dorthin zu kommen. Avigdor war entzückt über die Aussicht, dem weiblichen Drachen, der über seiner Häuslichkeit wachte, auf ein paar Tage zu entrinnen. Es war eine fröhliche Fahrt mit der Kutsche. Die Felder hatten zu grünen begonnen, und die aus wärmeren Ländern zurückkehrenden Störche fegten in mächtigem Bogen über den Himmel. Die Gießbäche brausten zu Tal. Die Vögel zwitscherten, die Flügel der Windmühlen kreisten. Auf den Wiesen blühten bereits die ersten Frühlingsblumen. Hier und da weidete schon eine Kuh. Die beiden Gefährten, munter plaudernd, verspeisten das Obst und das Gebäck, das Hadass ihnen mitgegeben hatte, erzählten einander Scherze und tauschten vertrauliche Geständnisse aus, bis sie in Lublin angelangt waren. Dort suchten sie einen Gasthof auf und nahmen ein Doppelzimmer. Unterwegs hatte Anschel Avigdor versprochen, ihm in Lublin ein erstaunliches Geheimnis zu enthüllen. Avigdor hatte scherzend zurückgefragt, was das wohl für ein Geheimnis sein könne. Hatte Anschel etwa einen verborgenen Schatz entdeckt? Hatte er eine Abhandlung verfaßt? Hatte er, auf Grund seiner kabbalistischen Studien, eine Taube ins Dasein gerufen?... Nun betraten sie also ihr Zimmer, und während Anschel sorgfältig die Tür verriegelte, sagte Avigdor neckend:

«Nun, dann also heraus mit deinem großen Geheimnis!»

«Mach dich auf das Unglaubwürdigste gefaßt, was sich je ereignet hat.»

«Ich bin auf alles gefaßt.»

«Also ich bin kein Mann, sondern eine Frau», sagte Anschel. «Ich heiße Jentl, nicht Anschel.»

Avigdor brach in Gelächter aus: «Ich wußte doch, daß das mit dem Geheimnis ein Schwindel war.»

«Aber es ist kein Schwindel.»

«Auch wenn ich ein Narr bin – das hier werde ich nun doch nicht schlucken.»

«Soll ich dir's beweisen?»

«Ja.»

«Dann will ich mich ausziehen.»

Avigdors Augen weiteten sich. Es kam ihm der Gedanke, Anschel führe als Mann etwas Unlauteres im Schilde. Ja, er entledigte sich seines Kittels, seines Fransengewandes und streifte das Unterzeug ab. Auf seiten Avigdors bedurfte es eines einzigen kurzen Blickes. Sein Gesicht wurde ganz weiß, dann glühend rot. Anschel bedeckte sich rasch.

«Ich habe das nur getan, damit du vor dem Gericht als Zeuge auftreten kannst. Sonst wird Hadass zeitlebens eine Graswitwe bleiben müssen.»

Avigdor hatte es die Sprache verschlagen. Es schüttelte ihn nur so. Er wollte reden, aber nur seine Lippen bewegten sich, ohne daß ihnen der kleinste Laut entschlüpfte. Rasch setzte er sich nieder, denn seine Beine drohten unter ihm wegzusacken. Schließlich murmelte er:

«Wie ist das nur möglich? Ich kann es noch immer nicht glauben.»

«Soll ich mich noch einmal ausziehen?»

«Nein.»

Jentl erzählte nunmehr ihre ganze Geschichte: wie ihr Vater, vom Krankenbette aus, die Tora mit ihr gelesen habe; wie schwer es ihr fiele, Geduld für andere Frauen und ihr törichtes Geschwätz aufzubringen; wie sie das Haus mitsamt allen Möbeln verkauft, als Mann verkleidet das Städtchen verlassen habe, nach Lublin gewandert und unterwegs mit Avigdor zusammengetroffen sei. Avigdor war sprachlos. Er konnte die Erzählerin nur anstarren. Jentl trug nun wieder Männerkleidung. Avigdor sagte:

«Es kann nur ein Traum sein.»

Er kniff sich in die Wange.

«Es ist kein Traum.»

«Daß so etwas mir widerfahren muß...!»

«Und es ist die reine Wahrheit.»

«Warum hast du es nur getan? Ach, ich sollte lieber den Mund halten.»

«Ich wollte mein Leben nicht mit Backen und Teigkneten vergeuden.»

«Und Hadass – warum hast du ihr das angetan?»

«Nur um deinetwillen. Ich wußte, Pesche würde dich drangsalieren, und in unserem Hause würdest du etwas Frieden haben...»

Eine ganze Weile blieb Avigdor stumm. Er senkte den Kopf, preßte die Hände an die Schläfen, schüttelte den Kopf.

«Und was wirst du nun tun?»

«Ich werde auf eine andere Talmudschule gehen.»

«Wie? Wenn du mir alles nur schon früher gesagt hättest, dann hätten wir...»

Avigdor brach mitten im Satz ab.
«Nein – das wäre nicht das Richtige gewesen.»
«Und warum nicht?»
«Ich bin weder das eine noch das andere.»
«Wenn ich nur wüßte, was ich selbst tun sollte!»
«Laß dich von dem Ekel scheiden. Heirate Hadass!»
«Sie wird sich nie von mir scheiden lassen, und Hadass will mich nicht haben.»
«Hadass liebt dich. Sie wird nicht noch einmal auf ihren Vater hören.»
Avigdor erhob sich unvermittelt, ließ sich aber gleich wieder niedersinken.
«Ich werde dich niemals vergessen können. Niemals...»

6

Nach dem Gesetz hätte Avigdor nicht einen einzigen Augenblick mehr allein mit Jentl zusammenbleiben dürfen. Aber in Kittel und Hose war sie für ihn nun wieder der ihm vertraute Anschel. Im gleichen Ton wie früher nahmen sie ihre Unterhaltung wieder auf:

«Wie hast du es nur über dich gebracht, Tag um Tag das Gebot zu verletzen: ‹Eine Frau soll keinerlei Kleidung tragen, die eigentlich einem Manne zukommt›?»

«Ich fühlte mich nicht dazu geschaffen, Geflügel zu rupfen und mit Frauen zu schwatzen.»

«Würdest du dann lieber auf deinen Anteil an der künftigen Welt verzichten?»

«Möglicherweise...»

Avigdor hob den Blick. Erst jetzt ging ihm auf, daß für einen Mann Anschels Wangen zu glatt, ihre Hände zu klein waren und ihr Haar zu füllig war. Aber selbst mit diesem lebendigen Beweis vor Augen konnte er die Geschichte noch immer nicht für möglich halten. Jeden Augenblick mochte er erwachen. Er biß sich auf die Lippe, kniff sich in den Schenkel. Er wurde von Schüchternheit befallen und konnte nicht reden, ohne sogleich ins Stottern zu geraten. Seine Freundschaft mit Anschel, ihre vertraulichen Gespräche, ihre Geständnisse: alles das war nun plötzlich nicht mehr wahr, nicht mehr wirklich. Es kam ihm sogar der Gedanke, Anschel könne ein Dämon sein. Er schüttelte sich, als müsse er die Last eines Albtraums von sich abtun. Und doch sagte ihm jenes innere Vermögen, das den Unterschied zwischen Traum und Wirklichkeit kennt, daß jedes ihrer Worte der Wahrheit entsprach. Schließlich nahm er all seinen Mut zusammen. Er und Anschel durften einander nie wieder fremd werden, auch wenn Anschel in Wirklichkeit Jentl war... Er wagte zu bemerken:

«Mir ist so, als dürfe der Zeuge, der zugunsten einer verlassenen Ehefrau aussagt, sie später nicht heiraten, denn das Gesetz bezeichnet ihn als ‹mitbeteiligten Dritten›.»

«Wie? Das ist mir noch gar nicht eingefallen.»

«Wir müssen im *Eben ha-Eser* nachschlagen.»

«Ich bin nicht sicher, ob die Bestimmungen, die für eine verlassene Ehefrau gelten, auch in einem Falle wie dem vorliegenden Anwendung finden», sagte Anschel im Ton eines Rechtsgelehrten.

«Wenn du nicht möchtest, daß Hadass zur Graswitwe wird, mußt du ihr das Geheimnis selbst enthüllen.»

«Das kann ich nicht.»

«Auf jeden Fall mußt du einen anderen Zeugen herbeischaffen.»

Allmählich kehrten beide zur Erörterung talmudistischer Fragen zurück. Zunächst mutete es Avigdor seltsam an, die Heilige Schrift mit einer Frau zu debattieren, doch hatte sehr bald die Tora sie beide wieder zusammengeführt. Mochten sie körperlich voneinander verschieden sein: in Geist und Gemüt waren sie eines. Anschel verfiel stets in eine Art Singsangton, gestikulierte mit gestrecktem Daumen, umklammerte krampfhaft ihre Schläfenlocken, zupfte an ihrem bartlosen Kinn – kurz, sie bediente sich der Gebärdensprache eines Talmudstudenten. In der Hitze des Gefechts packte sie Avigdor sogar mitunter beim Rockaufschlag und nannte ihn dumm. Den letzteren erfaßte zu Anschel eine tiefe Zuneigung, gemischt mit Beschämung, Reue und Angst. ‹Hätte ich nur schon früher Bescheid gewußt›, sagte er zu sich selbst. In Gedanken stellte er Anschel (oder Jentl) auf eine Stufe mit Beruria, Weib des berühmten Reb Meir, und mit Jalta, Weib des Rabbi Nachman. Zum erstenmal erkannte er, daß er hier vor Augen sah, wonach ihn seit je verlangt hatte: ein weibliches Wesen, dessen Sinn nicht von irdischen Dingen in Anspruch genommen war... Sein Verlangen nach Hadass war nun verblaßt, und er wußte, daß sich statt dessen die Sehnsucht nach Jentl seiner bemächtigen würde, wagte es aber nicht laut zu sagen. Es überlief ihn heiß, und er wußte, daß das Gesicht ihm glühte. Nicht länger konnte er Anschels Blicken mehr standhalten. Er begann im stillen, ihre Sünden aufzuzählen, spürte aber, daß auch er nicht ganz unschuldig war, denn er hatte neben Jentl gesessen und sie gestreift, wenn sie ihre unreinen Tage hatte. Nu, und was war zu ihrer Ehe mit Hadass zu sagen? Welche Unzahl von Gesetzesübertretungen! Absichtliche Irreführung, falsches Gelübde, Vorspiegelung falscher Tatsachen – weiß der Himmel, was noch! Er fragte unvermittelt:

«Sag die Wahrheit – bist du ein Ketzer?»

«Gott behüte!»

«Wie konntest du dich dann soweit vergessen?»

Je weiter Anschel mit ihrer Antwort ausholte, desto weniger konnte Avigdor sie begreifen. Alle ihre Erklärungen schienen auf das gleiche hinauszulaufen: daß sie die Seele eines Mannes, aber den Körper einer Frau hatte. Anschel behauptete, sie habe Hadass nur geheiratet, um Avigdor nahe zu sein.

«Da hättest du mich ja gleich selbst heiraten können», sagte Avigdor.

«Ich wollte die Gemara und die Kommentare mit dir zusammen studieren, nicht dir die Socken stopfen!»

Eine längere Zeit blieben beide stumm. Dann brach Avigdor das Schweigen:

«Ich fürchte, Hadass wird, Gott behüte, von alledem ganz krank werden.»

«Auch ich fürchte das.»

«Und was soll jetzt geschehen?»

Es war nun schon dämmerig geworden, und beide begannen,

das Abendgebet zu sprechen. In seiner Verstörung brachte Avigdor die Segenssprüche durcheinander, ließ einige aus und wiederholte dafür andere. Er schielte zu der neben ihm sitzenden Anschel hinüber, die mit dem Körper auf und nieder wiegte, sich an die Brust schlug und dabei den Kopf gesenkt hielt. Er sah, wie sie mit geschlossenen Augen ihr Gesicht zum Himmel aufhob, als flehte sie: Vater im Himmel, der du die Wahrheit kennst... Nach Beendigung des Gebets ließen sich beide auf zwei gegenüberstehenden Stühlen nieder, das Gesicht einander zugewandt und doch ein ganzes Stück voneinander entfernt. Das Zimmer füllte sich mit Schatten. Der Widerschein der untergehenden Sonne zitterte wie eine purpurne Handstickerei auf der dem Fenster gegenüberliegenden Wand. Wieder drängte es Avigdor, das Wort zu ergreifen, aber zunächst wollte das, was ihm schon auf der Zunge zu liegen schien, nicht laut werden. Plötzlich brach es aus ihm heraus: «Vielleicht ist es noch immer nicht zu spät? Ich kann mit diesem verwünschten Weibsstück nicht länger zusammenleben... du...»

«Nein, Avigdor, nein, es ist unmöglich.»

«Und warum?»

«Ich will bis zu meinem Lebensende so bleiben, wie ich jetzt bin.»

«Ich werde dich entbehren. Schrecklich entbehren.»

«Und auch ich werde dich vermissen.»

«Was hat das alles nur für einen Sinn?»

Anschel antwortete nicht. Die Nacht brach nun herein, und das Tageslicht verblaßte. Im Dunkel schien der eine den Gedanken des anderen zu lauschen. Nach dem Wortlaut des Gesetzes hätte Avigdor nicht mehr im gleichen Zimmer allein mit Anschel bleiben dürfen, aber in seiner Vorstellung war sie noch nicht ganz Frau. Welche seltsame Macht doch der Kleidung eigen ist, dachte er. Doch er sprach von etwas anderem:

«Ich würde dir raten, Hadass einfach die Scheidungsurkunde zustellen zu lassen.»

«Wie kann ich das?»

«Da die Ehesakramente bei euch ohnehin unwirksam sind – was kommt es schon darauf an?»

«Ich glaube, du hast recht.»

«Sie wird wohl später noch Zeit genug haben, hinter die Wahrheit zu kommen.»

Die Hausmagd brachte die Lampe ins Zimmer, aber sobald sie wieder gegangen war, löschte Avigdor das Licht. Ihrer beider Zwangslage und die zwischen ihnen noch fälligen Worte duldeten keine Helligkeit. Im Finstern berichtete Anschel von allem einzelnen. Sie blieb auch auf keine Fragen Avigdors die Antwort schuldig. Die Uhr schlug zwei, und noch immer sprachen sie. Anschel erzählte, daß Hadass ihn, Avigdor, nicht einen Augenblick lang vergessen habe. Häufig rede sie von ihm, sei um seine Gesundheit besorgt und – wenngleich nicht ganz ohne eine gewisse Genugtuung – darüber bestürzt, daß die Sache mit Pesche einen solchen Verlauf genommen hätte.

«Sie wird dir eine gute Ehefrau sein», sagte Anschel. «Ich selbst könnte dir nicht einmal einen Eintopf machen.»

«Immerhin – wenn du gewillt wärest...»

«Nein, Avigdor. Es war mir nun einmal nicht bestimmt...»

7

Für das Städtchen war das alles ein Rätsel: daß ein Sendbote Hadass die Scheidungspapiere brachte; daß Avigdor bis nach den Feiertagen in Lublin blieb; daß er dann mit hängenden Schultern und leblosen Augen nach Betschew zurückkehrte, als sei er schwer krank gewesen. Hadass begab sich zu Bett und erhielt dreimal am Tage den Besuch des Arztes. Avigdor sonderte sich ganz von den anderen ab. Wenn jemand ihm zufällig über den Weg lief und ihn anredete, antwortete er nicht. Pesche beklagte sich bei ihren Eltern, daß Avigdor rauchend die ganze Nacht im Zimmer auf und ab liefe. Wenn er zuletzt aus bloßer Müdigkeit aufs Lager niedersinke, riefe er im Schlaf einen ihr unbekannten Mädchennamen – Jentl. Pesche begann von Scheidung zu reden. Das Städtchen nahm an, Avigdor werde sie ihr verweigern oder zumindest eine Abfindungssumme fordern, aber er war mit allem einverstanden.

In Betschew war man nicht dafür zu haben, daß Ungeklärtes lange ungeklärt blieb. Wie kann man auch Geheimnisse in einer Kleinstadt wahren, wo jeder weiß, was im Topf des Nächsten gerade kocht! Obwohl es eine beträchtliche Anzahl von Leuten gab, die es sich zur Gewohnheit gemacht hatten, ihr Auge am Schlüsselloch und ihr Ohr an fremden Fensterläden zu haben, blieb das hier Geschehene doch rätselhaft. Hadass lag im Bett und weinte. Chanina, der Kräuterdoktor, berichtete, daß sie dahinwelke. Anschel war spurlos verschwunden. Reb Alter Wischkauer ließ Avigdor zu sich ins Haus kommen, aber diejenigen, die mit gespitzten Ohren unter seinem Fenster standen, konnten nicht eines von all den Worten aufschnappen, die zwischen beiden gewechselt wurden. Jene Leute wiederum, die es nicht unterlassen konnten, ihre Nase in anderer Leute Angelegenheiten zu stecken, förderten alle möglichen Theorien zutage, von denen sich nicht eine als stichfest erwies.

Eine bestimmte Partei im Städtchen gelangte zu dem Ergebnis, Anschel sei katholischen Priestern in die Hände gefallen und von ihnen bekehrt worden. Das hätte gewiß allerhand erklärt. Aber woher hätte Anschel sich Zeit für Gespräche mit den Priestern nehmen sollen, wenn er stets lesend und lernend in der Talmudschule saß? Und davon abgesehen: seit wann ließ ein Abtrünniger seiner Frau einen Scheidungsbrief zustellen?

Eine zweite Gruppe versicherte im Flüsterton, Anschel habe ein Auge auf eine andere Frau geworfen. Aber wer hätte das sein können? In Betschew wurden keine heimlichen Liebschaften unterhalten. Und keine der jüngeren Frauen war in letzter Zeit aus dem Städtchen fortgezogen – weder eine Jüdin noch eine Christin.

Irgend jemand äußerte die Vermutung, Anschel sei von bösen Geistern entführt worden oder gehöre möglicherweise selbst zu ihnen. Als Beweis führte er die Tatsache an, daß Anschel sich weder im Badehaus noch am Fluß jemals hatte blicken lassen. Es ist ja allgemein bekannt, daß die Dämonen Gänsefüße haben. Na schön – aber hatte ihn denn Hadass niemals bloßfüßig gesehen? Und wer hatte je davon gehört, daß ein Dämon seiner Menschenfrau einen Scheidungsbrief schickte? Wenn ein

Dämon die Tochter eines Sterblichen heiratet, läßt er sie gewöhnlich als Graswitwe zurück.

Wieder jemand anderes war auf den Gedanken gekommen, Anschel habe sich einer ernsthaften Gesetzesübertretung schuldig gemacht und sei in die Verbannung gegangen, um Buße zu tun. Aber um welche Art Vergehen mochte es sich dabei gehandelt haben? Und warum hatte er sich nicht dem Rabbi anvertraut? Und warum strich Avigdor umher wie ein Gespenst?

Die Hypothese, die Tewel der Musikant vertrat, kam der Wahrheit am nächsten. Tewel behauptete, Avigdor habe sich Hadass nicht aus dem Sinn schlagen können, und Anschel habe sich von ihr scheiden lassen, um seinem Freund die Heirat mit ihr zu ermöglichen. Aber war so etwas von Freundschaft in dieser Welt überhaupt denkbar? Und warum hatte dann Anschel sich von Hadass scheiden lassen – noch ehe Avigdor sich von Pesche losgesagt hatte? Und außerdem: ein solches Unternehmen ließ sich nur dann ins Werk setzen, wenn die betroffene Frau vorher Kenntnis davon erhalten und ihr Einverständnis kundgetan hatte. Aber alles schien darauf hinzudeuten, daß Hadass Anschel in Liebe zugetan war, und tatsächlich war sie krank aus lauter Kummer geworden.

Eines freilich war allen klar: Avigdor kannte die Wahrheit. Aber es war unmöglich, ihm auch nur ein einziges Wort zu entlocken. Er hielt sich völlig abseits und wahrte mit einer Hartnäckigkeit Schweigen, die einen Vorwurf für die ganze Stadt bedeutete.

Gute Freunde bestürmten Pesche, sich ja nicht von Avigdor scheiden zu lassen, auch wenn beide längst alle persönlichen Beziehungen gelöst hatten und nicht mehr wie Mann und Frau zusammenlebten. Nicht einmal am Freitagabend sprach er mehr den Kiddusch für sie. Er verbrachte seine Abende entweder im Lehrhaus oder im Haus jener Witwe, bei der Anschel einmal Unterkunft gefunden hatte. Wenn Pesche ihn anredete, antwortete er nicht, sondern hielt stumm den Kopf gesenkt. Die Kaufmannsfrau Pesche hatte für solche Marotten keine Verwendung. Was sie brauchte, war ein junger Mann, der im Laden mit Hand anlegen konnte, nicht aber ein Talmudstudent, der der

Schwermut verfallen war. Ein Mann von solcher Gemütsbeschaffenheit mochte es sich eines Tages sogar einfallen lassen, ins Weite zu ziehen und sie allein zurückzulassen. Pesche willigte also in eine Scheidung.

In der Zwischenzeit hatte Hadass sich wieder gekräftigt, und Reb Alter Wischkauer gab öffentlich bekannt, daß ein neuer Ehevertrag aufgesetzt werde – für Hadass und Avigdor. Die Stadt war ganz aufgeregt. Die Heirat zwischen einem Mann und einer Frau, die einmal verlobt gewesen waren und ihr Verlöbnis gelöst hatten – das war etwas Unerhörtes. Die Hochzeit fand am ersten Sabbat nach dem Tischa-be-Aw statt, und zwar genau so, wie es bei der Eheschließung einer jungfräulichen Braut Sitte ist: mit einem Festschmaus für die Armen, dem Traubaldachin vor der Synagoge, den Musikanten, dem Hochzeitsunterhalter, dem Tugendtanz. Nur eines wollte sich nicht einstellen: Fröhlichkeit. Der Bräutigam bot, unter dem Traubaldachin, ein Bild der Verzweiflung. Die Braut war zwar von ihrer Krankheit genesen, sah aber noch immer bleich und abgemagert aus. Ihre Tränen fielen in die goldfarbene Hühnerbrühe. In aller Augen aber schien die gleiche Frage zu lauern: warum hatte Anschel solches geschehen lassen?

Nach Avigdors Heirat mit Hadass sprengte Pesche das Gerücht aus, Anschel habe dem Avigdor seine Frau für eine größere Summe abgetreten und diese Summe habe Alter Wischkauer gezahlt. Ein einzelner Mann grübelte über das ganze Rätsel so lange nach, bis er zu der Überzeugung gelangte, Anschel habe beim Kartenspiel oder auch beim Chanukka-Wettbewerb mit dem Kreisel sein geliebtes Weib an Avigdor verloren. Es scheint eine allgemeine Regel zu sein, wenn man das winzige Körnchen Wahrheit im Essen nicht findet, schluckt man den Irrtum gleich löffelweise. Die Wahrheit selbst ist oft derart verborgen, daß sie sich dem Blick um so hartnäckiger entzieht, je heftiger man nach ihr ausspäht.

Nicht lange nach der Hochzeit wurde Hadass schwanger. Das Kind war ein Junge, und die beim Fest der Beschneidung Versammelten konnten ihren Ohren kaum trauen, als sie hörten, wie der Vater seinem Sohn den Namen Anschel gab.

Kurzer Freitag

I

In dem winzigen Städtchen Lapschitz lebten ein Schneider namens Schmul-Leibele und seine Frau Schoche. Schmul-Leibele war halb Schneider, halb Kürschner und gänzlich mittellos. Er hatte es in seinem Handwerk niemals zum Meister gebracht. Hatte er auf Bestellung eine Jacke oder einen Kittel anzufertigen, geriet ihm das Gewandstück entweder zu kurz oder zu eng. Der Gürtel im Rücken saß immer zu hoch oder zu tief, die Aufschläge hatten niemals die gleiche Höhe, der Rückenschlitz der Jacke war nie in der Mitte. Man erzählte sich, daß er einmal ein paar Hosen genäht hatte, bei denen der Schlitz halb auf die Seite geraten war. Die wohlhabenderen Bürger des Städtchens konnte Schmul-Leibele nicht zu seinen Kunden zählen. Einfache Leute brachten ihm ihre abgewetzten Kleidungsstücke zum Flicken und Wenden, die Bauern ihre Pelze zum Ausbessern. Wie die meisten Stümper, war er ein langsamer Arbeiter. Wochenlang saß er über einem einzigen Kleidungsstück. Aber trotz seiner beruflichen Mängel war Schmul-Leibele redlich. Er benutzte nur starken Zwirn, und keine seiner Nähte riß. Wenn jemand Futterstoff bei ihm bestellte, und sei es aus gewöhnlichem Sacktuch oder aus Baumwolle, besorgte er nur das Allerbeste und brachte sich damit fast um jeden Gewinn. Im Unterschied zu anderen Schneidern, die das kleinste bißchen von übriggebliebenem Tuch für sich behielten, gab er den Kunden alle Stoffreste zurück.

Wäre nicht seine tüchtige Frau gewesen: zweifellos wäre Schmul-Leibele längst verhungert. Schoche ging ihm auf jede erdenkliche Weise an die Hand. Jeweils am Donnerstag verdingte sie sich bei wohlhabenderen Familien zum Teigkneten, und an Sommertagen zog sie in den Wald, um nicht nur Beeren und Pilze zu sammeln, sondern auch Kiefernzapfen und dürre Zweige zum Feuermachen. Im Winter zupfte sie Daunen für die Brautbetten. Sie verstand auch mehr vom Schneiderhandwerk als ihr Mann, und wenn er zu seufzen oder zu trödeln oder vor sich hin zu brummeln begann – ein Zeichen dafür, daß er nicht mit der Arbeit zurechtkam –, nahm sie ihm die Kreide aus der Hand und zeigte ihm, wie es weiterging. Schoche hatte keine Kinder, aber man wußte allgemein, daß nicht sie unfruchtbar war, sondern ihr Mann zeugungsunfähig, denn ihre sämtlichen Schwestern hatten Kinder zur Welt gebracht, wogegen sein einziger Bruder gleichfalls kinderlos war. Die Frauen im Städtchen hatten Schoche wiederholt gedrängt, sich von ihm scheiden zu lassen, aber sie hatte sich stets taub gestellt, denn die beiden waren einander in herzlicher Liebe zugetan.

Schmul-Leibele war klein und linkisch. Hände und Füße waren zu groß für den Körper, und die Stirn buckelte sich, wie meistens bei Einfältigen, an beiden Seiten ein wenig vor. Seine Wangen, so rot wie Äpfel, ließen nichts von Bartwuchs erkennen, und nur seinem Kinn entsprossen ein paar Härchen. Er hatte auch keinen eigentlichen Hals. Der Kopf saß bei ihm unmittelbar auf den Schultern, wie bei einem Schneemann. Beim Gehen pflegte er so laut zu schlurfen, daß jeder seiner Schritte weithin vernehmlich war. Er summte beständig vor sich hin, und auf seinem Gesicht lag stets ein gewinnendes Lächeln. Zur Winters- wie zur Sommerszeit trug er den gleichen Kaftan und die gleiche Schaffellmütze mit Ohrenschützern. Wann immer man einen Boten brauchte, war es Schmul-Leibele, der zu solcher Dienstleistung herangezogen wurde, und so weit der Weg auch war, den er zurücklegen mußte – stets ging er willig. Die Spaßvögel des Städtchens legten ihm die verschiedensten Spitznamen bei und spielten ihm alle möglichen Streiche, aber er zeigte sich niemals gekränkt. Wenn andere seine Quälgeister abkanzelten, pflegte er nur zu bemerken: «Was ficht's mich an? Sollen sie ihren Spaß haben. Es sind ja schließlich nur Kinder...»

Bisweilen schenkte er dem einen oder anderen der Störenfriede ein bißchen Zuckerzeug oder eine Nuß – nicht etwa aus Berechnung, sondern aus reiner Gutherzigkeit.

Schoche überragte ihn um Kopfeslänge. In jüngeren Jahren hatte sie als Schönheit gegolten, und in den Häusern, in denen sie als Magd arbeitete, wußte man ihre Redlichkeit und Gewissenhaftigkeit nicht genug zu rühmen. Viele junge Männer hatten sich um ihre Gunst gestritten, aber sie hatte Schmul-Leibele erwählt, denn er war stillen Gemütes und ließ sich nicht mit den Burschen ein, die am Samstagmittag auf der nach Lublin führenden Straße zusammenkamen, um hier mit den jungen Mädchen anzubändeln. Seine Frömmigkeit und innere Scheu hatten es ihr angetan. Selbst als junges Mädchen hatte Schoche Gefallen daran gefunden, den Pentateuch zu studieren, die Kranken im Armenhaus zu pflegen und den Geschichten der alten Frauen zu lauschen, die Strümpfe stopfend vor ihrem Haus zu sitzen pflegten. Am letzten jeden Monats, dem sogenannten kleinen Versöhnungstag, fastete sie immer, und oft nahm sie auch an der Gebetsandacht in der Frauensynagoge teil. Die anderen Hausmägde machten sich über sie lustig und erklärten sie für altmodisch. Gleich nach der Hochzeit ließ sie sich den Kopf kahl scheren und zog sich das Tuch fest über die Ohren herab, damit unter ihrer Frauenperücke auch nicht eine einzige Haarsträhne sichtbar wurde wie bei manchen der jüngeren Ehefrauen. Die Badewärterin rühmte sie, weil sie bei der rituellen Waschung nicht herumalberte, sondern sich ihr ganz im Einklang mit den Gesetzesvorschriften unterzog. Sie kaufte nur einwandfrei koscheres Fleisch ein, obwohl es im Pfund ein paar Pfennig teurer war, und wenn sie sich im Hinblick auf die Speisevorschriften nicht ganz sicher fühlte, holte sie sich gleich beim Rabbi Rat. Mehr als einmal hatte sie ohne Zögern fortgeworfen, was sie gerade an Lebensmitteln im Hause hatte, und die irdenen Behälter in Scherben geschlagen. Kurz und gut, sie war eine ungemein entschlossene, gottesfürchtige Frau, und mehr als ein Mann neidete Schmul-Leibele den Besitz dieses Juwels.

Höher als alle anderen Segnungen des Lebens stand den beiden der Sabbat. Jeden Freitagmittag pflegte Schmul-Leibele sein Werkzeug beiseite zu legen und mit der Arbeit aufzuhören. Stets war er beim rituellen Bad einer der ersten, und gemäß den vier Buchstaben des heiligen Namens tauchte er viermal im Wasser unter. Er half auch dem Synagogendiener die Kerzen in den mehrarmigen Decken- und den Standleuchter stekken. Schoche knauserte die ganze Woche, aber für den Sabbat war nichts ihr zu teuer. In den heißen Ofen schob sie Kuchen, Gebäck und das Sabbatbrot. Zur Winterszeit machte sie einen Auflauf aus Hühnerhals, gefüllt mit Teig und ausgelassenem Fett. Im Sommer bestand ihr Auflauf dagegen aus Reis oder Nudeln, gedünstet in Hühnerfett und mit Zucker und Zimt bestreut. Das Hauptgericht bildeten Kartoffeln, Buchweizen oder auch Perlgraupen mit Bohnen, und in der Mitte prangte unfehlbar ein richtiger Markknochen. Um sicher zu gehen, daß das Gericht auch wirklich gar wurde, verstopfte sie die Ofenritzen mit einzelnen Teigstreifen. Schmul-Leibele ließ jeden Bissen langsam auf der Zunge zergehen, und bei jeder Sabbatmahlzeit pflegte er zu versichern: «Ach, Schoche, mein Lieb, das könnte einem König nicht besser munden! Ein richtiger Vorgeschmack vom Paradies!» Worauf Schoche erwiderte: «Greif nur ordentlich zu! Möge es deiner Gesundheit zustatten kommen!»

Wenngleich Schmul-Leibele nicht gerade ein Gelehrter war und auch nicht ein einziges Kapitel der Mischna im Kopf behalten konnte, wußte er doch in allem Bescheid, was die Gesetze betraf. Er und seine Frau saßen oft über dem – ins Jiddische übersetzten – *Guten Herzen*. An Halbfeiertagen, Feiertagen und auch an jedem freien Tag las er in der jiddischen Bibel. Er versäumte nicht eine einzige Predigt und kaufte, obwohl mittellos, von fliegenden Händlern alle möglichen Bücher, die Anweisungen zu sittlichem Lebenswandel oder religiöse Geschichten enthielten und die er gemeinsam mit seiner Frau las. Er wurde es auch nicht müde, geistliche Wendungen anzuführen. Sobald er sich am Morgen erhob, spülte er sich die Hände und begann die Eingangsformel zu den Gebeten zu murmeln. Dann ging er zum Lehrhaus hinüber, wo er als einer der ersten zehn Beter seine Morgenandacht verrichtete. Täglich sprach er ein paar längere Abschnitte aus den Psalmen wie auch diejenigen Gebete, die die weniger Ernstgesinnten sonst überspringen. Von seinem Vater hatte er ein dickes Gebetbuch geerbt, das, zwischen den hölzernen Deckeln des Einbands, auch die rituellen Vorschriften und Gebote für jeden einzelnen Tag des Jahres enthielt. Schmul-Leibele und seine Frau hielten sich streng daran. Häufig pflegte er zu bemerken: «Ich werde zuletzt doch noch in Gehenna enden, weil hinter mir auf Erden niemand zurückbleiben wird, um das Totengebet für mich zu sprechen.» – «Hüte deine Zunge, Schmul-Leibele», pflegte sein Weib dann zu erwidern. «Erstens ist für Gott nichts unmöglich. Zweitens wirst du das Erscheinen des Messias noch miterleben. Drittens besteht immerhin die leise Möglichkeit, daß ich vor dir sterbe und du eine junge Frau heiratest, die dir noch ein Dutzend Kinder schenken wird.» Bei solchen Worten pflegte Schmul-Leibele dann auszurufen: «Gott schütze! Du mußt immer bei guter Gesundheit bleiben. Sonst würde ich lieber in Gehenna verschmachten!»

Wenn Schmul-Leibele und Schoche auch an jedem einzelnen Sabbat ihre Freude hatten: die höchste Befriedigung hatten sie doch den Sabbattagen zu danken, die in den Winter fielen. Da dann vor dem eigentlichen Beginn des Sabbat der Tag nur kurz war und da Schoche am Donnerstag in fremden Häusern bis spät in den Abend hinein die Hände zu rühren hatte, blieben die beiden Eheleute während der ganzen Donnerstagnacht gewöhnlich auf. Schoche knetete in der Schüssel den Teig und bedeckte ihn mit einem Tuch und einem Kissen, damit er aufging. Mit Feuerholz und dürren Ästen zündete sie dann den Ofen an. Dabei mußten Innenläden und Türe des Zimmers geschlossen bleiben. Bett und Bettbank blieben, wie sie waren, denn erst bei Tagesanbruch pflegten beide sich zu einem kurzen Schläfchen niederzulegen. Solange es dunkel war, bereitete Schoche das Sabbatmahl bei Kerzenlicht vor. Sie rupfte ein Huhn oder eine Gans (wenn es ihr gelungen war, billig eine zu ergattern), wässerte den Vogel, salzte ihn und kratzte das Fett ab. Über den glühenden Kohlen briet sie dann für Schmul-Leibele ein Stück Leber und buk ihm ein kleines Sabbatbrot, auf das sie gelegentlich mit Teigbuchstaben ihren eigenen Namen auftrug. Dann sagte Schmul-Leibele neckend: «Schoche, jetzt esse ich dich auf. Schoche, ich habe dich jetzt eben heruntergeschluckt.» Schmul-Leibele konnte es gewöhnlich nicht warm genug haben, und darum kletterte er bisweilen auf den Ofen und sah von oben zu, wie sein Ehegespons kochte, buk, wusch, spülte, das Fleisch klopfte und kleinschnitt. Das Sabbatbrot kam stets rund und braun aus dem Ofen. Schoche flocht es so rasch zu einem Zopf, daß es sich vor Schmul-Leibeles Augen geradezu im Tanz zu wiegen schien. Auf höchst geschickte Weise wußte sie auch mit Quirl, Schüreisen, Schöpflöffel und dem Staubwedel aus Gänsefedern zu hantieren, und mitunter nahm sie auch mit bloßen Fingern ein Stück glühender Kohle auf. Die Töpfe blitzten und brodelten. Gelegentlich lief die Suppe etwas über, und die Ofenplatte zischte. Und die ganze Zeit über zirpte das Heimchen am Herd. Obwohl Schmul-Leibele um diese Zeit mit dem Abendessen fertig war, lief ihm von neuem das Wasser im Munde zusammen, und Schoche warf ihm ein Pastetchen, einen Hühnermagen, ein Stück Gebäck, eine Pflaume vom Kompott oder eine Scheibe Schmorfleisch zu. Gleichzeitig nannte sie ihn lächelnd ein Leckermaul. Wenn er sich dagegen zu verwahren suchte, rief sie: «Oh, die Sünderin bin eigentlich ich, denn ich habe dich bisher ja verhungern lassen ...»

Bei Anbruch des Morgens legten sich dann beide im Zustand völliger Erschöpfung nieder. Aber infolge der geschilderten Mühen brauchte Schoche sich dann am nächsten Tage nicht abzujagen und konnte wirklich eine Viertelstunde vor Sonnenuntergang über den Kerzen den Segen sprechen.

Der Freitag nun, an dem diese Geschichte sich ereignete, war der kürzeste Freitag des Jahres. Draußen hatte es die ganze Nacht über geschneit, und das Häuschen war bis zu den Fenstern hinauf in eine weiße Decke gehüllt, und auch die Tür war von außen versperrt. Wie gewöhnlich waren Mann und Frau bis zum Morgen auf gewesen und hatten sich dann schlafen gelegt. Später als sonst waren sie wieder aufgestanden, denn sie hatten keinen Hahn krähen hören, und da die Fenster mit Schnee und Eis verkrustet waren, kam der Tag ihnen so dunkel vor wie die Nacht. Nach dem im Flüsterton gesprochenen Gebet begab sich Schmul-Leibele mit Besen und Schippe nach draußen, um einen Pfad freizuschaufeln. Dann nahm er einen Eimer auf und ging am Brunnen Wasser holen. Da er im übrigen gerade keine dringliche Arbeit hatte, beschloß er, sich den ganzen Tag freizunehmen. Zur Morgenandacht suchte er das Lehrhaus auf, und nach dem Frühstück schlenderte er zum Badehaus hinüber. In Anbetracht der draußen herrschenden Kälte ließen die dort Anwesenden immer wieder den Klageruf: «Noch einen Eimer! Noch einen Eimer!» erschallen, und der Badewärter schüttete so viel frisches Wasser über die glutheißen Fliesen, daß der Dampf immer dichter wurde. Schmul-Leibele entdeckte ein struppiges Weidenbüschel, stieg zur obersten Bank empor und schlug sich solange, bis seine Haut sich rötete. Vom Badehaus huschte er dann wieder zum Lehrhaus zurück, wo der Gemeindediener den Boden bereits gefegt und mit Sand bestreut hatte. Schmul-Leibele half ihm die Kerzen in die verschiedenen Halter stecken und die Tischtücher auslegen. Dann ging er wieder nach Hause und vertauschte die Alltags- mit seiner Festtagskleidung. Seine wenige Tage zuvor neubesohlten Schuhe ließen die Nässe nicht durch. Schoche hatte die jede Woche fällige Wascharbeit schon erledigt und ihm ein frisches Hemd, Unterzeug, ein Fransengewand, sogar ein sauberes Paar Strümpfe zurechtgelegt. Sie hatte auch schon den Segen über die Kerzen gesprochen, und das Zimmer schien bis in den letzten Winkel hinein etwas vom Geist des Sabbat zu atmen. Sie trug ihr seidenes Kopftuch mit den Silberspangen, ein gelbgraues Kleid und Schuhe mit schmalen Spitzen. Um den Hals hatte sie die Kette gelegt, die ihr Schmul-Leibeles Mutter – Friede sei mit ihr – zur Feier der Unterzeichnung des Hochzeitsvertrages geschenkt hatte. An ihrem Zeigefinger funkelte der Ehering. Die brennenden Kerzen spiegelten sich in der Fensterscheibe, und es war Schmul-Leibele, als befinde sich dahinter noch ein zweiter Raum, in dem eine zweite Schoche die Sabbatkerzen anzündete. Er hatte an sich seiner Frau versichern wollen, wie sehr sie für ihn im Zustand der Gnade war, aber dafür war jetzt keine Zeit mehr, denn es stand ausdrücklich im Gebetbuch, es sei ratsam und wünschenswert, unter den zehn ersten Betern in der Synagoge zu sein; und der Zufall wollte es, daß er ausgerechnet als zehnter anlangte. Nachdem die Gemeinde das Lied der Lieder angestimmt hatte, mahnte der Vorsänger: «Danket alle...», und: «O kommt, lasset uns frohlocken». Schmul-Leibele betete mit echter Inbrunst. Süß lagen die Worte ihm auf der Zunge, und fast wie Lebewesen schlüpften sie ihm über die Lippen. Es war ihm, als schwebten sie zur Ostwand hinüber, hoch über den bestickten Vorhang der heiligen Lade, die goldenen Löwen und die Gesetzestafeln, um sich zuletzt zur Decke mit den Gemälden der zwölf Sternbilder aufzuschwingen. Und von dort stiegen sie gewißlich zum Thron der Herrlichkeit empor.

2

«Kommet, meine Geliebten», ließ der Vorsänger sich vernehmen, und Schmul-Leibele erhob zu ungefährer Begleitung seine Trompetenstimme. Dann kamen die Gebete. Die Versammelten sprachen: «Es ist unsere Pflicht zu preisen...», und Schmul-Leibele fügte aus eigenem noch den «Herrn der Welt» hinzu. Später wünschte er allen einen guten Sabbat: dem Rabbi, dem Schächter, dem Vorsteher der Gemeinde, dem Hilfsrabbi, kurzum einem jeden. Die Jungen aus der Vorschule riefen laut: «Einen guten Sabbat, Schmul-Leibele», wobei sie sich mit Gebärden und Grimassen über ihn lustig machten, aber Schmul-Leibele dankte ihnen allen mit einem Lächeln, ja zwickte sogar gelegentlich einen von ihnen in die Backe. Nun aber hielt es ihn nicht länger in der Synagoge. Der Schnee lag so hoch getürmt, daß man kaum die Umrisse der Dächer erkennen konnte: es war, als sei die gesamte Ortschaft in Weiß getaucht. Der Himmel, der den ganzen Tag hindurch tief herabgehangen hatte, schien nun aufzuklaren. Zwischen hellen Wolken blickte ein voller Mond zur Erde nieder und breitete über den Schnee taghellen Flimmerglanz. Im Westen hielt sich am Rand einer Wolke noch etwas vom Schimmer des Sonnenuntergangs. Die Sterne schienen an diesem besonderen Freitag größer und leuchtkräftiger als sonst, und wie durch ein Wunder schien Lapschitz mit dem überwölbenden Himmel eines geworden zu sein. Schmul-Leibeles Hütte, nicht weit von der Synagoge gelegen, hing gleichsam frei im Raum, und es steht ja auch geschrieben: «Er hänget die Erde auf am Nichts.» Schmul-Leibele hatte bewußt den Schritt verhalten, da, nach dem Gesetz, niemand hasten darf, wenn er von heiliger Stätte kommt. Und doch sehnte er sich nach Hause. Wie kann man wissen? dachte er. Womöglich ist Schoche krank geworden? Womöglich ist sie Wasser holen gegangen und dabei, Gott schütze, in den Brunnen gefallen? Der Himmel bewahre uns – wie viele Nöte können doch über uns hereinbrechen.

Auf der Schwelle stampfte er mit dem Fuß auf, um den Schnee abzuschütteln, öffnete dann die Tür und erblickte Schoche. Hatte der Raum nicht etwas vom Paradies an sich? Der Ofen war blank geputzt, die Kerzen in den Messingleuchtern strahlten Sabbatglanz aus. Die Düfte, die dem geschlossenen Backofen entströmten, mischten sich mit den Gerüchen des Sabbatmahls. Schoche saß, ihn offenbar erwartend, auf der Bettbank, und ihre Wangen leuchteten so frisch wie die eines jungen Mädchens. Schmul-Leibele wünschte ihr einen gesegneten Sabbat, und sie ihrerseits wünschte ihm ein gesegnetes neues Jahr. Er begann zu summen: «Friede mit euch, ihr schützenden Engel...» Und nachdem er den unsichtbaren Engeln, die jeden Juden beim Heimweg aus der Synagoge begleiten, Lebewohl gesagt hatte, sprach er: «Die würdige Frau...» Wie gut verstand er die Bedeutung dieser Worte, denn er hatte sie oft auf Jiddisch gelesen, und jedesmal fiel ihm beim Nachdenken auf, wie genau sie auf Schoche zuzutreffen schienen.

Schoche wußte, daß die frommen Sätze ihr zu Ehren geäußert wurden, und sie dachte bei sich selbst: Ich bin nur eine einfache Frau und eine Waise, und doch hat es Gott gefallen, mich mit einem treuen Gatten zu segnen, der mich in der Sprache der Heiligen Schrift rühmt.

Beide hatten tagsüber nur wenig zu sich genommen, damit sie für das abendliche Sabbatmahl um so mehr Appetit übrigbehielten. Schmul-Leibele sprach den Segen über dem Traubenwein und reichte Schoche den Becher zum Trinken. Dann feuchtete er seine Hände mit Wasser aus einem kleinen Zinngefäß, darauf die ihren, und beide trockneten sich am gleichen Handtuch ab, jeder an einem Ende. Schmul-Leibele nahm den Sabbatlaib auf und schnitt mit dem Brotmesser eine Scheibe für sich selbst, eine zweite für seine Frau.

Er gab ihr auch gleich zu verstehen, daß das Brot gerade so geraten war, wie es sein sollte. Sie entgegnete: «Ach, das sagst du an jedem Sabbat.»

«Aber es trifft zufällig zu», erwiderte er.

Auch wenn es nicht ganz einfach war, zur Zeit der kalten Witterung Fisch aufzutreiben, hatte Schoche beim Fischhändler dreiviertel Pfund Hecht erstanden. Sie hatte ihn gleich mit einer Zwiebel in kleine Stücke zerteilt, Ei, Salz und Pfeffer dazugetan und zusammen mit Karotten und Petersilie gekocht. Das fertige Gericht verschlug Schmul-Leibele fast den Atem, und er hatte es gleich mit einem großen Wasserglas Wodka herunterzuspülen. Als er nun die Tischgesänge anstimmte, fiel Schoche leise mit ein. Dann kam die Hühnerbrühe mit Nudeln und Fettringen obenauf, so goldfarben wie Dukaten, auf den Tisch. Zwischen Suppe und Hauptgang ließ Schmul-Leibele wieder Sabbatlieder ertönen. Da Gänse um diese Zeit des Jahres nicht sehr kostspielig waren, legte Schoche ihrem Mann zu allem anderen noch ein Gänsebein auf den Teller. Nach der Süßspeise spülte sich Schmul-Leibele zum letztenmal die Finger und sprach einen Segen. Als er zu den Worten kam: «Laß uns nie der Gaben aus Fleisch und Blut, und sei es der geliehenen, ermangeln», rollte er die Augen nach oben und ballte die Hände zur Faust. Unablässig betete er darum, noch weiter seinen täglichen Unterhalt verdienen zu dürfen und, Gott behüte, niemals auf fremde Fürsorge angewiesen zu sein.

Nach dem Schlußgebet sprach er noch ein zweites Kapitel der Mischna und alle möglichen anderen Gebete, die sich in seinem großen Gebetbuch fanden. Dann ließ er sich nieder und las laut den für die betreffende Woche vorgeschriebenen Textabschnitt aus dem Pentateuch, zweimal auf Hebräisch und einmal auf Aramäisch. Deutlich sprach er jedes einzelne Wort aus und ließ es sich auch angelegen sein, in den schwierigen aramäischen Abschnitten des Onkelos keinen Irrtum zu begehen. Als er beim letzten Absatz angelangt war, überfiel ihn die Gähnsucht, und seine Augen füllten sich mit Tränen. Er fühlte sich völlig erschöpft. Kaum konnte er mehr die Augen offenhalten, und zwischen zwei verschiedenen Absätzen nickte er auf ein paar Sekunden ein. Als Schoche es bemerkte, machte sie die Schlafbank für ihn zurecht und breitete auch über ihr Daunenbett ein sauberes Laken. Schmul-Leibele brachte es kaum mehr fertig, die Gebete zum Tagesabschluß zu sprechen und begann sich auszuziehen. Als er sich bereits auf der Schlafbank ausgestreckt hatte, sagte er: «Einen sehr guten Sabbat, mein frommes Weib. Ich bin doch sehr müde...» Und, sich zur Wand umwendend, verfiel er sogleich ins Schnarchen.

Schoche blieb noch ein Weilchen länger auf, den Blick auf die Sabbatkerzen gerichtet, die bereits rauchten und flackerten. Bevor sie zu Bett ging, stellte sie neben Schmul-Leibeles Lager einen Krug Wasser und ein Becken, damit er am folgenden Tag nicht aufzustehen brauchte, ohne Wasser zum Händespülen bereit zu haben. Dann legte auch sie sich nieder und fiel in Schlummer.

Beide hatten ein, zwei Stunden geruht, möglicherweise auch drei – was kam es schon darauf an? –, als plötzlich Schoche die Stimme Schmul-Leibeles vernahm. Sie schlug die Augen auf und fragte: «Ja, was ist?»

«Bist du rein?» murmelte er.

Sie dachte einen Augenblick nach. «Ja», sagte sie.

Er erhob sich und ging zu ihr hinüber, und schon war er bei ihr im Bett. Das Verlangen nach ihr hatte ihn in Erregung versetzt. Das Herz hämmerte ihm, das Blut raste ihm durch die Adern. Er verspürte einen Druck in den Lenden. Es drängte ihn, auf der Stelle die Vereinigung mit ihr zu vollziehen, aber er erinnerte sich, daß nach dem Gesetz ein Mann seine Frau erst dann erkennen durfte, wenn er ihr zuvor Worte der Zärtlichkeit vergönnt hatte. Er begann also nun, von seiner Liebe zu ihr zu sprechen, und davon, daß ihrer beider Vereinigung vielleicht ein Sohn entsproß.

«Und ein Mädchen würdest du nicht haben wollen?» fragte Schoche lächelnd, worauf er erwiderte: «Alles, was Gott uns zu schenken geruht, ist willkommen.»

«Ich fürchte, mir ist dieses besondere Vorrecht nicht mehr beschieden», erwiderte sie.

«Und warum nicht?» fragte er ungeduldig. «Unsere Mutter Sara war schon sehr viel älter, als du es bist.»

«Wie darf ich mich Sara vergleichen? Du solltest dich lieber von mir scheiden lassen und eine andere heiraten.»

Er legte ihr die Hand auf den Mund, um sie am Weiterreden zu hindern. «Selbst wenn ich die Gewißheit hätte, ich könnte mit einer anderen die zwölf Stämme Israels zeugen: ich würde dich nicht verlassen. Nicht einmal in Gedanken kann ich mich bei einer anderen Frau liegen sehen. Du bist das Juwel in meiner Krone.»

«Und wenn ich nun sterben sollte?»

«Gott schütze! Ich würde vor Kummer einfach tot umfallen. Man würde uns am gleichen Tage begraben.»

«Lästere nicht! Möge dein Fleisch mein Gebein überdauern. Du bist ein Mann. Du würdest eine andere Frau finden. Aber was sollte ich ohne dich anfangen?»

Er wollte ihr antworten, aber sie verschloß ihm die Lippen mit einem Kuß. Er zog sie an sich. Er war in ihren Körper verliebt. Jedesmal, wenn sie sich ihm schenkte, war er erstaunt wie über ein Wunder. Wie war es möglich, dachte er, daß er, Schmul-Leibele, einen so kostbaren Schatz ganz für sich allein haben sollte? Er kannte die Gebote und wußte, daß man um der bloßen Lust willen der Begierde nicht nachgeben durfte. Aber irgendwo hatte er in einem der geistlichen Bücher gelesen, daß es statthaft war, ein Weib zu küssen und zu umarmen, wenn man ihm nach den Gesetzen Mosis und Israels anvermählt war, und er liebkoste ihr nun Gesicht, Hals und Brüste. Sie flüsterte, das sei leichtfertig. Er erwiderte: «Dann will ich später alle Folterqualen dafür erleiden. Auch die großen Heiligen haben ihre Frauen geliebt.» Gleichwohl gelobte er sich, am folgenden Morgen das rituelle Bad aufzusuchen, Psalmen zu singen und eine bestimmte Summe für wohltätige Zwecke zu stiften. Da auch sie ihn liebte und an seinen Liebkosungen Gefallen fand, ließ sie ihm seinen Willen.

Nachdem er sein Verlangen gestillt hatte, wollte er zu seinem Lager zurückkehren, aber eine schwere Schläfrigkeit senkte sich auf ihn herab. Er verspürte einen stechenden Schmerz in den Schläfen. Auch Schoche hatte grimmiges Kopfweh. «Ich fürchte, es steht noch etwas im Ofen», sagte sie unvermittelt. «Ich sollte vielleicht das Backrohr öffnen.»

«Ach wo, das bildest du dir nur ein», erwiderte er.

Und so überwältigend war bei ihm die Müdigkeit, daß er, nicht anders als sie, gleich wieder in Schlummer fiel.

In jener Nacht hatte Schmul-Leibele einen unheimlichen Traum. Es war ihm, als sei er bereits dahingegangen. Die Brüder von der Beerdigungsbruderschaft kamen zu ihm ins Haus, hoben ihn auf, stellten ihm zu Häupten Kerzen auf, öffneten die Fenster und stimmten das Gebet zur Rechtfertigung von Gottes Entscheidung an. Darauf wuschen sie ihn auf dem Spülbrett und trugen ihn auf einer Bahre zum Friedhof. Dort versenkten sie ihn in die Erde, während der Totengräber über seinem Leichnam das Totengebet sprach.

Merkwürdig, dachte er. Ich höre Schoche gar nicht klagen und auch nicht um Vergebung bitten. Ist es möglich, daß sie mir so rasch schon untreu geworden ist? Oder hat, Gott behüte, der Kummer ihr die Sprache verschlagen?

Er wollte ihren Namen rufen, brachte ihn aber nicht über die Lippen. Er versuchte die schweren Erdklumpen abzuschütteln, aber seine Gliedmaßen waren ohne Kraft. Plötzlich erwachte er.

Was für ein schrecklicher Albtraum, dachte er. Hoffentlich kann ich ihn bald hinter mir lassen.

In diesem Augenblick erwachte auch Schoche. Als er ihr seinen Traum berichtete, blieb sie eine Weile stumm. Dann erwiderte sie: «Weh mir. Ich hatte genau den gleichen Traum.»

«Wahrhaftig? Auch du?» fragte Schmul-Leibele, nun wirklich erschreckt. «Das gefällt mir aber gar nicht.»

Er wollte sich aufrichten, was ihm aber nicht gelang. Es war, als sei ihm plötzlich alle Kraft abhanden gekommen.

Er blickte zum Fenster hinüber, um festzustellen, ob es bereits Tag war, nur war jetzt kein Fenster sichtbar und auch keine Fensterscheibe. Überall lauerte Finsternis. Er spitzte die Ohren. Gewöhnlich konnte er das Zirpen einer Grille, das Rascheln einer Maus wahrnehmen, aber diesmal herrschte ringsumher Totenstille. Er wollte die Hand nach Schoche ausstrecken, aber sie verweigerte ihm den Dienst.

«Schoche», sagte er leise, «ich glaube, ich bin gelähmt.»

«Weh mir, das bin auch ich», erwiderte sie. «Ich kann kein Glied mehr rühren.»

Eine lange Weile lagen beide nebeneinander, stumm, ihrer eigenen Erstarrung gewahr. Dann öffnete Schoche die Lippen: «Ich fürchte, wir liegen bereits für immer im Grab.»

«Ich fürchte, du hast recht», erwiderte Schmul-Leibele mit einer Stimme, die nicht mehr von dieser Welt war.

«Ach, ich Arme, wann ist es nur geschehen? Und wie?» fragte Schoche. «Schließlich haben wir uns ja ganz gesund und munter schlafengelegt.»

«Wir müssen von den giftigen Dämpfen betäubt worden sein, die aus dem Ofen kamen», sagte Schmul-Leibele.

«Aber ich sagte doch, daß ich das Backrohr aufmachen würde.»

«Nun, dafür ist es jetzt zu spät.»

«Gott sei uns gnädig – was sollen wir denn jetzt tun? Wir sind ja noch immer jung...»

«Alles vergeblich. Offenbar war es uns so bestimmt.»

«Warum nur? Wir hatten uns auf einen richtigen Sabbat eingerichtet. Ich hatte ein so schmackhaftes Mahl vorbereitet. Ein ganzer Hühnerhals und Kaldaunen.»

«Jetzt brauchen wir nichts mehr zu essen.»

Schoche antwortete nicht gleich. Sie versuchte, ihr eigenes Innere zu erspüren. Nein, sie hatte gar keinen Appetit. Es war ihr nach Weinen zumute, aber ihre Augen blieben trocken.

«Schmul-Leibele, man hat uns schon beigesetzt. Es ist alles vorüber.»

«Ja, Schoche, gepriesen sei der wahre Richter! Wir sind in Gottes Hand.»

«Wirst du vor dem Engel Duma die deinem Namen zugeteilte Stelle aus der Tora hersagen können?»

«Ja.»

«Ein Glück, daß wir nebeneinanderliegen», murmelte sie.

«Ja, Schoche», erwiderte er, und eine Bibelstelle kam ihm in den Sinn: «Holdselig und lieblich in ihrem Leben, sind sie auch im Tode nicht geschieden.»

«Und was soll aus unserer Hütte werden? Du hast nicht einmal ein Testament hinterlassen.»

«Sie wird zweifellos deiner Schwester zufallen.»

Schoche wollte noch eine Frage stellen, brachte sie aber nicht über die Lippen. Sie hätte zu gern gewußt, was aus dem Sabbatmahl geworden war. War es schon aus dem Ofen heraus? Wer mochte es verspeist haben? Aber sie hatte das Gefühl, daß eine solche Frage einem Leichnam nicht wohlanstünde. Sie war jetzt nicht mehr Schoche, die Teigkneterin, sondern ein reiner, in ein Bahrtuch gehüllter Leichnam mit Scherben über den Augen, einer Kapuze über dem Kopf und einem Myrtenzweig zwischen den Fingern. Jeden Augenblick mochte der Engel Duma mit seinem Feuerstecken erscheinen, und sie mußte dann bereit sein, über ihr Erdendasein Rechenschaft abzulegen.

Ja, die kurzen Jahre des Wirrwarrs und der Versuchung waren nun zu Ende. Schmul-Leibele und Schoche waren an der Schwelle der wirklichen Welt angelangt. Mann und Frau verstummten. In der Stille vernahmen sie das Rauschen mächtiger Schwingen und leisen Gesang. Ein Engel Gottes war zur Erde niedergefahren, um Schmul-Leibele, den Schneider, und seine Frau Schoche ins Paradies zu geleiten.

Feuer

Ich möchte euch heute eine Geschichte erzählen. Sie stammt nicht aus einem Buch – sie ist mir selbst widerfahren. Ich habe sie alle Jahre hindurch für mich behalten, aber nun weiß ich, daß ich aus diesem Armenhaus lebendig nicht mehr herauskommen werde. Von hier werde ich geradewegs in die Totenkammer getragen werden. Darum soll die Wahrheit nicht länger verschwiegen sein. Ich hätte den Rabbi und die Stadtältesten hierher bitten und sie veranlassen können, diese Wahrheit im Gemeindebuch aufzuzeichnen, aber warum die Kinder und Enkel meines Bruders noch in Verlegenheit bringen? Hier also meine Geschichte.

Ich stamme aus Janow, das bei Zamosc liegt. Aus naheliegenden Gründen heißt die ganze Gegend ‹Königreich der Armen›. Mein Vater, Gott segne sein Andenken, hatte sieben Kinder, von denen er fünf verlor. In ihrer Jugend waren sie so stark wie Eichenstämme, und plötzlich war es um sie geschehen. Drei Knaben und zwei Mädchen! Niemand wußte, was ihnen fehlte. Das Fieber raffte einen nach dem anderen hinweg. Als Chajim Jona, der Jüngste, starb, verlosch meine Mutter – möge sie im Himmel Fürsprache für mich einlegen – wie eine Kerze. Sie war nicht krank, sie aß einfach nicht mehr und blieb für immer im Bett. Nachbarn kamen und fragten: «Beile Riwke, was fehlt dir denn?» und sie antwortete: «Nichts, es geht nur ans Sterben mit mir.» Der Arzt erschien, und sie wurde zur Ader gelassen. Man legte ihr Saugnäpfe und Blutegel an, wehrte durch bestimmte Riten den bösen Blick ab, badete sie in Urin, aber nichts half. Sie schrumpelte ein, bis sie nur noch ein Bündel Knochen war. Als sie ihr Sündenbekenntnis abgelegt hatte, rief sie mich an ihr Lager. «Dein Bruder Lippe wird es in dieser Welt zu etwas bringen», sagte sie, «aber du, Leibus, kannst mir leid tun.»

Vater hatte nie etwas für mich übrig. Ich weiß nicht warum. Lippe war größer als ich, er schlug Mutters Familie nach. Er glänzte in der Schule, obwohl er sich nicht mit Büchern abplagte. Ich meinerseits plagte mich mit Büchern ab, aber es nützte nichts. Was ich zu hören bekam, ging in das eine Ohr hinein und aus dem anderen wieder hinaus. Trotzdem finde ich mich in der Bibel zurecht. Bald wurde ich aus der Vorschule herausgenommen.

Mein Bruder Lippe war, wie man zu sagen pflegt, der Augapfel meines Vaters. Wenn mein Bruder etwas Ungehöriges tat, blickte mein Vater gleich weg, aber Gott gnade mir, wenn ich einmal einen Irrtum beging. Er hatte eine schwere Hand. Jedesmal, wenn er mich schlug, erblickte ich meine tote Großmutter. So weit ich nur zurückdenken kann, war es nicht anders. Beim geringsten Anlaß kam der Ledergurt vom Haken. Er prügelte mich schwarz und blau. Stets hieß es: «Geh nicht dahin, und geh nicht dorthin.» In der Synagoge beispielsweise durften sich die anderen Jungen während der Andacht allerhand Dummheiten leisten, aber wenn ich auch nur ein einziges «Amen» ausließ, bekam ich meine ‹Belohnung›. Zu Hause mußte ich alle lästige Arbeit tun. Wir hatten eine Handmühle, und den ganzen Tag mahlte ich Buchweizen. Ich war auch der Wasserträger und Holzhacker, ich zündete das Feuer an und reinigte das Aborthäuschen. Mutter hielt eine schützende Hand über mich, so lange sie am Leben war, aber nach ihrem Tode war ich nur noch Stiefkind. Glaubt bitte nicht, es hätte mir das nichts ausgemacht – aber was hätte ich tun sollen? Auch mein Bruder schubste mich nur so herum. «Leibus, tu dies, Leibus, tu das.» – Lippe hatte Freunde. Er trank gern. Er trieb sich stets in der Nähe der Schenke herum.

In unserem Städtchen lebte ein hübsches Mädchen namens Chawele. Ihr Vater war Eigentümer eines Schnittwarengeschäfts. Er war wohlhabend und hatte, was seinen künftigen Schwiegersohn betraf, bestimmte Vorstellungen. Mein Bruder hatte andere Vorstellungen. Er legte sorgfältig seine Fußangeln aus. Er ließ es sich etwas kosten, wenn die Heiratsvermittler ihr keine Anträge anderer Bewerber überbrachten. Er streute das Gerücht aus, irgend jemand in ihrer nächsten Familie habe sich erhängt. Seine Freunde spielten ihm in die Hand und erhielten dafür ihr Teil Weinbrand und Mohnkuchen. Geld war für ihn kein Problem. Er öffnete einfach Vaters Schublade und nahm sich so viel heraus, wie er wollte. Zuletzt mußte Chaweles Vater sich geschlagen geben, und er erteilte seine Einwilligung zu ihrer Heirat mit Lippe.

Die ganze Stadt feierte die Verlobung. Gewöhnlich bringt der Bräutigam keine Mitgift mit in die Ehe, aber Lippe überredete den Vater, ihm zweihundert Gulden zu schenken. Er legte sich auch eine Garderobe zu, die einem Großgrundbesitzer Ehre gemacht hätte. Bei der Hochzeit spielten zwei verschiedene Kapellen, die eine aus Janow, die andere aus Bilgoray. Auf solche Weise begann sein Aufstieg. Aber für den jüngeren Bruder lag alles anders. Er bekam nicht einmal ein neues Paar Hosen. Vater hatte mir gute Sachen versprochen, verschob die Bestellung aber von Tag zu Tag, und als er endlich den Stoff gekauft hatte, war es zu spät, ihn zuschneiden zu lassen. Ich ging in Lumpen zur Hochzeit. Die Mädchen lachten über mich. So sah für mich das Glück aus.

Ich hatte geglaubt, ich würde den Weg meiner anderen Geschwister gehen müssen. Aber es war mir kein frühes Ende bestimmt. Lippe heiratete also. Wie man zu sagen pflegt, war er mit dem rechten Fuß aufgestanden. Er war bald ein erfolgreicher Getreidehändler. In der Nähe von Janow befand sich eine Wassermühle, die Reb Israel David gehörte, dem Sohne Malkas, einem vornehmen Mann. Israel David faßte besondere Zuneigung zu meinem Bruder und verkaufte ihm die Mühle um einen Pappenstiel. Ich weiß nicht, warum er sie überhaupt verkaufte. Manche behaupteten, er wolle ins Heilige Land ziehen, andere, er habe Verwandte in Ungarn. Was immer der Grund war: kurz nach Verkauf der Mühle starb er.

Chawele hatte ein Kind nach dem anderen, und jedes war hübscher als das vorausgehende. Es waren solche Wunderwesen, daß die Leute nur kamen, um sie zu sehen. Die Mitgift, die Vater dem Lippe geschenkt hatte, unterhöhlte sein eigenes Geschäft. Es blieb ihm zuletzt kein roter Heller mehr. Mit dem Geschäft ging es zu Ende, und ebenso auch mit seiner Kraft, aber wenn ihr annehmt, mein Bruder Lippe hätte ihm unter die Arme gegriffen, dann irrt ihr schwer. Lippe sah nichts und hörte nichts, und Vater ließ seine Bitterkeit an mir aus. Was er gegen mich hatte, weiß ich nicht. Es kommt eben vor, daß einer einen solchen Haß gegen sein eigenes Kind empfindet. Was ich auch sagte, war verkehrt, und wie sehr ich auch schuftete, es war nicht genug.

Dann erkrankte Vater, und alle konnten sehen, daß er nicht lange mehr mitmachen würde. Mein Bruder Lippe war mit Geldverdienen beschäftigt. Ich nahm mich Vaters an. Ich war es, der ihm das Stechbecken brachte. Ich war es, der ihn wusch, badete und kämmte. Nichts konnte er mehr bei sich behalten. Die Krankheit erfaßte bald auch seine Beine, und er konnte nicht mehr laufen. Ich hatte ihm alles zu bringen, und jedesmal, wenn er mich erblickte, maß er mich, als wäre ich Dreck. Bisweilen hielt er mich derart in Atem, daß ich am liebsten bis zum Ende der Welt geflüchtet wäre – aber wie kann man den eigenen Vater im Stich lassen? Ich duldete also schweigend. Die letzten Wochen waren die reinste Hölle: Vater fluchte und stöhnte. Niemals habe ich schrecklichere Verwünschungen vernommen. Mein Bruder kam zweimal in der Woche kurz zu Besuch und fragte lächelnd: «Nun, wie geht es dir heute, Vater? Nicht besser?» und schon bei seinem bloßen Anblick hellten sich Vaters Augen auf. Ich habe ihm vergeben, und auch Gott möge ihm vergeben: weiß einer immer, was er tut?

Es dauerte zwei ganze Wochen, bis er starb, und sein Todeskampf war unbeschreiblich. Jedesmal, wenn er die Augen aufschlug, starrte er mich in stummer Wut an. Nach dem Begräbnis wurde unter einem Kissen sein Testament gefunden. Ich war enterbt. Alles war Lippe vermacht – das Haus, die Handmühle, der Kleiderschrank, die Kommode, sogar Teller und Schüsseln. Die ganze Stadt war bestürzt: ein solches Testament, erklärten die Leute, sei ungesetzlich. Schon im Talmud werde auf einen ähnlich gelagerten Fall angespielt. Man schlug Lippe vor, mir das Haus zu lassen, aber er lachte nur. Statt dessen verkaufte er es sogleich und ließ die Handmühle und das Mobiliar in seine eigene Wohnung bringen. Mir blieb nur das Kopfkissen. Das ist die reine und schlichte Wahrheit. Möge ich ebenso rein sein, wenn ich einmal vor Gott trete!

Ich arbeitete nun bei einem Zimmermann und konnte kaum das Nötigste zum Leben aufbringen. Ich nächtigte in einem Schuppen. Lippe vergaß, daß er einen Bruder hatte. Aber wer hat wohl das Totengebet für Vater gesprochen? Stets gab es einen Grund dafür, daß Lippe seinerseits nicht dazu imstande war: ich wohnte in der Stadt, in der Mühle dagegen war die für jede Andacht erforderliche Mindestzahl von zehn Männern nicht beisammen, und das Bethaus lag zu weit entfernt, als daß er es am Sabbat hätte aufsuchen können. Anfänglich klatschte man noch über die Art und Weise, wie er mich behandelte, aber dann hieß es einfach, er müsse doch wohl seine Gründe haben. Wenn jemand am Boden liegt, dann trampeln alle anderen gern noch auf ihm herum.

Ich war nun nicht mehr jung und war noch immer nicht verheiratet. Ich hatte mir einen Bart wachsen lassen, aber niemand dachte daran, mir eine geeignete Frau zu empfehlen. Wenn wirklich einmal ein Heiratsvermittler auftauchte, so hatte er mir nur den Abschaum vom Abschaum anzubieten. Aber warum es leugnen – einmal habe ich mich tatsächlich verliebt. Das Mädchen war eine Schusterstochter, und ich pflegte ihr zuzusehen, wenn sie die Abfalleimer entleerte. Aber sie verlobte sich schließlich mit einem Küfer. Wer möchte auch eine Waise zum Manne haben? Ich war kein Narr – es tat schon weh. Bisweilen konnte ich des Nachts nicht einschlafen. Ich warf mich im Bett hin und her, als hätte ich Fieber. Warum? Was hatte ich meinem Vater angetan? Ich beschloß, das Totengebet nicht mehr zu sprechen, aber das Trauerjahr war schon fast herum. Und außerdem – wie kann man an den Toten Vergeltung üben?

Und nun laßt mich berichten, was weiter geschah.

Eines Freitagnachts lag ich in meiner Scheune auf einem Häufchen von Hobelspänen. Ich hatte schwer gearbeitet. Zu jener Zeit fing man im Morgengrauen an, und der Preis der Kerze wurde vom Lohn abgezogen. Ich hatte nicht einmal Zeit gehabt, das Badehaus aufzusuchen. Am Freitag erhielten wir kein Mittagessen, damit wir um so mehr Appetit auf das Sabbatmahl verspürten, aber am Abend lud die Frau des Zimmermanns mir stets weniger auf den Teller als den anderen. Alle anderen bekamen ein ordentliches Stück Fisch, ich dagegen den Schwanz. Beim ersten Bissen erstickte ich fast an den vielen Gräten. Die Suppe war wässerig, und was ich an Fleisch erhielt, war das Bein vom Hühnchen, zusammen mit ein paar Muskelsträngen. Es war nicht nur unmöglich, das zu kauen, sondern wenn man es einfach heruntschluckte, so verschlechterte sich, nach dem Talmud, einem auch das Gedächtnis. Ich bekam nicht einmal genug Sabbatbrot, und was die Süßspeisen betraf, so wurde ich stets übergangen. Ich hatte mich also hungrig schlafen zu legen.

Es war Winter, und in meinem Schuppen war es bitterlich kalt. Um mich her raschelte es gewaltig – die Mäuse. Zugedeckt mit Lumpen, lag ich auf meinen Hobelspänen und kochte vor Wut. Ich mußte mich unbedingt an meinem Bruder Lippe rächen. Auch Chawele trat vor mein inneres Auge. Man hätte erwarten können, eine Schwägerin werde sich freundlicher verhalten als ein Bruder, aber sie hatte nur Zeit für sich selbst und ihre Püppchen. Nach der Art, in der sie sich kleidete, hätte man sie für eine große Dame halten können. Die paar Male, die sie im Bethaus erschien, um an einer Hochzeit teilzunehmen, trug sie einen Federhut. Überall bekam ich zu hören, daß Lippe dieses und Chawele jenes gekauft hätte. Ihrer beider Hauptbeschäftigung schien in der Verschönerung der eigenen Person zu bestehen. Sie spendierte sich selbst einen Skunksmantel, und dann einen Fuchspelz. Sie stolzierte in Volants einher, während ich wie ein Hund am Boden lag und mir der Magen vor Hunger knurrte. Ich verwünschte sie beide. Ich betete zu Gott, er solle ihnen Seuchen und jede andere Art von Unglück schicken, die mir nur in den Sinn kam. Allmählich schlief ich ein.

Aber bald erwachte ich wieder; es war Mitternacht, und ich spürte, daß meine Rache jetzt fällig war. Es war, als hielte irgendein Teufel mich beim Schopf gepackt und brüllte: «Leibus, es ist jetzt Zeit für die Rache!» Ich stand auf. Im Finstern fand ich einen Sack, den ich mit Hobelspänen füllte. So etwas ist am Sabbat verboten, aber ich hatte meinen Glauben vergessen: sicherlich hauste in meinem Innern ein Dybbuk. Leise kleidete ich mich an, griff nach dem Sack mit den Hobelspänen, zwei Zündsteinen und einem Docht und schlich ins Freie. Ich wollte meines Bruders Haus, die Mühle, den Getreidespeicher, wollte das alles in Brand stecken.

Draußen war es pechschwarz, und ich hatte noch einen langen Weg vor mir. Ich hielt mich aus der Stadt heraus. Ich überquerte sumpfigen Weidegrund, stapfte über Felder und Wiesen. Ich wußte, daß ich alles verwirken würde – diese Welt und die nächste. Ich gedachte sogar meiner Mutter in ihrem Grabe: was würde sie zu alledem sagen? Aber wenn man den Kopf verloren hat, gibt es kein Halten mehr. Man denkt: es geschieht meinen Eltern recht, wenn ich mir die Hände erfriere. Ich fürchtete nicht einmal, einem Bekannten in die Arme zu laufen. Ich war einfach nicht mehr ich selbst.

Ich lief und lief, und es blies der Wind. Es herrschte schneidende Kälte. Bis über die Knie sank ich im Schnee ein, und ich kletterte nur aus einem Graben heraus, um in einen anderen zu fallen. Als ich an dem Meiler vorüberkam, der «die Kiefern» heißt, fielen mich Hunde an. Ihr wißt, wie das ist: wenn ein Hund kläfft, dann stimmen alle anderen mit ein. Ich wurde von einem ganzen Rudel Hunde verfolgt und fürchtete schon, von ihnen zerfleischt zu werden. Ein Wunder, daß die Bauern nicht aufwachten und mich für einen Pferdedieb hielten. Sie hätten mich auf der Stelle kaltgemacht. Ich war schon dicht davor, das ganze Unternehmen aufzugeben, den Sack abzuwerfen und wieder zu meinem Lager zurückzuhasten. Oder ich spielte auch mit dem Gedanken, einfach in eine andere Gegend zu ziehen, aber mein Dybbuk hetzte mich vorwärts: «Jetzt oder nie!» Ich schleppte mich weiter und immer weiter. Hobelspäne sind an sich nicht allzu schwer, aber wenn man einen ganzen Sack davon lange genug auf dem Rücken trägt, macht sich ihr Gewicht doch bemerkbar. Der Schweiß brach mir aus, aber ich stapfte weiter, und hätte es mir das Leben gekostet.

Und nun hört, was sich für ein Zufall begab.

Während ich mich vorwärts mühte, erblickte ich am Himmel plötzlich einen roten Schein. Konnte es schon die Morgendämmerung sein? Nein, das war offenbar unmöglich. Es war noch im frühen Winter, und die Nächte waren lang. Ich war nun ganz in der Nähe der Mühle und schritt rascher aus. Ich ging fast in Laufschritt über. Nun, um mich kurz zu fassen: ich erreichte die Mühle und sah sie in Flammen stehen. Kann man sich so etwas vorstellen? Ich hatte eine ganze Strecke Weges zurückgelegt, um ein Gebäude in Brand zu stecken – und es brannte bereits. Ich stand wie gelähmt, und die Gedanken wirbelten mir durcheinander. Es kam mir vor, als verlöre ich den Verstand. Vielleicht war das auch wirklich der Fall: denn schon im nächsten Augenblick warf ich den Sack mit den Hobelspänen zu Boden und begann um Hilfe zu schreien. Ich war bereits im Begriff, auf die Mühle zuzulaufen, als ich mich an Lippe und die Seinen erinnerte, und darum stürzte ich statt dessen auf das Wohnhaus zu. Es war eine einzige lodernde Hölle. Offenbar waren sie alle durch den Rauch betäubt. Balken brannten. Ringsum war es so hell wie am Tag der Gesetzesfreude. Im Innern war es heiß wie in einem Ofen, aber ich lief ins Schlafzimmer, zertrümmerte ein Fenster, packte meinen Bruder und warf ihn hinaus in den Schnee. Das gleiche tat ich mit seiner Frau, seinen Kindern. Ich erstickte fast, konnte sie aber alle noch retten. Und kaum hatte ich das Meine getan, brach das Dach ein. Meine Schreie hatten die Bauern aufgeweckt, und nun kamen sie eilig herbeigelaufen. Sie brachten meinen Bruder und die Seinen wieder zur Besinnung. Der Schornstein und ein Aschenhaufen war das einzige, was von dem Haus übrig geblieben war, aber den Bauern gelang es, das Feuer in der Mühle zu löschen. Mein Blick fiel auf den Sack mit den Hobelspänen, und ich schleuderte ihn ins Feuer. Mein Bruder und die Seinen fanden Unterschlupf bei ein paar Nachbarn. Inzwischen war es Tag geworden.

Die erste Frage meines Bruders war: «Wie ist das passiert? Wie kommst du denn überhaupt her?» Meine Schwägerin stürzte sich auf mich, als wolle sie mir die Augen auskratzen: «Er hat es getan! Er hat das Feuer gelegt!» Auch die Bauern fragten mich aus: «Was für ein Teufel hat dich denn hergeführt?» Ich wußte nicht, was ich sagen sollte. Sie begannen, mit ihren Knüppeln auf mich einzudreschen. Aber ehe ich völlig zu Brei geschlagen war, hob mein Bruder die Hand in die Höhe: «Haltet ein, ihr Nachbarn. Es gibt einen Gott, und Er wird ihn bestrafen.» Und bei diesen Worten spie er mir ins Gesicht.

Auf irgendeine Weise gelangte ich heim. Ich machte kaum von meinen Füßen Gebrauch, sondern schleppte mich nur so dahin. Wie ein verkrüppeltes Tier kroch ich auf allen vieren. Ein paarmal hielt ich inne, um meine Wunden im Schnee zu kühlen. Aber sobald ich wieder daheim war, begannen erst meine eigentlichen Nöte. Alle fragten: «Wo bist du denn gewesen? Woher wußtest du, daß das Haus deines Bruders in Flammen stand?» Dann erfuhren die anderen, daß ich verdächtigt wurde. Der Mann, bei dem ich arbeitete, kam zu mir in den Schuppen und tobte bei der Entdeckung, daß einer seiner Säcke nicht da war. Ganz Janow behauptete, ich hätte meines Bruders Haus in Brand gesteckt, und das noch an einem Sabbat.

Es hätte nicht schlimmer für mich stehen können. Ich war in Gefahr, ins Gefängnis geworfen oder im Hof der Synagoge an den Pranger gestellt zu werden. Ich wartete nicht, sondern machte mich schleunigst davon. Ein Fuhrknecht erbarmte sich meiner und brachte mich an jenem Samstagabend nach Zamosc. Er hatte keine Fahrgäste bei sich, sondern nur eine Ladung, und er zwängte mich irgendwie zwischen die Fässer. Als die Geschichte von dem Feuer nach Zamosc gelangte, machte ich mich selbst auf den Weg nach Lublin. Dort wurde ich Schreinermeister und heiratete. Meine Frau hat mir keine Kinder geschenkt. Ich arbeitete schwer, hatte aber kein Glück. Mein Bruder Lippe wurde zum Millionär – er kaufte halb Janow auf –, aber niemals hat er mir geschrieben. Seine Töchter heirateten Rabbiner und wohlhabende Geschäftsleute. Er ist jetzt nicht mehr am Leben – er starb, überhäuft mit Reichtümern und mit Ehren.

Bis zum heutigen Tage habe ich diese Geschichte noch niemandem erzählt. Wer hätte sie auch geglaubt? Ich habe sogar verschwiegen, daß ich aus Janow stammte. Ich habe stets gesagt, ich sei aus Schebreschin. Aber warum sollte ich jetzt auf meinem Sterbebette noch lügen? Was ich hier berichtet habe, ist die Wahrheit, die ganze und volle Wahrheit. Da ist nur eines, was ich nicht verstehe und auch nicht verstehen werde, solange ich noch unter den Lebenden weile: warum mußte ausgerechnet in jener Nacht im Hause meines Bruders ein Feuer ausbrechen? Vor einiger Zeit ist mir der Gedanke gekommen, es sei mein Zorn gewesen, der jenes Feuer entzündete. Was haltet ihr davon?

«Zorn führt niemals zum Brand eines Hauses.»

«Ich weiß ... immerhin gibt es den Ausdruck: ‹Glühender Zorn!›»

«Ach, das ist nur so eine Redewendung.»

Nun, als ich jenes Feuer erblickte, vergaß ich alles und stürzte ihnen zu Hilfe. Ohne mich wären sie alle zu Asche geworden. Jetzt, da ich selber am Sterben bin, möchte ich mit der Wahrheit nicht länger hinter dem Berge halten.

Blut

I

Die Kabbalisten wissen, daß die Gier nach Blut und die Gier nach Fleisch auf die gleiche Wurzel zurückgehen, und dies ist auch der Grund, daß unmittelbar auf das Gebot «Du sollst nicht töten» das Gebot «Du sollst nicht begehren deines Nächsten Weib» folgt. Reb Falik Ehrlichmann war ein Großgrundbesitzer, der nicht weit vom Städtchen Laschkew lebte. Er hieß von Haus aus Reb Falik, aber um seiner geschäftlichen Redlichkeit willen hatten die Nachbarn ihn schon seit so langer Zeit ‹Ehrlichmann› getauft, daß dieses Wort zum Bestandteil seines Namens geworden war. Von seiner ersten Frau hatte Reb Falik zwei Kinder gehabt, einen Sohn und eine Tochter, die beide in jugendlichem Alter gestorben waren, ohne Nachkommenschaft zu hinterlassen. Auch seine Frau war gestorben. In späteren Jahren hatte er wieder geheiratet, und zwar im Einklang mit den Worten des Predigers Salomo: «Frühe säe deinen Samen, und laß deine Hand des Abends nicht ab.» Reb Faliks zweite Frau war dreißig Jahre jünger als er, und seine Freunde hatten sich bemüht, ihn von der Ehe abzuhalten. Zunächst einmal war Rischa schon zweimal Witwe geworden und galt als ‹Mannstöterin›. Außerdem stammte sie aus etwas unfeiner Familie und hatte keinen guten Ruf. Es hieß von ihr, sie habe ihren ersten Mann mit einem Stock geschlagen und habe während der beiden Jahre, in denen ihr zweiter Mann gelähmt darnieder lag, niemals einen Doktor geholt. Auch sonst wurde allerlei gemunkelt. Aber Reb Falik ließ sich durch Warnungen oder Geraune nicht abschrecken. Seine erste Frau, Friede sei mit ihr, war sehr lange krank gewesen, ehe sie der Schwindsucht zum Opfer fiel. Rischa, stämmig und stark wie ein Mann, war eine gute Haushälterin und wußte ein großes Gut zu verwalten. Unter ihrem Kopftuch verbarg sie eine Fülle roten Haares, und ihre Augen waren so grün wie Stachelbeeren. Sie hatte einen vollen Busen und breite Hüften, ganz so, wie man es von einer Frau erwartet. Obwohl sie in ihren beiden ersten Ehen kinderlos geblieben war, behauptete sie, es sei Schuld der Männer gewesen. Sie hatte eine laute Stimme, und wenn sie lachte, konnte man es schon in weiter Entfernung hören. Gleich nach ihrer Verheiratung mit Reb Falik begann sie, die Zügel in die Hand zu nehmen. Sie schickte den alten Verwalter, einen Trunkenbold, fort und dingte an seiner Stelle einen jungen, umsichtigen. Sie überwachte Aussaat, Ernte und Viehzucht. Sie hielt die Augen auf, damit ihr nicht entginge, falls die Bauern versuchten, Eier, Hühner oder Honig aus den Bienenkörben zu stehlen. Reb Falik hoffte, Rischa würde ihm einen Sohn schenken, der nach seinem Tode das Kaddisch sprechen könne, aber die Jahre gingen dahin, ohne daß sie schwanger wurde. Sie behauptete, sie sei schon zu alt dafür. Eines Tages schleppte sie ihn nach Laschkew zum öffentlichen Notar, wo er ihr sein gesamtes Eigentum überschrieb.

Reb Falik bekümmerte sich allmählich immer weniger um die Verwaltung des Gutes. Er war mittelgroß und hatte einen schneeweißen Bart, und seine Wangen hatten das halbverblichene Rot von Winteräpfeln, wie es für wohlhabende und bescheidene alte Männer so kennzeichnend ist. Im Umgang war er reichen und armen Leuten gegenüber gleich freundlich und schrie auch nie seine Knechte oder Bauern an. In jedem Frühjahr schickte er vor dem Passahfest den Armen von Laschkew eine Fuhre Weizen, und im Herbst versorgte er nach dem Laubhüttenfest das Armenhaus mit Feuerholz für den Winter wie auch mit Säcken voller Kartoffeln, Krautköpfe und Rüben. Auf seinem Besitztum befand sich ein kleines Lehrhaus, das Reb Falik selbst hatte errichten und mit einem Bücherregal und einer heiligen Schriftrolle hatte ausstatten lassen. Wenn sich dort die

Mindestzahl von zehn Juden zusammengefunden hatte, konnten sie auch beten. Nachdem er nun Rischa seine gesamten Besitztümer vermacht hatte, saß Reb Falik fast den ganzen Tag in diesem Lehrhaus, sprach Psalmen oder döste auch manchmal auf einem in einem Nebenraum befindlichen Sofa. Seine Kräfte begannen zu schwinden, seine Hände zitterten, und beim Sprechen wackelte er mit dem Kopf. Nahe an die Siebzig und vollständig von Rischa abhängig, aß er sozusagen bereits das Gnadenbrot. Früher durften die Bauern mit der Bitte um Zahlungserleichterung zu ihm kommen, wenn eines ihrer Rinder oder Pferde sich auf seine Felder verirrt hatte und der Verwalter Schadenersatz forderte. Aber nun, seit Rischa die Oberhand hatte, mußten die Bauern ihren Verpflichtungen bis zum letzten Heller nachkommen. Auf dem Grundstück hatte viele Jahre lang ein Schächter namens Reb Dan gelebt, ein alter Mann, der im Lehrhaus als eine Art Gemeindediener figurierte und der mit Reb Falik zusammen an jedem Morgen über einem Kapitel der Mischna saß. Bei seinem Tode hielt Rischa nach einem anderen Schächter Ausschau. Zum Abendbrot verzehrte Reb Falik stets ein Stück Huhn, während Rischa selbst Fleisch vom Rind bevorzugte. Die Stadt Laschkew lag jedoch zu weit entfernt, als daß man hätte hinfahren können, wenn sie ein Tier geschlachtet haben wollte. Außerdem war sowohl im Herbst wie im Frühling die nach Laschkew führende Straße überschwemmt Sie hörte herum und erfuhr, daß unter den Juden in dem nahegelegenen Dorf Krowica ein Schächter namens Ruben lebte, dessen Frau bei ihrer ersten Niederkunft gestorben war und der selbst nicht nur ein Metzger war, sondern auch Besitzer einer kleinen Schenke, in der die Bauern am Abend zu trinken pflegten.

Eines Morgens hieß Rischa einen der Bauern die Britschka anspannen; sie wollte nach Krowica fahren, um dort mit Ruben zu sprechen. Sie wollte, daß er zum Schlachten ab und an aufs Gut zu ihnen käme. Sie packte mehrere Hühner und einen Gänserich in einen so engen Sack, daß es ganz erstaunlich war, wieso das Geflügel nicht erstickte.

Als sie das Dorf erreicht hatte, zeigte man ihr Rubens Hütte, die in der Nähe der Schmiede stand. Die Britschka hielt, und Rischa, gefolgt von dem Kutscher, der den Sack Geflügel trug, öffnete die Haustür und trat ein. Ruben war nicht da, aber als sie zufällig aus einem Fenster in den hinter der Hütte liegenden Hof spähte, sah sie ihn neben einer flachen Abzugsrinne stehen. Eine barfüßige Frau reichte ihm gerade ein Huhn, das er sogleich schächtete. Ohne zu ahnen, daß er von seinem eigenen Hause aus beobachtet wurde, schäkerte Ruben mit der Frau. Scherzend schwang er das geschächtete Huhn in die Höhe, als wolle er es ihr ins Gesicht werfen. Als sie ihm die Pfenniggebühr entrichten wollte, packte er sie am Handgelenk und hielt sie fest. In der Zwischenzeit fiel das Huhn mit aufgeschlitzter Kehle auf den Boden, wo es in der verzweifelten Anstrengung, sich in die Luft zu erheben, umherflatterte und dabei Rubens Stiefel mit Blut besprizte. Zuletzt zuckte das kleine Huhn nur noch einmal auf und lag dann still, ein glasiges Auge und den aufgeschlitzten Hals gen Gottes Himmel gerichtet. Das kleine Geschöpf schien zu sagen: «Sieh, Vater im Himmel, was sie mir angetan haben. Und noch immer spaßen sie miteinander.»

2

Ruben hatte, wie die meisten Metzger, einen dicken Wanst und einen roten Nacken. Sein Hals war kurz und fleischig. Auf seinen Backen standen ganze Büschel pechschwarzer Härchen. Seine dunklen Augen hatten den kalten Blick derer, die im Zeichen des Mars zur Welt gekommen sind. Als er Rischas ansichtig wurde, der Herrin des riesigen Nachbargutes, wurde er verlegen, und sein Gesicht färbte sich noch röter, als es ohnehin war. In aller Eile nahm die bei ihm stehende Frau den geschächteten Vogel auf und hastete davon. Rischa trat in den Hof hinaus und wies den Bauern an, den Sack mit dem Geflügel dicht vor Rubens Füßen niederzustellen. Sie konnte sehen, daß er im Umgang nicht allzu förmlich war, und in leichtem, halb scherzendem Tone sprach sie ihn an, und er antwortete ihr auf gleiche Weise. Auf ihre Frage, ob er die Vögel in dem Sack für sie schächten wolle, erwiderte er: «Was sollte ich denn sonst tun? Etwa die toten wiederbeleben?» Und als sie bemerkte, wieviel ihrem Mann daran läge, daß seine Speise streng koscher sei, meinte er: «Sagen Sie ihm, er solle sich keine Gedanken machen. Mein Messer ist so glatt wie ein Fidelbogen!» Und um es ihr zu zeigen, fuhr er mit der bläulichen Schneide über den Nagel seines Zeigefingers. Der Bauer öffnete den Sack und reichte Ruben ein gelbliches Küken. Er bog rasch dessen Kopf zurück, zog ein Daunenbüschel mitten von seinem Hals ab und schlitzte ihn auf. Bald bekam er auch den weißen Gänserich zu fassen.

«Der ist zäh», sagte Rischa. «Alle Gänse hatten vor ihm Angst.»

«Er wird nicht mehr lange zäh sein», antwortete Ruben.

«Hast du denn gar kein Mitleid?» sagte Rischa lächelnd. Noch nie zuvor hatte sie einen so geschickten Schächter gesehen. Seine Hände mit den kurzen, dicht mit schwarzen Härchen überzogenen Fingern waren dick.

«Aus Mitleid wird man kein Schächter», antwortete Ruben. Einen Augenblick später setzte er hinzu: «Wenn Sie am Sabbat einen Fisch abschuppen, meinen Sie, daß es dem Fisch Vergnügen macht?»

Den Vogel fest in der Hand haltend, betrachtete Ruben prüfend Rischa. Er ließ seinen Blick an ihr auf und nieder gleiten und schließlich auf ihrem Busen ruhen. Sie weiter anstarrend, schächtete er den Gänserich. Die weißen Federn färbten sich rot. Er schüttelte drohend den Hals, schoß in die Luft empor und flog ein paar Meter weit. Rischa biß sich auf die Lippen.

«Man sagt, Schächter wären eigentlich zu Mördern bestimmt gewesen und seien eben deshalb Schächter geworden», sagte Rischa.

«Wenn Sie so weichherzig sind, warum bringen Sie dann diese Vögel zu mir?» fragte Ruben.

«Warum? Man muß doch Fleisch essen.»

«Wenn jemand Fleisch essen muß, muß auch jemand das Schächten übernehmen.»

Rischa befahl dem Bauern, das Geflügel wieder mit heimzunehmen. Als sie Ruben entlohnte, ergriff er ihre Hand und hielt sie einen Augenblick fest. Seine Hand war warm, und ihren Körper durchfuhr ein wohliger Schauer. Als sie ihn fragte, ob er bereit sei, zum Schächten auch aufs Gut herüberzukommen, erwiderte er: ja, wenn sie, von der Bezahlung abgesehen, ihn in einem Wagen abholen und wieder zurückfahren lassen würde.

«Ich werde keine Rinderherde für dich haben», sagte Rischa scherzend.

«Und warum nicht?» entgegnete Ruben. «Ich habe schon früher Rinder geschlachtet – in Lublin an einem einzigen Tage sogar mehr als hier in einem ganzen Monat», brüstete er sich.

Da Rischa nicht in Eile zu sein schien, bat Ruben sie, auf einer Kiste niederzusitzen. Er selbst setzte sich auf einen Holzklotz. Er erzählte ihr von den Studien, die er in Lublin getrieben hatte, und erklärte, wieso er in dieses gottverlassene Dorf gekommen war, wo seine Frau, Friede sei mit ihr, im Wochenbett nur deshalb gestorben sei, weil keine erfahrene Hebamme zur Stelle war.

«Warum hast du dich nicht wieder verheiratet?» wollte Rischa wissen. «Hier herrscht ja nicht gerade Mangel an Frauen – an Witwen, Geschiedenen oder jungen Mädchen.»

Ruben erwähnte, daß die Heiratsvermittler gerade eine neue Frau für ihn suchten, aber noch sei die ihm Bestimmte nicht zu finden gewesen.

«Und wie willst du die für dich Bestimmte erkennen?» fragte Rischa.

«Hier werde ich sie erkennen» – und Ruben schnappte mit den Fingern und zeigte auf seinen Nabel. Wäre jetzt nicht ein Mädchen mit einer Ente erschienen, so wäre Rischa noch länger geblieben. Ruben erhob sich. Rischa kehrte zu ihrer Britschka zurück.

Auf dem Heimweg dachte Rischa über den Schächter Ruben, seinen Leichtsinn und seine scherzenden Worte nach. Wenn sie auch zu dem Schluß kam, daß er dickfellig war und daß seine künftige Frau für den Rest ihres Lebens keinen Honig zu schlecken haben würde, konnte sie ihn doch nicht aus dem Sinn bekommen. In jener Nacht warf sie sich auf ihrem Baldachinbett, das dem ihres Mannes gegenüber im gleichen Zimmer stand, ruhelos hin und her. Als sie zuletzt eindöste, fühlte sie sich von ihren Träumen geängstigt und gleichzeitig erregt. Am frühen Morgen erhob sie sich voller Begierde, wollte Ruben so rasch wie möglich wiedersehen, überlegte sich, wie sie es einrichten könnte, und machte sich schon darüber Gedanken, daß er irgendeine Frau finden und das Dorf dann verlassen würde.

Drei Tage später fuhr Rischa wieder nach Krowica, obwohl die Vorratskammer noch gefüllt war. Diesmal fing sie die Vögel selber ein, band sie an den Beinen zusammen und schob sie in den Sack. Auf dem Gut befand sich ein schwarzer Hahn mit glockenklarer Stimme, ein Vogel, der für seine Größe, seinen roten Kamm und sein Krähen berühmt war. Außerdem gab es noch eine Henne, die jeden Tag ein Ei legte, und zwar stets an derselben Stelle. Rischa fing jetzt beide Tiere ein und murmelte: «Kommt, liebe Kinder, ihr werdet bald Rubens Messer zu schmecken bekommen», und bei diesen Worten lief ihr ein kalter Schauer über den Rücken. Sie befahl auch keinem Bauern, die Britschka zu holen, sondern sie spannte das Pferd selbst an und fuhr allein. Ruben stand gerade auf der Schwelle seines Hauses, als warte er ungeduldig auf sie, was er auch tat. Wenn ein Mann und eine Frau nacheinander verlangen, begegnen sich ihre Gedanken, und beide wissen im voraus, was der andere tut.

Ruben bat Rischa mit all der Förmlichkeit, die man einem Gast schuldet, zu sich ins Haus. Er brachte ihr einen Krug Wasser, bot ihr einen Likör und eine Scheibe Honigkuchen an. Er ging auch nicht in den Hof hinaus, sondern streifte den Tieren im Innern des Hauses die Fesseln ab. Als er den schwarzen Hahn aus dem Sack herausholte, rief er aus: «Was für ein vornehmer Kavalier!»

«Mach dir keine Gedanken. Du wirst dich seiner bald angenommen haben», bemerkte Rischa.

«Keiner kann meinem Messer entgehen», beruhigte Ruben sie. Er schächtete den Hahn an Ort und Stelle. Der Vogel hauchte nicht gleich seinen Geist aus, klatschte aber, wie ein von einer Flintenkugel getroffener Adler, zu Boden. Dann legte Ruben das Messer auf den Schleifstein, wandte sich um und trat nahe an Rischa heran. Sein Gesicht war von innerer Glut ganz fahl, und das Feuer in seinen dunklen Augen erschreckte sie. Es war ihr, als wäre er drauf und dran, sie zu schächten. Wortlos umschlang er sie mit den Armen und preßte sie an sich.

«Was tust du da? Bist du denn völlig von Sinnen?» fragte sie.

«Du gefällst mir», sagte Ruben mit heiserer Stimme.

«Laß mich. Es könnte jemand hereinkommen.»

«Keiner wird kommen», suchte Ruben sie zu beschwichtigen. Er legte die Kette vor die Tür und zog Rischa in eine fensterlose Nische.

Rischa protestierte, gab vor, sich zur Wehr zu setzen, und rief: «Weh mir. Ich bin eine Ehefrau. Und du – ein frommer Mann, ein Gelehrter. Wir werden in Gehenna büßen müssen...» Aber Ruben schenkte ihren Worten keine Beachtung. Er zwang Rischa auf seine Lagerbank herab, und sie, die dreimal Verheiratete, hatte noch nie zuvor ein solches Verlangen gespürt. Obwohl sie ihn Mörder, Räuber, Bandit nannte und ihm vorwarf, Schande über eine ehrbare Frau zu bringen, küßte und streichelte sie ihn gleichzeitig und erwiderte seine Liebkosungen. Und immerzu flüsterte sie: «Schächte mich!» Er nahm ihren Kopf zwischen beide Hände, bog ihn zurück und fuhr mit dem Finger mehrfach über ihre Kehle. Als Rischa sich schließlich wieder erhob, sagte sie zu Ruben: «Du hast mich bestimmt ermordet.»

«Und du mich», erwiderte er.

3

Weil Rischa Ruben ganz für sich haben wollte und weil sie fürchtete, er könne Krowica verlassen oder eine jüngere Frau heiraten, ersann sie Mittel und Wege, ihn aufs Gut herüberzuziehen. Sie konnte ihn nicht einfach anstelle Reb Dans verpflichten, denn Reb Dan war ein Verwandter gewesen, für den Reb Falik ohnehin hatte sorgen müssen. Wenn wöchentlich nur ein paar Hühner zu schächten waren, war es sinnlos, dafür eigens jemand anzustellen, und jeder Vorschlag in dieser Richtung hätte den Argwohn ihres Mannes erregt. Nach kurzem Nachdenken fand Rischa eine Lösung.

Sie begann ihrem Mann gegenüber zu klagen, wie gering der Ertrag des Korns war, wie dürftig die Ernten wären: wenn es so weiterginge, wären sie in wenigen Jahren zugrunde gerichtet. Reb Falik versuchte, seine Frau zu beruhigen: bisher habe Gott ihn ja nicht verlassen, und man müsse eben Glauben haben, worauf Rischa erwiderte, daß man vom Glauben nicht satt werde. Sie schlug vor, mehr Rinder auf die Weide zu schicken und in Laschkew einen Metzgerladen zu eröffnen – auf diese Weise könne man sowohl mit der Milcherzeugung wie mit dem Einzelhandel in Fleisch ein doppeltes Geschäft machen. Reb Falik widersetzte sich diesem Plan, weil er unpraktisch und unter seiner Würde sei. Er behauptete, die Metzger in Laschkew würden sich zusammenrotten und die Gemeinde werde niemals zulassen, daß er, Reb Falik, Metzger würde. Aber Rischa ließ nicht locker. Sie fuhr nach Laschkew, trommelte die Gemeindeältesten zusammen und sagte ihnen, sie beabsichtige, einen Metzgerladen zu eröffnen. Ihr Fleisch werde per Pfund zwei Groschen billiger sein als das in den anderen Läden. Das Städtchen war in Aufruhr. Der Rabbi kündigte an, er werde das Fleisch aus dem Gut nicht zum Verkauf zulassen. Die Metzger drohten an, jeden zu erdolchen, der ihnen ihren Lebensunterhalt verkürzte. Aber Rischa ließ sich nicht abschrecken. Zunächst einmal hatte sie Fürsprecher bei der Regierung, denn der Starost der Umgebung hatte manche nützliche Gabe von ihr erhalten, war häufig zu Gast auf ihrem Gut gewesen und hatte in ihren Wäldern gejagt. Außerdem fand sie sehr bald Bundesgenossen unter den Armen von Laschkew, die es sich nicht leisten konnten, zu den sonstigen hohen Preisen viel Fleisch zu kaufen. Viele ergriffen ihre Partei: Fuhrleute, Schuhmacher, Schneider, Kürschner und Töpfer, und sie alle kündigten öffentlich an, daß sie die Metzgerläden niederbrennen würden, falls die Metzger ihrerseits zur Gewalttat schritten. Rischa lud eine ganze Rotte von ihnen auf das Gut ein, schenkte ihnen mehrere Flaschen des in ihrer Brauerei hergestellten Bieres und versicherte sich noch einmal ihrer handgreiflichen Unterstützung. Bald darauf mietete sie in

Laschkew ein Ladengeschäft und stellte dort Wolf Bonder ein, einen furchtlosen Mann, der als Pferdedieb und Raufbold berüchtigt war. Jeden zweiten Tag fuhr Wolf Bonder mit seinem Einspänner zum Gut hinaus, um das Fleisch in die Stadt zu schaffen. Im Auftrag Rischas hatte Ruben das Schächten zu besorgen.

Mehrere Monate lang kam das neue Geschäft nicht auf seine Kosten, denn der Rabbi hatte tatsächlich Rischas Fleisch nicht zum öffentlichen Verkauf zugelassen. Reb Falik wagte es aus lauter Scham nicht, den Städtern noch ins Gesicht zu blicken, aber Rischa hatte die Mittel und auch die Kraft, den Sieg abzuwarten. Da ihr Fleisch billig war, nahm die Zahl ihrer Kunden gleichmäßig zu, und bald waren infolge dieser Konkurrenz mehrere Metzger gezwungen, ihre Läden zu schließen, und von den zwei in Laschkew ansässigen Schächtern verlor einer seine Stellung. Rischa wurde von vielen verwünscht.

Das neue Geschäft lieferte den Vorwand, dessen Rischa bedurfte, um die Sünden zu verhüllen, die sie auf Reb Faliks Gut beging. Von Anfang an war sie stets zugegen gewesen, wenn Ruben beim Schächten war. Oft half sie ihm auch dabei, einen Ochsen oder eine Kuh zu fesseln. Und ihre Begierde, mitanzusehen, wie die Kehlen der Tiere durchschnitten und ihr Blut vergossen wurde, war derart mit fleischlichem Verlangen gemischt, daß sie selbst kaum mehr wußte, wo das eine aufhörte und das andere begann. Sobald das Geschäft Gewinn abwarf, ließ Rischa eine Schächthütte bauen, während sie Ruben im Haupthaus eine Wohnung zur Verfügung stellte. Sie kaufte ihm vornehme Sachen, und er nahm seine Mahlzeiten an Reb Faliks Tisch ein. Mit der Zeit wurde er glatter und dicker. Zur Tageszeit lag er selten dem Handwerk des Schächtens ob, sondern stolzierte in einem Seidengewand, weichen Pantöffelchen und einem Käppchen herum und beobachtete die Bauern, die auf den Feldern arbeiteten, die Schäfer, die sich der Rinder annahmen. Er fand Gefallen an allen Freilufterholungen und ging des Nachmittags oft im Flusse baden. Der alternde Reb Falik zog sich schon zu früher Abendstunde zurück. Später begab sich Ruben, von Rischa begleitet, in die Hütte, wo sie neben ihm stand und ihm beim Schächten zusah, und während sich das getroffene Tier in seiner Todesqual hin und her warf, sprach sie mit ihm bereits über das, was sie beide als nächstes im Sinne hatten. Bisweilen gab sie sich ihm gleich nach dem Vorgang des Schächtens hin. Um diese Zeit lagen alle Bauern in ihren Hütten im Schlaf, nur ein alter Mann, der halb taub und nahezu blind war, half ihnen in dem kleinen Schächthaus. Bisweilen lag Ruben hier mit ihr auf einem Bündel Stroh, bisweilen gleich neben dem Schuppen im Gras, und der Gedanke an die toten und sterbenden Geschöpfe in ihrer Nähe steigerte noch ihre Lust. Reb Falik konnte Ruben nicht leiden. Das neue Geschäft war ihm widerwärtig, aber selten sagte er etwas dagegen. Er fand sich demütig mit seinem Ärger ab: bald war er ja ohnehin nicht mehr da, und was hatte es dann für einen Zweck, noch einen Streit anzufangen? Gelegentlich fiel ihm auf, daß seine Frau allzu vertraulich mit Ruben umging, aber er schlug sich jeden Verdacht aus dem Sinn, da er von Haus aus ehrlich und rechtschaffen war, ein Mann, der im Zweifelsfalle jedem seiner Nächsten recht gab.

Ein Vergehen zeugt ein anderes. Eines Tages erweckte Satan, der Vater aller Lust und aller Verschlagenheit, in Rischa den Wunsch, sich am Schächten mitzubeteiligen. Ruben war beunruhigt, als sie zum erstenmal diesen Wunsch laut werden ließ. Er war zwar ein Ehebrecher, aber trotzdem, wie so viele Sünder, stark im Glauben. Er erklärte, daß sie beide für ihre Sünden nach dem Tode gegeißelt werden würden, aber warum sollten sie auch andere Leute zum Unrecht verleiten, nur weil sie sie dazu veranlaßten, nicht-koscheres Fleisch zu essen? Nein, Gott behüte, Rischa sollte niemals tun, was sie vorgeschlagen hatte. Um ein Schächter zu werden, war es unumgänglich, den *Schulchan Aruch* und die Kommentare zu studieren. Ein Schächter war verantwortlich für jeden noch so kleinen Schaden am Messer und für jede Sünde, die einer seiner Kunden dadurch beging, daß er unreines Fleisch aß. Aber Rischa blieb unerbittlich. Was kam es schon darauf an? fragte sie. Für sie beide stand in der nächsten Welt schon ein Nagelbett bereit. Wenn man Sünden beging, sollte man aus denen so viel Genuß herausschlagen wie nur möglich. Beständig lag Rischa mit immer neuen Drohungen und Verheißungen Ruben in den Ohren. Sie versprach ihm noch ungekannte Erregungen, Geschenke und Geld. Für den Fall, daß er sie am Schächten teilnehmen ließ, versicherte sie ihm hoch und heilig, sie werde ihn gleich nach Reb Faliks Tode heiraten und ihm ihr gesamtes Eigentum überschreiben, so daß er einen Teil seiner sittlichen Verschuldung durch wohltätige Handlungen wieder ausgleichen könne. Schließlich gab Ruben nach. Rischa fand so viel Gefallen am Töten, daß sie binnen kurzem das eigentliche Schächten selbst verrichtete, während Ruben ihr lediglich dabei zur Hand ging. Sie begann ihre Kunden zu betrügen, verkaufte anstelle von koscherem Fett Talg, und sie löste auch nicht mehr die verbotenen Sehnen aus den Schenkeln der Rinder heraus. Mit den anderen Metzgern von Laschkew führte sie einen Preiskrieg, bis die noch übriggebliebenen ihre Angestellten wurden. Sie sicherte sich das vertragliche Recht, Fleisch für die polnischen Kasernen zu liefern, und da die Offiziere sich bestechen ließen, die Mannschaften aber nur das schlechteste Fleisch erhielten, verdiente sie ungeheure Summen. Rischa wurde so reich, daß nicht einmal sie selbst genau wußte, wie groß ihr Vermögen war. Ihre Bosheit verschärfte sich. Einmal schächtete sie ein Pferd und verkaufte es als koscheres Rind. Sie brachte auch ein paar Schweine um, indem sie sie, wie die Schweinemetzger, in kochendem Wasser verbrühen ließ. Bei alledem ließ sie sich niemals ertappen. Die Gemeinde zu betrügen, bereitete ihr bald eine solche Genugtuung, daß es förmlich zu einer Leidenschaft bei ihr wurde, wie es Wollust und Grausamkeit bereits waren.

Wie alle, die sich völlig den Vergnügungen des Fleisches verschrieben haben, wurden Rischa und Ruben vorzeitig alt. Ihre Körper waren bald derart gedunsen, daß sie sich nicht mehr aneinanderschmiegen konnten. Ihre Herzen schwammen im Fett. Ruben wurde zum Trinker. Den lieben langen Tag lag er auf seinem Bett, und beim Erwachen sog er aus einer Karaffe mit einem Strohhalm Branntwein. Rischa brachte ihm Erfrischungen, und beide verbrachten die Stunden in müßigem Geschwätz, wie es alle die tun, die ihre Seelen um der Eitelkeiten dieser

Welt willen verkauft haben. Sie stritten und küßten, neckten und verspotteten einander und beklagten die Tatsache, daß die Zeit dahinging und das Grab ihnen näher rückte. Reb Falik war nun die meiste Zeit krank, aber obwohl er oft dem Ende schon nahe schien, verleugnete seine Seele doch irgendwie auch den Körper nicht. Rischa spielte mit Todesvorstellungen und dachte sogar daran, Reb Falik zu vergiften. Ein anderes Mal sagte sie zu Ruben: «Weißt du, daß ich bereits genug vom Leben habe? Schächte mich, wenn du willst, und heirate eine Junge.»

Nach diesen Worten nahm sie Ruben den Strohhalm aus dem Mund und sog selbst aus der Karaffe, bis sie leer war.

4

Es gibt ein Sprichwort: «Himmel und Erde sind übereingekommen, kein Geheimnis unenthüllt zu lassen.» Die Sünden Rubens und Rischas konnten nicht auf immer verborgen bleiben. Man begann zu munkeln, daß die beiden ein allzu bequemes Leben führten. Man stellte fest, wie alt und schwach Reb Falik geworden war und wieviel häufiger er im Bett als auf den Beinen war, und man schloß daraus, daß Ruben und Rischa etwas miteinander hatten. Die Metzger, die Rischa gezwungen hatte, ihr Geschäft zu schließen, hatten seitdem alle möglichen schlimmen Geschichten über sie verbreitet. Einige der mehr schriftkundigen Hausfrauen hatten in Rischas Fleisch Sehnen entdeckt, die, nach dem Gesetz, hätten entfernt werden müssen. Der christliche Metzger, dem Rischa regelmäßig die verbotenen Innereien verkauft hatte, beklagte sich, daß er monatelang nichts mehr von ihr erhalten hatte. Mit solchem Beweismaterial zogen die früheren Metzger vor das Haus des Rabbi und forderten von ihm und den Gemeindeältesten eine öffentliche Untersuchung von Rischas Fleisch. Aber der Stadtrat hatte keine Lust, einen Streit mit ihr vom Zaune zu brechen. Der Rabbi berief sich auf den Talmud, in dem es hieß, jeder, der einen Rechtschaffenen verdächtige, verdiene Peitschenschläge, und er setzte hinzu, daß es unrecht sei, ihr Übles nachzusagen, solange es keine Augenzeugen für ihre Verfehlungen gab, denn jeder, der seinem Nächsten Übles nachrede, verwirke seinen Anteil an der künftigen Welt.

Die Metzger beschlossen, derart von dem Rabbi zurückgewiesen, einen Späher zu dingen, und sie bestimmten dazu einen hartgesottenen jungen Mann namens Jechiel, der auch eines Nachts nach Einbruch der Dunkelheit von Laschkew aufbrach, sich im Gut einschlich, wobei es ihm gelang, die wilden Wachhunde Rischas zu vermeiden und schließlich hinter der Schächthütte Posten bezog. Durch einen breiten Riß in der Wand hineinspähend, gewahrte er Ruben und Rischa und sah mit Erstaunen, wie der alte Knecht die gefesselten Tiere hereinführte und Rischa mit Hilfe eines Seils sie eines nach dem anderen zu Boden warf. Dann verließ der alte Mann den Schuppen, und Jechiel sah im Schein der Fackel zu seiner Verwunderung, wie Rischa ein langes Messer aufnahm und die Kehlen der Tiere zu durchschneiden begann. Das dampfende Blut gurgelte und rann. Während die Tiere sich verbluteten, warf Rischa alle Kleider von sich und streckte sich nackt auf einem Bündel Stroh aus. Ruben kroch zu ihr, und ihre schweren Körper fanden kaum zueinander. Sie keuchten und schnauften. Ihr pfeifender Atem mischte sich mit dem Todesröcheln der Tiere zu einem fast unwirklichen Laut. Auf die Wände fielen verzerrte Schatten, und die Hütte barst fast von der Hitze des Blutes. Jechiel war ein Lump, aber selbst er fürchtete sich, weil nur Teufel sich derart verhalten konnten. Aus Angst, der böse Feind könne sich seiner bemächtigen, ergriff er die Flucht.

Bei Morgengrauen pochte Jechiel an den Fensterladen des Rabbi. Atemlos stotternd berichtete er, was er mit eigenen Augen gesehen hatte. Der Rabbi rüttelte den Gemeindediener aus dem Schlaf und hieß ihn mit seinem hölzernen Hammer an die Fenster der Gemeindeältesten schlagen und diese sogleich zusammenrufen. Zuerst wollte niemand glauben, Jechiel könne die Wahrheit erzählen. Sie vermuteten, er sei von den Metzgern gekauft, um falsches Zeugnis abzulegen, und bedrohten ihn mit einer Tracht Prügel und mit Ausschluß aus der Gemeinde. Jechiel lief, um zu beweisen, daß er nicht lüge, auf den heiligen Schrein zu, der im Gerichtsraum stand, riß die Tür auf, und bevor die Anwesenden ihn daran hindern konnten, schwor er bei der heiligen Schriftrolle, daß seine Worte der Wahrheit entsprächen.

Seine Geschichte versetzte die Stadt in wildeste Erregung. Frauen rannten auf die Straße hinaus, hämmerten sich mit der geballten Faust an den Kopf, schluchzten und wimmerten. Wie nunmehr festzustehen schien, hatten die Städter seit Jahren nicht-koscheres Fleisch gegessen. Die wohlhabenderen Hausfrauen trugen ihr Tongeschirr auf den Markt hinaus und schlugen es zu Scherben. Manche Kranken und mehrere Schwangere fielen in Ohnmacht. Viele der Frommen zerrissen sich die Rockaufschläge, bestreuten sich das Haupt mit Asche und ließen sich stumm zum Trauern nieder. Die Menge rottete sich zusammen und stürmte die Metzgerläden, um Vergeltung an den Männern zu üben, die Rischas Fleisch verkauft hatten. Ohne auf das zu hören, was diese Metzger zu ihrer eigenen Verteidigung vorbrachten, verprügelten die Angreifer einige von ihnen, warfen alles, was sie an Tierkadavern vorfanden, auf die Straße und stürzten die großen Hackklötze um. Bald erhoben sich einzelne Stimmen, die den Vorschlag machten, zu Reb Faliks Gut hinauszuziehen, und die Masse begann sich mit Knüppeln, Seilen und Messern zu bewaffnen. Der Rabbi fürchtete Blutvergießen und kam auf die Straße heraus, den Tobenden Einhalt zu gebieten: er erklärte, man müsse mit der Bestrafung so lange warten, bis nachgewiesen sei, daß die Sünde bewußt begangen wurde und bis das Urteil ergangen wäre. Aber die Menge wollte nicht hören. Der Rabbi beschloß, mitzugehen, denn er hoffte, sie unterwegs zu beruhigen. Die Stadtältesten folgten ihm. Frauen zogen hinter ihnen her, kniffen sich in die Wangen und weinten wie bei einem Begräbnis. Neben dem Zug rannten Schulbuben einher.

Wolf Bonder, dem Rischa manche Geschenke gemacht und den sie für den Transport des Fleisches vom Gut nach Laschkew stets freigiebig entlohnt hatte, blieb ihr ergeben. Als er sah, wie gefährlich die Stimmung der Masse wurde, lief er in den

Stall, sattelte ein schnelles Pferd und galoppierte zum Gut hinaus, um Rischa zu warnen. Zufällig hatten Ruben und Rischa die Nacht in der Hütte verbracht und waren noch dort. Als sie Hufschläge vernahmen, standen sie auf, traten vor die Tür und sahen zu ihrer Überraschung Wolf Bonder heransprengen. Er erklärte, was geschehen war, und kündigte die Ankunft der Menge an. Er riet ihnen zu flüchten, sofern sie ihre Unschuld nicht beweisen konnten; andernfalls würden die Ergrimmten sie sicher in Stücke reißen. Er selber fürchtete sich noch länger zu bleiben, da sich, falls er nicht rechtzeitig wieder heimgelange, die Menge auf ihn stürzen werde. Sich aufs Pferd schwingend, jagte er im Galopp davon.

Ruben und Rischa standen wie gelähmt. Rubens Gesicht überzog sich mit glühender Röte, dann mit tödlicher Blässe. Seine Hände zitterten, und er mußte sich an der hinter ihm befindlichen Tür festklammern, um sich auf den Beinen zu halten. Rischa lächelte besorgt, und ihr Antlitz nahm eine so wächserne Färbung an, als habe sie Gelbsucht, aber es war Rischa, die nun den ersten Schritt tat. Dicht an ihren Liebhaber herantretend, starrte sie ihm in die Augen. «Tja, mein Liebster», sagte sie, «jeder Dieb muß zuletzt an den Galgen.»

«Laß uns davonlaufen.» Ruben zitterte so heftig, daß er kaum diese Worte herausbekam.

Aber Rischa erwiderte, das sei jetzt nicht mehr möglich. Das Gut verfüge lediglich über sechs Pferde, und alle seien am frühen Morgen von Bauern, die zum Holzfällen gingen, mit in den Wald genommen worden. Mit einem Ochsengespann werde man so langsam vorankommen, daß die Menge sie bald eingeholt haben werde. Außerdem habe sie, Rischa, nicht die Absicht, ihr Eigentum aufzugeben und wie ein Bettler auf die Wanderschaft zu gehen. Ruben flehte sie an, mit ihm zu fliehen, da das Leben kostbarer sei als alle Besitztümer, aber Rischa blieb taub. Sie wollte nicht gehen. Zuletzt suchten beide das Hauptgebäude auf, wo Rischa ein paar Wäschestücke für Ruben zu einem Bündel zusammenrollte. Sie gab ihm ein gebratenes Huhn, einen Laib Brot und einen kleinen Geldbeutel mit auf den Weg. Vor der Tür stehend, sah sie ihn aufbrechen und dann über den kleinen Holzsteg schwanken und stolpern und schließlich in Richtung auf den Kiefernwald entschwinden. Sobald er einmal im Wald war, würde er den Pfad zu der nach Lublin führenden Straße einschlagen. Mehrere Male drehte Ruben sich noch halb um, murmelte etwas und winkte mit der Hand, als wolle er ihr etwas zurufen, aber Rischa stand unbewegt. Sie hatte bereits erkannt, daß er ein Feigling war. Ein Held war er nur einem schwachen Huhn oder einem gefesselten Ochsen gegenüber.

5

Sobald Ruben außer Sicht war, ging Rischa auf den Feldern herum, um die Bauern zusammenzutrommeln. Sie hieß sie, Äxte, Sensen und Schaufeln aufnehmen, unterrichtete sie, daß eine tobende Rotte von Laschkew aus im Anzug war, und versprach jedem der Männer einen Gulden und einen Krug Bier, wenn er sie mit verteidigen half. Rischa selbst nahm in die eine Hand ein langes Messer und schwang in der anderen ein Beil. Bald war in der Ferne der Lärm der Menge zu hören, die auch gleich sichtbar wurde. Mit ihrer bäuerischen Leibwache bestieg Rischa einen am Gutseingang gelegenen Hügel. Als die Heranrückenden Bauern mit Äxten und Sicheln erblickten, verzögerten sie den Schritt. Einige versuchten sogar, sich davonzumachen. Rischas Bluthunde rasten knurrend, kläffend und heulend auf sie zu.

Als der Rabbi erkannte, daß die Situation nur zu Blutvergießen führen konnte, versuchte er seine Herde zur Umkehr zu nötigen, aber die kaltblütigeren Männer verweigerten ihm Gehorsam. «Na, kommt schon, laßt mal sehen, was ihr tun könnt!» rief Rischa laut und herausfordernd. «Ich werde euch allen mit diesem Messer den Kopf abschneiden – mit dem gleichen Messer habe ich die Pferde und Schweine geschlachtet, deren Fleisch ich euch verkauft habe.» Als einer der Männer brüllte, niemand in Laschkew würde noch einen Pfennig für ihr Fleisch ausgeben und sie selbst würde aus der Gemeinde ausgeschlossen werden, schrie Rischa zurück: «Ich brauche euer Geld nicht. Ich brauche auch euern Gott nicht. Ich werde jetzt Christin. Und das gleich!» Und sie begann auf Polnisch zu fluchen, nannte die Juden verdammte Christusmörder und bekreuzigte sich, als wäre sie bereits eine Christin. Sich einem der neben ihr stehenden Bauern zuwendend, sagte sie: «Worauf wartest du noch, Maciek? Lauf und hole den Priester. Ich möchte nicht länger zu dieser dreckigen Sekte gehören.» Der Bauer verschwand, und die Menge verfiel in Schweigen. Alle wußten, daß Abtrünnige bald zu Feinden Israels wurden und alle möglichen Anschuldigungen gegen ihre früheren Glaubensbrüder erfanden. Sie wandten sich und zogen wieder nach Hause. Die Juden fürchteten stets, den Zorn der Christen zu erregen.

Währenddessen saß Reb Falik in seinem Lehrhaus und sprach laut Teile der Mischna. Taub und halbblind, sah er nichts und hörte auch nichts. Plötzlich trat, das Messer noch in der Hand, Rischa zu ihm herein und schrie: «Geh zu deinen Juden! Wofür brauche ich hier eine Synagoge?» Als Reb Falik sah, daß sie den Kopf nicht bedeckt und ein Messer in der Hand hatte und daß ihr Gesicht vor Wut entstellt war, wurde er von solcher Panik ergriffen, daß er nicht mehr sprechen konnte. In seinem Gebetsmantel und seinen Gebetsriemen erhob er sich, um zu fragen, was geschehen sei, aber die Knie sackten ihm weg, und er stürzte tot auf den Boden. Rischa ließ seinen Leichnam in einen Ochsenkarren legen und ihn ohne Linnen für ein Bahrtuch zu den Juden von Laschkew bringen. Die Mitglieder der Beerdigungsbruderschaft von Laschkew reinigten Reb Faliks Körper und bahrten ihn auf, und während die Bestattung vor sich ging und der Rabbi die Totenpredigt hielt, bereitete sich Rischa für ihre Bekehrung vor. Sie schickte ein paar Männer auf die Suche nach Ruben, denn sie wollte ihn dazu überreden, ihrem Beispiel zu folgen, aber ihr Liebhaber blieb verschwunden.

Rischa konnte nun tun, was sie wollte. Nach ihrer Bekehrung machte sie ihre Läden wieder auf und verkaufte den Christen von Laschkew und den Bauern, die an den Markttagen ins Städtchen kamen, nicht-koscheres Fleisch. Sie hatte auch nichts mehr zu verbergen. Sie konnte ganz offen und auf beliebige

Weise Schweine, Ochsen, Kälber und Schafe schlachten. Sie dingte anstelle von Ruben einen christlichen Schlächter und zog mit ihm zusammen in den Wald, um Rotwild, Hasen und Kaninchen zu jagen. Aber es bereitete ihr kein Vergnügen mehr, lebende Wesen zu martern. Das Schlachten als solches erregte auch ihre Wollust nicht mehr. Und es befriedigte sie auch nur wenig, mit dem Schweinemetzger zusammenzuliegen. Wenn sie gelegentlich fischen ging und ein Fisch am Angelhaken zappelte oder in ihrem Netz hüpfte, genoß ihr von Fett umschlossenes Herz so etwas wie Freude, und sie murmelte: «Nun, Fisch, du bist noch schlimmer dran als ich!»

In Wahrheit schmachtete sie nach Ruben. Sie entbehrte sein geiles Gerede, seine Gelehrsamkeit, seine Furcht vor Wiederverkörperung, sein Grauen vor Gehenna. Nun, da Reb Falik unter der Erde lag, hatte sie niemanden zum Verraten, zum Bemitleiden, zum Verspotten. Sie hatte gleich nach ihrer Bekehrung in der christlichen Kapelle einen Kirchenstuhl erworben, und mehrere Monate lauschte sie jeden Sonntag der Predigt des Priesters. Auf dem Hin- und Rückweg ließ sie sich absichtlich an der Synagoge vorüberfahren. Die Juden zu hänseln, verschaffte ihr eine Zeitlang eine gewisse Befriedigung, aber auch dieses Vergnügen sollte bald verblassen.

Mit der Zeit wurde Rischa so träge, daß sie die Schlächterhütte nicht mehr betrat. Sie überließ alles dem Schweinemetzger und wollte nicht einmal bemerken, daß er sie bestahl. Gleich nach dem Frühaufstehen schenkte sie sich ein Glas Likör ein und watschelte auf ihren schweren Füßen von Zimmer zu Zimmer und redete mit sich selbst. Vor einem Spiegel hielt sie bisweilen inne und murmelte: «Ach du lieber Himmel, Rischa, was ist aus dir geworden? Wenn deine fromme Mutter jetzt auferstünde und dich erblickte – sie würde sich gleich wieder ins Grab legen!» An manchen Tagen versuchte sie des Morgens etwas für ihre äußere Erscheinung zu tun, aber ihre Kleider wollten niemals richtig sitzen, ihr Haar sich nicht kämmen lassen. Viele Stunden lang sang sie auf jiddisch und polnisch vor sich hin. Ihre Stimme war rauh und rissig, und während des Singens improvisierte sie, wiederholte sinnlose Sätze oder äußerte Laute, die dem Gegacker der Hühner, dem Grunzen der Schweine, dem Todesröcheln der Ochsen glichen. Aufs Bett zurückfallend, stieß sie auf, rülpste, lachte, weinte. Bei Nacht wurde sie in ihren Träumen von Gespenstern gemartert: Bullen spießten sie mit ihren Hörnern auf, Schweine schoben ihre Schnauze in ihr Gesicht und bissen sie, und Hähne zerfleischten sie mit ihren Sporen. In sein Bahrtuch gehüllt und mit Wunden bedeckt, erschien ihr auch Reb Falik. Er wedelte mit einem Bündel Palmblätter vor ihren Augen und schrie: «Ich kann in meinem Grab keine Ruhe finden. Du hast meinen Namen geschändet.»

In solchen Augenblicken fuhr Rischa oder, wie sie jetzt hieß, Maria Pawlowska, von ihrem Lager auf, ihre Gliedmaßen starr, ihr Körper ganz mit kaltem Schweiß bedeckt. Reb Faliks Geist war zwar verschwunden, aber noch immer konnte sie das Rascheln der Palmblätter, den Widerhall seines Aufschreis vernehmen. Gleichzeitig bekreuzigte sie sich und wiederholte eine hebräische Beschwörungsformel, die sie in ihrer Kindheit von ihrer Mutter gelernt hatte. Mit aller Anstrengung setzte sie die bloßen Füße auf den Boden und stolperte im Dunkeln von einem Zimmer ins andere. Sie hatte Reb Faliks Bücher alle fortgeworfen und die heilige Schriftrolle verbrannt. Das Lehrhaus war nun ein Schuppen zum Felletrocknen. Aber im Speisezimmer stand noch immer der Tisch, an dem Reb Falik seine Sabbatmahlzeiten eingenommen hatte, und an der Decke hing der Kronleuchter, an dem einmal die Sabbatkerzen gebrannt hatten. Bisweilen gedachte Rischa auch ihrer ersten zwei Ehemänner, die sie mit ihren Wutanfällen, ihrer Gier, ihren Flüchen und ihrer Scharfzüngigkeit zur Verzweiflung getrieben hatte. Jedes Gefühl der Reue war ihr fremd, aber in ihrem Innern schien etwas zu trauern und sie mit Bitterkeit zu erfüllen. Ein Fenster aufreißend, spähte sie hinaus zum mitternächtlichen Sternenhimmel und rief: «Komm herab und züchtige mich, Gott! Satan, komm! Asmodi, komm! Zeigt eure Macht. Tragt mich zu der glühenden Wüste hinter den dunklen Bergen!»

6

In einem der folgenden Winter wurde Laschkew von einem fleischfressenden Tier heimgesucht, das des Nachts den Vorüberkommenden auflauerte und sie anfiel. Einige, die es mit Augen gesehen hatten, behaupteten, es sei ein Bär, andere hielten es für einen Wolf und wieder andere für einen Dämon. Eine Frau, die zum Wasserlassen aus dem Haus getreten war, war in den Nacken gebissen worden. Ein Talmudschüler mußte sich durch die Straßen jagen lassen. Einem älteren Nachtwächter war wie mit Krallen das Gesicht aufgerissen worden. Die Frauen und Kinder von Laschkew fürchteten sich, nach Einbruch der Dämmerung das Haus zu verlassen. Überall wurden die Fensterläden verriegelt.

Allerhand Seltsames ward von diesem Tier berichtet: irgend jemand hatte es mit einer menschlichen Stimme toben hören. Jemand anderes hatte gesehen, wie es sich auf die Hinterbeine stellte und davonlief. In einem Hofe hatte es ein Faß mit Krautköpfen umgeworfen, hatte Hühnerhäuser aufgebrochen, hatte in der Bäckerei den in einem hölzernen Trog angesetzten Teig herausgenommen und in den koscheren Fleischläden die Hackklötze mit Mist besudelt.

In einer besonders dunklen Nacht kamen die Metzger von Laschkew mit Äxten und Messern zusammen. Sie waren entschlossen, das Untier umzubringen oder gefangenzunehmen. In kleinere Gruppen aufgeteilt, warteten sie, während ihre Augen sich an das Dunkel gewöhnten. Mitten in der Nacht ertönte ein Schrei, und in der dadurch angedeuteten Richtung losstürzend, wurden sie des Tieres ansichtig, das gerade dem Außenrande des Städtchens zuzustreben schien. Einer der Männer schrie, man hat mich in die Schulter gebissen. Andere blieben angstvoll zurück, aber wieder andere setzten die Jagd fort. Einer von diesen erblickte das Tier und schleuderte seine Axt danach. Offenbar war es auch getroffen, denn mit einem schrecklichen Aufschrei schwankte es und stürzte zu Boden. Ein grauenhaftes Heulen erfüllte die Luft. Dann begann das Tier auf polnisch und jiddisch zu fluchen und wie eine Gebärende mit hochgepreßter Stimme zu wimmern. Überzeugt, daß sie eine Teufelin verwundet hatten, liefen die Männer heim.

Die ganze Nacht über stöhnte und lallte das Tier. Es schleppte sich zu einem der Häuser und pochte an dessen Läden. Dann verstummte es, und die Hunde begannen zu kläffen. Als der Tag herandämmerte, kamen die kühneren Leute aus dem Haus heraus. Zu ihrem Erstaunen entdeckten sie, daß das Tier Rischa war. Sie lag, in einen blutigen Skunkspelz gehüllt, tot am Boden. Einer ihrer Filzstiefel schien abhanden gekommen zu sein. Das Beil hatte sich tief in ihren Rücken eingegraben. Die Hunde hatten bereits einen Teil ihrer Eingeweide herausgerissen.

In der Nähe lag das Messer, mit dem sie auf einen ihrer Verfolger eingestochen hatte. Es bestand nun kein Zweifel mehr, daß Rischa eine Werwölfin geworden war. Da die Juden sich weigerten, sie auf ihrem Friedhof beizusetzen und die Christen ihr kein Stück Erde auf dem ihren einräumen wollten, wurde sie zum Hügel auf ihrem Gut getragen, wo sie einmal die anstürmende Menge abgewehrt hatte, und hier wurde eine Grube für sie ausgehoben. Ihr Reichtum wurde von der Stadt in Beschlag genommen.

Ein paar Jahre später erkrankte im Armenhaus zu Laschkew ein Fremder. Vor seinem Tode ließ er den Rabbi und die sieben Stadtältesten zu sich kommen und enthüllte ihnen, daß er Ruben der Schächter war, mit dem Rischa gesündigt hatte. Jahrelang war er von Stadt zu Stadt gezogen, hatte kein Fleisch zu sich genommen, am Montag und Donnerstag jeweils gefastet, ein Hemd aus Sacktuch getragen und seine schändlichen Vergehen bereut. Er war zum Sterben nach Laschkew gekommen, weil hier seine Eltern begraben lagen. Der Rabbi sprach mit ihm das Beichtgebet, und Ruben enthüllte zahlreiche Einzelheiten aus seiner Vergangenheit, von denen die Stadtleute keine Ahnung gehabt hatten.

Rischas Grab auf dem Hügel war bald von Unrat bedeckt. Doch noch lange danach war es unter den Schuljungen von Laschkew üblich, dort stehen zu bleiben, wenn sie am dreiunddreißigsten Tag des Monats Omer mit Pfeil und Bogen und einem Vorrat hartgekochter Eier ins Freie zogen. Sie tanzten auf dem Hügel und sangen dazu:

>*Schwarze Pferde*
>*Verkaufte Rischa uns allen –*
>*Den Mächten des Bösen*
>*Ist nun sie verfallen.*

>*Schwarze Pferde*
>*Hat Rischa geschlacht' –*
>*Jetzt büßt sie dafür*
>*In finsterer Nacht.*

>*Ein Schwein statt 'nes Ochsen*
>*Hat Rischa verkauft –*
>*Jetzt wird die Hexe*
>*Mit Schwefel getauft.*

Bevor die Kinder sich wieder verzogen, spuckten sie auf das Grab und deklamierten:

>*Du sollst eine Hexe nicht am Leben lassen*
>*Eine Hexe am Leben sollst du nicht lassen*
>*Eine Hexe am Leben lassen sollst du nicht.*

Die Zerstörung von Kreschew

I

Reb Bunim kommt nach Kreschew

Ich bin die erste und älteste aller Schlangen, bin der Böse, bin Satan selbst. Die Kabbala kennt mich unter dem Namen Samael, und für die Juden heiße ich bisweilen nur «Jener».

Es ist allgemein bekannt, daß ich mit Vorliebe seltsame Ehebündnisse stifte, sei es zwischen einem alten Mann und einem jungen Mädchen oder einer reizlosen Witwe und einem jungen Mann in der Fülle seiner Kraft, einem Krüppel und einer seltenen Schönheit, einem Vorsänger und einer Tauben, einer Stummen und einem Prahlhans. Von einer dieser «interessanten» Verbindungen möchte ich heute berichten. Ich brachte sie in Kreschew zustande, einer kleinen, am San gelegenen Stadt. Dabei hatte ich Gelegenheit, meiner Bosheit nach Herzenslust die Zügel schießen zu lassen und eines jener kleinen Kunststücke zu vollbringen, das die Betroffenen dazu nötigt, zwischen der Äußerung eines Ja und der eines Nein sowohl diese Welt als auch die nächste zu verwirken.

Kreschew ist ungefähr so groß wie einer der kleinsten Buchstaben in den kleinsten Gebetbüchern. Auf zwei Seiten wird das Städtchen begrenzt von dichtem Kiefernwald, auf der dritten vom San. Die Bauern in den Nachbardörfern sind ärmer und leben abgeschiedener als in irgendeinem anderen von Lublins Umgebung, und ihre Felder sind von allen die unfruchtbarsten. Einen beträchtlichen Teil des Jahres sind die Straßen, die von dort zu den größeren Städten führen, nicht mehr als breite Wassergräben. Wenn man im Wagen zu einem anderen Ort gelangen will, dann nur auf eigene Gefahr. Am Rande der Siedlung lauern im Winter Bären und Wölfe, und oftmals fallen sie eine einzelne Kuh oder ein Kalb, gelegentlich sogar einen Menschen an. Und zu guter Letzt habe ich, damit die Bauern niemals aus ihrem Elend herauskommen, ihnen eine glühende Frömmigkeit eingeflößt. In jenem Teil des Landes befindet sich in jedem zweiten Dorf eine Kirche, in jedem zehnten Haus ein Madonnenschrein. Der Heiligenschein der Jungfrau ist gewöhnlich rostig, und in ihrem Arm hält sie Jesus, den kleinen Sohn des jüdischen Zimmermanns Jossel. Zu ihr kommen die Betagten – und im kältesten Winter knien sie auf dem Boden nieder und ziehen sich Rheumatismus zu. Wenn es Mai wird, finden täglich Prozessionen statt, bei denen die halb Ausgehungerten mit heiserer Stimme singend um Regen flehen. Der Weihrauch hat einen stechenden Geruch, und ein schwindsüchtiger Trommler schlägt mit aller Kraft sein Instrument, mich hinwegzuscheuchen. Trotzdem will der Regen nicht kommen; oder wenn er's doch tut, dann nicht zur rechten Zeit. Aber das beeinträchtigt den Glauben der Leute nicht. So ist es seit unvordenklichen Zeiten gewesen, und so ist es noch heute.

Die Juden von Kreschew sind um eine Spur weltkundiger und wohlhabender als die Bauern. Ihre Frauen sind Ladenbesitzerinnen und verstehen es, sich beim Abwiegen und Maßnehmen zu ihren Gunsten zu verrechnen. Die dörflichen Hausierer wissen, wie man die Bäuerinnen zum Kauf aller möglichen Kinkerlitzchen beschwatzen und dabei für sich selbst noch etwas herausschlagen kann, Korn, Kartoffeln, Flachs, Hühner, Enten und Gänse – und bisweilen sogar noch ein bißchen mehr. Was gäbe auch eine Frau nicht für ein Holzperlenkettchen, einen bunten Staubwedel, geblümten Kattun oder nur eben für das freundliche Wort eines Fremden? Es ist jedenfalls nicht sonderlich überraschend, hie und da unter den flachsblonden Kindern auch einen kraushaarigen, schwarzäugigen Racker mit Hakennase anzutreffen. Die Bauern haben einen ungemein gesunden Schlaf, aber ihren jungen Frauen gönnt der Teufel keine Ruhe, sondern treibt sie über einen rückwärtigen Pfad zur

Scheune, wo ein Hausierer im Heu auf sie wartet. Hunde kläffen den Mond an, Hähne krähen, Frösche quaken, die Sterne im Himmel blicken hernieder und zwinkern, und Gott selbst hält zwischen den Wolken ein kleines Schläfchen. Der Allmächtige ist jetzt alt. Es ist auch nicht einfach, ein ewiges Leben führen zu müssen.

Doch zurück zu den Juden von Kreschew.

Das ganze Jahr hindurch ist der Markt ein einziger tiefer Morast, und zwar aus dem einfachen Grunde, weil die Frauen ihre Spüleimer dort entleeren. Die Häuser stehen nicht gerade. Sie sind halb in die Erde eingesunken und haben geflickte Dächer. Ihre Fenster sind mit Lumpen gestopft oder mit Ochsenblasen bespannt. Die Hütten der Armen haben keinen Fußboden; bei manchen fehlt sogar ein Kamin. In solchen Hütten verzieht sich der Rauch durch ein Loch im Dach. Die Frauen heiraten, wenn sie vierzehn oder fünfzehn sind, und sie altern rasch, weil sie so viele Kinder zur Welt bringen. In Kreschew können die Schuster auf ihren niedrigen Bänken ihre Handfertigkeit nur an abgetragenen, durchgetretenen Schuhen erproben. Den Schneidern bleibt nichts anderes übrig, als die zerlumpten Pelze, die man zu ihnen bringt, zum drittenmal zu wenden. Die Bürstenmacher bearbeiten Schweineborsten mit hölzernen Kämmen und singen dazu mit heiserer Stimme Bruchstücke ritueller Lieder und Hochzeitsweisen. Nach dem Markttag haben die Ladenbesitzer nichts weiter zu tun, und so lungern sie im Lehrhaus herum, kratzen sich, blättern im Talmud oder berichten einander erstaunliche Geschichten von Ungeheuern, Geistern und Werwölfen.

In einer solchen Stadt gibt es offensichtlich auch für mich nicht viel zu tun. Man hat es dort gar nicht so leicht, einer wirklichen Sünde auf die Spur zu kommen. Dazu fehlt es den Stadtbewohnern sowohl an Kraft wie an Neigung. Hin und wieder klatscht eine Näherin über die Frau des Rabbi, oder die Tochter des Wasserträgers wird schwanger, aber so etwas trägt heute nicht mehr zu meiner Erheiterung bei. Darum besuche ich Kreschew auch nur noch selten.

Aber zu der Zeit, von der ich jetzt spreche, lebten im Städtchen noch ein paar Reiche, und in einem begüterten Hause kann alles mögliche vorkommen. Sooft ich also meine Blicke in diese besondere Richtung schweifen ließ, vergewisserte ich mich, wie es im Hause des Reb Bunim Schor zuging, des reichsten Mannes der Gemeinde. Es würde zu weit führen, im einzelnen zu erklären, wieso Reb Bunim sich gerade in Kreschew niederließ. Er hatte ursprünglich in Zholkve gewohnt, einem kleinen Städtchen in der Nähe von Lemberg. Aus geschäftlichen Gründen war er von dort fortgezogen. Er war an Bauholz interessiert und hatte dem Grundherrn von Kreschew ein ganz hübsches Stück Waldland abgekauft. Außerdem litt seine Frau, Schifra Tammar (sie war von vornehmer Abkunft – die Enkelin des berühmten Gelehrten Reb Samuel Edels), an chronischem Husten, und gelegentlich spuckte sie Blut. Ein Arzt in Lemberg hatte ihr geraten, in einer waldigen Gegend zu leben. Auf jeden Fall war Reb Bunim mit all seinem Hab und Gut nach Kreschew gezogen, und er hatte auch einen erwachsenen Sohn und Lise, seine zehnjährige Tochter, dorthin mitgebracht. Abseits von allen anderen Wohnstätten hatte er sich am Ende der Synagogen-Straße ein Haus bauen und mehrere Wagenladungen von Möbeln, Geschirr, Kleidung, Büchern und eine Menge sonstiger Dinge hineinstopfen lassen. Außerdem hatte er ein paar Bedienstete bei sich, eine alte Frau und einen jungen Mann, der Mendel hieß und Reb Bunims Kutscher war. Die Ankunft des neuen Stadtbürgers erweckte Kreschew wieder zum Leben. Nun gab es für die jungen Männer in Reb Bunims Wäldern Arbeit genug, und die Fuhrleute von Kreschew hatten Stämme zu schleppen. Reb Bunim ließ auch das Bad des Städtchens wieder instand setzen und das Armenhaus neu decken.

Reb Bunim war ein hochgewachsener, kraftvoller, starkknochiger Mann. Er hatte die Stimme eines Vorsängers und einen pechschwarzen Bart, der in zwei Spitzen auslief. Er war nicht gerade ein Gelehrter und konnte auch kaum ein Kapitel des Midrasch zu Ende lesen, aber, wenn es um wohltätige Zwecke ging, ließ er sich nicht lumpen. Bei einer einzigen Mahlzeit konnte er einen ganzen Laib Brot und ein aus sechs Eiern bestehendes Omelett vertilgen und das alles mit einem Viertelliter Milch herunterspülen. Am Freitagabend klomm er im Bad bis zur obersten Sitzstange empor und ließ sich vom Wärter mit einem Bündel Zweige so lange schlagen, bis es Zeit zum Kerzenanzünden war. Auf seinen Waldgängen war er stets von zwei wilden Hunden begleitet und trug eine Flinte bei sich. Es hieß, er könne mit einem einzigen Blick feststellen, ob ein bestimmter Baum gesund war oder krank. Im Bedarfsfall konnte er achtzehn Stunden hintereinander arbeiten und viele Meilen zu Fuß laufen. Seine Frau Schifra Tammar war einmal sehr stattlich gewesen, aber weil sie ständig zu den Ärzten lief oder sich Sorgen um ihr Befinden machte, hatte sie es fertiggebracht, vorzeitig zu altern. Sie war hochgewachsen und mager, fast flachbrüstig, und sie hatte ein längliches, blasses Gesicht und eine Schnabelnase. Ihre dünnen Lippen waren stets geschlossen, und aus grauen Augen blickte sie kampflüstern in die Welt. Ihre Monatsblutungen waren schmerzvoll, und bei ihrem Eintreten legte sich ins Bett, als sei sie auf den Tod erkrankt. Tatsächlich hatte sie immer ein neues Leiden, mal Kopfschmerzen, ein andermal einen Zahnabszeß oder einen Druck im Unterleib. Sie war nicht die richtige Frau für Reb Bunim, aber er gehörte nicht zu den Männern, die klagen. Höchstwahrscheinlich hatte er sogar die Überzeugung, daß es sich mit allen anderen Frauen so verhielt, denn er hatte schon als Fünfzehnjähriger geheiratet.

Über seinen Sohn ist nicht viel zu sagen. Er glich seinem Vater – ein kümmerlicher Gelehrter, ein gewaltiger Esser, ein kraftvoller Schwimmer, ein angriffslustiger Geschäftsmann. Er hatte ein Mädchen aus Brody geheiratet, noch ehe sein Vater nach Kreschew gezogen war, und er hatte sich Hals über Kopf ins Geschäft gestürzt. Nur selten kam er nach Kreschew. Wie seinem Vater, fehlte es auch ihm nie an Geld. Beide Männer waren geborene Großverdiener. Sie schienen das Geld geradezu anzuziehen. Von außen gesehen war jedenfalls nicht der geringste Grund vorhanden, warum Reb Bunim und die Seinen ihr Leben nicht in Frieden hätten beschließen sollen: gerade Durchschnittsmenschen bleiben dank ihrer inneren Einfachheit so oft vom Unglück verschont und gehen ohne ernsthafte Komplikationen durchs Leben.

2
Die Tochter

Aber Reb Bunim hatte auch eine Tochter, und Frauen bringen bekanntlich Unglück.

Lise war schön und außerdem wohlerzogen. Mit zwölf war sie bereits so groß wie ihr Vater. Sie hatte blondes, fast gelbes Haar, und ihre Haut war so glatt und weiß wie Satin. Ihre Augen wirkten bisweilen blau, bisweilen grün. In ihrem Verhalten war sie zur einen Hälfte polnische Dame, zur andern ein frommes Judenmädchen. Als sie sechs war, hatte ihr Vater eine Gouvernante für sie engagiert, um sie in Religion und Grammatik unterweisen zu lassen. Später hatte Reb Bunim sie zu einem regelrechten Lehrer geschickt, und gleich von Anfang an hatte sie beträchtliches Interesse an Büchern bekundet. Auf eigene Faust hatte sie die heiligen Schriften auf jiddisch gelesen und sich mit dem jiddischen Kommentar zum Pentateuch befaßt, der ihrer Mutter gehörte. Sie kannte auch *Das Vermächtnis des Rotwilds*, *Die Rute der Züchtigung*, *Das gute Herz*, *Der gerade Weg* und ähnliche Erbauungsschriften, die sie im Haus vorgefunden hatte. Später hatte sie sich völlig selbständig etwas Hebräisch beigebracht. Ihr Vater hatte ihr wiederholt zu verstehen gegeben, es gehöre sich nicht für ein Mädchen, die Tora zu studieren, und ihre Mutter hatte sie gewarnt, sie würde noch als alte Jungfer enden, da niemand eine gelehrte Frau haben wolle, aber diese Warnungen verfehlten ihren Eindruck auf das Mädchen. Sie studierte weiter, las *Die Pflicht der Herzen* und den Historiker Josephus, machte sich mit den Erzählungen des Talmud vertraut und prägte sich außerdem alle möglichen Sprichworte der Tannaiten und der Amoriter ein. Ihr Wissensdurst kannte keine Grenzen. Jedesmal, wenn ein fliegender Buchhändler sich nach Kreschew verirrte, lud sie ihn ins Haus und kaufte alles, was er im Sack hatte. Nach dem Sabbathmahl kamen gewöhnlich ihre Altersgefährtinnen, Töchter aus den besten Familien von Kreschew, zu Besuch zu ihr. Die Mädchen pflegten zu schwatzen, sich an Auszählspielen zu vergnügen, sich gegenseitig Rätsel aufzugeben und so ausgelassen zu sein, wie junge Mädchen es gemeinhin sind. Lise ging stets höflich mit ihren Gespielinnen um, setzte ihnen Sabbatfrüchte, Nüsse, Gebäck und Kuchen vor, aber niemals hatte sie viel zu sagen – ihr Sinn war mit Gewichtigerem beschäftigt als mit Kleidern und Schuhen. Und doch war ihr Verhalten stets freundlich und ließ nicht die geringste Spur von Hochmut erkennen. An Festtagen ging Lise in die Synagoge der Frauen, auch wenn es bei Mädchen ihres Alters sonst nicht üblich war, am Gottesdienst teilzunehmen. Bei mehr als einer Gelegenheit sagte Reb Bunim, der sehr an ihr hing, voller Kummer: «Ein Jammer, daß sie kein Junge ist. Was für einen Mann sie abgegeben hätte!»

Schifra Tammar war da ganz anderer Meinung.

«Du richtest das Mädchen nur zugrunde», widersprach sie hartnäckig. «Wenn das so weitergeht, wird sie später nicht einmal eine Kartoffel backen können.»

Da es in Kreschew keinen tüchtigen Lehrer für weltliche Wissensfächer gab (Jakel, der einzige Lehrer der Gemeinde, konnte kaum mehr als eine Zeile lesbares Jiddisch schreiben), ließ Reb Bunim seine Tochter bei Kalman dem Egel studieren. Kalman erfreute sich in Kreschew hoher Wertschätzung. Er wußte verfilztes Haar auszubrennen, Blutegel anzusetzen und mit nur einem gewöhnlichen Brotmesser gewisse Eingriffe vorzunehmen. Er besaß ein Regal voller Bücher und stellte aus Wiesenkräutern seine eigenen Pillen her. Er war ein untersetzter, stämmiger Mann mit einem ungeheuren Bauch, und beim Gehen schien er unter seinem eigenen Körpergewicht zu schwanken. In seiner Plüschmütze, seinem Samtkaftan, seinen Kniehosen und Schnallenschuhen nahm er sich wie ein Angehöriger des örtlichen Landadels aus. Nach einem in Kreschew herrschenden Brauch pflegte auch die Prozession, die eine Braut zum rituellen Bade geleitete, einen Augenblick lang am Vorbau von Kalmans Haus innezuhalten, um ihm ein fröhliches Ständchen zu bringen. «Ein solcher Mann», hieß es in der Stadt, «muß bei guter Stimmung erhalten werden. Man kann nur hoffen, daß man ihn nie braucht.»

Aber Reb Bunim brauchte Kalman. Der Egel hatte sich immerzu um die leidende Schifra Tammar zu bemühen, und er behandelte nicht nur die körperlichen Beschwerden der Mutter, sondern gestattete auch der Tochter, sich Bücher von ihm auszuleihen. Lise las sich durch seine gesamte kleine Bibliothek durch: dicke medizinische Wälzer, Reisebücher mit der Beschreibung ferner Länder und wilder Völker, romantische Geschichten von Adligen und wie sie jagten und liebten und welche glänzenden Bälle sie gaben. Und das war nicht alles. In Kalmans Bücherei befanden sich auch prachtvolle Abenteuergeschichten, die von Zauberern und seltsamen Tieren, von Rittern, Königen und Prinzen handelten. Ja, von alledem las Lise jede Zeile.

Tja, und nun wäre es an der Zeit, von Mendel zu sprechen, von Mendel, dem Diener, der Mendel der Kutscher genannt wurde. Kein Mensch in Kreschew wußte genau, wo dieser Mendel eigentlich herkam. Einmal hieß es, er sei ein Kind der Liebe gewesen und auf der Straße ausgesetzt worden, ein andermal, er sei das Kind eines Abtrünnigen. Was immer aber seine Abkunft: er war zweifellos völlig ungebildet und dafür nicht nur in Kreschew selbst, sondern auch in der weiteren Umgebung geradezu berühmt. Er kannte buchstäblich das Alphabet nicht, und niemand hatte ihn je beten sehen, obwohl er ein paar Gebetsriemen besaß. Am Freitagabend weilten alle Männer der Stadt im Bethaus, aber Mendel lungerte auf dem Marktplatz herum. Er half den Mägden beim Wasserschöpfen und hielt sich in der Nähe der Stallpferde auf. Er rasierte sich auch, hatte sich seines Fransengewandes entäußert und sprach niemals einen Segen. Jedenfalls hatte er sich von jüdischer Sitte völlig losgesagt. Als er in Kreschew auftauchte, hatten sich einige Leute an ihm interessiert gezeigt. Man hatte ihm sogar kostenlose Unterweisung angeboten. Mehrere fromme Damen hatten ihm prophezeit, er würde zuletzt noch auf einem Nadelbett in Gehenna enden. Aber der junge Mann hatte von niemandem Notiz genommen. Er hatte nur die Lippen gespitzt und unverschämt gepfiffen. Wenn irgendeine Frau ihm mit allzu kräftigen Worten die Hölle heiß machte, so pflegte er ihr in anmaßendem Schnarrton zu entgegnen: «Ach, du alter Gotteskosake du! Du wirst ohnehin nicht mit in meinem Gehenna sein.»

Und dann nahm er die Peitsche, die er stets bei sich trug, und schlug der betreffenden Frau den Rock in die Höhe. In solchem Fall gab es allerlei Aufregung und Gelächter, und die fromme Dame gelobte sich, niemals wieder mit Mendel dem Kutscher sich anzulegen.

Obwohl er ein Ketzer war, änderte das nichts an der Tatsache, daß er gut aussah. Er war hochgewachsen, geschmeidig, hatte gerade Beine, schmale Hüften und dichtes schwarzes Haar, das ein klein wenig gekräuselt und ein bißchen wirr war und in dem stets ein paar Heu- oder Strohhalme steckten. Er hatte dichte Augenbrauen, die ihm über der Nase zusammengewachsen waren, schwarze Augen, volle Lippen. Was seine Kleidung betraf, so lief er herum wie ein Christ. Er trug Reithosen und Stiefel, eine kurze Jacke und eine polnische Mütze mit einem Lederschirm, die er sich stets ins Genick schob. Aus Zweigen schnitzte er sich Trillerpfeifen, und er spielte auch die Fiedel. Außerdem züchtete er in seiner Freizeit Tauben, für die er auf dem Dach von Reb Bunims Hause einen Schlag errichtet hatte, und gelegentlich sah man ihn zum Dach heraufklettern, um mit einem langen Stecken die Vögel in Bewegung zu halten. Obwohl er eine eigene Kammer hatte und eine völlig zureichende Bettbank, zog er es vor, im Heustadel zu nächtigen, und wenn ihm danach zumute war, brachte er es fertig, vierzehn Stunden hintereinander zu schlafen. Einmal hatte in Kreschew ein solches Feuer gewütet, daß die Bewohner der Stadt sich zur Flucht entschlossen hatten. Im Hause Reb Bunims hatten alle nach Mendel gesucht, damit er das Nötigste einpacken und mit fortschleppen konnte. Aber weit und breit war kein Mendel zu finden. Erst nachdem das Feuer zu guter Letzt gelöscht worden war und die allgemeine Aufregung sich gelegt hatte, hatte man entdeckt, daß er schnarchend unter einem Apfelbaum im Hofe lag, als ob nichts geschehen wäre.

Aber Mendel der Kutscher war nicht nur ein Langschläfer. Man wußte allgemein, daß er den Frauen nachlief. Eines ließ sich jedoch zu seinen Gunsten sagen: er war niemals hinter den Mägdlein von Kreschew her. Er war stets auf Abenteuer mit den jungen Bauernmädchen in den umliegenden Ortschaften aus. Die Anziehungskraft, die er für sie hatte, schien fast unnatürlicher Art zu sein. Die Biertrinker in der Schenke behaupteten, Mendel brauche nur eines dieser Mädchen anzustarren, und schon stünde sie neben ihm. Man wußte auch, daß mehr als eine ihn in seiner Dachkammer besucht hatte. Natürlich gefiel das den Bauern nicht, und sie hatten erklärt, eines Tages würden sie Mendel um einen Kopf kürzer machen. Aber er pflegte von diesen Drohungen keine Notiz zu nehmen und tiefer und tiefer in den Sumpf der Fleischlichkeit hineinzuwaten. Unter den Dörfern, die er je mit Reb Bunim zusammen besucht hatte, befand sich nicht ein einziges, in dem er nicht seine ‹Ehefrauen› und Sprößlinge hatte. Es schien zuzutreffen, daß ein Pfeiflaut aus seinem Munde genügte, um mit hexenhafter Geschwindigkeit ein Mädchen an seine Seite zu locken. Mendel sprach jedoch niemals von der Macht, die er über Frauen besaß. Er trank keinen Kornschnaps, mied Raufereien und hielt sich von Schuhmachern, Schneidern, Küfern und Bürstenmachern fern, die den ärmeren Teil der Bevölkerung Kreschews bildeten. Umgekehrt betrachteten auch diese ihn nicht als einen der ihren. Er machte sich nicht einmal viel Gedanken ums Geld. Reb Bunim, hieß es, entschädigte ihn für seine Dienste nur mit Kost und Logis. Aber als ein Fuhrmann in Kreschew ihn fest anstellen und ihm einen richtigen Lohn zahlen wollte, blieb Mendel dem Hause Reb Bunims treu. Es machte ihm offenbar nichts aus, Knechtsdienste zu tun. Seine Pferde und seine Stiefel, seine Tauben und seine Mädchen: das war das einzige, woran ihm gelegen war. Die Stadtbewohner gaben also alle weiteren Bemühungen um Mendel den Kutscher auf.

«Eine verlorene Seele», pflegten sie zu bemerken. «Ein jüdischer Christ.»

Und allmählich gewöhnten sie sich an ihn, und später vergaßen sie ihn.

3
Der Verlobungsvertrag

Sobald Lise fünfzehn Jahre alt war, begann man gewisse Überlegungen im Hinblick auf ihren künftigen Ehemann anzustellen. Schifra Tammar war krank, und da die Beziehungen zwischen ihr und Reb Bunim gespannt waren, beschloß dieser, die Angelegenheit mit seiner Tochter selbst zu besprechen. Sobald freilich die Rede darauf kam, scheute Lise zurück und antwortete lediglich, sie werde tun, was ihr Vater für das beste hielte.

«Du hast zwei Möglichkeiten», sagte Reb Bunim im Verlauf einer dieser Unterhaltungen. «Der eine ist ein junger Mann aus Lublin, der aus einer sehr wohlhabenden Familie stammt, aber kein Gelehrter ist. Der andere kommt aus Warschau und ist ein richtiges Wunderkind. Aber ich darf dir nicht verhehlen, daß er nicht einen einzigen Heller hat. Nun heraus mit der Sprache, mein liebes Kind. Die Entscheidung liegt bei dir. Welchem der beiden würdest du den Vorzug geben?»

«Ach, das Geld», erwiderte Lise verächtlich. «Was hat es denn für einen Wert? Geld kann verlorengehen, Wissen nicht.» Und sie senkte den Blick zu Boden.

«Wenn ich dich also recht verstehe, würdest du den Jungen aus Warschau vorziehen?» fragte Reb Bunim und strich seinen langen schwarzen Bart.

«Du weißt es am besten, Vater...» flüsterte Lise.

«Allerdings sollte ich zusätzlich noch etwas erwähnen», fuhr er fort. «Der reiche Mann ist eine höchst stattliche Erscheinung – groß und blondhaarig. Der Gelehrte ist äußerst klein – einen vollen Kopf kleiner als du.»

Lise packte ihre beiden Zöpfe, errötete und erblaßte dann gleich. Sie nagte an ihrer Lippe.

«Nun, was hast du entschieden, meine Tochter?» fragte Reb Bunim. «Du brauchst keine Scheu zu haben, es frei heraus zu sagen.»

Lise stammelte, und die Knie zitterten ihr vor Scham.

«Wo ist er?» fragte sie. «Ich meine, was tut er? Wo studiert er?»

«Der Junge aus Warschau? Er ist, möge Gott uns davor bewahren, verwaist, und gegenwärtig studiert er an der Talmudschule in Sosmir. Man hat mir berichtet, daß er den gesamten Talmud auswendig weiß und daß er außerdem ein Philosoph und ein Student der Kabbala ist. Soviel ich weiß, hat er bereits einen Kommentar zu Maimonides verfaßt.»

«Ja», murmelte Lise.

«Soll das heißen, daß du ihn zum Mann haben möchtest?»

«Nur wenn du einverstanden bist, Vater.»

Und sie bedeckte das Gesicht mit beiden Händen und lief aus dem Zimmer. Reb Bunim folgte ihr mit den Blicken. Sie entzückte ihn – mit ihrer Schönheit, ihrer Reinheit, ihrem Verstande. Sie stand ihm näher als ihrer Mutter, und obwohl sie nun beinahe erwachsen war, pflegte sie sich noch immer an ihn zu schmiegen und mit den Fingern in seinem Bart zu spielen. Bevor er sich an jedem Freitag ins Badehaus begab, legte sie ein reines Hemd für ihn zurecht, und ehe nach seiner Rückkehr die Kerzen angezündet wurden, setzte sie ihm frisch gebackenen Kuchen mit Pflaumenkompott vor. Niemals hörte er sie so unbeherrscht lachen wie andere junge Mädchen, und sie ging auch niemals in seiner Gegenwart barfuß. Wenn er nach dem Sabbatmahl sein Mittagsschläfchen hielt, bewegte sie sich auf Zehenspitzen einher, um ihn nicht aufzuwecken. War er krank, legte sie ihm die Hand auf die Stirn, um festzustellen, ob er Fieber hatte, und brachte alle möglichen Heilmittel und Leckerbissen an sein Bett. Mehr als einmal hatte Reb Bunim den glücklichen jungen Mann beneidet, der sie einst zur Frau bekommen würde.

Ein paar Tage später erfuhren die Bewohner von Kreschew, daß Lises künftiger Ehegatte im Städtchen eingetroffen war. Der junge Mann kam, selber kutschierend, in einem Leiterwagen und bezog im Hause des Rabbi Oser Quartier. Zu aller Überraschung war er nur Haut und Knochen. Er war klein, hatte schwarze, zerzauste Schläfenlocken, ein bleiches Gesicht und ein spitz zulaufendes, von spärlichem Bartwuchs kaum bedecktes Kinn. Sein langer Kittel reichte ihm bis unter die Knöchel. Er ging gebückt und mit raschem Schritt und so, als wisse er nicht wohin. Die jungen Mädchen drängten sich überall ans Fenster, um ihn vorüberhasten zu sehen. Als er sich im Lehrhaus zeigte, traten die Anwesenden zu seiner Begrüßung auf ihn zu, und er begann sogleich, sich in den klügsten Bemerkungen zu ergehen. Es ließ sich nicht verkennen, daß dieser Mann der geborene Großstädter war.

«Nun, ihr habt ja tatsächlich hier so etwas wie eine Metropole», sagte er.

«Niemand behauptet, daß es Warschau ist», warf einer der Städter ein.

Der junge Kosmopolit lächelte.

«Ein Wohnort ist von einem anderen nicht allzu sehr verschieden», bemerkte er. «Wenn alle Städter sich auf dem Antlitz der Erde befinden, dann sind sie auch untereinander gleich.»

Nach diesen Worten begann er ausgiebig aus dem babylonischen Talmud und dem Talmud von Jerusalem zu zitieren, und dann unterhielt er alle mit Neuigkeiten aus der großen, gleichsam hinter dem Rücken Kreschews gelegenen Welt. Er kannte zwar den Fürsten Radziwill nicht persönlich, aber er hatte ihn gesehen, und er kannte einen Anhänger des Sabbatai Zewi, des falschen Messias. Er hatte auch einen Juden getroffen, der aus Susa stammte, der alten Hauptstadt Persiens, und einen anderen Juden, der Christ geworden war und den Talmud heimlich weiterstudierte. Und als sei dies noch nicht genug: er begann den Anwesenden die schwierigsten Rätsel aufzugeben, und als er dessen überdrüssig geworden war, belustigte er sich damit, Anekdoten über den Rabbi Heschl zu erzählen. Irgendwie gelang es ihm außerdem auch noch, den andern zur Kenntnis zu bringen, daß er Schach spielen und Wandmalereien ausführen konnte, wobei er die zwölf Zeichen des Wendekreises mit ins Spiel brachte, und daß er imstande war, hebräische Verse zu verfassen, die man sowohl rückwärts wie vorwärts lesen konnte und die beide Male genau das gleiche besagten. Und auch das war nicht alles. Dieses Wunder von einem jungen Mann hatte obendrein noch Philosophie und die Kabbala studiert und war in mystischer Mathematik bewandert: er konnte sogar die Brüche errechnen, die in dem Traktat von Kilaim angeführt wurden. Es versteht sich von selbst, daß er auch einen Blick in den *Sohar*, in das *Buch der Schöpfung* und in den *Baum des Lebens* getan hatte und daß er den *Leitfaden für die Verwirrten* so gut kannte wie seinen eigenen Vornamen.

Er war fast in Lumpen nach Kreschew gekommen, aber mehrere Tage nach seinem Eintreffen hatte Reb Bunim ihn mit einem neuen Kaftan, neuen Schuhen und weißen Strümpfen ausstaffieren lassen und ihm eine goldene Uhr geschenkt. Und nunmehr begann der junge Mann, sich den Bart zu kämmen und seine Schläfenlocken zu kräuseln. Erst beim Unterzeichnen des Verlobungskontrakts bekam Lise den Bräutigam zu Gesicht, aber sie hatte sich schon erzählen lassen, wie gebildet er war, und sie war froh, daß sie ihn gewählt hatte und nicht den reichen jungen Mann aus Lublin.

Die Festlichkeiten, die bei der Unterzeichnung des Verlobungsvertrags veranstaltet wurden, verliefen so geräuschvoll wie eine Hochzeit. Die halbe Stadt war dazu geladen. Wie immer, saßen Männer und Frauen voneinander getrennt, und Schloimele, der künftige Ehemann, hielt eine ungemein geschickte Ansprache und setzte dann mit ausgesprochenem Schwung seinen Namen unter den Kontrakt. Einige der gelehrtesten Männer der Stadt versuchten, mit ihm über gewichtige Gegenstände zu debattieren, aber angesichts seiner Weisheit und Redekunst gaben sie bald auf. Während die Feier ihren Fortgang nahm, aber das Bankett noch nicht begonnen hatte, brach Reb Bunim mit der alten Sitte, daß Braut und Bräutigam vor der Hochzeit noch nicht zusammentreffen durften, und er ließ Schloimele zu Lise ins Zimmer, da nach richtiger Auslegung des Gesetzes ein Mann kein Mädchen zur Frau nehmen darf, wenn er sie nicht vorher gesehen hat. Der Kaftan des jungen Mannes war nicht zugeknöpft, und darunter waren seine Seidenweste und seine goldene Uhr sichtbar. Mit seinen hell glänzenden Schuhen und dem Samtkäppchen auf dem Schopf wirkte er wie ein Mann von Welt. Schweiß stand auf seiner hohen Stirn, und seine Wangen waren gerötet. Forschend und gleichzeitig schüchtern blickte er mit seinen dunklen Augen um sich, und den Zeigefinger umflocht er nervös mit einer Franse seiner Schärpe.

Lises Gesicht färbte sich bei seinem Anblick dunkelrot. Man hatte ihr gesagt, daß es mit seiner äußeren Erscheinung nicht weit her sei, aber sie fand ihn gut aussehend. Und dies war auch die Meinung der anderen mitanwesenden Mädchen. Auf irgendeine Weise hatte Schloimele beträchtlich an Anziehungskraft gewonnen.

«Dies ist das Mädchen, das du heiraten sollst», sagte Reb Bunim. «Du brauchst wahrhaftig nicht so schüchtern zu sein.»

Lise trug ein schwarzes Seidenkleid und um den Hals eine Perlenkette, die sie bei dieser festlichen Gelegenheit zum Geschenk erhalten hatte. Im Kerzenschein wirkte ihr Haar beinahe rot, und am Zeigefinger der linken Hand trug sie einen Ring, auf den der Buchstabe «M» eingraviert war, der erste Buchstabe des Wortes *Masel-tow*, viel Glück. In dem Augenblick, in dem Schloimele das Zimmer betrat, hatte sie gerade ein gesticktes Taschentuch in der Hand gehabt, aber bei seinem Anblick hatte sie es fallen lassen. Eines der im Zimmer weilenden Mädchen hob es auf.

«Ein schöner Abend heute», sagte Schloimele zu Lise.

«Und ein herrlicher Sommer», erwiderten die Braut und ihre beiden Gefährtinnen.

«Vielleicht ist es nur eine Spur zu heiß», bemerkte Schloimele.

«Ja, es ist heiß», antworteten die drei Mädchen wiederum im Chor.

«Glaubt ihr, es sei meine Schuld?» fragte Schloimele in einer Art Singsang. «Es heißt im Talmud...» Aber Schloimele konnte den Satz nicht zu Ende sprechen, da Lise ihn unterbrach.

«Ich weiß sehr wohl, wie es im Talmud heißt. ‹Ein Esel friert selbst im Monat August.›»

«Oh, eine Talmud-Gelehrte!» rief Schloimele überrascht, und seine Ohrläppchen röteten sich.

Wenig später kam die Unterhaltung zum Ende, denn alle Gäste drängten ins Zimmer. Aber Rabbi Oser war nicht damit einverstanden, daß Braut und Bräutigam vor der Hochzeit zusammentrafen, und er gebot ihnen, sich zu trennen. Schloimele war bald wieder von Männern umlagert, nur von Männern, und die Feier nahm bis zum Tagesanbruch ihren Fortgang.

4
Liebe

Vom allerersten Augenblick der Begegnung war Lise Schloimele in tiefer Liebe zugetan. Bisweilen war sie überzeugt, daß ihr sein Antlitz längst zuvor schon im Traum gezeigt worden war. Zu anderen Zeiten glaubte sie gewiß zu sein, daß sie beide in einem früheren Dasein einmal verheiratet gewesen waren. In Wahrheit war für mich, den Geist des Bösen, eine so tiefe Liebe für den Erfolg meiner eigenen Pläne unerläßlich.

Wenn Lise im nächtlichen Schlummer lag, bemächtigte ich mich seines Geistes und brachte ihn zu ihr, und die beiden sprachen und küßten einander und tauschten Liebeszeichen miteinander aus. Ihm galten alle ihre wachen Gedanken. Sie trug sein Bild in ihrem Innern und sprach zu ihm, und dieses Phantom blieb ihr die Antwort nicht schuldig. Sie enthüllte ihm ihre Seele, und es tröstete sie und äußerte jene Liebesworte, die zu hören sie verlangte. Wenn sie ein Kleid oder Nachtgewand anlegte, stellte sie sich vor, daß Schloimele bei ihr war, und sie empfand eine gewisse Scheu und war doch auch froh, daß ihre Haut blaß und glatt war. Gelegentlich richtete sie an seine Erscheinung alle die Fragen, die ihr seit der Kindheit zu schaffen machten:

«Schloimele, was ist eigentlich der Himmel? Wie tief ist die Erde? Warum ist es im Sommer heiß und im Winter kalt? Warum kommen des Nachts die Toten zusammen, um in der Synagoge zu beten? Wie kann man mit bloßen Augen einen Dämon wahrnehmen? Warum erblickt man sein eigenes Bild im Spiegel?»

Und sie stellte sich sogar vor, daß Schloimele auf jede dieser Fragen eine Antwort wußte. Und es gab noch eine Frage, die sie dem Schattenwesen in ihrem Innern stellte: «Schloimele, hast du mich auch wirklich lieb?»

Schloimele wußte sie zu beruhigen: kein anderes Mädchen war ihr an Schönheit gleich. Und in ihren Tagträumen sah sie sich selbst im San versinken und Schloimele ihr zu Hilfe eilen. Sie wurde von bösen Geistern entführt, und er errettete sie. Ja, ihre Gedanken waren jetzt nichts anderes als Tagträume, so sehr hatte die Liebe sie verstört.

Der Zufall wollte es jedoch, daß Reb Bunim die Hochzeit bis zum ersten Sabbat nach dem Wochenfest verschieben mußte, und Lise war genötigt, noch fast ein dreiviertel Jahr zu warten. Angesichts ihrer eigenen Ungeduld verstand sie es nun, was Jakob hatte durchmachen müssen, als er sieben Jahre auf die Hochzeit mit Rahel zu warten hatte. Schloimele blieb im Hause des Rabbi und durfte auch Lise erst zu Chanukka, dem Lichterfest, wieder besuchen. Bei dem erfolglosen Versuch, einen Blick auf ihn zu erhaschen, stand das Mädchen häufig am Fenster, denn der Weg vom Haus des Rabbi zum Lehrhaus führte nicht am Hause Reb Bunims vorbei. Die einzigen, ihn betreffenden Neuigkeiten wurden Lise durch die Mädchen zugetragen, die sie besuchen kamen. Eine berichtete, er sei ein wenig größer geworden, und eine andere bemerkte, er studiere mit anderen jungen Leuten im Lehrhaus den Talmud. Ein drittes Mädchen äußerte, die Frau des Rabbi beköstige Schloimele offenbar nicht zureichend, da er ganz mager geworden sei. Aber aus angeborener Zurückhaltung versagte sich Lise, ihre Freundinnen allzu sehr auszuforschen. Gleichwohl errötete sie, sobald der Name ihres Liebsten erwähnt wurde. Um den Ablauf des Winters zu beschleunigen, begann sie für ihren künftigen Ehemann einen Beutel für die Gebetsriemen und eine Hülle für das Sabbatbrot zu handarbeiten. Der Beutel war aus schwarzem Samt, auf den sie mit goldenen Fäden einen Davidsstern sowie Schloimeles Namen und das Monats- und Jahresdatum stickte. Noch mehr Mühe machte sie sich mit dem Tischtuch, auf das sie zwei Brotlaibe und einen Glaspokal stickte. Für die Worte ‹Heiliger Sabbat› wählte sie einen silbernen Faden, und die vier Ecken füllte sie mit Tierköpfen – Hirsch, Löwe, Leopard und Adler – aus. Sie vergaß auch nicht, die Säume des Tuches mit Holzperlen von verschiedener Farbe zu umranden und sie mit Fransen und Quasten zu verzieren. Die jungen Mädchen von Kreschew waren von ihrer Geschicklichkeit ganz überwältigt und baten, das von ihr benutzte Muster kopieren zu dürfen.

Lise war nach ihrer Verlobung eine andere geworden: sie

war jetzt sogar noch schöner. Ihre Haut war weiß und zart. Ihre Blicke schweiften ins Unbestimmte. Mit dem lautlosen Schritt einer Nachtwandlerin bewegte sie sich im Hause umher. Von Zeit zu Zeit lächelte sie ohne jeden ersichtlichen Grund. Sie stand stundenlang vor dem Spiegel, ordnete sich das Haar und sprach mit ihrem Spiegelbild, als sei sie behext. Wenn um diese Zeit ein Bettler ins Haus kam, empfing sie ihn denkbar huldvoll und kargte auch nicht mit Almosen. Nach jeder Mahlzeit begab sie sich ins Armenhaus und brachte den Kranken und Bedürftigen Suppe und Fleisch. Die Unglücklichen lächelten dann und segneten sie: «Gott gebe, daß Ihr bald zu Eurer Hochzeitssuppe kommt.»

Und Lise setzte leise «Amen» hinzu.

Da ihr weiterhin die Zeit ein wenig lang wurde, blätterte sie oft in den Büchern der kleinen Bibliothek ihres Vaters. Dort fand sie zufällig auch eines mit dem Titel *Hochzeitsbräuche*, in dem es hieß, die Braut müsse sich vor der eigentlichen Feierlichkeit reinigen, das Eintreten ihrer Monatsregel im voraus berechnen und das rituelle Bad aufsuchen. Das Buch zählte auch die einzelnen Hochzeitsriten auf, berichtete von der Zeit des siebenfältigen Trausegens, ermahnte Mann und Frau im Hinblick auf das rechte Verhalten, wobei es im besonderen der Frau sein Augenmerk zuwandte und ungezählte Einzelheiten erwähnte. Lise fand alles dies recht interessant, da sie von dem, was zwischen den Geschlechtern vorging, bereits gewisse Vorstellungen hatte und auch über das Liebesspiel von Vögeln und Vierfüßlern im Bilde war. Sie begann, über das Gelesene nachzusinnen, und verbrachte tief in Gedanken versunken mehrere schlaflose Nächte. Ihre innere Scheu verstärkte sich immer mehr, ihr Gesicht rötete sich, und sie fieberte. Ihr Verhalten war so seltsam, daß die Magd schon glaubte, sie sei vom Auge des Bösen behext worden, und Beschwörungsgesänge anstimmte, sie zu heilen. Jedesmal, wenn der Name Schloimele fiel, errötete sie – gleichgültig, ob in diesem Zusammenhang auch der ihre erwähnt wurde oder nicht, und wann immer vor der Tür irgendwelche Schritte vernehmlich wurden, versteckte sie jenes Buch der Unterweisung, von dem sie sich nicht losreißen konnte. Und was schlimmer war: sie wurde ängstlich und mißtrauisch. Und bald hatte sie sich selbst in einen solchen Zustand hineingesteigert, daß sie den Hochzeitstag herbeisehnte und daß sie gleichzeitig in Furcht davor zurückschreckte. Aber Schifra Tammar vervollständigte inzwischen die Brautausstattung ihrer Tochter. Wenngleich ihr persönlich entfremdet, wollte sie doch die Hochzeit in solcher Pracht gefeiert sehen, daß sie im Gedächtnis der Bewohner von Kreschew noch jahrelang fortlebte.

5
Die Hochzeit

Und großartig war die Hochzeit in der Tat. Damenschneiderinnen aus Lublin hatten die Brautkleider angefertigt. Wochenlang waren Näherinnen in Reb Bunims Hause damit beschäftigt gewesen, sie zu besticken und Spitzen auf Nachtgewänder, Unterwäsche und Hemdblusen zu heften. Lises Hochzeitsgewand war aus weißem Atlas und seine Schleppe volle vier Ellen (das heißt, fast zwei Meter) lang. Was das Essen betraf, so hatten die Köche ein Sabbatbrot gebacken, das fast Mannesgröße hatte und an beiden Enden geflochten war. Noch nie zuvor hatte man ein solches Brot in Kreschew gesehen. Reb Bunim hatte keine Kosten gescheut. Auf seine Anordnung waren Schafe, Kälber, Hennen, Gänse, Enten und Kapaunen für das Hochzeitsfest geschlachtet worden. Es gab auch Fische aus dem San und ungarische Weine und Met, alles vom Schankwirt des Ortes beschafft. Am Tag der Hochzeit gebot Reb Bunim, daß auch die Armen von Kreschew beköstigt werden sollten, und sobald dieses Wort die Runde machte, trieb aus dem Nachbardistrikt ein ausgesuchtes Gesindel in die Stadt, um gleichfalls mitzuprassen. Auf der Straße wurden Tische und Bänke aufgestellt, und den Bettlern wurden weißes Sabbatbrot, gefüllter Karpfen, Essigfleisch, Ingwerbrot und Steinkrüge voll Bier vorgesetzt. Musikanten spielten den Landstreichern auf, und der wohlbekannte Hochzeitsunterhalter trug auch zu ihrer Belustigung bei. In der Mitte des Marktes spaltete sich die zerlumpte Menge in kreisförmig geordnete, ausgelassen hüpfende und tanzende Einzelgruppen auf. Alles sang und grölte – ein geradezu ohrenbetäubender Lärm.

Gegen Abend begannen die Hochzeitsgäste sich in Reb Bunims Haus zu versammeln. Die Frauen trugen mit Holzperlen bestickte Jäckchen, Stirnbänder, Pelze und ihren gesamten Schmuck. Die jungen Mädchen hatten Seidenkleider und spitz zulaufende Schuhe an, alles speziell für diesen Anlaß gefertigt, aber unvermeidlicherweise waren die Schneiderinnen und Schuhmacher nicht imstande gewesen, allen Aufträgen nachzukommen, und es gab allerhand Streitereien. Mehr als ein junges Mädchen hatte ausgerechnet am Hochzeitsabend dicht an den Ofen gekuschelt daheimzubleiben und weinte sich, das Unglückswurm, fast die Augen aus.

An jenem Tage fastete Lise, und zur Gebetsstunde bekannte sie ihre Sünden. Sie schlug sich an die Brust, als ob der Tag der Buße gekommen sei, denn sie wußte, daß am Hochzeitstag der Braut alle Gesetzesverstöße verziehen werden. Auch wenn sie nicht übermäßig fromm war und gelegentlich sogar in ihrem Glauben schwankend wurde, wie es bei nachdenklichen Menschen gewöhnlich der Fall ist, betete sie doch an diesem Tage mit echter Glut. Sie sprach auch Gebete für den Mann, der am Ende des Tages ihr Gatte sein würde. Als Schifra Tammar ins Zimmer trat und sah, wie ihre Tochter mit Tränen in den Augen in einer Ecke stand und sich mit den Fäusten an die Brust schlug, brach sie in die Worte aus: «Schaut doch das Mädchen an! Eine wirkliche Heilige!», und sie verlangte, daß Lise sofort mit Weinen aufhörte, weil ihre Augen sonst rot und geschwollen wären, wenn sie unter dem Traubaldachin stände.

Aber ihr dürft mir schon glauben: es war keine religiöse Glut, die Lise zum Weinen nötigte. Ganze Tage und Wochen vor der Hochzeit hatte ich ihr eifrig zugesetzt. Alle möglichen seltsamen, schlimmen Gedanken hatten das Mädchen gefoltert. Einen Augenblick lang fürchtete sie, überhaupt nicht mehr jungfräulich zu sein, und den nächsten träumte sie vom Moment der Entjungferung und brach aus lauter Angst, sie werde den Schmerz nicht ertragen können, in Tränen aus. Zu anderen Zeiten wieder war sie von Scham zerrissen, und schon in der nächsten Sekunde packte sie die Furcht, sie werde in der Hochzeitsnacht ungebührlich schwitzen oder sich übergeben müssen oder werde ihr Wasser nicht halten können. Oder noch schlimmerer Erniedrigung ausgesetzt sein. Sie hatte auch den Verdacht, daß irgendein Feind sie verhext hatte, und sie durchsuchte ihre Kleidung nach verborgenen Knoten. Sie wollte diese Ängste endlich von sich abschütteln, konnte sich ihrer aber nicht erwehren. ‹Möglicherweise›, sagte sie einmal zu sich selbst, ‹träume ich das alles nur und werde überhaupt nicht heiraten. Vielleicht ist aber mein Mann auch nur eine Art Dämon, der menschliche Gestalt angenommen hat, und die Hochzeit selbst nur ein Trugbild, und die Gäste sind böse Geister.›

Das war nur einer der Albträume, unter denen sie litt. Sie verlor jeden Appetit, hatte mit Verdauungsstörungen zu kämpfen, und obwohl sie von allen jungen Mädchen in Kreschew beneidet wurde, ahnte keine etwas von der Qual, die sie zu erleiden hatte.

Da der Bräutigam verwaist war, ließ es sich sein Schwiegervater Reb Bunim angelegen sein, ihm zu einer Garderobe zu verhelfen. Er bestellte für seinen Schwiegersohn zwei Jacken aus Fuchspelz, eine für den Alltag, die andere für den Sabbat, zwei Kittel, einen aus Seide, den anderen aus Baumwolle, einen Tuchmantel, einige Schlafröcke, mehrere Hosen, einen dreizehneckigen Hut, mit Skunkspelz umrändert, und endlich einen türkischen Gebetsmantel mit drei Ornamenten. Unter den für den Bräutigam bestimmten Geschenken befanden sich eine silberne Gewürzdose, auf die ein Bild der Klagemauer eingraviert war, ein Zitronenbehälter aus Gold, ein Brotmesser mit einem Perlmuttgriff, eine Tabaksdose mit Elfenbeindeckel, eine in Seide gebundene Ausgabe des Talmud und ein Gebetbuch mit silbernen Einbänden. Beim Junggesellenessen sprach Schloimele ungemein geistreich. Zunächst warf er zehn verschiedene Fragen von offenbar grundsätzlicher Art auf, und dann beantwortete er alle zehn mit einem einzigen Satz. Aber nachdem er derart diese wesentlichen Fragen erledigt hatte, vollführte er eine gedankliche Drehung und bewies, daß die besagten Fragen im

Grunde überhaupt keine Fragen waren, und die gewaltige, eben von ihm aufgeführte Fassade von Gelehrsamkeit brach völlig in sich zusammen. Seine Zuhörer waren vor lauter Erstaunen sprachlos.

Was die eigentliche Trauungsfeierlichkeit betrifft, werde ich nicht allzu lange dabei verweilen. Es genügt festzustellen, daß die Menge tanzte, sang und hüpfte, wie es gewöhnlich bei Hochzeiten geschieht, vor allem dann, wenn der reichste Mann der Stadt seine Tochter verheiratet. Ein paar Schneider und Schuhmacher versuchten mit den Tischmägden zu tanzen, wurden aber fortgescheucht. Einige der Gäste hopsten betrunken herum und schrien: «Sabbat, Sabbat.» Mehrere andere sangen jiddische Lieder, die so ähnlich begannen wie: «Was kocht ein armer Mann? Borschtsch und Kartoffeln...» Die Musikanten sägten auf ihren Fiedeln herum, schmetterten mit ihren Trompeten, ließen das Becken erschallen, hämmerten auf die Trommeln und piepsten auf Flöten und Dudelsäcken. Uralte Frauen nahmen die Schleppe ihres Kleides vom Boden auf, schoben sich die Haube zurück, tanzten, die Gesichter einander zugekehrt, und klatschten dabei in die Hände, aber sobald ihre Gesichter sich zu berühren schienen, wandten sie sich wie entrüstet zur Seite – was alles den Zuschauern ein um so helleres Gelächter entlockte. Schifra Tammar wurde trotz ihrer üblichen Beteuerung, sich unwohl zu fühlen (sie konnte kaum einen Fuß heben) von einer der fröhlichen Gruppen in den allgemeinen Wirbel hineingerissen und dazu genötigt, sowohl einen Kosaken- wie einen Scherentanz hinzulegen. Wie auch sonst bei Hochzeiten sorgte ich, der Erzfeind, für die gewohnte Zahl von eifersüchtigen Zänkereien, Selbstentblößungen der Eitelkeit, Ausbrüchen von Lüsternheit und Großmannssucht. Als die jungen Mädchen den Wassertanz aufführten, hoben sie ihre Röcke bis über die Knöchel, als wateten sie tatsächlich in Wasser, und die Müßiggänger, die von draußen her durch die Fenster spähten, konnten es nicht vermeiden, auf allerhand verwegene Gedanken zu kommen. Und so sehr war dem Hochzeitsunterhalter daran gelegen, seinem Namen Ehre zu machen, daß er für die Gäste zahllose Liebeslieder sang und den Sinn der Heiligen Schrift dadurch entstellte, daß er mitten in die frommen Sätze Schlüpfrigkeiten einfließen ließ, wie es die Spaßmacher am Purim-Fest tun, und die jungen Mädchen und Ehefrauen klatschten in die Hände und quiekten vor Vergnügen. Plötzlich wurde die so komische Darbietung durch den Schrei einer Frau unterbrochen. Sie hatte ihre Brosche verloren und vor Schreck auch noch das Bewußtsein. Obwohl alle mit suchen halfen, war das Schmuckstück nicht wiederzufinden. Kurz darauf gab es einen anderen Anlaß zur Aufregung: eines der jungen Mädchen behauptete, ein junger Mann habe sie mit einer Nadel in den Schenkel gestochen. Sobald aber auch diesmal die Wogen sich wieder geglättet hatten, war es Zeit für den Tugendtanz, und kaum hatte dieser begonnen, da führten Schifra Tammar und die Brautjungfern Lise ins Brautgemach, das zu ebener Erde lag und so schwer mit Tüchern und Vorhängen abgedichtet war, daß kein Licht nach außen dringen konnte. Unterwegs erteilten die Frauen Lise Ratschläge in bezug auf ihr Verhalten und warnten sie, beim Anblick des Bräutigams allzu ängstlich zu sein, denn das erste der Ehegebote laute: «Seid fruchtbar und mehret euch.» Gleich danach geleiteten auch Reb Bunim und ein anderer Mann den Bräutigam zu seiner Braut.

Nun, dies ist einer der Fälle, in denen ich eure Neugier nicht befriedigen, euch nicht erzählen werde, was im Hochzeitsgemach vor sich ging. Es genüge die Feststellung, daß Schifra Tammar, als sie am nächsten Morgen ins Zimmer kam, ihre Tochter unter dem Deckbett verborgen fand. Sie wagte nicht einmal, sie, die Mutter, anzusprechen. Schloimele befand sich bereits in seinem eigenen Zimmer. Es bedurfte alles guten Zuredens, bis Lise der Mutter erlaubte, die Laken zu untersuchen, und tatsächlich waren Blutflecke darauf zu sehen.

«*Masel-tow*, Tochter», rief Schifra Tammar. «Du bist nun eine Frau und hast mit uns allen den Fluch zu teilen, der auf Eva lastet.»

Und unter Tränen umschlang sie Lises Nacken und küßte sie.

6
Seltsames Verhalten

Gleich nach der Hochzeit hatte Reb Bunim aus geschäftlichen Gründen in seine Wälder hinauszufahren, und Schifra Tammar kehrte zu ihrem Krankenbett und den Medizinflaschen zurück. Die jungen Leute im Lehrhaus waren der Meinung gewesen, Schloimele werde, sobald er verheiratet war, die Leitung einer Talmudschule übernehmen und sich den Angelegenheiten der Gemeinde widmen, wie es sich für ein solches Wunder von Mann, der obendrein noch Schwiegersohn eines Geldfürsten war, auch gehört hätte. Aber Schloimele tat nichts von alledem. Wie sich herausstellte, war er ein Stubenhocker. Offenbar brachte er es niemals fertig, im Bethaus pünktlich zur Morgenandacht zu erscheinen, und kaum waren die letzten Worte des Gebets gesprochen, da war er bereits wieder aus der Tür heraus und auf dem Heimweg. Er dachte auch nicht daran, nach dem Abendgebet noch eine Weile mit den anderen zusammenzustehen. Die Frauen in der Stadt behaupteten, Schloimele ginge gleich nach dem Abendessen zu Bett, und es konnte auch kein Zweifel daran bestehen, daß der grüne Fensterladen vor seinem Schlafzimmer bis in den späten Vormittag hinein geschlossen blieb. Auch Reb Bunims Hausmagd hatte allerhand zu berichten. Sie erzählte, das junge Paar triebe es auf die anstößigste Weise. Stets sah man die beiden zusammen flüstern. Sie tauschten Geheimnisse aus, befragten gemeinsam irgendein Buch und riefen sich gegenseitig bei merkwürdigen Spitznamen. Sie aßen auch aus der gleichen Schüssel, tranken aus demselben Becher und hielten sich an der Hand, wie es die jungen Söhne und Töchter des polnischen Hochadels taten. Einmal hatte die Magd beobachtet, wie Schloimele Lise mit einer Schärpe anschirrte, als wäre sie ein Gaul, und dann mit einem Ast auf sie einschlug wie mit einer Peitsche. Lise war auf dieses Spiel eingegangen und hatte das Wiehern und Traben einer Stute nachgeahmt. Ein anderes Spiel der beiden war nach Aussage der Magd eine Art Wettspiel, bei dem der Gewinner den Verlierer am Ohrläppchen zog, und die Magd beteuerte, die beiden hätten so lange nicht wieder mit diesem Unsinn aufgehört, bis ihre Ohren von Blut gerötet waren.

Ja, die jungen Leute waren wirklich ineinander verliebt, und mit jedem neuen Tag verstärkte sich ihre Leidenschaft. Wenn er zum Beten in die Synagoge ging, trat sie ans Fenster und sah ihn in der Ferne entschwinden, als hätte er eine lange Reise angetreten. Und wenn sie in die Küche ging, um irgendwelche Brühe oder eine Schüssel Gerstengrütze auf den Herd zu stellen, blieb Schloimele ihr dicht auf den Fersen oder trieb sie durch Zurufe aus dem anderen Zimmer zur Eile. Am Sabbat vergaß Lise, in der Synagoge zu beten. Sie stand vielmehr am Gitter der Frauenestrade und sah zu, wie Schloimele in seinem Gebetsmantel an der Ostwand seinen Andachtsübungen nachging. Und er wiederum pflegte den Blick zur Frauenabteilung zu heben, um dort dem ihren zu begegnen. Dieses Schauspiel setzte allerhand böse Zungen in Bewegung, aber nichts von alledem beunruhigte Reb Bunim, der sich nur allzu gern berichten ließ, wie gut seine Tochter und sein Schwiegersohn sich miteinander verstanden. Jedesmal, wenn er von einer Reise zurückkam, brachte er ihnen Geschenke mit.

Umgekehrt war Schifra Tammar alles andere als erfreut. Sie mißbilligte dieses exzentrische Verhalten, diese geflüsterten Koseworte, diese nimmer endenden Küsse und Zärtlichkeiten. Dergleichen war niemals in ihrem Vaterhaus vorgefallen, und auch bei gewöhnlichen Leuten hatte sie solches Treiben niemals beobachtet. Sie fühlte sich in ihrer Ehre verletzt und fing an, Lise und Schloimele zurechtzuweisen. Dies war eine Art von Verhalten, die sie unmöglich zulassen konnte.

«Nein, so etwas dulde ich nicht», erklärte sie. «Die bloße Vorstellung macht mir schon übel.» Oder sie rief plötzlich ganz laut: «Nicht einmal der polnische Adel benimmt sich dermaßen ungeniert.»

Aber Lise war nicht um eine Antwort verlegen.

«War es nicht auch Jakob gestattet, seine Liebe zu Rahel nach außen hin zu zeigen?» fragte die gebildete Lise ihre Mutter. «Hatte Salomo nicht tausend Frauen?»

«Untersteh dich, dich mit diesen Heiligen auf eine Stufe zu

stellen!» rief Schifra Tammar zurück. «Du bist nicht würdig, ihre Namen im Munde zu führen.»

Tatsächlich hatte es Schifra Tammar in ihrer Jugend mit ihren religiösen Pflichten nicht allzu genau genommen. Aber nun wachte sie um so gewissenhafter über ihrer Tochter und sorgte dafür, daß sie alle Gebote der Reinheit erfüllte. Sie pflegte Lise sogar zum rituellen Bad zu begleiten, um sich davon zu überzeugen, daß die Zeremonie des Untertauchens auf vorgeschriebene Weise befolgt wurde. Hin und wieder hatten Mutter und Tochter am Freitagabend auch einen Streit, weil Lise die Kerzen etwas zu spät anzündete. Nach der Hochzeitsfeierlichkeit hatte sich die Braut den Kopf kahl scheren lassen und das übliche Seidentuch darum geschlungen, aber Schifra Tammar entdeckte, daß Lises Haar wieder gewachsen war und daß sie nun oft vor dem Spiegel saß und ihre Kräusellocken kämmte und flocht. Schifra Tammar wechselte auch scharfe Worte mit ihrem Schwiegersohn. Es wollte ihr nicht gefallen, daß er so selten ins Lehrhaus ging und statt dessen stundenlang durch Obstgärten und Felder schlenderte. Dann stellte sich auch heraus, daß er Vorliebe für gutes Essen hatte und ungemein träge war. Täglich wollte er gefüllte Darmhaut mit Fettgebackenem haben, und in seine Milch hatte Lise ihm Honig zu tun. Und als ob es damit nicht genug wäre: er mußte auch Pflaumenkompott und Mohngebäck zusammen mit Rosinen und Kirschsaft in sein Schlafzimmer gebracht haben. Wenn beide am Abend sich zurückzogen, pflegte Lise die Schlafzimmertür zu verschließen und zu verriegeln, und Schifra Tammar hörte dahinter die jungen Leute lachen. Einmal war es ihr, als liefen sie mit bloßen Füßen über den Boden; der Verputz fiel von der Decke des Wohnzimmers, und die Kronleuchter gerieten ins Schwanken. Schifra Tammar hatte sich genötigt gesehen, eine Dienstmagd nach oben zu schicken, die an die Tür pochen und die Liebenden zur Ruhe ermahnen sollte.

Es war Schifra Tammars Wunsch gewesen, daß Lise baldmöglichst schwanger würde und die Qualen der Niederkunft zu erdulden hätte. Sie hatte gehofft, Lise werde als Mutter soviel damit zu tun haben, das Kind zu nähren, seine Windeln zu wechseln, es im Krankheitsfalle zu pflegen, daß sie über alledem ihre Torheit vergaß. Aber die Monate gingen dahin, und nichts geschah. Lises Gesicht wurde immer fahler, und ihre Augen erglühten in einem seltsamen Feuer. In Kreschew war die Rede davon, daß die jungen Eheleute zusammen die Kabbala studierten.

«Es ist alles recht seltsam», flüsterten die andern sich zu. «Dort drüben geht etwas Unheimliches vor sich.»

Und die alten Frauen, die unter dem Vordach ihres Hauses saßen und Socken stopften oder Flachs spannen, hatten ein stets interessantes Gesprächsthema. Und mit ihren halb ertaubten Ohren lauschten sie gespannt und schüttelten unwillig den Kopf.

7
Geheimnisse des Bettgemachs

Es ist jetzt an der Zeit, etwas von den Geheimnissen jenes Bettgemachs zu enthüllen. Manchen Leuten genügt es nicht, ihre Begierden zu befriedigen. Sie müssen außerdem allerhand hochtönende Worte äußern und in leidenschaftlichen Vorstellungen schwelgen. Diejenigen, die solchen schändlichen Pfad verfolgen, erliegen unvermeidlich der Schwermut und haben zuletzt die neunundvierzig Tore der Unreinheit zu durchschreiten. Schon vor langer Zeit haben die Weisen erklärt, jeder wisse, warum eine Braut unter den Traubaldachin trete, aber wer diesen Vorgang mit Worten beschmutze, verwirke seinen Platz in der künftigen Welt. Der kluge Schloimele begann infolge seiner hohen Bildung und seines Interesses an der Philosophie sich immer tiefer in die Rätsel der Geschlechtlichkeit zu versenken. Beispielsweise fragte er plötzlich, während er seine Frau liebkoste: «Gesetzt den Fall, du hättest den Mann aus Lublin an meiner Stelle gewählt: meinst du, du würdest jetzt mit ihm hier liegen?» Anfangs hatten solche Bemerkungen Lise in Bestürzung versetzt, und sie hatte geantwortet: «Aber ich habe ihn nun einmal nicht gewählt. Ich habe dich gewählt.» Schloimele wollte sich jedoch keine Antwort vorenthalten lassen, und er redete immer weiter und stellte noch unflätigere Fragen, bis Lise sich zuletzt zu dem Eingeständnis genötigt sah, daß sie in dem erwähnten Fall tatsächlich jetzt in den Armen des andern und nicht in den seinen hier liegen würde. Und als wäre das nicht genug, setzte er ihr auch mit der Frage zu, was sie im Fall seines Todes tun würde. «Nun», wollte er wissen, «würdest du wieder heiraten?» Nein, kein anderer Mann könne sie interessieren, versicherte Lise nachdrücklich, aber Schloimele suchte sie aufs Glatteis zu locken, und durch geschickte Begriffsspalterei untergrub er ihre Überzeugungen.

«Schau, du bist noch immer jung und reizvoll. Gleich wäre der Heiratsvermittler zur Stelle und würde dich mit Angeboten überschütten, und dein Vater würde nichts davon wissen wollen, daß du unvermählt bleibst. Dann gäbe es also einen neuen Traubaldachin und eine neue Trauung und für dich ein anderes Ehebett.»

Vergeblich bat Lise ihn, von diesem Gespräch abzulassen, denn sie finde das ganze Thema peinlich und obendrein wertlos, da sich die Zukunft ja ohnehin nicht voraussehen ließe. Was immer sie aber sagte: Schloimele gebot dem Fluß der sündigen Worte keinen Einhalt, denn sie erregten ihn, und zuletzt fand sogar Lise Lust daran, und beide verbrachten bald halbe Nächte damit, einander Fragen und Antworten zuzuflüstern und über Probleme zu debattieren, die jeder realen Grundlage entbehrten. Beispielsweise wollte Schloimele wissen, was sie tun werde, wenn sie an einer wüsten Insel gestrandet und außer ihr nur der Kapitän des gesunkenen Schiffes noch am Leben sei, oder wie sie sich unter den Wilden Afrikas verhalten würde. Oder gesetzt den Fall, sie sei von Eunuchen gefangengenommen und in den Harem des Sultans verschleppt worden – was dann? Oder sie sei die Königin Esther und müsse vor das Angesicht des Ahasver treten. Und alles das war nur ein winziger Teil seiner Gedankenspiele. Als sie ihm vorwarf, sich so ernsthaft mit so leichtfertigen Fragen abzugeben, unternahm er es, die Kabbala mit ihr zu studieren, im besonderen, was die Geheimnisse der Vertraulichkeit zwischen Mann und

Frau und die Offenbarung ehelicher Vereinigung betraf. In Reb Bunims Hause fanden sich Bücher des Titels *Der Baum des Lebens, Der Engel Rasiel* und noch weitere kabbalistische Schriften, und Schloimele berichtete Lise, wie Jakob, Rahel, Lea, Bilha und Zilpa in der höheren Welt sich, Gesicht an Gesicht und Rumpf an Rumpf, miteinander vereinigten und wie der Heilige Vater und die Heilige Mutter sich ehelich verbanden, und in diesen Büchern standen Worte, die schlechthin unheilig anmuteten.

Und als wäre dies noch nicht genug: Schloimele begann Lise etwas von den Kräften zu enthüllen, die böse Geister besaßen – ihr zu enthüllen, daß sie nicht nur Satane, Gespenster, Teufel, Trolle, Kobolde und Harpyien waren, sondern daß sie auch die höheren Welten beherrschten, wie es beispielsweise Noga, eine Mischung aus Heiligkeit und Unreinheit, tat. Er enthielt ihr auch angeblich echte Beweise nicht vor, nach denen die Heerscharen des Bösen mit der Welt der Ausstrahlungen in Verbindung standen, und man konnte Schloimeles Worten entnehmen, daß Satan und Gott einander an Macht ebenbürtig waren, daß sie beständig im Kampf miteinander lagen und keiner den anderen besiegen konnte. Eine weitere seiner Behauptungen war die, daß es so etwas wie Sünde gar nicht gab, da eine Sünde, gerade wie jede gute Tat, entweder groß oder klein sein, sich in außergewöhnlichen Fällen sogar zu gewaltiger Höhe erheben könne. Er versicherte ihr, es sei wünschenswerter, eine Sünde mit echter Leidenschaft zu begehen als eine gute Tat ohne Begeisterung, und Ja und Nein, Dunkel und Licht, Rechts und Links, Himmel und Hölle, Heiligung und Erniedrigung seien Sinnbilder der Gottheit, und so tief man auch sinken mochte – man verbliebe doch stets im Schatten des Allmächtigen, denn außer Seinem Licht gebe es schlechthin nichts anderes. Er breitete dieses Wissen mit solcher Redekunst vor ihr aus und stützte seine Beweisführung mit so vielen Beispielen, daß es eine reine Freude war, ihm zuzuhören. Lises Verlangen nach seiner Gesellschaft und ihre Empfänglichkeit für derartige Enthüllungen verstärkten sich immer mehr. Gelegentlich war es ihr, als wolle Schloimele sie vom Pfad der

Rechtschaffenheit fortlocken. Seine Worte flößten ihr Schrekken ein, und sie fühlte, daß sie nicht länger Herrin ihrer selbst war. Ihr Gemüt schien in Fesseln zu liegen, und ihre Gedanken bewegten sich nur in der von ihm gewünschten Richtung. Aber sie hatte nicht die Willenskraft, sich gegen ihn zu behaupten, und sie sagte zu sich selbst: ‹Ich werde dahin gehen, wo er mich hinführt, gleichgültig, was geschieht.› Bald hatte er eine solche Macht über sie, daß sie ihm stillschweigend gehorchte. Und er trieb es mit ihr, wie es ihm gerade in den Sinn kam. Er gebot ihr, sich vor ihm zu entkleiden, wie ein Tier auf allen Vieren zu kriechen, ihm etwas vorzutanzen oder nach Weisen zu singen, zu denen er halb auf hebräisch, halb auf jiddisch den Text verfaßt hatte, und stets gehorchte sie ihm.

Inzwischen ist es sicher schon augenfällig geworden, daß Schloimele zu den heimlichen Jüngern des Sabbatai Zewi gehörte. Denn obwohl der falsche Messias schon längst gestorben war, gab es in vielen Ländern Geheimkulte seiner Anhänger. Sie trafen einander auf Messen und Märkten, erkannten sich gegenseitig an geheimen Zeichen und blieben dadurch vor dem Grimm der anderen Juden bewahrt, die sie sonst aus der Gemeinde ausgeschlossen haben würden. Zahlreiche Rabbiner, Lehrer, Schächter und andere äußerlich achtbare Männer waren Mitglieder dieser Sekte. Einige von ihnen spielten die Rolle von Wundertätern: sie wanderten von Stadt zu Stadt und verteilten Amulette, in die sie nicht nur ein Stück Pergament mit dem heiligen Namen Gottes eingeschlossen hatten, sondern auch ein solches mit den unreinen Namen von Hunden und bösen Geistern, von Lilith und Asmodi oder auch dem Namen des Sabbatai Zewi selbst. Alles dies brachten sie mit einer solchen Verschlagenheit zuwege, daß nur die Angehörigen der Bruderschaft ihre Kunst zu würdigen vermochten. Es bereitete ihnen entschieden Genugtuung, die Frommen zu täuschen und überall Unruhe zu stiften. So hatte sich einmal ein Jünger des Sabbatai Zewi, der in irgendeiner Siedlung eingetroffen war, als Heilkünstler ausgegeben, und bald kamen viele mit kleinen Zetteln, auf denen sie ihre Bitten um Rat, ihre besonderen Schwierigkeiten und ihre Wünsche vermerkt hatten. Ehe aber der falsche Wundertäter das Städtchen verließ, entpuppte er sich als Spaßmacher und verstreute die kleinen Zettel über den ganzen Markt, wo sie von den notorischen Unfugstiftern aufgelesen wurden. Viele Leute wurden dadurch in ihrer Ehre verletzt. Ein anderer Anhänger des Kults war ein Schreiber, der in die Kapseln der Gebetsriemen nicht etwa, wie vorgeschrieben, Pergamentstreifen mit bestimmten Stellen aus dem Buch der Gesetze einschob, sondern Schmutz und Ziegenmist sowie einen Zettel mit der an den Träger der Riemen gerichteten Aufforderung, dem Schreiber den Hintern zu küssen. Andere Anhänger der Sekte geißelten sich, badeten in Eiswasser, wälzten sich zur Winterszeit im Schnee, setzten sich im Sommer der Berührung mit Giftsumach aus und fasteten von einem Sabbat zum nächsten. Aber diese Leute waren ohnehin aus der Art geschlagen. Sie suchten die Grundsätze der Tora und Kabbala ins Gegenteil zu verkehren, und jeder von ihnen entrichtete den Mächten des Bösen auf seine Weise Tribut – einer von ihnen war Schloimele.

8
Schloimele und Mendel der Kutscher

Eines Tages starb Schifra Tammar, Lises Mutter. Nach Ablauf der sieben Trauertage wandte Reb Bunim sich wieder seinen Geschäften zu, und Lise und Schloimele blieben sich selbst überlassen. Reb Bunim hatte irgendwo in Wolhynien ein Stück abgeforsteten Waldes gekauft. Dort unterhielt er Pferde und Ochsen wie auch Bauern, die diese zur Arbeit antreiben sollten, und diesmal nahm er Mendel den Kutscher nicht mit. Der junge Mann blieb in Kreschew zurück. Es war Sommer, und häufig fuhren Schloimele und Lise mit Mendel auf dem Kutschersitz des Wagens durch die Gegend. Wenn Lise im Haus zu tun hatte, zogen die beiden Männer ins Freie hinaus. Der frische Kieferngeruch kräftigte Schloimele. Auch bereitete es ihm Vergnügen, im San zu schwimmen, und wenn sie zu irgendeiner seichten Stelle des Flusses gefahren waren, half Mendel ihm beim Entkleiden, denn eines Tages mußte Schloimele ja der Herr des gesamten Grund und Bodens sein.

Auf diese Weise freundeten sie sich auch miteinander an. Mendel war um beinahe zwei Kopf größer als Schloimele, und Schloimele bewunderte die praktische Erfahrung des Kutschers. Mendel konnte auf der Brust und auf dem Rücken schwimmen, Wasser treten, mit bloßer Hand einen Fisch im Strome fangen und am Ufer die höchsten Bäume erklettern. Schloimele fürchtete sich vor einer einzelnen Kuh, aber Mendel konnte eine ganze Viehherde in die Flucht jagen und hatte keine Angst vor Bullen. Er brüstete sich damit, eine ganze Nacht auf dem Friedhof verbringen zu können, und behauptete, auch mit Bären und Wölfen fertig geworden zu sein, die ihn angefallen hätten. Er habe auch einen Banditen erledigt, der ihm einmal in den Weg getreten sei. Davon abgesehen aber konnte er alle möglichen Weisen auf einer Querpfeife spielen und allerhand imitieren: das Krächzen einer Krähe, das Klopfen eines Spechts, das Brüllen von Rindern, das Blöken von Schafen und Ziegen, das Miauen von Katzen und das Zirpen von Grillen. Seine Kunststücke belustigten Schloimele, der an seiner Gesellschaft Gefallen fand. Er versprach Schloimele auch, ihm das Reiten beizubringen. Selbst Lise, die von Mendel bisher kaum Notiz genommen hatte, behandelte ihn nun freundlicher, ließ ihn allerhand Botengänge tun und bot ihm Honigkuchen und Likör an, denn sie war eine gutherzige junge Frau.

Als die beiden Männer einmal zusammen im Fluß schwammen, bemerkte Schloimele, wie trefflich Mendel gebaut war, und er begriff, wie anziehend er für Frauen sein mußte. Seine langen Beine, seine schmalen Hüften und seine breite Brust – alles das strömte Kraft aus. Beim Ankleiden unterhielt Schloimele sich mit Mendel, der ihm ohne jede Hemmung von seinen Erfolgen bei den Bauernfrauen berichtete und der sich auch der Zahl der Frauen rühmte, mit denen er es in den in der Umgegend gelegenen Dörfern getrieben, sowie der vielen Kinder, die er mit ihnen gezeugt hatte. Zu seinen Freundinnen gehörten auch Töchter des Hochadels, Bürgersfrauen und Prostituierte. Schloimele bezweifelte von alledem nichts. Als er Mendel fragte, ob er keine Furcht vor späterer Vergeltung habe, fragte der junge Mann zurück, was wohl einem Leichnam angetan werden könne. Er glaubte an kein Leben nach dem Tod. Und er fuhr fort, sich in ketzerischen Bemerkungen zu ergehen. Dann aber spitzte er die Lippen, pfiff schrill auf, kletterte behende einen Baum empor und stieß Kiefernzapfen und Vogelnester auf den Boden herab. Währenddessen brüllte er wie ein Löwe, und zwar so gewaltig, daß der Laut meilenweit hörbar war und von Baum zu Baum widerhallte, als erwiderten Hunderte von Teufeln seinen Ruf.

In der folgenden Nacht berichtete Schloimele Lise von dem, was geschehen war. Sie erörterten den Vorfall bis in solche Einzelheiten hinein, daß beide in Erregung gerieten. Aber Schloimele war der körperlichen Leidenschaft seiner Frau nicht gewachsen, seine Glut war stärker als seine Fähigkeiten, und beide hatten sich an unzüchtigen Worten genügen zu lassen. Plötzlich entfuhr es Schloimele: «Sag mir ganz offen, Lise, mein Lieb, würdest du nicht gern einmal mit Mendel dem Kutscher ins Bett gehen?»

«Gott schütze uns, was sind das für böse Worte?» entgegnete sie. «Hast du den Verstand verloren?»

«Nun...? Er ist ein starker und stattlicher junger Mann – die Mädchen sind ganz verrückt nach ihm...»

«Schäm dich!» rief Lise. «Du besudelst deine Lippen!»

«Ich liebe Besudelung!» zischte Schloimele mit brennendem Auge. «Ich gehe jetzt mit fliegenden Fahnen zu den Heerscharen des Bösen über!»

«Ich habe Angst für dich, Schloimele!» sagte Lise nach langer Pause. «Du sinkst jetzt tiefer und tiefer!»

«Man muß alles wagen!» sagte Schloimele mit zitternden Knien. «Da diese Generation nicht völlig rein sein kann, so sei sie völlig unrein!»

Lise schien zurückzuzucken, und eine lange Weile blieb sie stumm. Schloimele hätte kaum sagen können, ob sie schlummerte oder nachdachte.

«Hast du vorhin im Ernst gesprochen?» fragte sie neugierig mit gedämpfter Stimme.

«Ja, im Ernst.»

«Und es würde dich nicht im geringsten erzürnen?» wollte sie wissen.

«Nein... Wenn es dir Lust bereiten würde, dann auch mir. Du könntest mir nachher alles erzählen.»

«Du bist ein Ungläubiger!» rief Lise. «Ein Ketzer!»

«Ja, das bin ich. Elischa, der Sohn des Abijah, war gleichfalls ein Ketzer! Wer in den Weinberg hineinspäht, muß auch die Folgen auf sich nehmen.»

«Du zitierst den Talmud als Zeugen für jede Antwort – gib acht, Schloimele! Sieh dich vor! Du spielst mit dem Feuer!»

«Ich liebe das Feuer! Ich liebe die Massenvernichtung... Ich möchte am liebsten die ganze Welt brennen und Asmodi zur Herrschaft gelangen sehen.»

«Sei still!» rief Lise. «Sonst werde ich noch um Hilfe schreien.»

«Wovor hast du denn Angst, du Dummerchen?» sagte Schloimele im Ton der Beruhigung. «Der Gedanke ist nicht die Tat. Ich studiere zusammen mit dir, ich enthülle dir die Geheimnisse der Tora, und du bleibst unwissend. Warum, glaubst du wohl, hat Gott dem Hosea befohlen, eine Hure zu heiraten? Warum hat König David Uria dem Hethiter die Bathseba und dem Nabal die Abigail genommen? Warum ließ er in seinem höheren Alter Abisag von Sunem zu sich bringen? Die Edelsten unter den Vorvätern machten sich des Ehebruchs schuldig. Die Sünde hat etwas Läuterndes! Ach Lise, mein Lieb, ich wünschte, du würdest jeder inneren Regung folgen. Ich denke ja nur an dein Glück... Und das sogar, während ich dich in den Abgrund führe...!»

Und er umarmte sie, liebkoste und küßte sie. Lise war ganz erschöpft und verstört durch seine kunstvolle Rede. Das Bett unter ihnen zitterte, die Wände bebten, und es wollte ihr so vorkommen, als zapple sie bereits in dem Netz, daß ich, der Fürst der Finsternis, ihr gelegt hatte.

Adonia, der Sohn der Haggith

Was nun an Ereignissen folgte, war seltsam. Gewöhnlich bekam Lise Mendel den Kutscher nicht oft zu Gesicht. Auch bei einem persönlichen Zusammentreffen schenkte sie ihm nur wenig Beachtung. Aber seit Schloimele mit ihr über Mendel gesprochen hatte, schien er ihr unablässig über den Weg zu laufen. Sie trat in die Küche und fand ihn dort mit der Magd schäkern. Beim Anblick Lises verstummte er. Bald erblickte sie ihn überall, in der Scheune und auch zu Pferde, wenn er zufällig in Richtung des San ritt. Aufrecht wie ein Kosak saß er auf dem Tier, ohne Sattel und ohne Zügel.

Als Lise eines Tages Wasser brauchte und die Magd nicht finden konnte, griff sie selbst den Henkelkrug und schritt auf den Brunnen zu. Plötzlich nahm, wie aus dem Blauen, Mendel der Kutscher unmittelbar vor ihr Gestalt an, um ihr beim Wasserschöpfen behilflich zu sein. Als eines Abends Lise über die Wiese schlenderte (Schloimele war gerade im Lehrhaus), kam der Ziegenbock der Gemeinde auf sie zu. Lise versuchte an ihm vorbeizuschlüpfen, aber als sie zur Rechten abbog, versperrte er ihr auch da den Weg. Als sie sich zur Linken wandte, sprang er ebenfalls nach links. Gleichzeitig senkte er sein spitzes Gehörn, als wolle er sie durchbohren. Plötzlich erhob er sich auf seine Hinterbeine und lehnte die Vorderbeine an ihre Brust. Seine Augen glühten und flammten, als sei er besessen. Lise versuchte sich freizukämpfen, aber er war stärker als sie und hätte sie beinahe aufgespießt. Sie schrie und war bereits einer Ohnmacht nahe, als plötzlich ein lauter Pfeifton und das Knallen einer Peitsche ertönten. Mendel der Kutscher war plötzlich vorbeigekommen und hatte den Ziegenbock mit der Peitsche auf den Rücken geschlagen. Der Lederriemen mit den vielen Knoten hätte dem Tier fast das Rückgrat gebrochen. Mit einem erstickten Blöklaut lief er auf schwankenden Beinen davon. Diese Beine waren mit dichtem buschigen Fell überzogen. Er sah einem wilden Tier ähnlicher als einem Ziegenbock. Lise schien nicht zu begreifen. Eine Weile starrte sie Mendel stumm an. Dann schüttelte sie sich, als erwache sie aus einem Albtraum, und sagte: «Vielen Dank.»

«So ein dämlicher Bock!» rief Mendel. «Wenn ich ihn jemals wieder zu fassen bekomme, werde ich ihm die Eingeweide herausreißen!»

«Worauf war er nur aus?» fragte Lise.

«Wer weiß – manchmal greifen Böcke auch einen Menschen an. Aber immer nur eine Frau, nie einen Mann!»

«Wieso denn? Das ist wohl ein Scherz von dir!»

«Nein, ich meine es ernst... In einem Dorf, das ich einmal mit dem gnädigen Herrn besuchte, gab es einen Bock, der auf die Frauen zu lauern pflegte, bis sie aus dem rituellen Bad kamen, und der sie dann anfiel. Man fragte den Rabbi, was man tun solle, und er gebot, den Bock zu schlachten...»

«Wirklich? Warum mußte er aber getötet werden?»

«Damit er die Frauen nicht länger aufspießen konnte...»

Nochmals dankte ihm Lise. Es wollte ihr wie ein Wunder vorkommen, daß er gerade im kritischen Augenblick zur Stelle gewesen war. In seinen glänzenden Stiefeln und seinen Reithosen maß der junge Mann, die Peitsche in der Hand, sie mit wissenden, zugreifenden Blicken. Lise war nicht sicher, ob sie ihren Spaziergang fortsetzen oder wieder nach Hause zurückkehren sollte, da sie sich nun vor dem Bock fürchtete und sich einbildete, daß er Rache plane. Und der junge Mann bot ihr, als könne er ihre Gedanken lesen, seine Begleitung und seinen Schutz an. Wie ein Leibwächter schritt er hinter ihr drein. Nach einiger Zeit entschloß sich Lise zur Umkehr. Das Gesicht brannte ihr, und als sie Mendels Augen auf sich ruhen spürte, stießen ihr die Knöchel aneinander, und sie stolperte. Funken tanzten ihr vor den Augen.

Als später Schloimele heimkam, wollte Lise ihm gleich alles auf einmal erzählen, aber sie legte sich Zurückhaltung auf. Erst nachdem sie in jener Nacht das Licht ausgedrückt hatte, berichtete sie ihm von dem Vorgefallenen. Schloimeles Verwunderung kannte keine Grenzen, und er forschte Lise nach jeder Einzelheit aus. Er küßte und liebkoste sie – der Vorfall schien ihm unendlich zuzusagen. Plötzlich stieß er hervor: «Dieser verdammte Ziegenbock wollte dich haben...» und Lise fragte zurück: «Wie ist es möglich, daß ein Bock eine Frau haben möchte?» Er erklärte, daß menschliche Schönheit, so ausgeprägt wie die ihre, selbst einen Bock in Erregung versetzen könne. Gleichzeitig rühmte er den Kutscher um seiner Ergebenheit willen und behauptete, sein Auftauchen im rechten Augenblick sei kein Zufall, sondern eine Bekundung von Liebe gewesen, und er sei bereit, für sie durchs Feuer zu gehen. Als Lise wissen wollte, woher Schloimele das alles wisse, verhieß er, ihr ein Geheimnis enthüllen zu wollen. Er wies sie an, ihm im Einklang mit einem alten Brauch die Hand unter den Schenkel zu schieben, und beschwor sie, niemals auch nur ein Wort davon laut werden zu lassen.

Als sie seiner Aufforderung nachgekommen war, begann er: «Du und der Kutscher – ihr beide seid Wiederverkörperungen und von gleicher geistiger Herkunft. Du, Lise, warst in deinem ersten Dasein Abisag, die Sunemitin, und er war Adonia, der Sohn der Haggith. Ihn verlangte nach dir, und er sandte die Bathseba zu König Salomo, damit er dich ihm abträte, aber da du nach dem Gesetz Davids Witwe warst, stand die Todesstrafe auf seinen Wunsch, und die Hörner des Altars konnten ihn nicht schützen, denn er wurde weggeführt und getötet. Aber das Gesetz gilt nur für den Körper, nicht für die Seele. Wenn also eine Seele eine andere begehrt, versagen die Himmel beiden so lange Frieden, wie jene Begierde noch nicht gestillt ist. Es steht geschrieben, daß der Messias erst dann kommen wird, wenn alle Leidenschaften ihre Erfüllung gefunden haben, und eben deshalb werden die ihm vorausgehenden Generationen völlig unrein sein! Und wenn eine Seele ihr Verlangen in einer einzigen Existenz nicht befriedigen kann, verkörpert sie sich wieder und immer wieder, und so verhielt es sich mit euch beiden. Beinahe dreitausend Jahre lang sind eure Seelen nackend umhergewandert und finden keinen Zugang mehr zur Welt der Erscheinungen, aus der sie einmal hervorgegangen sind. Die Mächte des Bösen haben bisher eure Wiederbegegnung verhindert, weil dann die Erlösung für euch gekommen wäre. So geschah es, daß du eine Dienerin warst, als er Fürst war, und daß umgekehrt er ein Sklave war, als du Fürstin warst. Abgesehen davon aber waret ihr durch Meere voneinander geschieden. Als er einmal auf einem Schiff zu dir zu gelangen suchte, erregte der Teufel einen Sturm und versenkte das Schiff. Es gab auch noch andere Hindernisse, und du hattest gewaltigen Kummer. Nun lebt ihr beide im gleichen Hause, aber da er völlig ungebildet ist, gehst du ihm aus dem Wege. Tatsächlich aber weilen heilige Geister in euren Leibern, die im Dunkeln verzweifelt die Stimme erheben und sich nach Vereinigung sehnen. Und du bist jetzt verheiratet, weil es eine bestimmte Art von Läuterung gibt, die lediglich durch Ehebruch bewirkt werden kann. So pflegte Jakob einst des Umgangs mit zwei Schwestern, Juda lag mit Tamar, seiner Schwiegertochter, zusammen, Ruben schändete das Bett Bilhas, der Geliebten seines eigenen Vaters, und Hosea heiratete ein Mädchen aus einem Bordell. Und so war es auch mit allen anderen. Du mußt auch wissen, daß der Ziegenbock kein gewöhnlicher Bock war, sondern ein Dämon, einer von Satans Geschöpfen, und wäre Mendel nicht im rechten Augenblick dazugekommen, so hätte, Gott behüte, das Tier dir schwere Unbill zugefügt.»

Als Lise wissen wollte, ob er, Schloimele, gleichfalls eine Wiederverkörperung sei, erwiderte er, daß er König Salomo und zur Erde zurückgekehrt sei, den Irrtum seiner früheren Existenz ungeschehen zu machen und daß ihm infolge der sündhaften Hinrichtung des Adonia zunächst noch der Palast nicht zugänglich sei, der im Paradies der seine sein sollte. Als Lise fragte, was eine solche Wiedergutmachung eines Irrtums für Folgen haben werde, wenn sie alle die Erde verlassen müßten, antwortete Schloimele, er und Lise würden späterhin eines langen gemeinsamen Lebens sich erfreuen, aber Mendels Zukunft erwähnte er nicht weiter, sondern deutete lediglich an, daß der junge Mann nicht lange auf Erden weilen werde. Und alle diese Behauptungen stellte er mit der dogmatischen Unbedingtheit eines Kabbalisten auf, für den kein Geheimnis unverletzlich ist.

Lise wurde bei diesen Worten von einem Schauder gepackt und lag dann wie erstarrt. Selbst mit den heiligen Schriften vertraut, hatte sie für Adonia, den irrenden Königssohn, den nach der Geliebten seines Vaters verlangt hatte, der selbst König hatte sein wollen und mit dem Kopf für seine rebellische Gesinnung hatte zahlen müssen, Mitleid empfunden. Mehr als einmal hatte sie beim Lesen des ihm im *Buch der Könige* gewidmeten Kapitels heftige Tränen vergossen. Sie hatte auch Abisag von Sunem bemitleidet, die Schönste im Lande Israel, die, obwohl fleischlich niemals vom König erkannt, für den Rest ihres Lebens zum Witwenstand verdammt war. Es war für sie eine Offenbarung, zu erfahren, daß sie, Lise, tatsächlich Abisag die Sunemitin war und daß Adonias Seele in Mendels Körper weilte.

Plötzlich kam ihr in den Sinn, daß Mendel tatsächlich dem Adonia ähnelte, wie sie selbst ihn sich vorgestellt hatte, und sie verwunderte sich. Sie begriff nun, warum seine Augen so schwarz und so seltsam waren und sein Haar so dicht, warum er ihr zunächst aus dem Wege gegangen war und sich abseits von den anderen hielt und warum er sie jetzt mit solchem Verlangen betrachtete. Sie bildete sich ein, sie könne sich noch an ihre frühere Existenz als Abisag die Sunemitin erinnern und im besonderen daran, wie sie den Adonia in einem Streitwagen hinter fünfzig Mann seiner Leibwache am Palast hatte vorüberrollen sehen, und wie stark bei ihr das Verlangen gewesen war, sich ihm hinzugeben... Es war, als habe Schloimeles Erklärung ihr selbst ein tiefes Rätsel lösen, das Geflecht weit zurückliegender Geheimnisse entwirren helfen.

In jener Nacht fanden beide keiner Schlaf. Schloimele lag neben ihr, und sie unterhielten sich leise bis zum frühen Morgen. Lise stellte allerhand Fragen, und Schloimele beantwortete sie alle vernünftig, denn die Meinen sind bekanntlich zungenfertig, und in ihrer Unschuld fand sie alles glaubwürdig. Selbst ein Kabbalist hätte sich zu der Annahme verleiten lassen, daß hier der lebendige Gott sich vernehmlich machte und daß Elias, der Prophet, sich Schloimele offenbarte. Schloimele geriet durch seine eigenen Worte in eine solche Verzückung, daß er sich hin und her warf und daß die Zähne ihm klapperten wie bei einem Fieberanfall, und das Bett schwankte unter ihm, und seinem Körper entströmten ganze Bäche von Schweiß. Als Lise begriff, was ihr zubestimmt war, begriff, daß sie Schloimele zu gehorchen hatte, weinte sie bitterlich und feuchtete ihr Kopfkissen mit Tränen. Und Schloimele tröstete und liebkoste sie und enthüllte ihr die innersten Geheimnisse der Kabbala. Zur Zeit der Dämmerung lag sie mit erloschener Kraft, mehr tot als lebendig, im Starrkrampf. Und so geschah es, daß die dunkle Nacht eines falschen Kabbalisten und die verderbten Worte eines Jüngers des Sabbatai Zewi eine unbescholtene Frau vom Pfad der Rechtschaffenheit abbrachten.

In Wahrheit hatte Schloimele, der Bösewicht, einen willkürlichen Einfall lediglich ausgesponnen, um seine eigenen entarteten Leidenschaften zu befriedigen, denn von allzu langem Nachdenken war er innerlich zum Krüppel geworden, und was ihm Lust bereitete, wäre für den Durchschnittsmenschen Qual gewesen. Aus einem Übermaß an Begierde heraus hatte er die Fähigkeit verloren, sie auszuleben. Wer immer etwas von der Vieldeutigkeit der menschlichen Natur versteht, weiß, daß Freude und Schmerz, Häßlichkeit und Schönheit, Liebe und Haß, Erbarmen und Grausamkeit und andere widerstreitende Gefühle oft bis zur Ununterscheidbarkeit ineinander verfließen. Auf diese Weise bin ich fähig, die Menschen nicht nur zum Abfall von ihrem Schöpfer zu bewegen, sondern ihrem Körper Schaden zuzufügen, und alles das im Namen eines Phantoms.

10
Die Reue

Der Sommer war heiß und trocken. Während sie ihre dürftige Weizenernte einbrachten, sangen die Bauern, als wehklagten sie. Der Weizen war verkümmert, halb verdorrt. Vom anderen Ufer des San lockte ich Heuschrecken und Vögel herüber, und was die Kleinpächter mit aller Mühe dem Boden abgetrotzt hatten, wurde von Insekten vernichtet. Zahlreiche Kühe gaben keine Milch mehr – sie waren wahrscheinlich behext. Unweit von Kreschew hatte man im Dorf Lukoff eine Hexe in einem Faßreifen durch die Luft reiten und einen Besen schwingen sehen.

Vor ihr her jagte irgendein Wesen mit schwarzen Weichselzöpfen, einem pelzartigen Fell und einem Schweif. Die Müller klagten darüber, daß Kobolde ihnen Teufelsmist in ihr Mehl streuten. Ein Pferdehirt, der des Nachts in der Nähe der Sümpfe über seinen Herden wachte, erblickte am Himmel ein seltsames Geschöpf mit einer Dornenkrone – für die Christen ein Zeichen dafür, daß der Jüngste Tag nicht mehr fern war.

Es war im Monat September. Eine Krankheit befiel das Laub der Bäume – es löste sich von den Ästen und wirbelte wild im Kreise. Die Sonnenhitze mischte sich mit der kalten Luft, die vom Eismeer herüberwehte. Die Vögel, die in ferne Länder ziehen, hielten auf dem Dach der Synagoge eine Versammlung ab und zirpten, zwitscherten und kreischten in ihrer Vogelsprache. Am Abend schossen Fledermäuse umher, und die jungen Mädchen trauten sich nicht aus dem Haus, denn wem eine Fledermaus ins Haar gerät, der wird nach allgemeiner Annahme das Ende des Jahres nicht erleben. Wie gewöhnlich um diese Jahreszeit begannen auch meine Jünger, die Schatten, ihre besondere Art von Unfug anzustellen. Kinder wurden von Masern, Pocken, Diarrhöe, Diphterie und Ausschlag befallen, und obwohl ihre Mütter die üblichen Vorsichtsmaßregeln ergriffen, Gräber abmaßen und Gedenkkerzen anzündeten, gingen die Kleinen zugrunde. Im Bethaus wurde mehrere Male am Tag das Widderhorn geblasen – bekanntlich der Versuch, mich zu vertreiben, denn beim Ertönen des Horns soll ich mir angeblich einbilden, der Messias sei nahe und Gott, gepriesen sei Sein Name, sei im Begriff, mir den Garaus zu machen. Aber meine Ohren sind nicht so unempfindlich, daß ich zwischen dem Klang des großen Schofar und dem kleinen Horn eines Widders aus Kreschew nicht zu unterscheiden vermöchte...

Ihr könnt also sehen, daß ich meine Augen offen hielt und für die Bewohner von Kreschew einen Festschmaus veranstaltete, den sie so bald nicht vergessen würden.

Es war zur Stunde der Morgenandacht an einem bestimmten Montag. Das Bethaus war überfüllt. Der Küster war gerade dabei, die Gesetzesrolle aus der Lade zu holen. Er hatte bereits deren Vorhang zur Seite gezogen und ihre Tür geöffnet, als plötzlich der gesamte Raum von einem Tumult erschüttert wurde. Die Andächtigen starrten auf die Stelle, von der das Geräusch gekommen war. Im Rahmen der aufgerissenen Tür stand Schloimele. Seine Erscheinung hatte etwas Erschreckendes. Er trug eine zerlumpte Kapotte, deren Futter zerrissen und deren Aufschlag zerfetzt war wie zum Zeichen der Trauer. Er ging in Strümpfen wie am neunten Tage der Bußzeit, und um die Hüften hatte er statt der Schärpe einen Strick geschlungen. Sein Bart war zerzaust, seine Schläfenlocken wirr durcheinander. Die Gemeindemitglieder wollten ihren Augen nicht trauen. Er ging rasch auf das Kupferbecken zu und spülte sich die Hände. Dann trat er ans Vorlesepult, schlug mit der flachen Hand darauf und rief mit zitternder Stimme: «Ihr Leute! Ich habe Schlimmes zu künden ... Etwas Schreckliches ist geschehen.» In dem plötzlich verstummten Bethause konnte man die Flammen der Gedenkkerzen laut knistern hören. Augenblicks lief wie im Wald unmittelbar vor einem Gewitter durch die Menge ein Rauschen. Alles drängte näher an das Vorlesepult heran. Gebetbücher fielen zu Boden, und niemand nahm sich die Mühe, sie wieder aufzuheben. Jugendliche kletterten auf Bänke und Tische, auf denen die heiligen Gebetbücher lagen, aber niemand vertrieb sie. Auf der Frauenempore machte sich allgemeine Unruhe und das Scharren von Füßen vernehmlich. Die Frauen drängten dicht an das Gitter heran, um zu sehen, was drunten bei ihren Männern vor sich ging.

Reb Oser, der betagte Rabbi, weilte damals noch unter den Lebenden und regierte seine Herde mit eiserner Hand. Auch wenn er nicht geneigt war, den Gottesdienst zu unterbrechen, wandte er sich doch nun von der Ostwand, an der er in Gebetsmantel und Gebetsriemen seine Andacht verrichtet hatte, ab und den anderen zu und rief ergrimmt: «Was wollt Ihr? Sprecht deutlich!»

«Ihr Leute, ich bin ein Gesetzesbrecher! Ein Sünder, der andere zum Sündigen verführt. Ganz wie Jerobeam, der Sohn des Nebat!» Schloimele hämmerte mit der Faust an seine Brust. «Wisset, daß ich meine Frau zum Ehebruch getrieben habe. Ich will alles gestehen, meine Seele entblößen!»

Obwohl er mit leiser Stimme sprach, hallten seine Worte, als ob der Raum leer gewesen wäre. In der Frauenabteilung der Synagoge erhob sich eine Art Gelächter, das gleich zu einem dumpfen Klagelaut wurde, wie man es zur Zeit der Abendandacht oder am Vorabend des Bußtags hört. Die Männer standen versteinert. Manche glaubten, Schloimele habe den Verstand verloren. Andere hatten bereits allerlei Klatsch vernommen. Nach einer kleinen Weile hob Reb Oser, der schon lange den Verdacht gehabt hatte, daß Schloimele ein geheimer Anhänger des Sabbatai Zewi sei, mit zitternder Hand das Gebetstuch vom Kopf und schlang es um seine Schultern. Sein Gesicht mit dem Restbestand weißen Bartes und der Schläfenlocken nahm eine leichenhaft wächserne Färbung an.

«Was habt Ihr getan?» fragte der Patriarch mit gebrochener Stimme, in der bereits schlimme Vorahnungen schwangen. «Mit wem hat Eure Frau die Ehe gebrochen?»

«Mit dem Kutscher meines Schwiegervaters, diesem Mendel... Es ist alles meine Schuld... sie wollte es nicht tun, aber ich überredete sie dazu...»

«Ihr selbst?» Reb Oser schien sich auf Schloimele stürzen zu wollen.

«Ja, Rabbi – ich.»

Reb Oser streckte den Arm aus, um sich eine Prise Schnupftabak zu nehmen; es war, als habe er seinen ermatteten Geist zu kräftigen, aber die Hand zitterte ihm, und der Tabak glitt ihm zwischen den Fingern durch. Die Knie zitterten ihm, und er mußte sich auf ein in der Nähe befindliches Pult stützen.

«Warum habt Ihr das getan?» fragte er mit schwacher Stimme.

«Ich weiß es nicht, Rabbi... Irgend etwas ist über mich gekommen!» rief Schloimele, und seine winzige Gestalt schien noch zu schrumpfen. «Ich habe einen schweren Irrtum begangen... einen schweren Irrtum!»

«Einen Irrtum?» fragte Reb Oser und hob ein Auge. Es war, als stünde in diesem Auge ein Gelächter, das nicht von dieser Welt war.

«Ja, einen Irrtum!» wiederholte Schloimele, verloren, verwirrt.

«Wehgeschrien, ihr Juden, ein Feuer tobt unter uns, ein Feuer aus Gehenna!» rief plötzlich ein Mann mit einem pechschwarzen Bart und länglichen zerzausten Schläfenlocken. «Um ihretwillen hatten unsere Kinder zu sterben! Unschuldige, Kleine, die von Sünde nichts wußten!»

Bei Erwähnung der Kinder erhob sich ein Klagelaut unter den Frauen. Es waren die Mütter, die ihrer zugrunde gegangenen Kinder gedachten. Da Kreschew eine Kleinstadt war, verbreitete die schlimme Kunde sich wie ein Lauffeuer, und aller bemächtigte sich schreckliche Erregung. Die Frauen traten unter die Männer, Gebetsriemen fielen zu Boden, Gebetsmäntel wurden von den Schultern gerissen. Als die Menge sich etwas beruhigte, begann Schloimele nochmals mit seiner Beichte.

Er gestand, daß er sich schon in früher Jugend dem Kult des Sabbatai Zewi verschrieben und gemeinsam mit seinen anderen Jüngern studiert hatte und daß ihm damals auch eingeprägt worden war, ein Übermaß an Selbsterniedrigung bedeute erhöhte Heiligkeit, und je wüster die allgemeine Schlechtigkeit der Menschen, um so näher der Tag der Erlösung.

«Ich habe Israel verraten, ihr Leute», wimmerte er. «Ich bin aus reiner Lust am Bösen zum Ketzer und Hurenjäger geworden! Ich habe heimlich den Sabbat geschändet, habe zugleich Milchiges und Fleischiges genossen, meine Andachten vernachlässigt, meine Gebetbücher besudelt und mich jeder denkbaren Schändlichkeit ergeben... Ich habe mein Weib zum Ehebruch gezwungen! Ich habe sie zu der Annahme verführt, daß dieser Schmarotzer, Mendel der Kutscher, in Wahrheit Adonia, der Sohn der Haggith, daß sie selbst Abisag die Sunemitin sei und daß beide Erlösung nur durch körperliche Vereinigung erlangen könnten...! Ich habe sie sogar davon überzeugt, daß sie sündigend eine gute Tat begehen werde! Ich habe das Gesetz verletzt, habe den Glauben verraten, schlimme Worte gebraucht, habe Unrecht getan, mich selbst überhoben, habe zum Bösen geraten!»

Das alles schrie er jetzt mit schriller Stimme heraus, und bei jeder Erwähnung einer Sünde schlug er sich auf die Brust. «Speit mich an, ihr Juden... Züchtigt mich! Reißt mich in

Stücke! Richtet mich!» schrie er. «Laßt mich mit dem Tod für meine Sünden büßen.»

«Ich bin nicht mehr der Rabbi von Kreschew, sondern von Sodom, ihr Juden!» gellte Reb Oser, «von Sodom und Gomorrha!»

«Oi – der Satan führt jetzt in Kreschew einen Freudentanz auf!» wimmerte der schwarze Jude und klatschte in beide Hände. «Satan, der Vernichter!»

Der Mann hatte recht. An jenem Tage und noch die folgende Nacht herrschte ich über Kreschew. Niemand betete oder studierte, und auch das Widderhorn wurde nicht geblasen. «Unrein! Unrein! Unrein!» quakten die Frösche in den Sümpfen. Die Krähen kündeten schlimme Botschaft. Der Gemeindebock wurde tobsüchtig und griff eine Frau an, die aus dem rituellen Bad zurückkehrte. In jedem Schornstein lauerte ein Dämon. Aus dem Munde jeder Frau sprach ein kleiner Teufel. Lise lag noch im Bett, als der Pöbel ihr Haus stürmte. Nachdem die Leute die Fenster mit großen Steinen eingeschlagen hatten, drangen sie in ihr Schlafzimmer. Als Lise sie erblickte, wurde sie so weiß wie das Laken unter ihr. Sie bat die Rasenden, sich ankleiden zu dürfen, aber sie zerrissen das Bettzeug und zerfetzten das seidene Nachthemd an ihrem Leibe, und in diesem Zustand, barfuß und zerlumpt, mit unbedecktem Kopf, wurde sie zum Hause des Rabbi gezerrt. Der junge Mendel war eben aus einem Dorf gekommen, wo er mehrere Tage zugebracht hatte. Ehe er begriff, was vorging, wurde er von den Metzgerjungen überfallen, mit Seilen gefesselt, blutig geprügelt und ins Gemeindegefängnis geschleppt, das sich im Vorraum der Synagoge befand. Da Schloimele freiwillig gestanden hatte, kam er mit ein paar Schlägen ins Gesicht davon, aber aus eigenem Antrieb streckte er sich auf der Schwelle des Lehrhauses aus und bat jeden der darin Aus- und Eingehenden, ihn anzuspucken und ihn zu treten – die erste Buße für die Sünde des Ehebruchs.

11
Die Bestrafung

Bis tief in die Nacht saß Reb Oser im Gerichtsraum mit dem Schächter, dem Gemeindesprecher, den sieben Stadtältesten und anderen hochgeachteten Bürgern zusammen und hörte an, was die Sünder ihnen zu berichten hatten. Obwohl jeder Fensterladen geschlossen und das Tor verriegelt war, sammelte sich draußen eine Menge von Neugierigen, und der Küster hatte immer wieder den Raum zu verlassen, um sie fortzuscheuchen. Es dürfte allzu viel Zeit kosten, von all den Schändlichkeiten und Schlechtigkeiten zu berichten, die von Schloimele und Lise bis ins einzelne geschildert wurden. Ich möchte nur einiges davon herausgreifen. Obwohl alle angenommen hatten, Lise würde in Tränen ausbrechen und ihre Unschuld beteuern oder einfach in Ohnmacht fallen, bewahrte sie ihre Fassung. Mit klarer Stimme beantwortete sie jede Frage, die der Rabbi ihr stellte. Als sie zugab, mit dem jungen Mann Unzucht getrieben zu haben, wollte der Rabbi wissen, wie es überhaupt denkbar sei, daß eine gute, kluge, jüdische Tochter sich zu Derartigem hergebe. Sie erwiderte, sie selbst sei an allem schuld, sie habe gesündigt und sich nunmehr mit dem Gedanken an Bestrafung abgefunden. «Ich weiß, daß ich diese Welt und die künftige verwirkt habe», sagte sie, «und für mich gibt es keine Hoffnung mehr.» Das sagte sie so gelassen, als sei jedes Glied in der Kette der Ereignisse ein alltäglicher Vorfall gewesen, und damit setzte sie alle in Erstaunen. Und als der Rabbi fragte, ob sie in den jungen Mann verliebt gewesen sei oder aber unter äußerem Zwang gesündigt habe, entgegnete sie, sie habe freiwillig und aus eigenem Antrieb gehandelt.

«Vielleicht hat ein böser Geist dich verhext?» fragte der Rabbi tastend. «Oder du warst einem Zauber verfallen? Oder fühltest dich von einer dunklen Macht angetrieben? Du könntest auch im Zustand der Entrückung gewesen sein und die Lehren der Tora vergessen haben, vergessen, daß du eine gute jüdische Tochter warst. Wenn dem so ist – bestreite es nicht.»

Aber Lise blieb fest dabei, daß sie weder von bösen Geistern noch von Dämonen oder von schwarzer Magie oder irgendwelchem höllischen Blendwerk etwas wisse.

Die anderen Männer forschten weiter, ob sie irgendwelche Knoten in ihrer Kleidung, verfilzte Strähnen in ihrem Haar, einen gelben Flecken am Spiegel oder ein schwarzes und blaues Mal an ihrem Körper entdeckt habe, und sie erklärte, sie habe nichts von dem allen bemerkt. Als Schloimele darauf bestand, daß er die treibende Kraft gewesen und sie selbst reinen Herzens sei, senkte sie den Kopf, als wolle sie das weder zugeben noch in Abrede stellen. Und als der Rabbi fragte, ob sie ihre Vergehen bereue, war sie zunächst stumm, sagte dann aber: «Was hat Bereuen für einen Sinn?» Und sie setzte hinzu: «Ich möchte nach dem Gesetz abgeurteilt werden – gnadenlos.» Dann verstummte sie wieder, und es war kaum noch ein Wort aus ihr herauszuholen.

Mendel gestand, daß er mit Lise, der Tochter seines Dienstherrn, oftmals zusammengelegen habe, in seiner Dachkammer sowohl wie im Garten zwischen den Blumenbeeten, und daß er sie auch mehrfach in ihrem Schlafraum besucht habe. Obwohl er geschlagen worden war und nur noch Fetzen am Leibe hatte, blieb er verstockt – ganz wie es geschrieben steht: «Selbst an den Toren Gehennas bereuen die Sünder nicht...» Er machte sogar allerhand unflätige Bemerkungen. Als einer der hochehrbaren Bürger ihn fragte: «Wie konntest du dich nur so weit vergessen?» schnarrte Mendel: «Und warum nicht? Sie ist mehr wert als Euer Weib.»

Zur gleichen Zeit schmähte er die Männer, die ihn verhörten, nannte sie Diebe, Vielfraße und Wucherer und behauptete, sie ließen es beim Abwiegen und Maßnehmen an Ehrlichkeit fehlen. Er sprach auch abschätzig von ihren Frauen und Töchtern. Einem der Würdenträger sagte er ins Gesicht, seine Frau ließe eine ganze Schleppe von Abfall hinter sich, und einem anderen, es hafte ihm so ein übler Körpergeruch an, daß sich sogar die eigene Frau weigere, mit ihm zu schlafen. Und auch seine anderen Beobachtungen waren voller Überheblichkeit, Hohn und Spott.

Als der Rabbi ihn fragte: «Hast du denn keine Furcht? Glaubst du denn, du wirst immer am Leben bleiben?» antwortete er, zwischen einem toten Mann und einem toten Pferd wäre kein Unterschied. Die Anwesenden waren so ergrimmt, daß sie ihn nochmals peitschen ließen, und die Menge draußen hörte seine Flüche, während Lise, beide Hände vorm Gesicht, in Schluchzen ausbrach.

Da Schloimele seine Sünden freiwillig gebeichtet hatte und sich anschickte, auch sogleich Buße zu tun, wurde er geschont, und einige seiner Richter behandelten ihn sogar freundlich. Auf die Frage des Rabbi, warum er, unter dem Einfluß der Lehren des Sabbatai Zewi keinen anderen Ausdruck für seinen Willen zur Sünde gefunden habe als den Ehebruch und warum selbst ein Mann, dem Bösen verfallen wie er, seine Frau befleckt sehen wollte, erwiderte er, daß diese besondere Sünde ihm Lust bereitet habe; daß er, wenn Lise aus den Armen Mendels gekommen sei, sie nach allen Einzelheiten ausgefragt habe, und dies habe ihn mehr befriedigt, als seine eigene Teilnahme an der sündigen Handlung es getan haben würde. Als einer der Bürger bemerkte, das sei doch unnatürlich, erwiderte Schloimele, es sei trotzdem nun einmal so und nicht anders. Erst als Lise viele Male mit Mendel zusammen gewesen sei und begonnen habe, sich von ihm, Schloimele, abzuwenden, sei ihm klargeworden, daß er im Begriff stehe, sein geliebtes Weib zu verlieren, und sein Entzücken sei tiefer Betrübnis gewichen. Er habe daraufhin versucht, sie von ihren Gewohnheiten abzubringen, aber nun sei es bereits zu spät gewesen: denn sie war in Liebe dem jungen Burschen verfallen, schmachtete nach ihm und sprach von ihm Tag und Nacht. Schloimele enthüllte auch, daß Lise Mendel Geschenke gemacht und ihrem Brautschatz Geld für ihren Liebsten entnommen habe, der sich daraufhin ein Pferd, einen Sattel und alles mögliche Staatsgeschirr für die Pferde gekauft habe. Und eines Tages hätte, wie Lise ihm berichtete, Mendel ihr geraten, sich von ihrem Manne scheiden zu lassen: er und sie sollten in ein fernes Land flüchten. Aber Schloimele war noch nicht am Ende seiner Bekenntnisse angelangt. Er erklärte, vor Beginn ihrer Liebschaft sei Lise stets aufrichtig gewesen, aber später habe sie sich mit allen möglichen

Lügen und Täuschungen zu schützen versucht und zu guter Letzt sogar aufgehört, es Schloimele zu berichten, wenn sie wieder mit Mendel zusammen gewesen war.

Diese Aussage führte später zu allerhand Auseinandersetzungen zwischen den Bürgern der Stadt, sogar zu tätlichen. Man war entrüstet über alle Enthüllungen: kaum vorstellbar, daß eine so kleine Stadt wie Kreschew zum Schauplatz so anstößiger Handlungen werden konnte. Viele Mitglieder der Gemeinde fürchteten, die ganze Stadt werde nun Gottes Rache über sich ergehen lassen müssen, und es drohe, der Himmel beschütze sie davor, eine Dürre oder ein Tatareneinfall oder eine Überschwemmung. Der Rabbi kündigte an, er werde sogleich ein allgemeines Fasten verfügen.

In der Furcht, die Stadtbewohner könnten die Sünder tätlich angreifen oder es könne sogar Blut fließen, behielten der Rabbi und die Stadtältesten Mendel bis zum nächsten Tage im Gefängnis. Lise, die sich in der Obhut der Frauen der Beerdigungsbruderschaft befand, wurde zum Armenhaus geführt und dort, zu ihrer eigenen Sicherheit, in einem Einzelzimmer eingeschlossen. Schloimele blieb im Hause des Rabbi. Da er nicht in einem Bett liegen wollte, streckte er sich auf dem Boden des Holzschuppens aus. Nach Beratung mit den Stadtältesten fällte der Rabbi das Urteil. Die Sünder sollten am nächsten Tag durch die ganze Stadt geführt werden – ein Sinnbild für die Erniedrigung derer, die Gott verleugneten. Schloimele hatte sich dann von Lise scheiden zu lassen, die nach dem Gesetz nicht länger seine Frau bleiben durfte. Aber sie durfte auch Mendel den Kutscher nicht heiraten.

In der Frühe des nächsten Tages wurde das Urteil vollstreckt. Männer, Frauen, Knaben und Mädchen versammelten sich im Hof der Synagoge. Kinder, die Schule schwänzend, erkletterten das Dach des Lehrhauses und den Balkon der Frauenempore, um besser sehen zu können. Possenreißer kamen mit Sprossenleitern und Stelzen. Trotz der Mahnung des Gemeindedieners, dem Schauspiel mit ernster Miene und ohne Gedränge und Gelächter zu folgen, war der Spaßereien kein Ende. Obwohl die Näherinnen in dieser Zeit vor den hohen Festtagen besonders viel zu tun hatten, ließen sie ihre Arbeit liegen, um miteinander über den Sturz einer Tochter aus reichem Hause zu frohlocken. Auch Schneider, Schuhmacher, Küfer und Bürstenmacher fanden sich in einzelnen Gruppen zusammen, scherzten, stießen sich mit den Ellbogen in die Seite und liebäugelten mit den Frauen. Nach Art von Trauergästen schlangen sich achtbare Mädchen Tücher um den Kopf. Manche Frauen trugen zwei verschiedene Schürzen, eine vorn, die andere auf dem Rücken, als wohnten sie der Vertreibung eines Dybbuk bei oder wären bei der Zeremonie einer Schwagerehe zugegen. Die Kaufleute schlossen ihre Ladengeschäfte, und die Handwerker verließen ihre Werkbänke. Selbst Christen stellten sich ein, um mitanzusehen, wie die Juden ihre Sünder bestraften. Aller Blicke waren auf die alte Synagoge gerichtet, von der aus die Schuldigen den Weg der öffentlichen Verunglimpfung antreten sollten.

Unter dem Gesumme der Zuschauer wurde die schwere Eichentür aufgerissen. Zunächst führten die Metzger Mendel heraus, die Hände gefesselt, die Jacke zerlumpt und das Futter eines Käppchens auf dem Schädel. Seine Stirn war von einer Wunde verfärbt, sein unrasiertes Kinn von dunklen Stoppeln bedeckt. Mit anmaßenden Blicken trat er dem Pöbel unter die Augen und spitzte die Lippen wie zum Pfeifen. Die Metzger hielten ihn am Ellbogen fest, denn er hatte bereits einen Fluchtversuch unternommen. Pfui-Rufe schallten ihm entgegen. Wenn auch Schloimele freiwillig Buße bezeigt und das Tribunal ihn geschont hatte, so verlangte er doch nach einer Bestrafung, nicht verschieden von der der anderen. Bei seinem Erscheinen erhob sich Gepfeife, Gebrüll und Gelächter. Er war kaum mehr wiederzuerkennen. Sein Gesicht war totenblaß. Statt eines Kaftans, eines Fransengewands und der Hosen hingen nur noch kleine Fetzen an ihm. Eine Backe war geschwollen. Da er unbeschuht ging, sahen die bloßen Zehen aus den Löchern seiner Strümpfe hervor. Man schob ihn neben Mendel, und dort stand er nun, gebückt und steif wie eine Vogelscheuche. Bei diesem Anblick begannen manche Frauen aufzuschluchzen, als hätten sie den Tod eines ihnen Nahestehenden zu beklagen. Einige

Leute behaupteten, die Stadtältesten seien grausam, und wenn Reb Bunim dagewesen wäre, hätte Derartiges sich niemals ereignen können.

Von Lise war längere Zeit nichts zu sehen. Die Neugier der Menge verursachte ein schreckliches Gedränge. In ihrer Aufregung verloren manche Frauen das Stirnband. Als Lise, von den Frauen der Beerdigungsbruderschaft flankiert, schließlich im Torweg erschien, war die Menge zunächst wie erstarrt. Jeder Kehle entrang sich ein wilder Schrei. Lises Gewandung war noch immer die gleiche wie früher – aber auf ihrem Kopf saß eine Puddingform, um den Hals hatte sie einen Kranz von Knoblauchknollen und eine tote Gans hängen; in der einen Hand hielt sie einen Besen, in der anderen einen Staubwedel aus Gänsefedern. Ihre Hüften waren von einer Strohschnur umgürtet. Kein Zweifel, daß die Damen der Beerdigungsbruderschaft ihr Bestes getan hatten, um für die Tochter aus einem vornehmen, wohlhabenden Hause ein Höchstmaß an Scham und Erniedrigung fühlbar werden zu lassen. Dem Richtspruch gemäß sollten die Sünder durch alle Straßen der Stadt geführt und vor jedem Haus zum Stillstehen genötigt werden: überall sollten Mann und Frau sie bespucken und beschimpfen können. Die Prozession begann am Hause des Rabbi und bewegte sich langsam voran, bis sie zuletzt zu den Häusern der ärmsten Mitglieder der Gemeinde gelangte. Manche fürchteten, Lise werde zusammenbrechen und ihr, der Zuschauer, Vergnügen verderben, aber offenbar war sie entschlossen, die Bestrafung in all ihrer Bitterkeit auf sich zu nehmen.

Für Kreschew war es, als habe das zwischen Ostern und Pfingsten liegende Omer-Fest mitten im September stattgefunden. Mit Kiefernzapfen sowie Pfeil und Bogen bewaffnet, hatten die Jungen aus der Vorschule sich von zu Hause etwas zu essen mitgenommen. Sie waren ganz außer Rand und Band, schrien den ganzen Tag und blökten wie die Ziegen. Hausfrauen ließen den Herd kalt werden, und im Lehrhaus ließ niemand sich blicken. Selbst die gebrechlichen, mittellosen Bewohner des Armenhauses fanden sich zu dem schwarzen Feste ein.

Frauen, deren Kinder krank waren oder die die sieben Tage

des Trauerns begingen, kamen aus dem Haus gelaufen, um den Sündern mit Schreien, Wehklagen, Flüchen und Drohungen zuzusetzen. Aus Furcht vor Mendel dem Kutscher, der so leicht Rache an ihnen hätte nehmen können, und ohne die Empfindung echten Hasses gegen Schloimele, den sie nur für übergeschnappt hielten, ließen sie ihre ganze Wut an Lise aus. Obwohl der Küster die Stadt gegen jede Art von Gewalttätigkeit verwarnt hatte, traten einige der Frauen dicht an sie heran und kniffen und mißhandelten sie. Eine dieser Frauen übergoß sie mit einem Abfalleimer, eine andere bewarf sie mit Hühnergedärm. Sie triefte von allem erdenklichen Unrat. Weil Lise die Geschichte mit dem Ziegenbock berichtet hatte, die in ihren Gedanken mit der Person Mendels verbunden war, hatten die Spaßvögel der Stadt den Bock eingefangen und ihn an der Leine haltend, folgten sie der Prozession. Manche der Zuschauer pfiffen, andere sangen Spottlieder. Lise wurde mit Schmähworten überschüttet: «Hure, Dirne, Buhlerin, Straßenmädchen, lächerliche Närrin, Flittchen, Hündin.» Neben der Prozession herziehend, spielten Geiger, ein Trommler und ein Beckenschläger einen Hochzeitsmarsch. Einer der jungen Männer, der vorgab, Hochzeitsunterhalter zu sein, sagte anstößige, lästerliche Verse her. Die Frauen, die Lise begleiteten, versuchten sie nunmehr aufzurichten und zu trösten, denn dieser Leidensgang war ihr Bußgang, und durch Reue konnte sie ihre frühere Achtbarkeit zurückgewinnen, aber sie blieb unbewegt... Niemand sah sie auch nur eine einzige Träne vergießen. Sie lockerte auch den Griff um Besen und Staubwedel nicht. Zur Ehre Mendels möchte ich immerhin feststellen, daß auch er sich seinen Quälern nicht widersetzte. Stumm und ohne eines der Schmähworte zu erwidern, zog er seines Weges. Was Schloimele anging, so war seinem verzerrten Gesicht kaum anzusehen, ob er lachte oder weinte. Er ging mit schwankenden Schritten und blieb immer wieder stehen, solange er nicht durch Stöße zum Weitergehen genötigt wurde. Bald begann er zu hinken. Da er nur andere zur Sünde verleitet, selbst aber nicht gesündigt hatte, blieb ihm die größere Strecke Weges erspart. Zu seinem Schutz wurde ihm eine Wache beigegeben. Mendel wurde in der Nacht ins Gefängnis zurückgeführt. Im Hause des Rabbi wurde Lise von Schloimele geschieden. Als sie beide Hände hob und Schloimele ihr die Scheidungsurkunde hineinlegte, brachen die Frauen in Wehklagen aus. Selbst Männer hatten Tränen in den Augen. Dann wurde Lise von den Frauen der Beerdigungsbruderschaft zum Hause ihres Vaters zurückgeleitet.

12

Die Zerstörung von Kreschew

In jener Nacht blies ein Sturm, als ob, wie man in solchen Fällen zu sagen pflegt, sieben Hexen sich aufgehängt hätten. Tatsächlich hatte aber nur eine junge Frau sich erhängt – Lise.

Als die alte Magd am Morgen in die Schlafkammer ihrer Herrin trat, fand sie ein leeres Bett vor. Sie wartete in der Annahme, Lise ginge einer ihrer morgendlichen Verrichtungen nach; aber als auch nach längerer Zeit Lise nicht erschien, begab sich die Magd nach ihr auf die Suche. Bald fand sie sie in der Bodenkammer – an einem Seil hängend, barfüßig, in ihrem Nachtgewand. Sie war bereits kalt.

Die ganze Stadt war bestürzt. Dieselben Frauen, die am vorausgehenden Tage Lise gesteinigt und Entrüstung über ihre milde Strafe bezeigt hatten, jammerten nun darüber, daß die Gemeindeältesten eine anständige jüdische Tochter in den Tod getrieben hätten. Die Männer spalteten sich in zwei Parteien. Die erste erklärte, Lise habe bereits für ihre Vergehen gebüßt, und ihr Leichnam solle auf dem Friedhof neben dem ihrer Mutter beigesetzt und als ehrbar betrachtet werden. Die zweite Partei bestand darauf, daß sie außerhalb des eigentlichen Friedhofs hinter der Umzäunung begraben werden solle – wie jeder andere Selbstmörder. Die Vertreter der zweiten Partei behaupteten, daß nach allem, was Lise im Gerichtsraum gesagt und getan hatte, sie aufsässigen und reuelosen Herzens in den Tod gegangen sei. Der Rabbi und die Gemeindeältesten gehörten der zweiten Partei an, und sie waren es, die zuletzt den Sieg davontrugen. Lise wurde zu nächtlicher Stunde beim Schein einer Laterne hinter der Einfriedung beigesetzt. Die Frauen hatten Mühe, ihr Schluchzen zu unterdrücken. Von der Unruhe erwachten die in den Friedhofsbäumen nistenden Krähen, und sie begannen zu krächzen. Einige der Ältesten baten Lise um Vergebung. Nach altem Brauch wurden ihr Tonscherben auf die Augen gelegt und wurde ihr eine Rute in die Hand gegeben, damit sie bei der Ankunft des Messias imstande sei, von Kreschew zum Heiligen Land einen unterirdischen Gang zu graben. Da sie noch jung war, wurde Kalman der Egel herbeigerufen. Er sollte feststellen, ob sie schwanger war, denn es hätte Unglück gebracht, ein ungeborenes Kind zu begraben. Der Totengräber sagte, was bei allen Beisetzungen gesagt wird: «Er, der Felsen, Sein Werk ist vollkommen, denn alle Seine Wege sind Gericht: ein Gott der Treue, ein Gott ohne Fehl, gerecht und rechtschaffen ist Er.» Die Begräbnisteilnehmer rissen ein paar Büschel Gras aus dem Boden und warfen sie hinter sich. Die Sargträger schütteten jeder einen Spaten voll Erde ins Grab. Obwohl Schloimele jetzt nicht mehr Lises Ehemann war, ging er hinter der Bahre her und sprach über dem Grab das Totengebet. Nach der Beisetzung warf er sich auf den kleinen Erdhügel und wollte nicht wieder aufstehen. Man hatte ihn gewaltsam hinwegzuzerren. Und obwohl er nach dem Wortlaut des Gesetzes von der Notwendigkeit entbunden war, sieben Tage lang zu trauern, kehrte er ins Haus seines Schwiegervaters zurück und genügte allen vorgeschriebenen Riten.

Während der Trauerzeit stellten sich mehrere Stadtbewohner ein, um mit Schloimele zusammen zu beten und ihm ihr Beileid auszusprechen, aber er blieb so stumm, als habe er sich selbst ewiges Schweigen gelobt. In zerschlissener, abgetragener Kleidung saß er auf einem Hocker und blickte in das *Buch Hiob* hinein, wächsern sein Gesicht und zerzaust Bart und Schläfenlocken. In einer Ölscherbe flackerte eine Kerze, in einem Glas Wasser feuchtete sich ein Tuch, für die Seele der Verstorbenen bestimmt. Die alte Magd brachte für Schloimele etwas zu essen, aber er wollte nicht mehr zu sich nehmen als eine Scheibe ausgetrockneten Brotes mit Salz. Nach Ablauf der sieben Trauertage trat er mit einem Stab in der Hand und einem

Bündel auf dem Rücken den Weg in die Verbannung an. Die Städter gingen ihm eine Weile nach, versuchten, ihn von seinem Vorhaben abzubringen oder ihn zu bewegen, wenigstens bis zur Rückkehr Reb Bunims zu warten, aber er äußerte keinen Laut, sondern schüttelte lediglich den Kopf und ging weiter, bis die anderen ermüdeten und umkehrten. Er ließ sich nie wieder blicken.

Die ganze Zeit über war Reb Bunim, in Wolhynien aufgehalten, durch geschäftliche Angelegenheiten völlig in Anspruch genommen. Er wußte nichts von dem Unglück, das über sein Haus gekommen war. Wenige Tage vor Rosch ha-Schana, dem großen Versöhnungsfest, ließ er sich von einem Bauern auf einem Leiterwagen nach Kreschew fahren. Mit sich führte er zahllose Gaben für seine Tochter und seinen Schwiegersohn. Eines Abends machte er in einem Gasthof Rast. Er erkundigte sich, ob man Neues von seinen Angehörigen gehört habe, aber obwohl alle wußten, was geschehen war, hatte keiner den Mut, ihm die Wahrheit zu sagen. Man erklärte, man habe nichts gehört. Und als Reb Bunim für einige der anderen Gäste Branntwein und Kuchen kommen ließ, bedienten sie sich nur widerstrebend und suchten, während sie Trinksprüche ausbrachten, seine Blicke zu meiden. Reb Bunim war angesichts so betonter Zurückhaltung ratlos.

An dem Morgen, an dem Reb Bunim in Kreschew einfuhr, war die Stadt wie ausgestorben. Ihre Bewohner waren tatsächlich vor ihm geflüchtet. An seinem eigenen Hause sah er zur Mittagszeit die Fensterläden geschlossen und mit Eisenstangen verrammelt, und er erschrak. Er rief nach Lise, Schloimele und Mendel, aber keiner antwortete. Auch die Magd war fort – sie lag krank im Armenhaus. Schließlich tauchte wie aus dem Boden eine alte Frau vor Reb Bunim auf und berichtete ihm das Schreckliche.

«Ach, es gibt keine Lise mehr!» rief die Alte, die Hände ringend.

«Wann ist sie gestorben?» fragte Reb Bunim mit weißem Gesicht und gerunzelter Stirn.

Die Frau nannte den Tag.

«Und wo ist Schloimele?»

«In der Verbannung!» erwiderte die Frau. «Gleich nach dem siebenten Trauertag...»

«Gepriesen sei der wahre Richter!» Reb Bunim sprach den Segen für die Toten. Und er fügte einen Satz aus dem *Buche Hiob* hinzu: «Ich bin nackt von meiner Mutter Leibe gekommen, nackt werde ich wieder dahinfahren.»

Er ging auf sein Zimmer, riß seinen Rockaufschlag ein, entledigte sich seiner Schuhe und hockte auf dem Boden nieder. Die Alte brachte ihm Brot, ein hartgekochtes Ei und etwas Asche – ganz, wie das Gesetz es befahl. Allmählich tat sie ihm kund, daß seine Tochter keines natürlichen Todes gestorben war, sondern sich erhängt hatte. Sie gab auch den Grund für ihren Selbstmord an. Aber selbst jetzt war Reb Bunim nicht bis auf den Grund seines Wesens verstört, denn er war ein gottesfürchtiger Mann und fügte sich jeder vom Himmel verfügten Züchtigung, heißt es doch in der Schrift: «Der Mensch muß für das Schlimme so dankbar sein wie für das Gute», und er wurde auch nicht in seinem Glauben wankend und begehrte gegen den Herrn der Schöpfung nicht auf.

Am Rosch ha-Schana-Tage betete Reb Bunim im Tempel und sprach in ungebrochenem Singsangton seine Gebete. Dann saß er allein am festlich gedeckten Tisch. Eine Magd trug einen Lammskopf, Äpfel mit Honig und einer Karotte auf, und er aß davon und wiegte den Oberkörper hin und her und summte die Tischgesänge. Ich, der Böse, versuchte den leidgeprüften Vater vom Pfad der Rechtschaffenheit abzubringen und sein Gemüt mit Schwermut zu erfüllen, denn zu eben diesem Zweck hat der Schöpfer mich einstmals zur Erde herabgesandt. Aber Reb Bunim verschloß sich meinen Worten und gehorchte derart einem der Sprüche Salomos: «Antworte dem Narren nicht nach seiner Narrheit, daß du ihm nicht auch gleich werdest.» Statt sich auf eine Debatte mit mir einzulassen, studierte er und betete er, und bald nach dem großen Bußtag begann er eine Laubhütte zu errichten, und er füllte seine Zeit damit aus, daß er die Tora las und fromme Werke vollbrachte.

Man weiß, daß ich nur Macht über diejenigen habe, die die

Wege Gottes bezweifeln, nicht aber über diejenigen, die fromme Werke vollbringen. Und auf diese Weise vergingen die hohen Festtage. Er bat auch, Mendel den Kutscher aus dem Gefängnis zu entlassen, damit er selbst wieder seines Weges ziehen könne. Solcherart verließ Reb Bunim die Stadt wie der Heilige, von dem geschrieben steht: «Wenn ein Heiliger die Stadt verläßt, sind ihre Schönheit, ihr Glanz und ihre Herrlichkeit dahin.»

Gleich nach den Festtagen verkaufte Reb Bunim sein Haus und andere Besitztümer für einen Federwisch und wandte Kreschew den Rücken, weil die Stadt ihn allzu sehr an sein Mißgeschick gemahnte. Der Rabbi und alle anderen gaben ihm bis zur Landstraße das Geleit, und er ließ eine größere Summe für das Lehrhaus und das Armenhaus und zu sonstigen wohltätigen Zwecken zurück.

Mendel der Kutscher trieb sich noch eine Zeitlang in den benachbarten Dörfern herum. Die Hausierer aus Kreschew berichteten, wie sehr die Bauern ihn fürchteten und wie oft er mit ihnen stritt. Nach Meinung der einen war er zum Pferdedieb geworden, nach Meinung der anderen zum Straßenräuber. Es wurde auch gemunkelt, er habe Lises Grab besucht: die Spuren seiner Schuhe wurden im Sand entdeckt. Auch sonst pflegte man allerhand über ihn zu erzählen. Manche Leute fürchteten, er würde noch an der Stadt Rache nehmen – und sie sollten recht behalten. Eines Nachts brach ein Feuer aus. Es begann an mehreren Stellen zugleich, und trotz des Regens sprangen die Flammen von einem Haus aufs andere über, bis nahezu Dreiviertel der Stadt Kreschew in Asche lag. Auch der Gemeindebock kam dabei um. Gewisse Zeugen schworen, Mendel der Kutscher habe das Feuer gelegt. Da es um jene Zeit bitterlich kalt war und viele Leute kein Dach mehr über dem Kopf hatten, erkrankte eine beträchtliche Zahl, es stellte sich eine Seuche ein, Männer, Frauen und Kinder gingen zugrunde, und damit war Kreschew tatsächlich zerstört. Bis zum heutigen Tag ist die Stadt klein und arm geblieben. Niemals hat sie auch nur ihren früheren Umfang zurückgewonnen. Und dies alles lediglich um der Sünde willen, die ein Ehemann, sein Weib und ein Kutscher begangen hatten. Und obwohl es unter Juden nicht gebräuchlich ist, auf dem Grab eines Selbstmörders Bittgebete zu sprechen, so pflegten doch die jungen Frauen, die die Gräber ihrer Eltern besuchen kamen, sich auf dem kleinen Erdhügel hinter der Einzäunung auszustrecken und zu weinen und zu beten, nicht nur für sich und ihre Angehörigen, sondern für die Seele der so tief gefallenen Lise, der Tochter der Schifra Tammar. Und so ist es bis zum heutigen Tage geblieben.

Quellennachweis

Gimpel der Narr (Gimpel the Fool) aus: «Gimpel the Fool», The Noonday Press, New York 1957

Der Spiegel (The Mirror) aus: «Gimpel the Fool», The Noonday Press, New York 1957

Der Mann, der seine vier Frauen unter die Erde brachte (The Wife Killer) aus: «Gimpel the Fool», The Noonday Press, New York 1957

Die kleinen Schuhmacher (The Little Shoemakers) aus: «Gimpel the Fool», The Noonday Press, New York 1957

Der Mann, der zurückkam (The Man Who Came Back) aus: «The Spinoza of Market Street», The Noonday Press, New York 1962

Zerrbild (Caricature) aus: «The Spinoza of Market Street», The Noonday Press, New York 1962

Schwarze Hochzeit (The Black Wedding) aus: «The Spinoza of Market Street», The Noonday Press, New York 1962

Der Spinoza von der Marktstraße (The Spinoza of Market Street) aus: «The Spinoza of Market Street», The Noonday Press, New York 1962

Aus dem Tagebuch eines Nicht-Geborenen (From the Diary of One Not Born) aus: «Gimpel the Fool», The Noonday Press, New York 1957

Taibele und ihr Dämon (Taibele and Her Demon) aus: «Short Friday», Farrar, Straus and Giroux, New York 1964

Zeidlus der Papst (Zeidlus the Pope) aus: «Short Friday», Farrar, Straus and Giroux, New York 1964

Geschichte von zwei Lügenmäulern (A Tale of Two Liars) aus: «The Spinoza of Market Street», The Noonday Press, New York 1962

Groß und klein (Big and Little) aus: «Short Friday», Farrar, Straus and Giroux, New York 1964

Jentl der Talmudstudent (Yentl the Yeshiva Boy) aus: «Short Friday», Farrar, Straus and Giroux, New York 1964

Kurzer Freitag (Short Friday) aus: «Short Friday», Farrar, Straus and Giroux, New York 1964

Feuer (Fire) aus: «Gimpel the Fool», The Noonday Press, New York 1957

Blut (Blood) aus: «Short Friday», Farrar, Straus and Giroux, New York 1964

Die Zerstörung von Kreschew (The Destruction of Kreshev) aus: «The Spinoza of Market Street», The Noonday Press, New York 1962

ISAAC BASHEVIS SINGER

Nobelpreis für Literatur 1978

Satan in Goraj
Roman.
Deutsch von Ulla Hengst
192 Seiten. Geb.

Der Zauberer von Lublin
Roman. Deutsch von
Susanna Rademacher
rororo 4436

Gimpel der Narr
Erzählungen. Deutsch von
Wolfgang von Einsiedel
372 Seiten. Geb. und als
Taschenbuch rororo 5011

Jakob der Knecht
Roman. Mit einem Nachwort
von Salcia Landmann.
Deutsch von
Wolfgang von Einsiedel
rororo 4688

Mein Vater der Rabbi
Bilderbuch einer Kindheit.
Deutsch von Otto F. Best
320 Seiten. Geb.

«Singer hat die Gabe der sexuellen Tragikomödie, die bis zur Farce reichen kann, mit einem Humor, aber auch mit einer Komplexität, für die sich kein Vergleich anbietet. Er verbindet die Begabung des Stilisten, die sich durch alle Übersetzungen hin behauptet, und die Fabulierfreunde in einer Einheit, die gleichfalls selten ist.»

François Bondy, Süddeutsche Zeitung

Rowohlt

Irwin Shaw

Aller Reichtum dieser Welt
Roman. Aus dem Amerikanischen von Kurt Wagenseil.
640 Seiten. Geb. und als Taschenbuchausgabe: rororo 1997

Abend in Byzanz
Roman. Aus dem Amerikanischen von Cornelie von Randow.
445 Seiten. Geb. und als Taschenbuchausgabe: rororo 4445

Den Seinen gibt's der Herr im Schlaf
Roman. Aus dem Amerikanischen von Irene Ohlendorf.
338 Seiten. Geb.

Gott war hier, aber er ist schon wieder fort
Erzählungen. Aus dem Amerikanischen von Karin Polz.
260 Seiten. Geb.

Stimmen eines Sommertages
Roman. Aus dem Amerikanischen von Paul Bandisch.
rororo 1348

«Irwin Shaw, gewiefter Erzähler der guten
amerikanischen Romantradition, versprüht ein wahres
Feuerwerk von Witz und Zynismus und
bleibt dabei spannend wie in einem Krimi der besten
Schmöker-Tradition.»

Welt am Sonntag

Rowohlt

Vladimir Nabokov

Das Bastardzeichen
Roman. 286 Seiten. Geb.

Das wahre Leben des Sebastian Knight
Roman 232 Seiten. Geb.

Durchsichtige Dinge
Roman. 156 Seiten. Geb.

Einladung zur Enthauptung
Roman. 214 Seiten. Geb. und als Taschenbuchausgabe: rororo 1641

Fahles Feuer
Roman. 342 Seiten und 116 Seiten Marginalien. Geb. und als Taschenbuchausgabe: rororo 4252

Lolita
Roman. Sonderausgabe 448 Seiten. Geb. und als Taschenbuchausgabe: rororo 635

Lushins Verteidigung
Roman. 264 Seiten, Geb. und als Taschenbuchausgabe: rororo 1699

Maschenka
Roman. 160 Seiten. Geb. und als Taschenbuchausgabe. rororo 4817

Die Mutprobe
Roman. 256 Seiten. Geb.

Professor Pnin
Roman. 208 Seiten. Geb. und als Taschenbuchausgabe: rororo 765

Sieh doch die Harlekins
Roman. 279 Seiten. Geb.

Ada oder das Verlangen
rororo 4039

Frühling in Fialta
Erzählungen. rororo 4975

Gelächter im Dunkel
Roman. rororo 460

König Dame Bube
Ein Spiel mit dem Schicksal. rororo 353

Verzweiflung
Roman. rororo 1562

Henry Miller

Wendekreis des Krebses
Sonderausgabe. Roman. 368 Seiten.
Geb. und rororo Band 4351

Wendekreis des Steinbocks
Sonderausgabe. Roman. 336 Seiten.
Geb. und rororo Band 4510

Sexus
Sonderausgabe
Roman. 606 Seiten. Geb. und
rororo Band 4612

Plexus
Roman. rororo Band 1285

Nexus
Roman. rororo Band 1242

Stille Tage in Clichy
Roman. Vorwort von Toni Miller. Mit
28 Fotos von Brassai. Sonderausgabe
zum Film. 198 Seiten. Br.

Jugendfreunde
Eine Huldigung an Freunde aus lang
vergangenen Zeiten
160 Seiten mit 7 Fotos. Geb.

Der klimatisierte Alptraum
rororo Band 1851

Mein Leben und meine Welt
rororo Band 1745

Land der Erinnerung
rororo Band 934

Der Koloß von Maroussi
Eine Reise nach Griechenland
rororo Band 758

Big Sur und die Orangen des Hieronymus Bosch
rororo Band 849

Lachen, Liebe, Nächte
Sechs Erzählungen. rororo Band 227

Schwarzer Frühling
Erzählungen. rororo Band 1610

Sämtliche Erzählungen
Sonderausgabe. 352 Seiten. Geb.

Das Lächeln am Fuße der Leiter
Mit Illustrationen von Joan Miró
rororo Band 4163

Vom großen Aufstand
Henry Miller über Rimbaud
rororo Band 1974

Henry Miller Lesebuch
Herausgegeben von Lawrence Durrell
rororo Band 1461

Walter Schmiele, Henry Miller
In Selbszzeugnissen und
Bilddokumenten. rm Band 61

Insomnia oder Die schönen Torheiten des Alters
Mit 12 Aquarellen von Henry Miller
rororo Band 4087

Die Welt des Sexus
Mit einer Vorbemerkung von Lawrence
Durell. 141 Seiten. Geb. und
rororo Band 4991

Von der Unmoral der Moral
Texte. rororo Band 4396

Ein Teufel im Paradies
Die Geschichte des Conrad Moricand
rororo Band 4240

Briefe an Anais Nin
rororo Band 4751

Rowohlt